孙绍振——著

月迷津渡

（修订版）

古典诗词个案微观分析

图书在版编目(CIP)数据

月迷津渡：古典诗词个案微观分析 / 孙绍振著. — 上海：
上海教育出版社, 2015.8
ISBN 978-7-5444-6162-7

Ⅰ.①月… Ⅱ.①孙… Ⅲ.①古典诗歌—诗歌欣赏—中国 Ⅳ.
①I207.22

中国版本图书馆CIP数据核字(2015)第202582号

责任编辑　张少杰
封面设计　一步设计

月迷津渡
———古典诗词个案微观分析
孙绍振　著

出版发行　上海教育出版社有限公司
官　　网　www.seph.com.cn
地　　址　上海市闵行区号景路159弄C座
邮　　编　201101
印　　刷　常熟华顺印刷有限公司
开　　本　700×1000　1/16　印张 25.5　插页 3
版　　次　2015年9月第1版
印　　次　2024年11月第15次印刷
书　　号　ISBN 978-7-5444-6162-7/G·5030
定　　价　49.00元

如发现质量问题，读者可向本社调换　电话：021-64373213

要演绎中国古典诗歌艺术，光缘简单的"诗缘情""以情动人"是绝不够的。关键还在于情的特点乃是"动"，故汉语有动情、动心、感动、激动之语。"情动于衷"包括歌行体中之大起大落和绝句中之微妙变幻，要从意象群落中分析出情意变动之脉络，也乃文本解读之真工夫所在。至此，"无动于衷"乃不解有诗意，但不感抒情，而走禅宗之理念，纵堂皇，格调却高。

2015.7.10

目 录

自序 / 1
修订版序 / 1

第一章 经典诗词个案分析

《关雎》:"乐而不淫"——对于激情的节制 / 3
《蒹葭》:近而不可得的恋情——单一意境和多元象征 / 9
《迢迢牵牛星》:迢迢而又不迢迢 / 14
《短歌行》:九节连环的"意脉" / 17
《陌上桑》:美的效果胜于美女本身 / 23
《孔雀东南飞》:情节的情感因果关系 / 30
《木兰诗》:花木兰是英勇善战的"英雄"吗? / 42
《敕勒歌》:民族文化的心理视野和近取譬 / 49
《春江花月夜》:突破宫体诗的意境 / 52
《蜀道难》:三个层次之"难" / 59
《梦游天姥吟留别》:游仙中的人格创造 / 63
《宣州谢朓楼饯别校书叔云》:无理而妙,妙在一个"乱"字上 / 71
《望庐山瀑布》:远近、动静和徐疾的转换 / 78
《早发白帝城》:绝句的结构和诗中的"动画" / 82
《枫桥夜泊》:出世的钟声对落第者的抚慰 / 94

《长恨歌》：从美女的颂歌到超越帝妃身份的绝对的爱的悲歌 / 98

《琵琶行》：长调中的停顿之美 / 111

《悯农》：为什么是"谁知"，而不是"须知" / 121

《题李凝幽居》：推敲的局部美和整体美 / 126

《李凭箜篌引》：突破和谐的诡谲之美 / 133

《锦瑟》：绝望的缠绵，缠绵的绝望 / 136

《山园小梅》：从"竹影"到"疏影"，从"桂香"到"暗香" / 142

《念奴娇·赤壁怀古》：苏轼的赤壁豪杰风流和智者风流之梦 / 148

第二章　古典诗词常见主题分析

边塞诗：苦寒美、动静制宜美、语气参差美、视听交替美 / 161

　　岑参《白雪歌送武判官归京》 / 161

　　王维《使至塞上》 / 165

　　王之涣《凉州词》 / 168

　　王昌龄《从军行》 / 172

田园诗：没有外物负担和心灵负担的境界 / 175

　　陶渊明《饮酒（其五）》 / 175

　　陶渊明《归园田居（其一）》 / 179

　　孟浩然《过故人庄》 / 182

乡愁诗：隐隐情思寄诗行 / 185

　　岑参《逢入京使》 / 185

　　宋之问《渡汉江》 / 186

　　李商隐《夜雨寄北》 / 186

送别诗：依依惜别的离情 / 190

　　王勃《送杜少府之任蜀州》 / 190

　　王维《送元二使安西》 / 191

　　高适《别董大》 / 191

春季的古典诗情：喜春、惜春和伤春 / 193

　　宋祁《玉楼春》（东城渐觉风光好） / 193

　　辛弃疾《鹧鸪天·代人赋》（陌上柔桑破嫩芽） / 197

白居易《钱塘湖春行》／199

杜牧《江南春》／200

辛弃疾《祝英台近·晚春》(宝钗分)／202

秋日的古典诗情：悲秋和颂秋／206

杜牧《山行》／206

范仲淹《渔家傲》(塞下秋来风景异)／209

范仲淹《苏幕遮》(碧云天)／211

马致远《天净沙·秋思》(枯藤老树昏鸦)／214

刘禹锡《秋词》／216

第三章 古典诗词常见意象分析

月：生命情感的非常寄托／221

李白《把酒问月》／222

李白《月下独酌》／226

杜甫《月夜》／229

苏轼《水调歌头》(明月几时有)／232

李白《关山月》／235

李益《夜上受降城闻笛》／237

王维《鸟鸣涧》／239

花：心灵渗透、超越物象／241

王昌龄《采莲曲》／241

杨万里《晓出净慈寺送林子方》／242

周邦彦《苏幕遮》(燎沉香)／244

岳阳楼和洞庭湖：沉郁之美与豪放之美的载体／247

杜甫《登岳阳楼》／247

李白《陪侍郎叔游洞庭醉后(其三)》／250

孟浩然《望洞庭湖赠张丞相》／253

渔父：潇洒自如的风度和天人合一的生存状态／255

张志和《渔父》／255

柳宗元《渔翁》／257

第四章　古典诗词主体情感品析

孤独：人生的享受与内心的宁静　/ 265
　　李白《独坐敬亭山》　/ 265
　　柳宗元《江雪》　/ 267
悲愤：以喜剧性动作抒情　/ 271
　　辛弃疾《西江月·遣兴》（醉里且贪欢笑）　/ 271
女性的隐忧：剪不断理还乱　/ 274
　　李清照《如梦令》（昨夜雨疏风骤）　/ 274
　　李清照《声声慢》（寻寻觅觅）　/ 276

第五章　古典诗词美学视角品评

沉郁顿挫与精微潜隐　/ 283
　　杜甫《登高》　/ 283
　　杜甫《春夜喜雨》　/ 285
　　杜甫《望岳》　/ 287
崇高的三种趣味：情趣、谐趣和智趣　/ 291
　　文天祥《过零丁洋》　/ 291
　　陈毅《梅岭三章》　/ 293
　　鲁迅《自嘲》　/ 296
诗中有画：心灵中的"动画"　/ 300
　　苏轼《六月二十七日望湖楼醉书》　/ 300
　　刘长卿《逢雪宿芙蓉山主人》　/ 302

第六章　古典诗歌宏观解读发微

古典诗歌欣赏基础　/ 307
古典诗歌的意象和意脉——评袁行霈古典诗学观念和文本解读　/ 326
古典诗歌中的情理矛盾和"痴"的范畴　/ 356

古典诗论中的"诗酒文饭"之说　/360

古典诗话中的情理矛盾和"无理而妙"的范畴　/366

古典诗话情景矛盾中的宾主、有无、虚实、真假　/373

唐人绝句何诗最优　/378

唐人七律何诗最优　/388

自　序

《名作细读》出版后,反响出乎意料,素不相识的一线教师以及颇有学术追求的教研员的称赞,给我以极大鼓舞。责任编辑告诉我,由于《名作细读》的某种影响,来稿中以"细读"为旨者日见其多,更有论者断言,孙氏"细读"者,得力于美国"新批评"者也。初闻此言,颇觉诧异,虽不敢苟同,亦不欲辩白。情有可原者,追求文本深层之解密,其志可嘉,非皓首穷经,枉抛心力,死不开窍,赍志而殁之学者可比。

当此西方宏大理论铺天盖地涌来之际,忽闻孙氏"细读",乃以为金钥匙,以美国品牌冠之。说者全系一片美意,殊不知本人不但难以领情,反而颇有委屈。对于美国新批评所谓"细读",我只能用在《新的美学原则在崛起》中引起极大震动的"不屑"来形容。为什么中国人对文本作出了某些有效的阐释,一定要冠以美国品牌才算上档次?我们传统的诗话、词话,我们的"推敲",我们的"诗眼",我们的"精思",特别是"无理而妙""入痴而妙""诗酒文饭"之说,不是有更为深厚的底蕴吗?我坚信,在诗歌的微观分析方面,对任何西方当代文论都不能抱太大希望。这不是我狂妄,权威学者李欧梵先生在"全球文艺理论二十一世纪论坛"的演讲中早就勇敢地提出了这个问题,他认为,西方文论流派纷纭,却很难达到对文学文本进行有效解读的目的。李先生以挑战、怀疑西方权威为荣,而内地文论界以服膺、崇拜西方大师骄人,这种对照不仅有趣,而且发人深省。李先生的文章写得很幽默:

话说后现代某地有一城堡,无以为名,世称"文本",数年来各路英雄好汉闻风而来,欲将此城堡据为己有,遂调兵遣将把此城堡团团围住,但屡攻不下。

从城墙开眼望去,但见各派人马旗帜鲜明,符旨符征样样具备,各自列出阵来,计有武当结构派、少林解构派、黄山现象派、渤海读者反应派,把持四方,更有"新马"师门四宗、拉康弟子八人、新批评六将及其接班人耶鲁四人帮等,真可谓洋洋大观。

文本形势险恶,关节重重,数年前曾有独行侠罗兰·巴特探其幽径,画出四十八节机关图,巴特在图中饮酒高歌,自得其乐,但不幸酒后不适,突然暴毙。武当结构掌门人观其图后叹曰:"此人原属本门弟子,惜其放浪形骸,武功未练成就,私自出山,未免可惜。依本门师宗真传秘诀,应先探其深层结构。机关再险,其建构原理仍基于二极重组之原则。以此招式深入虎穴,当可一举而攻下。"但少林(按:解构)帮主听后大笑不止,看法恰相反,认为城堡结构实属幻象,深不如浅,前巴特所测浮面之图,自有其道理,但巴特不知前景不如后迹,应以倒置招式寻迹而"解"之,城堡当可不攻而自破。但黄山现象大师摇头叹曰:"孺子所见差矣!实则攻家与堡主,实一体两面,堡后阴阳二气必先相融,否则谈何攻城阵式?"渤海(按:读者反应)派各师击掌称善,继曰:"攻者即读者,未读而攻乃愚勇也,应以奇招读之,查其机关密码后即可攻破。"新马四宗门人大怒,曰:"此等奇招怪式,实不足训,吾门祖师有言,山外有山,城外有城,文本非独立城堡,其后自有境界……"言尚未止,突见身后一批人马簇拥而来,前锋手执大旗,上写"昆仑柏克莱新历史派",后有数将,声势壮大。此军刚到,另有三支娘子军杀将过来,各以其身祭其女性符徽,大呼:"汝等鲁男子所见差也,待我英雌愿以崭新攻城之法……"话未说完,各路人马早已在城堡前混战起来,各露其招,互相残杀,人仰马翻,如此三天三夜而后止,待尘埃落定后,众英雄(雌)不禁大惊,文本城堡竟然屹立无恙,理论破而城堡在,谢天谢地。①

李先生的意思很清楚,检验理论的重要路径就是解读文本,理论出了一大堆,旗号纷纭,对文本的解读却毫无进展,理论的价值就值得怀疑了。风靡全球的前卫文论尚且如此无效,对于新批评,则尤其应该死心。我拒绝对西方话语作疲惫的追踪,相反,致力于在对其批判的基础上,建构中国式的文本解密流派。

对于我所建构的诗歌解密模式和美国新批评的不同,我写了一篇长达一万六七千字的论文来加以澄清,准备作为本书的序言,但是,考虑涉及的学术问题比较复杂,与本书的文本个案研究可能不完全符合。故将原版自序之二《美国新批评"细读"批判》删去,有学术兴趣的读者可从《中国比较文学》2011年第2期或本人之《文学文本解读学》(北京大学出版社)检阅。

本书所收录的皆是近年来所写古典诗歌的微观分析文章。聊堪自慰的是,似乎比《名作细读》中之大部分质量有所提高。新世纪初投身此项工作时,多少带着兴趣的自发性,毛糙之处,在所难免。经过七八年磨炼,我已不再满足于就诗论诗,转而注重学术文献的梳理和历史成果的吸收,以中国传统细读的理论扬弃西方当代诗歌理论,进行中西接轨。这越来越成为我自觉的追求。

编辑此书时,心情颇为复杂:一则以喜,乃在对古典诗歌甚具难度的微观分析上颇有进展;一则以忧,因为在根本上,个案分析的局限不可讳言。毕竟是解剖麻雀式的,虽然五脏俱全,但是,宏观理念和方法全为隐性。虽于个案可在月迷之中寻觅津渡,然在方法论上难免有雾失楼台之叹。授其鱼不能授其渔,其憾何如!

从全书来看,宏观体系仍显不足,原因在于对我国古典诗歌理论宝库,特别是与微观分析有直接联系的诗词评点,资源相当薄弱。正当无奈之时,余友陈一琴君出手相援。陈君深涉古典诗话词话,辑有《聚讼诗话词话》书稿,二十五万言。然以朴学为务,述而不作,辑而不评,邀余于每题后作评,以贯通古今中外,余乃欣然应命。为陈君试作数篇,蒙陈君首肯,书稿乃改称《聚讼诗话词话辑评》。值此《月迷津渡》付梓之际,又蒙陈君慨然应允,将我执笔的《古典诗歌中的情理矛盾和"痴"的范畴》《古典诗论中的"诗酒文饭"之说》《古典诗话中的情理矛盾和"无理而妙"的范畴》《古典诗话情景矛盾中的宾主、有无、虚实、真假》编入第六章,与《唐人绝句何诗最优》《唐人七律何诗最优》等篇,共同组成"古典诗歌宏观解读发微"单元。如此,使余建构的中国式微观解密诗学有了较为坚实的学术基础。陈君惠我如此,非感激二字可以尽意也。

注:
① 李欧梵《世纪末的反思》,浙江人民出版社2002年,第274—275页。

修订版序

《月迷津渡》本为中学语文教师而作,出版后不期为小学语文教师、大学生、研究生乃至古典文学学者青睐,溢美之言,窃堪自慰。然自知初版付印匆匆,多所缺失。章节层次紊乱,文本分析与古典诗歌理论错杂,此其一。某些注释过分学术化,某些注释又不够规范,此其二。此番修订,在结构上作了比较系统的调整,文字、标点反复校阅。责任编辑作了细致的工作。郜积意教授作最后审阅,发现原版将隋炀帝之两首绝句误引为一首律诗。为余纠正硬伤,特此鸣谢。

2015 年 5 月 3 日

第一章 经典诗词个案分析

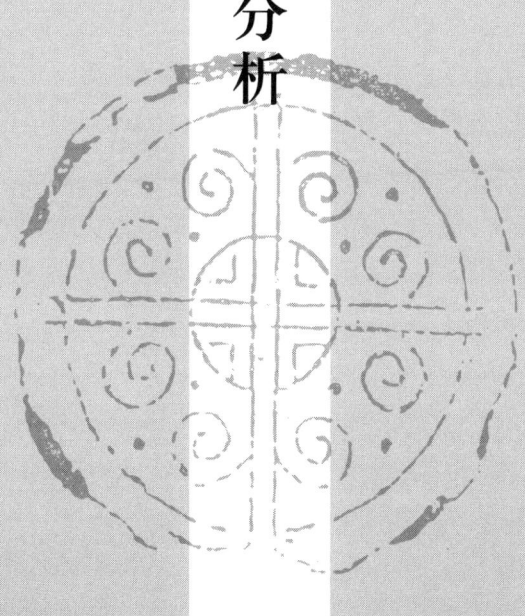

《关雎》:"乐而不淫"
——对于激情的节制

解读焦点:经典文本分析的难度在于文本是天衣无缝、水乳交融的,而分析的对象是矛盾,矛盾不是显性的,往往潜隐于文本的有机统一之中。这就要用"还原"的方法把矛盾"还原"出来。这里,首先把《诗经》中诗与歌一体化的艺术语境还原出来,排开音乐与诗的统一,透视二者的矛盾:在复沓的章法中,辨析情绪的积累和意念的递进,分析音乐之美与诗歌之美的错位。这首民歌是经过"君子"加工的,民歌的天真朴拙与贵族的雍容华贵间的矛盾潜隐于字里行间。揭露了两个层次的矛盾,长达数千年的"后妃之德"的云翳便不难消除,"乐而不淫""哀而不伤"的诗学理论也能显出历史的生命力。

关 雎

关关雎鸠,在河之洲。窈窕淑女,君子好逑。
参差荇菜,左右流之。窈窕淑女,寤寐求之。
求之不得,寤寐思服。悠哉悠哉,辗转反侧。
参差荇菜,左右采之。窈窕淑女,琴瑟友之。
参差荇菜,左右芼之。窈窕淑女,钟鼓乐之。

《关雎》是《诗经》的第一首,今天的年轻人读起来可能有一点隔膜。首先是文字上的隔膜,有些字就不认得,即便看了注解,查了字典,也体悟不到诗意,至于这个经典究竟经典在哪里,还是没有感觉。

这就需要把文本还原到历史文化的艺术语境中去。

这是民歌,不但有词而且有曲。朱熹《诗集传序》说:"吾闻之,凡诗之所谓风者,多出于里巷歌谣之作,所谓男女相与咏歌,各言其情者也。"①这些民歌经过孔子删订、加工的痕迹至今仍然很明显。例如，"君子好逑"的"君子"，就可能不是民歌的原文。民歌当然是村野市井之人的即兴之作，"君子好逑"没有乡野气息，因而只能是"君子"的想象。虽然如此，此诗的民歌特征还是很明显的。民歌是歌，不同于诗，它以曲调为主。在传唱过程中，最动人、最易于记忆的并不是歌词，而是乐曲。郑樵在《通志·乐略·正声序论》中说："呜呼，《诗》在于声，不在于义。犹今都邑有新声，巷陌竞歌之。岂为其辞义之美哉！直为其声新耳。"②歌词可以算是躯体，乐曲则是翅膀，没有翅膀就不能飞翔。在造纸术尚未发明的远古时代，书写工具和材料极其昂贵，书写难度极大，借助书面间接传播极其困难，而口耳直接传播的乐曲比之书面文字有更大的方便性。可惜的是，《诗经》的乐曲并没有流传下来，我们看到的仅仅是没有翅膀的飞鸟。从严格意义上来说，要完全回归诗、歌合一的原貌，已经不可能。

就《诗经》留传下来的文字而言，与曲调结合得比较紧密的部分，在诗、歌合一的情境中所具有的优越性一旦脱离了曲调，反而变成了局限性。例如，以"参差荇菜"起兴的就有三章，复沓三次，主体意象不变，衍生意象变化也不大。从歌的角度来说，是情绪的三重积累；而从诗的语言艺术来说，这种复沓近乎三次重复，可能会引起读者的厌倦。和语言的丰富性相比，音乐旋律是相对抽象的，音阶也极其有限，因而比较单纯，音乐的节律就是有规律的重复，主旋律的展开和呈示是离不开程度不同的节律的重现的。而诗歌的语言艺术则不同，语词是无限丰富的，意义的复杂程度是抽象的音符望尘莫及的，意象在变化中允许重现的次数极其有限。音乐的多重复沓对于诗歌来说是缺乏变化、不够丰富、近于单调的，因此，《诗经》中的复沓章法，在之后诗歌与音乐基本脱离的文学样式中，就完全废止了。

尽管如此，《诗经》中保留下来的歌词，就语言而言，仍具有相当的艺术魅力。

"关关雎鸠，在河之洲。窈窕淑女，君子好逑③。"表面上是很单纯的一幅画面，意象十分简洁。王士禛《渔洋诗话》说"《诗》三百篇真如画工之肖物"，此语不太准确，这在《诗经》的表现手法上，属于"兴"，其功能不仅仅是一幅图画。这幅图画的感染力并不在于景物的描绘，因为图画本身并没有独立的价值，其功能只是作为"窈窕淑女，君子好逑"的起兴，为了引出君子被淑女所吸引、所激发。本来，在民歌中，表现情爱就是无拘无束、没有什么框框的，可以直接叙述，《诗经》中不乏这样的手法，如：

> 静女其姝，俟我于城隅。爱而不见，搔首踟蹰。（《静女》）

女孩约会情人，情人来了，自己却躲起来，故意让男孩摸不着头脑，写漂亮女孩子爱得很调皮。虽是近乎白描的叙述语言,却很动人。

《诗经》里表现恋情的手法很丰富,大致有三种。第一种就是直接叙述,《诗经》理论家把这叫作"赋",特点是直接、正面描写。但有时,直接、正面描写难度很大。比如《关雎》的核心是表现君子为淑女所激动,如果直截了当就陈述"窈窕淑女,君子好逑",不但突兀,而且缺乏感性,接受者心里容易产生某种抗阻之感。这时就需要第二种手法,那就是"比",也就是比喻。比喻能把抽象的感情变得具体可感。如"女孩子很多"是抽象的,一用比喻,就具体可感了:"出其东门,有女如云。"(《出其东门》)又如"女孩子很美"是抽象的,加上系列的比喻就具象了:"手如柔荑,肤如凝脂,领如蝤蛴,齿如瓠犀,螓首蛾眉,巧笑倩兮,美目盼兮。"(《硕人》)但若比喻太多也会令人感觉单调,进而产生"审美疲劳"。这时就要有第三种——"兴"。"兴"的功能是起头。一般的起头,就是现场即景,从环境开始,逐渐转向人物的心灵。但是,好的"兴",不仅是现场即兴,而且是兴中有比。"关关雎鸠,在河之洲"作为起兴的好处是:表面上是描述风景,水鸟美、鸟的叫声美、河中之洲美,实际都是为淑女的出场作铺垫。有了听觉和视觉的美,就有了美的氛围,淑女和君子的感情之美就可能从容显现。这种"兴"就有了比喻的意味,故被称为"兴而比""兴兼比"。正是因为"兴而比",这四句显得很精练,如果不用这种"兴而比"的手法,要让"窈窕淑女"出场,就要用赋的手法,比如:"有美一人,清扬婉兮。邂逅相遇,适我愿兮。"(《野有蔓草》)而有了兴,就不用正面交代"有美一人",更不用交代是在洲上还是在河边。兴就是现场即兴。现场环境具备了,"淑女"出场,就不需承续前面,而直接变成了后面的"君子好逑"的主语。这样句子之间就更紧密、更有机,精练到没有一个意象、没有一个字是多余的。这个"兴"的好处还在于感知的程序很自然,先是启动听觉,听到鸟在叫,接着是视觉认知,看清是雎鸠,随后就是心动,对淑女一见动心。从感情的特点来看,这是比较迅速、比较直率、比较天真的,民歌作者的乡野之气展现得比较充分,当然,君子也可能有这样一见就"好逑"的,但那就不是一般的君子,而是带野气的君子了。

如果诗只写到这里,固然也有天真的诗意,但未免简单,因为恋情毕竟是复杂微妙的。接着,这首诗运用音乐复沓的章节,把"雎鸠"变成"荇菜",也使感情从即兴钟情的层次递进为日夜着迷的层次。从章法上来说,在统一中有了较大的变化,复沓的局限就转化为优越了:

参差荇菜,左右流之。窈窕淑女,寤寐求之。

这也应该算是"兴而比",由水中"荇菜"采摘之不易,联想到"好逑"之艰巨。这个"兴而比"的好处,一是与"在河之洲"在联想上是自然的延伸:有河有水,才有荇菜。二是与采摘荇菜的特点有联系:水中之荇,与陆上植物不同,字面上是说荇菜,实际上是指淑女的状态,"左右流之",有流体的特点,说明采摘有难度;"寤寐求之",与难度相应的是感情的强度,越难越是想念,日思夜想,有点着迷了。

第三个章节:"求之不得,寤寐思服。悠哉悠哉,辗转反侧。"④从章法上来说,这是新的一章;而从情感上来说,则是一个新的层次。"寤寐求之"即日思夜想、苦思冥想,而"寤寐思服""辗转反侧"则是相思难眠近于痴迷了。这就进入了诗话家贺裳所说的"痴而入妙"的境界。君子好逑的欢乐变成了失眠的痛苦,这时,情绪起伏就有了节奏感:

> 参差荇菜,左右采之。窈窕淑女,琴瑟友之。
> 参差荇菜,左右芼之。窈窕淑女,钟鼓乐之。

这两章继续以荇菜起兴,但在情绪的节奏上,则从"求之不得"的痛苦转化为欢愉。先是"琴瑟友之":改变了策略,音乐使感情放慢了节奏,不再一下子就"好逑"了,"友"字作为动词很有分寸感,表明是比较友好的追求。最后一章是"钟鼓乐之",更进入了一个新的层次。钟鼓和琴瑟不同。琴瑟,还可能是私人的交往,钟鼓则是盛大的仪式,堂而皇之,气氛热烈。这两章从章法来看是复沓手法,一共八句,完全重复的句子占了四句,不完全重复的四句,十六个字中,只有四个字相异,其余十二个字均相同。但是,从感情来看,层次的递进是很明显的,从双方交往的欢愉转化为公众性的庆祝。"钟鼓乐之"的仪式,意味着"好逑"的君子达到了目的,就应该是感情的高潮,是十分欢乐的。但是,这首诗没有正面表现这种欢乐,而是把它留在空白之中。可能正是因为"钟鼓乐之"这样的含蓄,使得英国汉学家亚瑟·韦利(Arthur Waley)将之定性为"婚姻诗",而不是爱情诗。

这首爱情诗在情感上的特点,不仅层次递进是从容的,而且在情感强度的把握上也很有分寸感。孔子曰:"《关雎》乐而不淫,哀而不伤。"(《论语·八佾》)孔安国注曰:"乐而不至淫,哀而不至伤,言其和也。"⑤"和"就是中和,从中可以体悟到这首诗被列为《诗经》首篇的原因:君子的精神特点,哪怕是恋情,也是温文尔雅、循序渐进、颇有节制的,快乐不能过度,哀伤也不能过度,即便求之不得也不过就是"辗转反侧",最后,当恋情终于得到认可时,也不过就是"钟鼓乐之"而已。不过,单从"钟鼓"的陈设就可以看出,这只能是君子的理想。钟鼓之乐齐奏,在《诗经》里,是贵族仪典。⑥故《小雅·彤弓》:"彤弓弨兮,受言藏之。我有嘉宾,中心贶之。钟鼓既设,一朝飨之。"苏辙注曰:"彤弓,天子锡有功诸侯也。"⑦当时的钟,是铜器,铜就是"金",属于贵金属。故黄钟大吕,是贵族高雅之乐,与之相对的则是瓦釜。商周时代作为乐器的钟都是成套的。八个以上就构成音阶关系,故又称为编钟。湖北的曾侯乙墓出土的编钟达六十五件,最大的有两百公斤,合起来有两吨半重,悬挂起来有十二米长。这样大的排场只能属于贵族。这一点往往被学者们忽略,不但中国的学者,外国的学者也常常把钟作为一般的乐器。汉学家亚瑟·韦利曾经系统地研究并翻译了《诗经》。他这样翻译这一句:"With gongs and drums we will gladden her"⑧,把钟鼓翻译成锣鼓。可谓失之毫厘,谬以千里了。民间的乐器在当时可能还没有锣,也不可能是贵金属制品,而是以竹器为基座的弦乐器。《战国策·齐策一》:"临淄甚富而实,其民无不吹竽、鼓瑟、击筑、弹琴……"因此庄子的妻子亡故后,他鼓钵而歌。钵,是瓦器,高渐离击筑(竹器),荆轲和而歌于市,其背景均为民居和市井,与"琴瑟在堂,钟鼓在廷"这样肃穆隆重的场面不能同日而语。汉学家霍克斯将"钟鼓"译成"bells",令人联想到教堂钟声之庄严,虽不尽同,然庶几近之。

把这种琴瑟钟鼓陪衬下的温情,当作抒情诗歌的最高典范,也说明这首诗并不完全是民歌的原生状态,而是被贵族化了。正因如此,后世的正统经学家才有可能把王道教化的价值观念渗入其中。从毛亨、郑玄到朱熹等一以贯之地将它宫廷道德化,诸如求偶是因为"思贤"、隐含着"后妃之德"等不一而足。在这方面,朱熹可作代表。他把毛传多少有点含混的"挚而有别"大加发挥。先把"关关"定性为"雌雄相应之和声",然后在"和"字上大加发挥,再把这种水鸟确定为"王雎",和王权联系起来,再说它"有定偶而不相乱偶,常并游而不相狎",并引《列女传》"人未尝见其乘居而匹处者",最后用一个"盖"字确定是:"文王之妃太姒为处子时而言也,'君子'则指文王也。"虽有些牵强附会,但也不完全是信口开河,根据多多少少就在"钟鼓乐之"上。

政治道德教化观念在《关雎》的阅读史上,曾经拥有雄踞数千年的经典性,如今看来,不过是历史云翳,其学理价值还不如孔夫子的"乐而不淫,哀而不伤"以及注家们推崇的"怨而不怒"。

注:

① 四库全书,经部,诗类,诗集传,序。
② 四库全书,史部,别史类,通志,卷四十九。
③ 逑,《广韵》释义曰:聚合。《诗·大雅·民劳》:"惠此中国,以为民逑。"毛传:"逑,合也。"郑玄笺:"合,聚也。"《说文·辵部》:"逑,敛聚也。"这是作动词的意义。故"逑取"即求取、索要之意,吾意在此上下文中,"好逑"作追求比较妥当。"逑"作为名词,有直接引申为配偶的意思者。如毛传:"逑,匹也。"还有进一步

引申为相匹敌的意思的。如清黄遵宪《和周朗山见赠之作》:"谓生此文无匹述,即此已卜公侯仇。"但认为"好逑"就是好配偶,似乎与下文之"求之不得,寤寐思服"的情绪状态不合。

④ 这首诗原是三章:第一章四句,第二章八句,第三章八句。各章句数不同,可能是从音乐上分的,郑玄从语文内涵上将后面两章又各平分为两章,每章都是四句,共五章。这里用郑玄的分法。见《毛诗笺注》汉郑玄笺,唐陆德明音义,孔颖达疏。《四库全书》经部,诗类,毛诗注疏,卷一。

⑤ 何晏《论语集解》卷二,见四库全书,经部,四书类。

⑥ 如《宾之初筵》:"宾之初筵,左右秩秩。笾豆有楚,殽核维旅。酒既和旨,饮酒孔偕。钟鼓既设,举酬逸逸。大侯既抗,弓矢斯张。射夫既同,献尔发功。发彼有的,以祈尔爵。"

⑦ 苏辙《诗集传》,卷十,四库全书,经部,诗类。

⑧ Arthur Waley *The Book of Songs Transleted From The Chinese*, Unwin Brothers LTD 1937, p.82.

《蒹葭》：近而不可得的恋情
——单一意境和多元象征

解读焦点：分析之难，难在提出问题。作微观分析时，问题不能从文本以外提出，只能从文本之内揭示。这里提出的问题是：第一，缺乏递进的过程，重复的词句和章法为什么没有陷于单调？第二，主人公所指不明，为什么却构成了深长的意味？第三，爱情主题的单一性如何制约着象征韵味的多元？

蒹 葭

> 蒹葭苍苍，白露为霜。所谓伊人，在水一方。溯洄从之，道阻且长；溯游从之，宛在水中央。
>
> 蒹葭萋萋，白露未晞。所谓伊人，在水之湄。溯洄从之，道阻且跻；溯游从之，宛在水中坻。
>
> 蒹葭采采，白露未已。所谓伊人，在水之涘。溯洄从之，道阻且右；溯游从之，宛在水中沚。

《蒹葭》出于《诗经·秦风》，是《关雎》的姊妹篇，都是抒写恋情的。诗乐结合和复沓的章法很相似。当然，《关雎》的复沓有鲜明的层次感，每章均有所递进：从外部环境来说，先是闻雎鸠之鸣而动心，接着是辗转反侧思念，继而以琴瑟沟通，最后是钟鼓齐鸣的欢庆。从情志意脉来说，从求之不得的苦闷，转向求而有成的欢乐。场景和心理都有连续递进的脉络，层次清晰，过程完整。而《蒹葭》却不同，整篇就是一个场景的三次复沓。每一章的前半部分如下：

> 蒹葭苍苍，白露为霜。所谓伊人，在水一方。
> 蒹葭萋萋，白露未晞。所谓伊人，在水之湄。

> 蒹葭采采，白露未已。所谓伊人，在水之涘。

一共十二句，句子的结构和句间的程序是一样的，词语完全相同的有三句（"所谓伊人"），不完全相同的有九句，三十六字，其中相同的有二十四字，不同的三组共十二字，字虽不同，但是所指词义是相近的。对于诗歌来说，这样的章法明显是重复过度，再加上三章的后半部分：

> 溯洄从之，道阻且长。溯游从之，宛在水中央。
> 溯洄从之，道阻且跻。溯游从之，宛在水中坻。
> 溯洄从之，道阻且右。溯游从之，宛在水中沚。

重复率更高，完全重复的句子有六句（"溯洄从之""溯游从之"），占到一半，不完全重复的六句中，每句只有一个字不同。《蒹葭》和《关雎》章法上最大的不同，就是章与章之间没有动作和心理的递进，从场景到情绪都只是在同一个层次上复沓。这样高的重复密度，对于诗、曲合一的歌来说，可能并不过分，但对于脱离了曲的诗来说，却难免显得单调。然而，在千年来的阅读史上，那么多的注家，并未有过质疑，相反到了近年，网上却出现了"古之写相思，未有过《蒹葭》者"的评论，将其艺术成就列为中国古典爱情诗之首，语似夸张，却表现了当代诗学率真的趣味。时间的久远，并未弱化它的艺术感染力，相反倒有与日俱增的趋势。个中缘由，只能从《蒹葭》的文本内部去寻求。

开头的"蒹葭苍苍，白露为霜"表面上和"关关雎鸠，在河之洲"这样从环境写起的写法异曲同工，但实际上很不相同，《关雎》是兴而比，而这里却既不是兴，也没有比喻的意味。它是典型的"赋"，可谓直陈其景。八个字中，"蒹葭""白露"两个意象，加上衍生属性也只有"苍苍""为霜"，就提供了一幅图景。"蒹葭"加上"苍苍"，构成了视野开阔的景象，得力于"苍苍"与茫茫的潜在联想；而"白露为霜"，不仅在色调上与苍苍形成反差，而且由芦苇之苍苍隐含着广阔的水面，又提示着秋晨的清寒和邈远。所有这一切表面上都是景语，实际上都是氛围的烘托，其中蕴含着某种清净空灵之感，是为了和"伊人"的阴性气质高度统一。这个"伊人"的出场和《关雎》不一样，"淑女"的人身是特定的，位置（"在河之洲"）也是确定的，而"伊人"则不同，"伊人"是个什么人，是不确定的。朱熹在《诗集传》中说"伊人犹言彼人也"，这个说法表面上是同语反复，实际上颇有意味。"犹言彼人也"，翻译成现代汉语，就是"那个人啊"，"所谓伊人"就是此人，这个人。高亨先生注曰："指意中所指的人。"就是我心所指、意念所向的那一个，不想把名字说出来的那个人。清黄中松《诗疑辨证》说："细玩'所谓'二字，意中之人难向人说。"妙在"难向人说",也就是不必明言,心里明白。但是,伊人何在? 只能是"在水一方"。朱熹在《诗集传》中的解释:"一方,彼一方也。"翻译成现代汉语,就是"那个方向"。究竟在何方? 自己也说不清。诗意就在这里,好就好在不确指具体地点。朱熹继续说:"溯洄,逆流而上也。溯游,顺流而下也。宛然,坐见貌,在水之中央。言近而不可至也。"这就很精彩,往上游去,找不成,往下游来,"宛在水中央",明明看到了,却还是可望而不可即。值得推敲的是"宛在",好像在,就是说实际上并不一定在。朱熹的这个"言近而不可至也"的阐释很精彩,整章的传神之笔就是这个"在水一方"的确定性和"宛在水中央"的不确定性之间的矛盾。这是一种真切的爱情的感觉——明明很近,似乎触手可及,却仍然不可企及。

朱熹把这一种写法归结为"赋"——直陈其事的叙述。但是,这种"近而不可至"的矛盾却不是现实的,自我与伊人之间的距离在物理上并不遥远,仿佛就在眼前,可就是不能到达,反反复复、上上下下地奔波而无果。"水中坻""水中沚"和"在河之洲",从文字意思上看,都是指水中之陆地,虽大小不同,但性质是一样的,然而从诗意上说,却完全不同。"在河之洲"的淑女,是实写,因而是可以"琴瑟友之""钟鼓乐之"的,而"宛在"的"伊人"却是虚写,是近在眼前又远在天边的。可见这个距离不是物理的,而是人的特殊情感使得物理距离发生了变异。正是因为这样,才不但"上下求之而皆不可得",而且到最后,居然是"不知其何所指也"①,也就是连自己也不知道怎么回事,究竟在寻找什么了。

抒情诗的精彩就在于这种飘飘忽忽、迷迷糊糊、颠颠倒倒的感觉,这正是恋情的传神之处。诗意的焦点,就集中在这种好像在又好像不在的渺茫的氛围之中,明知"近而不可得"还是要走近,明知可望而不可即,还是要"溯洄从之""溯游从之",不厌其烦,在神魂颠倒的奔波中不觉神魂颠倒,在顽强的追求中不觉顽强。

正是表现了这样的感情,《蒹葭》密集的复沓才没有造成单调之感。因为其中的意味并不存在于字句上,而在字句之间,章节之中,故反复之,情意的微妙尽在意象的相互重复、平行、排比、对应、递进、错位和统一之中。这就构成了这首诗的意在言外、境在象外、可望而不可即的效果。这种效果,恰恰是意境的效果。对此,司空图在《与极浦书》中曾说,"戴容州云:诗家之景,如蓝田日暖,良玉生烟,可望而不可置于眉睫之前也。"②像《蒹葭》这样的意境诗,以意象结构的有机平行取胜,单就每一句来说,可能是平淡无奇的,然其意在言外,在字里行间,意象群落之中有意,意象群落之外有象,平常的字眼在章法的比照中、在意象的断裂处、在空白中显出联系,意象因而增值,可以说是达到了言有尽而意无穷的境界。

"意无穷"就是意不单一,这就为读者留下了较大的想象空间,使诗的读解就有点纷纭了。

今人陈子展在《诗经直解》中说:"诗境颇似象征主义,而含有神秘意味。"正是因为象征对文本的某种超越性,就有一种往政治价值上去联想的可能。《毛诗序》云:"蒹葭,刺襄公也。未能用周礼,将无以固其国焉。"这个说法把所谓伊人变成了周王朝礼制的喻体。从字义来看并不贴切,因为伊人明明是人称代词,周礼则非人称,明显过于牵强。苏辙在《诗集传》中把主题虚化为求贤:"有贤者于是不远也,在水之一方耳,胡不求与为治哉。"清姚际恒《诗经通论》:"此自是贤人隐居水滨,而人慕而思见之诗。'在水之湄',此一句已了,重加'溯洄''溯游'两番摹拟,所以写其深企愿见之状。"

这个说法避免了把伊人直接说成是周礼的牵强,但又带来两个问题。

第一,这个"伊人",在全诗意境中,自然的联想是阴性代词,也就是女性,这一点亦可由意境的明净轻柔性质来确定:苍苍、白露、水湄,更接近《诗经》中"淑女""静女"的阴柔之美。而贤者只能为男性,所居当有阳刚之气,苍苍、白露、水湄难以当得。固然,"伊"字在古典文献中,有男性的指代功能,③但是,亦有专指女性的功能,相当于今日通用的"她"。如,金董解元《西厢记诸宫调》卷四:"咫尺抵天涯,病成也都为他(她),几时到今晚见伊呵?"《儒林外史》第十三回:"那知县和江都县同年相好,就密密的写了一封书子,装入关文内,托他开释此女,断还伊父,另外择婿。"宋朱淑真《牡丹》诗:"娇娆万态逞殊芳,花品名中占得王。莫把倾城比颜色,从来家国为伊亡。"故五四作家(如鲁迅、许地山)常以伊专指女性。第二,最主要的是追求"所谓伊人"那种吞吞吐吐、欲说还休的心态,充满了恋情的、非理性的颠倒,而求贤者正大光明的心态,应该是理性的,完全不用这样遮遮掩掩,二者从根本上不可同日而语。正是因为这样,钱锺书先生在《管锥编》中断言,这种"近而不可得"的情绪,实乃中外爱情诗的普遍现象:"所谓伊人,在水一方"在"难至矣"这一点上和《汉广》之"汉有游女,不可求思;汉之广矣,不可泳思;江之永矣,不可方思"异曲同工。他先引陈启源《毛诗稽古编·附录》:"夫悦之必求之,然惟可见而不可求,则慕悦益至。"然后说:"二诗所赋,皆西洋浪漫主义所谓企慕(schnsucht)之情境也。古罗马诗人桓吉尔名句云,'望对岸而伸手向往',后世会心者以为善道可望难即、欲求不遂之致。德国古民歌咏好事多板障,每托兴于深水中阻。但丁《神曲》亦寓微旨于美人隔河而笑,相去三步,如阻沧海。近代诗家至云:'欢乐长在河之彼岸。'④"

钱锺书先生爱情说的论证是空前充分的,但是,他显然警惕着独断,对于更广泛的象征则留有很大余地:"抑世出世间法,莫不可以'在水一方'寓慕悦之情,示向往之境。"⑤也许受了钱锺书先生的启发,近日网友有文曰:"由此看来,我们不妨把《蒹葭》的诗意理解为一种象征,把'在水一方'看作是表达社会人生中一切可望难即情境的一个艺术范型。这里的'伊人',可以是贤才、友人、情人,可以是功业、理想、前途,甚至可以是福地、圣境、仙界。这里的'河水',可以是高山、深堑,可以是宗法、礼教,也可以是现实人生中可能遇到的其他任何障碍。只要有追求、有阻隔、有失落,就都是它的再现和表现天地。如此说来,古人把《蒹葭》解为劝人遵循周礼、招贤、怀人,今人把它视作爱情诗,乃至有人把它看作上古之人的水神祭祖仪式,恐怕都有一定道理,似不宜固执其一而否决其他。"

这样说当然很开放、很全面,但是,也可能因此模糊了《蒹葭》的核心审美价值。作为诗,它最摄人心魄的意境,具有相对的稳定性,其艺术的生命当然集中在爱情的朦胧缠绵、捉摸不定。象征是单一主体和多元意味的统一,单一主体是实像,而多元意味是虚像,脱离了实像,任何虚像都不能不消隐。

注:

① 以上均见朱熹《诗集传》,卷三,四库全书,经部,诗类。
② 《司空表圣文集》卷三,四库全书,集部,别集类,汉至五代。
③ 南朝宋刘义庆《世说新语·识鉴》:"小庾临终,自表以子园客为代,朝廷虑其不从命,未知所遣,乃共议用桓温,刘尹曰:'使伊去必能克定西楚,然恐不可复制。'"《西游记》第五二回:"行者顿首道:'上告我佛……兕大王,神通广大,把师父与师弟等摄入洞中。弟子向伊求取,没好意,两家比迸。'"
④⑤ 钱锺书《毛诗正义六〇则之四三,蒹葭》,《管锥编》,中华书局1986年版,第123—124页、第124页。

《迢迢牵牛星》：迢迢而又不迢迢

解读焦点：三处对比：一、语言近似叙述，形容不强烈，但情感效果强烈至泪下；二、虽然迢迢，然而河汉却清而浅；三、多情如此，却脉脉不得言传。

迢迢牵牛星

迢迢牵牛星，皎皎河汉女。
纤纤擢素手，札札弄机杼。
终日不成章，泣涕零如雨。
河汉清且浅，相去复几许？
盈盈一水间，脉脉不得语。

这首诗的特点就是自然天成，语言风格相当朴素，没有多少华丽的渲染，连形容词都是比较单纯的叠字，但感情又是那样深厚。谢榛《四溟诗话》称其"格古调高，句平意远，不尚难字，而自然过人矣"。也许，读者对于"格古调高，句平意远"这样的评价，感觉不够清晰。这里举秦观的《鹊桥仙》来作些说明。

纤云弄巧，飞星传恨，银汉迢迢暗度。金风玉露一相逢，便胜却、人间无数。
柔情似水，佳期如梦，忍顾鹊桥归路。两情若是久长时，又岂在朝朝暮暮。

同样是写牵牛织女的相思，秦观的词和"格古调高，句平意远"的风格相去甚远，这至少可以从两个方面来看：第一，《迢迢牵牛星》全诗十句，没有多少夸张和形容，大体近乎陈述、叙述，即便有所形容，也限于几个意味单纯的叠字。而秦观的这首词，则用了很华彩的形容，对云的描绘不但前置以"纤"（亦作"织"），而且后置以"弄"；对眼睛，以"飞星"暗喻;对风,形容以"金";对露,渲染以"玉";"情"和"期"都有如水如梦之感。这叫作文采。第二,全词的高潮在最后,直接抒发感情:"两情若是久长时,又岂在朝朝暮暮。"只要感情永恒,相会的时间再短也无所谓。这就不仅是感情强烈到极化的程度,而且更进一步转化为经典格言了。这就叫作情采。而情采和文采都不是《迢迢牵牛星》的优点,它的优点在于朴素无华而纯厚。正因如此,它所代表的"古诗十九首"被刘勰在《文心雕龙》中称为"五言之冠冕",被钟嵘《诗品》赞为"天衣无缝,一字千金"。在文学史上,这种朴素自然的作品比秦观那种文采、情采俱佳的作品,得到的评价更高。这是很值得细心体悟的。

《迢迢牵牛星》写的是天上的牵牛星吗?好像是又好像不是。因为接下来,出现了"皎皎河汉女",就把牵牛星丢在一边了。下面写的全都是河汉中的织女:"纤纤擢素手,札札弄机杼。"这已不再是星星,而是一个在织布的女性。

这里就有了可分析性:以牵牛星为起兴,只为引出全诗的主角——织女;女性形象很快得到美化:首先是外观的美化,"皎皎""纤纤",是不是有一种明媚纤弱的感觉?是不是有一种朴素单纯的感觉?连手都是素手。大概是比较白皙,又没有什么首饰。如果仅是这样,还只是外部形态上的美。诗中对织女的美化,更重要的是在感情上。这时,牵牛星的另一个功能就显现出来:成为织女遥望的对象,也就是感情激发的源头。这样,外在的美就有了内在的感情内涵。牵牛星的"迢迢"和织女的"皎皎""纤纤"融为一体,构成统一的画境。

至此,画面是单纯的,思念则以无言的迢迢相望为特点,思念之苦是默默的、潜在的。而到了"终日不成章,泣涕零如雨",则从外部效果上显示内心的痛苦。一是整天织布却织不成匹,这是心烦意乱,导致效率不高。[①]二是涕泪如雨,思念之苦因而强烈了。

这样,前者的微妙、潜在和后面的强烈、表露就形成了意脉的转折,这种转折正是情绪强化到不可抑制的结果,但是,仍然是无声、无言的,在语言上也没有大肆形容和渲染,仍然朴素无华。接下来,是进一步强化:

河汉清且浅,相去复几许?

这里在意脉上出现了第二次转折。原来说牵牛星是迢迢的、遥远的,这里却变成了河汉并不深,是清而浅的,障碍并不是很大,渡过去似乎并不困难。"相去复几许?"说得很含蓄,然而——

> 盈盈一水间,脉脉不得语。

盈盈,即充溢、清澈之意,看起来很透明,没有狂风恶浪,可就是过不去。从视觉直接感知来说,距离更近了,不过就是"一水"之隔,这和前面的"迢迢"在结构上是一种呼应,意脉统一了,却经过几重转折。可是,不管多么"清浅",仍然是"脉脉不得语"。这个"不得语"很关键,点出了全诗意境的特点。就是感情很深沉,距离不算遥远,可就是说不出、道不得。是什么阻挡着有情人相聚呢?可能是某种看不见摸不着的障碍。当然,在传说中,这个权威的阻力是神的意志。但是,诗里并没有点明。这就使得这首诗召唤读者经验的功能大大提高了。在爱情中,阻力可能是多方面的,可能是超自然的,也可能是社会的,还有可能是情人自身心理方面的。故"脉脉不得语",有情而无言,不敢言、不能言,可能是出于对外在压力的警惕,也可能是出于情感沟通的矜持,也就是说,内心的积累已经饱和了,含情"脉脉"已经到了临界点,而转化为直接表达,还存在着一时难以逾越的心理障碍。

值得注意的是,开头四句连用叠字,最后两句又用叠字,且都用于句首,形成一种呼应,一种回环的、低回的、复沓的节奏,情感之美和节奏之美构成统一完整、有机的默默无言的内在意境。

注:

① "终日不成章"化用《诗经·大东》语意:"彼织女,终日七襄。虽则七襄,不成报章。"

《短歌行》：九节连环的"意脉"

解读焦点：这首诗的宏大气魄是可以感受到的，同时可以感受到的是章节间的非连续性。宏大的气魄就隐含在若断若续的意脉中。揭示意脉连续的密码是解读此诗的关键。

短歌行　曹操

对酒当歌，人生几何？譬如朝露，去日苦多。
慨当以慷，忧思难忘。何以解忧？唯有杜康。
青青子衿，悠悠我心。但为君故，沉吟至今。
呦呦鹿鸣，食野之苹。我有嘉宾，鼓瑟吹笙。
明明如月，何时可掇？忧从中来，不可断绝。
越陌度阡，枉用相存。契阔谈䜩，心念旧恩。
月明星稀，乌鹊南飞。绕树三匝，何枝可依？
山不厌高，海不厌深。周公吐哺，天下归心。

第一章（四句）的意象统一于现场（饮宴）的主体从外物到内心的视角。

"对酒当歌，人生几何？"表现了诗歌主体于酒宴场景中闻歌举杯的情景。意脉的"脉头"就在"去日苦多"中的"苦"字上。这个"苦"字奠定了全诗的基调。"对酒当歌"是外部的感知，"去日苦多"是内心郁积的激发。这是由外部的视听向内跃迁，其间的连续，不像曹植《白马篇》那样，以现场意象的"连贯"为主线；而是超越了现场即景，转向长期的郁积。从外部意象来说，从"酒""歌"到"苦"，这是断，但是，从内部激发来说，这又是续，苦闷是现场的酒和歌激发出来的。激发就是外"激"内"发"的互动。

在全诗直接抒情的各章中,这一章四句是最为统一的。

"苦"作为"脉头",其功能是为整首诗定下基调。从性质上来说,是忧郁的;从情感的程度来说,是强烈的。"慨当以慷"把二者结合起来,把生命苦短的"慨"叹变成雄心壮志的"慷"慨。这就从实用理性的层次,上升到审美情感的层次。苦和忧本是内在的负面感受,而慷慨则是积极、自豪的心态。将忧苦上升为豪情,这在中国诗歌史上是一个突破。早在屈原的《离骚》中就有"老冉冉其将至兮,恐修名之不立"。在曹操所属的建安风格中,对这种豪情又有更自觉的发展。建安风格强调的是尚气、慷慨,也就是把悲情转化为慷慨,让悲情带上豪情,这是屈原所没有的。《文心雕龙》讲建安风骨"蔚彼风力,严此骨鲠"。曹操继承了这个母题,唐吴兢说它"言当及时为乐"(《乐府古题要解》),实在是没有看懂曹操《短歌行》在这个母题上的历史性创新。建安风骨甚至发展出曹植那样的"捐躯赴国难,视死忽如归"的生死观。

本来,在曹操以前的《古诗十九首》中,人生苦短的主题转化为及时享受生命的欢乐,从感情的性质来说,并不是豪迈的,而是悲凄的,如《古诗十九首》有:"出郭门直视,但见丘与坟。古墓犁为田,松柏摧为薪。白杨多悲风,萧萧愁杀人!"更多的并不是悲凄,而是欢乐,但是,是不得已的、被动的游戏人生。如:"人生天地间,忽如远行客。斗酒相娱乐,聊厚不为薄。驱车策驽马,游戏宛与洛。""人生寄一世,奄忽若飙尘。何不策高足,先据要路津?无为守穷贱,轗轲长苦辛。""生年不满百,常怀千岁忧。昼短苦夜长,何不秉烛游!为乐当及时,何能待来兹?"这些诗反反复复抒写的是,直面生命大限的天真的苦闷和及时享受生命的豁达。特别值得一提的是:"浩浩阴阳移,年命如朝露;人生忽如寄,寿无金石固。万岁更相迭,圣贤莫能度;服食求神仙,多为药所误;不如饮美酒,被服纨与素。"这一首在意象的两个方面和曹操可能是巧合的。一是"年命如朝露",和《短歌行》相比,不但感知生命苦短是一致的,而且喻体"朝露"也是一样的。二是"不如饮美酒,被服纨与素",把苦闷与"酒"相联系也是一致的。然而,由此而生发出来的情感逻辑却是不一样的。第一,曹操并没有因为生命苦短而以宴乐之乐而乐,相反,恰恰在对酒当歌的行乐中感到悲怆。第二,曹操没有完全沉浸在个体生命的无奈之中,而是把"忧思难忘"和"慷慨"的英雄气概结合起来。个体生命的悲歌变成了宏图大志的壮歌。这样,忧思就不再完全是苦,而是一种生命的享受。《古诗十九首》的苦与忧,不得已而乐,演变成了曹操的气魄宏大的"把苦与忧转化为豪迈的享忧"主题。

在《短歌行》的阅读史上,苏东坡可能是最早读出了其中的雄豪之气的。他在《前赤壁赋》中这样说:"月明星稀,乌鹊南飞,此非曹孟德之诗乎?西望夏口,东望武昌,山川相缪,郁乎苍苍,此非孟德之困于周郎者乎?方其破荆州,下江陵,顺流而东也,舳舻千里,旌旗蔽空,酾酒临江,横槊赋诗,固一世之雄也。"苏东坡第一个把曹操的政治和军事业绩当作豪迈的密码,这种观念影响巨大,以至于几百年后,《三国演义》顺理成章地把"酾酒临江,横槊赋诗"演化为小说的宏大场景。苏轼以后,这一点似乎就成了共识。连清代八股文的能手陈沆在《诗比兴笺》中都说:"此诗即汉高《大风歌》思猛士之旨也。"

这种化忧苦为慷慨、"享忧"的主题,日后成为古典诗歌的核心母题,到唐代诗歌中,特别在李白的诗歌中得以发扬光大,达到辉煌的高峰。在第二章中,苦忧变为慷慨,就成了意脉衍生的第二个节点。

意脉的第三个节点,是"解"("何以解忧")。寻求解脱而不得,只能回到酒上来。这就是说,在现实境界中是不能解脱的,只好寻求酒的麻醉。从"对酒当歌"到"唯有杜康",外部意象的连贯是实线,而意脉贯通则是虚线。这种虚实互补,形成了意脉密码的隐秘性。

到了"青青子衿,悠悠我心。但为君故,沉吟至今。呦呦鹿鸣,食野之苹。我有嘉宾,鼓瑟吹笙",意脉的第四个节点"沉吟"出现了。清张玉谷说:"此叹流光易逝,欲得贤才以早建王业之诗。"(《古诗赏析》卷八)从外部意象来说,自对酒当歌的宴席场景,到这个不在现场的"青青子衿"的意象,其间有个大的跳跃。而从内心意脉来说,从"苦"到"忧",到"慷慨",再到"沉吟",甚至"鼓瑟吹笙"的欢庆,出现了多重起伏。以《诗经·郑风·子衿》的爱情诗展示招徕人才的真诚。从情感的性质来说,慷慨的悲歌变成了"悠悠"的情歌。从情感的强度来说,则是从强烈的悲怆到柔化的"悠悠"。慷慨的激情,一变而成温情,二变而成更深的"沉吟",三变而成"鼓瑟吹笙"的欢快。①

如果说,第一章的直接抒发最为有机,那么,第四个节点最为丰富。

台湾师大陈满铭教授分析此诗,强调其中有"变化",其实讲的就是这种意脉的衍生,也是情感的起伏律动。其间隐性的脉络把跳跃性的显性意象统一起来。是不是可以这样说,显性的跳跃(断)与隐性的衍生(连),形成了一种反差、一种张力,构成了一种"象"断"脉"连,若断若续,忽强忽弱,忽起忽伏的节奏。

到了"明明如月,何时可掇?忧从中来,不可断绝。越陌度阡,枉用相存。契阔谈䜩,心念旧恩"又发生了很大的变化。对于这样的变化,网上有一篇赏析文章,说得相当到位:

> 这八句(按:指从"明明如月"到"心念旧恩")是对以上十六句(按:指从"对

酒当歌"到"鼓瑟吹笙")的强调和照应。以上十六句主要讲了两个意思,即为求贤而愁,又表示要待贤以礼。倘若借用音乐来作比,这可以说是全诗中的两个"主题旋律",而"明明如月"八句就是这两个"主题旋律"的复现和变奏。前四句又在讲忧愁(按:指从"明明如月"到"不可断绝"),是照应第一个八句(按:指从"对酒当歌"到"唯有杜康");后四句讲"贤才"到来,是照应第二个八句(按:指"青青子衿"到"鼓瑟吹笙")。表面看来,意思上是与前十六句重复的,但实际上由于"主题旋律"的复现和变奏,使全诗更有抑扬低昂、反复咏叹之致。②

可惜不知作者是谁,不过可以肯定是一位对古典诗歌和现代诗歌均有修养的学者。在这种反复呈现的起伏节律中,接下去:"明明如月,何时可掇。忧从中来,不可断绝。越陌度阡,枉用相存。契阔谈䜩,心念旧恩。"以《诗经·小雅·鹿鸣》中的经典强化其真诚。这样,第五个节点(忧)其实是脉头(忧)的再现:"忧从中来",而且还达到"不可断绝"的强度。然而这并不是简单的重复,紧跟着就是"契阔谈䜩",表现了久别重逢的温馨。

从意脉的衍生来说,这样的温馨应该是第六个节点了。

从情感的性质来说,是从生命的忧思变成了对旧情(恩)的怀想。悠悠的温情,转化为激情之后,又迎来了"心念旧恩"的温情。

不同性质、不同强度的情致交替呈现,显示了诗人心潮起伏的节律,本来有点游离的意象群就此得以贯通。不可忽略的是,从酒宴场景转向对月的怀想。为什么要去"掇"月亮?这个"掇"字,可能是摘取,也可能是断。如果是摘取,就是把追求贤士的情怀美化为月光。如果解作忧愁之不可"断",则是表现忧愁如月光般纯净。不管是月亮不可掇,不可摘,还是愁思如月光不断,总体来说,就是时光荏苒,不舍昼夜,而朝露苦短,忧愁乃如月华,看得到,摸不着,却所在皆是,在可解脱和不可断绝之间。这里,意脉的节点很明显是承接前面,已经肯定杜康可以"解忧",但行文至此,杜康却变成了月光,不但不能解忧,"忧"反而加重了("不可断绝")。这是反接,恰好使意脉得到进一步深化。

情绪的高潮在最后一章:

> 月明星稀,乌鹊南飞。绕树三匝,何枝可依?

从单个章节意象群的质量来看,这可能是最精彩的。在这首抒情诗中,只有这四句,几乎完全是用意象群组成的图画。这幅图画的质量实在很精致。

星稀说明深夜,月明表明不但空旷,而且透明。不透明,不可能看得到高飞的乌鹊,更不可能持续看到其绕树达三匝之久。这幅夜景的清晰度是很惊人的,之所以惊人,就是因为它简练,先是让整个天空一览无余,下方只有(一棵)树,把无垠的空间全给了乌鹊。如果是西方语言,则应该表明是单数还是复数,阴性还是阳性,但汉语的好处是只鸟和群鸟、雄鸟和雌鸟并没有多少区别。这也正是诗与画不同的地方。如果在画里,强调天空之广阔,相对微小的乌鹊,特别是单个的鸟,可能难以目睹,而在诗里乌鹊却成为天宇中突出的主体。语言的想象性使得背景把主体反衬得非常突出,效果完全集中到"何枝可依"上。天空越是广阔,寻找栖居之地越是渺茫。

　　"何枝可依"的渺茫,这是第七个节点。

　　不可回避的是,此章提供的意境深远的图画,与前章"越陌度阡,枉用相存。契阔谈宴,心念旧恩"在意象上似乎有脱离,意脉有断裂之虞。清沈德潜在《古诗源》中说:"'月明星稀'四句,喻客子无所依托。"显然是为了以客子喻贤士,弥合意脉的断裂。但从理性逻辑上去推想,反倒留下了更明显的裂痕。把诗人心目中的贤士比喻为乌鹊,似有扞格。那是诗人心目中的"嘉宾",念之思绪"悠悠",迎之"鼓瑟吹笙",怀之"心念旧恩",待之"契阔谈宴",把这样一种诗化、美化了的对象暗喻为乌鹊,在联想上格格不入。要知道意脉的贯通不完全靠显性,还要考虑隐性联想的和谐。更为合理的理解应该是,这八句是"契阔谈宴"所"谈"的内容。"谈宴"就是心灵欢快的沟通,这是意脉的第八个节点。当时如果有标点符号的话,则应该有引号。"乌鹊"这一意象,与其说是指贤士,不如说是指黎元。黎的本义就是黑,黎元,就是黑头。以乌鹊喻黑头,在隐性的联想上是比较贴切的。特别是点明了乌鹊是在南飞。曹操当时的政治权力中心在河南,正南方就是荆州(包括湖北、湖南),这是刘备和孙权的势力范围。黎民百姓去那里"无枝可依",就是流离失所。这就激发出下面的宏图大志:"山不厌高,海不厌深。周公吐哺,天下归心。"其实这四句也应该包含在谈宴的引号之内,因为这正是"谈宴"的高潮。不仅心有默契,而且有浓郁的氛围,可以豪迈地宣告自己的政治和人格理想。豪迈就是强烈化。山已经算是高了,精神境界还要更高;海已经算是深了,心灵容量还要更深。这是典型的古典激情,从逻辑上来说,则是极端化的情感。但这还是比较宏观的境界,最后两句则以理想人物周公吐哺、握发为典范,把崇高的精神落实在具体的、微观的实践上:只要像周公那样事必躬亲,甚至连吃饭都来不及,就能达到这理想的目标。从诗艺上看,这是很浪漫的。首先,曹操所谓的事业,明明是武装夺取政权,带有血腥的,而曹操却把它诗化为人心归顺。其次,把攻城略地摧毁敌对政权说成是天下人的绝对诚服。这里充分表现了曹操的自信,曹操的意气风发。这个因果逻辑是极端的，完全是情感逻辑。如果从理性逻辑分析，这种事必躬亲的作风并不是最好的。《资治通鉴长编》"贞观君臣论治"载，臣子们夸奖隋文帝日夜勤劳，每一件公文都要自己亲自处理，唐太宗就不赞成。他说，如果什么文件都是我亲自处理，我一天出一个错，就很可观了。我就要交给你们来处理，有错误我来纠正。韩信为汉高祖所擒，说高祖只能带十万兵，而自己多多益善。最后之所以为高祖所擒，就是因为高祖不善将兵，而善将将。从这个意义上来说，事必躬亲，弄得饭也吃不成，并不是很英明的。

但这是一首抒情诗，而不是《求贤令》那样的公文，阅读不能满足于揭示其客观因果逻辑关系，关键应该在情感逻辑的"偏激"，意脉的衍生、曲折和起伏。首章的悲怆慷慨，末章的浪漫乐观，构成了一个二元对立的转化。主题在多个节点的呈示、展开中盘旋升华。第一个"脉头"是"苦"和"忧"；第二个是感叹悲怆，变成雄心壮志的"慷"慨；第三个是"解"（"何以解忧"），寻求解脱期望；第四个是"沉吟"；第五个是"不可断绝"的忧心；第六、"鼓瑟吹笙"的欢庆；第七，"契阔谈䜩，心念旧恩"的温馨；第八，"何枝可依"的怜悯；第九，"天下归心"的浪漫，这也是意脉的脉尾，与首章对比，构成了一个完整的情感过程。其间情感的衍生、变化特别丰富。

敏感的读者可能要质疑，这是不是太烦琐了？可能是的，但这也是必要的。曹操运用的诗歌形式是四言。这种形式有《诗经》的经典性，节奏非常庄重、沉稳；同时也有缺点，那就是从头到尾，一律都是四言，其内在结构就是两字一个停顿。全诗三十二行，六十四个同样的停顿难免显得单调。在《诗经》里也是这样。但《诗经》的章法采用在复沓中有规律地变化、在对应的节奏上改变字句的办法。曹操没有采用这样的格式，原因是他的精神内涵比之《诗经》要复杂得多。从个体生命的短促、对友情的怀念，到对黎民百姓的怜悯，再到政治宏图、人格理想，等等，如此丰富的内容，采用单纯的复沓形式显然不够。曹操在章法上废弃了复沓，避免了句子结构上一以贯之的重复，这首先就需要在情感上进行类似九节连环的变幻，其次，在情感的强度上强调起伏。第一个到第三个节点是强化的激情；到第四个节点的沉吟，变成弱化的温情；第五个节点是忧心不可断绝的沉重；第六个节点的鼓瑟吹笙又是强化欢快；第七个节点是柔化的温馨；第八个节点是诗化的感同身受；第九个才是最强音，是人格理想和民心和谐的升华。从情感结构上看，意脉从激情始，经历多重起伏，到最后又回归首章的激情。

这里的"意脉"是一种奏鸣曲式的统一而层次丰富的环形结构。

注：
① 本来，"短歌行"和"长歌行"是乐府《平调曲》中的两种曲名，《短歌行》多用于宴会。
② 无法查到作者的名字，注此以表敬意。

《陌上桑》：美的效果胜于美女本身

解读焦点：从文学发展的历史来看,直接描写人物的外貌,是一个难题。这是因为,语言是声音符号的象征系统,主要诉诸于听觉。而人物的外貌、身材、体态、服饰,主要诉诸视觉,是听觉无法直接表达的,即使象征符号具有约定俗成的经验唤醒作用,也很难穷尽视觉直观的丰富信息。所以,直接描写人物,特别是美人,就成为世界文学经典不断探索的课题。解读这首《陌上桑》,主要围绕美女如何美来展开。

陌上桑

日出东南隅,照我秦氏楼。秦氏有好女,自名为罗敷。罗敷喜蚕桑,采桑城南隅。青丝为笼系,桂枝为笼钩。头上倭堕髻,耳中明月珠。缃绮为下裙,紫绮为上襦。行者见罗敷,下担捋髭须。少年见罗敷,脱帽著帩头。耕者忘其犁,锄者忘其锄。来归相怨怒,但坐观罗敷。

使君从南来,五马立踟蹰。使君遣吏往,问是谁家姝？"秦氏有好女,自名为罗敷。""罗敷年几何？""二十尚不足,十五颇有余"。使君谢罗敷："宁可共载不？"罗敷前致辞："使君一何愚！使君自有妇,罗敷自有夫。"

"东方千余骑,夫婿居上头。何用识夫婿？白马从骊驹,青丝系马尾,黄金络马头;腰中鹿卢剑,可值千万余。十五府小吏,二十朝大夫,三十侍中郎,四十专城居。为人洁白晰,鬑鬑颇有须。盈盈公府步,冉冉府中趋。坐中数千人,皆言夫婿殊。"

诗歌第三句"秦氏有好女"中的"好"字,在现代汉语中作为形容词,与"坏"相对;而在古代汉语中,好不但有正面评价的意义,而且有容貌美丽的意味。《广韵》引《国语·晋语一》"虽好色,必恶心,不可为好。"韦昭注曰"好,美也。"这里的"虽好色"的

"好"不是动词,而是形容词,"好色"是美色的意思。辨析清楚这个词,对理解这首诗的艺术和思想有关键的意义。

有些课本的"问题讨论"中提出"作者用何种手法来描写罗敷的美貌?请举例加以说明。"这样的问题太简单,回答起来可能很肤浅,不外是表面的一望而知。有赏析文章这样写:"诗中交代了女主角的姓名、身份、职业和工作地点。作者为了衬托罗敷,夸张地铺叙其器物的精致和服饰的华美,而描写愈精致华美,正是为了衬托出使用、穿著者的艳丽动人。"(俞长江、侯健主编《中国历代诗歌名篇鉴赏辞典》,北京农村读物出版社)这是典型的被动追随性阅读,而不是主动分析性阅读。

说通过环境、器物和服饰之美,来表现罗敷的美貌,似乎并不错,但只是把诗句化为散文。原因在于缺乏主动反思,没有提出可供分析的问题。第一,为什么不直接写美女的面容、身材之美,而写环境、器物、服饰之美?第二,环境、器物、服饰之美,能等同于人的容貌之美吗?第三,过分铺陈服饰之美是不是符合人物的身份?第四,是不是可能淹没了容颜之美,甚至反衬出容貌之不美呢?

在解决这些问题之前,我们先来追溯一下文学经典中,是如何表现美女之美的。

《诗经》一开头,对美女的描述,大都是"窈窕淑女""静女其姝"之类,只以"窈窕""淑""静""姝"来表现,是比较单纯的,缺乏直接的感知。只有《卫风·硕人》比较勇敢地正面地写道:"手如柔荑,肤如凝脂,领如蝤蛴,齿如瓠犀。螓首蛾眉。巧笑倩兮,美目盼兮。"一连用了五个比喻,每个比喻都富于细致的感知,但是,五个比喻是分散的,"领如蝤蛴"和"齿如瓠犀",一个是动物的,一个是植物的,给人的印象是游离的,很不统一,谈不上和谐。还不如"巧笑倩兮,美目盼兮"动人。朱光潜在《从生理观点谈美与美感》中,对之批评得很尖锐:"前五句罗列头上各部分,用许多不伦不类的比喻,也没有烘托出一个美人来。"[①]

宋玉的《登徒子好色赋》表现女性之美,有了一些发展:"天下之佳人莫若楚国,楚国之丽者莫若臣里,臣里之美者莫若臣东家之子。东家之子,增之一分则太长,减之一分则太短;著粉则太白,施朱则太赤;眉如翠羽,肌如白雪;腰如束素,齿如含贝。"虽然正面所写"眉如翠羽,肌如白雪;腰如束素,齿如含贝"是从诗经《硕人》中模仿来的,有《诗经》同样的不足。但是宋玉也有些发明,不是从正面刻画如何美,而是从反面强调,"增之一分则太长,减之一分则太短;著粉则太白,施朱则太赤",强调这样的美有一种完美到无以复加的程度。遗憾的是,这一点发明并不太高明,因为本来是要表现美人如何美的,而他却在如何不美上做文章。从严格意义上说,这里是虚晃一枪。

从外貌上写美女的课题在汉乐府民歌中,表现出突破的迹象。

那就是不直接在身体、容貌上下工夫,而是在环境和服饰上以排比的手法加以渲染。"日出东南隅,照我秦氏楼"这是在居所的光鲜上营造美女的环境。接着在道具和装饰上展示其华丽:"青丝为笼系,桂枝为笼钩。头上倭堕髻,耳中明月珠。缃绮为下裙,紫绮为上襦。"对于器具这样铺陈,明显有不实用的性质,但这并不令人感到虚假,也不令人感到烦琐,这是因为,第一,乐府诗本来是合乐的,音乐曲调旋律的复沓,和诗歌的精练有不同规律,故合乐的《诗经》,在章法上反反复复,往往每章只易一两字,从纯粹诗歌的角度看,未免有繁复之嫌,却并不妨碍其历史的经典性。第二,这样的复沓,蕴含着早期民歌某种朴素、天真的趣味。就如人类早期神话是人类的集体想象,从现代人的眼光看,未免显得幼稚,但是,恩格斯说希腊神话不但是希腊艺术的宝库,而且至今仍然是不可企及的典范。从人类成年时期回顾童年时期的天真想象,不但有情感的审美价值,而且有历史的文化价值。

乐府民歌是经过官方文人加工的,因而问题就比较复杂,其中交织着民歌的平民和贵族的趣味。一方面罗敷似乎是一个采桑的平民女子,但却住在独家的高楼上,这在当时可谓是豪华的居所。采桑的篮子又是"青丝为笼系,桂枝为笼钩",这不像劳动用具,更像是工艺品。服饰是"缃绮为下裙,紫绮为上襦",都是丝织品,当时平民百姓的穿戴只是麻织品而已。至于"头上倭堕髻",梳妆这么复杂,显然不便于劳动,而耳中还有"明月珠",化装得这么繁复,与其说是出来采桑,不如说是出来展示其华丽风采,似乎有贵族化的倾向。平民性质的朴素采桑劳动,本身是实用价值,不具备美的属性,要把它美化、诗化,不能从面容身姿上正面表现,只好从环境、装饰方面去想象、去美化。这种想象早在《诗经》中就屡见不鲜。如在《卷耳》中"采采卷耳,不盈顷筐。嗟我怀人,置彼周行",这是正面写劳动,是平民的身份的妇女在思念丈夫。接下去"陟彼崔嵬,我马虺隤。我姑酌彼金罍,维以不永怀"。为了解脱思念的郁闷而饮酒,酒器居然是"金罍,"本来"罍",从畾,是声符,而"缶"则为瓦器,表意的。虽然在当时是"金"所指为铜,但也是贵金属。有这样贵重的酒器的妇女还用得亲自采卷耳吗?但是,这种超越实用的手法,在乐府民歌中是相当普遍的。如在《孔雀东南飞》中表现刘兰芝被迫离去时,是这样的:"鸡鸣外欲曙,新妇起严妆。著我绣夹裙,事事四五通。足下蹑丝履,头上玳瑁光。腰若流纨素,耳著明月珰。指如削葱根,口如含朱丹。纤纤作细步,精妙世无双。"只有"指如削葱根,口如含朱丹"算是接触到了容貌和身材,其余排比句均为衣饰。汉乐府中文人作品辛延年[②]的《羽林郎》即使写一个当垆的胡姬也是用了相当富丽的铺陈:

>长裙连理带,广袖合欢襦。
>头上蓝田玉,耳后大秦珠。
>两鬟何窈窕,一世良所无。
>一鬟五百万,两鬟千万余。

从诗歌语言来说,这样的繁复铺陈,不但与诗歌的精练背道而驰,而且与平民妇女的身份极不相称,一个卖酒的女子哪来当时相当贵重的"蓝田玉""大秦珠",她的鬟髻,怎么可能价值千万?所有这一切都在说明,正面直接美化女性之难,相对容易的是从外部条件上着眼。《诗经》是经过文人加工的,乐府则更是,官方乐工李延年、文人司马相如都曾参与乐府歌辞的创作。在加工过程中,汉赋的铺陈排比风格的渗透使这种手法更加普及化。

这就形成了这首叙事诗一开头特殊的美学风格,那就是民歌的单纯和汉赋典丽的交融。

但是,从外部服饰表现美人,毕竟还是比较肤浅的。这并不是对古人的苛求。在汉乐府以前,中国古典文学早已另有开拓。朱光潜对此有所发现。他在批评了《硕人》前面几句以后接着说:"最后两句(按:巧笑倩兮,美目盼兮)突然化静为动,着墨甚少,却把一个美人的姿态神情完全描绘出来了。"③朱先生的论点是"化静为动"。静止地表现美人是不可能讨好的,只有让她动起来,才可能得其神韵。朱先生是在阐释莱辛《拉奥孔》论画的时间静止性与诗的时间的延续性时这样讲的。的确有道理,可以从屈原的《九歌少司命》得到印证:"秋兰兮青青,绿叶兮紫茎。满堂兮美人,忽独与余目成。"写美人,先是以秋兰的绿叶紫茎为背景,接着并不静止写其容貌,而是写其与主人公的眉目传情,就成了传神之笔。

如果一味静止地描写罗敷,则可能陷入汉赋的窠臼。接下去的几句突然换了一种手法,不再借助华贵的外表。

>行者见罗敷,下担捋髭须。
>少年见罗敷,脱帽著帩头。
>耕者忘其犁,锄者忘其锄。
>来归相怨怒,但坐观罗敷。

这里呈现的是一系列大幅度的动作。罗敷的美,使各式各样的人物都被吸引了,都表现出异常的动作。挑担的忘了挑担,耕田的忘了耕田,青春少年赶紧化装,都耽误了工作,还相互埋怨,其实,都是因为被她的美色吸引得忘神了。

解读到这里,似乎符合朱光潜阐释的莱辛的"动"的理论。严格地说,似乎不够用。在这里,"动"的不是罗敷,而是观看罗敷的人们。人们的"动",是结果,而"动"的原因却是罗敷之美。这就在很大程度上把表现美人的历史课题推进了一步。本来美人的美是用语言说不清的,只有淑女、静女,读者的五官可能感知不到。有了被美吸引得颠颠倒倒的人物的动作,美的效果就看得见了,就有了感染力了。

其实,这种手法早在宋玉,就有了苗头。他在"增之一分则太长,短之一分则太短;施粉则太白,施朱则太赤"后面还有一句"嫣然一笑,惑阳城,迷下蔡"。其中的"嫣然一笑",可以说《诗经》"巧笑倩兮"的延伸,但还缺乏感觉,而其效果"惑阳城,迷下蔡"则是具体可感的,因为这是动态的。这种动的艺术特点突出的乃是美的效果。这种效果到了李延年,就更夸张了:

> 北方有佳人,绝世而独立。
>
> 一顾倾人城,再顾倾人国。
>
> 宁不知倾城与倾国?佳人难再得!

在宋玉那里,只写了一笑,就把阳城、下蔡的人都迷倒了,而李延年这里,则是回头一看,城池、邦国就倾倒了。这样的夸张,据说还让李延年的妹妹得了汉武帝的宠幸,成了有名的李夫人。为了美人不顾国家的兴亡,明知有"倾城与倾国"的严重后果,但是比起"佳人难再得"来,似乎都算不得什么了。

"倾城倾国"广泛被接受,成为形容美人的成语。

中国人写美的效果的原则如此极端,无独有偶,与古希腊史诗里写海伦居然异曲同工。海伦走向特洛伊城上,俯望战场,那些为她而血战的数万战士,望见她时,全看傻了,都不想打仗了,于是双方休兵一天。战争结束后,希腊老兵唯一的要求是,看一看令他们十年血战的美女。当海伦站在城墙上向他们致意时,这些士兵老泪纵横地说:"值得!"

罗敷之美和海伦之美的夸张效果固然如出一辙,但是,从艺术表现来说,不可忽略的是,海伦之美的效果,其抒情超越血腥暴力,带着正剧性质,而罗敷之美的效果,则带着喜剧性质。所有人的动作毫无例外地都耽误了正经事,显而易见地可笑,却毫无道理地相互埋怨。还是诗人客观地指出,其实都是因为不由自主地看罗敷看呆了。

这个场面不但本身精彩,而且给罗敷富丽的美增加了幽默的成分。这就不是一般的"倾城倾国"所能涵盖的了。

以下情节则是对罗敷之美的深化,从外表的美,到内心的美。对于来自权势者的诱惑,罗敷采取的不是一般的拒绝,而是以夸赞丈夫的高贵来俯视权势者。罗敷所用的语言仍然是赋体的铺陈:

> 东方千余骑,夫婿居上头。
> 何用识夫婿,白马从骊驹。
> 青丝系马尾,黄金络马头。
> 腰中鹿卢剑,可直千万余。
> 十五府小吏,二十朝大夫。
> 三十侍中郎,四十专城居。

这表面上和开头对罗敷的夸饰手法有共同之处。但是,对罗敷的夸饰是第三人称,而这里则是第一人称,这里就不完全是铺陈,而是带着更多的带着罗敷的抒情意味。

> 为人洁白皙,鬑鬑颇有须。
> 盈盈公府步,冉冉府中趋。

这不仅仅是用外部环境和装饰的排比来间接突出丈夫的高贵,而是直接描写其容貌和步态。从中也可看出,汉代人对于男子美的一些标准,如皮肤的白皙和胡须。从步态来说,则以从容不迫为美,这显然带着贵族的情调。可以看出来,对丈夫的夸耀,综合用了外部铺陈,而对于其容貌步态的直接描述,则比较朴素,没有明显的夸张,情绪并没有紧张起来。但是,最后还是回到效果上来,"坐中数千人,皆言夫婿殊",则相当夸张。但是,从情感来说,则是比较平缓。

同样题材的《羽林郎》中的胡姬的美德,不是夸耀自己的丈夫,而在物质诱惑("贻我青铜镜,结我红罗裾")面前刚烈的决绝("不惜红罗裂,何论轻贱躯"),摆出了以死相拼的姿态。而且以直接独白上升到哲理:

> 男儿爱后妇,女子重前夫。
> 人生有新旧,贵贱不相逾。
> 多谢金吾子,私爱徒区区。

"人生有新旧,贵贱不相逾",拒绝的可贵在于坚贞,其境界不单单在新旧超越了贵贱,而且有对男女两性更高的概括"男儿爱后妇,女子重前夫"。男生喜新,女性爱旧,就不仅仅是对冯子都一个权贵,而且也是对男性弱点的普遍批判。这虽然是文人辛延年之作,但似乎个性更加鲜明,性情相当粗犷,也许这与女主人公是胡姬有关。从表现方法来说,没有用外部的铺陈,而是精粹的直白和对话的形式表现人物,发挥了乐府诗歌常用手法的优长。

注:

① 朱光潜《谈美书简》,人民文学出版社 2001 年版,第 49 页。
② 汉时诗人,生平不可考,从大秦珠一词推断,应该是东汉中后期。大秦最早见于中国是在班超通西域以后,在这之前中国人还不知道大秦这个地方。
③ 朱光潜《谈美书简》,人民文学出版社 2001 年版,第 49 页。

《孔雀东南飞》：情节的情感因果关系

解读焦点：情节由开端、发展、高潮、结局四个要素构成，这种"理论"是很幼稚、蒙昧而且腐朽的。四个部分平行，其间没有任何逻辑关系，既不符合理论的基本要求，对作品又无阐释功能。情节从亚里士多德以来，就是"结"和"解"的关系，后来被英国作家福斯特简化为因果关系。西方理论的缺点是没有排除理性的因果关系，二十世纪八十年代我在《文学创作论》里把它进一步发展为情感因果关系。

孔雀东南飞

序曰：汉末建安中，庐江府小吏焦仲卿妻刘氏，为仲卿母所遣，自誓不嫁。其家逼之，乃投水而死。仲卿闻之，亦自缢于庭树。时人伤之，为诗云尔。

孔雀东南飞，五里一徘徊。

"十三能织素，十四学裁衣，十五弹箜篌，十六诵诗书。十七为君妇，心中常苦悲。君既为府吏，守节情不移，贱妾留空房，相见常日稀。鸡鸣入机织，夜夜不得息。三日断五匹，大人故嫌迟。非为织作迟，君家妇难为！妾不堪驱使，徒留无所施，便可白公姥，及时相遣归。"

府吏得闻之，堂上启阿母："儿已薄禄相，幸复得此妇，结发同枕席，黄泉共为友。共事二三年，始尔未为久，女行无偏斜，何意致不厚？"

阿母谓府吏："何乃太区区！此妇无礼节，举动自专由。吾意久怀忿，汝岂得自由！东家有贤女，自名秦罗敷，可怜体无比，阿母为汝求。便可速遣之，遣去慎莫留！"

府吏长跪告："伏惟启阿母,今若遣此妇,终老不复取!"

阿母得闻之,槌床便大怒:"小子无所畏,何敢助妇语! 吾已失恩义,会不相从许!"

府吏默无声,再拜还入户,举言谓新妇,哽咽不能语:"我自不驱卿,逼迫有阿母。卿但暂还家,吾今且报府。不久当归还,还必相迎取。以此下心意,慎勿违吾语。"

新妇谓府吏:"勿复重纷纭。往昔初阳岁,谢家来贵门。奉事循公姥,进止敢自专? 昼夜勤作息,伶俜萦苦辛。谓言无罪过,供养卒大恩;仍更被驱遣,何言复来还! 妾有绣腰襦,葳蕤自生光;红罗复斗帐,四角垂香囊;箱帘六七十,绿碧青丝绳,物物各自异,种种在其中。人贱物亦鄙,不足迎后人,留待作遗施,于今无会因。时时为安慰,久久莫相忘!"

鸡鸣外欲曙,新妇起严妆。著我绣夹裙,事事四五通。足下蹑丝履,头上玳瑁光。腰若流纨素,耳著明月珰。指如削葱根,口如含朱丹。纤纤作细步,精妙世无双。

上堂拜阿母,阿母怒不止。"昔作女儿时,生小出野里,本自无教训,兼愧贵家子。受母钱帛多,不堪母驱使。今日还家去,念母劳家里。"却与小姑别,泪落连珠子。"新妇初来时,小姑始扶床;今日被驱遣,小姑如我长。勤心养公姥,好自相扶将。初七及下九,嬉戏莫相忘。"出门登车去,涕落百余行。

府吏马在前,新妇车在后,隐隐何甸甸,俱会大道口。下马入车中,低头共耳语:"誓不相隔卿,且暂还家去;吾今且赴府,不久当还归,誓天不相负!"

新妇谓府吏:"感君区区怀! 君既若见录,不久望君来。君当作磐石,妾当作蒲苇。蒲苇纫如丝,磐石无转移。我有亲父兄,性行暴如雷,恐不任我意,逆以煎我怀。"举手长劳劳,二情同依依。

入门上家堂,进退无颜仪。阿母大拊掌,不图子自归:"十三教汝织,十四能裁衣,十五弹箜篌,十六知礼仪,十七遣汝嫁,谓言无誓违。汝今何罪过,不迎而自归?"兰芝惭阿母:"儿实无罪过。"阿母大悲摧。

还家十余日,县令遣媒来。云有第三郎,窈窕世无双。年始十八九,便言多令才。

阿母谓阿女:"汝可去应之。"

阿女含泪答:"兰芝初还时,府吏见丁宁,结誓不别离。今日违情义,恐此事非奇。自可断来信,徐徐更谓之。"

阿母白媒人："贫贱有此女,始适还家门。不堪吏人妇,岂合令郎君?幸可广问讯,不得便相许。"媒人去数日,寻遣丞请还,说有兰家女,承籍有宦官。云有第五郎,娇逸未有婚。遣丞为媒人,主簿通语言。直说太守家,有此令郎君,既欲结大义,故遣来贵门。

阿母谢媒人："女子先有誓,老姥岂敢言!"

阿兄得闻之,怅然心中烦,举言谓阿妹："作计何不量!先嫁得府吏,后嫁得郎君,否泰如天地,足以荣汝身。不嫁义郎体,其往欲何云?"

兰芝仰头答："理实如兄言。谢家事夫婿,中道还兄门。处分适兄意,那得自任专!虽与府吏要,渠会永无缘。登即相许和,便可作婚姻。"

媒人下床去,诺诺复尔尔。还部白府君："下官奉使命,言谈大有缘。"府君得闻之,心中大欢喜。视历复开书,便利此月内,六合正相应。良吉三十日,今已二十七,卿可去成婚。交语速装束,络绎如浮云。青雀白鹄舫,四角龙子幡,婀娜随风转。金车玉作轮,踯躅青骢马,流苏金镂鞍。赍钱三百万,皆用青丝穿。杂彩三百匹,交广市鲑珍。从人四五百,郁郁登郡门。

阿母谓阿女："适得府君书,明日来迎汝。何不作衣裳?莫令事不举!"

阿女默无声,手巾掩口啼,泪落便如泻。移我琉璃榻,出置前窗下。左手持刀尺,右手执绫罗。朝成绣夹裙,晚成单罗衫。晻晻日欲暝,愁思出门啼。

府吏闻此变,因求假暂归。未至二三里,摧藏马悲哀。新妇识马声,蹑履相逢迎。怅然遥相望,知是故人来。举手拍马鞍,嗟叹使心伤:"自君别我后,人事不可量。果不如先愿,又非君所详。我有亲父母,逼迫兼弟兄。以我应他人,君还何所望!"

府吏谓新妇:"贺卿得高迁!磐石方且厚,可以卒千年;蒲苇一时纫,便作旦夕间。卿当日胜贵,吾独向黄泉!"

新妇谓府吏:"何意出此言!同是被逼迫,君尔妾亦然。黄泉下相见,勿违今日言!"执手分道去,各各还家门。生人作死别,恨恨那可论?念与世间辞,千万不复全!

府吏还家去,上堂拜阿母:"今日大风寒,寒风摧树木,严霜结庭兰。儿今日冥冥,令母在后单。故作不良计,勿复怨鬼神!命如南山石,四体康且直!"

阿母得闻之,零泪应声落:"汝是大家子,仕宦于台阁,慎勿为妇死,贵贱情何薄!东家有贤女,窈窕艳城郭,阿母为汝求,便复在旦夕。"

府吏再拜还,长叹空房中,作计乃尔立。转头向户里,渐见愁煎迫。

其日牛马嘶,新妇入青庐。奄奄黄昏后,寂寂人定初。"我命绝今日,魂去尸长留!"揽裙脱丝履,举身赴清池。

府吏闻此事,心知长别离,徘徊庭树下,自挂东南枝。

两家求合葬,合葬华山傍。东西植松柏,左右种梧桐。枝枝相覆盖,叶叶相交通。中有双飞鸟,自名为鸳鸯,仰头相向鸣,夜夜达五更。行人驻足听,寡妇起彷徨。多谢后世人,戒之慎勿忘!

关于这首长诗,网上有一个"优秀"教案是这样分析的:开端——兰芝被遣;发展——夫妻惜别(再发展——兰芝抗婚);高潮——双双殉情;尾声——告诫后人。像这种把情节划分为开端、发展、高潮和尾声四要素的做法在当前仍具普遍性。许多见诸语文报刊的情节分析文章都在延用此种模式,这暴露了语文教师知识更新的严重落伍。

这个情节四要素的理论,是二十世纪五十年代从苏联学者季莫菲耶夫的《文学原理》中搬来的。①这个所谓"理论"本身是千疮百孔的。首先,这并不是文学作品所特有的,而是任何小道新闻、末流的花边故事所共有的,并未揭示文学情节的特殊性。其次,它给人一种印象,情节就是四个并列的要素,只有表面的时间顺序的联系。再次,它并没有揭示出这四个要素内在的逻辑关系。其实,古希腊亚里士多德早在《诗学》中,就根据悲剧分析出情节("动作""行动")就是一个"结"和一个"解",当中还有一个"突转"和"发现"。"结"就是结果,"解"就是"原因",而"突转",就是从结果的谜到原因的"发现"。②《诗学》第九章说:"如果一桩桩事情是意外发生而彼此间又有因果关系,那就最能产生这样的(按:引起恐惧与怜悯之情)效果。这样的事情比自然发生,即偶然发生的事件更为惊人。"③这个说法,到了二十世纪被英国人福斯特在《小说面面观》中通俗化为情节就是因果关系。他举例说,国王死了,王后随之也死了。这是故事,故事只是按时间顺序的叙述,还不能算是情节。情节则蕴含着因果关系。如国王死了,王后也死了,原因是悲伤过度。这就是情节了。④

这么经典,这么权威,又这么简明的论述,我们的中学语文界竟然视而不见,却在那个四要素中执迷不悟,不能不说是中国语文界的悲哀。

当然,上述理论并非十全十美,仍然有质疑的余地。因为从理论上来说,并非一切有因果关系的故事都是具有文学性的。如果拘于理性、实用的因果,就很难有多少文学性。比如关于祥林嫂的死,如果原因如茶房所说"还不是穷死的",很符合日常理性逻辑,这就没有任何艺术性可言。而祥林嫂死了,原因是人家歧视她是再嫁的寡妇,她也觉得自己有罪,还给庙里捐了门槛,自以为取得了平等敬神的资格,却没想到人家还不让她端敬神的"福礼"。从理性来说,这有多大了不得呢?何况人家说话很有礼貌:"祥林嫂,你放着吧。"这句话给她留足了面子,而她却因此精神崩溃了,失去了劳动力,沦为乞丐,最后不得不死。这个死的原因,就不是一般理性逻辑能够解释的,这是特殊的情感原因造成了悲剧的后果。用学术语言来说,是一种审美因果。这才叫艺术。这个说法,我写在了1986年出版的《文学创作论》和2006年出版的《文学性讲演录》中。⑤许多一线语文教师很喜欢我的文本解读,却忽略了我解读的理论基础。

这种情节理论,还是比较古典的;然而对于经典文本来说,却是最基本的入门常识。

这个理论基础和季莫菲耶夫那种四要素理论最大的区别就在于,认为因果关系是情感性质的,或者说是审美价值的因果关系。回头来看,那个"优秀"教案的问题出在哪里。这种划分方法似乎什么都有了,就是没有因果关系。兰芝为什么要死呢?从理性逻辑来说,本来可以不死的。对她来说,改嫁并不注定是一条死路。这个教案的作者还是有点学问功底的。他启发学生说:

> 封建社会禁锢妇女的一整套礼法条规和道德标准,经历了一个发展、完善的过程。汉魏之前,再婚是一种普遍现象。在汉魏时期,限制再婚的理论进一步系统化,但再婚行为依然普遍存在,尤其那些人品才貌出众者。西汉卓文君新寡,司马相如以琴挑之,一曲《凤求凰》,卓文君便随司马相如去了。东汉邓元仪之妻被休后嫁给华仲,华仲做了大官,偕妻过街市,令邓元仪羡慕不已。东汉末蔡琰(文姬)初嫁卫仲道,后为乱兵所掳,嫁匈奴,曹操用金璧赎回,改嫁官吏董祀。刘备娶了刘琮的遗孀。魏文帝曹丕娶了袁术的儿媳妇甄氏。吴主孙权就曾纳丧夫的徐夫人为妃。诸如此类,不可胜数。两汉时正统儒者的言论尚未完全拘束人们的社会行为。到北宋程颐提出"去人欲,存天理""饿死事小,失节事大"(《遗书》),在当时的影响也并不很大,其侄媳也未能守节。南宋以后,"程朱"理学才进一步完备了封建礼教,礼教之风渐趋严厉,寡妇再嫁成为大逆不道。

从理性角度考虑,刘兰芝被休再嫁也不失为一种选择,求婚者还是门第高于原夫家的县令三郎——太守郎君,比之庐江府小吏富贵多了。从世俗角度看,再嫁高官,恰恰是一种报复和炫耀。但是,这样的世俗心态没有令刘兰芝重新开始生活,却导致了她的死亡。其原因就不是实用理性的,而是情感的,也就是把情感看得不但比显赫门第、荣华富贵更重要,而且比生命更重要。

对于焦仲卿来说,也是一样道理。休了刘兰芝,他母亲也作出了允诺:"东家有贤女,窈窕艳城郭,阿母为汝求,便复在旦夕。"如果纯粹作理性权衡的话,焦仲卿可能活得更好。但是,他却和刘兰芝一样把感情看得比生命更重要。这属于中国诗话所说的"痴"的范畴。所谓"不痴不可为情"(谭元春),也就是《红楼梦》总结出来的"情痴"。

这一切决定了这首长篇叙事诗成为坚贞不屈的痴情颂歌。

这还只是情感因果逻辑的一个侧面,另一个侧面则是焦仲卿的母亲。正是她导致了焦、刘二人的悲剧。那么,她的罪过是什么呢?当然,是她的粗暴,是她的无理,是她的淫威。她只以自己的感情发泄为务,不但不顾及儿子的感情,还以践踏其感情为快。谁给她这么大的权力?当然是封建家长制。《大戴礼记·本命》:"妇有七去:不顺父母去,无子去,淫去,妒去,有恶疾去,多言去,窃盗去。"不管妻子有多少委屈,只要父母不满意,就可以驱逐,就可以施以最大的侮辱。这就使得焦母完全拒绝了儿子的申辩,不屑理解儿子的感情:"小子无所畏,何敢助妇语!"儿子已经说出了不想活的话,她也不是没有听懂,但却没有认真对待,只是一般的宽解:"汝是大家子,仕宦于台阁。慎勿为妇死,贵贱情何薄!"焦、刘二人的死亡悲剧,当然是对她的抨击,但不仅仅是针对她个人的,也是对野蛮体制和专制权力的控诉。

作为个人,焦母的无情正是其情感特点。但这并不是全部,家长虽然专制,却并不是一架粗暴的机器。

她对自己的儿子还是有些感情的。她自以为还是考虑到儿子的幸福的:"东家有贤女,自名秦罗敷。可怜体无比,阿母为汝求。"她的理由,显然不是理性的,而是感性的,在她看来,只要自己觉得"可怜体无比",儿子肯定就会觉得可爱无比。她所遵循的是自己的情感逻辑。儿子不想活了,她也哭了("阿母得闻之,零泪应声落")。最后儿子选择自杀,对她肯定也是一个很大的打击,从"两家求合葬"可以看出,她是后悔不及的。她的悲剧在于,母亲对儿子的爱和体制赋予她的权力之间的矛盾。滥用权力,使自己的爱和儿子的生命一起被扼杀。

在悲剧中,唯一支持兰芝的家长是自己的母亲。她以女儿的情感为准则,拒绝了两次求婚。她如果不是这样尊重女儿的感情,而是说服、诱导女儿改嫁,那可能是另一种悲剧,当然,也许不是死亡的悲剧。

从刘兰芝的兄长方面来看,其因果是世俗的:"阿兄得闻之,怅然心中烦。举言谓阿妹:'作计何不量!先嫁得府吏,后嫁得郎君,否泰如天地,足以荣汝身。不嫁义郎体,其往欲何云?'"这个逻辑的因果,是彻头彻尾的实用逻辑,完全不讲情感。作者把这个兄长的世俗实用观念设置为悲剧结局的重要原因,无疑是为了反衬主人公的情感因果。

综上所述,长诗的情节不是单一的因果,而是多元的情感因果,意味是非常丰富的;然而又是非常单纯的多元情感因果,集中在一元的结局上。

五个人物,从五个方面,出于五种不同的动机,把压力集中在刘兰芝和焦仲卿身上:要么牺牲情感,屈从世俗的价值准则,各自嫁娶成婚,忍受长期的、隐性的情感煎熬;要么把情感当成最高准则,以死亡来抗议。从这五个方面的情感因果统一为完整的情节结构可以看出,长诗的情节非常成熟。要知道,当时甚至稍后的叙事作品,包括具备了小说雏形的《世说新语》⑥、魏晋志怪,都还只是故事的片段,因果关系并不完整,即便那些完整的故事(如周处除害、宋定伯捉鬼),也只限于理性的,或者超自然的因果,其规模也只是单一因果。而这里,却是多个人物、几条线索的情感逻辑把主人公逼到别无选择的死路上。

长诗的统一和完整,不仅仅表现为叙事情节的统一,还表现在抒情结构的有机上。这是一个悲剧,一个抒情性质的悲剧。"孔雀东南飞,五里一徘徊"这一起兴之语就确定了全诗缠绵缱绻的基调。在结尾处,又是大幅度的抒情:

> 两家求合葬,合葬华山傍。东西植松柏,左右种梧桐。枝枝相覆盖,叶叶相交通。中有双飞鸟,自名为鸳鸯,仰头相向鸣,夜夜达五更。行人驻足听,寡妇起彷徨。

开头起兴的孔雀变成了结局的鸳鸯,不但在缠绵缱绻的情调上遥相呼应,而且有所发展,仰头相鸣,夜夜五更,松柏、梧桐也枝枝相覆,叶叶交通。悲郁的徘徊上升为浪漫的颂歌。

在这种悲剧的氛围中,五个人物也从完整统一的情节中以各不相同的逻辑获得了自己的生命。同样是刘兰芝的家人,母亲与兄长迥然不同。也许其兄的粗暴显得比较单薄,但在情节上却特别有机。其兄对刘兰芝具有超过其母的压力,也是刘兰芝最后选择死亡的近因。作者很有匠心地在这个人出场前就埋下了伏笔,在刘兰芝和焦仲卿相约重圆的时候就提示了危机:

> 我有亲父兄,性行暴如雷。恐不任我意,逆以煎我怀。

这一点不可小觑。这种为最后的结果埋伏原因的手法,出现在早期叙事诗歌中,可以说是超前早熟的。要知道,在叙事文学中,这种伏笔手法的运用差不多要到《三国演义》时才比较自觉。在短篇小说中即便在宋元话本中都还不普及,通常采用"补叙"的手法。《京本通俗小说》中有一篇经典的《碾玉观音》。郡王家管绣花的秀秀和给郡王家碾玉、刻制玉器的男工崔宁产生了爱情。郡王家失火,秀秀拿着包袱拉着崔宁要私奔。这是一种非同小可的结果,作者事先并没有显示充足的原因,相当于把枪弹打出去,事先却没有把枪挂在墙上让观众看到。作者感觉到了这一点,就在此"补叙"了几句:"原来郡王曾对崔宁许道:'待秀秀满日来嫁与你。'崔宁谢了一番。"崔宁是个单身,却死心,秀秀认得这个后生,却指望,但后来郡王忘了,于是秀秀采取了这样一个果断的行动,你忘了,我可没忘,抽冷子跟他跑了。这样一个果断的行动就用这寥寥几笔补叙,不能算是成熟的办法。成熟的小说就废弃了补救性的手法,事先埋下"伏笔"。毛宗岗在评点《三国演义》时把这种方法叫"隔年下种,先时伏着"⑦。

也正是这样的手法使得本来关系亲密的人物,在情感上拉开了距离,发生了错位。从主观来说,兄长其实也是为妹妹着想:"先嫁得府吏,后嫁得郎君,否泰如天地,足以荣汝身。"希望妹妹化悲为喜,一心为妹妹打算,没想到却把妹妹送上了死路。发生在刘兰芝兄妹之间的因果同样发生在焦仲卿母子之间。关系越是亲密,心理情感的距离越是扩大,后果越严重;"错位"幅度越大,越具有悲剧性,人物个性就鲜明。

当然,人物之间拉开距离最大,错位最大,最多反复,也最动人的,要属刘兰芝和焦仲卿。

表面看起来,焦仲卿在母亲面前比较软弱,这是特定的时代因素所致。魏晋之际,统治者"以孝治天下",不孝父母不仅是个道德问题,而且是个法律问题,是可以治罪的。但从根本上来说,焦仲卿对感情是很坚定的,从一开始就声言:"今若遣此妇,终老不复取!"最后,他即使屈从母亲,也只是表面上的,暗地里却和刘兰芝密约。这明显是阳奉阴违。相比起来,刘兰芝则不同,她对焦仲卿是有点赌气的:"谓言无罪过,供养卒大恩;仍更被驱遣,何言复来还!"而且对焦仲卿的密约也有点矛盾:一方面,和焦仲卿立下山盟海誓:"君当作磐石,妾当作蒲苇,蒲苇纫如丝,磐石无转移。"另一方面,却又担忧哥哥从中作梗。这个刘兰芝的形象,不像后代类似题材中的女性那样比男性更坚定,而是相反,她更实际,更具外柔内刚的性质。她受到哥哥的威逼,居然不屑抗争:"处分适兄意,那得自任专!虽与府吏要,渠会永无缘。登即相许和,便可作婚姻。"她不但爽快地答应改嫁太守之子,而且决计马上结婚。这显然是反抗无望,废话少说。而正是这一着,拉开了她与焦仲卿的距离。焦仲卿一下子变得相当激烈:"贺卿得高迁!"这祝贺已经是讽刺了。接下去更厉害,把当时盟誓中的"磐石"和"蒲苇"的比喻提出来,几乎是责问:"磐石方且厚,可以卒千年;蒲苇一时纫,便作旦夕间。"最后则扬言生离死别,分道扬镳:"卿当日胜贵,吾独向黄泉!"这位在母亲面前多少有些软弱的男子,在这样的关键时刻,话说得一点余地也不留,可见其态度的决绝。这就逼出了刘兰芝的话:"何意出此言!同是被逼迫,君尔妾亦然。黄泉下相见,勿违今日言!"揭示出刘兰芝当时同意再嫁是"被逼迫"的。从这里可以看出,妇女比男性更无奈。

虽然焦仲卿在态度上比刘兰芝更果断、更坚决,但是,长诗的作者似乎对刘兰芝尤为偏爱。这种偏爱表现为每逢比较重要的场景,给予焦仲卿的,就是比较直率的直白,而给予刘兰芝的则是非常夸张的排比和形容,有时甚至达到不厌其烦的程度。例如,一开头是:

十三能织素,十四学裁衣,十五弹箜篌,十六诵诗书。十七为君妇……

被遣回家时,母亲这样说:

十三教汝织,十四能裁衣。十五弹箜篌,十六知礼仪。十七遣汝嫁……

从修辞来说,这里有两点值得一提。第一是重复。不要说在诗歌中,就是在散文中,这也是大忌,而这里却是有意为之。因为刘兰芝对婆母曾经自述:"昔作女儿时,生小出野里。本自无教训,兼愧贵家子。"这里的重复,实际是反复提醒读者,事实并不是如此。第二,重复的句式,并不是流水账似的罗列。其中隐含着一种特殊的、铺张的趣味,这种趣味不是文人诗歌的,而是属于民歌的,和《木兰诗》中"万里赴戎机,关山度若飞。朔气传金柝,寒光照铁衣"那样对仗工稳的唐诗句式所代表的文人诗歌的精英意趣不同,这是一种民歌的天真趣味。但从内容来看,却不完全是民间的,也是精英的。织素、裁衣属于女红,可以说是平民的,也是正统意识形态规定的。至于"弹箜篌""诵诗书",则无疑有文人的精英意识。由此看出,作者为了表现刘兰芝,便从民间和文人情趣两个方面进行美化、诗化,从人格修养等(如对待小姑,留饰物以待后来者)多方面进行理想化。

民间趣味的铺张手法在《孔雀东南飞》中是刘兰芝的专利,与其他人物,包括焦仲卿,可以说是绝缘的。每逢重要环节,作者就对刘兰芝铺张一番。如离别时:

妾有绣腰襦,葳蕤自生光;红罗复斗帐,四角垂香囊;箱帘六七十,绿碧青丝

> 绳,物物各自异,种种在其中。人贱物亦鄙,不足迎后人。留待作遗施,于今无会因。
>
> 鸡鸣外欲曙,新妇起严妆。著我绣夹裙,事事四五通。足下蹑丝履,头上玳瑁光。腰若流纨素,耳著明月珰。指如削葱根,口如含朱丹。纤纤作细步,精妙世无双。

装饰的丰富和华贵,表现的并不是富贵,而是以物之贵显示人品之高。铺排句式的运用似乎并不以情绪的昂扬为限,哪怕就是被迫答应贵家公子的婚事,情感陷入灾难性困境的时候,也不例外。

> 青雀白鹄舫,四角龙子幡。婀娜随风转,金车玉作轮。踯躅青骢马,流苏金镂鞍。赍钱三百万,皆用青丝穿。杂彩三百匹,交广市鲑珍。从人四五百,郁郁登郡门。

"赍钱三百万""从人四五百"仍然是一种夸耀,但不是物质上的富贵,这样的排场只有高贵的人品才能匹配,只有刘兰芝的精神才值得渲染。这种渲染,甚至在悲戚的情绪中也不可缺少。

> 阿女默无声,手巾掩口啼,泪落便如泻。移我琉璃榻,出置前窗下。左手持刀尺,右手执绫罗。朝成绣夹裙,晚成单罗衫。晻晻日欲暝,愁思出门啼。

长诗用在这方面的篇幅,甚至比她自尽的场面还要多。

就总体来说,长诗属于叙事诗,但奇特的是,全诗的叙述成分反而很少,少到不能再少。就是到了高潮部分,叙述语气也非常精练。

> 其日牛马嘶,新妇入青庐。奄奄黄昏后,寂寂人定初。"我命绝今日,魂去尸长留!"揽裙脱丝履,举身赴清池。

为了这个绝命情节的到来,诗人营造了浓浓的悲剧氛围。一方面是奄奄黄昏,视觉暗淡,寂寂人定,听觉宁静。从这里,读者可以感到在句法上难得一见的比较整齐的对仗。如果仅仅如此,不过就是宁静而已,诗人还刻意加上"牛马嘶",为兰芝的自杀平添了苍凉意味。同时,诗人在叙述中突出了微妙的细节:"揽裙脱丝履,举身赴清池。"面临死亡还不忘揽裙脱履,显示了惊人的从容,可谓神来之笔。

诗人的叙述惜墨如金。作者显然是有意在开头安排一则"小序",把情节骨架基本上全都交代了。故一开头,就是兰芝的独白,不但交代了身世,而且把情节推移到危机尖端。几乎所有人物,包括两个主人公,主要都是通过对白呈现,而不是通过动作的描述。

与《孔雀东南飞》齐名的《木兰诗》通篇都是叙述,连比喻都绝无仅有。这在讲究比兴的中国古典诗歌中很罕见。而同为叙事诗的《孔雀东南飞》却极少叙事。全诗三百六十四句,连叙述带铺张排比的抒情才一百二十八句,其余二百三十六句都是人物对白。这首叙事诗其实是以戏剧性对白为主体,叙事语句大都是过渡性的交代,"府吏得闻之,堂上启阿母""阿母谓府吏""府吏长跪告""新妇谓府吏",作用就是使对白之间串联起来。偶尔出现细节描写,如"阿母大拊掌,不图子自归""阿母得闻之,槌床便大怒",也是凤毛麟角。

从总体上来看,《孔雀东南飞》和《木兰诗》相比,语言明显要朴素得多,文字上也不免有些粗糙。有些地方还留下了情节上的漏洞。如:"媒人去数日,寻遣丞请还,说有兰家女,承籍有宦官。云有第五郎,娇逸未有婚。遣丞为媒人,主簿通语言。直说太守家,有此令郎君,既欲结大义,故遣来贵门。"其中的叙述有些混乱。某高中课本对"媒人去数日,寻遣丞请还,说有兰家女,承籍有宦官"的注解说:"这里指向县令复命后,从县令处离去。"对"寻遣丞请还"注解说:"不久差遣县丞向太守请求工作回县。"显然是脱离了文本把太守硬推出来,这就有点曲为其解。但即使这样,也还是没有理顺。"说有兰家女,承籍有宦官"这显然不应该是县丞向兰芝母亲说的话。所以注解又说,有另外一种说法,这两句应该是兰芝母亲推托的话。⑧ 从加工者驾驭语言的水平来看,更多的应该是民间人士,因为原生民歌的色彩要浓厚得多。

中国古典诗歌在世界诗歌史上有独特的优势,但仅限于抒情诗。正是因为这样,二十世纪初美国产生的意象派刻意师承中国古典抒情诗,而中国古典叙事艺术却并没有这样的荣耀。中国古典叙事诗的经典文本有限,最著名的只有《木兰诗》《孔雀东南飞》《长恨歌》《琵琶行》等不超过十首。但是,数量稀缺却并不妨碍质量奇高。如果说《长恨歌》《琵琶行》的伟大成就在于发挥了中国古典诗歌的抒情优长,成功地把叙事融入抒情的话,那么《木兰诗》的成就则在于把抒情融入叙事,而《孔雀东南飞》以其情节的完整性,以戏剧性抒情性的对白带动叙事,可以毫不夸张地说是叙事超前成熟的奇迹。

注:

① 季莫菲耶夫《文学原理》,查良铮译,平明出版社 1955 年版,第 203 页。
② 伍蠡甫主编《西方文论选》,上海译文出版社 1979 年版,第 60 页。

③ 亚里士多德《诗学·诗艺》,人民文学出版社1984年版,第31页。
④ 福斯特《小说面面观》,花城出版社1984年版,第75—76页。
⑤ 可参阅拙作《文学创作论》,海峡文艺出版社2004年版,第473—476页;《文学性演讲录》,广西师大出版社2006年版,第414页。
⑥《孔雀东南飞》最早为《玉台新咏》所收,题名"古诗为焦仲卿妻作"。诗前有小序说,故事发生在"汉末建安","时伤之,为诗云尔"。当为建安时期的作品。
⑦ 朱一玄、刘毓忱编《三国演义资料汇编》,百花文艺出版社1983年版,第305—306页。
⑧ 高中语文课本第四册,语文出版社2006年版,第43页。

《木兰诗》：花木兰是英勇善战的"英雄"吗？

解读焦点：对本诗进行分析的第一层次是直接以还原法揭示矛盾。1. 歌颂战争中的英雄，却不正面写战争；2. 与之相对照的是写叹息、买马、思亲用了大量的排比；3. 写花木兰归来，家庭团聚的篇幅更大。在揭示矛盾的基础上进入第二层次，对本文作因果分析、文化批评。全诗主旨是女英雄不同于男英雄，这是全诗主题所在。第三层次是，民歌的铺张和唐诗的精炼。第四层次是，全诗都是叙述，没有比兴，最后却出现了很复杂的比喻，等于是把四个层次结合起来，与表现女性的自豪的主题高度统一。

木兰诗

唧唧复唧唧，木兰当户织。不闻机杼声，惟闻女叹息。

问女何所思，问女何所忆。女亦无所思，女亦无所忆。昨夜见军帖，可汗大点兵，军书十二卷，卷卷有爷名。阿爷无大儿，木兰无长兄，愿为市鞍马，从此替爷征。

东市买骏马，西市买鞍鞯，南市买辔头，北市买长鞭。旦辞爷娘去，暮宿黄河边，不闻爷娘唤女声，但闻黄河流水鸣溅溅。旦辞黄河去，暮至黑山头，不闻爷娘唤女声，但闻燕山胡骑鸣啾啾。

万里赴戎机，关山度若飞。朔气传金柝，寒光照铁衣。将军百战死，壮士十年归。

归来见天子，天子坐明堂。策勋十二转，赏赐百千强。可汗问所欲，木兰不用尚书郎；愿驰千里足，送儿还故乡。

爷娘闻女来，出郭相扶将；阿姊闻妹来，当户理红妆；小弟闻姊来，磨刀霍霍向猪羊。开我东阁门，坐我西阁床，脱我战时袍，著我旧时裳，当窗理云鬓，对镜帖花黄。出门看火伴,火伴皆惊忙:同行十二年,不知木兰是女郎。

雄兔脚扑朔,雌兔眼迷离;双兔傍地走,安能辨我是雄雌?

语文教学脱离文本是一种顽症。自从有了多媒体以后,这种顽症又有了豪华的包装,喧宾夺主的倾向风靡全国。不可否认,不少第一线教师,一方面重视文本,一方面用一点多媒体,把二者结合得比较好的,成绩当然不可低估。但是,在好多地方都有一种倾向,就是为多媒体而多媒体。有时技术出现故障,声音不响,画面不来,像钱梦龙老师讲的那样:这哪是多媒体,是倒霉体!多媒体本是文本分析的附属,然而,许多时候,文本变成了多媒体的附属。

我到一所中学去听课,有位教师讲《木兰诗》,先放美国的《花木兰》动画片,接着集体朗读了一番,然后讨论《木兰诗》的文本。但这和前面美国的《花木兰》有什么关系,他完全忘记了。他问花木兰怎么样?学生说是个英雄。这花木兰什么地方"英雄"啊?学生想来想去,花木兰很勇敢啊,花木兰会打仗啊……只有一个学生讲:"花木兰挺爱美的。"教师又问,花木兰回来以后,家里反应怎么样?学生说,爸爸、妈妈出来迎接她。某同学你做个样子是怎么样迎接的。就这么样迎接……(作搀扶状)又问,弟弟怎么样?弟弟磨刀。某同学你做个磨刀的样子。那同学就做磨刀状,完全是机械僵化的动作,一点儿欢乐的情绪都没有,完全忘记了人物的心态。就在这嘻嘻哈哈之间,文本中的花木兰消失了,多媒体上的花木兰也被遗忘了。

其实,美国人理解的花木兰和我们中国经典文本里的花木兰是不一样的。不是说要分析吗?分析就是要抓住差异,引出矛盾,没有矛盾便无法进入分析层次,有了矛盾,就应该揪住不放。美国花木兰是不守礼法的花木兰,经常闹出笑话的花木兰。而中国的花木兰,说她是英雄,这个英雄的特点是什么?如果没有具体分析就会造成一种印象:美国的花木兰和中国的花木兰是一样的。这样,多媒体就变成"遮蔽"了。

我后来总结说,在课堂对话中,许多同学讲了一些不着边际的话,但是,有一个同学讲了一句话,"花木兰挺爱美的"。这非常重要,比一般化地称赞她是"英雄"要深刻得多。为什么呢?它有一种"去蔽"的启示。花木兰的形象可能被"英雄"的概念遮蔽了。英雄是什么呢?英雄就是保家卫国的,会打仗的,很勇敢的。我问他们,这首诗里面,写打仗的一共几行?"且辞爷娘去,暮宿黄河边,不闻爷娘唤女声,但闻黄河流水鸣溅溅"是不是打仗呢?不像,写的是行军。"万里赴戎机,关山度若飞"是不是打仗呢?还是行军。"朔气传金柝,寒光照铁衣"是不是打仗呢?还是不太像,是宿营。"将军百战死,壮士十年归"虽可以说是打仗了,但从诗行上来说,何其少也,只有两行,而且,严格来说，只有一行。因为"壮士十年归"这一行写的不是打仗，而是凯旋。就是"将军百战死"这一行也不是正面描写战争，而是概括性很强的叙述，打了十年，经历了上百回战斗，将军都牺牲了。就这么区区一行，可以说是敷衍性的笔墨，几乎和花木兰没有什么关系。作者想不想写她浴血奋战？她在战争中的英勇是全诗的重点还是"轻点"？为什么作者把战争场面轻轻一笔带过就"归来见天子"了？如此看来，战争真是太轻松了！这样写战争，是不是作者在追求一种惜墨如金的风格？好像不是。但是文本又不像敷衍了事随便写写的，该着重强调的地方，甚至不惜浓墨重彩。而写这个女孩子为父亲担心，决心出征，写了多少行呢？十六行：

唧唧复唧唧，木兰当户织。不闻机杼声，惟闻女叹息。

问女何所思，问女何所忆。女亦无所思，女亦无所忆。昨夜见军帖，可汗大点兵，军书十二卷，卷卷有爷名。阿爷无大儿，木兰无长兄，愿为市鞍马，从此替爷征。

然后写备马用了四行：

东市买骏马，西市买鞍鞯，南市买辔头，北市买长鞭。

接着写行军中对爹娘的思念，又是八行：

旦辞爷娘去，暮宿黄河边，不闻爷娘唤女声，但闻黄河流水鸣溅溅。旦辞黄河去，暮至黑山头，不闻爷娘唤女声，但闻燕山胡骑鸣啾啾。

这八行是对称的，意思相同，本来四行就够了，但作者冒着重复的风险，写得如此铺张，句法结构完全相同，和前面四行相比，只改动了几个字，几乎没有提供任何新信息。奏凯归来以后，作者写家庭的欢乐用了六行，写花木兰换衣服化妆又是六行：

爷娘闻女来，出郭相扶将；阿姊闻妹来，当户理红妆；小弟闻姊来，磨刀霍霍向猪羊。开我东阁门，坐我西阁床，脱我战时袍，著我旧时裳，当窗理云鬓，对镜帖花黄。

如果作者的意图是要突出木兰作为战斗英雄的高大形象，这可真是有点本末倒置了。

问题的要害在两个方面。

第一，花木兰参加战斗，但战斗的英勇却不是本文立意的重点。立意的重点在哪里?许多把精力放在多媒体上的教师忽略了,这首经典诗歌最基本的特点是描写了一个女英雄。战争的责任本来并不在她身上。她之所以成为英雄,是因为她承担了"阿爷""长兄"这些原本属于男性的职责。这个职责如果仅仅限于家庭,她不过是一般意义上的假小子、铁姑娘,作为撑持家业的顶梁柱而已。但是,木兰主动承担的责任不仅仅是家庭的,还是国家的。她为国而战,立了大功("策勋十二转"),自己却并不在乎,甚至没有表现出成就感,这和一般以男性为主人公的作品,光宗耀祖、富贵还乡的炫耀恰恰相反。她拒绝了"尚书郎"的封赏,除了一匹快马以外别无他求。她要回到故乡,享受平民家庭的欢乐。这个英雄的内涵,从承担起"家"的重担开始,到为国立功,最后又回到家庭、享受亲情的欢乐。文本突出的是一种非英雄的姿态。这是个没有英雄感的平民英雄,是英雄与非英雄的统一。更为深刻的是,她不但恢复了平民百姓的身份,而且恢复了女性的身份。这个英雄的内涵,不单纯是没有英雄感的平民英雄,更深邃的内涵是不忘女性本来面貌的女英雄。她唯一感到得意的就是成功地掩盖了女性性别:

出门看火伴,火伴皆惊忙:同行十二年,不知木兰是女郎。

这些"火伴"当然应该是男性。"惊忙"两字,不可轻易放过,这不但表现了木兰的自鸣得意,而且是对男性的调侃,显示了女性细腻的心理优越感。

这不是以今拟古的妄测,是有历史还原根据的。这种女子英雄主义观念,在当时的民歌中,可能不是孤立的现象,我们在北方其他民歌中不难找到类似观念的表现,如《李波小妹歌》:

李波小妹字雍容,褰裳逐马如卷蓬。左射右射必叠双。妇女尚如此,男子安可逢?

不过,多数女子英雄不像木兰这样与战争相联系,而是以大胆追求自由的爱情,忠于家庭、丈夫,不受利诱为主,如《陌上桑》《羽林郎》。

第二,本文在写作上表现了某种矛盾的倾向。一方面,该简略的地方可以说是惜墨如金,连花木兰怎样打仗都不着一字,对于百战之苦、十年之艰,则一笔带过。另一方面,该铺张的时候,可谓不惜工本,极尽渲染之能事。这种渲染又不是常见的比喻形容,而是一种特殊的铺张:

东市买骏马,西市买鞍鞯,南市买辔头,北市买长鞭。

几乎没有一个读者发出疑问：马有这样买法的吗？这是不是有点折腾？还有：

> 开我东阁门，坐我西阁床。

这是不是有点文不对题？开了东边的门却坐到西边的床上去。更有甚者：

> 问女何所思，问女何所忆。女亦无所思，女亦无所忆。

本来一句诗就可以讲清楚的，为什么要用上四句？但是，读者的确并没有感到拖沓，原因是这里有一种动人的情调。这是一种平行的铺张，文人作品往往回避这种平面式的铺开，而更强调句法的错综变幻。因为这种铺张能唤起读者阅读经验中关于民间文学所特有的情调。在这样的铺张中有一种天真朴素的情趣，这情趣在南北朝民歌中屡见不鲜，如：

> 江南可采莲，莲叶何田田！鱼戏莲叶间，鱼戏莲叶东，鱼戏莲叶西，鱼戏莲叶南，鱼戏莲叶北。

又如《孔雀东南飞》：

> 青雀白鹄舫，四角龙子幡，婀娜随风转。金车玉作轮，踯躅青骢马，流苏金镂鞍。

又如《陌上桑》：

> 青丝为笼系，桂枝为笼钩。头上倭堕髻，耳中明月珠。缃绮为下裙，紫绮为上襦。

这种渲染的特点还在于，全部是同样句法正面的描述，不用比喻，也没有直接的抒情，但是在这种铺张的叙述中，隐含着一种天真、稚拙、朴素、赞赏的情趣。

不过，《木兰诗》与一般南北朝乐府民歌有所不同，这里的一些笔墨和铺张是相反的，那就是语言的高度精练，如前面已经提到过的：

> 万里赴戎机，关山度若飞。朔气传金柝，寒光照铁衣。

前面两句句法结构的对称，提高了空间的概括力。万里关山就这么轻松地带过去了,否则不知要花多少笔墨才能从被动的交代中摆脱出来。但是这两句,从形象的感性来说,毕竟还是薄弱了一些。后面两句则把对称结构提升到对仗的水准,连平仄都是交替相对的。作者大胆省略了无限的生活细节,只精选了四个名词(朔气、金柝、寒光、铁衣)和两个动词(传、照),将它们紧密地结合成一个有机的意象群落,就把北地边声、军旅苦寒的感受传达出来了,凭借其密度和张力,引领读者的想象长驱直入,进入视通万里的境界。这显然不是民歌朴素的话语方式,而是文人诗歌想象模式的运用。

当然,作者也并不一味拒绝比喻,居然在故事结束以后,突然一反常态运用了比喻。这很有点令人意外,本来全文几乎都是叙事,从出征到凯旋,几乎没有什么形容,更没有用过比喻。这在全诗中是第一次使用比喻,不用则已,一用惊人。这是一个很复杂的比喻,有两个喻体,写战争时惜墨如金的作者此时慷慨地用了四句诗:

> 雄兔脚扑朔,雌兔眼迷离;双兔傍地走,安能辨我是雄雌?

这个比喻内涵相当丰富,强调的是,男女在直接可感的外部形态方面本来有明显的区别,可是这种区别并不重要,通过化装轻而易举地消除了以后,女性完全可以承担起男性对于家和国的重担。也许这个意义太重要了,因而经受住了近千年的历史考验。直到今天,"扑朔迷离"不但在书面上,而且在口头上仍然具有很强的生命力。

这就叫文本分析。分析文本,就是要"去蔽",去掉一般化的、现成的、空洞的英雄的概念,像剥笋壳一样,把文本中非常具体的、微妙的内涵揭示出来。原来这个经典之所以成为经典,就是因为它重构了一种"英雄"的概念,这是非常独特的,和我们心目中的概念是不一样的,要防止武松啦、岳飞啦,这些现成的概念把你遮蔽住了。

从文化学上来说,这个英雄的观念具有颠覆的性质。汉语里的"英雄"概念本来是指男性,英是花朵、杰出的意思,可是像花朵一样杰出的人物,只能是男性(雄)。把花木兰叫作英雄,词义内涵是有矛盾的。她是个女的,还要叫她"英雄",不通。应该叫作"英雌"。把她叫作英雄,就是颠覆了原本的"英雄"的观念。从文本出发,揭示出这个经典文本里"英雄"观念的特殊性,就是我们的任务。

我在《直谏中学语文教学》中说,分析的前提是揭示矛盾,而矛盾是潜在的,需要用"还原法"来揭示矛盾才有分析的对象。还原,就是把"英雄"原来的观念作为背景,它是怎样的?写在经典文本中"英雄"的内涵是怎样的?二者不一样才有分析的空间。这是一种硬功夫。

从方法论来说,英雄概念的形成要经历两个阶段。第一个阶段是普遍概括的阶段。马克思说过,社会科学研究不能像自然科学那样,把物质放在"纯粹状态"中进行实验。社会科学研究通过科学的抽象,也就是从感性的个别性中概括出共通的普遍性来。这就要求从具体上升,把特殊的、个体中各不相同的感性的,即看得见、摸得着的属性排除掉,从无限多样的事物中抽象出共同的属性来。只有具备抽象的想象力,才能把英雄的概念从全世界所有英雄中概括出来。第二个阶段是具体分析阶段。目标在于还原,把普遍概括时牺牲掉的特殊性、个别性还原出来。这就要把普遍性(英雄)和特殊性(花木兰)的矛盾揭示出来,洞察其作为女英雄在战争、家庭、功勋和亲情方面的特点。

做到这一点很不容易。多少人视而不见,就是因为没有抽象能力,没有在抽象中进行具体分析的能力。没有这种能力,上课就只能从现象到现象,空话连篇。不会分析,就只能满足于"英雄"的概念到处都一样,而分析就要揪住不一样。这是一口深井,坚持不懈地挖下去,这篇经典深邃的特点,从艺术到思想,就会像泉水一样冒出来了。

《敕勒歌》：民族文化的心理视野和近取譬

解读焦点：解读就是解密，解密就是揭示显性意象之间的隐性密码。密码是"秘密"的，需要发现索隐。这里显示的是：抓住地域特点、民族文化心理特点；具体说来就是天和地的关系，无人和有人的关系，特别是不变的视野和突然发现、骤然心动的关系。

敕勒歌

敕勒川，阴山下。
天似穹庐，笼盖四野。
天苍苍，野茫茫，
风吹草低见牛羊。

这是一首北朝时期北方少数民族的民歌。《乐府广题》说："其歌本鲜卑语，易为齐言（指汉语）。"《乐府广题》还说，东魏高欢攻西魏玉壁，兵败疾发，士气沮丧，高欢令敕勒族大将斛律金在诸贵前高唱此歌，以安军心。可以推想乐曲不应该是慷慨悲凉的，而是安抚军心的。

为什么要特别指出这是民歌？因为作为语言艺术，民歌和其他古典诗歌不一样，比较自由。文人创作的诗歌，即使不是律诗，也多少讲点"格律"，如多以五言或七言为主，即使有杂言，也多以三言结尾。但这一首中的"天似穹庐，笼盖四野"却是以四言结尾的。

这首诗从表面上来看，不过是随意写景，即目所见，即兴而为。北宋诗人黄庭坚说这首民歌的作者"仓卒之间，语奇如此，盖率意道事实耳"（《山谷题跋》卷七）。诗歌所言,与当地的地理环境特点结合得很紧密。但值得思考的是,类似写草原的民歌并不少见,为什么这一首却成了经典,且在艺术上具有很高的成就?

因为,它在以下几个方面显示了难以超越的感觉和视野。

第一,它不是直接表现草原的辽阔,而是先强调草原与天空的关系:说天在这里如同一个帐篷,笼罩在四面。这就是说,从天顶到四面八方,无遮无掩,一览无余,虽然号称"阴山下",可是目光不受任何阻挡。在如此开阔的天空下,即便有山,也显得微不足道。这是在其他任何地方都不可能有的景观。

第二,它不仅表现了天空的又高又近,而且表现了草原的辽阔。只有在草原上,人才能这样极目远眺,一直看到天地的浑一。如果不是在草原上,在城市里,在山岭中,哪怕是在农村中,也不可能有这样开阔的视野。

第三,把天比作"穹庐",比作帐篷,很有特点。首先是很有民族特点。由于是敕勒族的民歌,就用本民族最熟悉的帐篷来比喻。因为它最有亲近感,也最能引起美好的感情。这在比喻中属于近取譬。所谓近,是民族心理之近,生活经验之近;否则就可能有隔膜。比如,在汉族人的感觉中,帐篷是狭小的,是不透气、不透光的,和天空的特点不相近,也就是和汉族的感觉不相近。但在敕勒族人的感觉中,天空像帐篷一样,就有家园的感觉,不是那么高,不是那么遥远,而是触手可及的。

这些还不是最为精彩的,最精彩的是下面这几句:

> 天苍苍,
> 野茫茫,
> 风吹草低见牛羊。

"天苍苍,野茫茫"字面上是说"天"和"野",实际上是指天和地。"野"就是天底下的地。空间巨大而高远,一望无际,天地之间空无一物。"苍苍""茫茫",就是上下前后都一样,没有变化,异常单调,令人联想到荒凉、荒野、荒漠、荒沙、荒原、荒草、荒蛮、洪荒……总之,就是没有生命的痕迹。但最后一句,恰恰是生命的发现、生活的怡然自在。这不仅仅是牛羊生活的自在,而且是与牛羊联系在一起的牧人欣赏的目光。生命的活跃瞬间变成了心灵的活跃。生命宁静地存在着,只是被遮蔽了。这种遮蔽,正说明草之肥美。

从意脉上来说,这是一个对转:从苍茫荒凉,到水草丰美;从无人,到人们欣赏的目光和喜悦的心灵。

从结构上来说,这是双重反衬:一是广阔无垠、大面积的空白,与微露的牛羊之间的对比;二是从苍凉的空寂,到生命的喜悦。

整个画面没有人,只有微露的牛羊。但是,发现这些微露的牛羊的,却是一双眼睛,一双牧人的眼睛,一个赞美自己家园的草原人。这是一首草原的赞歌,发自内心,虽漫不经心,却保持了千年的艺术青春。

《春江花月夜》：突破宫体诗的意境

解读焦点："意境"是中国古典诗歌的基本范畴，从定义上作从概念到概念的辨析的学术性大文章甚多，可对于真正理解经典诗作却并不一定切实有效。本文换一种思路，不从定义概念出发，而以经典个案分析为主，从《春江花月夜》意境形成的过程进行具体分析。这里所说的"意境"和王国维的"境界"不同，王氏"境界"指情趣之高格调，多为句摘，比如宋祁的"红杏枝头春意闹"，张先的"云破月来花弄影"。而在李清照看来，二人"虽时时有妙语，而破碎何足成名家"。①此处所讲"意境"不以句摘为务。

从《春江花月夜》中，可以看出意境有四大特点：一是与宫体诗的局部美相对，意境以整体性为生命，而局部之间则以主导特征构成有机统一。二是用空白把局部交融成整体。"言有尽而意无穷"，在言尽处是空白，也就是虽"不着一字"，却达到"意无穷"的效果。空白中无穷之情意使分散的意象成为有机群落。空白不空，情感在空白中含而不露，比直接抒发更具艺术魅力，尤其是在结尾处的空白，追求的是不结束的余韵。三是情感在空白和意象的张力中深化。四是用空白召唤读者的经验，使之从被动转化为主动，在空白中自由体悟，和诗人共创共享，二者一起"尽得风流"。

春江花月夜　张若虚

春江潮水连海平，海上明月共潮生。滟滟随波千万里，何处春江无月明！
江流宛转绕芳甸，月照花林皆似霰。空里流霜不觉飞，汀上白沙看不见。
江天一色无纤尘，皎皎空中孤月轮。江畔何人初见月？江月何年初照人？
人生代代无穷已，江月年年望相似。不知江月照何人，但见长江送流水。
白云一片去悠悠，青枫浦上不胜愁。谁家今夜扁舟子？何处相思明月楼？
可怜楼上月徘徊，应照离人妆镜台。玉户帘中卷不去，捣衣砧上拂还来。

此时相望不相闻,愿逐月华流照君。鸿雁长飞光不度,鱼龙潜跃水成文。
昨夜闲潭梦落花,可怜春半不还家。江水流春去欲尽,江潭落月复西斜。
斜月沉沉藏海雾,碣石潇湘无限路。不知乘月几人归,落月摇情满江树。

在诗歌发展的历史中,淘汰是很无情的。乾隆皇帝诗作达数万首,可没有一首是富有真正的艺术生命能够活在后代人的记忆中的。张若虚只留下两首诗,其中一首就成了千古杰作,被闻一多先生誉为"诗中的诗,顶峰上的顶峰"(《宫体诗的自赎》)②。但是,这个经典和其他许多经典不大相同,就是从题目到立意都不能说是原创的,而是在古题的基础上发展起来的。以古题作诗,在唐代是普遍的做法,是一种方便,也有很大的难度。方便在于有现成的意象群落和立意可以依傍,但是,对于创新来说,现成的话语却变成了难以突破的障碍。满足于师承,必然受其境界的局限,充其量只是模仿的赝品。这首诗之所以成为杰作,就是因为既师承古意,又把宫体趣味和华丽的片段变成了具有整体性的平民趣味,其意境美就表现为整体之美。

《春江花月夜》属于宫体诗。一般说,这种诗由帝王倡导,以宫廷为中心流传,故而被称为"宫体",内容以艳情为主,风格浮华,格调卑下。闻一多在《宫体诗的自赎》中说:"从前我们所知道的宫体诗,自萧氏君臣以下都是作者自身下流意识的口供。"③《春江花月夜》乐曲为陈后主宫廷制作。在宋郭茂倩所编的《乐府诗集》中,此题下存诗四首。隋炀帝两首堪为代表:

暮江平不动,春花满正开。
流波将月去,潮水带星来。

夜露含花气,春潭养月晖。
汉水逢游女,湘川值两妃。

"春江花月夜"由五个意象组成,很能表现汉语诗歌意象浮动的特殊性。英语或者俄语诗歌都不可能以五个名词的并列作为诗题。即便在汉语诗歌中,"春""江""花""月"和"夜",作为诗,这样分散的并列,也和诗意的单纯统一有矛盾。至少要有一种意念,一种情致,将此五者联系起来,统合为一个整体,才有可能转化为诗。这个诗题产生于宫廷,以宫廷的意念来统一是顺理成章的。隋炀帝用宫体诗的传统手法施以秾丽的色彩,把五个意象组合成春天的画面,虽为两首,实为一组。"汉水逢游女,湘川值两妃"构成了最高的贵族趣味。华彩的渲染,富于强烈的感性,使两幅统一的画面具有一定的诗意,但并不深厚。原因就在于这些意象基本流于视觉上的滑行,完全没有感情变动和深化,这正是宫体诗的普遍局限。然而,宫体诗将五个意象统一成为一体,在艺术手法的积累上仍有可取之处。如利用对仗"流波将月去,潮水带星来"把江和月统一起来,成为不可分割的有机体。但是,除此以外,"春""花""夜"的关系,不是游离就是交错,都未能达到有机统一。如第二首的"夜露含花气"与前面的"春花满正开"就是交叉的。又如,第一首已经有"暮江平不动",后面又说"流波将月去","平不动"就是不动,而"流波"却是在动,这就不统一了。至于第二首"春潭养月晖"的"潭"又脱离了"江",二者缺乏内在的联系。至于最后的"汉水""湘川"和前面的"春潭"产生了龃龉。春潭是泛指,这里突然变成了汉江和川江,一下子有两个具体所指,造成了不和谐。这是囿于宫体诗的惯性,对典故作纯技术性的滥用,造成了联想的扞格。总体说来,这两首诗的缺陷是:第一,宫廷趣味,耽于表面华彩的文字;第二,虽然从每一句来看,不能说没有文采,从整体来说,五个要素组成的画面表面上也可以相接,但每一首深层都是支离破碎的,由于缺乏内在的情意融通而达不到意和境整体性的交融;第三,从更高的要求看,情感缺乏变化,流于平板。

张若虚不仅在题目上继承了宫体诗,在技巧上也不乏直接追随宫体诗之处,但他却从根本上颠覆了宫体诗,把"春江花月夜"融入统一而又起伏沉落的意脉之中,营造了整体和谐的意境之美。

从情感的性质来说,隋炀帝的宫廷趣味被张若虚消解为民间的思念。即便张子容在"分明石潭里,宜照浣纱人"中所写介于民间和贵族之间的西施浣纱,也被张若虚改为游子思妇的情意,从而统一了"春江花月夜"的意象群落。

> 春江潮水连海平,海上明月共潮生。
> 滟滟随波千万里,何处春江无月明!

张若虚统一的魄力,表现在让江海连成一片。在前述宫体诗作中,明月只与江、与潮水联系,构成"流波将月"的景象。张若虚对此作了变动:第一,明月不但与江而且与海连接起来,视野就大大开阔了,视点提高了。第二,让明月与海潮共生,平远"不动"的"暮江"和明月互动,获得了"滟滟随波千万里"的宏大景观。这就不仅仅是江海相连的平衡静态,而且隐含着微微的动态。这既是客观可视的景象,又是主观可感的心态,二者的统一,蕴含着高视点、广视野,这不仅是视境,而且是意境。第三,让月光普照,把春、江、花、月、夜这五个并列的意象,变成由月光主导的意象群落。用月的特征(光华)

来统一江、海、花的大视野。第四,用月光把这个广阔的景观透明化。"空里流霜不觉飞,汀上白沙看不见。江天一色无纤尘,皎皎空中孤月轮"一连四句都集中在透明的效果上,月光同化了整个世界,不但江是透明的,而且天也是透明的;不但天空是透明的,而且江岸也是透明的。而花的意象,已经不是"夜露含花气,春潭养月晖",而是"江流宛转绕芳甸,月照花林皆似霰"。在这里,月色不但同化了"江",而且同化了"花",花因月照而变得像冰珠一样透明。"春""江""花""月""夜"五个意象,外在性状的区别被淡化,而以月光的透明加以同化。这就构成了意境的整体之美。

意象群落的透明性是来自景观的透明性吗?显然不是,这是情致意念的透明性。以潜在的精神意念统一外在的意象景观,使之在性质和量度上高度严密统一。意境之美,不仅仅是外部景象的统一之美,更是内在精神统一外部景象之美。王国维反对景语和情语有别,主张"一切景语皆情语"④,道理就在这里。但王国维的说法似乎还不太完美,应该补充一下,一切景语被情感同化,发生质变,才能转化为情语,从而使现实环境升华为情感世界,才可能构成"境界"的整体之美。没有情感统一,不发生质变的意象群,构不成统一的"境界"。

在绝句或者律诗中,意境的整体性是单纯的,意境的统一也是单纯的。而《春江花月夜》和绝句、律诗不同,它属于章无定句、句无定言的"古诗",规模不限于现场即景的感性概括,有比较明显的过程。《春江花月夜》中月的主导,就表现为意境脉络,也就是意脉连续的过程。《古唐诗合解》做过很有意思的统计:"题目五字,环转交错,各自生趣","'春'字四见,'江'字十二见,'花'字只一见,'夜'字亦只二见","'月'字"最多,达"十五见",并且用"'天''空''霰''霜''云''楼''妆台''帘''砧''鱼''雁''海雾'等以为映"。⑤这就是说,以月为核心意象衍生出"'天''空''霰''霜''云''楼''妆台''帘''砧''鱼''雁''海雾'"等意象背景。这还是说得比较机械的,实际上,"江"字十二见,都是月的陪衬,不外是"春江月明""江天""江畔见月""江潭落月"等,而且仅"江月"就连续重复了三次:

> 江畔何人初见月?江月何年初照人?
> 人生代代无穷已,江月年年望相似。
> 不知江月照何人,但见长江送流水。

这样的重复,一来是以大的密度贯穿,显示其为意象群落的核心;二来是为了第六个意象——"人"的出现:何人见月,月照何人。这样反反复复是为了准备使"月"从意象核心让位于"人"。"春""江""花""月""夜"五意象就此被突破,这时已经不是春江夜景的宫廷想象,而是人的感喟。以江水江月的年年不变和人生代代的无穷相类比,表面上不变和无穷是平衡的,但在"初照人"中,却孕育着隐忧。虽然人生代代无穷与江月年年相似,但是,江月不变,而代代之人则不同,对于所照之个人来说,生命是有限的。这似乎可以向刘希夷《代悲白头吟》中"年年岁岁花相似,岁岁年年人不同"方面去发挥了,然而,张若虚显然不屑于追随,他只强调月华年年相同,并没有突出人之代代相异,他的抒情意脉不在人生苦短上衍生,而向另一个方面拓展:"白云一片去悠悠,青枫浦上不胜愁。"这个转折,太有魄力了!第六个意象——"人",带来了新的情感性质,白云暗示着游子,青枫浦即送别之地,顺理成章地引出游子与思妇。

谁家今夜扁舟子?何处相思明月楼?

这里出现了第七个意象:楼。这个楼是"明月楼",是由明月派生出来的,一直贯穿到诗的结尾,成为待月之人的背景。从此,月光开始从属于楼,因为人是在楼上的。到这里,张若虚拿出了自己的构思,不再是古题的"春江花月夜",而是"人在春江花月楼"。正是这个楼确定了新的主题,那就是平民的相思。虽然,就其环境(明月楼、玉户帘)来说,有接近贵族之处,但其情感则是平民共同的离愁别绪。对于楼上主人公的性别向来有不同的理解。闻一多在《宫体诗的自赎》中以为,"应照离人妆镜台"是游子的想象:"因为他想到她了,那'妆镜台'边的'离人'。他分明听见她的叹喟。"这个论断是可疑的。关键是在家的思妇是"离人",还是远离家乡的游子是"离人"?接下去,闻一多还推断"此时相望不相闻,愿逐月华流照君"是游子的内心独白:"他说自己很懊悔,这飘荡的生涯究竟到几时为止!"意思是这个游子恨不得自己化为月光照在思妇身上。这也有违汉语中日为阳、月为阴的基本联想机制。"昨夜闲潭梦落花,可怜春半不还家"也被当成是游子的心思:"他在怅惘中,忽然记起飘荡的许不只他一人,对此情景,大概旁人,也只得徒唤奈何罢?"⑥把抒情主人公定为男性,显然与"闲潭梦落花"不相称。只有女子以落花喻年华易逝,哪有男士自喻落花的?"玉户帘中卷不去,捣衣砧上拂还来。"与其把玉户帘卷、石上捣衣说成是游子的想象,显然不如把它看作是女主人公的内心独白自然。"此时相望不相闻,愿逐月华流照君"中的"君"字,应该是女性对男性的通称。比如卢照邻有:"山有桂兮桂有芳,心思君兮君不将。"李白有:"十四为君妇,羞颜尚不开。"白居易有:"妾在洛桥北,君在洛桥南。"李益有:"忆妾深闺里,烟尘不曾识。嫁与长干人,沙头候风色。五月南风兴,思君下巴陵。八月西风起,想君发扬子。"再说,整首诗被月光同化的意象(春、江、花、夜)也更适用于思妇的缱绻柔情。"江畔何人初见月"的"人"就是被月光同化的、沉醉于相思的妇女,其情感寄托已不仅仅在月光的透明上,也体现在月光的衍生性质上:首先,无远弗届。超越空间的距离,可互相望见,但没有声音("不相闻")。其次,月光可以照在对方身上,自己却欲逐月华随君而不可得。再次,月光无处不在,不可排解,月光就是相思,月光追随,就是相思无计可避。身在房中,窗帘挡不住,人在捣衣,月光拂洗,直是徒劳。月光透明的意脉衍生为月光不可排解,是如此的自然,又如此的深化,可以与李白形容忧愁的"抽刀断水水更流,举杯销愁愁更愁"相媲美。

张若虚对《春江花月夜》的发展,还在于对"花"的意象作出了突破:"昨夜闲潭梦落花,可怜春半不还家。"这就回答了相思缠绵悱恻、不可排解的原因。不说自己如花的容貌会凋谢,而说梦见落花。梦见落花正是担忧花落之意。张若虚在"春"字上也有发展:"江水流春去欲尽,江潭落月复西斜。"江水流去隐含着春光流逝的忧郁,透明的月光西斜暗示着青春年华的消逝。意脉的衍生和自然景观的推移是如此统一,自然景观柔和的特征与情感的缠绵结合得水乳交融。

斜月沉沉藏海雾,碣石潇湘无限路。

意脉于此又发生了转折,月光从透明走向了反面,变得朦胧,相思也变得深沉,原因是空间距离之遥远,从北方海隅到南方潇湘,月光从明到暗,相思从显到隐,表现出意脉的沉浮。

不知乘月几人归,落月摇情满江树。

本来结尾应该是意脉的高潮或结束,但"不知乘月几人归",却是一种不确定。在结束处,不是营造结束感,而是产生持续感。归人乘月,是美好的期待,"不知",却是无从期待。其中的失落并不道破,全在"落月摇情满江树"之中,在没有人的空白画面之中蕴含着深情。这有两方面的缘由:一方面,是正统诗歌的美学原则,所谓哀而不伤,怨而不怒,是温情而不是激情;另一方面,则恰恰是意境的另一特征,即情语只能渗透在景语的空白之中,空白把情景交融成整体。所谓言有尽而意无穷,"不着一字,尽得风流",是空白使意象成为有机群落。从读者角度来看,空白有利于召唤读者的经验,使之从被动变为主动,在空白中自由体悟,和诗人共创共享。意境之所以强调含而不露,最忌直接道破,道理就在整体、深化和读者参与上。

当然，在这首诗中，并非完全没有道破，如："人生代代无穷已，江月年年只相似。"这是不得已的，也只能安排在诗的中段，绝对不能在结尾。所谓意境，常常在结尾处显出功力。如果在结尾处道破了，就没有了余韵。张若虚的本事大就大在于"卒章显其志"的地方，只提供一幅空镜头的画面，使他的意藏在"落月摇情满江树"的图画之中。图画是静态的，然而，它却"摇"了起来，从字面上是"摇情"，而在画面上则给人摇树的感觉。意在言外，在表现与掩饰之间，这正是"意境"优于抒发的地方。

当然，张若虚也不是十全十美，他既运用了宫体诗的技巧，就不能不受到诱惑，有时很难不把它的局限当作优越。例如：

此时相望不相闻，愿逐月华流照君。
鸿雁长飞光不度，鱼龙潜跃水成文。
昨夜闲潭梦落花，可怜春半不还家。

看起来文采斐然，每一句都相当华彩，可是，如果把当中一联删除，变成："此时相望不相闻，愿逐月华流照君。昨夜闲潭梦落花，可怜春半不还家。"不是更好吗？相思的缠绵不是表达得更精练了吗？可见这两句并不是十分必要。"鸿雁长飞光不度"，可能是说月光不给鸿雁飞渡的方便罢，多少还属于抒情意脉的延伸。可是"鱼龙潜跃水成文"，水里有鱼龙，水上有浪花，和身在楼台的女性的相思有什么关系呢？完全是游离的。为什么要把这个没有用处的句子放在诗中呢？无非就是因为这首诗句子的结构方式是两两相对的，需要一个与"鸿雁长飞光不度"相对仗的句子。用对仗的技巧写出这样的句子，是很容易的，但是，意脉却因此而偏离了，像钢琴上出现了一个不响的琴键。

这种现象出现在张若虚的作品中并不奇怪，因为他生活在初唐。他是宫体形式主义向盛唐成熟诗歌过渡的桥梁，他的感情还受到形式的拘束，还达不到盛唐那样笔参造化、驱遣龙蛇、惊风雨、泣鬼神的自由境界。

注：
① 胡仔编《苕溪渔隐丛话》后集卷三十三，人民文学出版社1962年版，第254页。
②③⑥《闻一多全集》（三），三联书店1982年版，第21页、第20页、第21页。
④ 王国维《人间词话》，上海古籍出版社1998年版，第34页。
⑤ 陈伯海主编《唐诗汇评》（上），浙江教育出版社1995年版，第263页。

《蜀道难》：三个层次之"难"

解读焦点：蜀道三难的关键在于：三难不同，然意脉贯通。一难不在自然条件之恶，而在美得古老而悲壮；二难在于环境与人事之"险"；三难在无言之"咨嗟"。

蜀道难　李白

噫吁嚱，危乎高哉！
蜀道之难，难于上青天！
蚕丛及鱼凫，开国何茫然！
尔来四万八千岁，不与秦塞通人烟。
西当太白有鸟道，可以横绝峨眉巅。
地崩山摧壮士死，然后天梯石栈相钩连。
上有六龙回日之高标，下有冲波逆折之回川。
黄鹤之飞尚不得过，猿猱欲度愁攀援。
青泥何盘盘，百步九折萦岩峦。
扪参历井仰胁息，以手抚膺坐长叹。
问君西游何时还？畏途巉岩不可攀。
但见悲鸟号古木，雄飞雌从绕林间。
又闻子规啼夜月，愁空山。
蜀道之难，难于上青天，使人听此凋朱颜！
连峰去天不盈尺，枯松倒挂倚绝壁。
飞湍瀑流争喧豗，砯崖转石万壑雷。
其险也如此，嗟尔远道之人胡为乎来哉？

> 剑阁峥嵘而崔嵬,一夫当关,万夫莫开。
> 所守或匪亲,化为狼与豺。
> 朝避猛虎,夕避长蛇;磨牙吮血,杀人如麻。
> 锦城虽云乐,不如早还家。
> 蜀道之难,难于上青天,侧身西望长咨嗟!

这首诗的关键语句就是反复提了三次的"蜀道之难"。要害在于"难",难得很极端,难到比上天还难。唐朝时没有飞机,"难于上青天"不但是难得不能再难,而且难得很精彩、很豪放。这句诗至今仍然家喻户晓,其原因除了极化的情感以外,还有一句中连用了两个"难"字。第一个"难"字,是名词性的主语,第二个"难"字则是有动词性质的谓语,声音重复而意义构成了某种错位,节奏和韵味就比较微妙,耐人寻味。

本来,"蜀道难"是乐府古题,属相和歌辞,是个公共主题,南北朝时阴铿有作:

> 王尊奉汉朝,灵关不惮遥。
> 高岷长有雪,阴栈屡经烧。
> 轮摧九折路,骑阻七星桥。
> 蜀道难如此,功名讵可要。

诗中形容蜀道艰难:高山积雪,阴栈屡烧,轮摧九折,骑阻星桥,蜀道难成为功名难的隐喻。唐张文琮的同题诗作,也无非是积石云端,深谷绝岭,栈道危峦,主题为"斯路难",也就是自然环境之艰难。当李白初到长安时,贺知章一看他的《蜀道难》就大为赞赏,说他是"谪仙人",像是从天上下放来的人物。显然,李白在这首诗的艺术追求上下了很大的功夫。

李白的功夫下在哪里呢?

他的"难"不是一个"蜀道之难",而是重复了三次的"蜀道之难",每一个都和别人的"难"法不一样。

阴铿们的诗作中,"难"就是道路之难,自然条件和人作对之"难",价值是负面的,虽有形容渲染,但还没有难到变成心灵的享受,而李白则调动全部才情把三个"蜀道之难"美化起来,难到激起了自己的热情和想象。

第一个"蜀道之难",有多重美学内涵。首先,美得悠远、神秘。在几千年的神话、历史中遨游:蚕丛鱼凫,四万八千年,开国茫然,缥缈迷离。只是由于与"秦塞"(中原文化)隔绝,这里才是闭塞、蒙昧的。这引发了人们征服闭塞的壮举。于是,天梯石栈钩连了,然而,地崩山摧壮士死。这就不但美得悠远,而且美得悲壮,并渗透到蜀道的形象中:六龙回日、冲波逆折、百步九折、扪参历井,这是悲与壮的交融。

《蜀道难》之所以成为千古绝唱,就在于它突破了乐府古题单纯空间的夸张性铺排,呈现出多维复合的意象系列和情致起伏。在时间上,纵观历史,驱遣神话传说;在空间上,横绝云岭,驱策回川;在意象上,横空出世,天马行空,色彩斑斓,纠结着怪与奇;在情绪上,交织着惊与叹、赞与颂。

仅仅这第一个"蜀道之难",内涵就这么丰富,把此前的《蜀道难》都比下去了。

第二个"蜀道之难",悲鸟号木,子规啼月,听之凋颜,愁满空山。悲中有凄,凄中有厉;但是,这种凄厉,不是小家子气的,不是庭院式的,不是婉约轻柔的,而是满山遍野的:上穷碧落,下达深壑。李白的悲凄,带着雄浑的气势,蕴含着豪迈的声响。

在此基础上,李白引申出一个新的意念——"险"。在这以前,是诗绪在想象的奇境中迷离恍惚地遨游,豪放不羁,想落天外,追求奇、异、怪。到了这里,却突然来了一个"险",固然是奇、异、怪的自然引申,但句法上显得突兀:由诗的吟咏句法变成了散文句式——"其险也如此"。由抒情铺陈,变成了意象和思绪的总结。这个"险",不是环境的"险",而是社会人事的"险":

其险也如此,嗟尔远道之人胡为乎来哉!
剑阁峥嵘而崔嵬,一夫当关,万夫莫开。
所守或匪亲,化为狼与豺,
朝避猛虎,夕避长蛇;磨牙吮血,杀人如麻。

第二个"蜀道之难"到此,不但意象转折了,节奏也一连串地转化为散文的议论句法,从地理位置"险"的赞叹,变成了独立王国潜在的凶险的预言以及可能产生军阀割据的忧虑。

这就中止了对于蜀道壮、凄的意象的营造,不再是以自然环境的奇、怪、异、险为美,不再是难中难的兴致高昂、心灵享受,而是作反向的开拓,以社会的血腥(狼豺、猛虎、长蛇、磨牙吮血、杀人如麻)之恶为丑,情致转入低沉。和前面的"蜀道难"形成了一种壮美和丑恶、高亢和低回的反衬,在情绪的节奏上,构成了一种张力。

第二个"蜀道之难"不但是情绪的,而且是思想的转折。这里似乎有某种政论的性质,但这个转折显得比较匆忙,思想虽鲜明,情绪和意象却不如前面饱和酣畅。当代读者对这样的不平衡难免困惑,因为,四川当时的首府成都也是个大都会,在后来的安史之乱中,并未成为军阀割据的巢穴,李白这种忧虑似属架空。"形胜之地,匪亲勿居",警惕战乱的发生也是袭用晋张载的,不能完全算是他自己的思想。但是,在此基础上,第三个"蜀道之难"的旋律又排闼而来:

锦城虽云乐,不如早还家。
蜀道之难,难于上青天,侧身西望长咨嗟!

享受了酣畅淋漓的《蜀道难》的情致的读者,也许期待着李白在情绪意象的华彩上更上一层楼,来一个思绪的高潮,然而他却来了一个"锦城虽云乐,不如早还家"这样的结句,给人一种不了了之的感觉。预期失落的感觉是免不了的。面对这种思想与艺术形象之间的不平衡,一种做法是,老老实实承认,诗作到了这里,有一点强弩之末。二十世纪五十年代末何其芳先生就指出过:"'锦城虽云乐,不如早还家'这样的思想""不高明"。他说,这种抽象的思想并不重要,重要的是诗歌中丰富、生动的形象,诗人正是以这些生动的形象"描绘了雄壮奇异的自然美,并从而创造了庄严瑰丽的艺术美"。①何其芳不否认在这样的杰作中,也有软弱的诗句,但他认为这不重要,可以忽略。最重要的是那些难得豪迈、壮阔的诗句,那才是诗歌的生命,是"可以引起我们对祖国河山和祖国的文学艺术的热爱的"。也许就是这句话,使一些人认为这首诗"充分显示了诗人……热爱祖国河山的感情"。其实,这种说法和何其芳先生的说法是有些差距的,何其芳先生说的是,可以"引起"我们对祖国河山的热爱,并不一定是就诗歌文本本来意旨而言的,这种"热爱"是那个年代某些读者的感受。文字上的差异虽不大,在思想方法上却混淆了作者主体和读者主体的界限。

和何其芳相反的是,许多学者努力为这些软弱的诗句寻找重要的社会政治含义。这就产生了好几个说法:一说,杜甫、房琯在西蜀冒犯了剑南节度使严武,严武将对他们不利。一说,讽刺唐王朝的另一个节度使章仇兼琼。一说,是为安禄山造反后,唐玄宗逃难到四川而作。这些讲法都有捕风捉影的性质,考证学者早已指出其不合理之处。另外一些学者则比较实事求是,如明胡震亨和明清之际的顾炎武都说过,李白"自为蜀咏""别无寓意"。

正确的方法还是从文本出发进行具体分析。在文本以外强加任何东西都是对自己的误导。从理论上来说,不管读者主体多么强势,还是要尊重文本主体。

注:
① 何其芳《新诗话——李白〈蜀道难〉》,《文学知识》1959年第3期。

《梦游天姥吟留别》：游仙中的人格创造

解读焦点：关于梦的最现成的理论就是弗洛伊德的学说——梦是潜意识的扭曲，但是，古典诗歌的分析不能是弗洛伊德理论的图解，而应是对情感特殊性的揭示。理论的深刻在于高度抽象的普遍性，概括的普遍性以牺牲特殊性为必要代价。梦的理论并不提供诗的特殊性，更不提供李白这首诗的特殊性。一切理论都有待通过具体分析把特殊性"还原"出来。李白这首诗的特殊性就是，表面上离奇恍惚，眼花缭乱，惊惧交替，神魂颠倒，实际则是以山水的优美、壮美和仙界的神秘美，叠印为隆重盛大的欢迎仪式。这就是被皇帝"赐金放还"的李白潜意识里的最高理想。但是，在意识层面，他又不能不承认挫伤，所以才有"安能摧眉折腰事权贵"这样愤激自励的诗句。

梦游天姥吟留别　李白

　　海客谈瀛洲，烟涛微茫信难求；越人语天姥，云霞明灭或可睹。天姥连天向天横，势拔五岳掩赤城。天台一万八千丈，对此欲倒东南倾。

　　我欲因之梦吴越，一夜飞度镜湖月。湖月照我影，送我至剡溪。谢公宿处今尚在，渌水荡漾清猿啼。脚著谢公屐，身登青云梯。半壁见海日，空中闻天鸡。千岩万转路不定，迷花倚石忽已暝。熊咆龙吟殷岩泉，栗深林兮惊层巅。云青青兮欲雨，水澹澹兮生烟。列缺霹雳，丘峦崩摧。洞天石扉，訇然中开。青冥浩荡不见底，日月照耀金银台。霓为衣兮风为马，云之君兮纷纷而来下。虎鼓瑟兮鸾回车，仙之人兮列如麻。忽魂悸以魄动，恍惊起而长嗟。惟觉时之枕席，失向来之烟霞。

　　世间行乐亦如此，古来万事东流水。别君去兮何时还？且放白鹿青崖间，须行即骑访名山。安能摧眉折腰事权贵，使我不得开心颜！

在李白的经典之作中,这一首无疑属于经典中的经典。历代诗评家们甚为推崇,诗中得到最高评价的是末句"安能摧眉折腰事权贵,使我不得开心颜"。显然,这是激情的高潮和思想的光华。对于全诗丰富的意象群落和到达情绪高潮曲折的过程,诗评家也有生动的感受,如"纵横变化,离奇光怪,吐句皆仙,着纸欲飞"(《网师园唐诗笺》),"恍恍惚惚,奇奇幻幻"(《增定评注唐诗正声》)。当然,在赞叹中也隐含着某种保留。如"无首无尾,窈冥昏默"(胡应麟),"甚晦""又甚晦"(《唐诗品汇》)。[1]这隐约流露出艺术感悟上的困惑。可惜并未正面展开,但对深刻理解这首诗却是极好的切入点。

这是一首写梦的诗。梦是虚幻的、无序的,因而在我国古典散文中,很少全篇写梦,而在古典诗歌中,全篇写梦的却并不罕见。这是因为诗在超越现实的想象这一点上与梦相通。想象和梦一样,可以超越时空,便于抒发亲情、友情、恋情。梦中警句良多:"梦里不知身是客,一晌贪欢"(李煜《浪淘沙》),"可怜无定河边骨,犹是春闺梦里人"(陈陶《陇西行》),"魂来枫叶青,魂返关塞黑"(杜甫《梦李白》)。想象和梦一样有一种释放情绪的功能,潜意识受压抑的意向在梦中以变异(distortion)的形态表现出来,成为感情的载体。但是,《梦游天姥吟留别》并不是写怀念亲友的,诗题一作《别东鲁诸公》,是向友人告别的。一般的告别都强调留恋之情,这里却根本不涉及留恋,而是描述自己将要去的那个方向的美好,梦想自己游山玩水。据考订,此诗作于被唐玄宗"赐金放还"离开长安之后。离开中央王朝是政治上的大失败,从现实生活来说,他无可奈何,只能接受命运的安排,在齐鲁梁宋之间和高适、杜甫等诗友徜徉山水,"五岳寻仙不辞远,一生好入名山游",在奇山异水中寻求心灵的安慰,忘却政治上的挫伤。在梦中,他的潜在心态究竟有什么不同呢?值得仔细辨析一番。

海客谈瀛洲,烟涛微茫信难求;越人语天姥,云霞明灭或可睹。

题目明明说梦游天姥,怡情山水,开篇却提出了"瀛洲",这可是座仙山。这便不仅是人间的山水趣味,更是游仙的境界。只因仙山虚无缥缈("烟涛微茫信难求")不可捉摸,才为人间的山水之美吸引。问题是,这个天姥山到底美在什么地方,值得向东鲁诸公强调一番呢?

天姥连天向天横,势拔五岳掩赤城。
天台一万八千丈,对此欲倒东南倾。

美在天姥山无比的高大雄伟,中华五岳都在它之下。这是双重夸张,天姥山比之中华五岳实在是比较小的,而天台山与天姥山相对,双峰峭峙,不相上下,本来也可以构成对称美,但李白显然是着意夸张天姥之独雄,山之独雄正是为了表现李白心之独雄、情之孤高。这种美可以归结为一种"壮美"。

"我欲因之梦吴越",壮美的境界触发了天姥吴越之梦。梦中的吴越,并不是天姥之崇山峻岭,不是壮美,而是"一夜飞度镜湖月"。湖和月构成了一幅画面。镜湖,从语义的联想来看,是如镜的湖。水的透明加上月光的透明。但李白还不满足,他接着说:"湖月照我影,送我至剡溪。"月光能把人的影子映在湖中,光影明暗反差,月光和湖光的透明就不言而喻了。在明净的水光月色中,连黑色的影子也显得透明,这样空灵的境界和崇山峻岭的壮美相比,是另外一种优美的风格。从这里,可以体悟到李白山水诗意的丰富:壮美与优美相交融。然而这还不是李白诗意的全部,接着下去又是另外一种美:"谢公宿处今尚在,渌水荡漾清猿啼。脚著谢公屐,身登青云梯。"壮美和优美的交融,固然精彩,但还限于自然景观;梦中的李白,不仅神与景游,而且神与人游。在梦中,和这个政治上的失败者神交的是前朝权威山水诗人。选择谢灵运的宿处,谢灵运式的木屐②,目的是进入谢灵运的感觉,遗忘政治失意的压力,享受精神上的解脱。"千岩万转路不定,迷花倚石忽已暝",效果强烈到遗忘了时间的推移,忽略了从曙色到暝色降临。"迷花倚石"突出的是山水恍惚迷离之美,也是梦的变幻万千的飘忽感。这样,在天姥之梦的壮美和优美中,又添上了一层迷离漫漶的朦胧之美。自然景观和历史人文景观交织的梦境并不完全是梦,实际上超越了梦境(自然和人文的山水)。《唐诗别裁》的作者沈德潜,毕竟是有艺术感觉的,是他第一个道破了这样的境界,既是"梦境"又是"仙境"。③这就是说,这并不是单纯的山水诗,而是一首游仙诗。

天姥和"仙境"的联想,是从一开头就埋伏下的意脉。

把"瀛洲"的仙境抬出来和人间的天姥相对,实际上,天姥并不完全是人世。天姥山就是因为传说登山者听闻仙人天姥的歌唱而得名。山水诗杰作,唐诗中比比皆是,而李白显然要对山水人文的传统主题进行突围。在这方面,李白最大的优势就是道家和道教的文化底蕴。他秉承道家观念,甚至正面嘲笑过儒家圣人("我本楚狂人,凤歌笑孔丘")。以道家意识,从山水现实向神仙境界过渡,对他可以说是驾轻就熟。在这里,他从容遨游于从魏晋以来就颇为盛行的游仙境界:

熊咆龙吟殷岩泉,栗深林兮惊层巅。

云青青兮欲雨,水澹澹兮生烟。

> 列缺霹雳,丘峦崩摧。
>
> 洞天石扉,訇然中开。

不过李白之所以为李白,就在于哪怕是写俗了的题目,也有他的突破。一般的游仙,不外超脱世俗、超越时间和空间,达到生命的绝对自由境界,曹植的《游仙诗》可为代表:

> 意欲奋六翮,排雾陵紫虚。
>
> 虚蜕同松乔,翻迹登鼎湖。
>
> 翱翔九天上,骋辔远行游。

曹植的游仙,其实就是成仙,像仙人赤松子、王子乔一样长生不老,既不受时间的限制,也不受空间的限制,自由翱翔九天,俯视四海。但是,这样绝对不受主体和客观世界任何限制的仙境,不管有多少优长,都回避不了一个不足,那就是太过架空,绝对欢快,缺乏现实感。李白的创造在于,一方面把游仙与现实的山水、与历史人物紧密结合,另一方面又把极端欢快的美化和相对的"丑化"交织起来。这里所说的"丑化"指的就是某种程度的外部景观的可怕,"列缺霹雳,丘峦崩摧,洞天石扉,訇然中开"似乎是突发的地震。与此相应的是内心的惊惧("栗深林兮惊层巅")。《唐诗选脉会通评林》曰:"梦中危景,梦中奇景。"④恰恰是美在凶险,美在惊惧。李白以他艺术家的魄力把凶而险、怪而怕、惊而惧转化为另一种惊险的美。貌似突兀,却又自然地从壮美、优美和神秘之美中衍生出来。接下去,与怪怕、惊险之美相对照,又产生了富丽堂皇的仙境之美:

> 青冥浩荡不见底,日月照耀金银台。
>
> 霓为衣兮风为马,云之君兮纷纷而来下。
>
> 虎鼓瑟兮鸾回车,仙之人兮列如麻。

这个境界的特点是:第一,色彩反差极大,在黑暗的极点(不见底的"青冥")上出现了华美的光明("日月照耀金银台")。第二,意象群落变幻丰富,金银之台、风之马、霓之衣、百兽鼓瑟、鸾凤御车、仙人列队,应接不暇的豪华仪仗都集中在一点上——尊崇有加。意脉延伸到这里发生了转折,情绪上的恐怖、惊惧变成了热烈的欢欣。游仙的仙境,从表面上看迷离恍惚、没头没尾,可意脉却在深层次上得以贯通,从壮美和优美到人文景观的恍惚迷离、惊恐之美,都是最后华贵之美的铺垫,都是为了达到这个受到帝王一样尊崇的精神高度。这个政治上的失败者在梦境中释放出了潜意识里的凯歌。这个梦境太美好了,现实生活中的委屈在这里一扫而光,完全可以在这种境界里自由歌唱。然而,身处逆境的李白并没有流连忘返,最终,他还是选择了意识清醒代替潜意识的凯歌,这毕竟只是"梦游"而已。

> 忽魂悸以魄动,恍惊起而长嗟。惟觉时之枕席,失向来之烟霞。

从情绪的节奏来说,则是一个转折,从恍惚的持续,到倏忽的清醒。情感在高潮上戛然而止。狂想的极致伴随着清醒的极致。

在唐诗中,像这样把奇幻的梦境过程作全面的展示,其丰富和复杂的程度可能是绝无仅有的,故诗评家常有"纵横变化,离奇光怪"(《网师园唐诗笺》)的感受。但并不是一团混乱。事实是,在变幻不定的梦境中,意脉通贯井然。有评论说:"奇离惝恍,似无门径可寻。细玩之首入梦不脱,后幅出梦不竭。极恣肆变幻之中,又极经营惨淡之苦。"⑤能做到在反复变幻中有序贯通,是颇有难度的。从内涵上来说,外在美化和内心变化的交融,从壮美到优美,从迷离神秘至惊惧之美,到欢乐、恍惚的持续,到倏忽的清醒:丰富复杂的变幻和多到五个层次的转折过程,统一用七言句式来表现,需要对语言有超强的驾驭能力。五七言诗的句尾固定在"三字结构"上。拘守于三字结尾的七言体,要写出梦境的多层曲折,则不得不牺牲逻辑的连续性。李贺的《梦天》就有这样的不足:

> 老兔寒蟾泣天色,云楼半开壁斜白。
> 玉轮轧露湿团光,鸾珮相逢桂香陌。
> 黄尘清水三山下,更变千年如走马。
> 遥望齐州九点烟,一泓海水杯中泻。

同样是写梦的过程,这可真是彻头彻尾的迷离恍惚,无首无尾了。八个诗句都是平行的,没有过程,没有逻辑的承接和过渡。诗人的追求就是把连续过程省略,每联意象各自独立,逻辑关系浮动。虽然也有一定的意象密度,能提高抒情强度,但是,大大限制了叙事功能。前面四句的意象在性质、量度上相似,勉强作解,还可以说是诗人漫游天宇所见。而第三联"黄尘清水三山下,更变千年如走马",逻辑就完全断裂了。有论者强为之解,说是"层次分明,步步深入"。其实,李贺追求的恰恰就是层次不分明,只有平行,而无层次,在同一层面上,整体像是一个意象群落的迷宫。某些解读者设想它不再是连续的描绘而转换为"写诗人同仙女的谈话",这就有点类似猜谜了。李白和李贺不同,他的追求并不是把读者引入迷宫,他游刃有余地展示了梦的过程和层次。过程的清晰得力于句法的灵动,他并不拘守五七言固定的三字结尾,而是把五七言的三字结尾和双言结尾巧妙地结合起来。

  千岩万转路不定,迷花倚石忽已暝。
  熊咆龙吟殷岩泉,栗深林兮惊层巅。

"路不定""忽已暝""殷岩泉""惊层巅",三字结尾和五七言的节奏,保证了统一的调性。如果把三字尾改成四字尾:"千岩万转云路不定,迷花倚石日忽已暝。"以"云路不定""日忽已暝"为句尾,就是另外一种调性了。李白在诗中,灵活地在这两种基本句法中转换,比如:"云青青兮欲雨,水澹澹兮生烟。"以"欲雨""生烟"为句尾("兮"为语助虚词,古代读音相当于现代汉语的"呵",表示节奏的延长,可以略而不计),这就不是五七言诗的节奏了,双言结尾和三言结尾自由交替,近乎楚辞的节奏。把楚辞节奏和五七言诗的节奏结合起来,使诗的叙事功能大大增强。增加了一种句法节奏,就在抒发的功能中融进了某种叙事的功能,比如:"列缺霹雳,丘峦崩摧。洞天石扉,訇然中开。"有了这样的节奏,就不用像李贺那样牺牲事件的过程,梦境从朦胧迷离变成恐怖的地震,过程就这样展开了:

  忽魂悸以魄动,恍惊起而长嗟。
  惟觉时之枕席,失向来之烟霞。

从"魂悸""惊起"到"觉……枕席""失……烟霞",有了向双言结尾的自由转换,句子之间就不是平行关系,而有了时间顺序,先后承继的逻辑也比较清晰。特别是下面的句子:

  世间行乐亦如此,古来万事东流水。

  句法的自由带来的不仅仅是叙述的自由,而且是议论的自由。从方法上来说,"世间行乐亦如此"是突然的类比,带有推理的性质。前面那么丰富迷离的描绘被果断地纳入简洁的总结之中,接着而来的归纳("古来万事东流水")就成了前提,得出"安能摧眉折腰事权贵,使我不得开心颜"的结论就顺理成章了。这就不仅仅是句法和节奏的自由转换,而且是从叙述向直接抒发的过渡。这样的抒发,以议论的率真为特点。

这个类比推理和前面迷离的描绘在节奏上是很不相同的。迷离恍惚的意象群落是曲折缓慢的,而这个结论却突如其来,有很强的冲击力。节奏的对比强化了心潮起伏的幅度。没有这样的句法、节奏和推理、抒发的自由转换,"安能摧眉折腰事权贵,使我不得开心颜"这样激情的概括、向人格深度升华的警句就不可能有如此冲击力。而这似乎还不是全部理由,不能设想,如果把这样两句放在开头,是否还会有同样的震撼力。格言式的警句,以思想的警策动人,但思想本身是抽象的、缺乏感性的。这两句之所以成为李白生命的象征,就是因为前面的诗句提供了深厚的感性基础。

这不仅仅是思想的胜利,而且是诗歌结构艺术的胜利,同时也是诗人在诗歌创作过程中人格创造的胜利。

诗歌,并不像西方当代文论所说的那样,仅仅是语言的"书写"。诗歌不仅是语言的创造,而且是诗歌形式的创造;不但是诗歌形式的创造,而且是人格的创造。在创造的过程中,突破原生的语言、原生的形式,更主要的是突破原生状态的人,让人格和诗格同步上升。要知道,在日常生活中,在实用性散文中,李白并不完全像诗歌中那样以藐视权贵为荣,事实恰恰相反。他在著名的《与韩荆州书》中这样自述:"白陇西布衣,流落楚、汉。十五好剑术,遍干诸侯;三十成文章,历抵卿相。"对于诸多他干谒的权势者,他不惜阿谀逢迎之词。对这个韩荆州,李白是这样奉承的:"君侯制作侔神明,德行动天地,笔参造化,学究天人。"⑥这类肉麻的词语在其他实用性章表中(如《上安州裴长史书》《上安州李长史书》)比比皆是。可见在散文和诗歌中,有两个李白。散文中的李白是个大俗人,而诗歌中的李白则不食人间烟火。这是一个人的两个层次。由于章表散文是实用性的,是李白以之作为求得飞黄腾达的手段,具有形而下的性质,故李白世俗的表层袒露无遗。我们不能像一些学究那样,把李白绝对地崇高化,完全无视李白庸俗的这一层次,当然也不能像一些偏激的老师那样,轻浮地贬斥李白,把他的人格说得很卑微甚至卑污。两个李白都是真实的,只不过一个戴着世俗的、表层的角色面具,和当时的庸俗文士一样,他不能不摧眉折腰,甚至奴颜婢膝。但李白之所以是李白,就在于他不满足于这样的庸俗,他的诗歌表现了一个潜在的、深层的李白,这个李白有藐视摧眉折腰、藐视奴颜婢膝的冲动。在诗中,他上天入地,追求超凡脱俗的自由人格。

不可忽略的是文体功能的分化。李白在诗歌中,生动地表现了自己在卑污浊流中忍受不了委屈,苦苦挣扎,追求形而上的解脱。诗歌的想象为李白提供了超越现实的契机,李白清高的一面,天真的一面,风流潇洒的一面,"天子呼来不上船,自称臣是酒中仙""一醉累月轻王侯"的一面就这样得到诗化的表现。当他干谒顺利,得到权贵赏识,甚至得到中央王朝最高统治者接纳时,他就驯服地承旨奉诏,写出《清平调》,把皇帝宠妃奉承为天上仙女("若非群玉山头见,定向瑶台月下逢")。如果李白长此得到皇帝的宠爱,中国古典诗歌史上这颗最明亮的星星很可能就要陨落了。幸而,他的个性注定了他会在政治舞台上遭遇碰壁。他反抗权势的激情,他的清高,他的傲岸,他的放浪形骸、落拓不羁的自豪,和现存秩序的冲突终于尖锐起来,游仙、山水赏玩,激发了他形而上的想象,《梦游天姥吟留别》正是他的人格在诗的创造中得到净化、得到纯化的杰作。诗中的李白和现实中的李白虽不同,但并不绝对矛盾。李白的人格和诗格正是这样在诗歌的创造中升华的。

注:

① 以上均见陈伯海主编《唐诗汇评》(上),浙江教育出版社 1995 年版,第 665 页。
② 据《南史·谢灵运传》:"寻山陟岭,必造幽峻,岩嶂数十重,莫不备尽。登蹑常着木屐,上山则去其前齿,下山去其后齿。"
③④⑤ 陈伯海主编《唐诗汇评》(上),浙江教育出版社 1995 年版,第 665 页。
⑥《李太白全集》第三册,卷二十六,十八,中华书局 1957 年版。

《宣州谢朓楼饯别校书叔云》：无理而妙，妙在一个"乱"字上

解读焦点：日常语言中"合情合理"的说法被人们广泛接受，似乎情与理只有统一而无矛盾。这对于抒情，实在是一种遮蔽。诸多诗歌赏析不得要领，原因就在忽略了情与理是一对矛盾，合情不一定合理，合理不一定合情。我曾在《文学创作论》中引用过清吴乔"无理而妙"[①]的说法。就是说抒情看起来要"无理"，不合理才好。这个说法，在阐明抒情的特殊规律方面，比之西方许多诗人所说的"变形"要深刻得多。李白《宣州谢朓楼饯别校书叔云》这首经典之作的"无理而妙"，关键就在"乱我心者"中的"乱"字上。

宣州谢朓楼饯别校书叔云　李白

弃我去者昨日之日不可留；
乱我心者今日之日多烦忧。
长风万里送秋雁，对此可以酣高楼。
蓬莱文章建安骨，中间小谢又清发。
俱怀逸兴壮思飞，欲上青天揽明月。
抽刀断水水更流，举杯销愁愁更愁。
人生在世不称意，明朝散发弄扁舟。

这是一首送别诗，用的是歌行体（原题一作《陪侍御叔华登楼歌》），与近体诗不同，章无定句，句无定言，没有严格的平仄讲究，可以说是唐代的"自由诗"。其自由在开头两句就显示出来了。全诗基本上是七言体，在七言的诗句前面加上一个四言，就成了十一言。"弃我去者""乱我心者"，光凭语感就能看出这两个四言似乎不完全是诗的语

言。从词法上说,"者"是虚字,在诗句中通常应该避免使用;从句法上说,"者"字句属于判断句式,是下定义的模式,往往不带感情。如"仁者,爱人也""诗者,志之所至也"。欧阳修在《醉翁亭记》中这样写道:

> 望之蔚然而深秀者,琅琊也。山行六七里,渐闻水声潺潺而泻出于两峰之间者,酿泉也。峰回路转,有亭翼然临于泉上者,醉翁亭也。作亭者谁？山之僧智仙也。名之者谁？太守自谓也。

这种"者"字句,带有明显的散文色彩。李白把它运用到诗里来,很大胆也很有风险。但是,李白很自如地驾驭这种散文式的句法,使之带上了诗意。首先,第一句的第一个字"弃",并不像欧阳修那样只是描绘,而是带有独特的情感。"弃"字的本义是舍去、扔掉。如抛弃、遗弃、弃权、弃置、弃养等,其主体都是有生命、有意志的人,是主动的;而这里的"弃",主体却是无生命的时间,人成了被弃者。不是我弃时间,而是时间弃我,时间没有生命,没有意志,我虽有意志,却敌它不过,这是一种情绪化了的语言,不是一般的情绪,而是情感愤激时的语言。从理性逻辑来看,这个愤激来得很无理、很突兀,然而从抒发情感来看却是有特点的。一般的抒情饯别之作即景导入抒情,这里却是横空出世。《昭昧詹言》评论说它"发兴无端"②,王闿运说它"起句破格"③,《唐宋诗举要》说它"破空而来"④。这正表明这首诗的抒情不是通常所说的由弱到强,而是一开始就处于高强度的激烈状态。其次,有了这个"弃"字,下面"不可留"的感情色彩就更浓烈了。因为被弃,挽留的欲望才显得无奈。妙就妙在时间不可逆转,就是往日不可挽回。往日是什么样的往日？就是指两年前在长安一度接近中央王朝的日子。那样的日子的确不是主体抛弃它,而是它抛弃"我"。再次,昨日就是昨日了,可是却说"昨日之日",这种重复,违反了修辞、诗歌简洁之理。它的原型是《论语》中楚狂接舆的歌,本是很简洁的:

> 往者不可谏,来者犹可追。

如果按照同样的句型,将这一句改成:

> 弃我去者,昨日不可留;乱我心者,今日多烦忧。

意思虽然没有多少变化,但作为诗来说,无疑大为逊色。可见,所谓"无理而妙",不但是情的妙,而且是诗歌节奏的妙。这个"昨日之日""今日之日"关键词的重复是一种强调,不仅是意念的强调,而且使节奏核心得到强化,使诗句更具旋律感。

  乱我心者,今日之日多烦忧。

节奏因对称而使旋律更统一。当然,旋律之妙离不开情绪之妙。语义的重复,节奏的强化,点明了"烦忧"的原因是心被搅"乱"了,无序了。这个"乱"字正是情绪的特点。不理解这一点的卢仝后来模仿李白,在《叹昨日》中这样写道:

  昨日之日不可追,今日之日须臾期。
  如此如此复如此,壮心死尽生鬓丝。
  秋风落叶客肠断,不办斗酒开愁眉。
  贤名圣行甚辛苦,周公孔子徒自欺。
  天下薄夫苦耽酒,玉川先生也耽酒。
  薄夫有钱恣张乐,先生无钱养恬漠。
  有钱无钱俱可怜,百年骤过如流川。
  平生心事消散尽,天上白日悠悠悬
  ……

这样的诗句,缺乏诗意的原因很明显,逻辑很完整,理路也分明,甚至推理清晰到有点啰唆的程度,所缺乏的就是李白那样情绪上的"乱"和逻辑上的不完整。李白的"乱",也就是"无理"。但这还只是开始,接下去是:

  长风万里送秋雁,对此可以酣高楼。

从字面上来看,逻辑似乎不连贯了。"昨日之日"和"今日之日"的"烦忧",还没有下落,却跳到"长空万里"。可实际上却是笔乱意顺的。"送秋雁"就是送人(李云)。如果把送人直接写出来,笔不乱了,意也连了,那就变成了散文,所以这里只写雁不写人,让它有一点"乱",这才是诗。

  从意脉的运行来说,这第一层次的"乱",呈现的就是感情激昂时思绪的跳跃。这种跳跃性,正是情感与理性,也是诗歌和散文不相同的地方。越是跳跃,就越是有抒情之美;越是逻辑严密,越是不"乱",就越是缺乏诗意。这一次跳跃的幅度还不是很大。接下去,是第二层次的"乱":

> 蓬莱文章建安骨，中间小谢又清发。
> 俱怀逸兴壮思飞，欲上青天揽明月。

这里跳跃的幅度就更大了，《王闿运手批唐诗》说："中四句不贯，以其无愁也。"⑤前面明明说，"烦忧"不可排解，这里却没了影子，一下子变得相当欢快。"蓬莱文章"是对李云职务和文章的赞美，"小谢""清发"是自比才华不凡。至于兴壮思飞、青天揽月，则更是豪情满怀。从开头的烦忧不可解脱到这里的欢快，如此矛盾竟毫无过渡，逻辑上可以说是"乱"得可以了。但是，这里的"乱"却不是绝对的，而是有精致的分寸感。首先，前面有"对此可以酣高楼"的"酣"字，表明酒喝到"酣"的程度，烦忧就消解了，心情也变得大不一样了。其次，壮思飞，这不是一般人的想象，而是带着孩子气的天真，这种天真与年过五旬的李白似乎并不相称，但是句前有"小谢"自称，联想就不难契合了。

比壮思飞的率真更动人的是"揽明月"的大胆想象。

月亮早在《诗经》中就是一个姣好的意象，以其客体、环境的清净构成精神环境的美好。经过千百年的积淀，到唐代，月亮意象的符号意味在思乡的亲情和友情上趋于稳定。这个意象具备了公共性。李白的贡献就在于突破了这种想象的有限性。在李白现存诗作中，不算篇中间出现月亮意象的，光是以月为题的就达二十余首，令人惊叹的是，从月亮意象衍生出来的群落，其丰富程度超过了从初唐到盛唐的诗人。李白用自己的生命赋予月亮以生命，李白生命的外延成了月亮意象的外延。"举头望明月，低头思故乡。"月亮固然是乡愁的共同载体，但却是潜意识微妙的触发。"明月出天山，苍茫云海间。长风几万里，吹度玉门关。"秀丽的月亮带上了边塞军旅苍凉而悲壮的色调。"长安一片月，万户捣衣声。秋风吹不尽，总是玉关情。"思妇闺房的幽怨弥漫在万里长空之中，优美带上了壮美的色质。李白使月亮焕发出生机，改变了它作为观赏对象的潜在成规，静态的联想机制被突破，月亮和李白不可羁勒的情感一样运动起来，随着李白的情感变幻万千。当他童稚未开，月亮就是"白玉盘""瑶台镜"："小时不识月，呼作白玉盘。又疑瑶台镜，飞在青云端。"当友人远谪边地，月光就化为他的感情形影不离地追随："我寄愁心与明月，随风直到夜郎西。"月亮可以带上他孤高的气质："万里浮云卷碧山，青天中道流孤月。"也可以成为豪情的载体供他赏玩："一振高名满帝都，归时还弄峨眉月。"清夜望月可以作屈原式的质疑："白兔捣药秋复春，嫦娥孤栖与谁邻？"金樽对月意味着及时享受生命的欢乐："人生得意须尽欢，莫使金樽空对月。"有月可比赋，无月亦可起兴："独漉水中泥，水浊不见月。不见月尚可，水深行人没。"把酒问月，可以激发他生命苦短的沉思："今人不见古时月，今月曾经照古人。"抱琴弄月，他可借无弦之琴进入陶渊明的境界。月不但可以醉想,视之为超越生命大限的人间:"浩歌待明月,曲尽已忘情。"月还可以邀,视之为自己孤独中的朋友:"举杯邀明月,对影成三人。"月之可人,在于其遥,不论是"问"是"邀",均为心理距离的缩短,月可以俯来就人,人的空间位置不变,而这首诗里"欲上青天揽明月"的月竟然可以"揽",是人飞起来去接近月亮,月亮的空间位置不变。"揽明月"的精彩不但在想象,而且在于月带着理想的冰清玉洁,有"青天"的空灵,有"明"的纯净,还在率真的情致中交织着"逸"兴和"壮"思。这个结合着清和净、逸和壮的精神境界,被月光统一在透明的宇宙之中,完全是李白精心结构的艺术境界。在他之前,甚至在他之后,没有一个诗人,有这样的才力营造如此统一而又丰富的意境。虽然皎然也曾模仿过,写出"吾将揽明月,照尔生死流"(《杂寓兴》),但只是借月光的物理性质,而不见其丰富的情志。千年以后,毛泽东"可上九天揽月,可下五洋捉鳖"(《水调歌头·重上井冈山》),在艺术上亦粗放,难以望其项背。

到此为止,李白已经借助月亮,从郁闷的极端转向了欢乐的极端。从情绪的律动来说,显示出李白式激情的跌宕起伏。这里,李白激情的特点,首先是极端之情,其次是大幅度的转折,再次这大幅度的转折不是一次性的,而是多次性的。接下去,又一次转折开始了:

抽刀断水水更流,举杯销愁愁更愁。

极端的欢乐,一下子变成了极端的忧愁。不但程度上极端,而且在不可排解上也是极端。这是千古名句。原因在于多重的"无理"。第一,"抽刀断水"是不现实的,明显是不理性的动作,是"无理"的虚拟,但是,"妙"在以外部的极端姿态表现内心的愤激,更"妙"在"水更流",极端的姿态恰恰又造成了极端相反的效果。第二,有了这个精致的类比,"举杯销愁愁更愁",走向自身愿望的反面,就被雄辩地肯定下来,从无理变成有理,也就变得很妙了。这个妙不仅仅在这个句子里,而且和前面的"对此可以酣高楼"相呼应。"酣"高楼,就是为了消愁,酣就是醉,醉是为了忘忧,然而这里却是醉也忘不了忧愁。在这种大幅度的跳跃中,可见其内在情致意脉之绵密。

最后,还有一点,就是独特的节奏。这个"抽刀断水水更流""举杯销愁愁更愁"的节奏本来不是五七言诗歌的节奏,而是从早期楚辞体《越人歌》那里化用的:

山有木兮木有枝,心悦君兮君不知。⑥

李白一方面省略了楚辞体停顿性的语气词"兮",使这个本质上是六言的诗句变成了七言。另一方面,把诗句的内涵深化了,把本来是两句构成的矛盾("有枝"和"不知")变成两句各有一个矛盾,意念的丰厚和节奏的丰富就这样达到了高度的和谐。

在李白的诗作中,借酒消愁,解脱精神压力,表现出情感获得自由之美是反复重构的母题。这方面有"会须一饮三百杯""与尔同销万古愁"的豪迈,也有"清风朗月不用一钱买,玉山自倒非人推。舒州杓,力士铛,李白与尔同死生"的不羁,更有"云间连下榻,天上接行杯"的飘逸,都是借酒成功地消解了忧愁,但是,在这首诗里却是借酒加剧了忧愁。

虽然全诗情绪悲欢起落的性质不同,但是它们都有一个共同点,那就是情绪都很紧张。以这样紧张的最强音作为结尾,似乎也是一种选择。但李白却不是这样。

人生在世不称意,明朝散发弄扁舟。

愤激的最高潮突然进入第三次转折,从极端郁闷转入极端潇洒,从极端紧张转入极端放松。连用词也极端轻松,"人生在世不称意",轻描淡写,只是"不称意"而已,"昨日"的"不可留","今日"的"多烦忧",眼下的"愁更愁",一下子都变得不那么重要了,轻松的日子就在"明朝"。这里的"散发",和束发相对。遵循入世的礼仪就要束发,"散发"就是不用管它那一套了。仅是"散发"还不够潇洒,还要"弄扁舟"。扁舟就是小舟,已经是比较随意了。最为传神的是这个"弄",意味非常丰富,不仅仅是玩弄,而且有玩赏(如"弄月")的意思,还有弹奏的意味("弄琴""梅花三弄"),也不乏吟咏的意涵("吟风弄月")、自得的心态,蕴含着无忧无虑的姿态。前面所强调的所有愁闷,都在瞬间消解殆尽了,虽无理却极妙。李白不把最强音放在结尾,显然是为了避免结尾的一泻无余,他在意念和节奏上再一次放松,在结束处留下不结束之感,以延长读者的思绪,使其在无言中享受回味。

统观本诗情绪,开头是极度苦闷,突然跳跃式地变成极度欢乐,又从极度欢乐转向极端苦闷,从一种激情连续两次转化为相反的激情,当中没有任何过渡,把逻辑上的"无理"发挥到极致,可以把这样极端的忧——乐——忧的情绪画出一条起落的曲线。情绪节奏大幅度的起起落落,再加上关键词上的有意重复,造成了节奏跌宕的特点。然而这种起落,这种跌宕却没有导致意象的破碎,这是因为,在意象群落的空白间有严密的意脉贯通,也就是多烦忧之愁到揽明月之欢,其间矛盾转化的条件是一个"酣"字,而到举杯不能消愁,也就是不"酣"了,清醒了,就只能从紧张落回到现实,只能在"弄扁舟"中潇洒地放松了。有了这个贯通的意脉,终把"无理而妙"的"妙"处,发挥到极致。

注:

① 原文是:"余友贺黄公(按,贺裳)曰:严沧浪谓诗有别趣,不关于理;而元次山《舂陵行》,孟东野《游子吟》等直是六经鼓吹。理岂可废乎? 其无理而妙者,妙在'早知潮有信,嫁与弄潮儿',但是于理多一曲折耳。"见《围炉诗话》,国际中文出版社2004年版,第11页。

②③④⑤ 陈伯海主编《唐诗汇评》(上),浙江教育出版社1995年版,第682—683页。

⑥ 见刘向《说苑》,全文是:"今夕何夕兮搴洲中流,今日何日兮得与王子同舟。蒙羞被好兮不訾诟耻,心几顽而不绝兮得知王子。山有木兮木有枝,心说君兮君不知。"

《望庐山瀑布》：远近、动静和徐疾的转换

解读焦点：有日照才可能有紫烟之美，不但有表层的因果关系，而且相互之间有有机联想："遥看"才可能把庐山的香炉峰缩微成香炉，隐含着静态。而"飞流直下三千尺"，不但是近观，而且直接承受着强劲的动态冲击。"疑是银河落九天"，则是诗人回避了直接惊叹，转换到瞬间的幻觉。这个幻觉使景观带上了李白式的豪迈，淋漓地抒发了诗人在自然美景面前的惊叹之情。

望庐山瀑布　李白

日照香炉生紫烟，
遥看瀑布挂前川。
飞流直下三千尺，
疑是银河落九天。

"日照香炉生紫烟"是写实吗？写出了庐山瀑布的真实特点吗？似乎是。但在文学作品里，拘于写实是不讨好的，尤其是抒情诗里，过分专注于刻画对象，想象的翅膀就难以起飞，诗就可能显得板滞。张九龄有《湖口望庐山瀑布水》："万丈红泉落，迢迢半紫氛。奔流下杂树，洒落出重云。日照虹霓似，天清风雨闻。灵山多秀色，空水共氤氲。"此诗明显缺乏李白式的才气，就是因为耽于对象美的描述，力图面面俱到，其结果好似流水账，致使情感被窒息。抒情离不开想象，而想象是以超越现实、摆脱现实为特征的。李白之所以成功，就在于他善于从现实的一个特征出发，与情感猝然遇合，摆脱纷繁的细节，营造出独特的抒情境界。

从哪里可以看出李白的感情呢？这要从语言上去分析。在古典诗歌中，诗人的感情，主要从对对象的美化中流露出来。开头"日照"两个字不可忽视。为什么要写"日照"？因为日照的瀑布，比较容易从光和色等方面进行美化。"香炉"倒是写实，庐山的确有个香炉峰。但这里的香炉有双重含义：既是地名，又是诗的意象。有了香炉，下面的"烟"字才有根据。烟固然有写实的一面，水花飞溅，烟雾缭绕。这里"烟"的联想也是双重的，有暗喻的性质。水雾像从香炉里冒出来的烟，联想比较严密。这个烟，不是一般经验中白色的、黑色的烟，而是在日光照耀下幻化出鲜艳色彩的烟。本来，色彩可能是纷繁的，为什么这里的烟偏偏是紫色的呢？因为紫色有特殊的意蕴：紫色作为云气，古人以为祥瑞。传说老子过函谷关之前，关尹喜见有紫气从东而来，知道将有圣人过关，果然老子骑着青牛而来。后来就将紫气附会为吉祥的征兆，引申为帝王、圣贤等出现的预兆（紫气东来），有时则指宝物的光气（紫气排斗牛）。李白受道家影响很深，挑中了紫色为美，绝非偶然。

　　从表面看来，这里没有直接抒情的句子，然而读者却在无意中受到了感染。李白的感情就渗透在香炉和紫烟的意象之中，在意象组合的时候，不着痕迹地运用了汉语中对紫色的现成联想，故有自然天成之妙。拿李白这句诗和张九龄的相比，就显出高下来了：张九龄也把庐山瀑布放在日光的映照下来表现（"日照虹霓似"），也用了相当夸张的数量词（"万丈红泉落"），也写到了云雾的紫气（"迢迢半紫氛"）。但是，对于瀑布头绪纷繁的美，他什么都舍不得省略，什么都想表现，结果是什么都没有表现透，意象之间缺乏有机的、严密的契合；而在李白这里，意象被提炼得相当单纯：日照、香炉和紫烟不但有表层的因果关系，而且相互之间有潜在的、有机的联系。张九龄之作，意象纷繁游离，联系它们的只有表层的空间关系；而李白之作虽然激情四溢，但从容不迫，层次井然，写完第一印象，就点出了自我与瀑布之间的关系："遥看瀑布挂前川。""遥看"是远看，与题目"望庐山瀑布"中的"望"字暗合。因为是远望，才可能把庐山的香炉峰缩微成香炉，衍生出香炉上紫烟缭绕的意象。但他并没有沿着香炉的意象继续联想，而是从暗喻走向现实，直接点出这是瀑布。这里用了一个"挂"字，放在"前川"上，是挂在前面的"川"上，还是竖挂成了"前川"呢？从散文来说，"挂前川"，就是挂在前面的川上。然而这是诗，诗歌的联想比较自由，读者的想象参与了创造，"挂"和"前川"的关系，倒不必细究。把逻辑上的因果说得一清二楚，就变成散文了，诗里的意象，还是悬浮、不确定一些比较好。

　　后面两句是全诗的灵魂，让读者突然领悟到，诗人的感觉有了一点微妙而又不可忽略的变化。"飞流直下"有强烈的动感，速度是非常快的，加之以长度"三千尺"，其迅猛流泻的飞动之态和前面的意象构成了潜在的对比。第一句"生紫烟"是缓缓飘升的，第二句"挂前川"是视觉画面的欣赏。遥看，蕴含着某种静观；而"飞流直下三千尺"，则是强劲的动态，用语十分夸张。看来李白追求的是让读者有身临其境的感觉。下面就是神来之笔了："疑是银河落九天。"这样的想象，在李白的诗中是比较罕见的。在一般的诗歌中，李白写到银河的时候，大抵是天空的庄严的意象："渭水清银河，横天流不息。"(《杂曲歌辞·君子有所思》)即使在那首很浪漫的《庐山谣寄卢侍御虚舟》中，也就是："庐山秀出南斗旁，屏风九叠云锦张，影落明湖青黛光。金阙前开二峰长，银河倒挂三石梁。香炉瀑布遥相望，回崖沓嶂凌苍苍。"银河倒挂，作为自然景观的意象和作者有相当大的空间距离，可以从容欣赏。但这里却是银河从天空中倒泻下来，把宁静的天象，化作流泻的星河，而且是从最高的九天之上泻落下来。这样的"动画"应该是惊心动魄、浪漫至极的。但最为精彩的是，这里有个情感的转换，从远距离的景观变成猝然逼近、当顶压下的感觉。如果说，从日照香炉紫烟氤氲到飞流直下，是慢速向快速对转的话，"疑是银河落九天"就是远观到迫近的对转。正是这种双重对转，构成了全诗的张力结构，使读者心理在两极转化中受到了强烈的冲击。

  这首诗最动人之处，究竟写了些什么呢？无非是诗人一时的幻想。这是贴近了生活还是贴近了诗人自我呢？当然是贴近了诗人自我，贴近了诗人的感觉。这个感觉甚至并不是对瀑布很准确的感觉，而是一种变异了的、瞬间的幻觉。然而就在这种幻觉中，有一种诗人特殊的情感，那就是在自然之美面前的惊叹。但诗人回避了直接惊叹。而在另一首同题诗作中，他这样写道："西登香炉峰，南见瀑布水。挂流三百丈，喷壑数十里。欻如飞电来，隐若白虹起。初惊河汉落，半洒云天里。"就明确点出了初见之"惊"。惊心动魄的美，诗人为自我的发现而惊叹。

  这样的诗得到苏东坡的赞赏是很自然的。清高宗弘历敕编《唐宋诗醇》记载："苏轼曰：仆初入庐山，有陈令举《庐山记》见示者，且行且读，见其中有徐凝诗和李白诗，不觉失笑。开元寺主求诗，为作一绝，云：'帝遣银河一派垂，古来惟有谪仙词。飞流溅沫知多少，不为徐凝洗恶诗。'"徐凝的诗也是写庐山的，其中有"千古长如白练飞，一条界破青山色"之句，据说白居易颇为欣赏，但是《韵语阳秋》的作者认为白居易"或许未见李白诗耳"。在对这两首同题诗歌的评价上，白居易和苏东坡大有不同。《韵语阳秋》的作者不同意白居易的观念是有道理的，说他没有见过李白的这首诗，当然是可能的，也许是有意为白居易掩饰其艺术欣赏上的失误。徐凝的诗，充其量不过是写庐山瀑布像一条白练，千古不变，在青色的山峦当中划出一道界限。这样刻画描写景观，不能说没有特点，但是作者对瀑布欣赏的情致却很淡。正是因为这样，儒雅的苏轼才将它定性为"恶诗"。当然,《韵语阳秋》的作者并不认为这就是极致了,无以复加了。他补充说:"以余观之,银河一派,犹涉比类,未若白前篇云:'海风吹不断,江月照还空。'凿空道出,为可喜也。"①在他看来,"银河落九天"好是好,但还不够好,因为还是属于比喻范畴,专注于瀑布,多多少少有一点拘于描写的意味,想象不够自由,情感不够灵动。而另外一首中的"海风吹不断,江月照还空",就超越了被动描写,展开了卓越的想象。但他只是说出了直觉:"凿空道出"。相对于被动描写,应该是指想象。好在这种想象摆脱了景观的束缚。瀑布,本来是水,诗人如果把它当作水,川流不息,应该是"吹不息";但诗人把它当作"布",就是"吹不断"的了。再说,庐山的地形并非平原,离海又那么遥远,风应该是"山风"才对,但李白却说"海风"。至于月亮,本来也应该是山月,长江离庐山是有一点距离的,可李白却说"江月"。这样一来,他就营造了一个江海相通、水天相连、一望无垠的浩渺背景,好像没有什么山峦似的,有的只是纯净的境界,在风烟俱净的天宇,只有月光照耀着,瀑布变得透明。这样,背景纯净化了,意象单纯化了,实际上是精神化了。李白式的胸襟,尽在其间。无我之境,物我交融,意境全出。

李白表现香炉瀑布,自如地驾驭两种风格,创造两种境界,运用两种手法,可谓得心应手,游刃有余。把瀑布放在阳光映照下,处于紫烟氤氲之中,意象以灿烂取胜;把瀑布放在月光照耀之下,在江天海风之中,以淡雅空灵的意境取胜。不管哪一首,比之徐凝的"千古长如白练飞,一条界破青山色",在意境上可谓天壤之别。徐凝点明了"千古",读者却没有千古的感觉;李白没有说什么千古,只是高度概括了浩渺空间,却有了时间的感觉。这是因为"海风吹不断"的"不断",蕴含着长期吹拂的意味,时间永恒的感觉尽在其中。

(本文为孙彦君执笔)

注:

① 陈伯海主编《唐诗汇评》(上),浙江教育出版社 1995 年,第 696—697 页。

《早发白帝城》：绝句的结构和诗中的"动画"

解读焦点：对本诗的品析，从李白自由驾驭绝句结构入手，指出在三、四句以"流水"句式变客体的描绘为主观的抒情。接着分析诗歌中画和诗的矛盾。诗中的画，尤其是绝句中的画，应是动画、声画、情画，因为心灵只有在动态中才能向纵向深层次潜入。

早发白帝城 李白

朝辞白帝彩云间，千里江陵一日还。
两岸猿声啼不住，轻舟已过万重山。

在品评唐诗艺术的最高成就时，李白、杜甫并称，举世公认，但是，在具体形式方面，历代评家对二者的评价却有悬殊。他们认为在绝句上，尤其是七言绝句，成就最高者为李白。高棅在《唐诗品汇》中说："盛唐绝句，太白高于诸人，王少伯次之。"[①]胡应麟在《诗薮》中也说："七言绝以太白、江宁为主，参以王维之俊雅，岑参之浓丽，高适之浑雄，韩翃之高华，李益之神秀，益以弘、正之骨力，嘉、隆之气运，集长舍短，足为大家。"[②]连韩翃、李益都数到了，却没有提到杜甫。不但如此，《诗薮》还这样说："自少陵以绝句对结，诗家率以半律讥之。"[③]许学夷《诗源辩体》引用王元美的话说："子美七言绝变体，间为之可耳，不足多法也。"[④]当然，对于杜甫绝句，也不乏辩护者，如说杜甫的七绝是一种"变体"，"变巧为拙""拙中有巧"，对孟郊、江西派有影响等等。说李白在绝句方面成就最高，则是众口一词。不但没有争议，而且在品评绝句"压卷"之作时，也榜上有名。沈德潜在《唐诗别裁》中说："必求压卷，王维之'渭城'，李白之'白帝'，王昌龄之'奉帚平明'，王之涣之'黄河远上'其庶几乎！终唐之世，绝句无出四章之右者矣。"⑤当然,究竟哪些篇目能够获得"压卷"的荣誉,诸家看法不免有所出入,但是,杜甫的绝句从来不被列入则似乎是不约而同的。

李白的绝句,尤其是七绝,其艺术成就为什么高于杜甫的绝句?高在何处?前人只是反复申述观感,并未严密地展开分析和论证。本文拟采取个案(亦即所谓"细胞形态")细读的方法,尝试从感觉与情感的互动、感情以及句式、语法结构方面作出解释,以期取得从一粒沙看世界,从一滴水看大海之效。

这个细胞就是被列入压卷之作的《早发白帝城》。

《早发白帝城》虽然只有四行,但其中包含着李白复杂的生命体验和艺术创造的种种奥秘。

第一句"彩云间",言其高;第二句"一日还",言其快。如此平常的句子,感染力却不平常。表面上,朝辞暮达只是时间上的连贯,实质上,则有逻辑上的因果,只不过这种因果是隐性的。因为白帝河床高,所以速度快。如果仅仅是这样,李白就只写出了一种地理现象。但这种因果还是可疑的。事实上,有没有那么快呢?没有。不一定非得做实地调查不可,光凭推理也可知一二。古人形容马跑得快,"日行千里,夜行八百",已经是夸张了;小木船,能赶得上千里马吗?没有那么快,却为什么偏偏要说那么快?因为这是一首抒情诗,不是游记散文,诗人抒发的是归心似箭的心情。

然而,归心似箭的情感是很难直接传达的。越是微妙的情感,越是只可意会不可言传。如果用语言直接表述,读者往往无从感受。

从心理学角度来说,感情是一种内在的肌体觉,是一种"黑暗的感觉",与大脑语言区的联系不像感觉那么确定,所以直接抒发感情颇有难度。西方古典诗歌,多用直接抒情,其缺陷在于感性不足,抽象有余,但因其妙在情理交融,故思想容量大。而中国古典诗歌,大多通过对景物和人物的感知来抒情,故多情景交融,但是缺乏像西方那样的大规模的叙事诗、史诗。经过几千年的平行发展,到了二十世纪初,美国人倒是比较谦虚,承认直接抒情容易导致抽象,就出现了学习中国通过五官可感的"意象"来表现诗意的流派,叫作"意象派"。其间的道理从心理学上可以得到一些解释。因为人类与外部世界的交流只有一个渠道,那就是感知。感知有一个特点,就是带有相当的主观性,受到情感的冲击尤能发生"变异",所以科学家宁愿相信仪表上的刻度,也不敢相信自己的耳朵、眼睛和躯体。"眼见为实"这一"定律",在他们那里是幼稚的。眼见不一定为实,才是科学真理。日常感知的主观性与科学性相矛盾,而艺术感觉,却以主体情感为生命。汉语"情感"一词,透露了一点秘密:把"感"与"情"联系在一起,叫作感情,或者情感,都一样,感与情不可分。一旦有了感情,特别是比较强烈的感情,感知受到冲击,就发生"变异",如"情人眼里出西施""月是故乡明"之类。不是白发真有"三千丈",而是因为忧愁造成了这么长的感知。这是人类感知的局限,也是人类生命的精彩。古代抒情诗人是多情善感的,不是一般的善感,而是善于"变感",是通过"变异"了的感知来抒发感情,这就是中国古典文论所说的"立象以尽意"。

如果拘泥于科学理性,把李白日行千里的感知,改为日行数百里,可能比较实事求是,可读者的感知就受不到冲击,难以受到诗人感情的感染,也就谈不上艺术了。就算是差不多有这么快了,却又产生了一个新的问题,越是快,越是不安全。当年三峡有礁石,尤其是瞿塘峡,那里的礁石相当凶险。关于三峡航行凶险的文献真是太多了,如杜甫晚年的《秋兴》:"白帝高为三峡镇,瞿塘险过白牢关。"此外,还有古代歌谣:"滟滪大如马,瞿塘不可下;滟滪大如猴,瞿塘不可游;滟滪大如龟,瞿塘不可回;滟滪大如象,瞿塘不可上。"郦道元在《水经注》中提到三峡的黄牛滩曰:"江水又东,径黄牛山下,有滩名曰'黄牛滩'。两岸重岭叠起,最外高崖间有石色,如人负刀牵牛,人黑牛黄,成就分明,既人迹所绝,莫得究焉。此岩既高,加以江湍纡回,虽途经信宿,犹望见此物。故行者谣曰:'朝发黄牛,暮宿黄牛,三朝三暮,黄牛如故。'言水路纡深,回望如一矣。"《水经注》所述均为顺流,因为反复有"又东"二字。东,就是向下游之确证。"信宿"是两夜之意,两夜犹望见此物,言船在江上纡徐回转。"三朝三暮"犹见"黄牛",有些夸张,但是可以想见黄牛滩的纡回曲折。

刘白羽在二十世纪五十年代写的《长江三日》里说:"这滟滪堆指的是一堆黑色巨礁。它对准峡口,万水奔腾一冲进峡口,直奔巨礁而来。你可想象得到那真是雷霆万钧,船如离弦之箭,稍差分厘,便撞得个粉碎。"⑥

由此可见,当时船行三峡并不是直线式顺流而下的,而是纡回曲折、相当险恶的。可在将近六十高龄的李白心目中,这一旅途不但快捷,而且安全,一切凶险居然都不在眼里。这种感知,更说明李白当时是如何地归心似箭了。

为什么会归心似箭而不顾安危呢?因为在安史之乱中,李白犯了一个相当严重的政治错误,在"充军"的途中得到赦书,政治上的压力消失了,获得解脱的情感便通过轻快安全的感觉得到淋漓尽致的表达。在被俘以前,李白并没有意识到他兴奋无比地参与的永王李璘集团的政治性质,永王战败,李白成了罪犯。这种罪名,属于大逆不道,连李璘都已死于非命。对于李白来说,这不但是个政治问题,而且是个人的尊严问题。李白没有想到他要付出的政治和道义上的代价是如此沉重。不管他感到多么冤屈,还是被判了个流放夜郎(今贵州桐梓一带)。天才诗人早期自夸的"颇涉霸王略""将期轩冕荣",此时完全成了反讽。这是李白一辈子最惨的时候,声名狼藉,处境应该是相当孤立的。对于这一点,后世的读者可能感觉比较淡漠,但是,他的朋友杜甫在《不见》中说得极其真切:"世人皆欲杀,吾意独怜才。"不过,这样破帽遮颜的狼狈,可能为时不太长。一些学者考证,就在李白到达白帝城或者附近的时候,赦书到了,这就是李白自己所说的"中道遇赦"。此时再看"世人皆欲杀"的处境,可能就有一点后怕的感觉。被赦的李白顿时感到无比轻松,不但政治压力没有了,还可以和家人团聚了。李白毕竟是李白,年近花甲,青春焕发的感觉竟油然而生,根本不把三峡航道的凶险放在心上。

一个从政治灾难中走出来的老诗人居然能有这样轻松的感觉,甚至让后世一些研究他的学者也觉得不可思议:如此充满青春朝气的诗作,竟然出自一个历尽政治坎坷的垂暮老人之手。但是,李白的可爱、可敬、可笑、可恨,全在这里了。

兜了这么大一个圈子,我们只是阐释了归心似箭的情感如何转化为迅速、安全的感知。

但是,问题仍然不可回避,明明是心里感觉轻松,为什么他不说"轻心已过万重山",而说"轻舟已过万重山"?有人说,李白这首诗的诗眼是一个"轻"字。似乎还不太恰切,因为忽略了"轻舟"与"轻心"之间微妙的差异。

一字之异,诗人的感觉和俗人的感觉就划出了界限。这里,起作用的不仅是他的心情,还有他那永不衰退的艺术想象力。

轻心,是一种感情,直接传达这种感情是吃力不讨好的;而一旦把它转化为感觉,在船上的诗人的感觉,由心轻变成舟轻,读者就不难被感染了。艺术就是这样奇妙,明明是心轻,却不能说。三峡潮水奔流,舟越是轻,就越是不安全,但是在诗歌里,偏偏要说轻舟才有安全感。

李白的诗歌艺术之所以能达到他人难以到达的境界,当然得力于他非凡的艺术想象力。但是,作为诗人,哪个不是长于想象的呢?李白的想象无疑是人所不及的。他的名句,如"蜀道之难难于上青天"(《蜀道难》)、"燕山雪花大如席"(《北风行》)、"狂风吹我心,西挂咸阳树"(《金乡送韦八之西京》)、"举杯邀明月,对影成三人"(《月下独酌》)等,都可谓想落天外,笔参造化。这个特点,用西方浪漫主义诗人雪莱的话来说,就是"诗使它能触及的一切变形"(英国浪漫主义诗歌理论家赫斯列特也持类似的观点)。[⑦]这种想象变形的理论和司空图的"遗形得似"相通,但用来解释"轻舟已过万重山"还是有些困难。因为这里的"轻舟",似乎没有什么变形的痕迹。而且"狂风吹我心,西挂咸阳树",变的也不仅仅是"形",其功能、质地都变化了。在这一点上,倒是中国的吴乔所说的诗好像米酿成酒,"形质俱变"的理论更经得起经典文本的检验⑧。

这个文饭诗酒、"形质俱变"的理论,比之西方浪漫主义的想象变形的理论更有阐释的有效性。事实上,"举杯邀明月,对影成三人"变的不仅仅是形,而是月和影都变成了人;孤独的人,变成了在朋友的包围之中:二者都发生了质变。文饭诗酒,形质俱变,语言的"陌生化"很显著,可以顺利解读中外大量的经典诗歌文本,但是,并不能解读一切,具体来说,就是李白这里的"轻舟已过万重山",也还是不能得到顺利的解释。因为这里的轻舟,并没有发生形变或者质变。

可见,形质之变只是诗歌艺术想象中的一类,其特点是变异的幅度相当显著,如果要命名的话,可以暂且名之为"显性"的艺术想象。

在诗歌中,除此之外,还有一种现象,我把它叫"隐性"的艺术想象。表面看来,客观对象没有明显的变异。就月亮而言,不但有李白式变异幅度很大的,也还有变异幅度不明显的,如陶渊明有"晨兴理荒秽,戴月荷锄归"(《归园田居》),王维有"月出惊山鸟,时鸣春涧中"(《鸟鸣涧》),王昌龄有"撩乱边愁听不尽,高高秋月照长城"(《从军行》)。就舟而言,王湾还有"客路青山外,行舟绿水前"(《次北固山下》)。这里的"行舟"正如李白的"轻舟"一样,表面上没有大幅度的变形和变质,但"隐性"的变异却是巨大的。在李白那里,是从心的轻松转化为船的轻快之感。在王湾这里也一样,从诗歌上下文来看:"潮平两岸阔,风正一帆悬。"表面上似乎是客观的描述,没有什么明显的形变,但这里的潮的状态(平而稳)和风的方向(正而微),明显有一种"顺心"的感觉,水的开阔,帆的平稳,都是被心的平静安宁同化了的。这种平静安宁的情感,不仅仅在字面上,而且在字里行间构成一种情感的"场"。诗里的"场",是想象的世界,从字面到字里行间,都已被主体感情同化。只不过,这种同化是"隐性"的。王湾主观情感对行舟的同化,和李白轻心对轻舟的同化一样,都是"隐性"的。隐性变异的特点,第一,就是潜在的、默默的、渗透式的;第二,就是它的整体性,从外部看来,没有变异的迹象,但从性质来看,在意象的有机组合的关系中却生成一种和谐的情绪境界。这就是中国古典诗歌的"意境",正因为是整体性的"场",所以才"不着一字,尽得风流"。

正是因为这样,我们要把绝句的奥秘揭示出来,孤立地分析一个意象(如轻舟、明月、行舟等)是不够的。既然这种想象是渗透在整体的"场"中的,就应该从整体的有机联系中,也就是从结构中,从句子与句子的内在观照中去进行微观的分析。

这种分析方法,对于绝句尤为重要,因为绝句比律诗和古风篇幅短小,只有四句,结构整体性的功能对这种形式来说具有更深邃的奥秘。

仅仅明白了"轻舟"的感觉,还不能穷尽这首诗艺术的全部奥秘。如果没有第三句

"两岸猿声啼不住"作为铺垫,前后构成饱含张力的机理,此诗肯定大为逊色。古典诗话论及绝句,非常强调第三句的重要性。元杨载在《诗法家数》中谈到诗的起承转合中的"转"时说:"绝句之法,要……句绝意不绝,多以第三句为主,而第四句发之……承接之间,开与合相关,反与正相依,顺与逆相应……大抵起承二句固难,然不过平直叙起为佳,从容承之为是。至如宛转变化功夫,全在第三句,若于此转变得好,则第四句如顺流之舟矣。"⑨对于李白这首诗的第三句,古典诗话家自然不会放过,如清桂馥在《札朴》中说此诗:"……妙在第三句,能使通首精神飞越。若无此句,将不得为才人之作矣。"⑩清施补华《岘佣说诗》也有同样的意思:"'千里江陵一日还',如此迅捷,则轻舟之过万山不待言矣,中间却用'两岸猿声啼不住'一句垫之;无此句,则直而无味,有此句,走处仍留,急语仍缓。可悟用笔之妙。"⑪

第三句很好,是众多诗话家的共识,但是好在哪里,却不容易阐释到位。清沈德潜《唐诗别裁》曰:"写出瞬息千里,若有神助,入'猿声'一句,文势不伤于直,画家布景设色,每于此处用意。"⑫说此句若有神助,是一种赞叹,是一种直觉。说到"画家布景设色"倒是有了作者的观点,诗中有画,布景设色,都是视觉形象。这个观点很有代表性。但是,细读第三句,"两岸猿声啼不住",只是听觉感受,并没有视觉画面,也谈不上"设色"和"布景"。

事实上,在这首诗里,李白的天才并不表现在景色的描摹上,而是在:第一,他虽然沿用了郦道元的"朝发白帝,暮到江陵",但却没有追随他去描绘三峡景色,"两岸猿声"与"布景设色"根本不沾边。诗话家们不约而同地受"诗中有画,画中有诗"霸权话语的束缚,完全无视李白此时恰恰是把视觉关闭起来,让听觉独享猿声之美。第二,本来民歌唱道:"巴东三峡巫峡长,猿鸣三声泪沾裳。"悲凉意味已经成为典故,相当稳定,一般诗人都以猿啼寄悲凉之情,就是杜甫,也遵循着典故的原意写道:"听猿实下三声泪"(《秋兴》)。但是,李白却反其意而用之,悲凉的猿声在他的感觉中变异为轻快、安全、欢欣交融的感觉。于悲声中见乐感,显出了艺术家的魄力。第三,以上还是从内涵上分析的,而杨载所说"宛转变化功夫,全在第三句",讲的是结构的"开与合相关,反与正相依,顺与逆相应"。看来不从结构内部的对立和转化去阐释,就还是囫囵吞枣。

绝句的第三句要"变化",这种变化主要表现为句式上的变化。前两句是陈述性的肯定句,第三句(或者是第四句)如果仍然是陈述性的肯定句,单纯而不丰富,便难免单调,因而相当少见。诗人往往在第三句转换为疑问、否定、感叹等句式。如王之涣的《凉州词》:"黄河远上白云间,一片孤城万仞山。羌笛何须怨杨柳,春风不度玉门关。"前两句是陈述的肯定句,第三句是感叹句,第四句则是否定句。又如,贺知章《咏柳》:

"碧玉妆成一树高,万条垂下绿丝绦。不知细叶谁裁出,二月春风似剪刀。"杜牧的《泊秦淮》:"烟笼寒水月笼沙,夜泊秦淮近酒家。商女不知亡国恨,隔江犹唱后庭花。"这两首的前两句都是肯定的陈述,第三句是否定句。沈德潜在《唐诗别裁》中提到的另外两首"压卷"之作,王维之"渭城"、王昌龄之"奉帚平明",在句法上语气上的转换,也均属类此。

但是,细读李白这首诗的第三句,在句式上并没有这种变化,四句都是陈述性的肯定句("啼不住",是持续的意思,不是句意的否定)。这是因为,句式的变化还有另一种形式:如果前面两句是相对独立的单句,后面两句则为相互串联的"流水"句式。例如上面所举的例子,第三句都是不能独立的,"不知细叶谁裁出"离开了"二月春风似剪刀","商女不知亡国恨"离开了"隔江犹唱后庭花",句意是不能完足的。"羌笛何须怨杨柳"离开了"春风不度玉门关",是没有诗意的。"流水"句式的变化,既是技巧的变化,又表现了诗人心灵的活跃。如果前面两句是描绘性的画面,后面两句再描绘,就可能显得平板。而"流水"句式,使得诗人的主体更有超越客观景象的能量,更有利于表现诗人的感动、感慨、感叹、感喟。李白的绝句之所以比杜甫有更高的历史评价,就是因为他善于在第三、第四句上转换为"流水"句式。如李白的《客中作》:"兰陵美酒郁金香,玉碗盛来琥珀光。但使主人能醉客,不知何处是他乡。"其好处在于:首先,第三句是假设语气,第四句是否定句式、感叹语气;其次,这两句构成"流水"句式,自然、自由地从第一、二句对客体的描绘中解脱出来,转化为主观的抒情。《早发白帝城》这一首,第三句和第四句也有这样的特点。"两岸猿声啼不住"和"轻舟已过万重山"结合为"流水"句式,使得句式不但有变化,而且更加流畅。这也就是杨载所说"宛转"的"变化功夫"。

在这一点上不清醒,就使一些唐诗专家对这首诗的好处处于茫然状态。如袁行霈说:"他一定想趁此机会饱览三峡壮丽风光,可惜还没有看够,没有听够,没有来得及细细领略三峡的美,船已顺流而过。在喜悦之中又带着几分惋惜和遗憾,似乎嫌船走得太快了。'啼不住',是说猿啼的余音未尽。虽然已经飞过了万重山,但耳中仍留猿啼的余音,还沉浸在从猿声中穿过的那种感受之中。这情形就像坐了几天火车,下车后仍觉得车轮隆隆在耳边响个不停……究竟李白是希望船走得快一些呢,还是希望船行得慢一点呢?只好由读者自己去体会了。"[13]

这种说法有点混乱:"究竟李白是希望船走得快一些呢,还是希望船行得慢一点呢?"看来这位唐诗权威自己就有些糊涂。这里的"千里江陵一日还",一是排除了船行的缓慢(三天才能过黄牛滩),二是排除了长江航道的凶险(瞿塘、滟滪礁石),不就是为了强调舟行之轻快、神速而且安全吗？若是如袁行霈想象的那样,想让船走得慢一点,又何必这样夸张舟行速度呢？

更为重要的是,这里有唐诗绝句的艺术奥密,那就是感觉和情感的转换,而且层次特别丰富。

"宛转变化"的句法结构,为李白心理向纵深层次潜入提供了基础。

前面两句,"白帝""彩云""千里江陵"都是画面,都是视觉形象,第三句超越了视觉形象,转化为听觉。这种变化是感觉的交替。此为第一层次。听觉中之猿声,从悲转变为美,显示高度凝神,以致因听之声而忽略视之景,由五官感觉深化为凝神观照的美感。此为第二层次。第三句的听觉凝神,特点是持续性("啼不住"),到第四句转化为突然终结,美妙的听觉变为发现已到江陵的欣喜,转入感情深处获得解脱的安宁,安宁中有欢欣。此为第三层次。猿啼是有声的,而欣喜是默默的,舟行是动的,视听是应接不暇的,安宁是静的,欢欣是持续不断的,到达江陵是突然发现的：构成的张力是多重的。此为第四层次。这才深入到李白此时感情纵深的最底层。古典诗话注意到了李白此诗写舟之迅捷,但却忽略了感觉和情感层次的深化。迅捷、安全只是表层感觉,其深层中隐藏着无声的喜悦。这种无声的喜悦是诗人从有声的凝神中反衬出来的。通篇无一"喜"字,喜悦之情却尽在感知、情绪的多重而又凝聚于瞬间的动态结构之中。

如果以上分析没有大错的话,那么,现在便有条件来回答文章开头提出来的问题,也就是杜甫的绝句,尤其是七言绝句,为什么在历代诗话中,得不到像李白七绝这样高的评价？在杜甫的全部诗作中,绝句的比例不大,比起他的律诗和古风来说,可以说是很少的。但是,他和李白一首一首写来不一样,他似乎写得很顺手,常常同一个题目,一写就是好几首。如《绝句漫兴九首》《江畔独步寻花七绝句》《夔州歌十绝句》《戏为六绝句》《绝句四首》,水准参差不齐,当然也不乏相当精致的作品。如《江畔独步寻花》之一："黄四娘家花满蹊,千朵万朵压枝低。留连戏蝶时时舞,自在娇莺恰恰啼。"最后两句属对之工,从声韵到意味,得到历代不少诗评家的赞赏。这是因为杜甫长于对偶,甚至在律诗《登高》中,四联都对却不见斧凿痕迹,把他的优长发挥得淋漓尽致。但有时,他似乎对自己这方面的才华缺乏节制,过分地放任了,就产生了《绝句四首》中的：

两个黄鹂鸣翠柳,一行白鹭上青天。
窗含西岭千秋雪,门泊东吴万里船。

这首诗最显著的特点是四句皆对,好像是把律诗当中的两联搬进了绝句。这当然也是一体,数词相对,色彩相衬,动静相映,诗中有画,堪称精致。但是,许多诗评家仍然表示不满,甚至不屑,"率以半律讥之"。[14]

为什么把律诗的一半,转移到绝句中来,就要受到讥笑呢?这在理论上有什么根据?杨慎说这四句"不相连属"[15],胡应麟则说"断锦裂缯"[16]。就现有绝句的理论积累来衡量,杜甫可能是疏忽了"宛转变化功夫,全在第三句"。第三句要求在第一、二句的基础上承转,那么杜甫有没有意识到第三句的承转功能呢?似乎意识到了。第一、二句,从"鸣翠柳"到"上青天",视野越来越开阔,这里的视觉形象是没有边框的,而到了第三句,则把它放在窗子的框架之中,使之真正变成了一幅诗中之画,而由于对仗的规格,第四句仍然是一幅框架中的图画,只不过是以门框为边界。这两幅图画,承接有之,变化也不能说没有,如门框里泊着的是"东吴万里船",这就有一点主体的意向了。但是,这个意向只是潜在的意向,还没能"动"起来,固然和"鸣翠柳""上青天""千秋雪"构成了画幅,但是,联系东吴万里的意象,是对此间美景的留恋呢,还是对东吴生活之向往呢?心灵似乎没有为之所冲击。与唐诗压卷"开与合相关,反与正相依,顺与逆相应"相比,便不能不说缺乏性灵的动感了。第一,这里没有句法上的变化,四句全是陈述的肯定语气,两联都是对仗,结构上只有统一,缺乏变化,显得呆板;第二,全诗限于视觉景观,缺乏感觉和情感之间的互动,因而性情没有被充分激活。

杜甫这首诗,优长在诗中有画,缺失也在诗中有画。诗中有画,为什么又成了缺点呢?因为诗中之画,不同于画中之画。画中之画是静态的、刹那的,而诗以语言为媒介,是历时的、持续的。自古中外都有"画是无声诗,诗是有声画"的说法,苏东坡在《书摩诘〈蓝田烟雨图〉》中也说:"味摩诘之诗,诗中有画。观摩诘之画,画中有诗。诗曰:'蓝溪白石出,玉川红叶稀。山路元无雨,空翠湿人衣。'"[17]这里突出强调的是诗与画的共同性。本来这作为一种感情色彩很浓的赞美,很精辟,有其相对的正确性,但是作为一种理论,无疑有片面性。因为其中忽略了不可忽略的差别。特别是这一段话经过长期传诵,抽去了具体所指的特殊对象,就变得肤浅了。诗和画由于借助的工具不同,它们之间的区别是这样大,然而却这样容易被人忽视,是很值得思考的。绝对地用画的优越来赞美诗的优越是一种盲从。明张岱直接对苏东坡的这个议论提出异议:"若以有诗句之画作画,画不能佳;以有画意之诗为诗,诗必不妙。如李青莲《静夜思》:'举头望明月,低头思故乡',有何可画?王摩诘《山路》诗:'蓝田白石出,玉川红叶稀',尚可入画;'山路元无雨,空翠湿人衣',则如何入画?"⑱张岱的观点接触到了艺术形式之间的矛盾,但却没能充分引起后人乃至今人的注意。不同艺术形式的不同规范在西方也同样受到漠视,以致莱辛认为有必要写一本专门的理论著作《拉奥孔》来阐明诗与画的界限。莱辛发现同样是以拉奥孔父子被毒蟒缠死为题材的作品,古希腊雕像与古罗马维吉尔的史诗的表现有很大不同。在维吉尔的史诗中,拉奥孔发出"可怕的哀号""像一头公牛受了伤""放声狂叫",而在雕像中身体的痛苦冲淡了,"哀号化为轻微的叹息",这是"因为哀号会使面孔扭曲,令人恶心",而且远看如一个黑洞。在雕像中,"激烈的形体扭曲与高度的美是不相容的",而在史诗中,"维吉尔写拉奥孔放声号哭,读者谁会想到号哭会张开大口,而张开大口就会显得丑呢?""写拉奥孔放声号哭那行诗只要听起来好听就够了,看起来是否好看,就不用管。"⑲应该说,莱辛比张岱更进了一步,提出即使肉眼可以感知的形体在诗中和画中也有不同的艺术标准。

在我看来,关键还在于,画中之画是静止的。而诗中之画的优越性在于:第一,超越视觉的刹那成为一种"动画",有了动感才便于抒情。感情的本性,就是和"动"分不开的,故曰感动,曰触动,曰动心,曰动情,曰情动于衷,反之则曰无动于衷。连英语的感动都是从"动"(move)引申出 to stir the emotions 的意味,甚至 moved to tears, to arouse, to excite or provoke to the expressions of an emotion。从心理学来说,感情就是一种激动,激而不动,就是没有感情。仍以李白的月亮意象为例,"举杯邀明月,对影成三人"(《月下独酌》),"暮从碧山下,山月随人归"(《下终南山过斛斯山人宿置酒》),诗中画面的持续性突出了刹那间才会显出的情的动态。第二,诗中的画,不但是"动画",而且往往是"声画",其妙处全在声音。"月出惊山鸟,时鸣春涧中"(王维《鸟鸣涧》),这是岑寂和鸣叫反衬的效果,由听觉激起的微妙心动,视觉是无能为力的。第三,最主要的是,诗中的画,不管是动画还是声画,最根本的还是"情画",情不能在动画之上直接表现,必然隐蔽在画面之外。即使出现了静态的画面,也不仅仅是视觉在起作用,而是心在被感"动"。如王昌龄《从军行》:

> 琵琶起舞换新声,总是关山旧别情。
> 撩乱边愁听不尽,高高秋月照长城。

第一、二句是听觉,妙在第三句的断然转折,为第四句从听觉转入视觉提供铺垫。听了一曲又一曲,心烦意乱,这是内心的"声画",突然转换为一幅宁静的画面:秋月高照长城,暗示听得心烦变成了看得发呆。诗中之画,妙在以外在的视觉暗示内心微妙的、通常总是被忽略了的微波。愁绪本为远隔关山而起,月亮虽在眼前之长城,却能跨越关山,远达天涯。(试想,此前有张九龄《望月怀远》的"天涯共此时"之感,此后又有苏东坡《水调歌头》"千里共婵娟"之叹)这是在画面的静态中有了心灵的动态。而杜甫的那首恰恰是四幅静态的画面,诗中有画不假,但是有画而心不动。诗中有画,全诗都是画,并不是问题,问题在于,静中有动。把它和韦应物的《滁州西涧》比较一下更能说明问题:

独怜幽草涧边生,上有黄鹂深树鸣。

春潮带雨晚来急,野渡无人舟自横。

这也是一幅画,但是,其中内心的动势很丰富。先是"幽",也就是无声、荒僻,打破"幽"的是"鸣",第三句加强了声音效果的是紧张的春潮和急雨,第四句,缓和了紧张的是"舟自横"。一个"横"字,在这里有三重内心感应暗示:其一,横是和"急"对应的,不管雨有多急,舟都悠闲地横在那里。是为无人,自在,自如。其二,无人之舟,又是有特别的人欣赏("独怜")的结果。其三,有人而不在的暗示和长久无人的空寂构成内在张力:幽而不幽,不幽而幽;无人而有人怜,有人而无人景。内心和外物之间的多重互动,构成了情感的"场",无声地升华为意境。

杜甫之失在于过分沉醉于视觉的美,而忽略了情感纵深的活跃。为什么诗圣会有这样的失误呢?杨慎讲到七绝时,这样批评杜甫:"少陵虽号大家,不能兼善,一则拘于对偶,二则汩于典故。拘则未成之律诗而非绝体,汩则儒生之书袋而乏性情。"[20]说杜甫"乏性情",是冤枉的。杜甫岂是乏性情之人。至于说他"拘于对偶",却是一语中的。杜甫对偶的功夫太强大了,技巧太熟练了,太得心应手了,写起绝句来,常有批量生产的感觉。当他得心应手、不假思索地运用对偶的时候,第三句的转折,第三、四句的流水句式,就和他的情怀一起受到了严重的抑制。

当然,杜甫写七绝并不一味只用这种句式,毕竟他是大家。有时,也在第三、四句运用流水句式。如《江南逢李龟年》:"岐王宅里寻常见,崔九堂前几度闻。正是江南好风景,落花时节又逢君。"虽是应酬之作,但真正感奋起来的时候,还是很深沉的。如《绝句三首》之一:

殿前兵马虽骁雄,纵暴略与羌浑同。

闻道杀人汉水上,妇女多在官军中。

写这样的诗时,杜甫在悲愤中似乎忘记了他最拿手的技巧,居然没有用对仗句,而全是流水句式,第三句还有一个委婉的转折,比之"压卷"之作,情采不亚,只是有点不像唐人绝句,更像是古风。可惜的是,杜甫好诗太多,当他的七律写得出色的时候,理所当然;当他七绝不够水准的时候,诗评家就有文章可做,但是却忽略了他最好的绝句,是带着古风色调的。

当然李白的绝句也并不是十全十美,就以《早发白帝城》而言,虽然才气横溢,但也有瑕疵,最明显的就是第二句"千里江陵一日还"的"还"字。这个字可能给读者两种误解:第一,好像朝辞白帝城,晚上又可以回来的样子。第二,好像李白的家就在江陵,一天就回到家了。事实是,李白并不是要说一天就能到江陵,他的家也并不在江陵。他这样用字,一来是囿于"朝发白帝,暮到江陵"的成说。诗中的数字,是不能以数学观念看待的。除了"两岸"也许是写实以外,"千里""一日""万重",正如"白发三千丈"一样,都是诗人想象中感觉变异之词,拘泥不得的。二来诗人是为了和"间""山"押韵。从这个角度来看,天才诗人毕竟还有凡俗的一面,虽然诗歌不俗,但还是不能完全超越世俗文字之累。这样说,似乎对伟大诗人有点不敬,但是,李白这首诗也许是乘兴之作,笔落惊风,不可羁勒,字句不一定都推敲得很精细,也不是没有可能。

注:

① 高棅《唐诗品汇·七言绝句叙目》(第二卷),据明汪宗尼校订本影印,上海古籍出版社1981年版,第427页下。

②③ 胡应麟《诗薮》内编卷六(近体·绝句),上海古籍出版社1979年版,第115页。

④ 许学夷《诗源辩体》卷十九,人民文学出版社1987年版,第220页。

⑤ 沈德潜《唐诗别裁集》卷十九,中华书局1975年版,第262页上。

⑥ 《刘白羽散文选》,人民文学出版社1978年版,第224页。

⑦ 参阅孙绍振《文学创作论》,海峡文艺出版社2004年版,第313页。

⑧⑪ 王夫之《清诗话》,上海古籍出版社1978年版,第27页、第998页。

⑨ 何文焕《历代诗话》(下册),中华书局1981年版,第732页。

⑩ 桂馥《札朴》卷六,中华书局1992年版,第233页。

⑫⑭ 沈德潜《唐诗别裁集》卷二十,中华书局1975年版,第265页下。

⑬ 裴斐主编《李白诗歌赏析》,巴蜀书社1988年版,第273页。

⑮ 《升庵诗话》卷十一《绝句四句皆对》:"绝句四句皆对,杜工部'两个黄鹂'是也,然不相连属。"见丁福保辑《历代诗话续编》,中华书局1983年版,第853页。

⑯ 《诗薮》内编卷六《近体下·绝句》:"杜以律为绝,如'窗含西岭千秋雪,门泊东吴万里船'等句,本七言壮语,而以为绝句,则断锦裂缯类也。"上海古籍出版社1979年版,第121页。

⑰ 《苏轼全集》(下册),文集卷七十,上海古籍出版社2000年版,第2189页。

⑱ 张岱《琅嬛文集·与包严介》,岳麓书社1985年版,第152页。

⑲ 朱光潜译《拉奥孔》,人民文学出版社1979年版,第16页、第22页。

⑳ 杨文生《杨慎诗话校笺·诗话续补遗·少陵绝句不能兼善》,四川人民出版社1990年版,第425页。

《枫桥夜泊》：出世的钟声对落第者的抚慰

解读焦点：钟声为全诗的灵魂，不是一般的写实，而是象征。意脉在此一转，打破的不仅仅是沉寂，而且是入世的梦。

枫桥夜泊　张继

月落乌啼霜满天，江枫渔火对愁眠。
姑苏城外寒山寺，夜半钟声到客船。

这首诗不但在中国脍炙人口，而且据说在日本也是"妇孺皆知"。（陈衍《石遗室诗话》）其最后一句中的"夜半钟声"四个字，从宋朝争论到清朝，持续了一千多年。不是中国人对诗特别执着，特别呆气，而是因为其中涉及诗歌意象的"虚"和"实"以及"兴"和"象"，还有"情"与"境"的和谐统一等根本理论观念。

论争长期聚焦在"夜半钟声"是不是存在的问题上。

欧阳修在《六一诗话》中带头说没有。坚持说有的，分别引用白居易、温庭筠、皇甫冉诗中的"半夜钟"，还有人直接调查得知有"分夜钟"之事，更有引《南史》"齐武帝景阳楼有三更五更钟"的。双方看似相持不下，其理论出发点实则是一样的：夜半钟声存在与否，关系到此诗的真实性，如果不是确确实实的事实，则此诗的艺术价值至少要大打折扣。

从理论上来说，这样的论争是比较肤浅的。

诗歌区别于散文的特点，至少是在想象境界中的虚实相生，拘于写实则无诗。闻一多说过"绝对的写实主义是艺术的破产"。从阅读效果来看，"夜半钟声"为实抑或为虚，并不影响这首诗的感染力。清马位《秋窗随笔》说得很干脆："即不打钟，不害诗之佳也。"可惜,这仅仅是感觉,尚未上升到理论的普遍高度。由于理论上的不自觉,从欧阳修到陆游,都有点过分咬文嚼字。倒是元朝的一个和尚圆至在《笺注唐贤绝句三体诗法》卷一中触及了要害:"说诗者不以文害辞,不以辞害意。"也就是说不能在字句上死抠。但是,这个说法还是不够到位,直到胡应麟,在《诗薮》外编卷四才说到了要害:"诗流借景立言,惟在声律之调,兴象之合,区区事实,彼岂暇计? 无论夜半是非,即钟声闻否,未可知也。"胡氏的这种观点打破了古典诗话中不正视想象、虚拟的机械真实论。在诗话家被机械真实论困扰之际,胡氏表现出了难得的理论魄力:诗人是不是听到了钟声,是弄不清楚的("未可知也")也是不需要弄清楚的,是实在的还是虚构的,根本不用费工夫去计较,"区区事实,彼岂暇计"。原因是什么呢? 这是"兴象之合"。只要诗歌主体的感兴与客观物象相契合,是不是事实,就是区区小事,诗人是不屑斤斤计较的("彼岂暇计")。

"兴象之合",感兴与景观的和谐,这是中国古典诗学特有的境界。其关键在于这个"合"字。近千年来,诗话家对之似乎关注得不够。

元朝的那个和尚似乎对这一点有所意识。他对"夜半钟声",不从客观存在来研究,而是从诗人主观感悟上来解读,提出钟声的功能是突出了愁怨之情:"霜夜客中愁寂,故怨钟声之太早也。夜半者,状其太早而甚怨之辞。"这个"愁怨之情"的说法,赞成者不乏其人。唐汝询《唐诗解》卷二十八说:"月落,乌啼矣,而枫间渔火依然对'我'之愁眠,目未交睫也,何钟声之遽至乎? 夜半,恨其早也。"这里"恨其早也"的"恨"其实是由诗中"对愁眠"的"愁"引起的。这里的"愁"不是一般的愁,而是"客中愁寂"。主观的"愁怨"和客观的"寂寞"结合在一起,无声无息,"兴象之合"的第一个特点就是二者高度统一,浑然一体。"对愁眠"提示抒情主体处于睡眠状态,因而,这主体的"愁"就是一种持续的压抑心态。"兴象之合"的第二个特点是愁怨与孤寂是持续的。然而,这种统一和谐并不是绝对的,而是相对的,这个处于睡眠状态的人,睡着了没有呢? 没有。对着"江枫渔火",说明他的眼睛是睁着的。也就是说,这是一个失眠的人。在一片岑寂的夜半,愁而不眠的眼睛,望着夜色反衬着的渔火,静而不宁,宁静的表层下掩盖着不宁静,这可说是"兴象之合"的第三个特点。有关资料告诉我们,诗人因为科举落第,只好孤独地面对他乡的静寂,在失眠中体验失落,这种失落是默默的。在无声无息的境界中,忽然听到寒山寺的钟声悠悠地传来。正如唐汝询所说:"何钟声之遽至乎? 夜半,恨其早也。"怎么已经半夜了? 这钟声不是打破了静寂的意境了吗? 是的,但不过是心头微微触动了一下,并不是某种冲击。毕竟它来自寺庙,来自佛家出世的梵音。这声响如"鸟鸣山更幽"一样,将静寂反衬得更加岑寂。对于因入世遭遇挫折而失眠的他,对于正默默体悟着受伤的心灵,悠扬的钟声更多的是一种心灵的抚慰。"兴象之合"的第四个特点就在无声的静寂中。钟声的微妙抚慰使得整个境界更加精致。第五个特点是,佛门的钟声提示着香客半夜赶来,营造着出世的氛围。并不是所有的"夜半钟声"都能与张继的心灵相"合"。有世俗的、入世的"夜半钟",如彭乘在他的《诗话》中所说:"人之始死者,则必鸣钟,多至数百千下,不复有昼夜之拘。俗号'无常钟'。"王直方在《诗话》中说白居易诗中有:"新秋松影下,半夜钟声后。"温庭筠诗中有:"悠然逆旅频回首,无复松窗半夜钟。"朱弁《风月堂诗话》卷下提出:"齐宗室读书,常以中宵钟鸣为限。前代自有半夜钟……江浙间至今有之。"范温《潜溪诗眼》又考证出"齐武帝景阳楼有三更五更钟",所有这些都是尘世的钟声,如果是这样的钟声,对这个因入世而受伤的心就可能是个刺激,主客观的和谐可能被打破,兴象之间可能不"合"。网上有人考证说:"寺院撞钟的传统源自立志修行的梁武帝。他曾向高僧宝志请教:'怎样才能摆脱地狱之苦?'宝志的回答是:'人的苦痛不能一时消失,但是如果听到钟声敲响,苦痛就会暂时停歇。'(这在心理和生理上看的确有其道理)梁武帝便下诏寺院撞钟,'夜半钟声到客船'的寒山寺,就是梁武帝敕命赐建。"这样的钟声,对于落第的张继来说,应该隐含着某种从痛苦中超脱的韵味。

离开了诗中营造的这种从入世的感伤到出世的安抚的微妙境界,去考证钟声的有无,把尘世的钟声和超越尘世的钟声混为一谈,对解读这首不朽的诗篇只能造成混乱。

这还不是诗的全部。还有一些环节是不能忽略的,那就是钟声的韵味和"寒山寺"的关系。王士禛《渔洋诗话》卷中记载,有人说,这首诗好在准确地表现了苏州的地域特点("诗与地肖故尔"),如果改成"'南山门外报恩寺'岂不可笑耶"?王士禛用反证法说,如果将"流将春梦过杭州",改成"流将春梦过幽州",将"白日澹幽州",改成"白日澹苏州",并不影响诗的韵味,同样令人"绝倒"。他很机智地反驳了"诗与地肖故尔"的说法,但显然留下了不足,那就是没有正面回答,为什么"寒山寺"比之"报恩寺"更经得起玩味呢?黄生在《唐诗摘抄》卷四中正面回答了这个问题:"只'寒山'二字雅于'报恩'二字也。"这话说到了点子上。此寺建于六朝时期的梁代天监年间,原名"妙利普明塔院"。一百多年后,唐贞观年间,传说当时的名僧寒山和拾得曾由天台山来此住持,改名"寒山寺"。梁武帝建寺的典故,加上历代诗、文、画中积淀着的文人超越世俗的高雅趣味(如"远上寒山石径斜"),再加上寒山这个贞观年代的名僧比张继生活的时代早了一百多年,时间的距离更加提高了审美价值,而"报恩"二字,却充满了实用功利,缺乏审美的超越性。

一些认识到钟响心愈静的诗话家,还把开头的"月落"解读为"欲曙之时",四更天快亮的时分。但这样一来,就得硬说这是倒叙,把最后一句"夜半钟声"放到第一句"月落乌啼"的前头,亦即四更后的回忆中去。这就有点穿凿了。最为生硬的是徐增:"在寒山寺,实是早起钟声,张继愁眠听去,疑其是夜半也。"其实,月落不一定要等到四更以后,要看月初还是月末,月亮在夜半落下去也是常见的事。诗话家们唯一遗漏了的是"乌啼",没有任何解读。其实,"乌啼"和"月落",都在"对愁眠"之前,对一个落第者来说,"乌啼"正是命运不祥之兆,提示"对愁"而失眠的一个原因。

《长恨歌》：从美女的颂歌到超越帝妃身份的绝对的爱的悲歌

解读焦点：文本分析无效的原因往往就在于把文本当作一个平面，其实，文本是一个立体结构。从文字上直接感知的是文本的表层，也就是文本的显性结构：包括人物感知、行为和语言的描述、时间空间的转移等。表层话语常与文本的倾向错位。在表层以下的中层，有着和表层话语不尽相同的"意脉"。而意脉是潜在的、隐性的，不能直接感知，但恰恰又是贯穿文本的血脉，比表层感知更具感染力。在意脉以下则为深层，是作家对形式规范的驾驭和突围，也就是风格的独创。文本中人物的感知、语言、行为并不完全由人物和作家的观念决定，同时也由形式规范决定，三者的调节决定着作品的思想艺术风貌。叙事形式的复杂性和抒情形式的单纯性相互矛盾，在《长恨歌》中，白居易以抒情性的"长恨"强制同化了叙事的过程，使得《长恨歌》成为中国古典爱情诗的艺术高峰。

长恨歌　白居易

汉皇重色思倾国，御宇多年求不得。杨家有女初长成，养在深闺人未识。
天生丽质难自弃，一朝选在君王侧。回眸一笑百媚生，六宫粉黛无颜色。
春寒赐浴华清池，温泉水滑洗凝脂。侍儿扶起娇无力，始是新承恩泽时。
云鬓花颜金步摇，芙蓉帐暖度春宵。春宵苦短日高起，从此君王不早朝。
承欢侍宴无闲暇，春从春游夜专夜。后宫佳丽三千人，三千宠爱在一身。
金屋妆成娇侍夜，玉楼宴罢醉和春。姊妹弟兄皆列土，可怜光彩生门户。
遂令天下父母心，不重生男重生女。骊宫高处入青云，仙乐风飘处处闻。
缓歌慢舞凝丝竹，尽日君王看不足。渔阳鼙鼓动地来，惊破霓裳羽衣曲。
九重城阙烟尘生，千乘万骑西南行。翠华摇摇行复止，西出都门百余里。

六军不发无奈何，宛转蛾眉马前死。花钿委地无人收，翠翘金雀玉搔头。
君王掩面救不得，回看血泪相和流。黄埃散漫风萧索，云栈萦纡登剑阁。
峨嵋山下少人行，旌旗无光日色薄。蜀江水碧蜀山青，圣主朝朝暮暮情。
行宫见月伤心色，夜雨闻铃肠断声。天旋地转回龙驭，到此踌躇不能去。
马嵬坡下泥土中，不见玉颜空死处。君臣相顾尽沾衣，东望都门信马归。
归来池苑皆依旧，太液芙蓉未央柳。芙蓉如面柳如眉，对此如何不泪垂。
春风桃李花开日，秋雨梧桐叶落时。西宫南内多秋草，落叶满阶红不扫。
梨园弟子白发新，椒房阿监青娥老。夕殿萤飞思悄然，孤灯挑尽未成眠。
迟迟钟鼓初长夜，耿耿星河欲曙天。鸳鸯瓦冷霜华重，翡翠衾寒谁与共。
悠悠生死别经年，魂魄不曾来入梦。临邛道士鸿都客，能以精诚致魂魄。
为感君王辗转思，遂教方士殷勤觅。排空驭气奔如电，升天入地求之遍。
上穷碧落下黄泉，两处茫茫皆不见。忽闻海上有仙山，山在虚无缥缈间。
楼阁玲珑五云起，其中绰约多仙子。中有一人字太真，雪肤花貌参差是。
金阙西厢叩玉扃，转教小玉报双成。闻道汉家天子使，九华帐里梦魂惊。
揽衣推枕起徘徊，珠箔银屏迤逦开。云鬓半偏新睡觉，花冠不整下堂来。
风吹仙袂飘飘举，犹似霓裳羽衣舞。玉容寂寞泪阑干，梨花一枝春带雨。
含情凝睇谢君王，一别音容两渺茫。昭阳殿里恩爱绝，蓬莱宫中日月长。
回头下望人寰处，不见长安见尘雾。唯将旧物表深情，钿合金钗寄将去。
钗留一股合一扇，钗擘黄金合分钿。但教心似金钿坚，天上人间会相见。
临别殷勤重寄词，词中有誓两心知。七月七日长生殿，夜半无人私语时。
在天愿作比翼鸟，在地愿为连理枝。天长地久有时尽，此恨绵绵无绝期。

《长恨歌》的生命力经受了千百年的历史检验，至今仍然脍炙人口，但对于它的主题，却众说纷纭。作者和用小说形式表现这个题材的陈鸿发出了互相矛盾的信息。陈鸿在《长恨歌传》中提出"惩尤物，窒乱阶"，开辟了后世所谓的"讽喻说"的源头。但白居易被贬江州编纂自己的诗集时，并未把它编入"讽喻诗"，而是收在"闲适诗"中。他在《编集拙诗成一十五卷因题卷末戏赠元九、李二十》中说："一篇长恨有风情，十首秦吟近正声。""风情"似乎与"闲适"不相类。近年王运熙提出爱情与讽喻"双重主题说"，不过是对上述两说的调和。至于俞平伯的"隐事说"，黄永年的"无主题思想说"则是逃避两说的矛盾。种种说法虽然各执一词，但都只拘泥于一望而知的表层话语作各取所需的论证。"讽喻说"往往举杨贵妃惨死以前的诗句为证，用"爱情说"不难反驳：如果主旨全在讽喻，为什么抒写李、杨相恋到杨死只用了三十八句，而唐玄宗思念杨贵妃却用了八十二句？即便是讽喻，白居易和陈鸿也有所不同。陈鸿并没有回避"得弘农杨玄琰女于寿邸"这出公公霸占儿媳的丑剧，而白居易则以"杨家有女初长成，养在深闺人未识"把它掩盖起来，委婉到歪曲的程度还能算是"讽喻"吗？就算白居易对沉迷声色有所批判，也只集中在荒废了朝政和杨家兄妹权势膨胀上。不可忽略的是，所有这一切都是侧面交代，并没有正面渲染。而唐明皇为杨贵妃美色所迷却是浓墨重彩、正面铺陈：

　　回眸一笑百媚生，六宫粉黛无颜色。

根本基调是对杨贵妃之美的赞颂，很难说有多少讽喻意味。在所有歌颂性的描述中，这是最精彩的一笔，比起那些正面描写外貌之美的诗句（如"云鬓花颜金步摇"）更艺术，因为它不写美本身，而写美在对方心理上的强烈效果。一见杨玉环，皇宫佳丽（"后宫佳丽三千人"）一个个就面色苍白了，以效果的强烈来暗示美貌的震撼。这是中国古典诗歌长期积累的结晶①，接下来："春寒赐浴华清池，温泉水滑洗凝脂。"敢于写到身体，强调肌肤之美，是很大胆的。"侍儿扶起娇无力，始是新承恩泽时。云鬓花颜金步摇，芙蓉帐暖度春宵。"这四句把女性局限于肌肤的美艳和体态的娇弱，但即便"芙蓉帐暖度春宵"也很难说是讽喻。不过正是因为这四句引发了后世诗评家的非议："乐天云，'一篇长恨有风情'，此自赞其诗也。今读其词，格极卑庸，词颇娇艳。"（《唐诗选脉会通评林》）②白居易赞赏女性体肤的诗句颇多，也许有格调不高的败笔③，但这里是由当时李隆基的"重色"决定的，这是贵族男性的审美观念，不能笼统贬之为"格极卑庸"。

　　从《长恨歌》的意脉发展来看，起初，李隆基重色的倾向很明显，杨贵妃以色击败了三千多后宫佳丽，"新承恩泽"诗人强调的是莫大的荣幸。细读文本，不能不感到所谓"爱情说"的弱点。这样的情感能够笼统用"爱情"来概括吗？皇帝与妃子之间的情感，不可能是平等的，一方"施恩"是自由任意的，另一方"承恩"是别无选择的。白居易和陈鸿都把当时李、杨二人的年龄差距（一个六十一，一个二十出头）掩盖起来了。即使年龄差距达到四十岁，花甲老人的恩宠对于青春少女，还是一种荣幸，是皇权使年龄的差异不成为差异，从这个意义上来说，用现代爱情观念来概括李、杨情感不可能不是牵强的。白居易对李、杨欢乐情景的渲染是毫无保留的，赞美之情溢于言表："骊宫高处入青云，仙乐风飘处处闻。"也许在讽喻说者来看，这可能是在揭露宫廷生活的奢靡，但"仙乐风飘处处闻"难道不是美化？这里的音乐之美和人的美是统一的，只有君王和贵妃才配有这样天上人间的境界:"缓歌慢舞凝丝竹,尽日君王看不足。"飘飘欲仙的舞乐是美的,更重要的是君王的目光和审美心情。这里有爱,但这爱是君王对妃子的"宠爱"。若把"三千宠爱在一身"置换成"三千爱情在一身"是滑稽的。宠爱和当代词语"爱情"最大的差异就是:第一,宠爱是单方面恩赐的;第二,受宠者只能"承恩",别无选择;第三,这种荣幸,不仅是自身的,而且能为家族带来荣华富贵;第四,皇帝的绝对权力带来的幸运却并不是绝对的,与之相随的是灾难,国家的动乱使受宠者付出了生命的代价:

> 渔阳鼙鼓动地来,惊破霓裳羽衣曲。
> 九重城阙烟尘生,千乘万骑西南行。
> 翠华摇摇行复止,西出都门百余里。
> 六军不发无奈何,宛转蛾眉马前死。

从"一朝选在君王侧"到"宛转蛾眉马前死",情节逻辑不是很清楚,其中的因果关系被省略了。陈鸿的《长恨歌传》大致遵照历史,将其间逻辑说得很清楚:

> 天宝末,兄国忠盗丞相位,愚弄国柄。及安禄山引兵向阙,以讨杨氏为辞。潼关不守,翠华南幸。出咸阳道,次马嵬亭,六军徘徊持戟不进。从官郎吏伏上马前,请诛晁错以谢天下。国忠奉氂缨盘水死于道周。左右之意未惬,上问之,当时敢言者请以贵妃塞天下之怒。上知不免,而不忍见其死,反袂掩面使牵而去之。仓皇展转竟就绝于尺组之下。

严峻的历史冲突,需要一个宠妃付出生命的代价才能得到缓和。在陈鸿看来,这是天经地义的。杨贵妃之所以要死,是因为:第一,她是专权的奸臣的妹妹;第二,她是犯了错误的皇帝的宠妃。而她之所以成为宠妃,则是因为她是个"尤物",这个罕见的、迷人的、特别漂亮的女人,注定要成为王政混乱、国家危亡的原因("乱阶"),为了王朝的稳定,严厉地惩治绝对必要。这种美女祸水论似乎是许多诗人的共识,在白居易的朋友元稹那里表现得更是直率:"开元之末姚宋死,朝廷渐渐由妃子。禄山宫里养作儿,虢国门前闹如市。弄权宰相不记名,依稀忆得杨与李。"(《连昌宫词》,《全唐诗》卷419)白居易的另一个朋友刘禹锡,并不算是太保守的人物,他对杨贵妃的态度更加严厉:"军家诛戚族,天子舍妖姬。群吏伏门屏,贵人牵帝衣。低回转美目,风日为无晖。"(《马嵬行》,《全唐诗》卷354)处死杨贵妃,理所当然,将军是在严格执法,天子也大义舍弃，杨贵妃连"尤物"都不是，而是"妖姬"。马嵬即兴在中唐以后成为热门题材，张祜、李商隐、刘禹锡、李远、郑畋、贾岛、高骈、于濆、罗隐、黄滔、崔道融、苏承、唐求等都有诗作，大抵是政治上的悼古伤今，充其量也只是在感伤中偶尔流露出微微的同情。只有李商隐《马嵬》是例外：

> 海外徒闻更九州，他生未卜此生休。
> 空闻虎旅鸣宵柝，无复鸡人报晓筹。
> 此日六军同驻马，当时七夕笑牵牛。
> 如何四纪为天子，不及卢家有莫愁？

李商隐的卓尔不群就在于，他超越了政治性的感伤，把王权和普通人作对比，肯定了个体幸福超越王权。李商隐把人的感情价值提到这样的高度，是相当大胆的，只是他的表达很委婉，从侧面着笔，而白居易则从正面，以大笔浓墨抒写：

> 花钿委地无人收，翠翘金雀玉搔头。君王掩面救不得，回看血泪相和流。

白居易强调的，一方面是绝世美人的猝然死亡；一方面是权力至上的君王无可奈何的血泪交流。白居易的同情显然在李、杨身上。"尤物"注定"乱阶"的逻辑正是现实正统政治观念的表现，而在《长恨歌》中，这种政治逻辑显然被颠覆了。白居易和李商隐一样感叹美女和君王的不幸。白居易给美女的定性是"天生丽质"，美是天生的，况且她和乱政的苏妲己、褒姒不一样，她没有残害忠良。她的受宠，她的升腾，她的幸运，她的走向死亡，就是因为她天生丽质而得到的宠幸。但她是被"选"的，是身不由己的。在白居易的情节逻辑中，美女的情感价值最重要，政治身份可以略而不计，美女就是美女。美女因为太美而成为牺牲品这是很不公平的，这是美女的大"恨"。把美女叫作"尤物"，意思是不但是美丽的，而且是稀罕的，在稀罕这一点上，白居易和陈鸿是一样的。但是，在白居易看来，正因为稀罕，才更应该珍惜。故在《长恨歌》一开头，就是一曲美女幸运的赞歌。而在陈鸿那里，正因为稀罕，才具有政治危险性，因而遭到杀戮是理所当然的。而在白居易心目中，罕见的美女，正如在《琵琶行》中演奏技艺高超的女艺人，是值得赞美的。这个罕见个体，虽然造成君王沉迷，导致裙带性质的腐败，甚至与王朝的危局脱不了干系，与严重的政治危机也有关联，但是美女罕见的美还是值得珍惜，值得用最美好的语言来歌颂。因为美女是稀罕的，所以美女身不由己卷入政局而死亡，美被毁灭，就是莫大的憾"恨"，这不但是美女的憾"恨"，而且对人生来说，也是无限的遗"恨"。

白居易把诗题定为"长恨歌",用意是很深的。关键词是"恨",贯穿长诗意脉的首尾。"恨"的内涵很丰富,白居易没有取怨恨、仇恨、愤恨之意,而取其不能如愿,后果不能改变而痛苦之意(如憾恨、悔恨、遗恨)。这个"恨",还不是一般程度的"恨",而是"长恨";这个"长"还不是一般的时间长度,而且"抱恨终天",永远不可挽回,死也不甘心的遗"恨"。这就是《长恨歌》意脉的核心。在前半部分,从受宠到惨死,"恨"的内涵大体是对牺牲品的同情,无可奈何的遗憾。从同情这一点看,甚至包括唐明皇,即使有所讽喻,也是最低限度的。但是,对于杨贵妃,赞美完全淹没了讽喻。至于"爱情"就比较复杂,须要作细致的具体分析。

我的学生张秀娟运用我的文本层次理念和矛盾分析方法,在硕士课程期末考卷中指出:所谓"爱情"深藏在文本的第二层次之中,"体现的是人类自身的情感与理智的冲突,在诗中具体表现为'爱情'与政治的矛盾与统一"。她从三个阶段加以说明:第一、二个阶段,主要是"性爱""权与色的组合",一旦发生矛盾,爱情则变得"苍白无力":

> 第一个阶段是治世时期李、杨的"爱情",当然要说这一时期他们的感情能够称得上真正的爱情是有点牵强的,应该说性爱的成分更多一些。李、杨"爱情"形成于政治,依附于政治,是权与色的组合……在治世的政治背景下,即使没有感情基础,只要有权力与美色,依然能够走到一起,享受骄奢淫逸的生活。第二个阶段是乱世时期,这时"爱情"与政治的尖锐矛盾便呈现出来。在"六军不发无奈何"之际只能让她"宛转蛾眉马前死"。此刻,"爱情"在政治面前显得不堪一击。曾经的山盟海誓显得苍白无力。

这个分析挺有才气,就深度来说,似乎对《长恨歌》研究水平有所突破。好在不是在爱情或者讽喻的抽象观念中盘旋,而是把权力与美色作为一对矛盾,在矛盾发展过程中,具体分析其转化和造成转化的条件。

杨贵妃的死亡对于《长恨歌》来说,仅仅是个序曲而已。这个序曲和一般的序曲不太相同,一般序曲只是正曲的起兴,而这个序曲则为意脉奠定了情绪贯通的基调:这就是"恨"而且是"长恨",永恒的"恨"。张秀娟的试卷接下去这样写:

> 不过也正是经历过这样一次乱世,李、杨爱情才发生了质的变化,由以性爱为主的感情发展到真正的情感。第三个阶段是由乱世到新的治世时期的李、杨爱

情。李、杨的爱情最终超越了政治，即使是阴阳两个世界，他们都可以穿越时空的限制，灵魂相伴。"在天愿作比翼鸟，在地愿为连理枝。"集中表现了爱情与政治的融合，然而"比翼鸟""连理枝"的愿望虽然美好，此生却难以实现，作者笔锋一转，"天长地久有时尽，此恨绵绵无绝期"，爱情与政治的矛盾并没有真正地化解，在这里，刻骨的相思变成了不绝的"长恨"。

这个分析很辩证，也很深刻，揭示出从权色关系到超越权色的爱情的转化，转化的条件就是政治形势的由乱到治。当然，这样的分析也有不足之处，就是比较生硬，白居易对杨贵妃的态度从"同情"到"憾恨"再到"长恨"，从脉头到脉尾的微妙变化没有全面梳理。

从文本潜在的意脉来说，贵妃死后开始了新的阶段，赞美的对象从美女的美转向帝王感情的美。这时美女肉体已经死亡，"重色"的君王已经无色可重。权力对于死亡无可奈何。如果宠爱仅仅是出于色，只能宣告终结，然而，帝王的憾"恨"却超越了死亡。这就显示出恨不是短"恨"，遗"恨"持续不断意味着：第一，这种"长恨"，并不因远离死亡现场，距离死亡的时间渐行渐远而淡化。第二，"圣主朝朝暮暮情"表明在性质上有了改变，造成朝朝暮暮"长恨"的原因是"情"，这就超越了"芙蓉帐暖度春宵"，不再是色欲，"重色"变成了重"情"。"长恨"不仅仅是在时间上的朝朝暮暮，更体现在刻骨铭心的状态上，这是一种无可奈何的、无限缠绵的、不可磨灭的情感，最关键的还是一种不可挽回的永恒的遗恨。第三，这种遗恨是无限的，无所不在，它冲击着渐行渐远的环境和景物，令一切生命感觉发生"变异"④。阳光变得淡白，旗帜失去颜色，皎洁的月光令人伤心，雨中的铃声则更是令人断肠。这里的"变异"，不仅仅是"形变"，而且是"质变"。变异的幅度之大、反差之巨，正是感情被深度冲击的结果，比之"温泉水滑洗凝脂"，这里上升到超越肌肤、超越功利的审美层次，在性质上具备了恋情、爱情的特征。对于意脉来说，则进入了一个新的高度。这已经不是初始的宠幸，爱情不但超越了色欲，而且超越了不可排解，进入了不可更换、不可代替的境界。在重返长安以后，李隆基并没有把色欲转移到另外的美女身上去。帝王施恩的任意性权力，并不能排解李隆基的"长恨"。这就不仅仅是感情的深挚，而且是爱情的忠贞。任意的施恩权力在爱情的不可改变面前变得无能为力，这样，憾恨就带上《长恨歌》中爱情理想化的特点：绝对性。

  归来池苑皆依旧，太液芙蓉未央柳。
  芙蓉如面柳如眉，对此如何不泪垂。

爱的绝对在"恨"的绝对中得到体现,在逃亡途中,一切景观皆因贵妃未能共享而悲凉,由于所爱不在场而"恨",归来以后,则是物是人非的反差,环境越是美好,越是引发悲痛。对美的悼念变成了绝对的憾"恨":

　　春风桃李花开日,秋雨梧桐叶落时。
　　西宫南内多秋草,落叶满阶红不扫。

这里的"恨"是绝对不变的:一是,不因春秋季节的推移而消失。二是,不因乐景("春风桃李花开")和悲景("秋雨梧桐叶落")而变化,乐景和悲景一样引起悲痛。三是,悲痛造成了宫廷环境的荒凉("落叶满阶红不扫"),今日的荒凉和往日的繁华形成对比而显得触目惊心。四是,这种遗恨最集中的特点是孤独,孤独就是无伴,伴的唯一、不可替代感使抒情达到了高潮:

　　夕殿萤飞思悄然,孤灯挑尽未成眠。
　　迟迟钟鼓初长夜,耿耿星河欲曙天。
　　鸳鸯瓦冷霜华重,翡翠衾寒谁与共。

这是以夜晚的失眠表现"长恨"的心理效果,不再单纯运用变异的意象,而以极其精致的细节构成有机的、无声的图景,暗示时间从"迟迟钟鼓"到"星河欲曙"的默默推移,把失眠的痛苦从视觉的"夕殿萤飞"到听觉的"迟迟钟鼓"再到触觉的"翡翠衾寒",统一起来作多元感知的呈现。这里宫殿环境固然是帝王独有的,但是,失眠的心理却超越了帝王,"孤灯挑尽未成眠",似乎带上了平民的色彩。⑤很难设想,太上皇南内宫殿的灯会是"孤灯",更难设想太上皇要亲自去挑它的灯芯,白居易在这里有意无意地把失眠的情景融入了平民生活,对忠贞不贰的爱情来说,身份似乎并不重要,超越身份才更有绝对性。

　　事实上,这样绝对的爱情在人间是不可能存在的,即使道士排云驭电,升天入地,也只能是"两处茫茫皆不见"。陈鸿在《长恨歌传》中这样描述杨玉环的诉说:"昔天宝十年侍辇避暑骊山宫,秋七月,牵牛织女相见之夕……时夜始半,休侍卫于东西厢,独侍上,上凭肩而立,因仰天感牛女事。密相誓,心愿世世为夫妇。言毕执手各呜咽。"白居易把现世的记忆转化为"虚无缥缈间"的"海上仙山",为绝对爱情找到绝对自由的环境。在这"虚无缥缈"的环境中,绝对爱情就是绝对理想化:第一,对象是绝对唯一的,不可替代的;第二,感情是绝对不变的,生者是不变的,死者也是不变的;第三,死者因为感情不变而成了仙子,比活着更美。活着的时候,不过是"宫高入云""仙乐风飘",死亡之后却变成了"绰约仙子""雪肤花貌""仙袂飘举"。但是,即使成仙,也并不因此而欢乐,相反,仍然陷于"长恨"之中,憾恨不是一般的美化而是仙化。这里的美,不仅仅是丽质而欢乐的美,而且是坚贞而悲凉的美("梨花一枝春带雨")。

理想爱情的美,在任何极端条件下,都是绝对不变的:

在天愿作比翼鸟,在地愿为连理枝。

这里隐含着"世世代代为夫妇"的理想,似乎得力于对《孔雀东南飞》结尾处意象的转化:把松柏、梧桐的"枝枝覆盖""叶叶交通",转化为"连理枝";把飞鸣其间的"双飞鸟"转化为"比翼鸟";把超越生命大限的理想爱情,提炼成诗化的哲理格言。在天,在地,说的是爱情不但不受生死限制,也不受空间限制,不论是在天上,还是在人间,都是绝对不变的。天长地久,说的是,不但生死不能改变,即便是与天地共存在的时间也不能改变,爱情(遗恨)甚至比宇宙更为无限。但是,白居易并不满足于这种形而上学的绝对永恒,他坚定地把它变为现实的抒情。永恒的爱情在现实中只能是永恒的憾"恨",永恒的悲痛,绝对的"长恨"。

天长地久有时尽,此恨绵绵无绝期。

"长恨"绵绵无尽,从意脉来说,正是白居易自己说过的"卒章显志",成为意脉的脉尾,全诗的构思达到了有机的统一。

到此为止,纵览意脉全程,才到达文本的第二个层次。要充分阐释经典之作的不朽,不能不向文本的第三层次即形式风格的层次进军。《长恨歌》之所以经得住千年的时间考验,根本原因就在于它是一首杰出的叙事诗。与叙事作品《长恨歌传》相比,它在叙事上要成功得多,原因在于叙事的过程中有和谐的抒情。叙事和抒情从根本上是矛盾的。叙事就是叙述情节的连续性,抒情如果陷于追随情节的过程,情绪的跳跃和自由转移就会受到限制。白居易对叙事有强大的驾驭能力,在《秦中吟》中就把叙事控制在朴质的过程之中,他的实用意图("唯歌生民病,愿得天子知")决定了他并不追求抒情与叙事水乳交融的和谐。元稹的《连昌宫词》之所以不如《长恨歌》,就是因为拘泥于抒情。长达九十句的诗作,从头到尾全部都是抒情,虽然以一个"宫边老翁"的陈述展开,但并没有个人生离死别的情节。抒情缺乏叙事的框架,最终难免沦为景象的铺排,系统的对比也不能挽救单调。在语言上,除个别句子具有感叹和直接抒发的意味,绝大多数诗句为描述语气,导致意象密度过大而让人有窒息之感。白居易对李、杨故事的处理则不然,至少在两个方面不同于元稹:第一,不拘于正统的政治观念,把情感作为价值准则,把李隆基和杨玉环当作人,把个体的人的感情的精彩放在主导地位,即使政治上有错误,甚至罪过,两人间超越生死的、不可替代的感情也是精彩的。第二,不拘于抒情,把叙事与抒情结合起来。《长恨歌》大起大落的情节,其曲折性大大超过琵琶女的遭遇。白居易没有陷于被动的叙事,他营造了另外一种风格,以抒情的脉络化解叙事。从杨贵妃得宠到安史之乱发生,再到李隆基仓皇出逃,其间的曲折变动,在史学家司马光笔下是很复杂的,光是战事就胜败互见,唐兵虽屡败,但李光弼、郭子仪亦时有胜绩。潼关主帅哥舒翰坚守策略不得行,杨国忠对其心怀恐惧,宦官监军,强制出战的结果是唐兵崩溃。《资治通鉴》描述李隆基出逃这一天"百官朝者十无一二",是非常狼狈的:

> 上移仗北内,既夕,命龙武大将军陈玄礼整比六军,厚赐钱帛。选闲厩马九百余匹,外人皆莫之知。乙未,黎明,上独与贵妃姊妹、皇子、妃、主、皇孙、杨国忠、韦见素、魏方进、陈玄礼及亲近宦官、宫人出延秋门,妃、主、皇孙之外者皆委之而去。⑥

而《长恨歌》对这样复杂的历史过程,四两拨千斤,只用了两句话:

> 渔阳鼙鼓动地来,惊破霓裳羽衣曲。

这完全是神来之笔:在无限丰富的生活细节系统中,潇洒自如地精选了两个意象,一个是"渔阳鼙鼓"作为战乱的意象,一个是"霓裳羽衣曲"作为宫廷奢靡的意象;更为精致的是,对"渔阳鼙鼓"只选定了"动地"这一属性,使之"惊破霓裳羽衣曲"。诗歌的想象跨越了空间千百里的过程,以一条因果直线将二者连接在一起。这种"意象因果"表现出来的不仅是历史概括的魄力,也是诗家想象的精致。不但他的朋友元稹的《连昌宫词》不能望其项背,就是白居易自己也不能经常达到这样的境界。当然,白居易的才华并不限于"意象因果"这一方法,在描述李隆基逃往四川的时候,他用的是另外一种方法:

> 黄埃散漫风萧索,云栈萦纡登剑阁。
> 峨眉山下少人行,旌旗无光日色薄。

> 蜀江水碧蜀山青,圣主朝朝暮暮情。
> 行宫见月伤心色,夜雨闻铃肠断声。

几乎都以主人公的感官为中心,所见所闻,全部意象的组合,从"登剑阁""峨眉山"到"行宫见月"隐含了由陕入川,从逃亡到安定的过程。这些意象又都以情感的凄凉性质定性、渗透。时间的推移就这样沉浮于意象群落之中,过程则成为若断若续的脉络。在这种意象群落中,过程的连续性被最大限度地隐藏,就是为了意象的任情跳跃和自由组合。"归来池苑皆依旧,太液芙蓉未央柳。芙蓉如面柳如眉,对此如何不泪垂。春风桃李花开日,秋雨梧桐叶落时。""迟迟钟鼓初长夜,耿耿星河欲曙天。"都是以意象的断续对举代替时间("归来"对"依旧";"春风"对"秋雨";"长夜"对"欲曙")的连续。"悠悠生死别经年,魂魄不曾来入梦"把"经年"的过程,隐藏在抒情的感叹之中,这样,过程的推移就转化为抒情。

当然,这种以意象隐藏时间连续性的办法并不是绝对的,当复杂的过程有碍于抒情的单纯时,过程是要隐约的;当过程并不太复杂时,白居易也并不回避时间的连续:

> 汉皇重色思倾国,御宇多年求不得。
> 杨家有女初长成,养在深闺人未识。
> 天生丽质难自弃,一朝选在君王侧。

本来,从"养在深闺人未识"到"一朝选在君王侧",叙事的连续性已经完足,"天生丽质难自弃"并非叙述的必要成分,多余的交代是叙述的大忌,但在这里却是不可省略的,原因在于插入了诗人的评断,为从"养在深闺"到"选在君王侧"提供一个原因,这其实不是客观的,而是诗人的主观赞美,也就是抒情。

> 闻道汉家天子使,九华帐里梦魂惊。
> 揽衣推枕起徘徊,珠箔银屏迤逦开。
> 云鬓半偏新睡觉,花冠不整下堂来。
> 风吹仙袂飘飘举,犹似霓裳羽衣舞。
> 玉容寂寞泪阑干,梨花一枝春带雨。
> 含情凝睇谢君王,一别音容两渺茫。
> 昭阳殿里恩爱绝,蓬莱宫中日月长。

> 回头下望人寰处，不见长安见尘雾。
> 唯将旧物表深情，钿合金钗寄将去。
> 钗留一股合一扇，钗擘黄金合分钿。
> 但教心似金钿坚，天上人间会相见。
> 临别殷勤重寄词，词中有誓两心知。

这是杨贵妃的正面出场，是全诗的高潮部分。从叙事的过程来看，这里有五要素：1. 闻道天子来使；2. 揽衣推枕下堂；3. 含情凝睇作答；4. 出示旧物；5. 临别寄词。如果光是这些要素的连续，即使敷衍成七言节奏，也只可能成为《秦中吟》那样的"浅直"。但这里连续动作之中的主体情感层次相当丰富，不仅写到仙家的环境美（"九华帐""珠箔银屏""仙袂飘飘""霓裳羽衣"），其灵魂也在潜在的情采之中，即连贯性动作之下有情感层次的若隐若现。杨贵妃不像开头那样是被欣赏的形象，而是作为情感主体来展示，仙境只是陪衬。"九华帐"的动人，是为了陪衬"梦魂惊"。"揽衣推枕"是为了表现其"起徘徊"的心境。"珠箔银屏迤逦开"，不仅是排场的缓缓展开，而且与"梦魂惊"的内心动作相对比，是外部动作的从容仪态，而"云鬓半偏""花冠不整"则流露了出场的急迫。出场动作层次和内心层次交织，动作层次中充足的情感含量使得叙事具有抒情的功能。在这一点上，和琵琶女的出场有异曲同工之妙。⑦以显性的叙事过程隐含曲折的意脉，在叙事中饱含情感潜在量，是白居易的拿手好戏。在杨贵妃出场中表现得更为精致。"风吹仙袂飘飘举，犹似霓裳羽衣舞"已经是理想化到超凡脱俗的仙化程度了，层次分明的叙事过程已经统一为形象，但是这还只是生时人间美的延续，白居易并不满足，坚决把叙事的节奏停顿下来，对天上仙界的美作正面的概括：

> 玉容寂寞泪阑干，梨花一枝春带雨。

这样就把动态的情感进一步凝聚在静态的意象上，同时也把仙境的美转化为人间的美，仙子变成爱情悲郁的女人。这个形象和生时的热烈相反，玉容带泪，梨花带雨，是冷色调有机统一，悲凉的美显得冰清玉洁。叙事和抒情反复互渗使杨贵妃的美具有多重色彩：一是得宠时的美艳而热烈，二是想念中的悲凉而深沉，三是幻境中的仙气而平民。三者统一起来，不管与历史人物有多大区别，杨贵妃都成为永恒爱情美的象征，在中国古典爱情不朽的理想母题序列中，上承民间文学《孔雀东南飞》，提升到形而上的境界，下开《梁山伯与祝英台》，让情感战胜死亡而起飞，一脉相承。这就决定了《长恨歌》不但成为白居易艺术不朽的证明，而且成为中国古典爱情境界高峰的标志。

注：

① 宋人王楙《野客丛书》卷十七引吴曾《能改斋漫录》云此句脱胎自李白《清平词》"一笑皆生百媚"。李白之语又出自江总"回身转佩百媚生，插花照镜千娇出"（《野客丛书》，上海古籍出版社1991年版，第252页）。其实李白的"百媚生"乃抽象概念，白居易将之转化为可感形象，又将江总的"回身"改为"回眸"，将美凝聚到目光回看一刹那的效果上。江总在"百媚"后面加上"千姣"再叠加华丽的装束，在艺术上反而显得格调卑下。

② 陈伯海主编《唐诗汇评》(中)，浙江教育出版社1995年版，第2104页。

③ 如歌颂自己的小妾"樱桃樊素口，杨柳小蛮腰。"在这方面，白居易可算是有些勇气的，李商隐和他比起来要含蓄得多，即使写到性事，也是隐约的："别馆觉来云雨梦，后门归去蕙兰丛。"

④ 参阅孙绍振《文学性讲演录》第十一讲，广西师大出版社2006年版，第121页。又见孙绍振《论变异》第四章，花城出版社1986年版，第71—85页。

⑤ 施补华《岘佣说诗》："'孤灯挑尽未成眠'，似寒士光景，南内凄凉，亦不至此。"见陈伯海主编《唐诗汇评》(中)，浙江教育出版社1995年版，第2106页。

⑥ 司马光《资治通鉴》卷第218，唐纪34。中华书局1956年版，第6970—6971页。

⑦ 在《琵琶行》中，对于叙事的过程一丝不苟，情节连续的前因后果，恰恰是抒情的契机：

浔阳江头夜送客，枫叶荻花秋瑟瑟。
主人下马客在船，举酒欲饮无管弦。
醉不成欢惨将别，别时茫茫江浸月。
忽闻水上琵琶声，主人忘归客不发。
寻声暗问弹者谁，琵琶声停欲语迟。
移船相近邀相见，添酒回灯重开宴。
千呼万唤始出来，犹抱琵琶半遮面。

从"举酒无乐"，到"忽闻琵琶"，再到"寻声暗问""移船相邀""千呼万唤"终于到"琵琶遮面"，可谓环环紧扣。如此单纯的空间场景，过程却如此细致曲折，充分显示叙事之妙，但是，并没有淹没情感，相反，叙事连贯承载感情的起伏：举杯无乐是惨别，初听琵琶令主客"忘归"，"忘归"就是忘了"惨别"。音乐之美的效果如此强烈，询问的心情急迫，而回答却是迟疑的。移船相近，添酒重宴的欢乐是快速的，而女主人公的出现，却是延宕的，就是出现了，也还是半遮着面孔。情节的曲折，转化为感情的默默变化：期待、抑制和释放。

《琵琶行》：长调中的停顿之美

解读焦点：中国诗论中有诗中有画之说，强调诗与画的统一。但这是问题的一个方面，诗与画的矛盾是问题的另一个方面。《琵琶行》是写音乐的，音乐可听而不可见，以文字写音乐，难度很大。在诗中，一般也是以无声的图画的可见性来代替乐曲的可听性。《琵琶行》在这方面取得了成就。但是，乐曲在时间上的延续性与图画的瞬间性的矛盾是更大的难点。《琵琶行》超越前人的地方在于：以图画的变幻表现了乐曲的持续和突发的变幻之美；正面表现乐曲的无声、停顿，情绪的延续深化，使无声之美胜于有声。这是《琵琶行》达到的最高艺术成就。

琵琶行　白居易

浔阳江头夜送客，枫叶荻花秋瑟瑟。主人下马客在船，举酒欲饮无管弦。
醉不成欢惨将别，别时茫茫江浸月。忽闻水上琵琶声，主人忘归客不发。
寻声暗问弹者谁？琵琶声停欲语迟。移船相近邀相见，添酒回灯重开宴。
千呼万唤始出来，犹抱琵琶半遮面。转轴拨弦三两声，未成曲调先有情。
弦弦掩抑声声思，似诉平生不得志。低眉信手续续弹，说尽心中无限事。
轻拢慢捻抹复挑，初为《霓裳》后《六幺》。大弦嘈嘈如急雨，小弦切切如私语。
嘈嘈切切错杂弹，大珠小珠落玉盘。间关莺语花底滑，幽咽泉流冰下难。
冰泉冷涩弦凝绝，凝绝不通声暂歇。别有幽愁暗恨生，此时无声胜有声。
银瓶乍破水浆迸，铁骑突出刀枪鸣。曲终收拨当心画，四弦一声如裂帛。
东船西舫悄无言，唯见江心秋月白。沉吟放拨插弦中，整顿衣裳起敛容。
自言本是京城女，家在虾蟆陵下住。十三学得琵琶成，名属教坊第一部。
曲罢曾教善才服，妆成每被秋娘妒。五陵年少争缠头，一曲红绡不知数。

钿头银篦击节碎，血色罗裙翻酒污。今年欢笑复明年，秋月春风等闲度。
弟走从军阿姨死，暮去朝来颜色故。门前冷落鞍马稀，老大嫁作商人妇。
商人重利轻别离，前月浮梁买茶去。去来江口守空船，绕船月明江水寒。
夜深忽梦少年事，梦啼妆泪红阑干。我闻琵琶已叹息，又闻此语重唧唧。
同是天涯沦落人，相逢何必曾相识！我从去年辞帝京，谪居卧病浔阳城。
浔阳地僻无音乐，终岁不闻丝竹声。住近湓江地低湿，黄芦苦竹绕宅生。
其间旦暮闻何物？杜鹃啼血猿哀鸣。春江花朝秋月夜，往往取酒还独倾。
岂无山歌与村笛，呕哑嘲哳难为听。今夜闻君琵琶语，如听仙乐耳暂明。
莫辞更坐弹一曲，为君翻作《琵琶行》。感我此言良久立，却坐促弦弦转急。
凄凄不似向前声，满座重闻皆掩泣。座中泣下谁最多？江州司马青衫湿。

在唐诗中，以诗表现其他艺术形式并取得很高成就的作品不少。如表现绘画的，就有杜甫的《奉先刘少府新画山水障歌》："堂上不合生枫树，怪底江山起烟雾……悄然坐我天姥下，耳边已似闻清猿……元气淋漓障犹湿，真宰上诉天应泣。"《丹青引赠曹将军霸》："良相头上进贤冠，猛将腰间大羽箭。褒公鄂公毛发动，英姿飒爽来酣战。"杜甫所追求的艺术效果，是用动态的语言表现静态的视觉形象，达到逼真的效果：

先帝御马玉花骢……迥立阊阖生长风。诏谓将军拂绢素，意匠惨淡经营中。斯须九重真龙出，一洗万古凡马空。玉花却在御榻上，榻上庭前屹相向……弟子韩干早入室，亦能画马穷殊相。干惟画肉不画骨，忍使骅骝气凋丧。

从逼真到乱真、"穷殊相"的追求，表明诗人对诗与画的统一性有着充分的理解。也许正是因为这样，到宋代，就产生了苏东坡"诗中有画，画中有诗"的见解。虽然有些忽略了诗与画的重大区别，但诗人用语言表现绘画，追求一种"再现"的效果，功力还是不凡的。可要把这种追求逼真甚至乱真的原则用到表现音乐上去，困难就比较大了。

用诗的视觉意象提供画面的符号，可以在某种意义上达到一定程度再现的效果。而要用语言来提示音乐的节奏和旋律，就不可能有任何再现的效果。正因为语言符号不能记录音乐的旋律，人类才发明了乐谱。诗人要在诗歌中表现音乐，就必须为音乐旋律寻找诗的语言。

我们来看白居易是怎样承担起这个艰巨的任务的：

浔阳江头夜送客，枫叶荻花秋瑟瑟。

> 主人下马客在船，举酒欲饮无管弦。

这是一笔反衬，在动了感情的地方却没有音乐。如果只有这样的反衬，还是比较平淡的，因为这只是一般的叙述。接下去，就表现出白居易式的才情了：

> 醉不成欢惨将别，别时茫茫江浸月。

前面一句用了一个情感比较强烈的"惨"字，和"欢"字构成对比。酒喝醉了，却没有一点欢愉之感，这倒也罢了，居然还产生了一种"惨"的感觉。但仅有一个"惨"字，毕竟还不够具体。为了把这个"惨"具体化，白居易采取的办法不是直接表现诗人的心理，而是提供一幅图画，一个空镜头：茫茫的江水，浸润着月亮（或者月色、月光）。无声的画面，寡白的色调，提示出画外有一双失神的眼睛。

> 忽闻水上琵琶声，主人忘归客不发。

这是音乐的效果：惊异。初闻，即如此强烈，改变了心情，"醉"和"惨"的迷蒙都消失了，甚至还改变了主人和客人原定的行动程序，当然也就改变了画外那双失神的眼睛。

> 寻声暗问弹者谁？琵琶声停欲语迟。

如此急切地追问，回答却有些卖关子。这是叙事延宕的技巧，是戏剧性叙事的技巧。这个技巧不但用了，而且是加码地用了：

> 千呼万唤始出来，犹抱琵琶半遮面。

这两句成为千古名句，原因在于创造性地运用了延宕，把延宕的效果做足了。"千呼万唤"，是时间的延宕，也是期待的积累；"琵琶半遮"，是时间和人情延宕的二度积累，这一积累由于其意外性更强，故效果更强。正是因为这样，这个诗句的生命力不但经历了千年的考验，而且在不同的语境中，召唤、同化了不同读者的心理，甚至脱离文本语境，成为独立的谚语、格言。

所有这一切，不过是音乐形象出现之前的背景，为音乐形象的出现酝酿氛围。

值得一谈的是，这里用了相当多的叙事手法，主要是事和事的连续性。这对于本诗无疑是必要的。本诗的立意就带着强烈的叙事性。在叙事成分方面，中国和西方不同。在中国古典诗歌里，独立的叙事是没有地位的，因此叙事往往为抒情所同化、瓦解。同化和瓦解的特点，就是以抒情诗的想象和跳跃超越叙事的连续性。例如，在《长恨歌》里，唐明皇对杨贵妃的沉迷导致了安禄山的反叛，唐军兵败，潼关失守，唐明皇仓皇出逃。这么曲折的、连续性过程，到了《长恨歌》里，就只有两句："渔阳鼙鼓动地来，惊破霓裳羽衣曲。"安禄山的战鼓一下子震停了长安宫廷的歌舞，把超越空间的鼓声变成舞曲停止的直接原因。这不是现实的描写，而是抒情诗歌想象的跳跃，把叙事的连续过程中复杂的因果关系，几乎全部省略了。但是，《琵琶行》不能像《长恨歌》这样处理。因为《长恨歌》所写的是历史人物，其本事人所共知，而《琵琶行》写的却是平凡人物，其故事情节不能用这样大幅度的跳跃性想象。这就给白居易增加了难度，既要有故事情节的连续性，又不能让这种过程、连贯妨碍了抒情。从上面的引文中可以看到，白居易主要是把故事的连续性和人物内在情感的曲折变化结合起来，以内心的动作来调和叙事和抒情之间的矛盾。一旦进入乐曲本身的描述，故事暂停了，白居易面临的任务就是把曲调和演奏者本人的情感结合起来：

> 转轴拨弦三两声，未成曲调先有情。

诗人写调弦，同时又不能停留在曲调上，未成旋律但已有动情之处。什么情？是弹奏者的情感，这是全诗的主线。要注意，相对于这条主线，曲调本身居于次要地位。

> 弦弦掩抑声声思，似诉平生不得志。
> 低眉信手续续弹，说尽心中无限事。

居于主导地位的是演奏者的内心。这是一种简单化的说法。诗人听到的，是否完全是琵琶女的感情呢？好像又不完全是。诗人从曲调中领悟到了演奏者的情感：悲抑。这种情感，不仅是演奏者的，也是诗人的，至少是被诗人自己的"不得志"所同化了的。这已经够精彩了。但如果仅限于此，还是有所不足，毕竟没有把曲调、旋律之美写透。诗歌当然要以情感人，但如果没有足够的曲调意象，在写曲调旋律上没有超越前人的表现力，则动人的情感可能缺乏载体。

用语言写曲调和旋律，正是难点，即使是唐诗，在这方面的积累也很有限。李白有一系列写到听乐曲的诗，如《与史郎中钦听黄鹤楼上吹笛》：

> 一为迁客去长沙，西望长安不见家。

> 黄鹤楼中吹玉笛,江城五月落梅花。

还有《春夜洛城闻笛》:

> 谁家玉笛暗飞声,散入春风满洛城。
> 此夜曲中闻折柳,何人不起故园情。

这只是写听到曲调在内心引起的美好效果和情绪,是一种审美感应。因为用语言表现音乐,难度太大,一般的诗人,都善于讨巧,大抵取间接的审美感应来表现;就是很有才华的诗人,也很少直接表现音乐。比如岑参《和王七玉门关听吹笛》(一作《塞上闻笛》):

> 胡人吹笛戍楼间,楼上萧条海月闲。
> 借问落梅凡几曲,从风一夜满关山。

李益《夜上西城听梁州曲》第二首:

> 鸿雁新从北地来,闻声一半却飞回。
> 金河戍客肠应断,更在秋风百尺台。

这首尤其着重于在效果上表现曲调:连大雁都受到了感动,何况征戍之士?至于曲调本身究竟如何,诗人大抵是巧妙回避的。天才如李白,也只能从心理效果方面略作敷衍。如《听蜀僧濬弹琴》:

> 蜀僧抱绿绮,西下峨眉峰。
> 为我一挥手,如听万壑松。
> 客心洗流水,余响入霜钟。
> 不觉碧山暮,秋云暗几重。

正面写乐曲,显然是个难题,就是白居易本人,也不是每一首都能写出水准的。同样是写琵琶乐曲的作品,白居易写过好几首。如《听李士良琵琶》:

> 声似胡儿弹舌语,愁如塞月恨边云。
> 闲人暂听犹眉敛,可使和蕃公主闻。

这一首的构思很有代表性。头一句,倒是说到了琵琶的颤音,如胡人卷舌音。到了第二句,说忧愁如塞月,这是对任何乐器都适用的,琵琶乐曲不过是感兴的缘由而已。《听琵琶》就更明显了:

> 欲写明妃万里情,紫槽红拨夜丁丁。
> 胡沙望尽汉宫远,月落天山闻一声。

这样的构思,在绝句中已经成为一种套路了。从正面写出功夫来的,也许可以提到《春听琵琶兼简长孙司户》:

> 四弦不似琵琶声,乱写真珠细撼铃。
> 指底商风悲飒飒,舌头胡语苦醒醒。
> 如言都尉思京国,似诉明妃厌房庭。
> 迁客共君相劝谏,春肠易断不须听。

这里写出了琵琶的弦,写到了弹奏的手指,当然还有听觉的美好联想和想象。但是,和大多数的琵琶主题一样,都与征戍和边塞之乡思联系在一起。不仅联想,连主题都陷于某种模式。正面集中地写曲调旋律,难度太大,因而很是罕见。李颀的《听安万善吹觱篥歌》可能是值得一提的,如:

> 世人解听不解赏,长飙风中自来往。
> 枯桑老柏寒飕飗,九雏鸣凤乱啾啾。
> 龙吟虎啸一时发,万籁百泉相与秋。
> 忽然更作渔阳掺,黄云萧条白日暗。
> 变调如闻杨柳春,上林繁花照眼新。
> 岁夜高堂列明烛,美酒一杯声一曲。

用了这么多比喻,却大多比较陈旧,已经有堆砌之感,但对乐曲本身的描写,还是比较概括。李颀《听董大弹胡笳声兼寄语弄房给事》中的"先拂商弦后角羽,四郊秋叶惊摵摵",算是写到乐曲演奏本身了,话语也比较丰富:

> 空山百鸟散还合,万里浮云阴且晴。
> 嘶酸雏雁失群夜,断绝胡儿恋母声。

> 川为净其波,鸟亦罢其鸣。
> 乌孙部落家乡远,逻娑沙尘哀怨生。
> 幽音变调忽飘洒,长风吹林雨堕瓦。
> 迸泉飒飒飞木末,野鹿呦呦走堂下……

很明显,这里用的是赋体,以大幅度的铺排形容来强化乐曲的形象。但是,铺排的赋体,是平列的、静态的,缺乏连贯的过程。而乐曲,作为一种时间的艺术,其生命就在于持续性的高低强弱、快慢缓停的变幻,寓变化于规律性的统一。在《琵琶行》中,白居易第一次用诗的语言,以空前绝后的气魄,正面集中描写了琵琶乐曲旋律起伏变幻的过程,包括演奏乐曲的动作和曲调的程序:

> 轻拢慢捻抹复挑,初为《霓裳》后《六幺》。

诗句已经具体到演奏的动作,连曲调的名称都出现了,这好像是冒着往叙事方面靠拢的风险。但接下来,更是冒险,居然以赋体的平行句来展开:

> 大弦嘈嘈如急雨,小弦切切如私语。
> 嘈嘈切切错杂弹,大珠小珠落玉盘。
> 间关莺语花底滑,幽咽泉流冰下难。
> 冰泉冷涩弦凝绝,凝绝不通声暂歇。
> 别有幽愁暗恨生,此时无声胜有声。

单从形式上来说,大弦、小弦、大珠、小珠四句,好像是平行的。但如果真是这样,就真成赋体了。白居易的成就在于对赋体节制性的运用,适当的对称,又伴之以错综。实际上,只有前面两句的句法是对称平行的;到了第三、四句,句式就有了变化,不再用对称的句式,而是用连贯性的"流水"句式,不再作平面的滑行,而是略带错综的句式。下面四句也有类比的考究。两句用对称("间关莺语花底滑,幽咽泉流冰下难"),接着的两句("冰泉冷涩弦凝绝,凝绝不通声暂歇")又打破了对称。于是,这八句,一致却不单调,处于错综的变化中。

从意象上说,前四句中的"大珠""小珠""玉盘",以物质的贵重,引发声音美妙的联想。当然,这只是诗歌想象的美好。实际上,珠落玉盘,并不一定产生乐音;"嘈嘈""切切"这样的闭塞摩擦音,本身可能也并不能产生美好的感觉。但是,和"急雨""私语"联系在一起,就比较有情感的含量。"私语"没有问题,有人的心情在内;"急雨"和"私语"对应起来,也不难勾起对应的情致联想。白居易在开头的"序"中,就交代了妇女的命运:"本长安倡女,尝学琵琶于穆、曹二善才。年长色衰,委身为贾人妇""自叙少小时欢乐事。"这样的乐曲和这样的语音(塞擦音交替错综重现)自然有利于构成悲郁沧桑的氛围。接下去是"间关莺语花底滑,幽咽泉流冰下难。冰泉冷涩弦凝绝,凝绝不通声暂歇"。错综不仅体现在句法形式上,而且体现在声画交替上。前四句以听觉之美为主,而后四句是视觉图画(花底流莺、冰下泉流)和听觉声音(莺语、幽咽)交织的美。二十世纪八十年代初期唐弢先生曾经撰文说,这四句美在声韵上的双声和叠韵(间关、幽咽)。此说似乎太拘泥。诗歌艺术的美和音乐的美不同,只是一种想象联想之美的情致,不能坐实为实际上的声音之美。如果真的把珍珠倒入玉盘,把流莺之声和水流之声用录音机录下来,可能并不成为乐音。然而,这里的珠玉之声、莺鸟之语、花底冰泉,种种意象叠加起来,诗意便得以强化。

  白居易惊人的笔力不仅在于用意象叠加写出了乐曲之美,而且充分强调了过程。而过程,是音乐与绘画的重要区别。在这一点上的成功是"诗中有画,画中有诗"这样简单的理论难以解释的。最为突出的是乐曲的停顿,既无声音又无图画,却恰恰反映出旋律抑扬顿挫的趣味。令人惊叹的正是这样的句子:

冰泉冷涩弦凝绝,凝绝不通声暂歇。
别有幽愁暗恨生,此时无声胜有声。

  前面白居易写音乐,珠玉之声、莺鸟之语、花底之泉一类,均为美好的声音,引发美好的诗意,这是唐诗共同的倾向。白居易的突破在于:第一,从"冷涩"这种听来不美的声音中发现了诗意,这当然也是为主人公和诗人的感情特点找到了恰当的话语。第二,从"凝绝不通"的旋律空白中发现了音乐美。这是声音渐渐停息的境界。从音乐来说是停顿,是音符的空白,但并不是情绪的空当,相反却是感情的高度凝聚;是声音的渐细渐微,同时又是凝神倾听。外部的凝神,必然导致对内在情绪细微的导引,外部声音的细微,化为内部自我体验的精致。白居易发现,内心深处的情致以"幽"(愁)和"暗"(恨)为特点,是捉摸不定、难以言传的,在通常情况下,易被忽略,会自发地沉入潜意识之中。在这种渐渐停息的微妙的聆听中,却构成了一种从外部聆听转入内心凝神的体悟:声音的停息,不是情感的静止,而是"幽愁""暗恨"的发现和体悟。正因为这样,"此时无声胜有声"才成了千古佳句。

没有声音为什么比有声音更为动人？因为内心的体验更精彩，更难得。在千百年的流传中，无声胜有声成了家喻户晓的格言。这不仅是诗的胜利，而且是哲理的胜利。停顿之所以有力，是它和前面音响的强烈反差所致。一般来说，停顿安排在结尾是很平常的，但白居易把这个停顿安排在两个紧张的旋律之间。在戏剧化的停顿之后，又接着来了紧张的旋律：

银瓶乍破水浆迸，铁骑突出刀枪鸣。

诗人强调了有声旋律出现的突然性（乍破、突出），增加了戏剧性的冲击力。这是由两幅鲜明的图画带来的——金属破裂和冷兵器撞击——在两个极点上的张力。这也不是"诗中有画"所能解释的。一般图画是静态的、刹那间的，而这里的图画，却是"动画"，具有强烈的动作性。白居易超越前人和自己的地方，主要是用语言图画的动态，使旋律和节奏的动态得到充分的表现。这种动态，不但表现为旋律的变动，而且表现为骤然的停顿和突然再度掀起的冲击力。这种突然停止和骤然的掀起，不是孤立的，而是旋律的呈示和再现，因而就是再次出现也不会有重复感：

曲终收拨当心画，四弦一声如裂帛。

这是第二次休止停顿，响亮而具有破裂性。把这种破裂和丝织品的"裂"结合在一起，其声音和第一次"冷涩""凝绝"的幽暗不同，既不是突然的，也不是渐次的，而是高亢凄厉的。在此背景上，第二次休止出现了：

东船西舫悄无言，唯见江心秋月白。

这已经不仅是乐曲的停顿，而且是停顿造成的心理凝聚效果。听众的心被感染的程度并未减弱，依旧沉浸在那还没有结束的结束感之中。这种宁静的延长感，诗人用一幅图画来表现，这是一个空镜头，无声的，又是静止的。江中秋月是第二次出现了。这是不是重复呢？《唐诗选脉会通评林》引唐汝询曰："一篇之中，'月'字五见，'秋月'三用，各自有情，何尝厌重！"[①]此人认为不重复的原因在于：秋月重见，各有不同的情感。第一次"醉不成欢惨将别，别时茫茫江浸月"，写分别时的茫然和遗憾。而这里的"东船西舫悄无言，唯见江心秋月白"则是另一种韵味，写众多的听者仍然沉浸在乐曲的境界里。这个境界的特点就是宁静，除此之外，什么感觉都没有。就连唯一可见的茫茫江月也是宁静的，而这恰恰向读者提示了一双出神的眼睛。

白居易这首诗,妙在把乐曲写得文采华赡,情韵交织,波澜起伏,抑扬顿挫,于无声中尽显有声之美,于长歌中间穿插短促之停顿,于画图中有繁复之音响,的确超凡脱俗,空前绝后。两用"江心秋月",虽然情韵有别,但相异之情用相同之景,显然并非上策。尤其是五用"江月",都是秋月,且又都把秋月和江水联系在一起,毕竟显得局促。白璧微瑕,然亦不可为尊者讳也。

注：

① 陈伯海主编《唐诗汇评》(中),浙江教育出版社 1995 年版,第 2108 页。

《悯农》:为什么是"谁知",而不是"须知"

解读焦点:结论是"辛苦",这很平常,妙处全在"汗滴""粒粒"的联想之间;明明是已知,却说"谁知"。

悯 农 李绅

锄禾日当午,汗滴禾下土。
谁知盘中餐,粒粒皆辛苦。

分析不是解读作品的唯一法门,其理论根据是可以在整体感悟的基础上理解。然而,整体感悟有深浅之别。感觉到了的,不一定能够理解;理解了的,才能更好地感觉。所以不能单纯依靠感受,在生活中也不能绝对地跟着感觉走。感受是需要深化、准确化的,必须建立在理解的基础上。理解要深化,只能通过分析。分析作为哲学方法,是普遍有效的,篇幅再小,也不例外。不过,篇幅比较小的要用微观分析的方法。

从方法论来说,分析的层次递进是无限的。庄子说:"一尺之棰,日取其半,万世不竭。"宇宙万物,大千世界,可以分析到微观的分子,到原子,到原子核,到质子、中子、介子、夸克,至今还没有完结。何况,《悯农》这首诗的篇幅并不是最小的,还没有达到感知不可及的程度。

全诗四句,形象统一完整,天衣无缝,水乳交融,要找到分析的切入口,用我所提倡的还原法,不难。作者要说的是,粮食作为人生存的必需品,人们不应熟视无睹,更不能忘却全系农民辛苦劳作所得。诗的核心思绪就是"辛苦"。直接讲出来,没有形象的可感性。诗人通过"汗滴"把抽象思绪转化为具体可感的形象。

但是,这汗珠不是一般情况下的"汗滴",而是特殊情景下的。

在农民一年四季的辛苦劳作中,诗人选取了很有特点的一个场面,就是夏天在炎炎烈日下锄禾。对于春种秋收的场面则予以省略,让读者用想象去补充。为什么?因为,夏日锄禾的场面很有特点,对想象的冲击和召唤的效果比较强大。当然,这并非是唯一的选择。同样是李绅,在写另外一首诗的时候,就选择了春种秋收的场面:"春种一粒粟,秋收万颗籽。四海无闲田,农夫犹饿死。"这里又把夏日锄禾省略了。其对情感的冲击效果也是很强的,因为诗中的"一粒"和"万颗"有强烈的对比效果。

这首诗的第二个好处在于语言的精致和谐。

全诗的关键词是汗"滴"和谷"粒",就是汗珠变成了谷粒。这里的用词很见功夫。二者本是不同的东西,一个液体,一个固体。诗人用高明的想象把二者的不同隐藏起来,使其间的相似性突出为整体。这两个关键词不但完成了表意的功能,而且在相关句中有联想和呼应。诗语里潜藏着"汗滴禾下土"的"滴"和"粒粒皆辛苦"的"粒"之间畅通无阻的渠道。"滴"从字面上来看,它表达的是,汗水往下落,但又不仅仅是往下落,还隐含着"粒"的联想和意蕴。如果改成:

锄禾日当午,汗"落"禾下土。

谁知盘中餐,粒粒皆辛苦。

诗人的感情也可以领会,但比之"汗'滴'禾下土",效果如何呢?其中微妙的不同,是不可忽略的。问题就在于,"滴"字和后面的"粒"字在读者想象中,比"落"字的联想更为自然顺畅。从心理上来说,一方面,从汗珠到谷粒的想象是大跨度的飞跃,另一方面,倚仗的是相似、相近的联想的轨道,构成天衣无缝的效果。首先,"滴"引起的联想,是液体的下落,而"落"引起的联想,则包含着固体;其次,"滴"引起的联想只能是椭圆形的,而"落"则隐含着任何形状;第三,"滴"引发的联想是小而细微的,而"落"则不排除体积比较大的;第四,"滴"引发的联想是连续的,而"落"则可能是一次性的。这四者就决定了"汗滴"和"粒粒"之间高度的相似,而汗"落"则缺乏这样程度上的相似性。以上"滴"与"粒"的四重隐性联想,构成了潜在意蕴的高度和谐。

还可以分析的关键词是第三句"谁知盘中餐"中的"谁"。盘中之餐,粒粒皆来自农民的辛苦劳作,明明是作者已知,为什么要说"谁知"?这是偶然的吗?当然不是。在四句式的古风和绝句中,像第三句"谁知"这样的疑问句式,并不是偶然的。请看高适《送兵到蓟北》:

积雪与天迥,屯军连塞愁。
谁知此行迈,不为觅封侯。

白居易《昼卧》:

抱枕无言语,空房独悄然。
谁知尽日卧,非病亦非眠。

白居易《闺怨词》:

朝憎莺百啭,夜妒燕双栖。
不惯经春别,谁知到晓啼。

白居易《初见刘二十八郎中有感》:

欲话毗陵君反袂,欲言夏口我沾衣。
谁知临老相逢日,悲叹声多语笑稀。

钱起《蓝田溪杂咏二十二首·石上苔》:

净与溪色连,幽宜松雨滴。
谁知古石上,不染世人迹。

张继《读峄山碑》:

六国平来四海家,相君当代擅才华。
谁知颂德山头石,却与他人戒后车。

这么多诗作在最后一联居然都有共同的句式,应该是一种必然的追求。五七言诗在节奏上高度统一,不但在显性形象上,而且在隐性的联想上都统一了;但统一得太单纯、太绝对了,就难免单调。为了抑制这种单调,诗人就在句法上作了些调整,让它有些变化。故在前面都是陈述句的情况下,把第三或第四句改为疑问或感叹句式。有了这个"谁知"引起的疑问句式,在统一的陈述语气中就有了一点变化,韵味就比较丰富了。如果不是这样,不用疑问语气,而继续用陈述语气,就只能是这样:

>　锄禾日当午,汗滴禾下土。
>
>　须知盘中餐,粒粒皆辛苦。

整个诗句变成教训式的了,韵味就弱了许多。不但句式单调了,情感也缺乏转折和变化。正因为这样,这种以"谁知"表现情绪转折的句式,成为收尾的一种结构方式,一种套路,被普遍运用,并不限于四句式的结构。如李端《与苗员外山行》:

>　古人留路去,今日共君行。
>
>　若待青山尽,应逢白发生。
>
>　谁知到兰若,流落一书名。

这种句式在律诗中也用得很多。如杜甫《寄邛州崔录事》:

>　邛州崔录事,闻在果园坊。
>
>　久待无消息,终朝有底忙。
>
>　应愁江树远,怯见野亭荒。
>
>　浩荡风尘外,谁知酒熟香。

刘长卿《送李员外使还苏州,兼呈前袁州李使君,赋得》:

>　别离共成怨,衰老更难忘。
>
>　夜月留同舍,秋风在远乡。
>
>　未弦徐向烛,白发强临觞。
>
>　归献西陵作,谁知此路长。

孟浩然《赠道士参寥》:

>　蜀琴久不弄,玉匣细尘生。
>
>　丝脆弦将断,金徽色尚荣。
>
>　知音徒自惜,聋俗本相轻。
>
>　不遇钟期听,谁知鸾凤声。

张籍《春日李舍人宅见两省诸公唱和,因书情即事》:

又见帝城里,东风天气和。
官闲人事少,年长道情多。
紫掖发章句,青闱更咏歌。
谁知余寂寞,终日断经过。

这些语句上的变化,看来很不起眼,但是,唐诗的精致,其统一与丰富的奥妙,就在这些微妙之处。

《题李凝幽居》：推敲的局部美和整体美

解读焦点：就著名的这两句而言，"推""敲"分别为视觉和听觉信息，视觉无声，构成"静"界，听觉有声，构成反衬，使"静"境更静，故"'敲'字佳"。但就整首诗而言，则可能恰恰相反。

题李凝幽居　贾岛

闲居少邻并，草径入荒园。
鸟宿池边树，僧敲月下门。
过桥分野色，移石动云根。
暂去还来此，幽期不负言。

中国诗话传统讲究炼字，为一个字的优劣，往往要打上近千年的笔墨官司，其中最有名的要算贾岛的《题李凝幽居》，为了其中"推"字好，还是"敲"字好，至今仍争论不休，"推敲"甚至成为现代汉语中的常用词。关于"推敲"的故事最早见于唐刘禹锡的《刘宾客嘉话录》：

> 岛初赴举京师，一日于驴上得句云："鸟宿池边树，僧敲月下门。"始欲着"推"字，又欲着"敲"字，练之未定，遂于驴上吟哦，时时引手作推敲之势。时韩愈吏部权京兆，岛不觉冲至第三节，左右拥之尹前，岛具对所得诗句云云。韩立马良久，谓岛曰："作'敲'字佳矣！"遂与并辔而归，留连论诗，与为布衣之交。自此名著。

该书不见片则，然五代何光远《鉴诫录》等书，辗转载录。据陈一琴《聚讼诗话词话辑评》，此则又见宋阮阅《诗话总龟》前集卷十一引录《唐宋遗史》、黄朝英《缃素杂记》、计有功《唐诗纪事》卷四十、黄彻《碧溪诗话》卷四、元辛文房《唐才子传》卷五,文字有增减,本事则相类似。

推敲的典故,历来脍炙人口。韩愈当时是京兆尹,也就是首都的行政长官,他又是大诗人、大散文家,他的说法很权威,日后几乎成了定论。至于为什么"敲"字就一定比"推"字好却没有多少史料是从理论上加以说明的。但是,朱光潜在《谈文学·咬文嚼字》中提出异议:认为从宁静的意境的和谐统一上看,倒应该是"推"字比较好一点:

> 古今人也都赞赏"敲"字比"推"字下得好。其实这不仅是文字上的分别,同时也是意境上的分别。"推"固然显得鲁莽一点,但是它表示孤僧步月归寺,门原来是他自己掩的,于今他"推"。他须自掩自推,足见寺里只有他孤零零的一个和尚。在这冷寂的场合,他有兴致出来步月,兴尽而返,独往独来,自在无碍,他也自有一副胸襟气度。"敲"就显得他拘礼些,也就显得寺里有人应门。他仿佛是乘月夜访友,他自己不甘寂寞,那寺里如果不是热闹场合,至少也有一些温暖的人情。比较起来,"敲"的空气没有"推"的那么冷寂。就上句"鸟宿池边树"看来,"推"似乎比"敲"要调和些。"推"可以无声,"敲"就不免剥啄有声,惊起了宿鸟,打破了岑寂,也似乎平添了搅扰。所以我很怀疑韩愈的修改是否真如古今所称赏的那么妥当。究竟哪一种意境是贾岛当时在心里玩索而要表现的,只有他自己知道。如果他想到"推"而下"敲"字,或是想到"敲"而下"推"字,我认为那是不可能的事。所以问题不在"推"字和"敲"字哪一个比较恰当,而在哪一种境界是他当时所要说的而且与全诗调和的。在文字上推敲,骨子里实在是在思想感情上"推敲"。①

我在《文学创作论》中曾经说到过这个现象:

> 朱光潜在一篇文章中提及,似乎"推"字更好。但是为什么呢?朱氏仍用传统的批评方法,虽然在观点上有新见,但在方法上仍然是估测性强于分析性。其实以感觉要素的结构功能来解释,应该是"敲"字比较好。因为"鸟宿池边树,僧推月下门",二者都属于视觉,而改成"僧敲月下门",后者就成为视觉和听觉要素的结构。一般来说,在感觉的内在构成中,如果其他条件相同,异类的要素结构会产生更大的功能。从实际鉴赏过程来看,如果用"推"字,可能是本寺和尚归来,与鸟宿树上的暗示大体契合。如果用"敲"则肯定是外来的行脚僧,于意境上也是契合

的。"敲"字胜过"推"字的好处在于它强调了一种听觉信息,由视觉信息和听觉信息形成的结构的功能更大。两句诗所营造的氛围,是无声的、静寂的,如果是"推",则宁静到极点,可能有点单调。"敲"字的好处在于在这个静寂的境界里敲出了一点声音,用精致的听觉(轻轻地敲,而不是擂)打破了一点静寂,反衬出这个境界更静。②

这种诗的境界,其实质是想象性的提纯,而不是散文那样写实的。有些读解者忽略了这一点,提出一些可以说是"外行"的问题。例如:

这两句诗,粗看有些费解,难道诗人连夜晚宿在池边的树上的鸟都能看到吗?其实,这正见出诗人构思之巧,用心之苦。正由于月光皎洁,万籁俱寂,因此老僧(或许即指作者)一阵轻微的敲门之声,就惊动了宿鸟,或是引起鸟儿一阵不安的躁动,或是鸟从窝中飞出转了个圈,又栖宿巢中了。作者抓住了这一瞬即逝的现象,来刻画环境之幽静,响中寓静,有出人意料之胜。倘用"推"字,当然没有这样的艺术效果了。③

作者以有声衬托无声的感觉虽然不无道理,但在理论上却混淆了散文和诗歌的区别。散文是写实的,具体到有时间、地点、条件、人称。而诗中所写景象(鸟宿)并不一定是作者所见,可能是想象的、概括的、没有人称的。至于是有人看到的,还是作者想到的,在诗歌中是没有必要交代的。交代了,反而煞风景。"僧敲月下门",究竟是什么僧,是老僧还是年轻的僧,是作者自谓,还是即兴描述,把想象的空间留给读者是诗的审美规范之一。但是,读者的想象又不能完全脱离诗人提供的文本。不能因为诗中有"鸟宿"二字,就自由地想象,鸟不但宿了,睡了,而且飞了;不但飞了,而且叫了,因为有这种叫声才衬托出幽居的静。这其实是多此一举。因为诗中本来就有"敲"字制造音响效果,反衬出幽居的宁静,不用凭空再捏造出宿鸟惊飞而鸣的景象来。诗的想象只能由文本中整体的提示激发,任何超越文本的添枝加叶,都只能是画蛇添足。

其实,这与王维的《鸟鸣涧》"月出惊山鸟,时鸣春涧中"是同样的意境。整个大山一片寂静,寂静到一只鸟在山谷里鸣叫都听得很真切。而且这只鸟之所以叫起来,通常应该是被声音惊醒的,而在这里却不是,是被月光的变化惊醒的。月光的变化本没有声音,光和影的变化居然能把鸟惊醒,说明山谷是多么宁静;而且这无声的宁静又统一了视觉和听觉的整体有机感,把视觉和听觉水乳交融地结合起来,成为和谐的整体。

每一个元素,都相互补充,相互渗透,相互不可缺少。一如前面的"人闲桂花落",桂花落下来,这是视觉形象,同时也是静的听觉。因为,桂花很小,心灵若不宁静,是不会感觉得到的。这里的静就不仅仅是听觉的表层的静,而且是心理的深层的宁。只有这样宁静的内心,才能感受到月光变化和小鸟惊叫的因果关系。

表面上,写的是客观景物的特点;实质上,表现的是内心的宁静,统一了外部世界的宁静,这样的内外统一,就是意境的表现。

这里的意境,同时驾驭了两种以上的感觉交流的效果。把两种或两种以上的感觉交织起来就形成了一种感觉"场",这种"场",不是字面上的,权德舆和刘禹锡有"境在象外"之说,用我的话说,就是场在言外。

毛泽东的《忆秦娥·娄山关》也是这样,不过略有不同。上片主要是以模糊的视觉衬出清晰的听觉:"长空雁叫霜晨月",看得见的,只有发光的月亮和月光照着的霜,其他的一概略而不计;听觉却能清晰地感受到天上大雁的叫声,听觉清晰和视觉蒙眬之间的反衬,表现出进攻前阵地上是多么宁静,而在进攻的过程中视觉几乎完全关闭了,只有听觉在起作用:"马蹄声碎,喇叭声咽。"只写声音,不写形状,视觉一概被省略。而到写胜利时则相反,不写声音,只写形状:"苍山如海,残阳如血。"所有的听觉一律关闭。和"推敲"故事中的视觉和听觉渗透构成交融不同,这里是视觉和听觉的交替,形成了一种"场"(境)的效果,同样是水乳交融、不可分割的两种感觉的结构,或者叫作视觉和听觉"场"。"场"的功能,也就是"境"的结构功能,不仅补充了被省略的内容,而且深化了情志:战争虽然残酷,但又是壮美的。

在《题李凝幽居》诗中,因为"敲"构成了视听的交融,所以比"推"字好。尽管如此,这里仍然潜藏着矛盾。我们用来说明"敲"字比"推"字好的理论,是整体的有机性,朱光潜也说"与全诗调和"。而这里的"整体"却仅仅是一首诗中的两句,把它当作一个独立的单位,从整体中分离出来是可以的。但这只是一个次整体。从整首诗来说,这两句只是一个局部,它的结构它的场,是不是融入了更大的整体、更大的结构呢?如果是,则这首诗还有更高的意境,有待分析;如果不是,则这首诗从整体上来说,是有缺陷的,只是局部的句子精彩而已。

这样,就不能不回过头来重新分析整首诗作。贾岛原诗的题目是"题李凝幽居"。"幽居",作为动词,就是隐居;作为名词,就是隐居之所。第一联,从视觉上写幽居的特点是没有邻居,似乎不算精彩。全诗没有点到"幽"字上去。但是,第一联中有两点值得注意。第一个是"闲"。一般写幽,从视觉着眼,写其远(幽远);从听觉上来说,是静(幽静)。这些都是五官可感的,比较容易构成意象。但是,这里的第一句却用了一个五官不可感的字:"闲"(幽闲、悠闲)。这个"闲"字和"幽"字的关系,不可轻易放过,因为它和后面的意境、感觉的场有关系。

第二是把"幽"和"闲"的特点感觉化了,"草径入荒园"中的"草",是路面的"草",还是路边的"草"?如果在散文里,这很值得推敲,但在诗歌里,想象的弹性比较大,不必拘泥,诗作只大致提供了一种荒草之路的意象。这是既"幽"又"闲"的结果。因为"幽",故少人迹;因为"闲",故幽居者并不在意"邻并"之少,"草径"之荒。如果,把这个幽中之"闲"作为全诗意境的核心,则对于"推""敲"二字的优劣可以进入更深层次的分析。"僧敲月下门"中的"僧"可能是外来的和尚,"敲"门的确衬托出了幽静,却不见得"闲"。若是本寺的和尚,当然可能是"推"。但"月下"是两个不可忽略的字眼。回来晚了,也不着急,没有猛擂,不管"敲"还是"推",都是很平常的心情。以"闲"的意脉而论,把前后两联统一起来看,而不是单单从两句来看,韩愈的"敲字佳矣",似乎不一定是定论,还有讨论的余地。

关键是,下面的"过桥分野色,移石动云根"究竟是什么意思呢?这是不可回避的。有诗话家认为这两句更为精彩。比如明胡应麟《诗薮》内编卷四说:

> 晚唐有一首之中,世共传其一联,而其所不传反过之者。……如贾岛"鸟宿池边树,僧敲月下门",虽幽奇,气格故不如"过桥分野色,移石动云根"也。

这个见解很独特,只是千年来,对这两句的含义还没有十分确切的解释。当代出版的《唐诗鉴赏辞典》说:"是写回归路上所见。过桥是色彩斑斓的原野。"④可是从原诗中("分野色")似乎看不出任何"斑斓"的色彩。问题出在"分野"这两个字究竟该怎样解释。仅从字面上来辨析,是比较费解的。根据上下文来判断,应该是描述地形地物的,现代辞书上说是"江河分水岭位于同一水系的两条河流之间的较高的陆地区域"。简单说,就是河之间的地区。"分野"和"过桥"联系在一起,像是河之间的意思。"过桥分野色"当是过了桥就更显出不同的山野之色。这好像没有写出什么特别的精彩来。至于"移石动云根",石为云之根,尽显其幽居之幽,但是,"移"字没有来由,为什么为一个朋友的别墅题诗要写到移动的石头上去?殊不可解。幸而这并不是唯一的解释,在王维的《终南山》中有另外一个意思:

> 太乙近天都,连山到海隅。
> 白云回望合,青霭入看无。
> 分野中峰变,阴晴众壑殊。

欲投人处宿,隔水问樵夫。

这里的"分野"是星象学上的名词。郑康成《周礼·保章氏》注:"古谓王者分国,上应列宿之位。九州诸国之分域,于星有分。""分野"即有国界之意。联系上下文,当是过了桥,或者是桥那边,就是另一种分野、另一种星宿君临之境界了。接下去"移石动云根"中的"云根"两字,很是险僻,显示出苦吟派诗人炼字的功夫。石头成了云的"根",则云当为石的枝叶。但是,整句却有点费解。可能是移云动石根之意。说的是,云雾漶漫飘移,好像石头的根部都浮动起来似的。这是极写视野之辽阔,环境之幽远空灵。对于这一句,历代诗评家是有争议的。《唐诗选脉会通评林》说:"'僧敲'句因退之而传,终不若第三联(按:即此两句)幽活。"而《唐律消夏录》却说:"可惜五六呆写闲景。"一个说"幽活",比千古佳句"推敲"还要"活";一个说它"呆"⑤。究竟如何来理解呢?

从全诗统一的意境来看,"分野"写辽阔。在天空覆盖之下,四周像天空一样辽阔。"云根"写辽远。云和石成为枝叶和根的关系,肯定不是近景,而是远景。二者是比较和谐的。但是,与推敲句中的"月下门"与"鸟宿"暗含的夜深光暗有相矛盾之处。既然是月下,何来辽远之视野?就是时间和空间转换了,也和前面宁静、幽静的意境不能交融。用古典诗话的话语来说,则是与上一联缺乏"照应"。再加上,"移石"与"动云根"之间的关系显得生硬。苦吟派诗人专注于炼字:"二句三年得,一吟双泪流""吟安一个字,捻断数茎须",其失在于专注炼字功夫,而不善于营造整体意境。故此两句"幽"则"幽"矣,"活",则未必。

最后两句"暂去还来此,幽期不负言"则是直接抒情,极言幽居之吸引力。自家只是暂时离去,改日当重来。诗的题目是"题李凝幽居",应该不是一般的诗作,也许是应主人之请而作,也许是题写在幽居墙壁上的。说自己还要来的,把意图说得这么清楚,一览无余,和孟浩然的"待到重阳日,还来就菊花"相比,太坐实了,甚至给人以场面客套话的感觉。事实上,贾岛早年出家为僧,号无本。元和五年(810)冬,至长安,见到张籍。次年春,至洛阳,始谒韩愈。后还俗,屡举进士不第。文宗时被排挤,贬为长江(今四川蓬溪)主簿。开成五年(840),迁普州司仓参军。武宗会昌三年(843),在普州去世。从他的经历来看,这可能是一句不准备兑现的客套话。因为是客套话,就不是很真诚,因而显得软弱无力。

如果这个论断没有太大的错误,那么,韩愈说法的可靠性有限,而且只是限于两句之间。一旦放到整首诗歌中去,就不能说是绝对可信的,因为这首诗歌本身的缺点就是没能够构成统一的、贯穿全篇的意境。

注：

① 《朱光潜美学文集》第二卷，上海文艺出版社 1982 年版，第 298 页。
② 孙绍振《文学创作论》，海峡文艺出版社 2004 年版，第 270 页。
③④《唐诗鉴赏辞典》，上海辞书出版社 1983 年版，第 962 页。
⑤ 陈伯海主编《唐诗汇评》（下），浙江教育出版社 1995 年版，第 2588 页。

《李凭箜篌引》：突破和谐的诡谲之美

解读焦点：白居易的《琵琶行》集中书写音乐之优美，表现高雅的感伤。李贺这首诗的追求不以优雅为务，而是营造一种邪正、雅俗、诡谲、迷离恍惚、突破和谐的美。

李凭箜篌引　李贺

吴丝蜀桐张高秋，空山凝云颓不流。
江娥啼竹素女愁，李凭中国弹箜篌。
昆山玉碎凤凰叫，芙蓉泣露香兰笑。
十二门前融冷光，二十三丝动紫皇。
女娲炼石补天处，石破天惊逗秋雨。
梦入神山教神妪，老鱼跳波瘦蛟舞。
吴质不眠倚桂树，露脚斜飞湿寒兔。

"引"和"行"一样，是一种比较自由的诗歌体裁，章无定句，句无定言。据考证，李贺这首诗写在公元811年，当时他在长安任奉礼郎。诗中所歌颂的李凭属梨园子弟，箜篌弹得很出名，"天子一日一回见，王侯将相立马迎"，可见是个当红的明星。李贺的赞颂当不是虚言。

第一句"吴丝蜀桐"，吴之丝、蜀之桐，当是名品。这里不仅是说材质精良，而且有一定的文化意味。《诗经》里说："凤凰鸣矣，于彼高岗；梧桐生矣，于彼朝阳。"表明梧桐是和凤凰联系在一起的，因而有高贵、高雅的联想。庄子用凤凰比自己，说："宛雏发于南海而飞于北海，非梧桐不止，非练食不食，非醴泉不饮。""张高秋"中的"张"字语义颇丰，大体可以理解为弹奏的意思，但是这个意思是引申出来的，其引申过程不可忽略。"张"的本义是开张、张开,也就是张开双手、张开双臂的"张",令人联想到姿态和胸襟的开放。"张"也是紧张的"张",既然是琴弦,当然是要绷紧的。但不管怎么"张",总是要张在人面前,张在人的手中。在白居易的《琵琶行》中,旋律之美在人的心与手之间,在人与人之间感情的交流和默契中。但这里却说,张在高秋之间,好像没有人似的。把琴和天空,而且是秋高气爽的天空联系起来,就构成了一种异常空旷的背景。在天宇之下,只有箜篌,箜篌的形象和意蕴就变得宏大了。有了这样宏大的背景,下面的"空山凝云"就有了着落。看来,李贺的构思就是尽可能让空间宏伟到天宇上去;而天宇之下,则尽可能空白,连山都是"空山"。人事和自然为什么都要被省略?因为要让箜篌之声占领全部空间,不受任何影响。相反,高空中唯一存在的云,要被箜篌之声影响到衰颓,甚至不能、不敢飘动的程度。这里可以看出李贺想象的功力。

如果仅是在空间宏大上做文章,也只是一般的豪迈而已,充其量只是诗仙李白的追随者。而李贺之所以成为李贺,就是他有不同于李白的想象。"江娥啼竹素女愁",用了悲剧性的神话历史的典故,使箜篌的音响效果进一步向神话历史境界延伸。李贺用倒装句式点明李凭在首都弹奏箜篌之时激起的情感,并将其定性为宏大的超越时间空间的忧"愁"。这是音乐形象的第一次情感定性。如果这一次定性就贯穿到底,李贺就和其他诗人差不多了。李贺毕竟是李贺,他笔下创造的箜篌的乐感,追求诡谲的效果。他笔下忧愁的音乐并不仅仅是忧愁,还渗透着其他成分:

昆山玉碎凤凰叫,芙蓉泣露香兰笑。

箜篌的音响效果太强烈了,连昆山之玉都被震碎了。有一种理解,说这是形容箜篌音调之尖锐,可备一说。而"凤凰叫"来得有点突兀。有人提出:

> 诗人使用那个几乎丝毫没有诗意的"叫"字。古典诗词中诗人通常用透着一种典雅的"鸣"来指称凤凰的鸣叫以与人们心目中凤凰高贵雍容相配。而这里诗人却选用了这样一个口语化的斩截而短促的入声音……正是这样一个入声音让我们似乎可以听到箜篌在高亢凄厉处的响遏行云。①

应该说,对于不用"鸣"字而用"叫"字,这个分析是有一定道理的。当然,说"叫"是个入声字,恐不确。据《广韵》《集韵》《韵会》等,其声古吊切,去声,啸韵。但是,在象声方面,李贺好像没有什么刻意的追求。在象声方面有追求的是韩愈,他在《听颖师弹琴》中就颇有声韵的讲究,历来为评家所称道。李贺的长处在词义,主要是意象之间的组合和呼应。音响效果如此：昆山之玉可以碎，凤凰可以叫，芙蓉可以泣，香兰可以笑。四者皆贵重之物，而引发之声却不完全统一，且不以典雅为务，有碎、有叫、有哭、有笑。正是在统一中兼顾反差，在情感性质上超越了传统的套路，不一味典雅地悲愁，也不限于凄厉，也有兴奋和欢乐。诗人追求的效果，是悲欢、邪正、雅俗、文野的复合趣味。这种复合情趣在接下来的意象中，则以现实和神话的交织为特点：

> 十二门前融冷光，二十三丝动紫皇。
> 女娲炼石补天处，石破天惊逗秋雨。

"十二门"，是皇家宫阙的景观；而"紫皇"，则是道家的神仙之宗；"女娲"，又是神话人物。三者组合，意在构成一种错综的复合和意象的群体。有人阐释女娲一句，说乐声传到天上，正在补天的女娲，听得入了迷，竟然忘了自己的职守，结果石破天惊，秋雨直泻。②这样跳跃的想象，这样多元的意象，在通常情况下，是有点冒险的，可能会造成芜杂，但在李贺这里，却构成一种迷离恍惚的梦幻景观。在这种景观中，现实退隐了，甚至连李凭、箜篌都消失了，留下的只有为音乐所激动的神话人物和动物：

> 梦入神山教神妪，老鱼跳波瘦蛟舞。

李贺的用词诡怪奇崛：神女以妪为怪，鱼以老为奇，蛟以瘦为异，皆足以显示诗人"语不惊人死不休"、追求话语突围之志。清方扶南说："白香山'江上琵琶'、韩退之'颖师琴'、李长吉《李凭箜篌引》皆摹写声音至文。韩足以惊天，李足以泣鬼，白足以移人。"③当为至论。最后两句本当为结束语，然而却无明显的结束感可言：

> 吴质不眠倚桂树，露脚斜飞湿寒兔。

箜篌之乐音，使吴刚都忘了自己千年不息的劳作而转入沉吟，一任斜飞的露雾湿了月兔，说的是沉吟之专注、沉吟之久。这幅图画和前面梦入神山、老鱼跳波、瘦蛟起舞的动态，甚至更前面昆山玉碎、香兰泣露的纷纭飞跃相比，是相对静止的图画。就在这种图画中，动荡的意象组合构成了张力，留给读者以意味深长的沉吟。

注：
① 王先霈、王耀辉主编《文学欣赏导引》，高等教育出版社 2005 年版，第 63 页。
② 朱世英文，见《唐诗鉴赏辞典》，上海辞书出版社 1983 年版，第 992 页。
③ 陈伯海主编《唐诗汇评》(中)，浙江教育出版社 1995 年版，第 1941 页。

《锦瑟》：绝望的缠绵，缠绵的绝望

解读焦点：学术研究有两种方法，第一种是将前人的说法加以梳理，找出尚未解决的问题，进行分析、比较、论证，得出自己的结论。这是目前最为流行的。第二种是直接从文本出发提出问题，适当参考历史资源，提出前人从未提出的问题。这种方法的好处是不受前人视野的束缚，缺点是难度大，直接从现象进行第一手概括，需要一定的原创性。本文对《锦瑟》意境的分析力求将二者结合起来：先梳理历代评论，寻求问题的关键；然后直接面对文本，进行系统分析，揭示出首联和尾联直接抒发的哲理概括与颔联、颈联的感性意象群落之间形成的张力。

锦 瑟 李商隐

锦瑟无端五十弦，一弦一柱思华年。
庄生晓梦迷蝴蝶，望帝春心托杜鹃。
沧海月明珠有泪，蓝田日暖玉生烟。
此情可待成追忆，只是当时已惘然。

李商隐的《锦瑟》属于唐诗中的"朦胧诗"，虽有题曰"锦瑟"，但实际上是取其首词为题，等于"无题"，和他的以"无题"为名的组诗相比，其主旨之飘忽，全面把握之艰巨，可能是位于前列的。然而，这并未使读者望而却步，相反，自宋元以来诗评家们众说纷纭，所持见解之悬殊，在李商隐的诗歌中堪称首屈一指。归纳起来，大致有如下几种：第一，把它当成一般的"咏物"诗，也就是歌咏"锦瑟"的。代表人物是苏东坡，他这样说："此出《古今乐志》，云：'锦瑟之为器也，其弦五十，其柱如之，其声也适、怨、清、和。'案李诗'庄生晓梦迷蝴蝶'，适也；'望帝春心托杜鹃'，怨也；'沧海月明珠有泪'，清也;'蓝田日暖玉生烟',和也。一篇之中,曲尽其意。"①这个说法得到一些诗评家的认同,然亦有困惑不已者:"中二联是丽语,作'适、怨、清、和'解甚通,然不解则涉无谓,既解则意味都尽。以此知此诗之难也。"(《艺苑卮言》)这个怀疑很深刻:用语言去图解乐曲,还有什么诗意呢?以苏东坡这样的高才,居然忽略了诗的艺术价值,足见此诗解读之难。第二,推测其"为国祚兴衰而作"(桐城吴先生评点《唐诗鼓吹》),今人岑仲勉在《隋唐史》中也"颇疑此诗是伤唐室之残破"。两说虽然不同,但着眼于客观之物或社会生活,回避从作者生平索解,则异曲同工。岑仲勉甚至明确指出"与恋爱无关"。②

和上述二者思路相反的,则是从作者生平中寻求理解的线索,产生了第三种说法:"细味此诗,起句说'无端',结句说'惘然',分明是义山自悔其少年场中风流摇荡,到今始知其有情皆幻,有色皆空也。"(《龙性堂诗话》)③持这种色空观念说法的比较少。一些诗评家联系李商隐的经历,于是又有了第四种说法:"闺情"。将此诗的迷离惝恍与妻子的早亡联系起来,因而产生第五种说法,认定其是"悼亡诗"。朱彝尊说:"意亡者善弹此,故睹物思人,因而托物起兴也。瑟本二十五弦,一断而为五十弦矣,故曰'无端'也,取断弦之意也。一弦一柱而接'思华年'三字,意其人年二十五而殁也。蝴蝶,杜鹃言已化去也。'珠有泪',哭之也。'玉生烟',葬之也。犹言埋香玉也。此情岂待今日'追忆'乎?只是当时生存之日,已常忧其至此,而预为之'惘然',意其人必然婉然多病,故云然也。"④这个说法虽然比较系统,但其间牵强附会之处很明显,对断定其妻年二十五早殁没有多少论证,对为什么"玉生烟"是埋葬也没有任何阐释,无疑穿凿过甚。其实,如果要悼念亡妻,完全不用这么吞吞吐吐。第六种说法则强调,之所以隐晦如此,是有具体所指的女性,且是令狐楚家的青衣之名。这不无可能,但仅仅是猜测而已。第七种说法是:"乃自伤之词,骚人所谓美人迟暮也,'庄生'句言付之梦寐,'望帝'句言待之来世,'沧海''蓝田'言埋而不得自见,'明月''日暖'言则清时而独为不遇之人,尤为可悲也。"⑤

对同一首诗的解读如此纷纭,如果按照西方的读者主体论,一千个读者有一千个哈姆雷特,则皆有其合理性。但是,事实并非如此,所有这些说法都有同样的毛病,那就是都只是论者的印象,并未对全诗作全面整体的细致分析;另外,并未揭示出为什么这首在内涵上扑朔迷离的诗,直到千余年之后,仍然脍炙人口,保持其不朽的艺术生命力。

历史文献中的学术资源,并不能揭开这个谜底。唯一的办法只能是直接面对文本作第一手的直接分析。

> 锦瑟无端五十弦,一弦一柱思华年。

撇开古人所有的猜测,从文本出发理解,似乎并不太神秘。对于五十弦,许多注家"多有误会",周汝昌先生以为,据此"判明此篇作时,诗人已'行年五十',或'年近五十',故尔云云。其实不然。'无端',犹言'没来由地''平白无故地'。此诗人之痴语也。锦瑟本来就有那么多弦,这并无'不是'或'过错';诗人却硬来埋怨它:锦瑟呀,你干什么要有这么多条弦?瑟,到底原有多少条弦,到李商隐时代又实有多少条弦,其实都不必'考证',诗人不过借以遣词见意而已。据记载,古瑟五十弦,所以玉谿写瑟,常用'五十'之数,如'雨打湘灵五十弦','因令五十丝,中道分宫徵',都可证明,此在诗人原无特殊用意"。⑥这个说法很有见地。琴瑟本来是美的,饰锦的琴瑟更美,繁复的曲调也是美的,美好的乐曲令人想起美好"华年",这不是双倍的美好吗?然而,美好的乐曲却引出了相反的心情,这就提示了原因:美好的年华一去不复返。本来沉淀在内心的郁闷还是平静的,可是和当年美好的心情一对比,就有一种不堪回首的感觉了。这里抒情逻辑的深邃在于:第一,曲调相同,心情却截然相反。第二,本来奏乐逗引郁闷,应该怪弹奏的人,可是,不,却怪琴瑟"无端",没有道理。为什么要有这么多弦,要有这么丰富的曲调呢?因为一弦一柱都触动美好的记忆。弦、柱越多,越是令人伤心。第三,如果仅是一去不复返,也还不算强烈,李商隐所强调的是"庄生晓梦迷蝴蝶",往日像庄子的梦见蝴蝶一样,不知道是蝴蝶梦见庄周,还是庄周梦见蝴蝶,也就是,不知是真是假。这意味着往日的欢乐如果是真的,和今天对比起来是令人伤心的,往事如梦,美好的年华如果是假的,更加令人伤心。要把"望帝春心托杜鹃"在意脉上贯通,对典故的含义就要加以选择。一般说,这个典故的意思是:蜀国君主望帝让帝位于臣子,死去化为杜鹃鸟。这个典故和"一弦一柱思华年"有什么关系呢?通常的注解是,杜鹃鸟暮春啼鸣,其声哀凄,伤感春去。⑦用在这里,是在悲悼青春年华的逝去。

沧海月明,鲛人织丝,泣泪成珠:将珠泪置于沧海明月之下,以几近透明的背景显示某种纯净的悲凄。周汝昌先生分析前句与此句的关系说:"看来,玉谿的'春心托杜鹃',以冤禽托写恨怀;海月、泪珠和锦瑟是否也有什么关联可以寻味呢?钱起的咏瑟名句不是早就说'二十五弦弹夜月,不胜清怨却飞来'吗?所以,瑟宜月夜,清怨尤深。如此,沧海月明之境,与瑟之关联,不是可以窥探的吗?"周先生说得比较含蓄,他的意思就是望帝春心的性质就是一种"清怨"。实际上,也就是一种"复杂难言的怅惘之怀"⑧。这种"清怨"的特点就是:第一,隐藏得很密,是说不出来的。从性质上来说,和白居易的《长恨歌》是一样的。藏得密,就是因为恨得深。这里的恨不是仇恨,而是憾恨,是"还君明珠双垂泪,恨不相逢未嫁时"的那种"恨"。第二,因其不可挽回,不能改变而恨。第三,为什么要藏得那么密?就是因为不能说、说不出。用"蓝田日暖玉生烟",一者从字面上讲,日照玉器而生气,气之暖骤遇玉之寒乃生雾气,如烟如缕。二者这个比喻在诗学上很有名:语出诗歌理论家司空图《与极浦书》:"戴容州云:诗家之景,如蓝田日暖,良玉生烟,可望而不可置于眉睫之前也。"实际上就是可以远观,却不可近察。也就是朦朦胧胧地感觉,它确乎存在,然而细致观察,却可能无可探寻⑨。这种境界和李清照的"寻寻觅觅,冷冷清清,凄凄惨惨戚戚",似乎失落了什么,而又不知道失落了什么,似乎在寻找什么,又不在乎找到没有的境界颇为相似。作为诗来说,司空图可能是在强调"不着一字,尽得风流",然而李商隐在这里,营造的却是那种可意会不可言传的情感境界。

最后一联"此情可待成追忆,只是当时已惘然"里的潜在话语是很矛盾的。先是说"此情可待",可以等待,就是眼下不行,日后有希望,但是,又说"成追忆",那就是只有追忆的份儿。长期以为可待,但是等待的结果变成了回忆。等待之久,才知希望之虚。虽然如此,应该还有"当时",但是,"当时"就已经(知道)是"惘然"的。没有希望的希望,一直希望了很久,最后剩下的只有"追忆"。把感情上的缠绵写得这样绝望,在唐诗中,可能是李商隐独有的境界,李商隐显然善于把这种绝望缠绵概括成格言式的诗句:"海外徒闻更九州,他生未卜此生休。""相见时难别亦难,东风无力百花残。""来是空言去绝踪,月斜楼上五更钟。"不论是他生还是此生,不论是相见还是相别,不论是来还是去,都是绝望的。把情感放在两个极端的对立之中,就使得这些诗句有了某种哲理的色彩。但是,这种对立引出的并不是二者统一于希望,而是绝望:"春蚕到死丝方尽,蜡炬成灰泪始干。"生命就是在希望中消耗、发光、燃烧,直到熄灭:"春心莫共花争发,一寸相思一寸灰。"春心如花,结果就是所有相思都化为灰烬。这样极端的逻辑不是理性的,而是情感的,故李商隐的哲理还是抒情的哲理。这样的绝望不是太令人窒息了吗?李商隐把它放在回忆中,把情感放到回忆中,拉开时间空间的距离,拉开实用理性的距离,让情感获得更大的自由。李商隐在这方面得心应手。⑩

是什么样的感情能达到这样刻骨铭心的状态呢?不能不想到爱情。前面提到许多论者把"望帝春心托杜鹃"的"春心",解为伤春归去。当然不无道理。但在唐诗中,"春心"只有描述自然景观时才与春天有关。在描述心情时,则是特指男女感情。"忆昔娇小日,春心亦自持"(李白《江夏行》),"卖眼掷春心,折花调行客"(李白《越女词》),"镜里红颜不自禁,陌头香骑动春心"(权德舆《妾薄命》),"春心莫共花争发,一寸相思一寸灰"(李商隐《无题》),都是与恋情有关的。正因为这样,许多诗评家读《锦瑟》才不约而同地联想到私情,甚至具体到"令狐楚家青衣"。这个典故有许多版本,被许多注家忽略了的是《子规葴器》引扬雄《蜀王本纪》"蜀王望帝,淫其相臣鳖灵妻亡去,一说,以惭死"⑪,化为子规鸟,滴血为杜鹃花。杜鹃啼血染花隐含着说不出口的、绝望的、不可公开的爱情。"以惭死"是关键,是见不得人的,惭愧得要命的。⑫"望帝春心托杜鹃"的"春心"应该是秘密的恋情之悲。只有这样,才有"沧海月明珠有泪"的"清怨"和"蓝田日暖玉生烟"的可望而不可即,特别是最后一联:以为此情可待,却反复落空,眼下、过去和当时都是绝望,只有一点惘然的回忆值得反复体悟,而在体悟中,又无端怪罪锦瑟的多弦,弦弦柱柱都逗引起"思华年"的清怨。清怨从何而来呢?以为此情可待。其实当时已经感到"惘然"。而当中两联所写的就是这个明知"惘然"却偏偏要说"可待"的悲痛。自己明明是很"无端"的,不合逻辑的,可是又偏偏怪罪锦瑟"无端"。

从这个意义上说,这里有两个"无端",一个"无端"用直接抒情的逻辑写出来,即对锦瑟无端的责难,另一个"无端"是明知不可待而待。这是一种不合逻辑的逻辑,但越是不合逻辑,情感就越是独特。如果仅有这样的直接抒发,对诗来说,形象的感性是不够丰满的:

锦瑟无端五十弦,一弦一柱思华年。
此情可待成追忆,只是当时已惘然。

甚至是单薄的。原因在于,对"此情"的"情",读者没有感觉,因而当中两联的任务就是把形象从内涵上充实起来,从感知上丰满起来:

庄生晓梦迷蝴蝶,望帝春心托杜鹃。
沧海月明珠有泪,蓝田日暖玉生烟。

这里的庄子和望帝,在时间和空间上是两个八竿子打不着的典故,李商隐借助对仗,不但在形式上将他们整齐地结合起来,而且在意脉上把二者连续起来,上承"思华年"的弦柱,下开"珠有泪"的清怨,在逻辑的大幅度空白中隐没其内涵。其扑朔迷离的程度,在唐诗中,可谓开辟了新风。值得注意的是,这两联的手法和首尾两联不同,不是直抒胸臆,而是"立象尽意",所立的意象,不是单独的,各个意象之间隐含着和谐的联系。蝴蝶和杜鹃、庄生和望帝均属同类,通过"晓梦""春心"将之深化到梦中和心中,就不是一般的,而是心灵的画图。同样,沧海月明、蓝田日暖,在时间上是一早一晚,在空间上是一海一陆,在色彩上冷暖交融,在情调上则是珠泪之悲和如遇寒而雾,这是联想的统一。而且此联表面上与前联不相属,但在意脉上渗入了"可望而不可即"的性质。照应了首联的"思华年",又为"成追忆"作了铺垫。这样,就以静态的画图沟通了首尾两联意脉的律动,使得全诗不但统一和谐起来,而且将意象和抒情、视觉和心像、静态和动态丰富统一在圆融的意境之中。

注:

① ② ③ ④ ⑤ 陈伯海主编《唐诗汇评》(下),浙江教育出版社 1995 年版,第 2410—2412 页。

⑥⑧《唐诗鉴赏辞典》,上海辞书出版社 1983 年版,第 1127 页。

⑦ 语文版高中《语文》必修课本(2)和人教版高中《语文》必修课本(3),就持这个看法。

⑨ 这个比喻很有名,后来反复为诗家所引。语出司空图《与极浦书》,除所引"戴容州云:诗家之景,如蓝田日暖良玉生烟,可望而不可置于眉睫之前也"之外,下面还有"象外之象,景外之景,岂容易可谈哉"。后者常为引者所忽略。

⑩ 在这里是"此情可待成追忆",在《无题》是"昨夜星辰昨夜风,画楼西畔桂堂东"。其实更重要的是另外两句"扇裁月魄羞难掩,车走雷声语未通",则是"采取女主人公深夜追思往事的方式"。

⑪《四库全书》,子部,杂家类,杂考之属,通雅,卷四十五。

⑫ 自清初即有与王屋山女道士相恋之说。上世纪又有苏雪林作《李义山恋爱事迹考》,将义山爱情分为四类:女道士乙、宫人丙、妻丁、娼妓。虽学界颇有争讼,然可作参考。

《山园小梅》:从"竹影"到"疏影",从"桂香"到"暗香"①

解读焦点:对这首诗的解读,许多专家满足于印象式的判断。如"疏影"写"水边梅花之姿态","暗香"写"梅花之风韵",表现了"高洁、温润""遗世独立"的精神。这样的"赏析",流于文本表层,不成其为"分析"。本文用历史还原法,提出"疏影"一联从前人"竹影横斜水清浅,桂香浮动月黄昏"中脱胎而成为千古绝唱,其间隐含着深邃的艺术密码。至于诗中其他语句,皆平庸无奇。

山园小梅　林逋

众芳摇落独暄妍,占尽风情向小园。
疏影横斜水清浅,暗香浮动月黄昏。
霜禽欲下先偷眼,粉蝶如知合断魂。
幸有微吟可相狎,不须檀板共金樽。

　　经得起千百年阅读的经典作品的蕴含是很深邃的,又是很通俗的,一般读者仅凭直觉就能感受到。但感觉到了的,并不一定能够理解,还可能包含错误;理解了的,才能更深刻地感觉,从而纠正感受中的谬误。赏析文章本来的任务,就是将感性升华为理性。《名作欣赏》2010年第5期载文,分析林逋的《山园小梅》说:"首联赞叹梅花与众不同的品质:在众芳凋零的严寒时节,只有梅花傲然绽放,鲜妍明丽,在小园中独领风骚。梅花以其凌寒独开的天然秉性受到文人雅士赏爱,并被视为孤傲高洁的人格象征。"这样的文章似乎并未完成赏析的任务。在开头,作者提出的问题:"梅花之美究竟在何处?"答案是:"赞叹梅花与众不同的品质。"这样的提法,隐含着一种预设,这首诗赞美的对象是"梅花的品质",而"梅花的美"来自梅花这种客体。但是作者又强调说梅花是"高洁人格的象征",这就隐含着另一种前提,梅花的美并不来自客体,而来自主体的人格。前者是有某种美学理论根据的,那就是美是客体的真实,而作为人格的象征,美来自主体的精神表现。作者提出问题时,隐含着理论前提;而其结论"神清骨秀""高洁、温润""遗世独立",并未把二者的矛盾提出来加以分析,因而其结论带着直觉感受的性质。这就是说,作者的理论和感受是存在矛盾的。这个矛盾在分析首联的时候还是潜在的,而到了分析最为关键的颔联的时候,就比较突出了:"'疏影横斜水清浅,暗香浮动月黄昏。'上句写水边梅花之姿态,下句写梅花之风韵。"这样的分析并未充分论证这两句诗为什么成了千古绝唱。"高洁、温润""遗世独立"的结论并不是理性的,而是印象式的。

原因在于,作者对后世影响甚大的关键词"疏影"和"暗香"缺乏必要的历史文献的资源,又缺乏具体分析。

为什么是"疏影"而不是繁枝?繁花满枝不是也很美吗?但那代表生命旺盛,是生机蓬勃的美,而"疏",则是稀疏,是生命在严酷的逆境中抗衡的美。在"众芳摇落"之时,"疏影"被表现为一种"暄妍",一种鲜明。如果把梅花写得繁茂,便不但失去了环境寒冷的特点,而且失去了与严寒抗衡的风骨,更重要的是,忽略了以外在的弱显示内在的强的艺术内涵。其次是"影"。为什么是"影"?为什么要影影绰绰?要淡一点才雅,淡与雅紧密相联。而雅往往又与高联系在一起,故有高雅之说。让它鲜明一点不好吗?林和靖另有梅花诗曰:"人怜红艳多应俗,天与清香似有私。"太鲜艳、太强烈,就可能不雅了,变得俗了,只有清香才是俗的反面。

雅不但在"影",而且在"疏",这里渗透着中国古典诗歌与逆境抗衡的美学品格。

要把"疏影"两字建构得这样精致和谐并不容易。诗句原来并不是林逋的原创,而是五代南唐诗人江为的。清顾嗣立《寒厅诗话》转引明李日华《紫桃轩杂缀》:"'竹影横斜水清浅,桂香浮动月黄昏。'林君复改二字为'疏影''暗香'以咏梅,遂成千古绝调。"只改动了两个字,两句诗就有了不朽的生命,这种文学史的奇迹,很值得研究。[②]

原因大概可从两个方面来考察。

第一,江为的原作有瑕疵。他把竹写成"横斜",与竹的直立相矛盾,而与梅的曲折虬枝相符,从这个意义上来说,林和靖抓住了客体的特征;但这并不是最重要的,因为横斜的并不只有梅花。据《王直方诗话》二十八记载:

> 王君卿在扬州,同孙巨源、苏子瞻适相会。君卿置酒曰:"'疏影横斜水清浅,暗香浮动月黄昏。'此林和靖梅花诗。然咏杏与桃李皆可用也。"东坡曰:"可则可,

只是杏李花不敢承担。"一座大笑。③

朋友说"疏影横斜"和"暗香浮动"也可以用来形容杏与李花,苏东坡说,"杏李花不敢承担"。从植物学的观念来说,这仅仅是玩笑而已,若从审美角度来说,这里蕴含着严肃的道理。"疏影横斜"和"暗香浮动"写的已经不纯粹是植物,还有诗人淡雅高贵的气质在里面,成为诗人高雅气质的载体。正因如此,《陈辅之诗话》第七则"体物赋情"中也议论到这个颇为尖端的问题:

> 林和靖梅花诗"疏影横斜水清浅,暗香浮动月黄昏",近似野蔷薇也。④

而王楙在《野客丛谈》卷二十二中则反驳他:

> 野蔷薇安得有此标致?⑤

从植物的形态来说,野蔷薇的虬枝也是曲折的,用来形容野蔷薇很难说有什么不合适,因为野蔷薇不但有屈曲的虬枝,还有淡淡的香味,和梅花是没有什么区别的,但是从诗人个体的审美感知特征来说,野蔷薇没有这样高雅。原因就是,梅花作为一种庭院花卉,对于文人有"近取譬"的性质,而野蔷薇则没有这样的条件。加之在长期积淀的历史过程中,特别是经过林和靖的加工,其高雅性质变得稳定了。如果某一古典诗人因为野蔷薇和梅花在形态上有类似的特征,就将之作为自我形象的象征,就可能变得不伦不类,乃至滑稽。

当然,这还要看句中的其他字眼。不可忽略的是把"疏影横斜"安放在"水清浅"之上,这是野蔷薇所不具备的。这并不是简单提供一个空间"背景"。为什么水一定要清而浅?"清"已经是透明了,"浅"就更透明了。"疏影"已经是很淡雅了,再让它横斜到清浅透明的水面上来,环境和意象就更为统一和谐了。要注意这个"影"字的内涵是比较丰富的,它可能是横斜的梅枝本身,更可能是落在水面上的影子。有了这个黑影,虽然是淡淡的,但是水的透明就更突显了。宋费衮《梁溪漫志》卷七:"陈辅之云:林和靖'疏影横斜水清浅,暗香浮动月黄昏',殆似野蔷薇。是未为知诗者。予尝踏月水边,见梅影在地,疏瘦清绝,熟味此诗,真能与梅传神也。"此说法虽有些牵强,但亦可作意象组合达到如此和谐,构成"高洁"的风格的旁证。

第二,王君卿提出的问题很机智,但是他说得并不准确,因为杏李花并没有梅花所特有的香气,林和靖把"桂香"改为"暗香"表现出了更大的才气。对于这一点,王君卿忽略了。那位学者笼统地说"下句写梅花之风韵",是不到位的。"暗香"写的主要不是梅花这一客体的"风韵"。对这个"暗香"作具体分析是不能回避的。首先,桂香是强烈的,而梅花的香气则是微妙的。其次,和梅花的"疏影""横斜"为视觉可感不同,"暗香"是视觉不可感的。"暗香"的神韵就在"暗",它是看不见的,但又不是绝对不可感的,妙在对另外一种感官嗅觉的调动,其特点是"浮动",即是隐隐约约、若有若无的。"月黄昏"则提示了视觉的蒙眬,反衬出嗅觉的精致。这提示读者:梅花的淡雅高贵不是一望而知的,而是在视觉之外,只有嗅觉被调动出来才能被感知。"遗世独立"的人格象征并非凭空而来,而是意象群落层次递进的功能。这里视觉和嗅觉的交替,并不是西方象征派的"通感"(不同感官的重合沟通),恰恰相反,强调的是感知不是直接贯通的,而是先后默默递进的。

林和靖改动了两个字,把本来不相隶属的、只是由外部对仗形式而并列的竹和桂变成了梅的统一有机的意脉,可以说是中国诗歌史上典型的"脱胎换骨"。

赋予不可见的香气以高雅品格的属性,是一种创造,似乎成为一种历史的发现,被后世不断重复。早在唐诗中就不乏对梅的赞美,李白、杜牧、崔道融、罗隐等均有咏梅诗作,甚至也有提及其"香"者,但均未赋予不可见的"暗香"和飘飘忽忽的"浮动"的气质。李峤的《梅》:"雪含朝暝色,风引去来香。"郑谷的《梅》:"素艳照尊桃莫比,孤香黏袖李须饶。""香"的嗅觉是和视觉并列的,都是对客体的感知。林逋把"暗香"和视觉分离开来,梅就有了超凡脱俗的品格。宋王淇的《梅》说:"不受尘埃半点侵,竹篱茅舍自甘心。只因误识林和靖,惹得诗人说到今。"晚于林逋数十年的王安石的"墙角数枝梅,凌寒独自开。遥知不是雪,为有暗香来",就表现了从视觉到嗅觉感知递进过程的微妙。后来陆游的《卜算子》把这一点发展到了极致:"驿外断桥边,寂寞开无主。已是黄昏独自愁,更著风和雨。　　无意苦争春,一任群芳妒。零落成泥碾作尘,只有香如故。"哪怕是可见的花"零落成泥"了,作为品格象征的香气仍然不改。

那位学者接下去分析"霜禽欲下先偷眼,粉蝶如知合断魂":"梅花的开放为寒冬增添了一抹亮色,这不仅令诗人欣喜万分,连禽鸟也被吸引过来。它们翩翩飞来,未曾落下就迫切地偷眼先看。禽尚且如此,倘若那些爱花如命的粉蝶们看了,真不知如何销魂!可惜粉蝶要到春天才有,无缘得见梅花。上句实写梅花,下句虚写粉蝶,极力渲染天地众生对梅花的喜爱。"读到这样的赞词,特别令人困惑。明明这两句在艺术质量上和前面那两句不可同日而语,作者却给予同样的赞美。严格地说,这一联在全诗中显得很突兀,不和谐。前面反复强调梅花的淡雅高贵是含蓄的,是不能轻易觉察的,营造了一种意在象外的氛围。而这两句却强调梅花的美是一望而知的,禽鸟和粉蝶的感知都显示了一种强烈的效果。隐约的美的意脉到这里突然中断。从手法上说,在律诗中用这样的对句完全是一种程式化的俗套,显出一种匠气。这一联的情调不但与前面的意境不合,而且与尾联也有冲突:"幸有微吟可相狎,不须檀板共金樽。""微吟"是低声的,面向内心的,"相狎"是无声的、脉脉的,"檀板"和"金樽"之所以"不须",是因为太响亮,太不朴素,与心领神会的基调不合,虽然尾联在艺术质量上,与"疏影""暗香"一联相比要逊色得多,但在意蕴上大体还是一脉相承的。"霜禽""粉蝶"一联显然是个败笔,这一点早就有人提出质疑。宋蔡居厚《蔡宽夫诗话》曰:"林和靖《梅花诗》:'疏影横斜水清浅,暗香浮动月黄昏',诚为警绝;然其下联乃云:'霜禽欲下先偷眼,粉蝶如知合断魂',则与上联气格全不相类,若出两人。乃知诗全篇佳者诚难得。"明王世贞《艺苑卮言》卷四认为:"霜禽""粉蝶"的水平"直五尺童耳"。明谢肇淛《小草斋诗话》卷二外编上:"《梅花》诗,'暗香''疏影'两语自是擅场,所微乏者气格耳。"

　　从这里,可以总结出一点阅读经典的规律:历史的成就积淀在经典中,它经得起时间无情的淘汰。从某种意义上来说,它不但是历史不朽的丰碑,而且是当代不可企及的典范。正因如此,经典崇拜是理所当然的,但要防止崇拜变成迷信。世界上并不存在什么十全十美的经典,不论什么样的经典都有历史和个人的局限。对经典不加分析,只能造成舒舒服服的自我蒙蔽。忠于艺术的读者应该保持清醒的头脑,不为经典的声名所蔽,不为一切权威所拘,把经典的每一个细节当作从未被赞美过的初作来检验。最忌的是为了成全经典的权威性,不惜对显而易见的不足曲为之赞。明明看出了"粉蝶"在季节上与梅花不合,却以"虚写"强为之辩,就是一例。

　　艺术经典阅读应该把赞叹和推敲结合起来。重新审视一切,才能读懂经典。在中国古典诗话中,推敲就是把生命奉献给阅读,经典是不朽的,奉献也是无止境的。说不尽的莎士比亚,说不尽的鲁迅,说不尽的唐诗宋词,经典无异于历史祭坛,每一代读者都把最高的智慧奉献到祭坛上去燃烧。哪怕要一星火花,也要有一点执着,一点疯狂,就是推敲达到挑剔的程度,也无所畏惧。认真挑剔起来,这首诗的瑕疵还不止上述两句,至少开头一句"众芳摇落独暄妍"中的"暄妍",色彩太强烈,与"疏影""暗香"这样淡雅高贵的意境不甚相合。"占尽风情向小园"中的"占尽"把美强调到无以复加的程度,也就很难高雅了。故古典诗话作者往往有直率的保留。明胡应麟《艺林学山》曰:"'疏影横斜'于水波清浅之处,'暗香浮动'于月色黄昏之时。二语于梅之真趣,颇自曲尽,故宋人一代尚之。然其格卑,其调涩,其语苦,未是大方也。"这样的评价,虽然缺乏更具体的论证,但艺术感觉还是相当精到的。清吴乔《围炉诗话》卷五说得更为全面:"和靖'疏影横斜水清浅'一联善矣,而起联云'众芳摇落独暄妍,占尽风情向小园',太杀凡近,后四句亦无高致。"清纪昀《瀛奎律髓刊误》卷二十:"冯(冯班)云'首句非梅',不知次句'占尽风情'四字亦不似梅。三、四及前一联皆名句,然全篇俱不称,前人已言之。五、六浅近,结亦滑调。"

如此说来,这首诗最精致的其实只有"疏影""暗香"一联。而这一联又不完全是林逋的原创,但把"竹影"改为"疏影",把"桂香"改为"暗香",使之成为千古绝唱,却是他的才气,也是他的幸运;而原创者江为则因两字之失,被历史所遗忘。在那不讲究版权的时代,如果说这是不公的话,那是历史的不公,还是个人的不幸?后世读者不管对艺术多么虔诚,也不能改变艺术祭坛上的这个历史记录了。

注:

① 本文所引文献,近半由陈一琴先生《聚讼诗话词话辑评》提供,特此鸣谢。
② 据陈一琴先生考证:当系五代南唐江为佚诗断句,《全唐诗》江为卷无此二句。
③ 吴文治主编《宋诗话全编》,江苏古籍出版社1998年版(第2册),第1147页。
④ 吴文治主编《宋诗话全编》,江苏古籍出版社1998年版(第3册),第333页。
⑤ 吴文治主编《宋诗话全编》,江苏古籍出版社1998年版(第7册),第7468页。

《念奴娇·赤壁怀古》：苏轼的赤壁豪杰风流和智者风流之梦

解读焦点：本文分析的重点为"风流"和"梦"，"风流"本意系名士风流，本文从中分析出对立而又统一的"豪杰风流"和"智者风流"，揭示苏轼笔下的周瑜本当是"豪杰风流"，而苏轼代之以"智者风流"，"小乔初嫁"被推迟十年，"羽扇纶巾"属于诸葛亮在宋以前早已是共识，而苏轼却将之转属周瑜。被贬谪的苏轼借此参透"人生"大限，把豪杰和智者统一于潇洒之"梦"中。

念奴娇·赤壁怀古 苏轼

大江东去，浪淘尽、千古风流人物。故垒西边，人道是、三国周郎赤壁。乱石穿空，惊涛拍岸，卷起千堆雪。江山如画，一时多少豪杰！

遥想公瑾当年，小乔初嫁了，雄姿英发。羽扇纶巾，谈笑间、樯橹灰飞烟灭。故国神游，多情应笑我，早生华发。人生如梦，一尊还酹江月。

这首词被历来的词评家们称誉为"真千古绝唱"[①]"乐府绝唱"[②]，被奉为词艺的最高峰，千百年来几乎没有任何争议。它在艺术上究竟"绝"在哪里，则很少得到深切的阐明。历代词评家们论述的水准，与东坡达到的高度极不相称。二十世纪词学权威唐圭璋在《唐宋词选释》中这样说："上片即景写实，下片因景生情。"[③]由于唐先生的权威，这种说法遮蔽性很大，在一般读者中形成一种成见，好像是上片只写实，不抒情，下片则只抒情，不写景。这在理论上是讲不通的。首先，"即景写实"与抒情完全游离，不要说是在诗词中，就是在散文中也很难成立。王国维在《人间词话》中早就有过总结："昔人论诗词，有景语情语之别，不知一切景语皆情语也。"[④]当然，论者完全有权拒绝这样的共识，然而，吾人对必要的论证期待却落了空。其次，这样的论断与事实不符。

苏东坡于黄州游赤壁曾四为诗文。第一次,见《东坡志林》卷四《赤壁洞穴》,其文曰:

> 黄州守居之数百步为赤壁,或言即周瑜破曹公处,不知果是否。断崖壁立,江水深碧,二鹊巢其上,有二蛇或见之。遇风浪静,辄乘小艇其下,舍舟登岸,入徐公洞,非有洞穴也,但山崦深邃耳。⑤

什么叫作"即景写实"?这就是"即景写实"。而《赤壁怀古》一开头"大江东去,浪淘尽、千古风流人物",与其说是实写,不如说是虚写。第一,在古典诗歌话语中,大江不等于长江。把"大江东去",当作即景写实,从字面上理解成"长江滚滚向东流去",就不但遮蔽了视觉高度,而且抹杀了诗语的深长意味。这种东望大江,隐含着登高望远长江一览无余的雄姿。李白诗曰:"登高壮观天地间,大江茫茫去不还。"只有身处天地之间的高大,才有大江茫茫去不还的视野。而《赤壁洞穴》所记:"断崖壁立,江水深碧,二鹊巢其上,有二蛇或见之。"则是由平视转为仰视的景观。至于"遇风浪静,辄乘小艇其下,舍舟登岸,入徐公洞,非有洞穴也,但山崦深邃耳",则从平视转为探身寻视。按《赤壁洞穴》所记,苏轼并没有上到"断崖壁立"的顶峰。"大江东去",一望无余的眼界,显然是心界,是虚拟性的想象,是主观精神性的、抒情性的。艺术想象把《赤壁洞穴》中写实的自我提升到精神制高点上去。第二,仅从生理性的视觉去看,无论如何也不可能看到"千古风流人物"。台湾诗人喜欢把审美想象视角叫作"灵视",其艺术奥秘就在于超越了即景写实,把空间的遥远转化为时间的无限。第三,把无数的英雄尽收眼底,使之纷纷消逝于脚下,就是为了反衬出主人公雄视千古的高度。正是因为这样,"大江东去"为后世反复借用,先后出现在张孝祥("平楚南来,大江东去,处处风波恶")、文天祥("大江东去日夜白")、刘辰翁("看取大江东去,把酒凄然北望")、黄升("大江东去日西坠")、张可久("懒唱大江东去"),甚至出现在青年周恩来的诗作中("大江歌罢掉头东")。以空间之高向时间之远自然拓展,使之成为精神宏大的载体,这从盛唐以来,就是诗家想象的重要法门。陈子昂登上幽州台,看到的如果只是遥远的空间,那就没有"前不见古人,后不见来者"那样视隐千载的悲怆了。恰恰是因为看不到时间的邈远,才激发出"念天地之悠悠"的感喟来,深沉的情怀就蕴含在无限的时间之中了。不可忽略的是,悲哀不仅仅是因为看不见燕昭王的黄金台,而且是"后不见来者",悲怆来自时间无限与生命渺小的反差。"故垒西边,人道是、三国周郎赤壁",更不是写实。苏东坡在《赤壁洞穴》中明明说"或言即周瑜破曹公处,不知果是否",而后人也证明黄州赤壁乃当地"赤鼻"之误,⑥"乱石穿空,惊涛拍岸,卷起千堆雪",也是想

象之词。《前赤壁赋》具记游性质,有接近于写实的描述:

> 苏子与客泛舟游于赤壁之下。清风徐来,水波不兴……白露横江,水光接天。

其中根本就没有一点"乱石穿空,惊涛拍岸,卷起千堆雪"的影子。后来不足百年,范成大游赤壁未见所谓"乱石穿空"的景观,认为是"东坡词赋微夸焉"。(《吴船录》卷下)更为关键的是,苏轼所说的"风流"人物,聚焦于周瑜。而时人对周瑜的形象概括完全是一个雄武勇毅的将军:"衔命出征,身当矢石,尽节用命,视死如归。"⑦苏轼用"风流"来概括这个将军,不但是话语的创新,而且是理解的独特。

"风流"本来有稳定而丰富的内涵:或指文采风流(词采华茂,婉丽风流),或指艺术效果(不着一字,尽得风流),或指才智超凡,品格卓尔不群(魏晋风流),或指高雅正派,风格温文(风流儒雅,风流蕴藉),或与潇洒对称(风流谢安石,潇洒陶渊明),实际是互文见义,合二为一。所指虽然丰富,但大体是指称才华出众,不拘礼法,我行我素,放诞不羁,当然也包括在与异性情感方面不受世俗约束。可以用"是真名士自风流"来概括。风流总是和名士,也就是落拓不羁的文化精英互为表里。它作为一个范畴,是古代中国精英知识分子特有的理想精神范畴。西方美学的崇高与优美两个方面都可以纳入其中,但又有所不同,那就是把深邃和从容、艰巨和轻松、高雅和放任结合在一起。在西方只有骑士精神可与之相称,但骑士献身国王和美女,缺乏智性的深邃,更无名士的高雅。这个范畴本来就相当复杂,而到了苏轼这里,又对固定的内涵进行了突围:从根本上说,风流主要是指在野的风格,而《赤壁怀古》所怀的却是在朝建功立业的宏图。

"赤壁怀古",怀念的并不是没有任何社会责任感的名士,而是当权的、创造历史的豪杰,是叱咤风云的英雄。苏东坡把"风流"用之于"豪杰",其妙处是不仅使这个已经有点僵化的词语焕发了新的生命力,而且用在野的向往去同化了周瑜,一开头的"千古风流人物"就为后半片周瑜的儒雅化埋下了伏笔。这个词语内涵的更新如此成功,以至近千年后,毛泽东在《沁园春·雪》中禁不住用"风流人物"来概括他理想的革命英雄。

"风流人物"的内涵这样大幅度的更新,层次是十分细致的,在开头还是一种暗示,一种在联想上潜隐性的准备。

在苏轼心中,有两个赤壁、两种"风流":一个是《念奴娇·赤壁怀古》中壮丽的、豪放的赤壁,一个是《前赤壁赋》中婉约优雅的、智者的赤壁。两种境界都可以用"风流"来概括,但这是两种不同的"风流",这种不同并不完全由自然景观决定,而是诗人不同心态的选择。元丰五年(1082),苏轼先作了《赤壁赋》,又作《赤壁怀古》⑧,显然是表现了一种风流,却意犹未尽,还想让自己灵魂深处的豪杰"风流"得到正面的表现。不再采用赋体,而用词这种形式,无非是因为它更具超越写实的、想象的自由。

在《前赤壁赋》中,写曹操是"一世之雄",但是,诗人借朋友(客)之口提出了一个否定性的质疑:

> 客曰:"'月明星稀,乌鹊南飞',此非曹孟德之诗乎?西望夏口,东望武昌。山川相缪,郁乎苍苍,此非孟德之困于周郎者乎?方其破荆州,下江陵,顺流而东也,舳舻千里,旌旗蔽空。酾酒临江,横槊赋诗,固一世之雄也,而今安在哉?"

"舳舻千里,旌旗蔽空"的霸气,"酾酒临江,横槊赋诗"的豪情,固然雄迈,但也只是"一世之雄",在智者眼中,终究逃不脱生命的大限。这个生命苦短的母题,早在《古诗十九首》中就已形成,而曹操在《短歌行》中把《古诗十九首》的及时行乐思想提升到政治上、道德上的"天下归心"的理想境界。但是,这个母题在苏东坡这里还有质疑的余地,也就是不够"风流"的。他借朋友⑨之口提出来,随即在自答中,把这个母题提升到了哲学高度:

> 苏子曰:"客亦知夫水与月乎?逝者如斯,而未尝往也。盈虚者如彼,而卒莫消长也。盖将自其变者而观之,则天地曾不能以一瞬;自其不变者而观之,则物与我皆无尽也,而又何羡乎!且夫天地之间,物各有主,苟非吾之所有,虽一毫而莫取。惟江上之清风,与山间之明月,耳得之而为声,目遇之而成色,取之无禁,用之不竭,是造物者之无尽藏也,而吾与子之所共适。"

这里有庄子的相对论,宇宙可以是一瞬的事,生命也可以是无穷的,其间的转化条件,是思辨方法能否灵活到从绝对矛盾中看到其间的转化和统一。自其变者而观之,则生命是短暂的;自其不变者而观之,则生命与物质世界皆是不朽的。这里还有佛家的哲学,七情六欲随缘生色:"耳得之而为声,目遇之而成色,取之无禁,用之不竭。"宇宙空间和时间的无限变成了生命的无限,这就是苏轼此时向往的通脱豁达的智境界。在苏轼这里,这个境界是可以列入"风流"(潇洒)范畴的。

这种随缘自得哲学之所以被青睐,和他当时的生存状态有关。在乌台诗案中,他遭到的迫害是严酷的,这个不乏少年狂气的壮年人,不但受到政治上的打击,还饱受了精神上的摧残,在被拘之初心情是很绝望的,"自期必死",曾经和妻子诀别,安排后事。⑩在牢狱中,死亡的恐惧又折磨了他好几个月。而亲朋远避,更使他感到世态炎凉,人情之浇薄。贬到黄州以后,物质生活向来优裕的诗人遭遇贫困,有时竟弄到饿肚子的程度。他在《晚香堂书帖》中,借书写陶渊明的诗述及自己的窘境:"流寓黄州二年,适值艰岁,往往乏食,无田可耕,盖欲为陶彭泽而不可得者。"⑪这一切都使生性豪放,激情和温情俱富的诗人受到严重的精神创伤。在如此严酷的逆境中,以诗获罪的诗人,不得不寻求自我保护,表现出对贬谪无怨无尤、随遇而安的样子,但他又岂能满足于庸庸碌碌苟且偷生? 因而,在生活态度上,创造出一种超越礼法,对人生世事豁达淡定、放浪形骸的姿态。《东坡乐府》卷上《西江月》自序说:"春夜行蕲州水中,过酒家,饮酒醉,乘月到一溪桥上,解鞍,曲肱醉卧少休,及觉已晓,乱山攒拥,流水铿然,疑非尘世也,书此语桥柱上。"⑫这样的姿态与他的朋友柳永的"今宵酒醒何处? 杨柳岸,晓风残月",有一脉相通之处。醉卧溪桥的自由浪迹、从容豁达,就成为此时期词作中名士"风流"的主题。

这个主题从根本上来说,是一种出世的想象。这种出世的想象,并不完全是僧侣式的苦行。从正面说,是从大自然中寻求安慰;从反面说,是对自己精英身份的漫不经心。宛委山堂《说郛》言苏轼初谪黄州,"布衣芒屦,出入阡陌,多挟弹击江水,与客为娱乐。每数日必一泛舟江上,听其所往,乘兴入旁郡界,经宿不返"。⑬贬官的第三年,在《定风波》前言中这样自叙:"沙湖道中遇雨。雨具先去,同行皆狼狈,余独不觉。已而遂晴,故作此。"他把这种姿态诗化为一种平民的潇洒:"竹杖芒鞋轻胜马,谁怕? 一蓑烟雨任平生。料峭春风吹酒醒,微冷,山头斜照却相迎。"

但是,这种不拘礼法,这种放浪,毕竟和柳永有所不同:其一,这里有他的哲学和美学基础,因而,他的风流不仅仅是名士之风流,更是智者的风流。正是因为这样,在《前赤壁赋》中,不但诗化了江山之美,而且将之纳入宇宙无限和生命有涯的矛盾之中,把立意提升到生命和伟业的矛盾的高度。其二,正因为是智者,他的不拘礼法是很自然的,很平静的,很通脱的。因而,长江在他笔下是那么宁静而清净:"清风徐来,水波不兴""白露横江,水光接天",这正是他坦然脱俗的心境。在这种心境的感性境界中,融入了形而上的思索,就成了《赤壁赋》中苏轼的心灵图景。

如果这一切就是苏东坡内心的全部,那他就没有必要接着又写《念奴娇·赤壁怀古》了。张侃《拙轩词话》中说:"苏文忠《赤壁赋》不尽语,裁成'大江东去'词。"⑭"不尽语"是什么语呢?《赤壁赋》中的心灵图景虽然深邃,但毕竟是以智者的通脱宁静为基调的,而苏东坡不仅是个智者,内心还有一股英豪气情,不能不探寻另一种风流。

因此,在《念奴娇·赤壁怀古》中,读者看到的是另一个赤壁。《前赤壁赋》中天光水色纤尘不染的长江,到了《念奴娇·赤壁怀古》中变成了波澜壮阔、撼山动岳、激情不可羁勒的怒潮。这当然不只是自然景观的特点，其间还涌动着苏东坡压抑不住的豪情。但是，只有豪情，还算不上风流。《赤壁怀古》的任务，就是要把豪情和风流结合起来。

"江山如画，一时多少豪杰!""如画"是上半片的结语。但这"画"，不仅仅是长江的自然景观，而且有"千古风流""一时多少豪杰"的人文景观为之作注。自然景观雄奇的伟绩，正是他内心深处政治和人格理想的意象。作为上片和下片之间意脉的纽结，这里是一个极其精致的转折："千古风流"转换成"一时豪杰"。意脉的密合就在从英雄的多数，凝聚到唯一的英雄周瑜身上。

《前赤壁赋》的主角是曹操，而《赤壁怀古》的主角则是周瑜。曹操从"一世之雄"变成了"灰飞烟灭"。很显然，在成败生灭的矛盾中，周瑜成了颂歌的最强音。当然，这也并不完全是歌颂周瑜，其中也有苏东坡的自我期许，元好问就说："东坡赤壁词，殆戏以周郎自况也。"⑮

可惜的是，元好问对自己的论点没有切实的论证。其实，苏东坡在词的下半片，对历史上的周瑜形象进行了升华。表面上，越是把周瑜理想化，就越是远离苏轼；实质上，按照自己的气质重塑周郎，越是理想化，就越是接近苏轼灵魂，越是带上苏东坡的情志色彩。

首先，他把以弱搏强的、充满凶险的、血腥的赤壁之战，诗化为周瑜"谈笑间"便使"樯橹灰飞烟灭"。"谈笑间"，应该是从李白《永王东巡歌》"但用东山谢安石，与君谈笑净胡沙"中脱胎而来，表现取胜的轻松自如。这种指挥若定、轻松潇洒的形象，正是从开头"千古风流"的基调中演绎出来的。

其次，这种理想化的"风流"还蕴含在"雄姿英发"的命意之中。苏轼对曹操的想象是"一世之雄"，定位在一个"雄"字上。而对于周瑜，如果要在"雄"字上做文章，笔墨驰骋的余地是很大的。那个"破荆州，下江陵""酾酒临江，横槊赋诗"的曹操就是被周瑜打得"灰飞烟灭"的。但是，如果一味在"雄"的方面发挥才思，那就可能远离"风流"了，苏轼的思路陡然一转，向"英发"方面驰骋笔力，让周瑜在豪气中渗透着秀气。"羽扇纶巾"完全是苏东坡自我期许的同化。把一个"衔命出征，身当矢石，尽节用命，视死如归"的英雄变成手拿羽毛扇的军师、头戴纶巾的儒生智者。从诗意的营造上看，仅是斩将拔旗的武夫，是谈不上"风流"的，若带上儒生智者的从容，甚至漫不经心，才具备"风流"的属性。从中既可以看出苏东坡的政治理想，也可以感受到苏东坡的人生美学。一方面，在正史传记中，谋士的价值是远远高于猛士的。汉灭项羽后，论功行赏。萧何位列第一，而曹参虽然攻城夺寨，论武功第一，但是位列萧何之后。刘邦这样解释："夫猎，追杀兽兔者狗也，而发踪指示兽处者人也。今诸君徒能得走兽耳，功狗也。

至如萧何,发踪指示,功人也。"⑯(《史记·萧相国世家》)故张良的军功被司马迁总结为"运筹帷幄之中,决胜千里之外"。另一方面,苏东坡不是范仲淹,他没有亲率铁骑克敌制胜的实践,他理想中的英雄,只能是充满谋士、军师气质的英才。故黄苏《蓼园词评》说:"题是怀古,意谓自己消磨壮心殆尽也。总而言之,题是赤壁,心实为己而发。周郎是宾,自己是主。借宾定主,寓主于宾,是主是宾,离奇变幻。"⑰不可忽略的是,苏东坡举重若轻,笔走龙蛇,仅仅用了四五个意象,就把豪杰风流和智者风流统一了起来。

　　当然,也有论者提出这里的"羽扇纶巾",不是周瑜,而是诸葛亮。俞陛云《唐五代两宋词选释》说:"题为'赤壁怀古',故下阕追怀瑜亮英姿,笑谈摧敌。"⑱刘永济《唐五代两宋词简析》也以为:"后半阕更从'多少豪杰'中,独提出最典型之周瑜及诸葛亮二人,而以强虏包括曹操。"⑲此说,似无根据。从历史事实来看,赤壁之战的主力是孙吴,刘备只是配角而已。北魏郦道元的《水经注》中,赤壁战场的主角也是周瑜,"江水左径百人山南,右径赤壁山北,昔周瑜与黄盖诈魏武大军处所也"。⑳因而,在唐诗中,赤壁只与周郎联系在一起。李白《赤壁歌送别》中有:"二龙争战决雌雄,赤壁楼船扫地空。烈火张天照云海,周瑜于此破曹公。"杜牧《赤壁》:"东风不与周郎便,铜雀春深锁二乔。"胡曾《咏史诗·赤壁》:"烈火西焚魏帝旗,周郎开国虎争时。交兵不假挥长剑,已挫英雄百万师。"杜甫《八阵图》:"功盖三分国,名成八阵图。"述诸葛亮的功绩不及赤壁。洪迈在《容斋随笔》中说《赤壁怀古》有苏东坡的朋友黄鲁直(庭坚)的手写稿,并不是"周郎赤壁",而是"孙吴赤壁"。㉑就是"人道是,三国周郎赤壁",也有人指出,"三国"在后来的版本中,苏东坡已经改成了"当日"。㉒这说明,在苏轼同时代人的心目中,赤壁主战场和诸葛亮几乎没有什么关系。鲁迅在《古小说钩沉》中引晋裴启《裴子语林》中"诸葛武侯"条:

　　诸葛武侯与宣王在渭滨,将战,宣王戎服莅事;使人观武侯。乘素舆,著葛巾,持白羽扇,指麾三军。众军皆随其进止,宣王闻而叹曰:"可谓名士矣。"㉓

诸葛亮"乘素舆,著葛巾,持白羽扇,指麾三军"的形象见于裴启以后、苏东坡以前之许多书籍,㉔可见已达成某种共识。其实,苏东坡是明知这一点的,前文所引《赤壁洞穴》就明明说"黄州守居之数百步为赤壁,或言即周瑜破曹公处",把原来属于诸葛亮的形象,转移给了周瑜,这是很有气魄的。这可能与苏轼对诸葛亮的评价有关系。他在《诸葛亮论》中这样说:"取之以仁义,守之以仁义者,周也。取之以诈力,守之以诈力者,秦也。以秦之所以取取之,以周之所以守守之,汉也。仁义诈力杂用以取天下者,此孔明之所以失也……刘璋以好逆之,至蜀不数月,扼其吭,拊其背,而夺之国,此其与曹操异者几希矣。"㉕把诸葛亮看成和曹操差不多,当然就不用"著葛巾,持白羽扇,指麾三军"来美化他,而在赤壁这个具体场景中,最方便的转移就是周瑜了。把赤壁之战和诸葛亮的主导作用固定下来的应该是《三国演义》。罗贯中把理想化的周瑜"羽扇纶巾"的风流造型转化为诸葛亮的形象,完全是出于刘家王朝的正统观念。㉖

再次,周瑜形象的理想化还带上了苏东坡式的"风流"。词一开头,苏轼便把"千古"英雄人物用"风流"来概括,渐渐演化为把"豪杰风流"和"智者风流"结合起来,但是,苏轼意犹未尽,进一步按自己的生命理想去同化周瑜。在这位毫不掩饰对异性爱好的诗人的感觉中(甚至敢于带着妓女去见和尚),仅有政治上的雄才大略,兴致还不够淋漓,还要加上红袖添香才过瘾。也因此,"小乔初嫁"才被他推迟十年,放在了赤壁之战前夕。其实,这个小乔初嫁从历史上来说,并没有多少浪漫色彩。孙策指挥周瑜攻下皖城,大乔、小乔不过是两个战利品,孙策和周瑜平分,一人一个。《三国志·吴书》这样说:"策欲取荆州,以瑜为中护军,领江夏太守,从攻皖,拔之,时得乔公两女,皆国色也。策自纳大乔瑜纳小乔。《江表传》曰:'策从容戏瑜曰:乔公二女虽流离,得吾二人作婿亦足为欢。'"㉗苏东坡把身处"流离"的小乔,转化为周瑜的红颜知己,英雄灭敌,红袖添香。在豪杰风流和智者风流之中,再掺入一点名士风流的意味,就把严峻的政治军事功业和人生幸福结合起来。从这里,读者不仅看到苏轼与柳永的相通之处,而且可以看到苏轼比柳永的高贵之处。这既是个人的相通,也是宋词豪放与婉约的交叉。

这种交叉的深刻性在于,苏东坡的赤壁诗赋中,不但出现了两个赤壁,而且出现了两个苏东坡。一个是出世的智者,在逆境中放浪山水,作宇宙人生哲学思考,享受生命的欢乐;一个是入世的英才,明知生命短暂,仍然洋溢着建功立业的豪情。两个苏东坡,在他内心轮流值班,似乎相安无事,但又不无矛盾。就是把这两个灵魂分别安置在两篇作品中,矛盾仍然不能回避。

英才的业绩是如此轻松地建立,阵前的残敌和帐后的佳人都是成功的陪衬,在"故国神游"之际,英雄气概迅速达到高潮,所有的矛盾似乎也在瞬间杳然隐退,然而,有一点始终无法回避,那就是短暂的生命。"早生华发",周瑜三十四岁就建功立业了,而自己四十八岁却滞留贬所,远离中央王朝。这就引发了"多情应笑我"。这是生命对理想的嘲弄,英雄伟业那么精彩,自己却遥不可及。这是很难达到潇洒"风流"的境界的。不管苏轼多么豁达,也不能不发出"哀吾生之须臾,羡长江之无穷"的喟叹。但是,苏轼的魄力在于,即便在这种局限中,也能进入潇洒"风流"的境界。

关键在"一尊还酹江月"。

虽然自己年华虚度,但古人的英雄业绩还是值得赞美和神往的。即使不能和周瑜一样谈笑灭敌,也可以和曹操一样"酾酒临江",这同样是一种"风流",只是达不到智者的最高层次。从结构上讲,"一尊还酹江月",酾酒奠古,和题目"赤壁怀古"首尾呼应。但如果仅仅是这样,只是散文式的呼应。从诗的意脉来说,这里还潜藏着更为深邃丰富的密码。诗眼在"江月",特别是"江"字,在结构上,是意脉的深邃的纽结。

第一,开头是"大江东去",结尾回到"江"字上来,不但是意象的呼应,而且是字眼的密合。第二,所要祭奠的古人,不管是曹操还是周瑜,都被大江的浪花"淘尽",看不见了,能看见的只有月亮。但仅有月亮,没有时间感。一定要是江中的月亮,大江是时间的"江",将英雄淘尽的浪花是历史的浪花,"江"是在不断消逝的,而"江"中的"月"却是不变的,当年的"月"超越了时间,今天仍然可见。"江"之变与"月"之不变,是消逝与永恒的统一。在这里,苏东坡是有意为之的。《赤壁赋》有言:"客亦知夫水与月乎?逝者如斯,而未尝往也。盈虚者如彼,而卒莫消长也。"时间不可见,流水可见,逝者已逝,月亮未逝。所以才有"挟飞仙以遨游,抱明月而长终"。明月是"长终"——不朽的象征。然而,这一切,并不能解决"哀吾生之须臾,羡长江之无穷"的矛盾。水中之月,虽是可见的、不变的,但是,毕竟不同于直接可捉摸的实体。按照佛家六根随缘生灭说,江上的明月、山间的清风是无穷的,但仍然要用耳和目去获得它。而耳和目却不是永恒的,如果它们不存在了,这个无穷就变成有限了。所以人生局限一如耳目之暂短。这就不能不产生"人生如梦"的感叹,但苏东坡的"梦"并不悲哀。他是一个入世的人,他的"梦"不是佛家所说的梦幻泡影,妄执无明。他说"人生如梦",意在强调人生是短暂的,也并不如佛家那样要求六根清净,相反,他倒是强调五官开放,尽情享受自然、历史、文化和艺术的美好。这种美好的信念使苏轼得到了慰藉,主人与客人乃率性享乐:"洗盏更酌。肴核既尽,杯盘狼藉。相与枕藉乎舟中,不知东方之既白。"

就是在人生如梦的阴影下,苏轼也还是可以潇洒风流起来的。

在世俗生活中,"梦"并不一定是美好的,对苏轼来说,乌台诗案就是一场噩梦。但是,噩梦毕竟过去了,就是在厄运中,人生之"梦"还是美好的。究竟美好到何种程度,这在《念奴娇·赤壁怀古》中还是比较抽象的。也许这样复杂的思想,这样自由的境界,在短小的词章中实在容纳不了。于是,在几个月以后的《后赤壁赋》中出现了正面描写的美梦:

> 时夜将半,四顾寂寥。适有孤鹤,横江东来。翅如车轮,玄裳缟衣,戛然长鸣,

掠予舟而西也。须臾客去,予亦就睡。梦一道士,羽衣翩跹,过临皋之下,揖予而言曰:"赤壁之游乐乎?"问其姓名,俯而不答。"呜呼!噫嘻!我知之矣。畴昔之夜,飞鸣而过我者,非子也邪?"道士顾笑,予亦惊寤。开户视之,不见其处。

这个"梦"比之现实要美好得多了,因为自由得多了,也就是"风流"潇洒得多了。这里是出世的境界,诗的境界,是神秘的境界,是孤鹤、道士的世界,究竟是孤鹤化为道士,还是道士化为孤鹤,类似的命题,连庄子都没有细究,不管如何,同样美妙。现实的严酷是不能改变的,忘却却能显示精神超越的魄力,只有美好的忘却,才有超越现实的自由。只有风流潇洒的名士,才能享受到这样似真似幻的"梦"。

这里出现了第三个苏东坡,把豪杰风流的豪放、名士风流和智者风流的婉约结合起来的苏东坡。

传统词评对于词风常常作豪放、婉约机械的划分,知其区分而忘却其联系,唯具体分析方能破除此弊。

南宋俞文豹《吹剑录》说:"东坡在玉堂,有幕士善讴,因问:'我词比柳七何如?'对曰:'柳郎中词只合十七八女孩儿执红牙板歌"杨柳岸,晓风残月";学士词须关西大汉,执铁板唱"大江东去"。'"㉘这个说法,由于把豪放和婉约两派的风格,说得很感性、很生动,因而影响很大,但由此而生的遮蔽也很大。本来,豪放和婉约都是相对的。任何区分都不可能绝对,划分有界限是问题的一个方面,而相互之间的联系和转化则是另一方面。从词人的全部作品来说,豪放和婉约的交叉和错位更是常见。东坡《赤壁怀古》中的"大江东去",以妙龄女郎吟哦,不能曲尽其妙,而词中的自由浪迹,醉卧溪桥,由关西大汉来吟唱,也可能不伦不类。这一点之所以值得一提,是因为苏氏词赋中的旷世杰作,还有既难以列入豪放,亦难以划归婉约的风格,比如赤壁二赋,似乎既不适合关西大汉慷慨高歌,又不适合妙龄女郎浅斟低唱。诗人为之设计的是,清风徐来,水波不兴,白露横江,水光接天,扁舟一叶,顺流而下,纵一苇之所如,凌万顷之茫然,洞箫婉转,如泣如诉,如慕如怨,与客作宇宙无限、生命有限之答问。这个洞箫遗响无穷中的"梦",正是从《赤壁怀古》中衍生而来的。可以说,是对《赤壁怀古》"人生如梦"的准确演绎。这个"梦"正是苏轼的人生之"梦",是诗人的哲学之"梦",也是智者的诗性之"梦"。在这个"梦"中融入了豪放的英气、婉约的柔情和智者的深邃,英才的、情人的、智者的风范在这里得到高度的统一。这个"梦"不是虚无的,而是理想化的、艺术化的,是值得尽情地、率性地、放浪形骸地享受的。也许在苏轼看来,能够进入这个境界的才是最深邃的潇洒,最高层次的"风流"。

注：

① 胡仔《苕溪渔隐丛话·前集》，人民文学出版社1962年版，第411页。
② 姚奠中、李正民主编《元好问全集》(增订本)，山西古籍出版社2004年版，第843页。
③ 吴熊和主编《唐宋词汇评》(两宋卷)，浙江教育出版社2004年版，第426页。这个说法影响很大，至今一线教师仍然奉为圭臬。网上一篇赏析文章，一开头就是这样的论调："《念奴娇·赤壁怀古》上阕集中写景。开头一句'大江东去'写出了长江水浩浩荡荡，滔滔不绝，东奔大海。场面宏大，气势奔放。接着集中写赤壁古战场之景。先写乱石，突兀参差，陡峭奇拔，气势飞动，高耸入云——仰视所见；次写惊涛，水势激荡，撞击江岸，声若惊雷，势若奔马——俯视所睹；再写浪花，由远而近，层层叠叠，如玉似雪，奔涌而来——极目远眺。作者大笔似椽，浓墨似泼，观景摹物，气势宏大，境界壮阔，飞动豪迈，奇雄壮丽，尽显豪放派的风格。为下文英雄人物周瑜的出场作了铺垫，起了极好的渲染衬托作用。"
④ 王国维《人间词话》，上海古籍出版社1998年版，第34页。其实王氏此言亦非首创。李渔在《窥词管见》中早就说过："情为主景是客，说景即是说情。"吴乔在《围炉诗话》卷一中也说："寄情于景，融景入情，无施不可。"
⑤ 曾永庄、舒大刚主编《三苏全书》，语文出版社2001年版，第149页。
⑥⑭ 张侃《拙轩词话》，国际中文出版社2004年版，第4页。
⑦ 陈寿《三国志·吴书·周瑜传》，中华书局2005年版，第937页。
⑧ 关于《赤壁怀古》作于《赤壁赋》之后的考证，见孔凡礼《苏轼年谱》中，中华书局1998年版，第545页。
⑨ 这个"客"实有其人，是一个道士，叫杨世昌，是苏轼的朋友，曾经在苏轼黄州府上住过一年。见孔凡礼《苏轼年谱》中，中华书局1998年版，第543、545页。
⑩ 《杭州召还乞郡状》，《苏轼文集》(中华书局版点校本)卷32，孔凡礼《苏轼年谱》上，中华书局1998年版，第451页。
⑪⑫ 孔凡礼《苏轼年谱》中，中华书局1998年版，第537页。
⑬ 孔凡礼《苏轼年谱》上，中华书局1998年版，第496页。
⑮ 姚奠中、李正民主编《元好问全集》(增订本)，山西古籍出版社2004年版，第843页。
⑯ 司马迁《史记·萧相国世家》，中华书局1982年版，第2015页。
⑰ 黄苏《蓼园词评》，唐圭璋《词话丛编》第四册，中华书局1986年版，第3077页。
⑱ 俞陛云《唐五代两宋词选释》，上海古籍出版社1985年版，第196页。
⑲ 刘永济《唐五代两宋词简析》，上海古籍出版社1981年版，第48页。
⑳ 《四库全书》，史部，地理类，河渠之属，水经注，卷35。
㉑ 洪迈《容斋随笔·续笔·诗词改字》，昆仑出版社2001年版，第513页。
㉒ 吴熊和主编《唐宋词汇评》(两宋卷)，浙江教育出版社2004年版，第424页。
㉓ 鲁迅《古小说钩沉》，人民文学出版社1955年，第7页。这段佚文有小字曰："《书钞》一百八十，又一百三十四，又一百四十；《类聚》六十七；《御览》三百七，又七百二，又七百七十四。"可知这段文字出自《北堂书钞》《艺文类聚》《太平御览》等书。而且"持白羽扇"后还有小字注"亦见《初学记》二十五、《六帖》十四、《事类赋注》十五"。按《裴子语林》为东晋裴启作，后《世说新语》多取材于此。
㉔ 《北堂书钞》，唐初虞世南辑；《艺文类聚》，欧阳询主编，武德七年(624)成书；《初学记》，徐坚撰；《六帖》，白居易撰。《太平御览》，宋太宗命李昉等编，成于太平兴国八年(983)；《事类赋注》，宋初吴淑撰。这些书，都在苏东坡以前，可以看出，诸葛亮这样的形象几乎可以说是某种共识。
㉕ 《四库全书》，集部，别集类，北宋建隆至靖康，《东坡全集》，卷四十三。
㉖ 《三国演义》中，这种理想化的艺术调包现象很多，例如，把孙权在须濡口观察曹操军营，一侧被射倾歪，乃命以另一侧迎之而脱险的故事，也改头换面转移到诸葛亮的草船借箭中去。
㉗ 周瑜娶小乔是建安三年(198)攻取皖城胜利之时，十年后，才有赤壁之战。见陈寿《三国志·吴书·周瑜传》，中华书局2005年版，第932页。
㉘ 曾枣庄《苏词汇评》，四川文艺出版社2000年版，第43页。

第二章 古典诗词常见主题分析

边塞诗:苦寒美、动静制宜美、语气参差美、视听交替美

一、苦寒美

白雪歌送武判官归京 岑参

北风卷地白草折,胡天八月即飞雪。
忽如一夜春风来,千树万树梨花开。
散入珠帘湿罗幕,狐裘不暖锦衾薄。
将军角弓不得控,都护铁衣冷难着。
瀚海阑干百丈冰,愁云惨淡万里凝。
中军置酒饮归客,胡琴琵琶与羌笛。
纷纷暮雪下辕门,风掣红旗冻不翻。
轮台东门送君去,去时雪满天山路。
山回路转不见君,雪上空留马行处。

"北风卷地白草折"一句运用白描手法,抓住了景物特点,很有震撼力。第一,草在一般读者的印象中,不是黄的就是绿的,而这里却是白的。为什么?据《汉书·西域传》颜师古注,白草乃西北一种草名;王先谦补注,谓其性至坚韧,经霜草脆,故能折断。这种说法也许有根据,但是其中有矛盾:既然很坚韧,就不易折断。至于经霜草脆,则不是西北草的特点。草枯则黄,枯久则朽,朽则发白。这是北方普遍的自然现象,并不是某一种草的特有现象。为什么古代学者要这么引经据典考证西北实有其物呢?因为有个潜在的信条:既然是生动的,一定是写实的。其实,这不是写实的,而是想象的。诗中还特别点出了"八月"(阴历),在中原地区还是仲秋,而"胡天"却下起雪来了,这

都说明天气寒冷的特点。第二,在一般情况下,草是矮小而柔软的,风一吹,最多就是望风披靡而已。俗语说,墙头草,风吹两面倒。倒而不折是草的一般特点,而这里却"折"了,表明非常干寒,草已枯得发脆了。岑参在另一首诗《胡笳歌送颜真卿使赴河陇》中就写过"北风吹断天山草"。这里的"天山草"明显是泛指。岑参很善于抓住事物的细节特点,以激发读者全面的联想。在《走马川行》中,他这样写风:"轮台九月风夜吼,一川碎石大如斗,随风满地石乱走。"连石头都被吹得乱动起来,可见风有多么猛烈了。又如"马毛带雪汗气蒸,五花连钱旋作冰",天气异常寒冷,冷到连马毛上都蒸发着汗气,这是在寒冷中激战的效果。这已经很有特点了,但更有特点的是,刚刚冒出来的汗水又结成了冰。在这一点上,岑参很有魄力。

这首诗的第二个特点是善用比喻。"忽如一夜春风来,千树万树梨花开"这一千古名句为什么有这么强的生命力呢?就是因为,这种比喻不是一般的比喻,一般的比喻大抵都是近取譬。而把雪花比作梨花,在联想上属于远取譬。因为雪花是冬天的景象,而梨花则是春天的景物,所以在时间上相差比较远。在英语中,雪花是 flake,只是扁而薄的小小一片或一层,连木头屑也属这一类: a small piece; a bit(一小片);a small crystalline bit of snow(一片小而透明的雪片),和花可以说是毫无关系。但是在汉语中,雪花的联想意义已经固定了,自动化了,缺乏新鲜感了,因此有才华的诗人很少用花来作比喻。《世说新语》载,一天下大雪,谢安问他的子侄如何形容。侄儿说"撒盐空中差可拟",把雪花比作盐。谢安的侄女谢道韫说"未若柳絮因风起"。显然,柳絮的比喻比较好。当时就没有人往花上想。李白著名的比喻是"燕山雪花大如席"。虽然前面已经说是"燕山雪花"了,但他还是不屑于在"花"上打主意,而宁愿把雪花比作席子。杜甫的《对雪》更是有意不和花沾边:"北雪犯长沙,胡云冷万家。随风且间叶,带雨不成花。"说它根本就不像花,比说它像花更新异。

当然,用花来比喻雪的诗句还是有的,只是不直接用"花"字,而是用"花"的原字"华"字。因为"华"往往和"丽""贵""彩"等相关联。和雪比较近的联想是梅花,唐太宗的宫体诗中形容雪"泛柳飞飞絮,妆梅片片花"和柳絮、梅花相联系,这就像俄国形式主义者所说的"自动化"的联想。李白的宫词中有"寒雪梅中尽"一句。雪花和梅花的时间距离比较小,是近取譬,因为梅花在冬天的雪中开放,直到毛泽东的《咏梅》也还是如此。而梨花,要到早春才开放。岑参在联想时间的距离上作出了突破,就有了俄国形式主义者所说的"陌生化"的效果。这里不是一般的陌生化,而是强烈的陌生化。因为:第一,不是很微观的雪花和梨花,而是宏观大背景上的"千树万树"。第二,一般的梨花是陆续开放的,有一个过程;而岑参诗中的梨花,则是突然绽放的,"忽如一夜春风来",有眼前猛然一亮之感。这是心灵惊异的一种发现,其动人之处,不仅仅是雪花如梨花一样美,而且是心灵和感官为之一新的感觉。这种一刹那的感觉,若不是被诗人捕捉到,不当作珍贵的发现,一般人很快就会把它遗忘了。

这是一首古风,却不像一般古风那样用乐府古题,如《战城南》《关山月》《折杨柳》《北风行》《长相思》等。因为用古题,往往要因循古意,而岑参喜欢自己命题,不但在内容上相当自由,而且在形式上、句子的多少和长短上,都比较随意。这可以说是一种古典的"自由诗",有时叫作"歌",如岑参就有《白雪歌》《火山云歌》《轮台歌》,白居易有《长恨歌》;有时叫作"行",岑参写过《走马川行》《热海行》,白居易有《琵琶行》。文学史上统一叫作"歌行体"。

名曰"白雪歌",就是要集中写雪。诗中直接点到"雪"的有四处,以上是第一次,当然是表现白雪之美。

岑参的诗对唐诗中雪的美感有所发展。

在盛唐前的诗歌中,风花雪月是传统主题。有打油诗曰:"春游芳草地,夏赏绿荷池。秋饮黄花酒,冬吟白雪诗。"有诗话说,如果不准在诗中用"风花雪月"等语词,诗人就不会写诗了。把雪作为冬天的景观来欣赏已成了俗套。从皇帝到王公大臣、文人学士,都以雪为美,以"对雪""喜雪""赏雪"为题者甚多,还有不少奉命与皇帝唱和来赞美雪景之美,带着强烈的贵族和士大夫气息。雪在他们笔下,是一种美丽的景观,雪不会带来寒冷的感觉,相反倒是增添了温暖的诗意。李白的《秋浦清溪雪夜对酒》中有这样的句子:"披君貂襜褕,对君白玉壶。雪花酒上灭,顿觉夜寒无。"最多不过像杜甫《对雪》那样,想到了"战哭多新鬼,愁吟独老翁。乱云低薄暮,急雪舞回风。瓢弃樽无绿,炉存火似红。数州消息断,愁坐正书空",这里的雪不再是美妙的风景,而是令人想起远方战场上的牺牲者,不由得悲从中来。从悲壮的、牺牲的角度来感受雪,表现了难能可贵的平民意识,即使"急雪舞回风"也没有多少美妙的曲线,而是引发了悲郁的感觉。不从士大夫的角度来看,平民意识使诗人觉得雪不是那么浪漫的,而是和生命的苦难密切相连。

而岑参从战争的现场写边疆将士感觉中的雪,雪仍然是美的,但不是李白式的浪漫和温暖。他既没有回避寒冷的感觉,也没有杜甫那样的悲苦之感,而是一种以苦寒为美的豪迈感觉。可以说,这是岑参对唐诗中苦寒美感的一种开拓。

接下来的苦寒之美,不在大自然的广阔视野中了,而是到了将军的帐幕中。这样的空间跳跃性很强,但也很自然,只用了"珠帘"和"罗幕"两个意象,就过渡到将军们的感觉中。一个"湿"字,点出了这里的温度稍高,但还是寒冷的,贵至将军也不能免。

"狐裘不暖锦衾薄"这一句尚不能算是特别出格,只是一般生活上的寒冷,和中原的寒冷没有本质上的差异。"将军角弓不得控,都护铁衣冷难着",只用"角弓"和"铁衣"这两个细节,就写出了苦寒之美的第二个方面,这和前面千树万树的梨花相比是另外一种境界。冷到武功都很难正常施展,但却没有苦的感觉,只有雄豪的感觉。在"瀚海阑干百丈冰"的背景下,将军们的情绪如何呢?"愁云惨淡万里凝"表明云的性质是沉郁的,而且笼罩着、凝固着一切。这可真与杜甫所想象的雪的愁苦有一点相近了。但接下来,却是一片欢乐的美景:"中军置酒饮归客,胡琴琵琶与羌笛。"环境是严酷的,但是,生活的乐趣带着地方色彩,战地自有战地的欢乐情调。这种欢乐,又和高适的"战士军前半死生,美人帐下犹歌舞"有所不同,没有上层下层苦乐的对比,而是欢送回到中原者的联欢,三种乐器并列,连形容词都没有,就加强了欢腾、热闹的氛围。这时的情绪已经从"铁衣"和"角弓"的艰难中转化为轻松了。意脉的变化,至少可以避免单调。紧接着就点明了严峻的寒冷环境:"纷纷暮雪下辕门,风掣红旗冻不翻。"这里又一次点到了雪。

诗的题目是雪,到这里已经三次点到雪。第一次,开头是满天飞雪,在大自然的广袤空间中。接着是珠帘、罗幕之间的雪,转移到帐幕内,是置酒欢送的场面。第三次是辕门、红旗上的飞雪,过渡到送别的场面。三次点到雪,表面上是静态的雪,实质上是观感的空间转移,省略了一系列过程,保证抒情不受复杂的叙事干扰。如此精练,得力于细节选得精粹。雪下在辕门,难道别的地方就没有雪吗?当然有,但不在送别现场,不在心灵关注的焦点,就被省略了。辕门外寒冷到什么程度,只要在旗帜上表现就够了。旗帜的特点是飘扬的,但这里却飘不起来了,天气的严寒不言而喻。从这里,又一次体会到了岑参选择细节的功力。第四次点到雪:"山回路转不见君,雪上空留马行处。"连送者和被送者的场面,送别的过程和语言,也全部留在空白中,只突出雪上的马蹄印痕。这第四次点到雪,同时也是第四次空间转移。

古风歌行往往是直接抒情的,但这里没有直接的抒情,诗人的匠心是用无声的画面来提示不可直观的感情。感情不在画面本身,而在画面之外那凝神的眼睛,在友人消失之后仍然怅然凝视。而追随着友人身影的目光被省略了,这才使马蹄的印痕的静态,表现出心绪中微妙的、难以觉察的微波。这种手法在唐诗中比较常见,如李白的《送孟浩然之广陵》:"孤帆远影碧空尽,惟见长江天际流。"李白直接写了目送孤帆远影,直到消失,仍然凝望着流往天际的江水,暗示诗人为别离而怅然。李白强调的是"惟见",岑参强调的是"不见",雪上的马蹄是空的,但是情感却不空。这一"空"字,蕴含着作者独特的艺术匠心。

以无声的画面来抒情,在小说、散文中是常见的,而在现代电影中则用得更多,所谓"空镜头",其功能常常就是抒情。

与李白相比,在运用空白画面来抒情方面,岑参有过之而无不及。

古典诗话多将岑参与高适比较,好像成了一种思维定式。其实,比较只需一点相通,四面八方,无不可比。故本文有意与李白、杜甫,甚至李世民相比,以显示"比较"作为方法,贵在不拘一格。

二、静态构图美

使至塞上 王维

单车欲问边,属国过居延。
征蓬出汉塞,归雁入胡天。
大漠孤烟直,长河落日圆。
萧关逢候骑,都护在燕然。

开元二十五年(737),河西节度副大使战胜吐蕃,唐玄宗命王维以监察御史的身份出塞宣慰。监察御史是御史台的察院属下的官,正八品上,品秩很低。因此,这一任命在政治上算不得重用,但对于三十多岁的王维来说,却是一个开拓感觉、想象、体验、欣赏境界和精神生活的大好机遇。习惯于安富尊荣的京城生活,第一次远离中原繁华之地,深入北方荒凉的不毛之地,他能够感受到另一种美的境界吗?如果他的美学感受有足够的开放性,用什么样的形式来表现才好呢?他在表现英雄主义的豪迈气概时,用过比较自由的歌行体,如《老将行》:"少年十五二十时,步行夺得胡马骑。射杀中山白额虎,肯数邺下黄须儿。一身转战三千里,一剑曾当百万师。"他的《少年行》中有"新丰美酒斗十千,咸阳游侠多少年。……汉家君臣欢宴终,高议云台论战功。……出身仕汉羽林郎,初随骠骑战渔阳。孰知不向边庭苦,纵死犹闻侠骨香"等,但那些基本上只是想象,只是豪言壮语而已。虽然文采风流,却缺少严峻的实感。这一次是真的上前线了,强烈的实感,是不是还能那么浪漫呢?

开头两句,平淡得有点像平铺直叙,好像只交代了远去边疆,目的地很遥远而已。如果不是五言句式,不是平仄交替,似乎可以说不太像诗。但其中的韵味,是有一点讲究的。王维原官右拾遗(从八品上),这次的监察御史,也不过高了一品。官虽不大,但毕竟是皇帝任命慰劳西部边陲大获全胜的将士的特派大员,应该有相当的排场吧？但是没有。其中有一个字很值得注意,那就是"单车欲问边"中的"单"字。这位中央大员出巡边疆,居然是"单车",好像很不得志的样子,有学者认为这是有关当局有意借此"将王维排挤出朝廷"①。其心情之沉闷,从这个"单"字中略见端倪。接下去是"属国过居延"。"属国"是"典属国"的简称②,这里是指自己。典属国是秦汉时的官名,管理小国(归附的少数民族)事务的。据宋徐天麟《西汉会要》载,其俸禄二千石,与太子太傅、京兆尹(掌治京师,相当于如今的北京市市长)等官拿一样的工资③,按理薪俸是不低了,但可能实际地位不高,所以王维在《陇头吟》中就提到过"苏武才为典属国,节旄空尽海西头"。王维在这里自称"属国",不是自谦,而是牢骚。

有人在赏析这首诗开头两句的时候,这样写道:"'单车欲问边',轻车前往,向哪里去呢？'属国过居延',居延在今甘肃张掖县西北边塞。"④这叫鉴赏吗？对于诗中的奥妙,一点儿感觉都没有。还有一种文风,就是古典诗话中流行的——只说个感觉,例如《唐诗直解》:"此等诗,才情虽乏,神韵有余。"才情乏在哪里？神韵又余在哪里？都是只讲印象,不讲道理。为什么呢？他们没有把王维当成一个大活人,没有把王维还原到当时的文化政治环境中去,因而也就只能停留在字面上,用一些常识来搪塞读者。

懂得了王维身为大员又无排场的原因,才能懂得为什么国家军队很争气,打了大胜仗,而一个中央大员,王命在身,前往庆功,却一点兴奋感、自豪感都没有。把自己比喻为征蓬,王维身上的贵族气荡然无存,好像身不由己的平民,不能驾驭自己的命运,随风飘荡,沿途那么多景观,他都没有感觉,却只看见"归雁"往"胡天""归"去。这当然与自己离别中原家国有关,因情取景,情因景发。严格说来,用这样的景表达这样的情,不能说很有创造性。飞蓬、归雁,在唐诗中早成俗套了。可能就是这个原因,给一些粗心的诗评家以"才情"有点"乏"的感觉。但从总体上来说,王维在唐代诗人中是比较全面的,《岁寒堂诗话》以为他的律诗可与杜甫比美,而古体可与李白比美,历代诗话家对他的评价都很高。⑤从艺术成就的全面性来说,他仅次于李白、杜甫,而高于白居易、杜牧、李商隐。可是,即便是一个天才诗人,也不可能每一句诗都写得很杰出,免不了有些弱笔,甚至败笔。王维这一联,应该是比较弱的。如果一直这样弱下去,那么这首诗的水平就可能一般了。但是,王维毕竟是王维,下面突然来了一联神来之笔:

大漠孤烟直,长河落日圆。

这无疑是千古名句,得到历代诗话家的一致称赞。《而庵说唐诗》:"'大漠''长河'联,独绝千古。"《良贤清雅集》:"'直''圆'字,十二分力量。"⑥

众口一词都说好,但好在什么地方,一千多年来,那么多诗话家,却几乎没有人能够说清楚。《唐诗评选》说:"用景写意,景显意微,作者之极致也。"《闻鹤轩初盛唐近体读本》认为这两句"写景如生,是其自然本色中最警亮者"。《䌷斋诗谈》说:"边景如画,工力相敌。"说来说去,观点都是一样的,就是诗人写景写得真实。但是有人又提出疑问,说这景好像不太真实。《唐诗广评》引蒋仲舒曰:"旷远之界,孤烟如何得直,须要理会。"这个"理会"是什么意思？这位蒋先生说得很含糊,几乎没有人能够回答,只有《唐诗解》回答说:"夫理会何难,骨力罕敌。"但"骨力"是什么？在哪里？还是含糊不清,一般读者没有办法"理会"。概念缺乏严密的内涵是中国传统诗话的一个弱点。就连曹雪芹对这个问题,也只能借助人物之口谈谈感觉。《红楼梦》第四十八回:"'大漠孤烟直,长河落日圆',想来烟如何直？日自然是圆。这'直'字似无理,'圆'字似太俗。合上书一想,倒像是见了这景的。要说再找两个字换这两个,竟再找不出两个字来。"曹雪芹不太理会什么写景,干脆说,如果光用写景来衡量,可能是"无理"的。这里有一个关键词"无理"。艺术是心灵在形式的审美规范挟持下进行的创造,是不能单单用理性去比照的。诗人的视觉是超越理性和感觉的原初状态的。

"大漠孤烟直"之所以生动感人,当然与写实有关,但并不是说,只要超越写实,就不艺术、不美了。诗的形式特征决定了它必须想象和虚拟。这首诗是抒情的,不完全是以写实感人,而是以情感人。即使表面上是写实,其中必然是经过情感同化了的。"直"和"圆"构造出的画面,有一种无限开阔的空间,一种苍凉宏大的视野。征蓬、归雁,都带着隐含的悲凉,因为征蓬、归雁带来的空间感,不是文人狭小庭院式的悲哀,而是充满在广阔天宇之中,须仰视才能充分感受到。到了大漠孤烟、长河落日,空阔从天空转向地面,天地连在一起。烟之直,其实也不一定要用当年的狼烟的物理性能来作证⑦,诗人完全有权在想象中创造。

王维不仅是位诗人,还是位画家。他总觉得自己绘画的才能超越了写诗,他自己说过"宿世谬词客,前身应画师"(《偶然作六首之一》)。苏东坡说他"诗中有画,画中有诗"。所以诗话家说他"边景如画"。

在这里,王维经营了一幅美好的画面,恰恰又是一首好诗,诗与画实现了和谐统一。因为这里的孤烟是一条垂直线,长河是一条水平线。在绘画上,垂直景观属于静态稳定性质的构图。这种静态构图,提炼得如此单纯,连征蓬、归雁都消失了,连白云、黄沙也视而不见,留给读者的,就是一个空阔的宇宙,一个静态的画面。一纵(孤烟)一横(长河),本来宁静得有点单调,一加上落日圆弧,就比较丰富了。这种丰富,不仅仅是形式上的,而且包含着内容上的。孤烟,是狼烟,是战争的烽火,是紧张的警报,却用静态的垂直构图来表现,就构成了一种张力。画面的稳定感和形势的紧张感结合,形成了一种紧张与宁静交融的境界。这种境界不完全是自然风光,而是诗人内心对战争形势感受的净化。从征蓬的无归宿感变成了苍凉的美感,是诗人少年豪迈之气向中年苍凉之气的拓展。不从艺术家风格的发展和丰富去考虑,单纯从烽烟是否能直去衡量,是不得要领的。我们分析这首诗至少要考虑四个因素:一、外部景物之特性;二、内心苍凉之气的外溢;三、天才画家以静态构图和紧张的战争氛围拉开审美距离;四、诗歌对仗技巧对"直"和"圆"的活用。这四者的猝然遇合构成了艺术之美的创造。

最后两句表面上看比较平静,但暗含着一个突然的意脉的转折。前面不但画面是宁静的,而且诗人的心态也是凝神的。可是侦察兵(候骑)来了,得知距离目的地还很远,而那里正是历史上英雄人物建功立业的疆场,诗人的心情为之一振。

从整首诗歌来看,全诗意脉经历了三个层次的变化:第一层次,单车问边的孤独感。第二层次,宏大苍凉的宁静感。第三层次,宁静凝神被中止,对军旅的前瞻、孤独的失落淡化,中央王朝大员的心灵为职务角色的感觉所充溢。

三、语气参差美

凉州词　王之涣

黄河远上白云间,一片孤城万仞山。
羌笛何须怨杨柳,春风不度玉门关。

历代诗话对这首绝句都作出了极高的评价,有的甚至将之列入"压卷"之作。沈德潜《唐诗别裁》说:"李于鳞推王昌龄'秦时明月'为压卷,王元美推王翰'葡萄美酒'为压卷。王渔洋则曰:必求压卷,王维之'渭城'、李白之'白帝'、王昌龄之'奉帚平明'、王之涣之'黄河远上',其庶几乎!而终唐之世,绝句亦无四章之右者矣。"[⑧]压卷,就是最好。说此诗为唐诗压卷,有点绝对化,如果排除了绝对因素,说它是唐诗绝句中第一流的作品,应该是肯定的。

这首诗自写成以来,不但诗评家们一致叫好,连民间也大为盛行,广为传唱。《集异记》中有这样一个有趣的故事:

开元中,诗人王昌龄、高适、王之涣齐名。时风尘未偶,而游处略同。一日,天寒微雪,三诗人共诣旗亭,贳酒小饮。忽有梨园伶官十数人登楼会宴,三诗人因避席隈映,拥炉火以观焉。俄有妙妓四辈,寻续而至,奢华艳曳,都冶颇极,旋则奏乐,皆当时名部也。昌龄等私相约曰:"我辈各擅诗名,每不自定其甲乙,今者可以密观诸伶所讴,若诗入歌词之多者,则为优矣。"俄而一伶拊节而唱,乃曰:"寒雨连江夜入吴……"昌龄则引手画壁曰:"一绝句。"寻又一伶讴之曰:"开箧泪沾臆……"适则引手画壁。曰:"奉帚平明金殿开……"昌龄又引手画壁曰:"二绝句。"之涣自以得名已久,因谓诸人曰:"此辈皆潦倒乐官,所唱皆巴人下俚之词耳。岂阳春白雪之曲,俗物敢近哉!"因指诸妓之中最佳者曰:"待此子所唱,如非我诗,吾即终身不敢与子争衡矣。脱是吾诗,子等当须列拜床下,奉吾为师。"因欢笑而俟之。须臾,次至双鬟发声,则曰:"黄沙远上白云间……"之涣即揶揄二子曰:"田舍奴,我岂妄哉!"因大谐笑。诸伶不喻其故,皆起诣曰:"不知诸郎君何此欢噱?"昌龄等因话其事。诸伶竞拜曰:"俗眼不识神仙,乞降清重,俯就筵席。"三子从之,饮醉竟日。⑨

一首诗能被当时不同阶层的读者欣赏,又经过上千年的评论家评论,其艺术上的成功,从理论上说,应该是能够说得清楚的。但事实并非如此,有时甚至恰恰相反,感觉上,虽然越来越清楚,大家都觉得这首诗无疑是杰作,但从道理上讲起来,却是迷迷糊糊。

《万首唐人绝句》的编者提出:"此诗各本皆作'黄河远上',惟计有功《唐诗纪事》作'黄沙直上'。按玉门在敦煌,离黄河流域甚远,作'河'非也。且首句写关外之景,但见无际黄沙直与白云相连,已令人生荒远之感。再加第二句写其空旷寥廓,愈觉难堪。乃于此等境界之中,忽闻羌笛吹《折杨柳》曲,不能不有'春风不度玉门关'之怨词。"⑩

表面上是一字之争,实质是关于诗的写实性还是虚拟性的分歧。《唐诗纪事》作者的意思是,诗歌写的是玉门,而玉门离黄河很远,所以首句说"黄河"是不对的,应当是"黄沙"才符合"关外之景",是真实的。而真实的,才是美的。但是,千年以来多数版本为"黄河",读者并没有因为这种不"真实"而感到遗憾。当然,改成"黄沙",实写关外之景,黄沙直上白云,天地一片浑浊,"荒远"之感相当真切,也不能说不好。但这个写关外之景的标准,是以作者的生理视觉为限的。如果以这个标准去衡量"一片孤城万仞山",那么,万仞山中的一片孤城,在漫天黄沙之中,如何能看得见呢?而"关外之景"

与"黄河",凭借生理的视觉的确不可能见得,但是以诗的想象和虚拟,则天经地义。诗歌感人的力量并不仅仅来自写实的画面,作为一种艺术形式,它比其他任何艺术形式更加依赖假定、想象来超越现实,如果拘泥于写实,诗人的主观感情就难以渗透在客观的情景之中而得到自由发挥了。"黄河远上"虽然可能不是写实的,但却是诗人心灵的视觉凌空蹈虚的想象。相比起来,"黄河远上"可能比之"黄沙直上"心境要更为开阔一些。正如李白写庐山瀑布"海风吹不断,江月照还空"不是写实一样(庐山下临鄱阳湖,离东海和长江还远得很呢)。而徐凝的"虚空落泉千仞直,雷奔入江不暂息。今古长如白练飞,一条界破青山色",应该是写实得很了,但是,与李白的诗相比,在想象力上,在意境、格调、胸襟上,均不能同日而语。这就说明,诗歌的艺术准则不是写实与否,而是情感与景观的猝然遇合、交融,虚拟的自由,意境的创造。

从绝句的结构来说,最重要的,是第三、第四句。前面两句是写景,下面两句如果再写景就呆板了。前面两句是陈述句,下面两句如果再陈述,情感的自由就可能受到影响。所以,比较杰出的绝句,第三句、第四句往往在句式上有所变化,从陈述句变成疑问、感叹、否定、条件复句的比较多。⑪这是因为,这种句式主观情感色彩比较强烈。如前面所引的所谓唐诗"压卷"之作如:

王昌龄《出塞》:

秦时明月汉时关,万里长征人未还。
但使龙城飞将在,不教胡马度阴山。

第三句是条件句,第四句是否定句。

王翰《凉州词》:

葡萄美酒夜光杯,欲饮琵琶马上催。
醉卧沙场君莫笑,古来征战几人回。

第三句是否定句,第四句是感叹句。

王维《渭城曲》(一作《送元二使安西》):

渭城朝雨浥轻尘,客舍青青柳色新。
劝君更尽一杯酒,西出阳关无故人。

第三句是祈使句,第四句是否定句。

李白《早发白帝城》(一作《白帝下江陵》):

> 朝辞白帝彩云间,千里江陵一日还。
> 两岸猿声啼不住,轻舟已过万重山。

第三句也不完全是否定句,但是"流水句"。

王昌龄《长信秋词》(其三):

> 奉帚平明金殿开,且将团扇共徘徊。
> 玉颜不及寒鸦色,犹带昭阳日影来。

第三句是否定句。

而王之涣这首,第三句是感叹句,第四句是否定句。

这不是偶然的,因为绝句只有四句,如果都是陈述的肯定句,那便单调而无起承转合的丰富变化。更主要的是,一味陈述,就可能成为被动描绘,主观的感情很难得到激发。《唐诗摘抄》拿来和李益《夜上受降城闻笛》相比的王昌龄《从军行(之一)》是这样的:

> 烽火城西百尺楼,黄昏独坐海风秋。
> 更吹羌笛关山月,无那金闺万里愁。

李益《夜上受降城闻笛》则是:

> 回乐峰前沙似雪,受降城外月如霜。
> 不知何处吹芦管,一夜征人尽望乡。

这两首杰作的句法变化很明显:王昌龄的第四句是否定句,李益的第三句是否定句。感情色彩就是从这里开始转折的。这是一种规律,许多杰出的绝句都合乎此一规律。《唐诗别裁》的作者沈德潜认为:这两首和王之涣的相比,"然不及此作,以其含蓄深永,只用'何须'二字略略见意故尔"。王之涣的这一首要好一些,是因为用了"何须"。作者的艺术感觉是相当准确的,因为有了这"何须"二字,这首绝句就从描绘图景转为了抒情。诗人听到《折杨柳》这支流行曲子,如果下面就直说它引起了战士的乡愁:羌笛忽闻怨杨柳,春风不度玉门关,似乎也可以说是"并同一意",但是,绝句的意境和韵味就差得多了。"何须"是反问,是何必的意思。诗人的这个问题是没有道理的,也不想有人回答,完全是诗人内心无可奈何的感慨。

　　诗中的"杨柳"是双关语,既是音乐的曲调,又是现实的杨柳。"怨"和"杨柳"联系在一起,既是《折杨柳》的曲子中有哀怨(本来是离别的哀怨,因为"柳"与"留"谐音,引申为思乡的哀怨),又是埋怨杨柳不发青。如果只是由折柳引起乡思,不算是多大的创造,因为用《折杨柳》引发思乡的情感,在唐诗中是比较通用的意象。如李白《春夜洛城闻笛》:

　　　　谁家玉笛暗飞声,散入春风满洛城。
　　　　此夜曲中闻折柳,何人不起故园情!

　　唐诗中,以折柳为题的,大都是送别主题,李白把它转化为了思乡(故园情)。王之涣这一首的好处是,语义不像一般的乡情那样单纯,既从折杨柳引发乡情,又埋怨杨柳不发绿,双关之妙,妙在意义复合。再加上"何须"也是意义复合的,既是对大自然的无可奈何,又是对自己征戍命运的无可奈何。最后一句"春风不度玉门关",显然不是客观事实,玉门关外也有春夏秋冬,但是在戍边战士的感觉中,这个荒寒的地方似乎是没有春天的。这是一句感情色彩极浓的话,实际上是一句直接抒情。如果没有前面的"何须",后面说春风永远不会来,就可能显得突兀。

四、视听交替美

从军行　王昌龄

　　　　青海长云暗雪山,孤城遥望玉门关。
　　　　黄沙百战穿金甲,不破楼兰终不还。

　　王昌龄的《从军行》是组诗,一共七首。从艺术上来说,这首与前面王之涣的那首有同样的优点,尤其是其中第二首:

　　　　琵琶起舞换新声,总是关山旧别情。
　　　　撩乱边愁听不尽,高高秋月照长城。

　　这是唐诗中的上乘之作。边疆战士的边愁,从听觉的变动(换新声),到凝望秋月的视觉静止的图画,从撩乱到凝望,在微妙的对比中,充满了精致的感觉。至于第一首:

>烽火城西百尺楼,黄昏独坐海风秋。
>
>更吹羌笛关山月,无那金闺万里愁。

和王之涣的一样,也用了音乐曲调,甚至也是羌笛,但用的是《关山月》。这也是双关的,既有"高高秋月"悬挂于关山之上的辽阔的视觉,也有音乐高亢的听觉。不过这里的思乡已经具体到了闺情上。而其他各首均是比较豪迈的。如:

>关城榆叶早疏黄,日暮云沙古战场。
>
>表请回军掩尘骨,莫教兵士哭龙荒。

这类诗,正面写牺牲,但不写尸骨遍野,而写申请"回军"(重新回来)掩埋,说不能让活着的兵哭,实际上回避了部队已经哭过的正面描写。真可谓壮中有悲,相当浑厚。

与这首诗相反,本文开头所引的第一首诗,有一种豪迈的英雄气概。这在唐诗中是比较难得的。诗人并没有盲目乐观,将形势的危急写得很充分:一方面,背景是昏暗的。长云,是一种什么样子的云呢?横在天际的云。长到什么程度呢?把雪山都遮蔽了,因而天色就比较昏暗了。就在这样的背景上,战士所在的地方,又是孤城,是被围困的,不但远离中原,而且远离玉门关,可见形势何其凶险。但是,战士们一点也不悲观,甚至连牺牲都没有想到,即便金甲破了也不改其志,把浴血奋战的悲壮都隐藏在幕后,把昏暗的背景放在台前,甚至还强调突出了孤军奋战的困境,但他们仍然这样乐观坚定。这是唐代所特有的英雄主义的崇高格调,是很值得珍视的。当然,具有同样崇高格调的不止这一首,如前面提到的《出塞》:

>秦时明月汉时关,万里长征人未还。
>
>但使龙城飞将在,不教胡马度阴山。

但相比起来,在格调上可能稍逊一筹。汉代飞将军李广当年威镇匈奴,其实名声很大,但丰功伟绩老是轮不到他,故王维在《老将行》中就说过:"卫青不败由天幸,李广无功缘数奇。"匈奴虽然怕他,可他运气很差(当然也有汉代制度的问题),功劳都给别人立去了。这样的用典,多多少少是有一点遗憾的。

注:

① ④《唐诗鉴赏辞典》,上海辞书出版社1983年版,第162页。

② 有人认为,"属国过居延",是"过居延属国"的倒装,"属国"指附的小国。据《后汉书·郡国志》,凉州有张掖、居延属国。

③ 见该书卷三十七《职官七·秩禄》。

⑤⑥ 详见陈伯海主编《唐诗汇评》(上),浙江教育出版社1995年版,第227页、322页。

⑦ 清赵殿成注曰:"或谓边外多回风,其风迅急,袅烟沙而直上。亲见其景者,始知'直'字之佳。"(《王右丞集笺注》)朱东润先生主编的《历代文学作品选》注曰:"内蒙接近河套一带,从初秋到春末,经常为高气压中心盘踞之地,晴朗无风,近地面温度特高,向上则急剧下降。烟在由高温到低温的空气中愈飘愈轻,又无风力搅乱,故凝聚不散,直上如缕。"等等。说法不同,但都是以地理气候原理来解释。

⑧⑨⑩ 见陈伯海主编《唐诗汇评》(中),浙江教育出版社1995年版,第1355页。

⑪ 孙绍振《审美价值结构与情感逻辑》,华中师大出版社2000年版,第281—297页。

田园诗：没有外物负担和心灵负担的境界

饮　酒（其五）　陶渊明

结庐在人境，而无车马喧。
问君何能尔，心远地自偏。
采菊东篱下，悠然见南山。
山气日夕佳，飞鸟相与还。
此中有真意，欲辨已忘言。

　　要真正品出陶诗的纯真韵味来，有一点要明确：他的诗虽然属于抒情诗，但与我们熟悉的一般抒情诗不太一样。一般抒情诗所抒发的感情，往往是激烈的感情，把话说得很极端。王之涣的《凉州词》"羌笛何须怨杨柳，春风不度玉门关"。王昌龄的《出塞》也一样："但使龙城飞将在，不教胡马度阴山。"王翰的《凉州词》更是彻底："醉卧沙场君莫笑，古来征战几人回。"王维的《送元二使安西》则宣称："劝君更尽一杯酒，西出阳关无故人。"而陶渊明的诗，都好像没有什么激情似的：

　　结庐在人境，而无车马喧。

　　诗人一点也不激动，对生活中的一切，他都没有什么感觉。没有感觉，似乎是没有感动。没有感动的诗怎么能动人呢？这就有陶渊明的特点了。这种特点，还表现在另一个方面，就是他的语言，不像一般诗作那样语词华丽，而是相当朴素。中国诗歌的传统向来是讲究比兴的，而这里既没有比喻，也没有什么起兴的手法，几乎就是平静的叙述：

> 问君何能尔,心远地自偏。

这是从心理效果上来表现心灵的宁静,为什么把房子建筑在人境,却感受不到车马之喧呢?因为身躯虽然在,心灵却已经和现实拉开了距离。难得的是,这种心理效果本来有不同凡俗的一面,但诗人却表现得非常平静。和这种与现实拉开距离的情况相反的是王勃的"海内存知己,天涯若比邻"。因为心灵沟通,所以地理距离再远,也不觉得远。但是,王勃所抒发的感情是强烈的:

> 海内存知己,天涯若比邻。
> 无为在歧路,儿女共沾巾。

离别的两个人同病相怜,本来感动得很,但强忍住了眼泪。这里,诗意来自激情,但并不是只有激情才有诗。另外一种类型的感情是不太激动,不太强烈,但也是诗。陶渊明的诗情好就好在用朴素的语言刻意营造一种安宁的诗意氛围。这就是陶渊明对中国诗歌史的贡献。这一点朱光潜先生特别欣赏,他甚至认为,"艺术的最高境界都不在热烈",古希腊人"把和平静穆看作诗的极境"。当然鲁迅不太同意。认为过分执着于热烈的情感,是可能导致自我蒙蔽的。

陶渊明不当官,觉得农村的环境令人心情舒畅,但这并不意味着一定要回到农村去,虽然"结庐在人境",把房子建在闹市区,哪怕是南京路、王府井,他也听不到汽车的声音。

读这首诗比较容易忽略的是,几个关键词语之间都有相互照应的关系,形成一种有机的、潜在的意脉。如"庐",一般的注解就是住宅。如果满足于这样的解释,就不太懂诗了。这个字,可以意会为简陋的居所,往往和茅草屋顶联系在一起。这个"庐"字和后面的"车马"是对立的。车马在当时是很有钱的、地位很高的人家才有的。这里潜在的意味,不是一般地把房子建筑在闹市。它还有一层意思,即虽然"我"的住所很简陋,但是不管多么华贵的车马,"我"都没有感觉。因为,"我"的心离得很远。"心远"不是人远,事实上,诗里显示的是,人是很近的。正是由于人近,才显出了心远的反衬效果,构成一种非常悠然、飘然、超然的境界。

> 采菊东篱下,悠然见南山。

这是千古名句,品位极高,后世没有争议。但是,好在哪里,却说得并不很到位,还有一些争论:"悠然见南山"的"见",在《文选》《艺文类聚》本中曾作"望",《东坡题跋》对这个"望"字严加批判曰:"神气索然矣。""望南山"和"见南山",一字之差,为什么会有这样大的反差?在我看来,"见南山"是无意的,它暗示诗人悠然、怡然的自由心态。"望南山"就差一点,因为"望"字隐含着主体寻觅的动机。陶诗的特点,随意自如,有了目的,就不潇洒、不自由了。

需要注意的还有两个意象:一个是"篱",一个是"菊"。"篱"和"庐"相呼应,简陋的居所和朴素的环境,是统一的、和谐的;但是朴素中有美,这就是菊花。这个意象,有着超越字面的内涵,那就是清高。这种清高,没有自我感觉、自我炫耀的意味,而是悠然、淡然、怡然、自然的存在。在陶渊明所处的时代,诗坛上盛行的是华贵之美,华彩的辞章配上强烈的感情是一时风气。但是,陶诗开拓的是简朴之美。越是简朴,就越是高雅;相反,越是华彩,就越是低俗。在这里,越是无意,越是自由,也就越是淡泊;而越是有意,感情就越可能强烈、华美,就越可能陷入俗套。

联系陶氏的《桃花源记》,那么美好的一个地方,无意中被人发现了,留下了惊人的美感,但是,有意去寻找,却没有结果。这就是说,超凡脱俗之美、朴素之美,是不能有意寻找的。无意的发现,不是有心的追寻,顺带的、瞬间即逝的、飘然的感觉,却是美好的。然而,正是这种转瞬即逝的感觉,一般人没有感觉的感觉,被诗人发现了。这种无意中的体悟深刻化了,情感就高雅化了,这就是陶渊明的意境。

山气日夕佳,飞鸟相与还。

"佳"字,如果在一般诗歌中,可能显得缺乏力度,但是,好就好在这种字不吃力,与前面无意的、恬淡的情感是和谐统一的。如果不是这样,换用有强烈情感的词语,例如,艳、丽、朗等,就不和谐了,对悠然的意境就有了破坏作用。"佳"虽然是个不太强烈的字眼,但其构成的词语意味却比较隽永。例如佳句、佳作、佳音、佳节、佳境、佳期、佳人、佳丽等,内蕴都比较含蓄,有着比字面更优雅的意味。

这首诗一共十句,都有叙述的性质,谈不上描写,连个比喻都没有。而传统诗歌向来是讲究比兴的,偏偏陶渊明有这样的气魄,进行了一次朴素美感、朴素美文的冒险探索。

朴素,本身并不一定就是美的,从字面上孤立来看,是很平淡的。但平淡之所以能够转化为深沉,主要依靠整体结构,各关键语词之间要有一种内在关联和照应。字里行间,默默地互相补充、互相渗透,构成有机的情感程度上统一的"场"(境)。太强烈的字眼和前面悠然的、飘然的心态不和谐,构不成相互关联的场(境),甚至还可能起到破坏作用。这里所说的意境是内在的、微妙的、若有若无的,它不在语言表层之上,而是既在话语以下,又在话语之中。

"飞鸟相与还"也是很平静的、惯常的景象。它之所以好,就是因为和诗人一样,是没有特别的动机的。不夸张,不夸耀,不在乎是否有欣赏的目光,甚至不关注是否值得自我欣赏。"此中有真意",关键词是一个"真"字。世界只有在这样的自然境界里才是真的,人心也只有在这样自由、潇洒的意态中才是真的。这种境界,妙在是一种全身心的体验,"欲辨已忘言",只可意会,不可言传,很难用语言直接表述出来。一旦想用语言来表达,就是有意了,就破坏了自然、自由、自如的心态,其结果,这种有意本身和自己的本性就是矛盾的,故刚刚想说明,却马上把话语全部忘记了。这说明,诗人无心的自由是多么强大,即使自己都不能战胜。

这种"真"就是人的本真,就是不但没有外在压力,而且更重要的是,没有自我心理负担,甚至没有语言表现的压力。进入这种没有自我心理负担的境界,人就真正轻松自由了。

所以王国维说,"悠然见南山"属于"无我之境"。其特点是"以物观物,不知何者为我,何者为物。……无我之境,人唯于静中得之"。而朱光潜不同意:

> 他的"无我之境"的实例为"采菊东篱下,悠然见南山","寒波淡淡起,白鸟悠悠下",都是诗人在冷静中所回味出来的妙境(所谓"于静中得之"),没有经过移情作用,所以实是"有我之境"。①

实际上,关键不在"有我"还是"无我"(当代西方文艺理论强调,"无我""作者退出作品"是不可能的),而是这个"我"处在什么样的状态下,心里有没有欲望。欲望就是内心最大的负担,这是关键,没有自己加给自己的心理负担,就算是"有我"也是"无我"。摆脱不了自己加给自己的负担,就是"无我"也是"有我"。

不能摆脱心理负担,就不是"真意"了,就是不自由,就是假"我"。

这首诗属于《饮酒》组诗二十首之五,陶渊明自己在前面有个小序,说:

> 余闲居寡欢,兼比夜已长,偶有名酒,无夕不饮。顾影独尽,忽焉复醉。既醉之后,辄题数句自娱。纸墨遂多,辞无诠次。聊命故人书之,以为欢笑尔。

这就是说,这些诗都是酒醉以后所作。"既醉之后"应该是不清醒的,可是这里,没有任何不清醒的感觉。其饮酒的寓意应该是：一、酒后吐真言；二、孤独，取屈原"众人皆醉吾独醒"之语，反其意而用之。在他看来，人生日常的清醒意识，毕竟是一种束缚，不但是束缚，而且像坐牢。这是不是有点夸张？是不是太强烈？

这一点，要到《归园田居》中才能得到解答。

归园田居（其一）　陶渊明

少无适俗韵，性本爱丘山。误落尘网中，一去三十年。
羁鸟恋旧林，池鱼思故渊。开荒南野际，守拙归园田。
方宅十余亩，草屋八九间。榆柳荫后檐，桃李罗堂前。
暧暧远人村，依依墟里烟。狗吠深巷中，鸡鸣桑树颠。
户庭无尘杂，虚室有余闲。久在樊笼里，复得返自然。

《归园田居》其一和《饮酒》其五，都是陶氏的代表作，风格也近似，大体都是直陈，不刻意描写和渲染，都以平静、淡然、飘然、怡然的情致动人。但有一点不同，那就是直接表述自己思想情致的句子比较多。《饮酒》其五中，开头两句还是有意象的（结庐、车马），第三、四句，可以说是直接抒情（问君何能，心远地偏）。接着的四句，都是借助景观意象（采菊东篱、悠然南山、山气日夕、飞鸟与还），最后一句，就全是直接抒情（此中真意，欲辨忘言）。而《归园田居》则不同，借助意象，或者说借助自然景观的句子也是有的，但是更加朴素。它们最大的不同是，《归园田居》中直接抒情的句子比较多。

少无适俗韵，性本爱丘山。

这话说得很直接，甚至有点直白之嫌。直截了当地申明，自己和世俗之人不合拍。但是，这样的直白，又没有成为散文。原因在于一个"韵"字，这个"韵"字用得很奇。"适俗韵"，明显自相矛盾。既然是适俗了，还有什么韵味可言呢？韵，令人联想到诗，联想到高雅的品位，联想到气韵、风度，想到风雅的事——韵事。这里的"韵"，因为超越了世俗，应读作"少无适俗—韵"，其间才有一点比字面更深长的意味。下面"性本爱丘山"一句，说得更直白，好像大白话。以丘山来代替大自然，以自然和世俗相对。下面的语言照旧平白，但平白中，情感的分量更重了：

误落尘网中，一去三十年。

情感的重点在两重矛盾：第一重，明明没有世俗的功利心，但却混迹于世俗之中。这就和自己高雅的心境形成了反差。第二重，把这种自误的处境比作一张网。陶渊明很少滥用比喻，并不以比兴为能事。就这个暗喻而言，它的好处在于暗示束缚无处不在，一旦落入就难以挣脱。他把这种网，叫作"尘网"。尘，是浮尘、灰尘、尘芥、尘沙，均有贬义，喻庸俗肮脏。这是极写自己的精神负担，挣不脱的假日子，违背自己的心愿，真生命在假日子中，居然忍受了"三十年"。统计数字在诗歌中，往往算不得数，但在这里，却是确实的。表现如此长期的精神重负，用的却是平静的语气，"三十年"，三个字，就这么轻松。直到这里，还没有形容，没有渲染。接下去，出现了陶渊明诗歌中很少见到的渲染：

羁鸟恋旧林，池鱼思故渊。

一连用了两个暗喻，第一个暗喻把自己比作羁鸟，受束缚的鸟；第二个比作池鱼，被养起来的鱼。这里，没有明显的愤慨，仍然是平静的诉说。因为这种诉说不是针对外在环境的，而是针对自己的内心说话，自家人说自家事，用不着夸张的姿态和话语。接下来的话语，就更加平静了。

开荒南野际，守拙归园田。

这里点题，因为题目就是"归园田居"。值得注意的是"开荒"一词。直接写体力劳动，这可真是有点大胆了。在他以前，似乎还没有诗人把开荒这样的实用功利行为审美化，上升为诗。他一没有用修辞手法把开荒美化，只是叙述而已；二没有形容自己怀着什么样的高雅心态。相反，他却说自己资质不高，有点笨，因而只能"守拙"而已。下面这两句，就更出格了：

方宅十余亩，草屋八九间。

特别是后面的：

狗吠深巷中，鸡鸣桑树颠。

前面两句简直是流水账，统计数字，本来是最没有感情的。后面两句，把鸡鸣狗吠，都写到诗里来，不是很煞风景吗？但是，在这里，有一种面对贫寒境况的安宁感，面对俭朴生活的自在感。这就有点诗意了。特别是这一句：

> 暧暧远人村,依依墟里烟。

这两句,感觉不明朗,有点模糊,字眼用得很平淡,但却成了千古佳句。因为这里,渗透着更加自然的情致。朦朦胧胧的是远方的村子,轻轻柔柔的是村落里上升的炊烟。这里透露出一种不明晰、不紧张的心态,对无牵挂的生活的专注。这种专注是微妙的,不强烈的,最容易被人忽略,一旦被诗人表现出来,就能触动、唤醒人们许多忽略了、淡忘了的记忆,那没有韵味的立刻就变得有韵味起来。即使韵味被发现了,被唤醒了,诗人的专注也仍然是从容的。下面的关键句是"虚室有余闲"。因为有余闲,所以才从容。

全诗的杰出之处,在以感情极尽夸张、文辞竞为华丽的时代,他却独辟蹊径,发现了另外一种话语的美——朴素。

"久在樊笼里"不是直接道出了牢笼吗?这不是很难受吗?要逃脱这种牢笼,不是需要反抗吗?不是需要斗争吗?这样不是强烈的情绪吗?不。这个牢笼不是外部的,而是内心的;不是物质的,而是精神的;不是他人的,而是自己的。这就是他在《归去来兮辞》中所说的"心为形役",心是自己的,形也是自己的,所以,牢笼就在自身,这就不用逃脱,而是自己解放自己,因而是不难的。"复得返自然",只要恢复自我本性,"自然"的境界就达到了,自我解放就成功了。

《饮酒》其五,开头就说,哪怕住在闹市也无所谓,只要"心远"就成。不一定远离闹市,即便在闹市也可以获得解放,只要远离自己的世俗欲念,就能返璞归真。不但世俗之念,就是不俗的"真"意,也不要劳神去解说。这就是"此中有真意,欲辨已忘言"的深意所在。为这种意境去寻找语言,去动脑筋,就不自然了。一种不被任何外部动机,内在动机所役使的,不强烈的、有意无意的自由情致,渗透在全部细节和意象之中。这种"意"和"象"虽是看得见、摸得着的,却构成了一种看不见的"场"。古代人没有"场"的概念,现代人的"场"的概念是物理的,而古代的类似"场"的概念则是心理的。他们把这种心理的"场"叫作"意境"。

全诗有一系列意象:尘网、丘山、羁鸟、旧林、池鱼、故渊、南野、园田、方宅、草屋、榆柳、桃李、远人村、墟里烟、狗吠、深巷、鸡鸣、桑树、户庭、樊笼。这些都很平常,看似客观罗列,实质上却是主观的,被"意"同化、统一在一种精神境界之中。这种同化是不着痕迹的同化,统一在诗人无意的、从容的、不为任何外部动机和自身内在欲望所役使的一种心境里。这里的大自然平静安然,顺其自然才是真正的自然。真正动人的意境,是无法用语言描述的,这就叫"不着一字,尽得风流","场"或"境"统一着一切。但它以不用语言直接表达出来为上,连诗人的技巧都不能留下痕迹,这样的品位才是神品。在看似平淡的、不显眼的、没有什么诗意的对象上,诗人感觉到一种享受,这种享受的特点,好像是没有享受。多少年来,一直没有人感觉到,他却感觉到了,而且用他自己从容不迫的、宁静致远的风格表现出来了。这就是伟大。

过故人庄　孟浩然

> 故人具鸡黍,邀我至田家。
> 绿树村边合,青山郭外斜。
> 开轩面场圃,把酒话桑麻。
> 待到重阳日,还来就菊花。

这也是一首感情不强烈、以平淡取胜的诗。闻一多说它"淡到看不见诗"。有个朋友拿出一只鸡、一点小米,邀"我"去他家。如果按照强烈感情自然流露的准则,这是明显缺乏诗意的。但它与陶渊明的"狗吠深巷中,鸡鸣桑树颠"有类似的趣味。表面上看是鸡毛蒜皮,实质上却情致自如。故人,老朋友,"老"不是年龄,而是相知之深,深到不拘形迹。没有什么美味佳肴,也可以请客。随意中有一种亲切。这是其一。其二,请客请到哪里去呢?又不是什么华贵的地方,而是"田家"。普普通通的农夫家里,吃,没有什么佳肴,住,没有什么华屋。那还享受什么呢?

首先是风景。风景也没有什么特别。四面都是树,斜斜的青山在城郭外。这应该是一般的景象。虽然景象一般,但是,朋友有兴致,自己也乐意追随。那么到了农家,有什么精彩的事情呢?好像也没有什么精彩的。打开窗户,外面是打谷场,举杯饮酒,说说今年的收成。就这样很平淡的事情,似乎并没有什么特别的美;甚至,也没有说到什么特别的友情,没有什么好玩的事。感情也不强烈,一点不激动,一点不像华兹华斯所说的感情要强烈(powerful)。吃完饭,人家并没有邀请,自己就说:

> 待到重阳日,还来就菊花。

到明年重阳节"我"再来。这样的结尾,是孟浩然的拿手好戏。他在《秋登万山寄张五》中也有类似的结尾:

> 何当载酒来,共醉重阳节。

然而,相比起来,这个结尾可能要比"待到重阳日,还来就菊花"略逊一筹。因为,"何当",还存在一点保留,明年来不来,还不十分肯定,还有一点世俗的礼节和客套。而《过故人庄》的结尾,则完全不拘形迹,根本没有去想人家欢迎不欢迎。人与人之间的关系,就是这样平静、自然,好像没有什么物欲的障碍,没有什么心理障碍,更没有心灵的隔膜。这里和陶渊明一样,追求一种没有外界牵挂,也没有内心负担的境界。

最后一句,"还来就菊花",一个"就"字,用得很是精彩。历代诗话多有称赞。对粗心的读者来说,这个字的好处可能看不出来。《升庵诗话》说:

> 孟集有"待到重阳日,还来就菊花"之句。刻本脱一"就"字,有拟补者,或作"醉",或作"赏",或作"泛",或作"对",皆不同。后得善本是"就"字,乃知其妙。②

这个"就"字,好在什么地方? 好在,比"醉"不强烈,"醉"字,与全诗情调不够统一。比"赏"含蓄,"赏"字把话说得没有想象余地了。比"泛"更确切,"泛",没来由,又没有水,怎么"泛"? "对",当然比"赏"、比"醉"好一些。但是,还有坐实之嫌,方向固定,就是面对面。"就"却自由得多,只要靠近,哪一个方向、任何一种姿态都成。这一笔,不仅是写未来,而且是写当下,令人怀恋的不仅仅是"把酒""桑麻",还有眼前的菊花。

请注意,没有内心负担是中国古典山水诗歌特有的一种境界。这是一种自然、自由、自在,其极致是感觉不强烈,甚至被忽略了的自在,这是最高的自在。

这种平静的、不激动的情致可能是中国诗和西方诗最大的不同,也是中国诗歌最大的创造。这首诗是写对自然的生活和自然的心情的一种体验和享受。从一个个词语来说,并没有什么特别,巧妙全在字与字之间的"场"。汉语中有个词语,叫作"字眼",很可以说明这个特点。在中国古典诗话中,有"诗眼"之说。诗眼是以"字眼"表现的,它与"字面"相对。字眼有多重意蕴:一、像眼睛一样是灵魂的焦点;二、眼,就是洞,就是空白。意境或场均不在字面上。用中国古典诗话的说法,就是"不可句摘"。但整首诗通过绿树、村庄、青山、城郭、场圃、桑麻、菊花等意象,构成了一幅图画。但是,光有画面,是不能成为好诗的。图画,充其量不过是一个框架,而情致,则在画面的空白之中,在"故人""鸡黍""把酒""桑麻""重阳""再来"的随意和默契之中。二者汇合,构成一个非常和谐的情与景、内心与外物、意与境相互交融的"场"。出现在诗里的系列意象,表面上很自然,实际上已被加工过、创造过,与原始的生活状态有质的不同。诚如"采菊东篱下,悠然见南山",表面上是对自然生活的自然摹写,但菊花的美,菊花的高洁、自然、不受污染,都已经变成精神的符号了。它妙就妙在不让你意识到这究竟是外物还是内心,两者浑然一体,所谓"镜中之花,水中之月""羚羊挂角,无迹可求"。如果有痕迹,就没有"场"了,用王国维的话来说,就是"隔"了,也就是不和谐、不统一,构不成意境了。

注:

① 《朱光潜美学文集》第二卷,上海文艺出版社1982年版,第59页。

② 陈伯海主编《唐诗汇评》(上),浙江教育出版社1995年版,第539页。《增订唐诗摘抄》说:"'就'字百思不到,若用'看'字,便无味矣。"道理更加明显。

乡愁诗：隐隐情思寄诗行

逢入京使　岑参

故园东望路漫漫，双袖龙钟泪不干。
马上相逢无纸笔，凭君传语报平安。

　　读这首诗，有两点值得注意。第一，这时岑参远赴西域，身份是安西节度使高仙芝的幕府书记。虽然是文职，但也有相当高的级别。第一次离别在长安的家人和妻子，豪情满怀，"功名只向马上取，真是英雄一丈夫"（《送李副使赴碛西官军》）。在以后的日子里，他写出了一系列英雄主义的诗篇。但英雄人物的内心是丰富的，他也有温情婉约的一面。这首诗写的就是这个英雄人物在远离长安回望漫漫来路时，思家之情居然强烈到"双袖龙钟泪不干"的程度，把自己哭鼻子的形象这样坦然地表现出来，表现了英雄内心软弱的一面。

　　接下去强调的是"马上相逢"。为什么要突出马上相逢？难道两个人相逢了，就不能下马交谈吗？不能。为什么不能？来不及。怎么看出来不及？"凭君传语报平安。"本来最可靠的办法是写一封平安家书，但是没有。这就暗示了时间紧迫。虽然紧迫，但还是要传报平安。身在边疆，不但自己思念亲人，也深知家人同样思念自己。这样的思念就形成了意脉的转换，从"东望路漫漫"的持续期盼，到"报平安"的匆匆忙忙，从"泪不干"的强烈到"传语"的无奈，情感在二重对比中显出瞬间的深沉。

　　岑参是盛唐边塞诗的代表作家，他的军旅诗作，以男子汉的壮美见长。但是，他壮美中的柔美之作，也是不可忽视的。和这首诗类似的，还有《碛中作》：

走马西来欲到天，辞家见月两回圆。

>今夜未知何处宿，平沙莽莽绝人烟。

从"欲到天"的极遥远到"绝人烟"的极荒凉，这是意脉的递增结构，与前面的转折结构有所不同。

渡汉江　宋之问

>岭外音书断，经冬复历春。
>近乡情更怯，不敢问来人。

开头两句，写的是两个方面：一是写空间遥远。岭外，就是岭南；题目又点明是"渡汉江"。从岭南到汉江，空间距离是相当大的。当时交通不发达，自然地理的距离就因心理而更加延长了。二是音书断绝的时间很长，经冬历春。时间越长，思念之情就越深。

第三句是说，空间距离缩短了，几乎快要等于零了。此时，本该是情感的负担减轻了。然而，这首诗的灵魂就在于诗人发现了一种矛盾的心理：越是近乡，越是心理紧张，越是胆怯。"不敢问来人"，揭示了另一层次的矛盾。问来人的愿望来自及早得知亲人的信息；而不敢问，则是唯恐很快得知亲人不幸的信息。毕竟是那么长时间没有音信了。

最后两句是意脉的反向转折。从迫切欲知到不敢就知，带着戏剧性的转折，与岑参的弱化转换有所不同。这是一种心理的转化。强烈的感情，却用默默的无声来表现。这种克制的表现，恰恰是动人的表现。当然，作者流放岭外，潜回故土的一段经历可以为此诗作注。

夜雨寄北　李商隐

>君问归期未有期，巴山夜雨涨秋池。
>何当共剪西窗烛，却话巴山夜雨时。

这首诗的题目是"寄北"，在有的版本上叫作"夜雨寄内"，有人争论说：语浅情深，是寄内也。这就意味着是给他妻子的。然集中寄内诗皆不明标题，故仍当作寄"北"为宜。(《玉溪生诗集笺注》)好在这位权威的注家比较开通，不管是"寄内"还是"寄北"，他承认内容一样是亲情。又有人考证，这首诗是写在他妻子王氏死后，应该是写给在北方长安朋友的。虽然如此，霍松林先生仍然认为当作"寄内"解更为确切。①

中国诗论号称"缘情"，但是把自己私人的心扉向公众敞开的大都是友情；爱情，对妻子的亲情，是比较少的。《全唐诗》中以"寄内"为题的，只有十三首，其中李白占了四首。四首之中，又有两首是身陷囹圄之时的。乱离之时，想念朋友是堂而皇之的，想念妻子，就要隐蔽一点。杜甫那首很著名的想念妻子的诗，把"玉臂"都写到了。但是题目不叫"寄内"，叫作"月夜"。李商隐善于写爱情，而且写得缠绵悱恻，题目却叫"无题"，至今令学者猜测不定。

这首诗的内涵究竟是表现和妻子的亲情，还是表现朋友的友情呢？我想，不必深究，反正是一种很深的感情。

开头第一句的"君"字，在现代汉语中，通常指男性。在古代，大多也用于男性，其义包含地位品格高贵，有时也用于女性，也有在夫妇之间用以互相称谓的。用"君"来称女人，就意味着对她品格的尊重，是很客气、正式的，不是很亲昵、很随意的语境里能够使用的。

作为近体的绝句，这首诗的第一句就有犯规之嫌：两个"期"字重复了。因为绝句一共就四句，每句五字或七字，因此每一个字都要有用处，甚至规定都是实词，在一般情况下，不能像在古体诗中那样可以使用虚词。因为虚词词汇意义比较抽象，本身的独立含义是不太具体的。不太具体却占了一个字，就有点儿浪费了，同一个字重复就更是浪费。一句里如果有纯系重复的字，则当是缺陷。但是，千年以来，再苛刻的诗评家，也没有挑剔这两个"期"。本来要回避这种重复很容易，把"期"改为"时"："君问归期未有时"，也不是不可以，但这样可能有些潜在意味的损失。因为第二个"期"，强调一种失望的感觉。对方的"期"，是日期，更重要的是期待，二者通通没有，不但是近日没有行期，不能马上回来，就是未来何期，也没有确定。日期和期待，双重意味，表面上是日期，深层的是期待和思念。两个"期"字，表明诗人不想用委婉语，而用直率语气正面冲击对方的心理。

第二句有点奇怪，没有确定的日期，是什么道理呢？没有道理，却只有一幅图画："巴山夜雨涨秋池。"这是不是诗人不能及时归来的原因呢？巴山，是一种阻隔吗？在中国古典诗歌中，夫妇思念大都以空间距离为主要原因。比如《古诗十九首》中有："相去万余里，各在天一涯。道路阻且长，会面安可知？"如果是这样，下半句应该加强巴山道路险阻之感，但是，接着来了夜雨，也可能是增加了行程之困吧。这场夜雨的结果是"涨秋池"，这和回家有什么关系？秋水涨满了池塘，又不是大水滔滔泛滥。何况从四川到北方好像也不走水路。"巴山夜雨涨秋池"不是归不得的原因,而是诗人眼前即景,中心意象不是巴山,而是夜雨,巴山只是点明了诗人的居所。"夜雨秋池"这样的图画、景观之外,有一双眼睛在看,看着夜雨涨上了秋天的池塘。这里应该有一个涨的过程,不是一下子就涨得那么满的吧?那么是诗人眼看它涨得越来越满的吧?这一双眼睛是长久不动的吧?是无言的吧?是没有明确目的的吧?是无奈的吧?这种无奈,是你也能从这幅图画中领悟到的吧?有些学者在解读到这里的时候,说其中有"羁旅之愁与不得归之苦"[②],未免太坐实了。与其说是明确的愁苦,还不如说是无言的怅惘。

第三句是绝句诗艺的灵魂所在,意脉突然转折。原来是一幅图画,一双凝神的眼睛,一个静止的空间,突然变成了一个空间和时间的大幅度转换,到了另一种情境之中。"何当"是一个设想,是一个想象的跳跃:什么时候共剪西窗烛。蜡烛烧的时间长了,中间未烬的烛芯就会影响烛光的亮度,必须剪掉,因此用一起剪烛来代替彻夜长谈。用图画代替抒情,是中国古典诗歌的拿手好戏。如果直说,什么时候你我能相会,彻夜长谈,就没有诗意了。

第四句写谈得那么久,谈些什么呢?就谈今天巴山夜雨之时,互相思念的情境吧。这里在技巧上又出现了一个问题。前面的两个"期",已经重复,现在两个"巴山夜雨",重复得更为严重了。这回就有人批评了,《增定评注唐诗正声》引一位评论家的话说:"两叠'巴山夜雨',无聊之极。"当然也有人为之辩护,《古唐诗合解》说:"此诗内复用'巴山夜雨',一实一虚。"这就是说,前一个"巴山夜雨",是实写眼前景观;而后一个巴山夜雨,是想象中的情境。二者不能算重复,而是虚实相应,相应就是相生,由此产生了更深更广的意味。这种意味,是一种情感的意味,而情感的意味主要由诗的想象建构。在这首诗中,情感主要是依赖空间和时间的双重跳跃转换得到充分表达的。《札朴》说:"眼前景反作日后怀想,意最婉曲。"[③]从此时的"巴山夜雨",到彼时彼地的"共剪西窗烛",是空间和时间的第一重跳跃,给对方一个深切的安慰(总有一天会见面的,会长时间谈心的),这对读者具有想象的冲击性。这种画面的想象,用来表达思念亲人,是诗人们常用的手法。例如,杜甫在战乱中思念自己的夫人,最后也是归结到将来相见的情境"何时倚虚幌,双照泪痕干",杜甫在爱情方面可能是比较老实,除了激动得流泪以外,没有什么别的表现。而李商隐就不同了,他对异日相见情景的想象就要比杜甫多一点儿浪漫的才子气。首先,他想象相见不是无声的眼泪,而是有说不完的话。其次,他没有停留在这个才子气的画面上,第四句说,我们那时所谈的内容就是我眼前面对巴山夜雨的情境。从意脉上来说,时间和空间上又来了一重转换,彼时彼地所谈与此时此地之情境重合。如此复杂的想象,表达如此深切的感情,语言上又如此简洁。

前面一个"何当",是拉开距离的想象;后面一个"却话",是一个大拐弯。合二而一,把空间、时间上的大幅度跳跃轻松地连接起来。所用都是平常词语,天衣无缝,构成一种曲折而又婉转的意脉,也就是"未有期"的失落和"涨秋池"的怅惘,都转化为会心的喜悦。以时间空间的转换,表现情感的转折,就这一点来说,是中外诗歌不约而同的:眼下的一切会成为未来的回忆,而回忆可能使不幸转化为美好的欣慰。如普希金著名的诗《假如生活欺骗了你》就这样写道:

> 假如生活欺骗了你,
> 不要忧郁,也不要愤慨!
> 不顺心时暂且克制自己,
> 相信吧,快乐之日就会到来。
> 我们的心儿憧憬着未来,
> 现今总是令人悲哀:
> 一切都是暂时的,转瞬即逝,
> 而那逝去的将变为亲切的怀恋。④

这个翻译其实不太准确,还有一种翻译,是戈宝权先生翻译的:"一切都是瞬息,/一切都将会过去;/而那过去了的,就会成为亲切的怀恋。"这样可能更准确。在心理上,回忆,也就是时间转换,会使不幸变为喜悦,在这一点上,李商隐和普希金差别不太大;但是在表现上,却有巨大的差异。李商隐作为中国古典诗人,用图画来抒情;而普希金作为西方浪漫主义诗人,则采用直接抒情的方式。

注:
① ②《唐诗鉴赏辞典》,上海辞书出版社 1983 年版,第 1139 页。
③ 陈伯海主编《唐诗汇评》(下),浙江教育出版社 1995 年版,第 2421 页。
④ 原文最后一字为 Мило,直译为可爱,戈宝权先生意译为"亲切的怀恋",似得其神韵。

送别诗：依依惜别的离情

送杜少府之任蜀州　王勃

城阙辅三秦，风烟望五津。
与君离别意，同是宦游人。
海内存知己，天涯若比邻。
无为在歧路，儿女共沾巾。

这是一首五言律诗，第一联即对仗："城阙"对"风烟"，"辅三秦"对"望五津"，对仗比较工稳。第二联，突然不描写景观了，而是发议论。但大体也是对仗的，"与君"对"同是"，对仗不太工整；"离别意"对"宦游人"，勉强可以说是宽对。从平仄上来看，也有一些不够严密的地方。可能是律诗在王勃创造力最旺盛的时代还没有成熟，诗人还不太讲究对仗的工稳。第三联也对仗，"海内"对"天涯"，"存知己"对"若比邻"。这一联写得很有功力，不是一般的平行对仗，而是流水对，前一句"海内存知己"，是后一句"天涯若比邻"的原因，前后因果相连。对仗而不让读者感到玩弄技巧，这是相当高的境界。

开头写出发地点的景观，不是一般的微观细描，而具有宏大的视野。"城阙辅三秦"，把眼前的"城阙"和背后的王朝政权中心联系起来，并不是眼睛所能直接看到的，而是用诗人联想渲染这个地方的庄严气象。接着就写到了四川。题目就点明是送朋友去四川上任的，所以诗人就从陕西望到了四川。这当然是诗的想象，超越肉眼所及的空间。为什么没有丝毫突兀的感觉？因为对仗句法的紧密关联，把空间的跳跃掩盖了。

第二联写得比较平淡，不太像律诗，有一点古风的味道。第三联则是诗歌的灵魂。

本来"海内"的距离相当遥远,可在诗人笔下却像邻居一样近。其转化的条件是:知己。只要心灵贴近,空间距离再大,也不会觉得遥远。这和陶渊明的"结庐在人境,而无车马喧。问君何能尔,心远地自偏",在心理上、在情感冲击和感知变异上,都是同样的道理。如果心的距离遥远,即便地理位置相近也会感觉遥远。而王勃这里恰恰相反,因为心近,地理位置的遥远就转化为相近。

最后一联是收尾,并不追求文采,直接抒发情感,颇有古体诗的风格。

故此诗的趣味,介于古风和律诗之间。

送元二使安西　王维

渭城朝雨浥轻尘,客舍青青柳色新。
劝君更尽一杯酒,西出阳关无故人。

这是一首送别诗,但并没有直接写惜别之情,而是先写送别场所的景观。第一句写空气清新,刚刚有小雨净化了轻尘。为什么要写轻尘?因为轻尘是车马远去的结果。第二句写客舍,写柳色,这有什么必要?客舍,正是即将远去的朋友暂居之所,而柳色则是唐人送别场景中惯常的背景。因为"柳"谐音"留"。留之不住,故有惜别之意。但这里的惜别,不在留,而在送。怎么在送中透露出自己的情意来?这是诗的生命。王维在这里,集中突出了一点:再来一杯罢。这里至少有几重意思:第一,再来一杯,就是时间的拖延,这就是留了。第二,这样的留太短暂了。但这短暂的时间,却有不平常的意义。西出阳关,就没有老朋友了,这是老朋友的最后一杯酒。第三,这一杯酒从离别来说,应该是苦酒,可老朋友的最后一杯酒,却是瞬间的享受,这从意脉来说,是转折的开始。第四,为什么是享受呢?因为自己就是对方唯一在场的朋友。正因为如此,别离的长久痛苦,才会变成短暂的享受。意脉到此完成转折。

别董大　高适

千里黄云白日曛,北风吹雁雪纷纷。
莫愁前路无知己,天下谁人不识君?

一般地说,送别诗都有一点离愁别绪,言离别之苦,应该是天经地义。但这一首却不同。这个董大,据考证,应该是唐玄宗时代的一个琴客,一位音乐家。高适和他相

别,一共写了两首。另一首是:

> 六翮飘飖私自怜,一离京洛十余年。
> 丈夫贫贱应未足,今日相逢无酒钱。

高适在盛唐诗人中,是仕途最为亨通的,但在此时可能还是比较落魄的。懂得了这一点,可能对领悟全诗的含义有所帮助。和朋友相别,偏偏不提自己的忧愁,也不提朋友的忧愁,更不强调留恋之意,反倒说没有什么可忧愁的,普天之下可能成为你朋友的人多得很。这颇有点和传统友谊观念唱反调的性质。在中国传统观念中,友谊是极其可贵的,俞伯牙因为钟子期亡故而碎琴的典故就说明了这一点。知己是唯一的,不可重复的,知音是终生难得的。正是因为这样,王维才说"西出阳关无故人"。而这里却说"天下谁人不识君",朋友和可能成为朋友的人不可胜计。惜别的忧愁母题,难舍的情绪,在这里发生了变化,变成了一种豁达,不是为朋友的远离而遗憾,而是说朋友多得很。这好像是无情,但从另一个角度来说,"天下谁人不识君"是对朋友名声之大的夸张,是对朋友的间接赞美。用赞美来代替惜别,是高适这首诗的独创。

春季的古典诗情：喜春、惜春和伤春

玉楼春　宋祁

东城渐觉风光好，縠绉波纹迎客棹。绿杨烟外晓寒轻，红杏枝头春意闹。

浮生长恨欢娱少，肯爱千金轻一笑。为君持酒劝斜阳，且向花间留晚照。

宋祁的《玉楼春》表现了春天城市的游乐生活，有明显的商业市井色彩。这从"縠绉波纹迎客棹"的"客棹"中可以看出，船是租来在水上划着玩的。作者也很注意表现春光的美好，突出气候的特点：一方面晓寒还在，一方面绿杨已经笼烟。作者精心地把这种乍暖还寒的风物，组织成一幅图画，把晓寒放在绿杨之外，加上一点雾气（烟），让画面有层次感。想必，这一句费了作者不少心力，但是并没有在后世读者心目中留下多么惊喜的印象，倒是下面一句"红杏枝头春意闹"，轰动一时，作者也因此被誉为"红杏尚书"。其实，这句最精彩的也就是一个"闹"字。因为是红杏，所以用"闹"字显得生动而警策；如果是白杏呢？就"闹"不起来了。而李渔却不以为然，说："若红杏之在枝头，忽然加一'闹'字，此语殊难著解。争斗之声谓之闹。桃李争春则有之，红杏闹春，予实未见之也。'闹'字可用，则'吵'字、'斗'字、'打'字皆可用矣。……予谓'闹'字极粗俗，且听不入耳。非但不可加于此句，并不当见之诗句。"（李渔《窥词管见》）[①]

李渔的抬杠是没有什么道理的。因为在汉语词语里，存在着一种潜在的、自动化的联想机制，热和闹、冷和静，天然地联系在一起，说"热"很容易想到"闹"，而说"冷"也很容易联想到"静"。红杏枝头的红色花朵，作为色彩本来是无声的，但在汉语里，"红"和"火"自然地联系在一起，如"红火"。"火"又和"热"联系在一起，如"火热"。"热"又和"闹"联系在一起，如"热闹"。所以红杏春意可以"闹"。这个"闹"，既是一种自由的、陌生化的突破,又是对汉语潜在"自动化"联想的发现。所以王国维在《人间词话》中说:"'红杏枝头春意闹',着一'闹'字,而境界全出。"为什么不可以说,红杏枝头春意"打",或者春意"斗"呢?"打"和"斗"虽然也是一种陌生的突破,但却不在汉语潜在的、自动化的联想机制之内,"红"和"斗"、和"打"没有现成的自动化的联系,没有"热打"和"热斗"的现成说法。正如,"二月春风似剪刀",春寒料峭,有尖利之感,可以用剪刀来形容,但不可以用菜刀来形容,原因就在前面一句"不知细叶谁裁出"的"裁","裁"和"剪"在汉语中是自动化的联想。

词语之间的联想机制是千百年来积累下来的潜意识,是非常稳定的,不是一下子能够改变的。虽然现代科学有了进展,有了"白热"的说法,但在汉语里,仍然没有"白闹"的固定联想。这是因为"白热"这一词语形成的时间太短了,还不足以影响民族共同语联想机制的稳定性。

《苕溪渔隐丛话》的作者胡仔认为韩愈写樱桃的诗"香随翠笼擎偏重,色照银盘泻未停",不太真实。他说:"樱桃初无香,退之以香言,亦是一语病。"清吴景旭在《历代诗话》卷四之十九《香》中则认为他说得没有道理。他反驳胡仔说:"竹初无香,杜甫有'雨洗涓涓静,风吹细细香'之句;雪初无香,李白有'瑶台雪花数千点,片片吹落春风香'之句;雨初无香,李贺有'依微香雨气氤氲'之句;云初无香,卢象有'云气香流水'。妙在不香说香,使本色之外,笔补造化。"吴景旭见识颇高,他体会到了诗歌感觉的妙处在"本色之外",写出"造化"之所无才好。但是感觉挪移要求一种比较细致的过渡层次,稍有生硬,便会使效果受损,关键在联想、过渡层次之间相近、相似的程度是否足够。如说竹香还比较顺,因为毕竟竹叶有某种清香,说云香、雨香、雪香就不太顺,因为云、雨、雪与香缺乏足够程度的共同性。此外,还要看感觉处在什么样的语境之中,有时孤立的一种感觉很难挪移,但是处在某种感觉结构之中,也许就可以挪移,这是因为其他感觉与之产生共鸣、呼应和契合,它就能比较流畅地挪移了。感觉挪移,或者可以叫作感觉的动态变异,几种感觉可以交替变异,各种感觉器官不同的性能暂时地沟通了。上述"云香""雨香""雪香"均属此类,不过稍嫌生硬。宋祁的"红杏枝头春意闹"不过是其中最为精致者之一。

值得注意的是,艺术语言的提炼太艰难了,个人的天才离开了历史的积累,发挥的余地就比较有限。宋祁的这一句可能不是凭空而来,而是对历史积淀的师承和突破。清王士禛《花草蒙拾》说,"'红杏枝头春意闹'尚书,当时传为美谈""以为卓绝千古"。其实是从前人花间派"暖觉杏梢红"中转化来的,不过是青出于蓝而胜于蓝而已。原词是五代后晋和凝《菩萨蛮》中的词句:"暖觉杏梢红,游丝狂惹风。"(五代后蜀赵崇祚编

《花间集》)王士禛的艺术感觉比较精准,"红杏枝头春意闹"比之"暧觉杏梢红"要高出许多。原诗表现杏花之红,给人一种暖的感觉,而"红杏枝头春意闹"则不但暖,而且有一种喧闹的联想。多了一个层次的翻越,在艺术上便不可同日而语了。

对于这个问题,说得比较深邃的是钱锺书,他说"闹"字"形容其杏之红",还不够确切;应当说"形容其花之盛(繁)"。"闹"字是把事物无声的姿态说成好像有声音的波动,仿佛在视觉里获得了听觉的感受。……用心理学或语言学的术语来说,这是"通感"(synaesthesia)或"感觉挪移"的例子。(《七缀集·通感》)

钱锺书先生的说法,可能与法国象征派的诗学主张有关系,象征派追求感觉的"契合"(correspondence)或译"应和":第一,是多维感觉结构,其功能大于部分之和的总体感知效果,几种平常的感觉交织起来就有了任何一种感觉都没有的那种冲击感,视、听、嗅、颜色、芳香、声音的呼应有丰富和深沉之感;第二,这种"契合""应和"或交响不仅表现为几种稳定的感觉之间的交响,而且表现为一种感觉向另外一种感觉的挪移,象征派的鼻祖波德莱尔在他著名的诗《应和》里展示了"芳香"的感觉,戴望舒的翻译是这样的:

　　有的香味新鲜如儿童的肌肤,
　　柔和有如洞箫,翠绿有如草场

写的是嗅觉,用的是视觉可见的"儿童的肌肤"和"翠绿有如草地",还有可听的"洞箫"。从嗅觉挪移到视觉和听觉,这就是"通感";第三,所有这一切都不仅仅停留在感官之上,而是为了向心灵深入,是为了表现"心灵与官能的热狂"。

受法国浪漫主义诗歌理念影响的戴望舒在他著名的《雨巷》里就用了"通感"的方法。诗人写他想象中的女郎的情感有"丁香一样的忧愁",如果仅仅是这样,那还是一般的比喻,以可感的丁香把不可感的"忧愁"具体化。但是,这没有什么创造,接下来的:

　　丁香一样的颜色,
　　丁香一样的芬芳

就以视觉的"颜色"和嗅觉的"芬芳",又加上听觉"太息一般的眼光",构成了非常丰富而又新颖的感觉"契合"和"应和"。不管是感觉"契合"还是感觉"挪移",其规律是相通的,都是一种呼应、一种共鸣、一种交响,相异的感觉有一种向丁香一样淡雅气质上凝聚的趋势。正因为这样，感觉的挪移不是无条件的，需要有自然、流畅的过渡层次，层次之间要有相似、相近、相通之点。这种过渡经过细致的同化性联想，与一般联想又有不同，一般相近联想可以有一定程度的跳跃，甚至还有相反联想。而在这里，如果相反就很难挪移。波德莱尔用"儿童的肌肤"、翠绿的"草地"和"洞箫"来形容"香"，也就是用视觉听觉的美来表现嗅觉的美，其中过渡的关键就在于种种感觉都是清新、柔美的，因而是和谐的。

诗的感觉虽然比生活中的感觉多了一点自由挪移的可能，但要挪移得自然也不是那么容易。这一点在中外现代诗歌中已经有人将经验上升为自觉的理论。因而在诗作中，是比较自觉的。艾青诗曰："太阳有轰响的光彩"，是因为阳光有一种瀑布泻落之感，视觉因而挪向听觉。蔡其矫写女声二重唱是两棵并肩的树，两朵互相追逐的云，和在天边告别的太阳和月亮，是因为二重唱本身就有不可分离的统一之感，只不过这种不可分离之感从听觉转移到了并肩、追逐、告别的视觉对象上而已。台湾诗人余光中说他走入大厅"掌声必如四起的鸽群"，这是因为掌声本身就有"腾起"之感，余光中的成功就在于把不可见的声音变成了可见的鸽群。美国诗人桑德堡说有一种"低声道别的夕阳"，颜色形状之所以能变成声音，声音又有了形状，是因为夕阳本身就有周期消失的特征。

虽然有如此之多的权威对宋祁赞叹不已，但有所保留的并非个别，今人冯振《诗词杂话》说："宋子京词云：红杏枝头春意闹。张子野词云：云破月来花弄影。虽脍炙一时，互标警策，然'闹'字、'弄'字，究太伤雕刻，未免有斧凿痕。"意思是不够自然，炼字炼到有痕迹，就不好。这显然过于苛刻，不懂得前面所说的联想过渡的有序层次。然可备一说。

这首词的下半阕流露出商业娱乐场里的情绪："浮生长恨欢娱少，肯爱千金轻一笑。"把生命当作"浮生"，意思是生命的价值是缥缈的，生命是短暂的，相比起来，欢乐总是不够，为了博得女性一笑，就是抛掷一千金，哪里会吝惜！这是从反面衬托生命短暂。最后两句："为君持酒劝斜阳，且向花间留晚照。"为什么要劝酒斜阳？斜阳就是夕阳，晚照也是夕阳，都有晚年的意思。此句意为年华瞬息即逝，还是及时行乐吧。

即使在美好的春天，红杏闹春的季节，作者也会产生这样的情绪，他还是个官员，一个大知识分子，和欧阳修一起撰写过官史的人。一方面，我们可以感到，这个官员不算虚伪；另一方面，他多多少少有一点放浪吧。他居然可以这样放浪而自得，而且将之诗化，这也许是需要一点道德勇气和艺术勇气的吧。

鹧鸪天·代人赋　辛弃疾

陌上柔桑破嫩芽,东邻蚕种已生些。平冈细草鸣黄犊,斜日寒林点暮鸦。
山远近,路横斜,青旗沽酒有人家。城中桃李愁风雨,春在溪头荠菜花。

辛弃疾这首词也是表现春天的美好的,但和宋祁的很不一样。从一开始就可以看出来,辛氏强调的不是宋祁式的市井繁华和欢乐享受,而是农村生活的朴素和怡然自得。

作者对农村的感情和传统的山水田园诗有点相近,但又有很明显的不同。他不是游山玩水,也不是欣赏自然风光,他在农村生活,对农事和农时有更细致的关注:"陌上柔桑破嫩芽,东邻蚕种已生些。"从某种意义上来说,农事和农时是实用的,并不一定有士大夫的诗意,但辛氏对农事和农时的种种现象,都能用一种欣赏的眼光去体察,使这些本来平淡的细节被一种默默的喜悦统一起来。陌上桑芽,邻家蚕种,本来很琐碎,更像是散文意象,将它们转化为诗,应该是不容易的。桑芽还比较好说,蚕种在辛氏以前,可能还不曾进入过诗歌。至于牛犊,在前人的"农家乐"主题里是有过的,但是让它叫起来,叫得有诗意,并且和蚕种之类统一起来,恐怕不但得有勇气,还得有才气。诗人先用了一个"破"字,和桑芽的"嫩"联系在一起。这在联想上似乎有矛盾:"嫩"怎能"破"?但是,这正是早春的特点所在,也隐约表现了诗人的关注和发现。至于"蚕种生些",说的不是蚕种,而是从蚕种开始蠕动起来的小蚕蚁,也是初生的、少量的,虽然很不起眼,诗人却为之注目。这里有诗人默默的体察和由衷的喜悦。

"斜日寒林点暮鸦"中的"寒林暮鸦"本来是有很浓的文人山水田园格调的,但这里没有落入俗套,就好在这个"点"字,用得很有韵外之致。点者,小也,远景也,在斜日寒林的空旷背景上,有了一个"点"字,遥远的视觉不但不粗疏,反而成了精致的细节。对于大自然的美好的专注,是传统文人山水诗的趣味;而牛犊的鸣叫和蚕种的生息,则属于一种农家田园趣味。作者不是作为文人去欣赏农家之乐,而是以欣赏农事的眼光来体味家园之美。

辛氏这首词有一个突出特点,就是交织着两种情趣,一是大自然山水画之美,一是人间家园之美。这里的家园和一般山水田园诗中的田园又有一点区别,更多的是安居生息之地。它不是暂时的、客居的,而是属于自己心灵家园的。

这首词还有一个特点长期被读者忽略,那就是,本来全词都是抒情的,但在语言上,却大体都是叙述,甚至充满了白描。"山远近""路横斜""青旗""沽酒""人家",和杜牧《江南春》中"水村山郭酒旗风"是同样的意境和手法,但辛氏和杜牧不大相同,他不是以城市人的眼光来欣赏山水田园,而是把田园当作家园,并且表示,田园和家园比城市要精彩得多:

> 城中桃李愁风雨,春在溪头荠菜花。

城市中的春天当然也是美好的,但那里的春天是和美艳的桃李花联系在一起的,因而也像桃李花一样短暂,经不起风吹雨打。诗人用一个"愁"字点出了他的倾向。时尚是一种潮流,能得到最广泛的认同;但时尚又是瞬息万变的,桃李花会因处于时尚之中,而免不了为不可避免的淘汰而忧愁。田园和家园里的春天,不应该有城市中的春天那样美艳,因为它和农村田野的花联系在一起。李白在宫廷供职的时候,曾写《宫中行乐词八首》,选择将柳和春天相联系:

> 寒雪梅中尽,春从柳上归。

这些诗意都是现成的,而辛弃疾的选择偏要与桃、李、柳等拉开距离,而且要与之有对比。这对辛弃疾是一个严峻的考验。最后他选择了农村中最不起眼的荠菜花。而且把话说得很彻底:"春在溪头荠菜花。"好像在荠菜以外,就没有春天的景象了似的。正是这种高度聚焦的想象,才使得荠菜花的诗意中隐含着发现和惊喜。这一方面表现了田园和家园的朴素,另一方面又实现了对荠菜花长期被漠视的陈规的颠覆。

历史证明,这个选择是诗境成功的开拓:首先,它的成功在对比上。在色彩上,和桃李是鲜明的对比;在受欣赏和被漠视方面,二者的对比也是很鲜明的。其次,它的成功还在想象和观念的更新上。桃李虽然鲜艳而且备受瞩目,但生命却很脆弱;荠菜花从色彩到形态都不及桃李,但是它不以世俗的欣赏为意,有更自在的生命。再次,它的成功更重要的是在想象上的开拓上。在辛弃疾写出这首词以前,春天的美好从来都是和鲜艳的花联系在一起的,这种联系已经成为一种潜在的陈规,好像在鲜艳的花朵以外,再无新的可能。辛弃疾以他的创造证明,春天的美好还可以从最朴素、最不起眼的荠菜花开拓出新的想象天地。桃李花的美,已经因重复而变得有点俗气了,而荠菜花的美却经历了近千年的历史考验。

另外,这首词,在用词方面非常大胆。一般来说,词比诗更接近口语,更有世俗的情趣。这里的"青旗沽酒有人家"的"有","春在溪头荠菜花"的"在",都是律诗绝句尽可能回避的,但用在这里既很口语化,又对应了平民家园的心态,同样也是一种诗意。

钱塘湖春行　白居易

孤山寺北贾亭西,水面初平云脚低。
几处早莺争暖树,谁家新燕啄春泥。
乱花渐欲迷人眼,浅草才能没马蹄。
最爱湖东行不足,绿杨阴里白沙堤。

白居易作为诗人,常常遵循把感情强化和极端化的抒情原则。他对杭州的早春充满了热爱之情。

这首诗开头第一句起得很从容,并不想一鸣惊人。他用了平和的叙述语气,交代了景点的准确位置:在孤山之北,在贾亭之西。第二句,水平就比较高了,强调的是江南平原的特点——"水面初平"。这句是说,春水充盈,关键在"平"字,这是江浙平原特有的景象。如果是在山区,水越充足,就越是汹涌澎湃,滔滔滚滚了。这里不但突出了地势的平坦,而且突出了水面的平静。"云脚低"的"低",说明平原上视野开阔,极目远眺,天上的云彩和地上的水面在地平线和水平线上连接在一起。

下面写的都是在唐代诗歌里被充分认同了的景观,不过,写莺啼没有杜牧那样大胆夸张,他不说"千里莺啼",而只说"几处早莺",这是比较婉约的境界,也能给人"到处"的感受。"争暖树"中的"争"字,更含蓄地表现了鸟语的喧闹;"暖"字也很有匠心,留下的想象余地比较大,是树和天气一起暖了起来,使黄莺在树上感觉到了暖气,还是黄莺的争鸣造成了树林间"暖"的氛围呢? 都有可能。"谁家新燕啄春泥"对仗很工细,"几处"和"谁家",把句子语气变成了感叹和疑问,避开了一味用肯定陈述句可能产生的单调。看来,技巧很娴熟,都是按规范写作的,但是没有多少独特的发明,就是到了颈联的第一句"乱花渐欲迷人眼",也还是平平,情绪上、感觉上都太常规了。苛刻的读者可能觉得,这样写下去,难免要陷入套话了。幸而,接着一句是神来之笔,把诗的境界提高了一个层次:

浅草才能没马蹄。

这也是通过青草来写早春的,但是和韩愈的"草色遥看近却无"不同,他有自己的发现。在通常情况下,是春草先发,春花后繁,但这里,虽是"早春"却不同寻常,春花已经茂密,春草才浅浅地没过马蹄。这当然是有特点的,但光是这样的特点,还仅仅是物候的特点,没有人的感受。而"没马蹄",就把人的感受和发现带出来了。写马,不写全部,

只写马蹄。这在唐诗中已经是通用的技巧了,比如孟郊《登科后》:

> 春风得意马蹄疾,一日看尽长安花。

再比如王维《观猎》:

> 草枯鹰眼疾,雪尽马蹄轻。

有了马蹄就有了马,这不言而喻;更为精彩的是,不但有了马,读者心目中,还隐约出现了那个骑在马背上的人。"乱花迷眼"本当是春深,而"浅草马蹄"应该是早春,诗人的心灵为之一颤。诗人体验到的早春的特点,不是别人早已习惯了的,这不是任意一看,也不是认真的观察,而是一种不经意的发现:马蹄还没有被完全淹没呢。这个现象,也许常人也能发现,但是没有人感到这里有诗意,就忽略过去了。白居易的功劳就在于,发现了易被忽略过去的感觉,传达出一种内心的微微的激动。这首诗的价值在很大程度上,就是由这个句子决定的。但是白居易好像没有十分在意这一点。他在尾联,没有抓住自己的发现再强化一下,而是写到了别的地方去:

> 最爱湖东行不足,绿杨阴里白沙堤。

"浅草才能没马蹄",本来最有个性、最有心灵含量和艺术创新的力量,可是白居易觉得还有比之更美好的,就是到白沙堤上步行。在这样的步行中,可以看到水面和云脚,听到黄莺的鸣叫,可以让花来迷自己的眼睛。这样当然有诗意,但这种诗意几乎是唐代比较有水平的诗人都能表现的,白居易在这里,不过把诗人们早已认同了的形象和境界组装了一番。"最爱"步行,也许是在强调自己不把骑马当一回事,也许步行更具平民色彩吧?但是,这种平民色彩却有一个最大的缺陷,就是心灵发现略略平淡了一些。

江南春 杜牧

> 千里莺啼绿映红,水村山郭酒旗风。
> 南朝四百八十寺,多少楼台烟雨中。

杜牧的这首诗看来简单,没有一个字不认得,也没有什么看不懂的。但要说出它的好处来,却不容易。第一句,"千里莺啼绿映红",说的不过是长江南岸的春天,鲜花盛开,处处鸟语鸣转。问题在于,直接说"处处",就没有什么诗意,一定要说"千里"。

对诗歌里的数字,是认真不得的。但是,恰恰有一个人,对这个"千里"发出了疑问,此人名叫杨慎。他说:"千里莺啼,谁人听得?千里绿映红,谁人见得?若作十里,则莺啼绿红之景,村郭、楼台、僧寺、酒旗皆在其中矣。"(杨慎《升庵诗话》)这个问题,当时没有人能够回答,又过了几百年,到了清朝,有一个人叫何文焕,他说:"'千里莺啼绿映红'云云,比杜牧《江南春》诗也。升庵谓'千'应做'十'。盖'千里'已听不着,看不见矣,何所云'莺啼绿映红'耶?余谓作'十里',亦未必听得着、看得见。"这种抬杠,在逻辑上,属于反驳中的导谬术:不直接反驳论点,而是顺着你的论点,推倒出一个荒谬的结论来,从而证明你的论点是错误的。何文焕最后说,杜牧说"千里莺啼绿映红",不过是说诗人觉得到处都是花开鸟语而已。何文焕的原则与杨慎有根本的区别,他认为诗歌只要表现诗人自己的感情和感受就行了。这在当时是一种直觉,今天我们已经有了文艺心理学,大家都知道,诗人带上了感情,感觉就可能产生变异,在语言上就有夸张的自由,没有这种自由,就不能想象;没有想象,就没有诗歌。

想象、虚拟、假定是理解诗歌的关键。

进入想象和假定、虚拟境界不仅是诗人的自由,而且是读者的自由,诗人用自己的自由想象,激发起读者的想象,带动读者在阅读中把自己的感情和经验投入到文本的理解中,一起参与创造。越是能激起读者想象的作品越有感染力,读者的想象也是一种创造,这不仅仅表现在所谓"夸张"这一类现象中,而且表现在许多微妙的方面。如下面一句"水村山郭酒旗风",如果用杨慎的逻辑来推敲,也是有问题的:除了水村、山郭、酒旗以外,就什么也没有了?怎么只有酒旗,为什么没有提到酒店呢?风吹着酒旗,为什么没有人呢?等等,这样的问题,是问不完的,这种问题是外行的问题。

诗人调动读者的想象来参与,却并不提供信息的全部,他只提供了最有特点的细部,把其他部分留给读者去想象,让读者用自己的经验去补充。诗歌的语言越能调动想象,越有质量,关键是要有效地调动。诗人要表现的客观世界和主体情感是无限丰富的,人类的语言不可能全部表达出来。诗人只能选取其中最有特征的部分。特征不是整体,但是它可以刺激读者的想象,把他们的经验和记忆激活。被诗人排斥了的部分就由读者凭自己的想象去填充。所以诗人的语言,从正面来说,要抓住有特点的局部,从反面来说,就是要大幅度省略,在特征以外留下空白。

回到这首诗上来,为什么诗人只提供了几个意象:水村、山郭、酒旗和风,就抓住了最有特征的部分?这句诗的省略是很大胆的,四个意象之间的空间关系并不确定。它们是任意的并列还是意象叠加呢?好像没有必要太认真,对于想象来说,精确的定位是有害的。

要彻底弄明白这个问题,还要明确:诗歌的想象性与语法存在着一点矛盾。

从语法上说,四个名词并列,连介词和谓语动词都没有,连一个独立的句子都构不成。但是,这并不妨碍读者在脑海里把它想象成一幅图画。若是把四者的关系用动词和介词规定清楚了,反倒有碍诗意的完整。在诗中,意象的空间位置不确定,才有利于读者的自由想象。最明显的莫过于酒旗和风的关系,这关系是浮动的。这是很好的诗句,但是,如果拘泥于现代汉语语法,读者就可能追问:是风中酒旗在默默飘舞呢,还是酒旗被风吹得呼啦啦响呢?

正是由于意象的浮动和不确定,才有利于诗人和读者的自由想象进行双向互动。

既然意象浮动的方法有这样的好处,就应该一直这样浮动下去吗?第三、四句诗,杜牧是不是运用同样的方法呢?似乎不是。"南朝四百八十寺,多少楼台烟雨中。"完全是另外一种句法。

前面两句的好处是十分精练,把好几句话合并成两句话,后面怎样呢?后面的两句,说的是有许许多多的寺庙,第三句还难得地提供了精确的数字,那么第四句有没有提供新信息呢?似乎不多。只把前面的"四百八十寺"变成了"楼台"和"烟雨"的意象。这不是把本来一句话可以说完的分成两句说了吗?

但是,楼台和烟雨是局部,而前面的千里莺啼和水村山郭、四百八十寺,则是大全景。全诗形象的中心是楼台和烟雨。很明显,对于楼台和烟雨,作者不满足于华美的印象,他先是总体感受,然后把它们笼罩在江南特有的烟雨之幕中,玩味、发现、感叹。因为在烟雨之中有点朦胧,让诗人发现佛寺之美,其特点是有点缥缈,超凡脱俗的。接着诗人将这种美的欣赏转化为历史的感叹,南朝已经灭亡了,但寺庙之美却没有变化。

这里有个玩味、发现和激起感慨的过程,如果用一句话,精练是精练了,心理的过程,特别是景观欣赏和历史感叹的双重意味却没有了。用两句写,就显出了心理感知的微妙层次。

祝英台近·晚春 辛弃疾

宝钗分,桃叶渡。烟柳暗南浦。怕上层楼,十日九风雨。断肠片片飞红,都无人管,更谁劝、啼莺声住?

鬓边觑。试把花卜归期,才簪又重数。罗帐灯昏,哽咽梦中语:"是他春带愁来,春归何处?却不解、带将愁去!"

辛弃疾在宋朝词人中,应该列入豪放派,金戈铁马,壮志凌云,但是,人的内心和语言风格是丰富的,他也有红巾翠袖的一面。他常常把金戈铁马和红巾翠袖交织起来,这给他的诗词带来了独异的风貌。

这一首,如果仅从字面上看,从头到尾都是闺情,甚至有艳情之嫌。一上来就是宝钗分为两股,暗示夫妇或者情人的离别。这种离别之情,被当作一种美好的感情来强调,极富诗意。首先是现场有传统的、古典的诗境,用了一些表现离愁别绪的意象,如桃叶渡、南浦,其次是眼前的景色有诗意,烟柳、高楼、飞红。高楼便于远望,飞红触发春光飞逝的情思。值得研究的是,面对如此美好的春天,辛弃疾却不像杜甫、韩愈、杜牧、叶绍翁那样表现出喜悦,也不像他自己在《鹧鸪天》中那样,因为在平凡的荠菜花上发现春天的美好而怡然自得,他感到的是害怕——眺望新春美景却触发了恐惧,这是值得注意的。

> 怕上层楼,十日九风雨。断肠片片飞红,都无人管,更谁劝、啼莺声住?

如果换一个人,让他站在高楼上,极目远眺,平湖烟雨,落花飞舞,会有什么样的感觉? 也许是心旷神怡,觉得这种春色是很迷人的。但作者在这里营造的是一种悲郁的情境,为花朵在风烟中消逝而忧愁,表现了深深的惜春之情。要知道,惜春、伤春,并不是为了春天,为了季节的变化。春天去了,没有什么可惜的,因为明年还会再来。惜春是惜春光,伤春是伤春华,为自己的年华如春光一去不复返而伤感。如果词人直白地把自己的情感说出来,就没有诗意了。词人明明怜惜自己年华消逝,字面上却只说是对春色的消逝无可奈何:花飞落了,"无人管";"啼莺"声停住了,谁能留住它呢? 这好像有点傻气、孩子气。谁都知道,时间是不可能因为情感而改变流逝速度的。但这是一种诗的逻辑——抒情逻辑,为挡不住时光而忧郁,这说明诗人为自己虚度年华而痛苦。为了形容这种痛苦,作者用了一个既俗套又新异的词语:"断肠"。说它俗套,是因为这个词语本来常用于女性的相思;说它新异是因为从上下文来看,还弄不清楚主人公是男性还是女性。作者肯定是叱咤风云的将军,但是,诗中的情感和动作,却是女性化的:

> 鬓边觑。试把花卜归期,才簪又重数。

"觑"是细看,斜视。斜看鬓边的花儿,拿下来数花片以卜归期(大概是数花瓣吧,这和现代欧洲人以"勿忘我"(forget-me-not)的花瓣卜爱或不爱有点相似),这一行为与其说是迷信,不如说是天真。才卜完了,插上头去,又忘了,取下来重数一遍。是男性替女性拿下来,还是女性自己拿下来?作者似乎有意含糊其词。但是,以花卜归期,似乎是女性的行为,特别是"才簪又重数",看来是女性。这么说,这应该是一首非常缠绵的爱情词,"缠绵"表现在哪里?第一,表现在反复,颠颠倒倒,刚刚卜过了,又重新再来,这说明多情,总是不放心,把情感看得很宝贵,不能容忍任何不确定性。第二,表现在沉湎,白天不能摆脱忧愁,夜间做梦还在念叨:

罗帐灯昏,哽咽梦中语:

念叨什么呢?

"是他春带愁来,春归何处?却不解、带将愁去!"

最后几句是这首词最精彩的地方。为什么呢?因为你的忧愁,可以说与春天没有关系,本来不是春天造成的,而是自己太缠绵、太沉湎、太不潇洒。春天来了,你要忧愁;春天去了,你也要忧愁。你摆脱不了忧愁,要怪谁呢?当然只能怪自己。但是,主人公却不怪自己,反而怪春天——为什么春天把忧愁带给了我?春天离开了,却为什么不把忧愁带走呢?都怪春天不好。这不是不讲理吗?但正是因为不讲理,才显出感情的执着,"无理而妙",在逻辑上这么偏执,才有诗意。如果不是这样,而是说,伤春、惜春,其实都怪自己多愁善感,就太理性了,太有理性就没有感情了。读到这个份上,应该可以确定,这是一首爱情词,词中的抒情主人公是女性。

但作者明明是个男子汉,他的胸襟,他的性格,似乎和词中的女性身份、女性的缠绵悱恻有些不合。这一点,早有人意识到了,清黄蓼园在《蓼园词选》中说:"此闺怨词也。"但是,他又感觉到以辛弃疾这样的人才,如果把他当成一个儿女情长的才子,免不了"为之惜"。故他推测,此词"必有所托,而借闺怨以抒其志乎"!这就是说,表面是爱情,实际上是政治抱负,以爱情的缠绵悱恻来暗示对君王的期待。黄蓼园还找出了具体史实:"史称叶衡入相,荐弃疾有大略,召见提刑江西,平剧盗,兼湖南安抚,盗起湖、湘,弃疾悉平之。后奏请于湖南设飞虎军,诏委以规划。时枢府有不乐者,数阻挠之,议者以聚敛闻,降御前金字牌停住。弃疾开陈本末,绘图缴进,上乃释然。词或作于此时乎?"[②]

这样的推测是有道理的。第一,以男女之情影射君臣之间的关系,屈原在《离骚》中已开先河。这样的写法,后来逐渐成为传统母题。第二,在辛氏词作中,以男女之情暗示君臣际遇并非偶然。如《摸鱼儿》，也是表现惜春的，作者自注："淳熙己亥，自湖北漕移湖南，同官王正之置酒小山亭，为赋。"

更能消几番风雨，匆匆春又归去。惜春长怕花开早，何况落红无数！春且住。见说道、天涯芳草无归路。怨春不语。算只有殷勤，画檐蛛网，尽日惹飞絮。　　长门事，准拟佳期又误。蛾眉曾有人妒。千金纵买相如赋，脉脉此情谁诉？君莫舞。君不见、玉环飞燕皆尘土！闲愁最苦。休去倚危栏，斜阳正在，烟柳断肠处。

有人认为，这里的"画檐蛛网，尽日惹飞絮"喻小人误国。"长门"写的是汉武帝的陈皇后失宠住在长门宫，曾送黄金百斤给司马相如，请他代写一篇赋送给汉武帝，陈皇后因而重新得宠。后世把"长门"作为失宠后妃居处的专用典故。这里显然有自况的意味。诗人得不到皇帝的信任，不能施展才华，恢复中原的壮志不得实现，因此自比失宠的嫔妃。这在今天的青年读者看来，有点不伦不类，但在当时，却有怨而不怒的分寸感。当代唐圭璋在《唐宋词简释》中说："王壬秋谓：画檐蛛网，指张俊、秦桧一流人。""长门"两句，"言再幸无望，而所以无望者，则因有人妒也"。[③]问题不在于妒，而在于蹉跎岁月，壮志难酬，故有春天去了，忧愁不去之怨也。

注：

① 王兆鹏编《唐宋词汇评·唐五代卷》，浙江教育出版社 2004 年版，第 180 页。
② 转引自吴熊和主编《唐宋词汇评·两宋卷》，浙江教育出版社 2004 年版，第 2393 页。
③ 唐圭璋《唐宋词简释》，上海古籍出版社 1981 年版，第 175 页。

秋日的古典诗情：悲秋和颂秋

要真正读懂作品，最基本的要求就是要读出个性来，读出它的与众不同之处。读过之后，若感觉不到经典文本的独特，就是没有真正读懂。孤立地欣赏经典文本，可能造成对作者和读者两方面个性的蒙蔽。为了剖析经典文本的个性，一个最方便、最基本的方法，就是同类经典文本共组，提供可比性，帮助读者从被动接受进入主动分析和评价。一般情况下，作品不同类，缺乏可比性，须要相当高的抽象力才能在更高的层次上找到可比性。而题材同类的作品有现成的可比性，为进入分析提供了有利条件。

如果仅仅把杜牧的《山行》拿来分析，未尝不可，但很可能，读者只能感到这首诗不错，而不能感觉到杜牧这首诗的个性。

没有参照系，孤立地考察任何事物，都是很难到位的。最简单的比较，就是同类比较。同样写秋天，你这样写，我也这样写，叫作落入套路；你这样写，我偏不这样写，叫作别具一格。这个"格"，也许是作者的人格，也许是作品的风格，不管是人格还是风格，都是突破，都是出格。

下面选择不同时代、不同作者，同样写秋天的诗词，把现成的差异和矛盾摆在面前，便于激发感悟和思考。正是因为同中有异，才显出个性的多彩、心灵的丰富和语言运用的出奇制胜。

山　行　杜牧

远上寒山石径斜，白云生处有人家。
停车坐爱枫林晚，霜叶红于二月花。

杜牧这首诗的可贵之处首先在于：它打破了从来都是天经地义的想象机制。在一般的认知中,花肯定比叶子美好,而杜牧却说,叶子比花更美。在一般人看来,秋天肯定不如春天美好,而杜牧却说,秋天比春天美好,不但比春天的景色鲜明,而且比春天最鲜艳的花朵还要鲜艳。这表现了诗人精神的活跃,不为常规所拘,这是艺术想象的突破。其次,这首诗的灵魂全在最后一句,以一个精彩的比喻使这首诗经受住了千年的考验,保持住了鲜活的艺术生命力。这个比喻的生命的奥秘在于,它是"远取譬"。

比喻分为近取譬和远取譬。所谓远取譬,是从空间距离来说的,为了求新,不在人身的近处,而是在人身的远处,在人的想象遥远的、为流行的、传统的想象所忽略的空间里展开。远取和近取,一般都从朱自清《中国新文学大系·诗集导言》说起,实际上,是许慎第一个在《说文解字·叙目》中提出的。但是,许慎说的不是比喻,而是传说中文字的创造,近取诸身,远取诸大自然。

从文学,尤其从诗的角度来看,这不是一个空间概念,而是一个心理观念。有时从空间而言并不远,但在心理上却处于被遗忘的地位。杜牧把秋天的叶子比作春天的花就是一例。从秋天想到春天,从时间的角度来说,是远取譬,但是,从叶子想到花却是近取譬。我们之所以觉得它新异,是从心理、想象和联系的角度来说的,这是被忽略了的,因而能出奇制胜,富有突破性和创造性。

为了说明这一点,我们不能不从根本上来研究一下比喻的特殊规律。

比喻的矛盾是:第一,它发生在两个事物(秋天的叶子和春天的花朵)之间。用修辞学的术语说,是本体(叶子)和喻体(花)。所以朱熹对比喻下过一个定义,说是"以彼物比此物也"(朱熹《诗集传》)。这话说对了一半。并不是任何两个不相同的东西放在一起,都能联系得起来。要成为比喻,还得有一个条件,就是让这两个事物在共有的特点(红)上联系起来。这是从正面来说的,从反面来说,要构成比喻就得有一种魄力,除了这相通的一点以外,其他的一切性状都可以暂时忽略不计。用在这里就是,不管叶子和花的区别有多大,都放在一边,而把"红"当作全部。第二,从表面上来说,这有点粗糙,但是,从深层来说,又很精致。这个联系必须很精确,不但表层的性质要相同,而且隐含的联想意味也要相近。就霜叶和二月鲜花而言,它们在"红"这一点上,不但相通,而且在"红"所引起的联想上——红得鲜艳,红得热烈,红得有生命力——也有共通之处。

通过对红色的强调,杜牧表达了从秋天的叶子感受到的生机勃勃的情致,这表现出诗人的内心迥异于其他诗人的特点。从这里,我们至少可以感受到诗人对大自然的欣赏,对生命中哪怕是走向衰败的过程都充满了热情,不惜用美好的语言加以赞美。

从这里可以得到启发,要把作品写出个性来,不能只靠观察生活、贴近生活,而要通过贴近生活来调动自己内心深处的情感、经验、记忆和思想。这个过程与其说是贴近生活，不如说是贴近自己，贴近自己心灵深处的情思。也许有人觉得这是一句怪话，一句废话，自己就在身边，不是已经很贴近了吗，还要贴近什么呢？不然。这恰恰是人类的一个弱点，越是自己内心的、属于自己个性的东西，越是难以接近。这是因为，每个人都会被一些现成的套话包裹住，一开口、一写文章，这些套话就会自动冒出来，因为它是现成的、不费劲的。因为不费劲，所以它有一种自动化、自发的倾向。在写作过程中，如果不排除现成的套话，自己的个性就不能顺利表现出来。从这个意义上来说，个性得以表现是排除现成套话的结果，同时又是自觉调动自己被套话淹没的深层情思的结果。会写文章就是，善于调动自己内心深处的储存，能超越感觉的近处，从感觉的远处找到自己的话语。

杜牧这首诗之所以动人，不仅仅是因为这样一个被读者赞叹了千年的比喻，还因为诗的结构很有层次。诗人并没有把这个比喻放在意脉的第一层次的前景位置上，而是把它安排在意脉的第二层次的位置上。在第一层次，他先引诱读者和他一起欣赏寒冷山坡上的石路。一个"斜"字，有很大的潜在量，不但写出了山的陡，也表现了"人家"的高，居然在云端里。这样的人家，有诗的味道，是因为它很遥远，有的版本上是在白云"深"处，有的则是在白云"生"处。从某种意义上来说，好像白云"生"处，更有遐想的空间。对于读者，更能引起超越世俗的神往。

如果作者满足于这样的美景，就很可能使有修养的读者产生一种缺乏个性、没有特殊心灵感悟的印象，虽然在文字上、构图上不能说没有功夫，但是，对诗来说，心灵感悟的特殊性好像不够。

这首诗的杰出在于，用目光欣赏着自然美景的时候，意脉上忽然来了一个转折。寒山石径、白云人家是如此美好，诗人越来越被远方的美景吸引，一任车子按常规行进着。但突然，车子停了下来，原因是近处的枫叶竟美丽到如此程度，需要停下来慢慢欣赏，让视觉得到更充分的享受。这首诗之所以动人的奥妙就在于用突然停车的动作，表达他内心对美的瞬间惊异和发现。从意脉上说，这不是单层次的直线发展，而是以第二层次的提升来强调心理的转折。而这种情绪的转折正是绝句结构的灵魂。从这个意义上说，白云"深处"，也不如白云"生处"。因为"深处"，只是被远处、超凡脱俗之境所吸引，而白云"生处"，则是深而又深的境界，这种吸引，有一种凝神的感觉。这个凝神的感觉，有一点静止的暂停，和后面突然发现的触动形成一种对比。多少人对霜叶司空见惯而无动于衷，或有动于衷而不能表现这种心灵深处的突然悸动。而诗人抓住了这突如其来的、无声的、只有自己才体验得到的欣喜，把它诉诸诗行。"霜叶红于二月花"之所以经受住了历史考验,不仅由于这句诗本身,还应归功于前面的铺垫,没有这个铺垫,就没有意脉转折的精彩了。

景色的美好固然动人,然而,人的惊异,对美的顿悟却更加动人。

文学形象凭什么感动人?当然要靠所表现的对象的特点,但是,比之更重要的,是人的心灵特点,哪怕这特点是无声的、瞬时的触动,潜藏在无意识中的。若不加以表现,它也许就像流星一样,永远消逝了。而一旦艺术家把它用独特的语言表现出来,就可能像这首诗一样获得了永恒的生命。值得注意的是,这是一个艺术家在想象和语言上的成功,这种成功是不可复制的。后世的诗人满足于把它当作典范,是没有出息的表现。也许是杜牧把枫叶的想象(心灵的颤动)水准提得太高了,从杜牧以后,拿枫叶做文章,似乎很少有杰出的。可能唯一的例外,就是王实甫。他在《西厢记·长亭送别》中,让女主人公崔莺莺送别自己的心上人时,又一次勇敢地把枫叶放在了她的面前,崔莺莺的唱词就成了千古绝唱:

晓来谁染霜林醉,总是离人泪!

这不仅是枫叶特征和女主人公情感的一次成功遇合,而且是一次成功的想象突围。同样的枫叶,不再从美好的、花一样的春色方面去想象,而从悲痛方面去开拓,从"红"联想到的不是花的艳红,而是"醉"的酡红,再联想到醉的原因不是酒,而是送别爱人远行的女主人公的眼泪,这和"红"联系在一起的"泪",就自然转向"血"了。霜叶为血泪所染,就红得很自然了。千古绝唱就这样产生了。

渔家傲　范仲淹

塞下秋来风景异,衡阳雁去无留意。四面边声连角起。千嶂里,长烟落日孤城闭。

浊酒一杯家万里,燕然未勒归无计。羌管悠悠霜满地。人不寐,将军白发征夫泪。

分析这首词的着眼点,不应该仅仅是秋天的景象,而是范仲淹通过秋天的景象,调动了怎样独特的心灵储存。从《渔家傲》里,我们看到了什么样的心灵储存呢?

第一,突出了秋天特有的景象。要注意"风景异",异者,不同也,就是和其他地方不同的地域特色。首先是与家乡的距离感(范仲淹是苏州人)。这是全诗的着眼点。

"衡阳雁去无留意"(湖南衡阳县南有回雁峰,相传雁至此不再南飞。见王象之《舆地纪胜》卷五十五),用秋天的大雁来表现空间的距离遥远。雁去的方向是南方,很遥远。而这些雁对边塞竟也没有一点留恋之意,这一点特别使诗人感慨。雁都没有留恋此地的意思,"我"却留在这里。"浊酒一杯家万里"不是一个句子,而是两个并列的意象,在数量词中有对比,一方面是"一杯",一方面是"万里"。一杯,一个人喝酒,暗示孤独;万里,写遥远,渲染的仍然是边塞和家乡的空间距离非同寻常。与此相呼应的是地理环境的特点——"千嶂里"(像屏障一样并列的山峰),在崇山峻岭之中。"孤城闭","闭"用得多么精练。为什么要闭?因为"四面边声"(主要是指军中号角之声),突出了"孤城"的氛围,暗示身处敌人的包围之中。这境况更衬托出了归家的遥遥无期。

据研究这可能是写实,而不一定是诗人的想象。公元1038年西夏元昊称帝后,连年侵宋。由于积贫积弱,边防空虚,宋军一败于延州,再败于好水川,三败于定川寨。公元1040年,范仲淹自越州改任陕西经略副使兼知延州(今陕西延安)。延州是西夏出入关的要冲,战后城寨被焚掠殆尽,戍兵皆无壁垒,散处城中。此词可能作于范仲淹知延州之时。

应该注意的是"四面边声连角起"一句。本来似乎应该是:"四面边角连声起",但那样一来,第二和第四个字都是仄声,就不是仄仄平平平仄仄了,不协调了。而汉语诗歌的语词顺序比较自由,所以作者进行了调整。而且"边声",可能典出李陵《答苏武书》:"凉秋九月,塞外草衰。夜不能寐,侧耳远听,胡笳互动,牧马悲鸣,吟啸成群,边声四起。""边声"应包含许多内涵。

第二,这首诗的最动人之处,是通过空间距离的悠远来调动诗人内心深处的感情。这种情感必须是有特点的。但是,一说到秋,就写悲愁,特点可能就被淹没了。不可回避的是"四面边声连角起"具有"悲"的意味,军号都是悲的,"将军白发征夫泪",悲到连眼泪都写出来了,不是落入悲秋的俗套了吗?没有。原因在于,这里字面上虽然是悲的,但并不完全给读者以凄凉的感觉,而是悲中有壮。壮在哪里呢?壮在心态,壮在志气。虽然外在的景色悲凉,内心却怀着豪情——"燕然未勒归无计"。(燕然:今蒙古境内之杭爱山。勒:刻石记功。东汉窦宪追击北匈奴,出塞三千余里,至燕然山刻石记功而还)还没为捍卫疆土立下盖世的功勋,就更没有理由回家。家和国这是一对矛盾,诗人就是处在严酷的国家命运、个人志向和乡愁之间,矛盾不得解脱,才借酒浇愁。浊酒,不是清酒,越发显出乡愁的沉重。这种乡愁,不是一般的忧愁,而是使人失眠的忧愁。衬托这种忧愁的,又不是灰暗的背景,而是"羌管悠悠霜满地",明亮月色中高昂的乐曲。这是一种反衬,使这种悲凉有一种明亮的而不是灰暗的感觉:听着异乡异族的乐曲,看着月光照出的霜华,想到自己虽然年华消逝,却仍然要坚守在遥远的边陲。

从历史的角度找寻其时代特点,这是一首宋人写的军旅词,和唐人的边塞诗属于同一母题。但是,相比起来,没有了唐人豪迈、开朗的英雄主义。只要和岑参《白雪歌送武判官归京》中的"中军置酒饮归客,胡琴琵琶与羌笛""纷纷暮雪下辕门,风掣红旗冻不翻"相比,就可以看得很清楚,唐人写边塞之苦寒,其中有自豪深厚之气,而宋人则心气偏弱。这是因为宋朝在军事上一直比较弱,对异族往往只有招架之功,并无还手之力。宋朝的大诗人即使有时作英雄语,也往往难以摆脱无奈的悲剧感。这可以从"归无计"和"人不寐"中感受到。

范仲淹在边防上是有作为的。他到延州后,选将练卒,招抚流亡,增设城堡,联络诸羌,深为西夏畏惮,称"小范老子腹中有数万甲兵"。故其词慷慨,悲而不惨,悲中有壮,一扫花间派柔靡词风,可视为"苏辛"豪放词的前奏。

欣赏作品主要应从语言中感受,尤其是诗词,主要应从词句中感受。如果一味说,英雄语中有无奈之感,当然没有错,但是,要从具体的词句中找到根据,才是真有感受,真有理解。

苏幕遮　范仲淹

　　碧云天,黄叶地。秋色连波,波上寒烟翠。山映斜阳天接水。芳草无情,更在斜阳外。
　　黯乡魂,追旅思。夜夜除非、好梦留人睡。明月楼高休独倚。酒入愁肠,化作相思泪。

这一首和上一首有两个共同点:一、都是写秋天的;二、都是写乡愁的。

唐圭璋在《唐宋词简释》中说:"此首,上片写景,下片抒情。上片,写天连水,水连山,山连芳草;天带碧云,水带寒烟,山带斜阳。自上及下,自近及远,纯是一片空灵境界,即画亦难到。下片,触景生情。'黯乡魂'四句,写在外淹滞之久与思乡之深。'明月'一句陡提,'酒入'两句拍合。'楼高'点明上片之景为楼上所见。酒入肠化泪亦新。……足见公之真情流露也。"

唐先生的这种说法至少有两个方面的不足。一是,把上片说成纯粹写景,下片说成纯粹抒情,在理论上是不周全的。清朱庭珍早就在《筱园诗话》卷一中说过:"断未有无情之景""情中有景""景从情生"。后来被王国维总结为:"一切景语皆情语。"二是,孤立地谈一首词,很难洞察其深层特点,最好就是和前面的那首《渔家傲》相比较。

外部景色的地域特点与前面一首相比有所不同,凭借几个细节,就给人留下很明媚的印象。上片一开头就强调色彩:"碧云天","云"怎么是"碧"的?如果贴近客观真实,云应该是白的,不可能有碧绿的云。其实这是美化,因为色彩上要和下面的"黄叶地"相对,在音节上对称,在色彩上也对称。这两句虽然看起来并不十分出色,但几百年后,却被王实甫在《西厢记》崔莺莺送别张生一折里袭用了。

这里的色彩虽然鲜艳,但并不杂乱,因为它很单纯,给人一种明净之感。"秋色连波",秋天的景色和水波连在一起,一片空灵,如果不是空灵到水一样透明,就不可能和水连成一片。"波上寒烟翠",水波是透明的,而水上的寒烟,本来应该是朦胧的,但因作者用了一个"翠"字,便增加了透明感。碧、黄、翠这样丰富的色彩,不仅没有互相干扰,还在明净这一点上达到了高度统一,构成了意境——连黄叶的枯败也被透明感同化了。

这明显不是塞外风光,而是东南或者中南地区了。

和《渔家傲》一样,词中也有山,虽"山映斜阳",可色彩也还是明亮的。而且这里的山,并不像《渔家傲》那样,都是屏障一样的重重高峰,相反,可以看到"天接水",说明这是在平原上,山很小,又不多,没有挡着视线,可以一望无际,视野很开阔。这句写出了有河流的平原的特点。这样开阔的图画所展示的不仅仅是大自然的风物,而且是作者极目远眺的心胸和情致。和"秋色连波,波上寒烟翠"连在一起,许多明净的意象组合起来,完全淹没了前面作为秋天象征的黄叶引起的联想,几乎没有多少秋天的感觉了。

这仅仅是地域特点吗?地域特点一旦得到表现,就不再是客观的,因为这特点是经过作者情感的选择、同化后,转换生成的。地域特点和作者的心理特点水乳交融,实际上是作者心灵特点的反射,这可以从下面一句"芳草无情,更在斜阳外"得到证明。芳草不属于"黄叶地"的范畴,不是眼睛能直接看到的。"在斜阳外",也就是更加遥远的地方。那更是不为黄叶所覆盖的地方。关键词语是"无情"。为什么无情?因为芳草远远地在斜阳以外,在目力所及之外,不理会我的乡愁。芳草的无情,恰恰反衬出诗人的多情。

诗人的情怀和故乡的关系到下片才点明。"黯乡魂,追旅思",用了一个短短的对句,说的是怀乡。在这以前,都是借景抒情,比较含蓄,到了这里,若继续借景抒情,当然也可以,只是,如果驾驭不好,就可能太单调,也可能停留在景物的层面上,不利于深化情感。所以许多词家到了词的下片,就转为直接抒情,把感情直接倾诉出来。他强调这种乡思的特点是,在清醒的时候不可排解,只有在做梦的时候才是例外。他甚至希望,夜夜都做好梦。因为"好梦留人"。一个"好"字,说得比较空灵;一个"留"字,暗示无限留恋,反衬出他并不能夜夜好梦,因为他的乡思使他失眠了。这本来和《渔家傲》的"人不寐"说的是一样的意思。但是,"人不寐"把一切都讲出来了,然后再用"将军白发征夫泪"这样的意象来支撑;而这里是用留有余地的办法把失眠暗示出来。下面一句,"明月楼高休独倚",暗示性更强。为什么不能一个人静静地赏月呢?因为月儿弯弯照九州,光华能超越空间的距离、关山的阻隔,征人却不能和亲人沟通。所以,还不如不要去触动这敏感的联想。"休"字很见功力,是正话反说。字面上是"休",不要独倚,但又把它写得这么诗意盎然,本为避免惆怅,却又留恋惆怅之美。下面这一句,就更见才情了:

酒入愁肠,化作相思泪。

这是极大胆的想象。酒本来不是眼泪,在这里却变成了相思泪,用科学的眼光来看,这是不真实的,但这是写诗,诗的抒情需要想象才能充分表达。诗词想象的特点之一,就是贺裳、吴乔所说的"形质俱变",也就是虚拟的变异,酒变成了眼泪,不但形态变了,而且质地也变化了。这很像俄国形式主义者的"陌生化",但又不是绝对的。因为两者在联想上还是有相通之处、有熟悉的过渡渠道的,酒和泪都是液体,读者联想就有了相近、相似的过渡渠道,陌生而熟悉,非常自然。如果不是这样,说酒化作芳草、化作斜阳,就只有陌生,而失去熟悉的支撑了,读者的联想有可能被扰乱,产生一种抗拒感,诗就失败了。把酒和眼泪联系起来,变异幅度很大,联想却没有阻力,堪称水乳交融,把思乡的情感强化了:喝酒,本来为了麻醉思乡的痛苦,结果却适得其反,消愁的酒进一步转化为思乡的痛苦。这和李白的"举杯销愁愁更愁"是一样的意思。但是,范氏的杰出就在于发明了自己的独创话语——酒和泪转化,这和苏东坡把杨花转化为"离人泪"同样是变异的陌生化和熟悉的相近性的统一。这种经典,用贺裳、吴乔的"形质俱变"阐释顺理成章,而用俄国形式主义的"陌生化"来解释就很片面了。

同样是通过秋天的景色来抒发自己思念家乡的感情,这一首和《渔家傲》不同。《渔家傲》写思乡和卫国之间的矛盾,有一点沉郁、豪迈的气魄,情调悲而且壮。而这一首词的情调则是悲的,但是悲中无壮,没有把思乡的情感与卫国的壮志联系起来。而且在意象上,"碧云天""黄叶地""寒烟翠""明月楼",色彩也较明净,悲而清澈,没有凄凉之感。

诗人虽面对大自然,但用意并不在完全客观的自然景象,而在激发自我内心深沉的情致。诗人的功力就在于，每一次调动起来的情致都不一样，显示了他内心和艺术表现力的多彩。阅读同一作者的作品，一方面要注意他贯穿在每一篇作品中的个性；另一方面更要注意个性中各不相同的侧面。如果看不出不同来，就不能真正欣赏每一首诗的特点，也就不能真正理解作者丰富的个性。

天净沙·秋思　马致远

枯藤老树昏鸦，小桥流水人家，古道西风瘦马。夕阳西下，断肠人在天涯。

这首经典之作全文没有一个字提到秋，但恰恰写出了经典的秋天景象，其感受也是传统的忧愁，阅读者关注的核心应该是：这里的忧愁和前面几篇有什么不同？全文只有五句，一眼望去就可感到其特点首先在句法上，前面三句都是名词意象的并列，没有谓语。但是，读者并不因为没有谓语而感到不可理解。

第一句，枯藤、老树、昏鸦，这三者虽然没有通常的谓语和介词等成分，但它们之间的关系并不因此而混乱。它调动着读者的想象，构成了完整的视觉图景。三者在音节上是等量的，在词性上是对称的，"枯""老""昏"在情调的悲凉上是一致的，所引起的联想在性质上是相当的。小桥、流水、人家也一样，只是在性质上不特别具备忧愁的感觉。后面一句，古道、西风、瘦马，三个意象之间没有确定的联系，但与前面的枯藤、老树、昏鸦在性质上、情调上有精致的统一性，不但相呼应，而且引导着读者的想象进一步延伸出一幅静止的图画。这时，在静止的图景上，出现了行人和马。本来，骑马可以引起生气勃勃的感觉，但这里却是一匹瘦马，反加深了远离家乡的漂泊之感。这种感触，正好又是在西风中。在中国古典诗歌中，西风就是秋风，秋风肃杀的联想已经固定。所以作者没有正面说肃杀，而是把联想空间留给读者。古道和西风、瘦马组合在一起，在感情的性质程度上，既统一又和谐。

也许有读者会提出疑问，这样的句子是"破句"，为什么有这么多好处呢？因为这是汉语抒情诗。诗比之散文，能给读者留下更多的想象空间，让读者的想象参与形象的创造，参与越自然，越没有难度，诗歌的感染力越强。比如，古道、西风、瘦马，这匹马是骑着的，还是牵着的，如果交代得清清楚楚，反而煞风景。这就产生了一个现象，在散文里看来是不完整、不够通顺的句法，在诗歌里却为读者留下了想象的空间，促使读者和作者共同创造。这正是汉语古典诗歌一个很大的特点，也是很大的优点，前面范仲淹词中的"浊酒一杯家万里"也遵循着同样的规律。这种手法在讲究对仗的律诗中，

得到了充分的发展,在唐朝已经十分普及,精彩的例子有很多。比如:

> 鸡声茅店月,人迹板桥霜。

这是温庭筠《商山早行》中的一联。虽然构不成完整的句子,但上联中的三个意象却能激发读者的想象力,构成一幅完整的画面,鸡声和月足以说明,这不是一般的早晨,月亮还没有落下——这是黎明。茅店,更加提醒读者回想起诗题——"早行",是提早出行的旅客的视觉。下联的"人迹"和"霜"联系在一起,互为因果,进一步强化了早行的季节和气候特点,虽然自己已经是早行了,但还有更早的。"板桥"则是作者聪明的选择,只有在板桥上,霜迹才能看得清楚,如果是一般的泥土路上,恐怕很难有这样鲜明的感觉。

西方诗歌,语法和词法的规律与汉语不同,很讲究语法和词法的统一性。西方诗歌中,像《天净沙》这样的句法可以说十分罕见,即使有个别句子,也是十分偶然的。正因为这样,我们的诗歌语言在二十世纪初,受到了美国一些诗人的特别欣赏,他们把我们这种办法叫作"意象并列",并由此发展出一个流派来,叫作"意象派"。这个流派的大师庞德,还用这种办法写了好多相当经典的诗。其中最著名的是《地铁车站》,原文是这样的:

> The apparition of these faces in the crowd;
> Petals on a wet, black bough.

有人把它翻译成这样:

> 人群中这些面孔骤然显现
> 湿漉漉的树枝上纷繁的花瓣

原文显然是学习了汉语诗歌意象叠加的办法。有人不满意这样的译法,改译成:

> 在这拥挤的人群中,这些美丽的突现
> 一如花瓣在潮湿中,如暗淡的树枝

香港诗评家璧华认为前者是"不朽的",后者是"平庸的"。他看重诗歌意象间的空白,因为它能充分调动读者的想象力。

从写作实践上来说,以这样的并列,以不完整的句法来表现诗人的直觉,最大的好处就是留给读者的想象比较自由。第二种译文把本来留在想象中的词语补充出来，反而窒息了诗的想象。同样的道理，如果把"古道西风瘦马"补充为"在古老的驿道上，西风紧吹，来了一匹瘦马"，诗意就可能损失殆尽，变成散文了。

当然，如果五个句子全是并列的名词（或者意象），就未免太单调了。所以到了第四句，句法突然有了变化，"夕阳西下"，谓语动词出现在名词之后，有了一个完整的句子。但其他方面并没有变化，仍然是视觉感受。后面如果继续写风景，哪怕句法有变化，却因为一味在视觉的感官上滑行，也难免给人肤浅之感。故作者转而向情感更深处突进，不再描绘风物，而是直接抒发感情——"断肠人在天涯"。这里点出了秋思的情绪特点，不是一般的忧愁，而是忧愁到"断肠"的程度。这就不仅仅是凄凉，而且有一点凄苦的感觉了。人在天涯，也就是远离家乡。被秋天的景象调动起来的马致远的心灵和范仲淹是何等不同，他对大自然的欣赏只限于凄苦，不涉及国家的责任，故悲而不壮。对家乡的怀恋，倒是相近的，虽然没有明净的图景，但并不妨碍动人，诗人个性化的生命就在这不同之中。这首小令幸亏有这最后一句，使它有了一定的深度，在情感的表达上也有了层次，避免了单调。

相比之下，白朴、张可久和无名氏同样曲牌的作品，大抵都显得浅显。白朴的作品，五句都在描绘风景，停留在视觉感官上："孤村落日残霞，轻烟老树寒鸦，一点飞鸿影下，青山绿水，白草红叶黄花。"尤其最后两句，完全是在玩弄色彩，给人以为色彩而色彩的感觉。这里看不出作者情绪的主要特点，是马致远式的忧愁，还是杜牧式的对秋景的赞叹？读者很难感觉到情绪是悲凉的还是明快的。如果说是明快的，为什么在明快的景色中夹入"老树寒鸦"呢？如果要强调老树寒鸦，为什么不贯穿到底，也让山水带上和老树寒鸦相近的性质呢？而且，五句没有在视觉感知饱和的时候，深入到情绪层面。文字的色彩脱离了人的情感，就难免有空洞之感。

秋　词　刘禹锡

自古逢秋悲寂寥，我言秋日胜春朝。
晴空一鹤排云上，便引诗情到碧霄。

选出这首绝句来欣赏，并不是因为它在艺术上特别有成就，而是因为它在立意上有特点。我国古典诗歌在楚辞时代就确立了悲秋的母题。屈原《九歌·湘夫人》："袅袅兮秋风，洞庭波兮木叶下。"宋玉《九辩》："悲哉，秋之为气也，萧瑟兮草木摇落而变衰。"一般人很少有意识去打破这个多少有点封闭、凝固的套路。当然,这也并不能说,所有表达秋愁的诗歌都是公式化的套语,至少有许多以秋天引起的悲愁,是有真切内涵的。例如李白的《子夜吴歌·秋歌》:

> 长安一片月,万户捣衣声。
> 秋风吹不尽,总是玉关情。
> 何日平胡虏,良人罢远征?

这种秋愁与大众的疾苦有关,想象的空间非常辽阔(从玉门关到长安),战士妻子的绵绵思绪那么深沉,但又毫不张扬,没有多少夸张之语,写得相当从容,有很高的艺术价值。

关键并不在于悲秋是不是一种套路,而在于诗人的创造要打破这种套路,是不容易的。因为套路在一段时间里具有权威性,显得神圣不可侵犯,一般作者不敢去触犯它,或者想要触犯它,却缺乏足够的才华。大凡能够突破的作品就说明有某种艺术的才气了。

这些作品虽然不见得有多大的社会意义,但就算诗人没有什么壮志,在秋天来临的时候,他感到一种和大自然的契合,发现秋天的清新和人生的美好,同样也能写出好诗来。像王维的《山居秋暝》:

> 空山新雨后,天气晚来秋。
> 明月松间照,清泉石上流。
> 竹喧归浣女,莲动下渔舟。
> 随意春芳歇,王孙自可留。

王维发现了秋天美的另一种表现。面对山间平常而又美好的景象,诗人的心情欣然而又恬淡。这说明秋天并不是命中注定要带来忧愁的,而且也不注定要引起人的异常激动。

刘禹锡的可贵首先在于,他对秋愁的套路唱了反调,不是自发的,而是自觉的;不是一般地唱唱而已,而是把对立面提出来,加以批评。哪怕自古以来就是这样的,他也不买账。其次还在于他不但反对逢秋便悲,而且提出秋天比春天更美好。这种坚持自己个性的勇气在诗歌创作上是难能可贵的。正是在反潮流的思绪这一点上,这首诗有了不朽的价值,虽然在艺术上,这首诗很难列为唐诗中最杰出的作品。

二十世纪六七十年代,主流意识形态强调乐观向上,反对悲哀,因为乐观昂扬的意气和集体主义有联系,而悲苦之哀叹则和个人主义有瓜葛。刘禹锡的这首诗,因为反对悲秋而得到崇高的评价。在今天看来,喜怒哀乐都是人的心灵的一部分,只是对创业者而言,乐观可能特别难能可贵吧。

　　这首诗的核心意象是"晴空一鹤排云上",以这一点支撑"秋日胜春朝"的感兴。这个意象有两点值得分析:第一,把白鹤的形象放在秋日蔚蓝的"晴空"中,用秋高气爽、万里无云的背景来衬托。这就意味着,天空里一切其他的东西都被省略了。什么风雨啊,红霞啊,日月星辰啊,都从读者的想象里排除了。只让白鹤的翅膀突出在读者的视野中。有了这一点对比就够了。如果是在英语、俄语或德语中就要追究,是一只白鹤,还是一排白鹤,但在汉语中,却不必。因为从生活的真实来看,从地面望上去,一只白鹤在天空中可能根本就看不见。但汉语名词不讲究数量的变化,加之诗的视觉是想象的,和现实的视觉有很大的不同。在想象中,一只白鹤和蓝天的对比,就能够形成鲜明的感觉;而在现实中,一只白鹤在天空可能会变成一个黑点。但这不是诗人要考虑的问题。第二,这只白鹤的运动方向,不是通常的大雁南飞,而是诗人设计的,诗人不说"向上",而说"排云",这就比向上还要有力量感,力争飞到云层的上方去,这便有了奋发进取的象征意义。

　　刘禹锡的《秋词》一共两首,另外一首如下:

山明水净夜来霜,数树深红出浅黄。
试上高楼清入骨,岂如春色嗾人狂。

　　这一首立意和前一首是相似的,也要把秋天和春天相比,表现秋天自有秋天的美,自有春天比不上的特点。这一首不像上一首只是笼统地反对悲秋,而是进一步指出秋日也有不亚于春天的鲜艳色彩,它胜过春朝的地方是,给人一种"清入骨"的感觉。这个"清"的内涵很丰富,可以令人想到清静,也可以想到清净,甚至可以想到清高。虽然不如春天那么鲜明、一望而知,但是细细体味,却隽永、含蓄,更深刻更经得起欣赏。诗人欣赏秋天的清,还有一点不能忽略,他把欣赏的地点放在高楼上,要从高处欣赏秋天的"清",这就不单纯是物理的高度,而且有开阔的视野,精神的高度,正是这样,他才觉得,秋色不像春色那样浮躁,那样夸张,那样张扬。

　　这一首写得也很有个性,但是,一般读本都选前一首,因为前一首的核心句"一鹤排云"比较单纯,比较形象,而后一首的核心句"清入骨"在形象的直接可感性上略逊一筹。

第三章 古典诗词常见意象分析

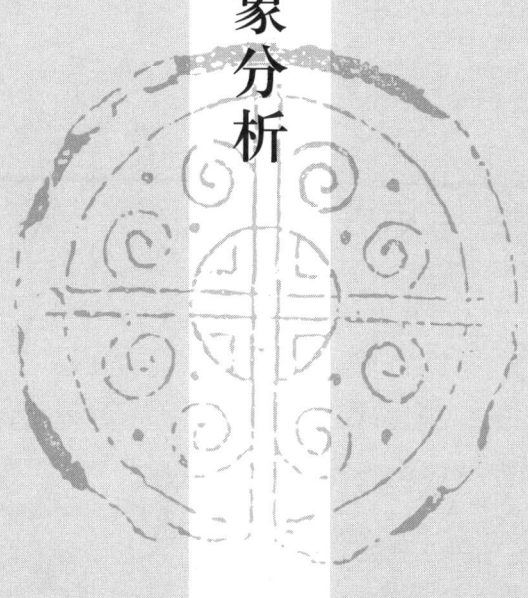

月：生命情感的非常寄托

中国古典诗歌的月亮是诗的意象，并不是客观的想象，而是主观的某种情感特征与客体的某一特征的猝然遇合，极富民族特色。世界人民心目中的月亮各有特色。飞白先生在《比月亮——诗海游踪之二》说"诗人代表着民族的眼睛，据我的统计，圆月在中国诗中（另外还有日本诗中）出现的频率远远高于世界其他地区，因此完全可以概括地说'中国的月亮比外国圆'。这证明我们见到的月亮，不是月亮的物象，天上的月亮同是一个，但是我们见到的月亮是不同语言的格式塔，中国月亮的格式塔是圆月（按因为有团圆的联想），法国和中东月亮的格式塔是新月，法国和中东甚至在民族特色食品上也有体现。我们知道，中国月饼是圆的，而著名的法国'月饼'croissant，直译是词义就是新'月'，形状也是新月形的。"（按，这就是所谓的羊角包）。飞白先生还指出，在法国人的想象中，新月意和镰刀联系在一起，意谓着"丰收""光辉的前景""善""吉祥"和"完成"。这一点和中东人的想象有相近之处，不过在阿拉伯人的想象中，新月的颜色是绿的。他们的历法是根据月亮的盈亏来计算的，"新月是人事和朝谨的计时，斋月的开斋和封斋也是看新月。为了迎接新月，专用白银制作祭祀法器。作为牧民，他们的原始图腾是一对公羊角，两解弯成弧形，构成的正是一对新月的形状。"故中东和法国诗歌中，多有歌新月而不是圆月之作。

月亮在中国古典诗歌中是一个经典意象。在对月亮的天体性质缺乏科学认识的时代，月亮和太阳一样很容易触发诗人的想象和联想。太阳最初在诗人心目中，比较自由，不但有赞美的，也有咒骂的。《书·汤誓》："时日曷丧，予及汝偕亡。"但在远古农业社会，太阳对农作物毕竟是太重要了，这就决定了歌颂性的意味在太阳上凝聚了起来。扶桑、若木的神话典故，驾苍龙、驰赤羽的意象，最后竟成了至尊所独享，日为君象的性质就固定下来，而诗人与太阳的关系，除了葵藿倾心的忠贞以外，竟没有任何余地。赞美太阳就得贬低自己，自己跪下来，君王才显得伟大。但是，月亮却不同，在中国古典诗歌里,它比较平民化,比较人性化,和人的亲情、爱情、骨肉之间的悲欢离合紧密相连。赞美月亮不但不意味着一定要贬低自己,相反,往往是展示自我,美化自我。

早在《诗经》中,月亮就是一个美好的意象:"月出皎兮,佼人僚兮"(《诗经·国风·陈风·月出》)以月光临照天宇吸净显示感情的纯净。经过了千百年的审美积淀,在曹操的《短歌行》中,"明明如月,何时可掇?忧从中来,不可断绝",是以月的无边透明,美化忧愁的无限的。谢灵运的"明月照积雪,朔风劲且哀",写明月透明与雪色之白融为一体。让朔风劲吹其间,长驱直入,从质上,为这个纯净的宇宙定性为"哀",从量上,显示整个宇宙的悲凉。到唐代月亮意象的符号意味在思乡的亲情上趋于稳定。这个意象具备了公共性。李白的"举头望明月,低头思故乡"之所以不朽,就是因为它表现了乡愁在潜意识中敏感到不触而发。但是李白在月亮的这个意象上的贡献并不限于此,而在于突破了这个意象公共的单一性,展开了想象的多样性。在李白现存诗作中,不算篇中间出的月亮意象,光是以月为题的就达二十余首,从月亮意象衍生出来的群落,其丰富和深邃,大大超过唐宋以来的一切诗人。李白赋予月亮以自己的生命,使月亮焕发出多元的生机,改变了它作为观赏对象的潜在成规,月亮和李白不可羁勒的情感一样运动起来,静态的联想机制被突破了,随着李白的情感变幻万千。当他童稚未开,月亮就是"白玉盘""瑶台镜";当友人远谪边地,月光就化为他的友情对之形影不离地追随;月亮可以带上他孤高的气质,也可以成为豪情的载体在功成名后时供他赏玩;金樽对月意味着及时享受生命的欢乐。对月可比可赋,无月亦可起兴:"独漉水中泥,水浊不见月。不见月尚可,水深行人没。"抱琴弄月,可借无弦之琴进入陶渊明的境界。"明月出天山,沧茫云海间"中的月带着沧凉而悲壮的色调;"长安一片月,万户捣衣声,秋风吹不断,总是玉关情",思妇闺房的幽怨弥漫在万里长空之中,幽怨就变得浩大。月对于李白来说,月不但可以"待":"浩歌待明月,曲尽已忘情。"月还可以"邀",视之为自己孤独中的朋友:"举杯邀明月,对影成三人。"不但可以咏歌之,"弄"(弹奏)之,甚至可以"揽"("欲上青天揽明月"),使之交织着"逸"兴和"壮"思。以如此才情营造这样统一而又丰富的意象,在李白之前,甚至在李白之后,都还没有诗人能够做到,堪称"前无古人,后无来者"。

把酒问月　李白

青天有月来几时?我今停杯一问之。
人攀明月不可得,月行却与人相随。
皎如飞镜临丹阙,绿烟灭尽清辉发。

> 但见宵从海上来,宁知晓向云间没?
> 白兔捣药秋复春,嫦娥孤栖与谁邻?
> 今人不见古时月,今月曾经照古人。
> 古人今人若流水,共看明月皆如此。
> 唯愿当歌对酒时,月光长照金樽里。

李白在这首古风中,对月亮的固定母题进行了一次突围。突围的关键,就在题目中的一个"问"字。

为什么会"问"起来呢?

在这首诗的题目下面,李白提供了一个小注:"故人贾淳令予问之。"这个贾淳是什么样的人士,暂且可以不管。但是,他居然"令"李白问月,这里就有两点值得分析:一是,他与李白的交情不一般;二是,这位贾淳先生对当时诗中关于月亮的流行写法有看法。一般写月亮的题目大抵是描述性的,如《春江花月夜》,或者《月夜》《关山月》,最老实的就是一个字:"月"。后来就有了:《咏月》,到了《拜月》《步月》《玩月》,就已经挺大胆的了。在《全唐诗》中,光是以"望月"为题者,就有五十首。可能是这位贾淳先生对如此单调的姿态有点厌倦了,所以才敢"令"李白写一首"问"月。李白之所以接受这样的命令,可能也是被这个"问"的姿态激发出了灵感。要知道,向一个无生命的天体,一种司空见惯的自然现象发出诗意的问话,是需要才情和气魄的。在唐诗中,同样是传统母题"雪",也有对雪、喜雪、望雪、咏雪、玩雪,但是,就是没有问雪。在贾淳那里,"问"就是一种对话的姿态;而到了李白这里,则又不是一般的问,而是"把酒问":

> 青天有月来几时?我今停杯一问之。

这是李白式的问。停杯,是把饮酒停下来,手里的杯子并没有放下。如果是把酒杯放下来,就和题目上的"把酒问月"自相矛盾了。这种姿态和中国文学史上屈原《天问》的问法是不太相同的:

> 天何所沓?十二焉分?
> 日月安属?列星安陈?
> 出自汤谷,次于蒙汜。
> 自明及晦,所行几里?
> 夜光何德,死则又育?

屈原在这里更多的是对天体现象的追问：老天怎么安排天宇的秩序，为什么分成十二等分，太阳、月亮、星星是怎么陈列的，太阳从早到晚走了多少里，而月亮的夜光消失了怎么会重新放光，凭着什么德行，等等。这是人类幼稚时代的困惑，系列性的疑问中混淆着神话和现实。屈原的姿态是比较天真的。李白的时代已经进化到不难将现实和神话加以区别了。所以李白要把酒而问，姿态是很诗意、潇洒的。酒令人兴奋，也令人迷糊；酒能兴奋神经，又能麻醉神经。酒，在诗中的功能，就是让神经从实用规范中解脱出来，使想象和情感得以自由释放。因此在诗中，尤其是在李白的诗中，"把酒"是一种进入想象空间尽情浪漫的姿态：

> 人攀明月不可得，月行却与人相随。

"人攀明月不可得"，说的是十分遥远；而月亮与人相随，说的是十分贴近。这就构成了一种似乎是很严肃的矛盾。但这完全是想象的，并非现实的，因而是诗意的矛盾。人攀明月，本身就是不现实的。月行却与人相随，关键词是"相随"，也是不现实的。月亮对人，无所谓相随不相随。相随不相随，是人的主观感受，是人的情感体验。这种情感的特点是什么呢？月亮对人既遥远，又亲近到紧密追随。这种矛盾的感觉，把读者带进了一个超越现实的、天真的、浪漫的境界中去。接下去，并没有在逻辑上连贯地发展下去，而是一下子跳跃到月亮本身的美好上：

> 皎如飞镜临丹阙，绿烟灭尽清辉发。

这两句换了韵脚，同时也是换了想象的角度。前面一句的关键词是"皎"，比洁白更多一层纯净的意味。有了这一点，诗人可能觉得不够过瘾，又以"丹阙"来反衬，写纯净的月光照在宫殿之上。这里的"丹"，原意是红色，皎洁的月亮照在红色的宫殿之上。"丹阙"，似乎不一定在色彩上拘泥原意，可直接解作"皇宫"。古代五行说以五色配五方，南方属火，火色当丹，故称南方当日之地为丹；丹又引申为有关帝王的事物，如：丹诏（皇帝的诏书）、丹跸（帝王的车驾）、丹书铁券（皇帝颁给功臣使其世代享受免罪特权的诏书）等，但这些不一定都是红的。"丹阙"就是帝王的居所。下面一句则写月之云雾。不说云雾迷蒙，而说"绿烟"。"绿"的联想是从什么地方生发的呢？我想应该是从"飞镜"来。今天我们用的镜子是玻璃的，没有绿的感觉，而当时的镜子是青铜的，青铜的锈是绿色的，叫作铜绿。有了绿烟，不是不明亮了吗？但是这里的铜绿，是被灭尽了的，一旦灭尽了，就发光了。但是不说发光，而说"清辉"焕发。清有透明的意味，辉也不像光那样耀眼,有一点轻淡的光华。从"飞镜"到"绿烟"到"清辉",构成统一互补的联想肌理。这是一幅静态的图画。接下去李白让月亮动起来,构成了动态的图景:

但见宵从海上来,宁知晓向云间没?

这个动态的特点是:第一,幅度大。从空间上说,是"从海上来"到"云间没";从时间上说,从"宵"到"晓",即从夜晚到清晨。第二,从活生生的"来",到神秘的"没"。语气既可以说是疑问,又可以说是感叹。这是本诗许多句子的特点。诗人虽然是问月,但并不指望有什么回答。只是表达自我对自然现象的挑战和惊讶。倒是下面的句子认真地问起来了:

白兔捣药秋复春,嫦娥孤栖与谁邻?

好像是对神话的发问,也并不在乎有什么回答,只是诗人的感兴。他在《朗月行》中也曾经发出过"白兔捣药成,问言与谁餐"之问。白兔捣药,老是捣个没完,和谁一起享用呢?这好像不过是问着玩玩而已,但其深意隐约可感。关键是句中那个"孤"字。白兔是不是有伴?嫦娥是不是有邻?孤独感,正是诗人反复强调的意脉。接下去,跳跃性就更大了:

今人不见古时月,今月曾经照古人。

这种孤独感从哪里来呢?从生命的感觉中来。第一,生命在自己的感觉中,并不是太短暂,而是相当漫长。然而,和月亮相比照,就不一样了。"今月曾经照古人",古月和今月是同一个月亮,今人中却没有古人,古人都消失了,生命之短暂就显现出来了。第二,"今人不见古时月"。本来月亮只有一个,今古之间,月亮的变化可以略而不计,不存在古月和今月的问题。但是,李白作为诗人,却把古月和今月作了区分。这是一个想象的对比,同一个月亮,因为古人和今人看了,就有了古月和今月之分。有了古今月亮的区别,古人和今人的区别就很明显了。由于古人已经逝去,他们感觉中的月亮已经不可能重现。把古月、今月对立起来,不过是为了强调古人和今人的不同。虽然古人、今人是不同的,但是,他们在看月亮的时候,命运又是相同的:

古人今人若流水,共看明月皆如此。

这就是我们所说的第三点。古人、今人虽是不同的人，然而生命像流水一样过去这一点是一样的。和明月的永恒相比，在生命的短暂这一点上，古人、今人毫无例外。这似乎有点悲观，有点宿命。但全诗给读者留下的印象并不如此，反倒相当开怀。李白对于生命苦短，看得很达观，他用这样的话来作结：

> 唯愿当歌对酒时，月光长照金樽里。

"当歌对酒"中的"当"，与"对"同义，并不是"应当"的"当"。这是化用了曹操《短歌行》中的典故。曹操是直接抒发"人生几何"的苦闷，而李白则用了一幅图画。这幅图画由月光和金樽两个要素构成。让月光照在酒樽里，也就是把其他空间的月光全部省略，月光和金樽的意味是双重的，月光代表永恒，金樽代表生命的短暂，然而二者统一为一个意象。短暂的生命由于有了月光，意味就变得欢快了。永恒不永恒的问题被置之脑后，诗人就显得更加潇洒了。

这几句诗在中国古典诗歌中，属于千古绝唱一类。除了因为表现出当时士人对生命的觉醒之外，还因为其思绪非常特殊。在自然现象的漫长与生命的短暂、人世多变与自然相对稳定不变的对比中，显示出一种哲理的深刻。

李白没有辜负老朋友贾淳命意的期望，这首诗成为神品，对后世许多诗人产生了巨大影响。如苏东坡的《水调歌头》（明月几时有）、辛弃疾的《太常引》（一轮秋引转金波）、《木兰花慢》（可怜今夜月），等等。王夫之在《唐诗评选》卷一中说这首诗："于古今为创调，乃歌行必以此为质，然后得施其体制。"[②]此语的关键词是"歌行"，歌行体是李白时代的"古诗"。这种古诗与律诗、绝句不同，不讲究平仄对仗，句法比较自由，句间连贯性比较强，古人、今人、古月、今月，作相互连绵的生发，明明是抒情诗，却又像是在推理，用的不是律诗的对仗，而是流水句式，意脉显得尤为起伏跌宕。

月下独酌　李白

花间一壶酒，独酌无相亲。
举杯邀明月，对影成三人。
月既不解饮，影徒随我身。
暂伴月将影，行乐须及春。
我歌月徘徊，我舞影凌乱。

> 醒时同交欢，醉后各分散。
> 永结无情游，相期邈云汉。

这首又是以月光和酒为主体意象的，但从根本上说与上一首是不相同的。上面一首，把酒问月的姿态已经够浪漫了；这一首虽然仍然是举着酒杯的姿态，但没有把月亮当成被问的对象，而是把它当作有生命的大活人。

在内涵上，这一首也和上面一首不太相同。从标题上看就很清楚："月下独酌"。关键词是一个"独"字，也就是孤独。上面一首，还有一个朋友在边上撺掇他问月；而这一首的诗意，就从没有朋友的感觉中激发出来，一开头就是：

> 花间一壶酒，独酌无相亲。

很孤独，只有自己一个人，话说得很直白，属于直接抒情的手法。孤独比之群居更受诗人青睐。在唐诗中，以独坐、独立、独游、独往、独酌、独泛、独饮、独宿、独愁为题者甚多。李白有许多以孤独为主题的诗，似乎对独酌之美很有体悟，单是以"独酌"为题的诗，他就写了七首。这一首是从《月下独酌》四首中选出的。其他几首也很精彩。如《其三》中说："一樽齐死生，万事固难审。醉后失天地，兀然就孤枕。不知有吾身，此乐最为甚。"在醉意中可以忘却生死、荣辱等。正因为这样，酒才是超越圣贤、神仙的自由象征："天若不爱酒，酒星不在天。地若不爱酒，地应无酒泉。天地既爱酒，爱酒不愧天。已闻清比圣，复道浊如贤。贤圣既已饮，何必求神仙。三杯通大道，一斗合自然。但得酒中趣，勿为醒者传。"这显示出孤独之饮并不是痛苦的，而是高傲的；孤独是寂寞的，然而又是自由的，不为世俗所拘，达到自由的精神境界。当然，所有上述诗歌，都是一种豁达的人生之悟。这种豁达，是一种直接激情的表白，以痛快淋漓、极端化、不留余地为特点。而我们面前的这一首，则是想象境界的描绘：

> 举杯邀明月，对影成三人。

本来是独酌，没有亲朋。而本诗的立意就是要打破孤独，举杯邀月，把月亮当成朋友，这是意脉的第一层次。对影成三人，这是意脉的第二层次。层次的上升强化了欢乐的氛围，但同时也增添了孤独的色彩。在中国诗文中形影相吊是孤独的表现，李密在《陈情表》中就创造了这种经典的意象。李白反其意而用之，却又没有绝对反其意，而是把它与自己生命的特殊体悟结合起来。李白所强调的是，毕竟月亮和影子都不是人，把月亮和影子当成朋友,恰恰是没有朋友的结果。这里的意脉就不是单线的,而是复合的,一方面是想象中的解脱自由,另一方面则是现实的孤独压力,其间交织着欢乐和悲凉。这一点到了下面,意脉就酝酿着转折了:

> 月既不解饮,影徒随我身。

毕竟月亮和影子的友情,缺乏人的特点。"不解饮"就是不能解愁。影子随身则更是徒然的,对影成三人,就完全是空的。这不是把想象境界彻底解构了吗?不然:

> 暂伴月将影,行乐须及春。
> 我歌月徘徊,我舞影凌乱。

虽然月亮和影子是没有生命的,但是不能因此而陷于孤独的痛苦之中,还是要及时行乐,享受生命的欢乐。只要"我"进入欢乐的境界,月亮和影子的"徘徊""凌乱",就有了生命的动态。但是,这种动态并不是生活的真实,多多少少有点醉时的幻觉,意脉由低沉转向高昂。

> 醒时同交欢,醉后各分散。

哪怕是暂时的欢乐,也应该尽情享受。一旦真正醉了,没有感觉了,分散了,也就没有了悲观的理由。为什么呢?这里隐含着诗人在人世孤独的悲凉。

> 永结无情游,相期邈云汉。

在天上,在银河之上,会有相逢的日子。这当然是一种自我安慰,安慰中有沉重、有无奈,但更多的是对孤独的反抗。

这首诗发挥了古风自由体的特色,不以传统的比兴取胜,更不属于成为套路的情景交融,而完全是直接抒发,但又不是一般的直接独白,而是在想象中层层推进。其想象之奇特、之精致,是其成功之道。而其想象之所以奇,又由于其想象逻辑之曲折。首先,曲折的特点是一再向相反方面转折。第一次反向转折是举杯邀月,使孤独感减少,进一步转折,则是对影成三人,使孤独感变成了欢聚感。第二次反向转折是月不解饮,影徒随身,于是复归孤独。第三次转折则是坚持反抗孤独,"行乐须及春"。这种及时行乐的母题是《古诗十九首》中早就确立的,不过写得天真直白,而李白的杰出就在于将之美化。美化的关键是借着月色和醉意进入幻想的欢乐境界,"我歌月徘徊,我舞影零乱"。在这样的境界中,反抗孤独就达到了高潮。第四次转折,宣告"醒时同交欢,醉后各分散",意识到自己只是醉中,反抗胜利是暂时的。第五次转折,即"永结无情游,相期邈云汉"。欢乐的友情是有未来的,在那遥远的云汉之间,还可约会。这样的想象完全符合"无理而妙"的规律。而这首诗的妙处在于,遵循着反向逻辑,而且反向转折不是一度,而是五度。每增一度,就增一奇,起伏五度,乃成五奇叠加的效果,如果用音乐来打比方,则为五重奏。李白对古风这种形式的驾驭堪称出神入化。

月 夜 杜甫

今夜鄜州月,闺中只独看。
遥怜小儿女,未解忆长安。
香雾云鬟湿,清辉玉臂寒。
何时倚虚幌,双照泪痕干?

读诗,可以不管作者生平、时代背景,直接从文本体悟欣赏,这是美国新批评学派的主张。这有道理,因为一般读者根本就没有可能先弄清作家生平再进行欣赏,就是根本不了解时代背景,也不妨碍读者对文本进行深入感悟。但是,这样的说法,多少有点绝对化。有些作家很著名,关于他的生平资料并不难得,参照了时代和生平,对于理解文本,有显而易见的好处,又何乐而不为呢?

读杜甫诗,联系其生平,就十分必要而且可行。因为杜诗号称"诗史",他的个人生活和国家命运紧密相连。例如这首《月夜》,写作时间是天宝十五载(756),安史叛军攻进潼关,杜甫带着妻儿逃到鄜州(今陕西富县),寄居羌村。一个月后,肃宗即位于灵武(今属宁夏)。八月,杜甫离家北上延州(今延安),意在前往灵武,投奔中央王朝。但不久就被叛军俘虏,送到沦陷中的长安。杜甫望月思家,写下了这首名作。

杜甫一生漂泊,常有思念亲人的诗作,思念的痛苦大都是对全家的,如:"感时花溅泪,恨别鸟惊心。烽火连三月,家书抵万金。"(《春望》)具体到人,堂而皇之的,则往往是兄弟,如:"有弟皆分散,无家问死生。"(《月夜怀舍弟》)对月怀友,理直气壮,差不多每一个诗人都有大量的作品。涉及闺情的,戍客、游子思乡,闺中怀远,早在《古诗十九首》中就是很集中的母题。后来这方面的作品大都采用乐府古题。但是诗中所怀念的女性往往是没有人称的,是概括的,所表现的是普遍的人情,而不是个人的。有一个相当奇异的现象是,直接诉说思念妻子,是很少的。检索《全唐诗》,公开以"寄内"为题的,也就是完全是为自己的妻子而抒情的,只有十二首,李白就占了四首,其中两首是在李白身陷牢笼之时所作。在杜甫的千余首诗作中,赠给朋友的诗作蔚为大观,仅是题目上冠有李白的名字,为李白而作的就有十首之多。而正面写自己对妻子的怀念的,这首可能是唯一的,恰恰也是身陷囹圄之时。这也许是巧合。李白《南流夜郎寄内》中这样说:

> 夜郎天外怨离居,明月楼中音信疏。
> 北雁春归看欲尽,南来不得豫章书。

这里也写到了明月,而且是高楼上的明月,苦盼妻子的音信,看得大雁都飞尽了,却还是得不到。像李白这样的诗人,写到想念自己妻子的时候,居然离不开普遍运用的"大雁"这样的意象,所表达的感情,其实也比较一般,没有多少自己遭逢苦难的复杂情绪。

同样是身陷囹圄,杜甫作为俘虏,想念自己的妻子,则是比较别致的。唐诗研究专家霍松林先生在赏析这首诗的时候说:

> 题为"月夜",作者看到的是长安月。如果从自己方面落墨,一入手应该写"今夜长安月,客中只独看"。但他更焦心的不是自己失掉自由、生死未卜的处境,而是妻子对自己的处境如何焦心。所以悄焉动容,神驰千里,直写"今夜鄜州月,闺中只独看"。这已经透过一层。自己只身在外,当然是独自看月。妻子尚有儿女在旁,为什么也"独看"呢?"遥怜小儿女,未解忆长安"一联作了回答。妻子看月,并不是欣赏自然风光,而是"忆长安",而小儿女未谙世事,还不懂得"忆长安"啊!用小儿女的"不解忆"反衬妻子的"忆",突出了那个"独"字,又进一层。③

因为对杜甫的生平有细致的了解,所以说得细致入微。当然,霍氏此说并非完全独创,而是从文献中引发的。《瀛奎律髓汇评》引纪昀的话说:"言儿女不解忆,正言闺人相忆耳。"又引许印芳曰:"对面着笔,不言我思家人,却言家人思我。又不直言思我,反言小儿女不解思我,而思我者之苦衷已在言外。"④杜甫表现对妻子的感情,不像李白那样从自我的角度来写其思恋之苦,而是写妻子和自己一样望月。其内心之感触如何,并无一字直接表述,只用"独看"两个字来暗示。独看,一为自身孤独之感,二为思念远方之夫,三为暗示内心深处的回忆。回忆什么呢? 杜甫不说回忆共看,而说小儿女并不理解母亲在"忆长安"。这里的"忆长安"有点蹊跷。小孩子不懂得回忆家在长安的情景,有什么好"怜"的? 其实小儿女所不懂的是"母亲在回忆"。回忆是无形的、无声的、无痕的,小孩子一点儿不懂得母亲在那里思念父亲,这才显得天真、可爱。杜甫在这里拐了三个弯:第一个弯,是自己在望月,思念妻子,却写妻子在望月,思念自己;第二个弯,不说是妻子在回忆夫妻二人共看情景,却说小孩子不懂得母亲回忆的内涵;第三个弯,这种回忆应该是比较甜蜜的,正是往日的甜蜜,才衬托出此时的忧愁,这种忧愁是妻子的,也是自己的,这种忧愁当然是苦的,但也是甜蜜的。

杜甫在这里,曲曲折折地表达出对妻子隐秘的温情。这种温情,不但在杜甫的诗中,即使在李白的诗中,也很少见。如果这里还不是很明显的话,接下去就清楚了。

香雾云鬟湿。

这当然是写妻子的美,但这种美,不是一般的美,而是女性的身体之美。香雾,是写对妻子头发的嗅觉,这是极其亲近的人才会有的。"云鬟湿",一方面是写妻子对月的时间很久,以至于头发都被雾打湿了。另一方面,湿是看不出来的,只有对妻子的头发有触摸,才有感觉,这就更为亲近了,不但是情感的亲近,也是身体上的亲近。杜甫越把妻子的美深化,同时也是向自己的男性的潜在感觉深入,在香和湿的嗅觉和触觉中,写出了男性的潜在意识。下面这一句,就更为大胆了:

清辉玉臂寒。

这是进一步写到触觉。写女性的美,一般写头发,通常是视觉,因为看可以是远距离的,故为诗歌美化女性的共同法门。但头发以外,写到手臂,写到手臂上的温度,这就到了诗与非诗的临界点。如果写的这种温度是由一个男性感觉出来的,那就有点危险了。然而,杜甫是有分寸的,对于玉臂的温度及其感觉主体,他含糊其词。"清辉玉臂寒"是月光照射的结果。但"寒"是人的感觉,月光怎么会有寒冷的感觉呢?也许是妻子自己的感觉,也许是杜甫的感觉,这就不必细究了,留给读者去想象罢。可以说,这两句是杜甫对女性之美,从纯精神的思念到身体触觉的一次勇敢的突围。

最后两句:"何时倚虚幌,双照泪痕干?"不说今天如何思念,而说异日相逢,在帏帐之前,让月光照耀着两个人的眼泪。其实,这里暗示的是二人共看明月。既然今日不能共看,那就异日共看。明月的光华本来是照着两个人的全部身躯的,杜甫却说,仅仅照着两个人的泪痕。月亮的光是没有热度的,却居然把泪痕照干了。可见他们共看共忆,无言时间很长,否则不足以把泪痕照干。为什么会有眼泪呢?为什么不替妻子把眼泪擦干呢?这就是说,让它默默地流,让它慢慢地干。为什么呢?因为回忆,回忆今日的独看。今日独看之苦,不是言语所能表达的。什么话也不用说,只要无言地相对,就能深深地体悟。可见今日之苦,何其深也!

拿这一首怀念妻子的诗,和李商隐的《夜雨寄北》相较比,是很有意思的。

> 君问归期未有期,巴山夜雨涨秋池。
> 何当共剪西窗烛,却话巴山夜雨时。

李商隐的构思强调的是,今日的思念是无言的,只有一幅图画:巴山夜雨,漫漫地淹没了秋天的池塘。而异日相见,则是有声的,回忆起今日的景象,有说不完的话。和杜甫的《月夜》有相似之处,都是拥有共同的回忆。但是,一个有声一个无声,两者各自曲尽其妙。

水调歌头 苏轼

> 丙辰中秋,欢饮达旦。大醉,作此篇。兼怀子由。
> 明月几时有?把酒问青天。不知天上宫阙,今夕是何年。我欲乘风归去,又恐琼楼玉宇,高处不胜寒。起舞弄清影,何似在人间!
> 转朱阁,低绮户,照无眠。不应有恨,何事长向别时圆?人有悲欢离合,月有阴晴圆缺,此事古难全。但愿人长久,千里共婵娟。

这首词明显受到李白的影响,李白的"青天有月来几时?我今停杯一问之",被苏东坡转化为"明月几时有,把酒问青天"。这好像是抄袭,没有什么新意。但若果真如此,苏东坡的词就没有必要写了。幸而,苏氏的整个命意与李白不同。李白的主题是人的生命与大自然相比是短暂的,虽然短暂,但仍然要潇洒欢度;而苏轼却不是。李白笔下的月亮没有具体时间,而苏东坡面对的则是中秋的月亮。李白的月亮,固然引起了戍客的乡愁和思妇的怀远,但并不是指具体的个人,而是一般的概括,富于哲理性;而苏东坡的想象,则是很有个人色彩的观感和对亲人的怀念。

题目下诗人的小序说得很明白:时间是中秋节,地点据说是在密州一个叫作"超然台"的地方,诗人对着月亮非常快乐地喝酒,喝到通宵而且大醉,醒来后,写作此词抒发想念弟弟的情绪。苏轼因为政治上和王安石不合而失意,就自请离京,下放到杭州。本来这是个好地方,可是因为弟弟当时在齐州(今山东济南),他便要求调任,到了高密(今属山东),后来又到密州(今山东诸城)。从密州到齐州,大约二百多公里。地理上的距离是缩短了,可他还是觉得兄弟不能相亲,是个极大的遗憾。到密州三个月后,恰逢中秋,想到弟弟就在不远处,却相见无由(当年十月,苏辙罢齐州任回京,十二月,苏轼调任山西,他们兄弟始终未能相会)。说是"欢饮达旦",可是从全词的语言来看,好像并不完全是欢乐,其中肯定有亲人离散的忧愁。准确地说,这首词的好处可能在于悲欢交集。为什么"欢"呢?因为酒使他带上了仙气,有点儿飘飘欲仙的感觉。

尽情地饮酒,当然是痛快的,可是为什么要喝这么多呢?说明他心中有烦忧,需要解脱。问明月几时有,向天发问,就是等明月等得有点焦急了。明月出现了,不是不用问了吗?可是还要问,问什么?天上宫阙,是豪华的琼楼玉宇,是想象中的仙境,仙境当然令人感觉很美妙,自己的感受也因此变化,"我欲乘风归去",好像体重都没有了。"乘风"这两个字,用得很潇洒,仿佛丝毫毫不用费力就可以上天,而且是"归去",似乎本来家就在天上。这可真是飘飘欲仙了!这时,苏东坡虽然受到一些挫折,但比之后来所受的打击,还是很轻微的。因而此时的他很容易进入浪漫的想象境界。有一条记载说明了这一点。蔡絛的《铁围山丛谈》中说:

> 东坡昔与客游金山,适中秋夕,天宇四垂,一碧无际,加江流倾涌,俄月色如画,遂共登金山山顶之妙高台,命(袁)绹歌其《水调歌头》,曰:"明月几时有,把酒问青天。"歌罢,坡为起舞,而顾问曰:"此便是神仙矣。"⑤

从这一点来看,苏轼应该是飘飘有神仙之感的,精神上相当放松。但是,苏轼毕竟不像李白那样一旦幻想起来就忘记了现实。他是非常清醒的,天上固然美好,但是"高处不胜寒",不一定适合人居。那么不去天上,就是在人间,"起舞弄清影"不是也挺美好的吗?这个"起舞弄清影",关键在于一个"弄"字,就是玩,也就是游戏,"弄"还有弹奏的意思。这样的诗意,是从李白"对影成三人"那里转化而来的,但并不像李白那样为了表现孤独,而是为了表现自身的潇洒。就这样,苏轼营造了一种似人间又非人间的意境,一种又醉又清醒的感觉,徘徊于现实与理想、人间与非人间之间,矛盾又统一。有矛盾,有彷徨,才有特点,才会精彩。正是因为太精彩,后世就有人模仿。李冶的《敬斋古今黈》卷八中说:

> 东坡《水调歌头》:"我欲乘风归去,又恐琼楼玉宇,高处不胜寒。起舞弄清影,何似在人间?"一时词手,多用此格,如鲁直(按黄庭坚)云:"我欲穿花寻路,直入白云深处,浩气展虹霓。只恐花深里,红露湿人衣。"盖效东坡语也。近世闲闲老人亦云:"我欲骑鲸归去,只恐神仙官府,嫌我醉时真。笑拍群仙手,几度梦中身。"

应该说,这些模仿并不高明。模仿要得法,需脱胎换骨,得其神髓,而不落痕迹。黄庭坚那首,连句法("我欲")都一样,对自己的要求太低。想象的思路也追随苏东坡,想要到天上去。只看到苏东坡想象的终点,而没有看到苏东坡想象的层次。苏东坡要上天,有一个条件,是自己有身体轻盈的感觉:"我欲乘风归去"。而黄庭坚却直接"穿花寻路",就到了"白云深处"。坏就坏在这个"路"字上。由"路"不能自如过渡到天上去。再说"红露湿人衣",并不像"高处不胜寒"那样可虑。故其想象欲飞,而联想却十分生硬。差之毫厘,谬以千里。至于闲闲老人,则更是粗俗,他所担心的竟然是到了天上,"神仙官府"嫌他"醉时真"。这个"真"是什么意思呢,是本真吗?神仙境界拒绝本真,有什么联想的根据呢?"笑拍群仙手"不是很开心吗?为什么却成为担忧的理由呢?整个联想过程无序,给人一种混乱的感觉。

到了下片,苏轼从天外幻觉中转向人间,用人间的目光来看月亮。"转朱阁,低绮户,照无眠。"月亮是美好的,所照耀的建筑也是华贵的"朱阁"和"绮户"。有词话说,"低绮户"的"低"应该是"窥"(胡仔《苕溪渔隐丛话前集》卷五十九)。⑥这是有道理的。这是对现实中月亮的描述。"转""窥""照"三个字,并不是全面写月亮的运动,而是拣与人物有关的居所来写,特别点出人物的"无眠"。中秋的月亮本来是很明亮的,普照大地;可是在苏东坡笔下,却专门找失眠的人作对。失眠是一种结果,思乡、思亲才是原因。

接下去的"不应有恨,何事长向别时圆"就不是描述了,而是抒情。这是从思亲的角度还是从一般的失眠者的角度,不必细究。唐圭璋《唐宋词简释》中说:"'不应'两句,写月圆人不圆,颇有恼月之意。'人有'三句一转,言人月无常,从古皆然,又有替月分解之意。"⑦说得很精到。亲人不得团聚,原因本不在月,却先归咎于月。

这里的关键词是"圆"。其中包含着双重意味:第一重,是月亮形状之圆;第二重,是汉语里由月亮形状之圆而引申出来的亲人之团圆。正是因为月圆与团圆的双关,诗人的联想才自如地从物的圆转移到人的不团圆上来。这种转移,使得诗人恼月有了根据,同时也显示了情感逻辑与理性逻辑之不同,可见情感之强烈。后又为月解说,悲欢离合、阴晴圆缺,是免不了的,不可能正好是同步相称的。这是自我安慰,但这种自我安慰,并不完全是理性的,仍然把人情的"悲欢离合"和自然现象的"阴晴圆缺"对称起来,按正相关的规律来看待。这种正相关,仍然不完全是理性的,而是情感逻辑的。

这是议论,是抒情,最后把抒情归结到意象上来:

> 但愿人长久,千里共婵娟。

既然不能两全,就只能豁达一点,只要感情长久,即便不能相聚,只要能同时望月也已经很好了,表现了情感的收敛。从恼月的强烈,到望月的共享,情感不是一味强烈,而是一张一弛,节奏起伏有致。

苏轼对弟弟苏辙很有感情。这个弟弟,也真是一个不简单的弟弟。后来,当苏轼因为"乌台诗案"受难,"狱司必欲置之死地,锻炼久之不决"时,就是这个弟弟苏辙,主动提出把皇上所赐爵禄拿出来为哥哥赎罪,感动了皇上,才改为下放黄州。

关山月 李白

> 明月出天山,苍茫云海间。
> 长风几万里,吹度玉门关。
> 汉下白登道,胡窥青海湾。
> 由来征战地,不见有人还。
> 戍客望边色,思妇多苦颜。
> 高楼当此夜,叹息未应闲。

这是一首乐府古题,所谓古题,就是不像《把酒问月》《月下独酌》那样是作者自己拟题,而是有现成的题目。《乐府古题要解》说:"关山月,伤别离也。"主题和基本情调已经确定了。这个题目在李白以前,已有卢照邻、沈佺期等人写过;在李白以后,还有王建、张籍、李端等人再写。很显然,这是一种练习题,诗人通过此等现成题目,在已经得到共识的意象和主题中展开想象。要完成这样的诗应该是不太难的,而要在公共话语中写出自己的新意来,则比较困难。试看卢照邻的《横吹曲辞·关山月》:

> 塞垣通碣石,虏障抵祁连。
> 相思在万里,明月正孤悬。
> 影移金岫北,光断玉门前。
> 寄书谢中妇,时看鸿雁天。

构思和想象的空间是从西北边塞,中经玉门,再到中原大地。抒情主人公是征戍之士和他思念中的"中妇"。以这一首和李白那一首相比较,就戍客和思妇之间的思念之情来看，二者区别不太大。但是，李白的一首是千古名作，而卢照邻这一首却是平庸之作。这是为什么呢？

"塞垣通碣石，虏障抵祁连。"这两句指的是从祁连到长城边塞战线漫长，征戍之士和思妇之间的距离也极其遥远（"万里"）。空间的距离首先由于对仗的句法而联系起来。紧接着是："相思在万里，明月正孤悬。"把这样的空间联系起来的还有孤悬的明月。应该说，这两句把本来比较松散的意象，统一为一个有机的整体，是颇具笔力的。而李白《关山月》则是：

　　明月出天山，苍茫云海间。

这一句曾经有人发出过疑问：天山在西部，月亮应该是落天山，而不是出天山。但是，下面的云海，可以补足这样的想象。云海提供了海的感觉，明月浮现在云海之间，是比较符合读者想象程序的。明月从天山浮现，在苍茫云海之间，字面上与卢照邻的"相思在万里，明月正孤悬"有许多相近之处，但在气魄上有很大的不同。首先，卢照邻的境界是辽远的，而不是辽阔的，是透明的，而不是苍凉的。其次，从天山到玉门关内，用明月相连已经成为俗套了。李白毕竟是李白，他不用明月这样可视的意象来联系，而是：

　　长风几万里，吹度玉门关。

用"几万里"的"长风"把关外和关内遥远的空间统一起来。他的想象和情绪与卢照邻有什么不同呢？从表面上看，风好像不如月，不具备可视性。但是，"万里吹度"却提供了一种宏大的视野，长驱直入的动势，透露出豪迈的胸襟。无形的风，从有形的明月和云海这样的意象上吹过，也就带上了意象的渗透。意象融合于宏大的空间，反衬得气魄就宏大了。

卢照邻接下去的两句："影移金岫北，光断玉门前。"前面已经表明相思万里，明月孤悬了，这两句虽然有具体的意象，但都是地名的典故，仍然是月亮在万里空间上的"影"和"光"，并没有多少情绪的拓展，严格说来，是诗人的意脉徘徊。为什么诗人要写这样的句子呢？大概是因为当时对仗手法比较方便，信手拈来，毫不费力。和李白一比就不难显出高下来了：

　　汉下白登道，胡窥青海湾。

虽然也是以对仗的句法运用典故，但是从空间的辽阔变成了时间的远溯。历史上边塞曾有过凶险的记录,连汉高祖都曾经被匈奴围困在白登(今山西大同附近)。青海则是唐军与吐蕃连年征战之地。民族矛盾常常迫在眉睫,在这种情况下,战争是不可避免的现实:

> 由来征战地,不见有人还。

牺牲是惨烈的,又是别无选择的。这样诗人的情绪就变得很复杂了。同样是戍边的将士与思妇,在卢照邻那里,就只是"寄书谢中妇,时看鸿雁天"。"谢中妇"中的"谢"有"道歉"的意思,非常抱歉,害得妻子时见大雁南归而丈夫不归,引发忧愁。这两句和前面的"相思在万里,明月正孤悬"呼应,构思还是完整的。但从内涵上来说,明月和大雁所引发的是限于现实的思念之苦。而李白却写出了历史与现实的矛盾。

这里有两个层次,第一个层次是:

> 戍客望边色,思妇多苦颜。

在如此惨烈的背景上,又用了一联对句。既是历史的又是现实的,征戍之士和思念丈夫的妻子在精神上都是很痛苦的。对于征戍之士的称谓,唐诗创造了一个很别致的词:"戍客"。戍,是战士,从人,从戈,意为戍守。而客,却是客居,突出了远离家乡的意味。但是,李白在这里的用词似乎比较节制。戍客和思妇,本来应该是很痛苦的,但是只用了"望边色"和"多苦颜",显得很含蓄。

第二个层次则是:

> 高楼当此夜,叹息未应闲。

这里的"当",就是"对",对什么呢? 对着月亮,就是开头从天山上出现的月亮。想象妻子正面对明月。思念妻子,向来在精神上都很痛苦。但是,这里的意思只是叹息,不断的叹息,情绪并不是很强烈。这就是古诗与律诗、绝句在情绪上有所不同的地方。强烈的感情和不强烈的感情都可以是明亮的,后者有时甚至比前者更隽永深沉。这也许就是严羽把汉魏古诗的境界置于唐诗之上的原因吧。

夜上受降城闻笛 李益

> 回乐峰前沙似雪,受降城外月如霜。
> 不知何处吹芦管,一夜征人尽望乡。

古代词话在欣赏苏东坡的《水调歌头·中秋》时往往要提到最后一句"千里共婵娟"。这可能是由谢庄的《月赋》"隔千里兮共明月"中化出来的,但到了苏东坡时代,从月亮想到家乡已经成为传统母题的共用想象途径。这个想象途径,早在唐朝就已被广泛运用。这首诗就是一个例子。

不过,由于这已经成为套路,所以对比较有追求的诗人来说,仅以月亮的共赏来引发思乡的愁绪,未免显得单薄。那么,李益这首诗,是不是增加了一些什么新的东西呢?

首先是地方的特点。这不是在中原,不是在东部,而是在西部沙漠地带。第一句就写沙漠上月光的特点:

> 回乐峰前沙似雪。

这是强调荒凉的沙漠上月亮反光之强烈。第二句:

> 受降城外月如霜。

这就是说,不管是沙还是月光,都是统一的霜雪色调——一望无垠的银白色。这样就构成了一片空阔的境界,除了白色一无所有的空旷画面。在这样视觉毫无障碍的画面上,想到千里之外的家乡,不是很自然吗?但是诗人可能觉得这样太落俗套了,于是就在空旷的天地之间增加了一个元素:

> 不知何处吹芦管。

芦管,就是胡笳,是北方和西北民族的乐器。用听觉唤醒视觉,提醒战士身在异乡。这种唤醒使心情从宁静的眺望突然一下转变为思乡的忧愁。第三句这一意脉的转折很是"宛转",成为全诗的亮点。这么空旷的天地,月光普照,直视无碍,故征人望乡,不是随意一望,而是望了"一夜"。这里也写失眠,却不是明写,而用了一个更为含蓄的字眼"望乡"。这既是一夜失眠的原因,也是一夜失眠的结果。

比这一首写得更精致的是王昌龄的《从军行》第二首:

> 琵琶起舞换新声,总是关山离别情。
> 撩乱边愁听不尽,高高秋月挂长城。

开头两句是琵琶乐曲不断的变换,变来变去总归是"关山离别","边愁",人心的,战士对家乡思念被听觉意象不断变换逗起心里"撩乱"的动态,但是到了最后一句"高高秋月照挂长城",变成了视觉的图画。月亮的形象高高挂在长城之上。月亮是思乡意味,和长城为征人的驻扎之所,月光无远弗届。诗歌的意脉表现为从听得心烦,突然变成看得发呆。

鸟鸣涧　王维

人闲桂花落,夜静春山空。
月出惊山鸟,时鸣春涧中。

这首也是写月光的,但并不写思乡,而是写月光的明净宁静。

人闲桂花落。

这第一句表面上看好像是叙述,没有什么功夫。其实不然,这一句中暗含着一个因果关系。桂花落下来通常很轻盈,是没有声音的,通常情况下,人不会感觉到,但是居然被王维感觉到了。说明此时的他是多么清闲、多么宁静啊!第二句:

夜静春山空。

也好像是叙述,没有什么特别。但这里的"空",不仅是春山的"空",也是这个人心灵的"空"。宁静到极端,意味着极其空灵。这种空灵,在第二句还只是一种状态,读者可能还没有感受。到了第三、四句才给读者的感觉以充分的享受:

月出惊山鸟,时鸣春涧中。

这个"惊"字用得很险。月亮出现并没有什么声音,怎么会把山里的鸟惊醒呢?这里表现的是山里真是太宁静了,哪怕是月光稍微有所变化——也许是从山峰上升起,也许是月光从云端里溢出,这种无声的、只是光和影的微小变动,——居然也能惊醒已经熟睡的山鸟,可见山野之静。这里值得注意的是:"时鸣春涧中。"这个"时",也就是不时的、断断续续的意思。那么大的一座山,一只鸟叫了几声,居然就被感受得如此强烈。以轻微的声响衬托环境的宁静,是古典诗歌里常用的手法。南北朝王籍有"鸟鸣山更幽"(《入若耶溪》),杜甫有"伐木丁丁山更幽"(《题张氏隐居》)。其意境之妙,不仅表现出山的宁静,更反衬了诗人内心的空灵。如李峤的"荒阡下樵客,野猿惊山鸟"(《早发古竹馆》),就完全没有了静的境界。连桂花下落都能感受得到的心境,是一种虚静空寂的心境。没有这种心境,而只作客观景观的描绘,就不是主客交融的意境了。

注:

① 飞白《比月亮——诗海游踪之旅》,《名作欣赏》2010 年第 10 期。
② 忠纲主编《唐诗大辞典》,语文出版社 2000 年版,第 161 页。
③ 《唐诗鉴赏辞典》,上海辞书出版社 1983 年版,第 450 页。
④ 陈伯海主编《唐诗汇评》(上),浙江教育出版社 1995 年版,第 1092 页。
⑤⑥⑦ 吴熊和主编《唐宋词汇评·两宋卷》,浙江教育出版社 2004 年版,第 416 页、417 页、418 页。

花：心灵渗透、超越物象

采莲曲　王昌龄

荷叶罗裙一色裁，芙蓉向脸两边开。

乱入池中看不见，闻歌始觉有人来。

这首诗以荷花为表现对象。此类古典诗歌是典型的抒情式作品，但又不是作者的自我抒发，而是歌颂美好的景物和人物，当然，这种景物和人物，是作者眼中看出来的，是作者感觉中的。

题目叫"采莲曲"，满篇写的都是莲花之美，之所以要写莲花之美，目的是为了写采莲女郎之美。女郎的美那么丰富，可以说是无法写尽的，从何写起呢？诗人选择了两个方面：罗裙之绿和脸颊之红。罗裙和荷叶一样是绿色的，脸颊和荷花一样是红润的。只用红绿两种颜色来形容女郎的美，这不是太冒险了吗？大红大绿，是很俗气的呀。但是，《批点唐音》说："此篇纤媚如晚唐，但不俗。"①为什么并没有感到俗艳呢？这个问题提出来已经几百年了，还没有人从理性上回答过。

在我看来，这是因为：第一，只写两种颜色，是因为荷花、荷叶只有这两种颜色。用荷花、荷叶的两种颜色来概括女郎之美，以荷叶、荷花之美来覆盖、同化女郎之美，省去具体的描绘。第二，在于语言。首句在"荷叶罗裙一色"后面用了一个"裁"字，这就有了人文的意味。这个"裁"字，并不是随意的，而是有着"裁剪"的潜在意味。荷叶是自然生长的，罗裙才是有意设计的。这就用罗裙同化了荷叶的美。"芙蓉向脸两边"后面用一个"开"字。本来，只有荷花才能开放，而在这里，暗暗地用芙蓉开放同化了女郎的容貌。两个动词具有很强的相互同化性，把本来鲜艳的色彩冲淡了。

接下来"乱入池中看不见"，说的还是同样一个意思，女郎像荷花一样美，二者几乎分不开来。这一句之所以有味道,还因为对上面一句来说,这是一个延续,一种强调。因为二者一致,所以很容易混同。但如果仅仅是这样,这一句就浪费了,因为没有在上一句的基础上提供新的信息。绝句的第三句,通常在情感上、节奏上是需要转折一下的。元杨载对此说得很彻底,说是"宛转变化工夫,全在第三句"。王昌龄号称"七绝圣手""诗家天子",在绝句第三句的处理上修养很高。这里,他默默地安排了一个"乱"字,提示不是一个女郎,而是一群女郎;不是静态的,而是非常活跃的,活跃到给人以"乱"的感觉。本来应该十分显眼,怎么会看不见?这个"乱"字和"看不见"是一对矛盾,也是一个转折,一个层递的进展。既然是乱,就应该看得很分明。但还是看不见,这就说明女郎和荷花之美是如何交融的了。看不见,说明美得和荷花一样了,文章已经做到极点上了,还有什么可说的?

"闻歌始觉有人来"好在哪里?《唐诗归》说:"从'乱'字、'看'字、'闻'字、'觉'字,耳、目、心三处说出情来。若直作衣服容貌夸示,则失之远矣。"②但这只是一种感觉,还谈不上理性的阐释,还需要发展一下。从视觉来说,看不见,是因为二者美得分辨不清。第四句妙处在分不清的美,又被另一种美所替换,那就是歌声,属于听觉的、看不见的美。这种听觉之美比视觉之美,更富于想象性,更具有延续性。荷花是不会唱歌的,但从美好的声音中,却能想象出美好的人。在结束句之中,构成一种不结束之感。

晓出净慈寺送林子方 杨万里

毕竟西湖六月中,风光不与四时同;
接天莲叶无穷碧,映日荷花别样红。

这首绝句和王昌龄的《采莲曲》一样,核心意象也集中在莲花荷叶上,但与之相比有两点不同。第一,王昌龄的《采莲曲》是借荷花莲叶衬托美人,而这里却单纯是写景色的美好。第二,王昌龄的《采莲曲》在感觉、情绪上有多重曲折,而这一首则要单纯得多,整首诗就是一个画面。只是在引出这个画面之前,先用一个强调句式来引起读者的关注。陈志明在分析这首诗的时候说:"如果按一般语序,这十四字当为'西湖六月中风光,毕竟不与四时同'。诗人将'毕竟'提前,一是为了协调平仄;但主要的还是为了借助'毕竟'二字强调'风光不与四时同'的特定地点('西湖')与时间('六月中'),同时由于修饰词('毕竟')远离被修饰词('不同'),又便于造成一气贯穿的语势,恰恰符合触目兴叹、即兴吟成的口语化的特点。"③

他的说法很到位,因为这两句所面临的任务是,在提供美好画面之前,先作一番情感的提示,情绪的动员。既然这样,这两句就不宜作视觉形象的描绘,否则,四句都是视觉形象的画面,未免单调,因此这开头两句被诗人安排为直接抒发情绪的句式。又因为是直接抒情,所抒发的又不是一般的感情,而是强烈的感情。感情的力度决定了句式的强调。"毕竟"是一个强调语词,还要在语序上再强化一下,于是"毕竟"就被调到前面一句的开头了。

陈先生还提出,"风光不与四时同"中,"六月属夏,'六月中'的风光只能与春秋冬三时有异,岂能与四时不同?"因此他以为:"这正如'四季如春'的成语一样,是一种约定俗成的说法,不可拘泥于字面。'四时',在这里只是泛指其他季节。"这个说法,似乎还有商讨的余地。首先,"风光不与四时同",说六月的风光与春夏秋冬均不同,这在逻辑上有瑕疵,其中隐含着六月风光与六月不同的意思,这在逻辑上违反了同一律(A 就是 A);如果六月与六月不同,又违反了排中律(A 是 A,不是非 A)。而"四季如春"却并没有违反同一律,四季包含着春天,夏秋冬如春天,春天亦如春,并没有违反同一律的公式。只是"春天如春天"的说法,违反的是下定义的规律。下定义不能"同语反复"。下定义,要提供新意义,因此主项与谓项不能相同,否则就没有说出什么东西来。比如说:花是花,叶是叶,这在逻辑上没有提供新意义,是没有意思的。但这是逻辑规律,与话语交流的规律不尽相同。在逻辑上不通的,在话语交流中,往往有特殊意韵。许多同语反复的句子,都有特殊的情感意蕴。如,西方谚语云:"驴就是驴,用黄金装饰也白搭。"又如汉语日常口语中常有这样的说法:"人就是人嘛""女人就是女人嘛。"其中特殊的情绪色彩,是对话双方心照不宣、心领神会的。但是如果说,人不是人,驴不是驴,对方就可能莫名其妙。这只是一般的交流规律,但在诗歌中,却往往超越了这个规律。如苏东坡的《水龙吟·咏杨花》,一开头就是"似花还似非花",这是不合逻辑的,但却是非常诗化的。这是诗歌为了表达主观情感而营造的一种想象的、虚拟的世界,而不是现实的世界,因此这种境界是相当主观的,以超越客观为特色。

这句话的好处,不在约定俗成,特别不是日常口语的约定俗成,而是一种特定的强调,它所强调的不完全是陈先生所说的"毕竟",而是"不……同"。不但与春秋冬不同,而且与夏、与六月(不是西湖的六月)也不同。从这个意义上来说,语言当然是一种约定,但这种说法的好处,却恰恰在不俗成。

有这两句作铺垫,下面的画面就顺理成章了。陈先生说:"莲叶接天,荷花当然也是接天的;荷花映日,莲叶当然也是映日的。同样的道理,莲叶既无穷又别样,莲花也别样又无穷。"他提出其中的"互文关系",颇有见地。陈先生还指出,互文,"是古代汉语中常见的一种修辞格式"。

苏幕遮　周邦彦

燎沉香,消溽暑。鸟雀呼晴,侵晓窥檐语。叶上初阳干宿雨,水面清圆,一一风荷举。

故乡遥,何日去？家住吴门,久作长安旅。五月渔郎相忆否？小楫轻舟,梦入芙蓉浦。

这首词写的也是莲塘景象,也是以莲叶和莲花为核心意象的。但是,既不同于王昌龄的《采莲曲》以歌颂少女为主,又和杨万里赞美西湖景色异趣。这首词的主题,是身在异乡见荷塘之景而生思乡之情。钱仲联分析此词时说:"提起写荷花,风裳、水佩、冷香、绿云、红衣等字面,往往摇笔即来,而荷花的形象,却在这些词儿的掩蔽下模糊了。……这首《苏幕遮》之所以为写荷绝唱,正是在于它能洗尽脂粉,为凌波微步的仙子作了出色的传神。"[④]钱先生的意思是,周邦彦的词向来以浓艳著称,追求词语的雕琢是他的一贯作风。但是,这首词却例外,写得自然、从容,无明显的雕琢痕迹。王国维在《人间词话》中说:"此直能得荷花之神理者,觉白石之《念奴娇》《惜红衣》二词,犹有隔雾看花之恨。"[⑤]

从文本来看,词的开头写得并不精彩。用王国维的话语来说,就是有点"隔"。全诗写的是见荷而思乡。开头两句写室内香气氤氲,暑气因之而消减。这个意思到后面却没有了着落,和主题不相干。接下来,鸟雀呼晴,侵晓窥檐,又是两句才把注意力转移到荷塘上。这个过程,是不是有点散文式的复杂,是不是对这首词的主体意象(荷塘)和情致的特点(思乡)有干扰？这是值得进一步思考的。

到了"叶上初阳干宿雨"才进入主体核心意象。从语言上来看,值得注意的,一个是"初阳",一个是"宿雨"。为什么是"初阳"？因为前面说鸟雀"侵晓窥檐",只能是"朝阳",但若用"朝阳",就太俗了。因为这个词用得比较多,光是《全宋词》中,直接用到"朝阳"的就有二十八首,作者包括欧阳修、晏殊、张孝祥等大家。而用到"初阳"的只有六首,其中两首是周邦彦的,两首中之一,就是这一首。所以在宋代词人感觉中,"朝阳"无疑比较平常,比较缺乏新鲜感(或者用俄国形式主义者的话来说,就是不够"陌生化"),而把"朝阳"说成是"初阳",就把俗常的感觉隐藏起来了。接下来说"宿雨"。从词义上来说,"宿雨"就是昨夜的雨,因为有了"夜雨",才使荷叶更为生机勃勃。但不说"夜雨"而说"宿雨"是有讲究的。在《全宋词》中,用到"夜雨"这一意象的有一百零五首,而用到"宿雨"的,只有十九首。可见,"宿雨"比之"夜雨"更具新意。为什么呢?因为,夜雨就是夜里下的雨,不过是说了一个现象,和诗人自己的感觉没有太密切的关系;"宿雨"当然也是夜里下的,但宿雨的"宿",提示的是,主体原本不知夜里下过雨,是第二天才发现、勾起了回忆。从感性来说,"宿雨"要丰富一些。这种办法,似乎成了一种技巧,诗人为了增加诗意,不知不觉就把新鲜的感觉放到"回忆"中去。最有名的就是孟浩然的"春眠不觉晓,处处闻啼鸟。夜来风雨声,花落知多少"。鸟语春光是很美好,但诗意不足。突然回忆到风雨花落,诗意就浓了。如果在下雨时,就想到落花了,当然也可以抒情,但和放在回忆中相比,思绪的深度不太相同。所以李商隐总是把缠绵的感情放在回忆中("昨夜星辰昨夜风"),李后主总是喜欢回忆往日,甚至回忆刚刚做的梦("梦里不知身是客")。回忆可以增加审美情趣,不但是中国诗人抒情的诀窍,也是外国诗人的法宝。普希金有云:"那过去了的一切,必将成为亲切的怀恋。"在现实世界是痛苦的,到了回忆中,由于拉开了距离,价值就发生了变化:实用的负价值就变成了审美的正价值。

"水面清圆,一一风荷举"是这首词的名句,也许还是这首词得以流传的关键。好在哪里?"水面清圆",用字很平实,好像是白描,本身并不十分精致,但好在它和下面的"一一风荷举"结合起来,便成为一个整体,成为"一一风荷举"的原因。正是因为它清而圆,而且贴在、悬浮在水面上,它被风吹起来的时候,就和一般的草木有所不同。一般的草木被风吹动的时候,是被压低的,是一起运动的,而荷叶却不同。第一,叶子翻飞,有一种被抬高的感觉,一个"举"字,用得非常大胆。第二,这个过程,又不是一次性完成的,而是一片叶子被吹动了,平复了,另一片叶子又被吹动了,又平复了。第三,这个层递的过程,不但写出了荷叶的特点,而且写出了池塘上的风的特点,这种风是很优雅、很从容、很温柔的。第四,关键还在于,这里暗含着词人的感觉、词人的心情,荷叶运动的层递的性质和词人的感觉一样是层层扩展的,欣赏的心情是默默的,是从容体悟的。

对荷塘的美好感受,使得身在汴京的词人想起了自己的江南故乡,又一次进入了回忆之中,就是又一重诗意的衍生。"五月渔郎相忆否?"明明是自己回忆起来了,却用了疑问句式。这也是词家(诗家)的一种艺术技巧,疑问句总是比陈述句更富有感情色彩。在这里的上下文中,从"长安旅"想到"吴门",空间距离比较大,用疑问句有一点过渡性,更加委婉些。想到家乡,可以回忆的东西很多。但是,词的篇幅有限,要求构思要高度集中,所以回忆的只能是荷塘。当然,此时可以写家乡的荷塘更美,把风景再度描绘一番,但如果这样,情感就可能局限于平面上的滑行,词境就俗了。词人聪明地避开了直接描绘,进入回忆,进入比一般回忆更加美好的境界——梦,为抽象的,看不见、摸不着的梦提供了一幅画图。"小楫轻舟,梦入芙蓉浦"说的是,小楫轻舟之美。但要挂到荷花荷叶上去,这里又有一个难度,因为如果再提荷、莲,可能在语言上显得重复。"芙蓉"是荷花的别称,把小楫轻舟放到了"芙蓉浦"中去,就使意象集中到一个焦点上,而且和前面意象结合得更为有机。

  有一个字值得体悟,那就是"梦"。从上下文来说,前面是设问"五月渔郎相忆否",从词意来看,如果只是问渔郎是不是想起了当年的"小楫轻舟",这是没有问题的。但现在是问人家是不是记得当年一起在"小楫轻舟"上做到芙蓉浦去的梦,这个问题可就有点不到位了。既然已经有了舟楫,到芙蓉浦,就不该是梦想了。不可实现,才做梦;明明实现不难,还要停在轻舟上做梦,是不是有点傻啊?可见这里的"梦入芙蓉浦"应该还有一重含义,那就是作者自己梦见自己曾经"小楫轻舟"。这个"梦"字,好就好在用得非常朦胧,又非常精彩。因为它把情感的强度写到家了。一想到家乡,自己就神思飞越,做起梦来了。

  一般地说,孤立地研究一篇作品,总是不能充分、透彻地揭示出妙处的,只有在比较中,特别是同类比较中才能弥补这个局限。

注:

①② 陈伯海主编《唐诗汇评》(上),浙江教育出版社 1995 年版,第 438 页。
③《宋诗鉴赏辞典》,上海辞书出版社 1987 年版,第 1088—1089 页。
④《唐宋词鉴赏辞典》,上海辞书出版社 2003 年版,第 1006—1007 页。
⑤ 吴熊和主编《唐宋词汇评·两宋卷》,浙江教育出版社 2004 年版,第 944 页。

岳阳楼和洞庭湖：沉郁之美与豪放之美的载体

登岳阳楼　杜甫

昔闻洞庭水,今上岳阳楼。
吴楚东南坼,乾坤日夜浮。
亲朋无一字,老病有孤舟。
戎马关山北,凭轩涕泗流。

第一联:"昔闻洞庭水,今上岳阳楼。"昔闻,大概是久闻其名,接着说今日终于登临。这好像是大白话,没有什么特别的诗意。这在杜甫的诗中,似乎不是个别现象。杜甫虽号称"诗圣",但往往不讲究开头。《春夜喜雨》的开头是:"好雨知时节,当春乃发生。"《望岳》的开头是:"岱宗夫如何? 齐鲁青未了。"都是很平淡的文字,基本上都是叙述,没有形容,没有夸张,没有抒情。当然,一开头就激动,杜甫不是不会,可是,总不能每一首都一样激动。以平静的感情、朴素的文字开头是不是也自有其魅力呢? 杜甫对此好像有点偏爱。比如《春宿左省》:

花隐掖垣暮,啾啾栖鸟过。
星临万户动,月傍九霄多。
不寝听金钥,因风想玉珂。
明朝有封事,数问夜如何。

再看《登兖州城楼》:

东郡趋庭日,南楼纵目初。

> 浮云连海岳,平野入青徐。
> 孤嶂秦碑在,荒城鲁殿馀。
> 从来多古意,临眺独踌躇。

开头都很平静,并不是很激动的样子。值得注意的是,这些诗的体裁都是五律。这可能不是偶然的。为什么同样是杜甫的律诗,七律就很少是这样的?如《登高》,一开头就是很高亢的调子:"风急天高猿啸哀,渚清沙白鸟飞回。"五言诗虽然只比七言诗少两个音节,但是,就其多数而言,风格比七言诗要高雅古朴得多。这表现在文字上是朴素无华,在情感上则是内敛,不事张扬。不轻易激动,更不轻易以文采取胜。故有下面的句子:

> 吴楚东南坼,乾坤日夜浮。

本来登岳阳楼的人,目力所及是无法窥吴楚大地全貌的,可是,杜甫在这里却夸张地说,吴楚大地被洞庭湖水分成东南两片,而天地就在这方水域上日日夜夜地沉浮。一个"浮",不着痕迹地把沉稳苍茫的大地变轻了,也把洞庭湖反衬得空间无垠而且时间相融。这一句可能是受到曹操《步出夏门行·观沧海》的影响。曹操的原文是:

> 秋风萧瑟,洪波涌起。日月之行,若出其中;星汉灿烂,若出其里。

不过曹操说得比较朴素,用了两个"若",是明喻。而杜甫干脆就把假定性从字面上省略了。从修辞上来说,直接用了"坼"和"浮",是暗喻。这个"浮"字,唐朝诗人非常欣赏。如王维《汉江临泛》:

> 郡邑浮前浦,波澜动远空。

这还只是波澜的涌起,造成城市(郡邑)浮动的感觉;而杜甫却用了"乾坤日夜"——大地、天空和日日夜夜不断的时间,把"浮动"主体化,想象的气魄更为宏大。这不仅是湖面的浩渺起伏,也是精神空间的宏伟起伏。在登高的场景中,把自己的情绪放在尽可能宏大的空间中,使感情显得更加雄浑。这一联,得到历代诗评家的喝彩。《唐诗品汇》引一刘姓评家称赞这一联"气压百代,为一方雄浑之绝"[①]。但是,杜甫又不完全停留在高亢的音调上,常常是由高而低,由历史到个人。

> 亲朋无一字,老病有孤舟。

>　　戎马关山北,凭轩涕泗流。

明明是个人的痛苦,有关亲朋离别的,有关自己健康恶化的,这可能是小痛苦,但是,杜甫却把它放在空间("乾坤")和时间的运动("日夜浮")之中,这个气魄就显得博大而深沉。诗人总是把个人命运("亲朋"离散、"老病"异乡)和战乱("戎马关山")中国家的命运联系在一起。这种境界是宏大的,但是,他随即又转向了个人命运,而且为亲朋的杳无音信和自己的老病孤独而涕泗横流起来。这不但不显得小家子气,反而以深沉的情绪起伏强化了诗歌意脉的节奏。《杜诗说》的作者这样评道:"前半景如此阔大,五六自叙,如此落寞。诗境阔狭顿异。"这种"阔狭顿异",也就是情绪的大幅度起伏变换,事实上也就是杜甫本人所说的"沉郁顿挫"(《新唐书》卷二百一)。在《登楼》中,则是:

>　　花近高楼伤客心,万方多难此登临。
>　　锦江春色来天地,玉垒浮云变古今。

这里他个人的"伤心"和"万方多难"的战乱结合在一起,使他的悲痛有了社会的广度。为了强化这社会性的悲痛,他又从"天地"宏大的空间和"古今"悠远的时间两个方面对其深度加以拓展。杜甫的气魄,杜甫的深度,就是由这种社会历史感、宏大的空间感和悠远的时间感三维一体构成的。哪怕他并不是写登高,他也不由自主地以宏大的空间来展开他的感情,例如《秋兴八首(之一)》:

>　　玉露凋伤枫树林,巫山巫峡气萧森。
>　　江间波浪兼天涌,塞上风云接地阴。

借助"兼天""接地"的境界,杜甫表现了他宏大深沉的艺术格调。换一个人,即使有了登高的机遇,也不一定能表现出宏大深沉的精神力量来。但是,在注意杜甫精神空间的博大时,我们不能忽略七言的《登楼》《秋兴八首》(之一)和五言的《登岳阳楼》的明显不同:前者比较富于文采,比较富于激情;而《登岳阳楼》的语言则是比较朴素的,情感是比较内敛的。"亲朋无一字,老病有孤舟。"除了孤舟的"孤"以外,连一个形容词都没有。"戎马关山北"似乎只是叙述,"凭轩涕泗流"则有点实话实说。文字的平实和内在情感的深沉起伏恰好形成对照。这种特点不是偶然的,联系《望岳》一诗可以肯定,这与杜甫善于驾驭五言律诗这一诗歌形式有密切关系。

在唐五言律诗中,杜甫成就最高。不仅和七言律诗相比,就是和五言绝句相比,五言律诗也以语言朴素,"忠厚缠绵"(《四库全书总目》卷一百七十三)见长。杜甫此首诗作古朴而浑厚,实乃唐诗上乘之作。胡应麟在《诗薮·内篇》卷四中认为,唐代五律,经过陈子昂、杜审言、沈佺期、宋之问的"典丽精工",到王维、孟浩然、储光羲、韦应物的"清空闲远",又经过高适、岑参,"虽自成趣,终非大手"。除了李白以外,只有杜甫,"气象巍峨,规模宏远,当其神来境诣,错综幻化,不可端倪。千古以还,一人而已"。而且特别指出,五律之"宏大"者,以此为代表②。这个评价,也许有点绝对化,但由此可以想象杜甫的五言律诗在权威诗评家心目中无可匹敌的地位。

陪侍郎叔游洞庭湖醉后(其三) 李白

> 划却君山好,平铺湘水流。
> 巴陵无限酒,醉杀洞庭秋。

这首诗是从一组游洞庭湖的诗中选出来的。组诗是李白流放遇赦以后,赴亲友的筵席后所作。有亲戚招待,又可游山玩水,此时李白的心情是比较轻松的。前面两首如下:

> 今日竹林宴,我家贤侍郎。
> 三杯容小阮,醉后发清狂。

> 船上齐桡乐,湖心泛月归。
> 白鸥闲不去,争拂酒筵飞。

从艺术水准来说,这两首都一般。第一首第一句是把此番参与的人士都称赞为"竹林"贤士。第二句,奉承族叔贤良。第三、四句是自我表现。将自我的特点用"清狂"二字写出,显得太抽象。第二首以白鸥的拂筵而飞表现诗人卸却精神负担,与环境和谐相处、怡然自得的心情,但都不及第三首。

这首诗的艺术构思和前面两首表面上是同一情景,但在艺术上却是两个路子。前二者基本上是即景抒发,颇多即景成分,而这一首却完全是虚拟的、想象的。"划却君山好",实际的意思是,"划却君山"才"好",这是一个假定句。完整的语法结构是:如果能把君山"划却"多好。下面同样也隐藏着一个关键词:(如果)让湘水无阻碍地横流,(那么)巴陵(也就是岳阳)的洞庭湖水,就全部是酒了。这样的话,洞庭的秋色就全都要醉死(人)了。

李白没有直接抒发从政治上到生活上全方位获得解放的兴奋之情,而是用诗人对洞庭湖的感觉来体现。李白遭遇的灾难比杜甫不知要严酷多少倍,他获得解脱后的心情也比杜甫不知要轻松多少倍。一方面,他的个性如此;另一方面,他的人缘似乎也比较好。遭难之时,他是很孤立的,弄到"世人皆欲杀"的程度,可是一旦解脱,又所到之处宴请不断,甚受地方官和亲友的欢迎。他不像杜甫那样,时时为国家命运而陷于痛苦,有时甚至连生计都很难维持。李白却总是对酒当歌,豪情满怀。同样面对洞庭湖,他不像杜甫那样痛苦,似乎战乱、亲人离散、政治上的灾难、自己身家性命和道德形象的危机均不存在,他把一切都抛在脑后,只顾眼前的欢乐。全诗只写一个"醉"字。这个"醉"字,第一次点明是在题目上。他不像一般诗人那样,尽量回避在题目上出现过的字,相反,他在最后一句第二次又点了这个字。不过不是直接表现自己的醉态,而是写自己的醉想。什么样的醉想呢?醉得还不够过瘾,醉得还不够精彩。要怎样才够过瘾,才够精彩呢?这是个难度很高的课题。因为自己醉的姿态已经写过很多,许多名句早已经脍炙人口。如《将进酒》:

> 人生得意须尽欢,莫使金樽空对月。……烹羊宰牛且为乐,会须一饮三百杯。……钟鼓馔玉不足贵,但愿长醉不复醒。……五花马,千金裘,呼儿将出换美酒,与尔同销万古愁。

还有《襄阳歌》:

> 清风朗月不用一钱买,玉山自倒非人推。舒州杓,力士铛,李白与尔同死生。

醉到这种程度,其姿态之浪漫、之超凡脱俗,可能是无以复加了。如今又来写醉,该从何处出新呢?李白毕竟是李白,虽然已经年近六十,他的想象、他的豪情仍然不减当年。他的想象从人转化到酒上,又从酒转化到眼前的洞庭湖水上。诗人神思飞越,让洞庭湖里的水都变成酒。这样,感情够极端的了罢;但,还不够极端。要让感情更强烈,就要让酒更加无限。眼前的君山,占据了湖面,这毕竟是个遗憾。那就把君山给铲除掉。酒不是就更加无限了吗?这就是第二层次的极端。这个极端是李白在《襄阳歌》中曾经想象过的:

> 遥看汉水鸭头绿,恰似葡萄初酦醅。
>
> 此江若变作春酒,垒曲便筑糟丘台。

按《将进酒》和《襄阳歌》的想象,接下去应该是诗人豪情满怀地痛饮了。但是,这样写,就是想象的重复了,这是李白不屑的。他的想象来了一个急转弯,他不喝了,他不醉了,他的第三层次的极端是:

> 巴陵无限酒,醉杀洞庭秋。

让洞庭湖水都变成了酒,结果醉死的不是自己,而是洞庭湖的秋色。《唐诗摘抄》说:"放言无理,在诗家转有奇趣。"③ 从实用价值来说,这的确是无理的。若从审美情趣来说,却是有趣、有情的。诗人的审美情趣从实用理性中解放了出来,不讲理了,就"无理而妙"了。妙在无理中不但有情,而且有情感的逻辑。为什么是洞庭"醉杀"了呢?因为,这里的景色、氛围、友情和亲情都让人沉醉。但李白偏不说友情和亲情,而是说秋天。因为,这里的君山、湘水、巴陵、洞庭的美结合在一起,最能代表其美的乃是洞庭秋色。文字上是洞庭秋色为酒所醉杀,实际上诗人把自己醉杀,同时也让洞庭的秋色醉杀了。在这种秋色中,水之滔滔,乃酒之滔滔;酒之滔滔,乃情之滔滔。洞庭之酒,秋色之醉,乃诗人之醉。秋为酒醉杀,实写;人为秋色醉杀,虚写。"醉后发清狂"之意,在第一首中没有完成,到这第三首,终于把狂态写了出来。弄到洞庭与"我"同醉,分不清是洞庭之醉还是"我"之醉的程度,还不够狂吗?狂得还不够精彩吗?

这首诗把李白激情澎湃的一面表现得淋漓尽致。当然,这只是李白艺术个性的一个方面。同样是在洞庭湖岳阳楼上,李白还有一首《与夏十二登岳阳楼》,也是很经典的:

> 楼观岳阳尽,川迥洞庭开。
> 雁引愁心去,山衔好月来。
> 云间连下榻,天上接行杯。
> 醉后凉风起,吹人舞袖回。

如果说前面一首抒写的是激情,以强烈的、极端的感情取胜,这一首则以潇洒的感情见长。"楼观岳阳尽",是不是说,没有比岳阳楼更精彩的了?"川迥洞庭开",站在岳阳楼上,洞庭湖很开阔,并没有"划却君山"才好让湘水平铺而流动的冲动,相反在天水一片的境界中,目送大雁远去,令人把忧愁忘却了,山头的明月,美好得像是山专门奉献给自己的一样,云如天上下榻,人如喝醉了酒,一任凉风把衣袖吹得飘舞起来。和前面的那首相比,这是一种非常轻松自如的境界,大雁、明月、云间、天上、下榻、行杯、凉风、舞袖,表面上都没有将世界作大幅度的变形。但其性质是变异的,"雁引愁心去",主要功能是变异的,无心之飞变成消愁之"引","山衔好月来",一则为关系变异,二则为目的变异,其消愁行乐之意均为隐性。

望洞庭湖赠张丞相　孟浩然

八月湖水平,涵虚混太清。
气蒸云梦泽,波撼岳阳城。
欲济无舟楫,端居耻圣明。
坐观垂钓者,徒有羡鱼情。

这首诗的题目是"望洞庭湖赠张丞相",联系到诗的后面两联"欲济无舟楫,端居耻圣明。坐观垂钓者,徒有羡鱼情",显然诗人是希望这位权贵能够提拔自己。这样的写作目的,说起来有点煞风景。但千年来的读者,很少对之苛求,诗话中大多赞赏有加。原因是孟浩然巧妙地把自己的意图和观赏洞庭湖的风景交融在了一起。前两联完全是自然景观的描绘:"八月湖水平",这个"平"字起得从容不迫。平,就是水很满,很充盈,同时视野很辽阔,一望无际。写到这里,还只是自然景观的特点,没有显出很浑厚的精神内涵来。"涵虚混太清",太清,指天空。把水面和天空连成一片,结成一体,空间无垠,气魄就比较宏伟了。天连水,水连天。这里有几个字是很有内涵的。一个是"虚",就是没有具体的形,上下天光,烟波浩渺。这个"混"和前面的"涵"结合起来,与现代汉语中的"含而混之"有点接近,互相渗透,互相融通,没有边界,"至道之精,窈窈冥冥"(《庄子·在宥篇》)。人的目光,人的身影,融入这样的宏伟气象之中,人的精神也就不由得不超越,不由得不宏大起来。这两句,一般读者可能并不觉得特别精彩,但是,明朝的诗评家杨慎在《升庵诗话》中说:"'八月湖水平,涵虚混太清。'虽律也,而含古意。皆起句之妙,可为法。"④意思是这首诗虽是近体的律诗,却有古诗的意蕴。什么叫作古诗的意蕴? 就是不讲平仄,不讲格律,文字比较古朴,情感比较收敛。平平静静却有浑厚的意境。这应该是有一定道理的。联系杜甫《望岳》的开头"岱宗夫如何? 齐鲁青未了"和《登岳阳楼》的开头"昔闻洞庭水,今上岳阳楼",都是五律,同样是很平静的情调,很朴素的语言。

接下来的"气蒸云梦泽,波撼岳阳城"是千古名句。和前面的诗一样,也是写洞庭湖的波澜的。不过不是从岳阳楼,不是从湖南这一边看洞庭湖,而是从另一边,从湖北看洞庭湖。看起来也是烟波浩渺气象万千的。"气蒸云梦泽"写烟波之气蒸发到长江中游两岸云梦泽。"云梦泽"不是当时的地名,而是古代的地名。这样写,有一点古典意味。这当然是想象,气魄的豪迈来自想象空间的宏大。"波撼岳阳城"本来是一种错觉。洞庭湖的波澜真的要撼动岳阳城的话,就是一种灾难了,这里强调的是洞庭湖波澜起伏,就好像岳阳城在起伏一样。这一联之所以成为千古名句,就是因为气蒸云梦的空间感和波撼岳阳的运动感二者相结合,不但宏大壮阔,而且惊心动魄。这两句诗和杜甫的"吴楚东南坼,乾坤日夜浮"齐名。但一般诗话家,以为不如杜甫。可能是因为杜甫不但有空间感而且有时间感。

当然,更大的原因可能是,杜甫内心的悲欢总是和战乱民生紧密地联系在一起,而孟浩然则往往只限于个人命运。接下去四句,孟浩然不得不把自己的意图表露出来:"欲济无舟楫,端居耻圣明。"要过河吧,没有舟楫,干脆坐着不动吧,又对不起英明的皇帝。当然,比喻是巧妙的,把自己的愿望说得尽可能含蓄,又尽可能明白。这个被李白称赞为"红颜弃轩冕,白首卧松云",甚至"迷花不事君",只爱喝酒、不想当官的孟夫子,把入世心态说得已经够清楚了,接着继续说:"坐观垂钓者,徒有羡鱼情。"虽然从联想上来说,垂钓、羡鱼和舟楫,如古代诗评家所说,"钩锁"相连,还是相当紧密统一的,但不论是从诗歌思绪层次的深化来说,还是从希望被人家提拔的角度来说,前面都已经表述充分了。这一联反复申述,难免画蛇添足。历代诗评家中,虽然有人认为这首是孟氏的压卷之作,但也有不止一个诗评家说这首诗的前半部分和后半部分不相称。《诗辩坻》的作者甚至因为不喜欢他的后面四句,索性连前面四句都否定掉,说这首诗:"起句平平,三四句雄。而'蒸''撼',语势太矜,句无余力;'欲济无舟楫'二语感怀已尽,更增结语,居然蛇足,无复深味。又上截过壮,下截不称。世目同赏,予不敢谓之然也。"⑤此议虽有点矫枉过正,但对后四句的批评无疑是有道理的。

注:
① 陈伯海《唐诗汇评》(中),浙江教育出版社1995年版,第1270页。
② 仇兆鳌《杜少陵集详注》(一),文学古籍刊行社1955年版,第4页。
③④⑤ 陈伯海《唐诗汇评》(上),浙江教育出版社1995年版,第690页,第528页。

渔父：潇洒自如的风度和天人合一的生存状态

"渔父"是中国古典诗歌中的传统母题。最早的渔父形象出现在屈原的《渔父》中，是个与屈原相对的形象。屈原因为"举世皆浊我独清，众人皆醉吾独醒"而"颜色憔悴，形容枯槁"，遭到放逐。而渔父觉得没有必要。提出"圣人不凝滞于物"，应该"与世推移"。"凝滞"本来是停止流动的意思，这里大致是拘泥的意思，即不要那么认真，那么坚持原则。如果举世皆浊，那就把泥水搅得更加浑浊；如果众人皆醉，就和他们一起"铺其糟而歠其醨"。但屈原坚持不能同流合污，最终自投于江。渔父则"莞尔而笑，鼓枻而去，乃歌曰：沧浪之水清兮，可以濯吾缨。沧浪之水浊兮，可以濯吾足"。他认为，不管水清水浊都无所谓，顺其自然而已。由于屈原作品的经典性，渔父的形象内涵就以一种典故的形式固定了下来。阮籍、张衡都有所作。其意旨皆不在坚持独醒，而是与世沉浮。屈原笔下的那种渔父到了唐时，已经逐渐淡化，杜牧在《赠渔父》中说：

芦花深泽静垂纶，月夕烟朝几十春。
自说孤舟寒水畔，不曾逢着独醒人。

渔父那种在混乱的政治形势中与世沉浮的心态，渐渐被在大自然的风雨中潇洒自如的风度所代替。到了张志和笔下，这个渔父的形象发生了更大的变化，已经不是屈原笔下那种和独醒者对话的人物，而是自由自在不食人间烟火的人物。

渔 父　张志和

西塞山前白鹭飞，桃花流水鳜鱼肥。
青箬笠，绿蓑衣，斜风细雨不须归。

这里的自然景观是美好的。山水、白鹭、桃花、鳜鱼,说明环境与人之间不仅没有严峻的冲突,而且环境给人的生存提供了丰饶的物质条件和赏心悦目的景观。鱼米之乡的风物历历在目。自然界的风雨并不是粗暴的,而是温和的。这大自然的风轻到什么程度呢?说它是斜的。风是看不见的,怎么可以说它是斜的呢?这可能是诗人感觉到的,也可能是他从细雨的歪斜中看出来的。只能是斜风,唯此意象才能与细雨构成和谐的统一。这里的用词相当精致,微风吹拂与心灵的安详相符,只能用斜风,而不能用歪风。歪风另有一种贬义的联想,与细雨构不成统一、和谐的意象群。这个意象群中所提示的自然风雨非但不构成生存的挑战,反倒变成了享受的景观。那斜风细雨,只需简朴的箬笠、蓑衣就可抵御,其姿态一点儿也不紧张。特别是"不须归",就显得更加潇洒悠闲了。一般的风雨有一种逼迫力,让人想到归家,但是,这种风雨为什么没有这种压迫感呢?这为本就很美好的自然景观增添了情趣,在微弱的风雨面前,诗人把眼前的山水看成另一番情趣,另一番色彩,体悟出另一番心境。这首诗,是从诗人的一个组歌中选出来的,又名"渔父歌"。原诗有好几首,其他几首是这样的:

> 钓台渔父褐为裘,两两三三舴艋舟。
> 能纵棹,惯乘流,长江白浪不曾忧。

> 霅溪湾里钓渔翁,舴艋为家西复东。
> 江上雪,浦边风,笑着荷衣不叹穷。

> 松江蟹舍主人欢,菰饮莼羹亦共餐。
> 枫叶落,荻花干,醉宿渔舟不觉寒。

> 青草湖中月正圆,巴陵渔父棹歌连。
> 钓车子,橛头船,乐在风波不用仙。

可以看出,这几首都不及前一首。前面一首的关键是"不须归",在风雨中很从容、很悠然地欣赏自然,体悟自我。后面的几首,关键也在最后的否定句:"长江白浪不曾忧""笑着荷衣不叹穷""醉宿渔舟不觉寒""乐在风波不用仙"。但除了"醉宿渔舟不觉寒"艺术感觉还算过得去,其余几首都是比较直白的议论,显得比较浅薄。这种渔父的主题,贵在真情。张志和是真的归隐,后来即使再有机会,他也不出世了,自称"烟波钓徒",以自己的生命来作为自己的诗歌。但是,由于这类主题的影响巨大,成了一种传统主题,也就成了套路,越写越虚了。连身为皇帝的李煜,都有《渔父》(亦名"渔歌子")两首:

> 浪花有意千里雪,桃花无言一队春。
> 一壶酒,一竿身,世上如侬有几人。

> 一棹春风一叶舟,一纶茧缕一轻钩。
> 花满渚,酒满瓯,万顷波中得自由。

诗写得不怎么样,其中的感觉也有点轻松得过头,"万顷波中得自由",什么才是"自由"?看来李后主是没有实际体验的。

但这样的主题到了柳宗元手里,却是另外一种景象,可以真正称得上别开生面了。

渔 翁 柳宗元

> 渔翁夜傍西岩宿,晓汲清湘燃楚竹。
> 烟销日出不见人,欸乃一声山水绿。
> 回看天际下中流,岩上无心云相逐。

明谢榛《四溟诗话》卷二提出:"诗有四格:曰兴,曰趣,曰意,曰理。太白《赠汪伦》曰:'桃花潭水深千尺,不及汪伦送我情。'此兴也。陆龟蒙《咏白莲》曰:'无情有恨何人见,月晓风清欲堕时。'此趣也。王建《宫词》曰:'自是桃花贪结子,错教人恨五更风。'此意也。李涉《上于襄阳》曰:'下马独来寻故事,逢人惟说岘山碑。'此理也。悟者得之,庸心以求,或失之矣。"此说表面上似为中国古典诗话、词话中难得之系统化。但,兴、趣、意、理四大范畴并不全面,还缺乏"情"这个重要范畴。且所举例句与得出之结论间的关系是或然性大于必然性,如李白"桃花潭水深千尺,不及汪伦送我情"可定性为"兴也",但也可以划入"趣"和"意"的范畴。兴、趣、意、理四者之间缺乏统一的划分标准,故有交错,如趣与意,兴与理,皆属交叉概念。这样的随意性,表现出中国某些诗话词话带着直觉思维的局限。

把问题提得比较深邃、具有理论价值的是苏东坡"反常合道"的命题。他的这个命题是从柳宗元的《渔翁》中提出来的,似乎就诗句论诗句,但是由此引起的千年争讼,涉及诗的情与趣、趣与理之间的关系,很有理论价值。

"渔翁夜傍西岩宿,晓汲清湘燃楚竹。"为什么要突出渔翁夜间宿在山崖边上?他的生活所需取之于山水,暗示已与大自然融为一体。不过,不是一般的一体,而是诗性的一体。故取水,不叫取,而叫"汲",不叫汲湘江之水,而叫"汲清湘"。省略一个"水"字,就不是从湘江中分其一勺,而是与湘江整体相连。不说点火为炊,不是燃几根竹,而说"燃楚竹",与"汲清湘"对仗,更加显示出整体环境和人的统一依存关系。这是一种靠山吃山,靠水吃水的自然生存状态。接下去:

> 烟销日出不见人,欸乃一声山水绿。

这一句可以说是千古"绝唱"。苏东坡评论说:"以奇趣为宗,以反常合道为趣。"这话很有道理,只是并未细说究竟如何"反常",又如何"合道"。本来,燃楚竹,并不一定是枯竹,竹作为燃料,其特点是不一定要是枯的,即便新竹,也是可以烧的。如果是枯竹,烧起来就不会有烟了,新竹不干,烧起来才有烟,当然可能还有自然之雾与烟融为一体。"烟销日出不见人",人就在烟雾之中,看不见了是正常,"烟销"了,本来应该看得出人,又加上"日出",更应该看得出,然而却是"不见人"。把读者带进一种刹那间三个层次的感觉"反常"转换之中。第一层次的反常,点燃楚竹之火,烟雾使人和自然统一,烟雾散去了,人却不见了;第二层次的"反常",在面对视觉的空白之际,"欸乃一声山水绿",传来了听觉的"欸乃",突然从视觉转变成了听觉。这就带来视听转换的微妙感悟,声音是人造成的,应该是有人了吧,但是只有人造成的声音的效果,却还是"不见人",只可以听到人的活动造成的声音。第三层次的"反常"是循着声音看去,却仍然是"不见人",只有一片开阔的"山水绿"的空镜头。连续三个层次的"不见人",连续三个层次的"反常",不是太不合逻辑了吗?然而,所有这一切却又是"合道"的。"烟销日出不见人"和"欸乃一声山水绿"结合在一起,突出的是渔人的轻捷、悠然而逝、不着痕迹,转瞬之间就隐没在青山绿水之中。其次,"山水绿"留下的是一片色彩单纯的美景,同时也暗示着观察者面对空白镜头的遐想。不是没有人,而是人远去了,令人神往。正如"山回路转不见君,雪上空留马行处""孤帆远影碧空尽,唯见长江天际流"一样,空白越大,画外视觉持续的时间就越长。三个层次的"反常",又是三个层次的"合道"。这个"道"不是一般的道理,而是视听交替和画外视角的效果,这种手法,在唐诗中运用得很普遍而且很熟练,如钱起《省试湘灵鼓瑟》:"曲终人不见,江上数峰青。"所以,这个"道"是诗歌感觉的想象交替之"道"。

这里的"反常",可以理解为知觉的"反常",超越常规。俄国形式主义把它叫作"陌生化"。表面上和"反常"异曲同工,都是为了给读者带来感觉上的冲击。但"陌生化"是片面的,因为并不是一切"陌生化"的感知和词语都是富有诗意的,只有那些"陌生"而又"熟悉"的,才富有诗意。"二月春风似剪刀",为什么是艺术的?因为前面还有一句"不知细叶谁裁出"。"裁"字为后面"剪刀"的"剪"字埋下了伏笔,"裁剪"是汉语中天然"熟悉"的联想,也就是"反常"而"合道"的,"陌生"而"熟悉"的。而二月春风似"菜刀",则是反艺术的。因为只有"陌生",只有"反常",而没有"熟悉",没有"合道"。

仅仅从语言的角度来分析这个问题是不够的。我国古典诗词强调"情趣",故可以从情感和趣味两方面来探讨。阮阅《诗话总龟》前集卷九载苏东坡欣赏陶诗:"初看若散缓,熟读有奇趣。"趣味之奇,由于情感之奇。奇在"散缓",也就是不奇,不显著,情感不强烈,需细读慢悟,才觉出奇在不奇之中。苏东坡认为这样"才高意远"。"意远"相对于意"近"。"近"就是一望而知,就是情感比较显露。而"远"则比较含蓄,比较宁静。常态抒情使情感处于激动状态,情感激动,便与理拉开了距离,甚至悖理,故有趣。在吴乔那里,叫作"无理而妙"。而这种反常态的无理,却并未与理拉开显著的距离,然而有趣,故为"奇趣"。"暧暧远人村,依依墟里烟。犬吠深巷中,鸡鸣桑树颠。"表面上像是流水账,平静地对待日常化的生活,这就与常态的抒情大不相同。常态抒情,从内容来说,是对社会的不平、抗争,对自我的情感的强化,对自然的精心美化。因而,情感是强烈的,波澜起伏的。情感的强化、起伏与趣味的生成成正比,在常态的诗中,语言是要锤炼加工的。这就是中外古典诗歌中常见的浪漫风格,英国浪漫主义诗人华兹华斯将之总结为"强烈的感情的自然流泻"。而美国新批评的理论家布鲁克斯引用华兹华斯的话说,他总是把平常的现象写得不平常,这是诗歌之所以成为诗歌的根本原因。但是,这样的总结是片面的。苏东坡称赞的中国古典诗歌风格与之恰恰相反。不是把平常的事与情写得不平常,而是把平常的事与情写得平平常常。其情感的特点是:第一,不事强化的、不强烈的、不激动的;第二,没有波澜起伏的;第三,平静的心态的持续性,非转折性。这与读诗的心理预期相反,这叫"反常"。然而,这种"反常"有风险,可能使诗失去感染力,变成散文。吴乔《围炉诗话》卷一:"无奇趣何以为诗?反常而不合道,是谓乱谈;不反常而合道,则文章也。"这里的"文章"是指当时的实用文体,包括奏折、公文之类。但是,"合道"并不是合"理"。黄生《一木堂诗麈》卷一:"出常理之外,此之谓诗趣。……诗趣之灵。"但并不是一切超越常理的都有诗意,它和"理"的关系,既不是重合,也不是分裂。谢肇淛《小草斋诗话》卷一内编说:"太奇者病理……牵理者趣失。"在我看来,情、趣与理三者乃是"错位"的关系。重合了,没有趣味;完全脱离了,也没有趣味。只有"错位",部分重合,部分拉开距离,才有趣味,"错位"的幅度大了,就有了"奇趣"。"奇"在哪里?应该"奇"在深刻,深合于"道"。在陶渊明的诗中,是一种心灵的超越境界,不但没有外在的社会压力,而且没有内心欲望的压力,甚至没有传统诗歌的语言压力,完全处于一种"自然"的,也就是无功利的、不操心的心理状态。这种不事渲染,毫无加工痕迹的原生、自然的语言,之所以给诗话家以"造语精到"之感,就是因为它是最为本真的,杜绝了一切伪饰的原生语言。这样的语言趣味,释惠洪说是"天趣",因为它是最自然的语言。事实上,这是陶渊明开拓的常态的非常态,反常态中的"合道"的境界。

对于诗的最后两句,"回看天际下中流,岩上无心云相逐",苏东坡认为:"虽不必亦可。"由于苏东坡的权威,此言既出,就引发了近千年的争论。南宋严羽,明胡应麟,清王士禛、沈德潜同意东坡,认为此二句删节为上。而宋刘辰翁,明李东阳、王世贞则认为不删节更好。

其实,最后两句"回看天际下中流,岩上无心云相逐"是不可少的。这是从渔翁的角度,写渔舟之轻捷。"天际",写的是江流之远而快,也显示了舟行之飘逸。"下中流"中的"下"字,更点出了江流来处之高,自天而降,舟行轻捷而不险,越发突显渔翁的悠然自在。回头看从天而降的江流,有没有感到惊心动魄呢?没有。"岩上无心云相逐"。感到的只是,高高的山崖上云在飘飞。这种"相逐"的动态是不是有某种乱云飞渡的感觉呢?没有。虽然"相逐",可能是运动速度很快。但却是"无心"的,也就是无目的的,无功利的。因而也就是不紧张的。

这两句中,"无心"是全诗思想的焦点。但是,李东阳说:"若止用前四句,与晚唐何异?"刘辰翁也认为,如果删节了,就有点像晚唐的诗了。晚唐诗有什么不好?一种解释就是一味追求趣味之"奇",而忽略了心灵的深度内涵。而苏东坡认为删节了最后两句就有奇趣,加上这两句,反没有了奇趣。这种把晚唐仅仅归结为奇趣的说法显然比较偏颇。今人周啸天说:

> 晚唐诗固然有猎奇太过不如初盛者,亦有出奇制胜而发初盛所未发者,岂能一概抹煞?如此诗之奇趣,有助于表现诗情,正是优点,虽"落晚唐"何妨?"诗必盛唐",不正是明诗衰弱的病根之一么?[①]

这显然是很有见地的,但是,只说出了人家的偏颇,并未说明留下这两句有什么好处。在我看来,最后一联的关键词就是这个"无心"。它是全诗意境的精神所在。"烟销日出不见人,欸乃一声山水绿",心情之美,意境之美,就美在"无心"。自然,自由,自在,自如。在"无心"之中有一种悠然、飘然。这个"无心",典出陶渊明的《归去来兮辞》:"云无心以出岫,鸟倦飞而知返。"这种"无心"的,也就是无目的的、不紧张的心态,最明显地表现在"悠然见南山"中的"悠然"上。"悠然",就是"无心",也就是超越"心为形役"的世俗功利目的。而这里的"无心"的云,就是由"无心"的人眼中看出来的。如果有心,看出来的云就不是"无心"的了。这种"无心"的云,表现了陶渊明的轻松、自若和飘逸。以后,"无心"的云就成了一种传统意象。李白在《送韩准、裴政、孔巢父还山》中说:"时时或乘兴,往往云无心。"李商隐《七绝》中说:"孤鹤不睡云无心,衲衣筇杖来西林。"辛弃疾《贺新郎·题傅岩叟悠然阁》在写到陶渊明的时候,也说:"鸟倦飞还平林去,云自无心出岫。"这是诗歌意脉的点睛之处,如果把它删节了,当然不无趣味,可能还会有一种余味不穷的感觉。让我们再来体会一下:

> 渔翁夜傍西岩宿,晓汲清湘燃楚竹。
> 烟销日出不见人,欸乃一声山水绿。

感觉的多层次转换运动之后,突然变成一片开阔而宁静的山水。动静之间,"山水绿"作为结果,的确有触发回想的意象交叠,于结束处留下不结束的持续回味的感觉。但是,这种回味只是回到声音与光景的转换的趣味,趣味的背后还有什么东西呢? 就只能通过"无心"去体悟了。这个"无心",是意境的灵魂,把意境大大深化了,对于理解这首诗的灵境是至关紧要的。

注:

① 《唐诗鉴赏辞典》,上海辞书出版社 1983 年版,第 934 页。

第四章 古典诗词主体情感品析

孤独：人生的享受与内心的宁静

独坐敬亭山　李白

众鸟高飞尽，孤云独去闲。
相看两不厌，只有敬亭山。

要真正理解这首诗的好处，要抓住几个关键词。第一个是题目中的"独"，就是孤独。全诗意境的独特之处就是把孤独的感觉、孤独的特点、孤独的诗意，做得很足。

第一句，抓住"尽"。孤独到什么程度，没有人不说，连鸟都飞光了。

第二句，要抓住"独"和"闲"。不但人是孤独的，连云也是孤独的。这比上一句又进了一层。上句的鸟还是"众鸟"，许多鸟，引起诗人凝神，一直到全部从视野里消失为止。而第二句却只有一片孤独的云，可是它的姿态，却和鸟的"飞尽"不同，它的离去是很悠闲的、从容的。这个悠闲的"闲"，很重要。在孤独中，有人可能会焦虑，李白是不是如此呢？这个"闲"字留下了一点暗示，孤云是悠闲的，这完全是客观的吗？好像不是，这是由一只悠闲的眼睛看出来的，这个"闲"暗示了孤独的悠闲心态。

开头两句，一方面把孤独感强调到极端：有生命的鸟消失了，没有生命的云也在离去，整个世界，就剩下诗人了。另一方面又暗示，诗人面对这种绝对的孤独，不但不太在意，反倒还有一种情致，去欣赏孤云的姿态。这种情致的特点就是："闲"（悠闲）。这无疑和极端的孤独隐隐构成了矛盾。

第三、四句："相看两不厌，只有敬亭山。"要抓住"两""不"和"厌"。

诗人是孤独的，因为没有人交流，不但没有人，连鸟和云，都消失了。和孤独联系在一起的是寂寞、苦闷、烦厌。这种情绪对于人来说，有一种否定的性质，诗人完全可以借此宣泄他的寂寞、苦闷和烦厌。但如果真是这样的话就俗了，就没有李白的特点了。李白的特点,全在后面两句之中,隐含着一种对前面两句所营造的孤独感的反拨。

没有人可以交流,鸟、云都消失了,在这无生命的世界中,只有敬亭山可看。山不像鸟,它不会飞,也不会叫;山不像云,它不会飘移。面对这无声、不变的大山,人更加寂寞,更加烦闷厌倦了。然而,就在这样极端的孤寂之中,诗的意脉却发生了一次倒转。面对无声的敬亭山,不但没有感到烦厌,相反倒是感到"不厌"。这不是无理吗?不,这里恰恰隐含着诗的情感的逻辑特点。最孤独、最烦厌的境遇,变成了最不烦厌、最有味道的境界。这是一百八十度的大对转,但并不是绝对的无理,它在无理中又有自己的道理。在这种对转中,对转的反差越大,越是显出"无理"的姿态;越是不合常理,感情的冲击力越强,读者的惊异感也就越强。但是,太突然,完全无理,也可能导致绝对的荒谬,使读者感到被愚弄。李白的妙处在于,既突然又不太突然。

首先,有"闲"(孤云之闲)在前面作铺垫。

其次,更主要的是,这种不厌,不是单方面的,而是双向的。不仅仅是李白看敬亭山,敬亭山也在看着李白;不仅是李白不厌,敬亭山也不厌。这是诗的杰出的想象自由,由于遵循着联想机制的相近轨道:把山的不动,变成相视,把不动的相视变成不厌,自然而然地转化为诗人情感的理性根据:在人间,是绝对寂寞的、烦厌的,而无语的、宁静的自然界却能与之默默地凝神相对,在相对的交流中获得心灵的宁静。无一字言及人世间的无情,然而人间的无情已跃然纸上。

这种诗的逻辑,和《月下独酌》有异曲同工之处:

花间一壶酒,独酌无相亲。

举杯邀明月,对影成三人。

本来是极端孤独的,没有相亲相爱的人,只有月亮。但是,一旦把月亮当作人,举杯相邀,月亮也就是可以相亲的朋友;而且由于月光,身边有了影子,这样,就可以把它想象成另一个朋友。这样,没有朋友变成了多个朋友,而这多个朋友只是想象中的朋友,就更加反衬出人世间的孤独。从现实世界来说,这是无理的,因为月亮和影子不是朋友。但是,从诗的想象逻辑来说,又是有理的:从内涵上说,人在大自然中,比在人世间更能获得感应;从形态上说,把月亮当成朋友,早就有过许多杰作了,而把影子当成朋友,则是李白的创造。影子有人的轮廓,像朋友,同时,这也恰恰说明诗人的孤独,没有朋友。

敬亭山在安徽宣城,李白一生七游宣城。据学者考订,李白这首诗写于天宝十二载(753)。十年前(745年),他从政失败,被唐玄宗"赐金放还",心情应该是很寂寞、很苦闷的。这种苦闷,在这里被诗化,沉醉于大自然的静穆之中,营造了一种毫无世俗之念的境界。

全诗的功力在于把自己提升到超越现实的想象境界中。在这种境界里,诗人的情感获得了比现实中更大的自由。全诗只有二十个字,前两句采用对仗句式,属对工整;后两句则以倒装句式突出了"两不厌"。

对于这首诗的含意,古代诗评家中,有人认为:"'众鸟',喻名利之辈,'高飞尽',言得意去。'尽'为'独'字写照。'孤云',喻世间高隐一流,'独去闲',言虽与世相忘,而尚有往来之迹。"这样坐实的解读,本是好心,力图提高诗的思想内涵,但却窒息了诗的概括力和想象的空间。

关于这首诗的语言,在历代诗话中,一般都称赞,但也有诗评家提出异议。胡应麟在《诗薮》中说:"诗最贵含蓄,青莲'相看两不厌,只有敬亭山'亦太分晓。"其实,这是有点误解了诗的含蓄了。这两句话虽然表面上看来,意思明明白白,但这只是其表层的意义,敬亭山和"我"相看不厌,是一个结果,其原因,在于深层,在于对人间的隔膜不抱希望。这种言外之意,是隽永含蓄的。

江 雪 柳宗元

千山鸟飞绝,万径人踪灭。
孤舟蓑笠翁,独钓寒江雪。

这也是一首以图画来抒情的杰作,历代诗评家一致给予了极高的评价,但大多数是印象式的论断,并没有把道理讲出来。就是苏东坡这样的大家,也未能免俗。他对这首诗的评论是:"殆天所赋,不可及也已。"①《对床夜话》则说:"唐人五言四句,除柳子厚《钓雪》之外,绝少佳者。"应该如何来欣赏它的好处呢?千百年来,在理论上,还没有一个准确的说法。一些诗话家认为,这首诗的好处,是以描绘景色取胜。《批点唐诗正声》说:"绝唱,雪景如在目前。"《增定评注唐诗正声》说:"好雪景,名句妙。"《唐诗摘抄》说:"此等作真是诗中有画,不必更作寒江雪钓图也。"《诗法易简录》说:"前二句不着一雪字,而确是雪景。"众多说法不尽相同,但是从观念上来看,却是一致的,那就是,此诗提供了美好的视觉图画,就是"诗中有画"。这是有权威根据的。自古中外都有"画是无声诗,诗是有声画"的说法,苏东坡在《书摩诘〈蓝田烟雨图〉》中也说:"味摩诘之诗,诗中有画;观摩诘之画,画中有诗。诗曰:'蓝溪白石出,玉川红叶稀。山路元无雨,空翠湿人衣。'"这里突出强调的是诗与画的共同性。作为一种感情色彩很浓的赞美,很精辟,有其相对的正确性;但是作为一种理论,无疑有片面性,因为它忽略了不该忽略的诗与画的差别。诗和画借助的工具不同,绝对地用画的优越来赞美诗的优越,是一种盲从。明张岱直接对苏东坡的这个议论提出过异议,他的观点接触到了艺术形式之间的矛盾,但没有充分引起后人乃至今人的注意。不同艺术形式间的不同规范在西方也同样受到漠视,以至于莱辛认为有必要写一本专门的理论著作《拉奥孔》来阐明诗与画的界限。应该说,莱辛比张岱更进了一步,即使肉眼可以感知的形体(而不是画中不能表现的视觉以外的东西),在诗中和在画中也有不同的艺术准则。

既然从理论上来说,诗中有画,纯粹是视觉画图,并不一定能保证诗歌美妙,那么是什么使得这首诗动人呢?退一步说,并不是一切图画都是动人的,只有优秀的图画才能打动读者。作为一幅图画,其优越性何在?作为一幅包含诗意的画,其杰出之处是什么呢?这就是古人印象式的话语所不能充分概括的。

我们来看作品的开头两句:

千山鸟飞绝,万径人踪灭。

题目是"江雪",那就是说,写江上之雪的特点,不是一般的雪,而是大雪。这里的"千山",指的是整个外部世界,纵目所及,一片纯净的空白。在这样一个宏大的背景上,连极其细微的飞鸟都绝迹了。"万径人踪灭"更是如此,生命的一切踪迹,不仅是脚印,还有其他痕迹(如炊烟、茅舍、阡陌等),一概消失。眼前的一切就是一片雪白,由空白构成的全部画面是很有特点的。但更有特点的是,这样的空白,被下面的孤舟独钓的微小人迹打破了。广阔无垠的空白和微末的存在之间,构成了一种强烈的对比。

如果要说"好雪景",好就好在这种广阔无垠的"空"和微妙的"有"的内在张力。正是因为这样,一些诗评家不满足于表面的视觉,不满足于摹写客观的景物,而是从表现诗人的情致方面进行探讨。近代俞陛云在《诗境浅说续编》中说:"空江风雪中,远望则鸟飞不到,近视则四无人踪,而独有扁舟渔父,一竿在手,悠然于严风盛雪间。其襟怀之淡定,风趣之静峭,子厚以短歌为之写照,志和《渔父词》所未道之境也。"这就不仅仅是从描绘客观景物着眼,而是从主体感受出发,接触到诗人的情致特色了。这里有两个词组是不可忽略的:"襟怀之淡定""风趣之静峭"。这样的"襟怀"和"风趣"是图画画不出、视觉不能见的。而这一切正是理解柳氏此诗的关键。

这就说明,该抒情诗的动人之处,在于内在的情致。究竟是什么样的情致呢?这是比之图画的性质更为重要的问题。清徐增《而庵说唐诗》有言:"此诗乃子厚在贬所时所作以自寓也。当此途穷日短,可以归矣,而犹依泊于此,岂为一官所系耶?一官无味如钓寒江之鱼,终亦无所得而已,余岂效此翁者哉!"这和前面的完全从客观景物出发相反,是完全从作者主观的遭遇出发,而主观的遭遇又集中在官场的感喟上。把官职和鱼直接联系起来,明显有些牵强,把为官贬官,直接当作钓寒江之鱼,最多只是一种或然性的假想,并没有什么必然性的证明。其实,柳宗元是很丰富、很有个性的一个人。即便贬官失意,他的失意与其他被贬人士相比,也有很大的区别。这只能从诗本身来获得解释:

孤舟蓑笠翁,独钓寒江雪。

孤舟,就是只有一只船,蓑笠翁的意脉由最后一句"独钓"中的"独"点明了,即很孤独。这种"独",从画面来说,是空白中极其微小的一点。这显然是对比手法。对比在中国古典诗歌中是一种传统手法:"前村深雪里,昨夜一枝开"(齐己),"浓绿万枝一点红,动人春色不须多"(王安石),"春色满园关不住,一枝红杏出墙来"(叶绍翁)。以"一点"衬托"万枝",以"一枝"衬托"满园",都是画面鲜明的对比,突出感官的强烈的冲击性。但柳宗元这里,却不是感官的对比,而是非常深邃的对比,突出的不仅仅是感官的冲击性,而且在表层感官以下,透露出形而上的意蕴。

诗的开头两句蕴含着超越画面的两个意念,那就是"绝"和"灭"。画面的空白白茫茫一片,并不能显示抽象的"绝"和"灭"。绝灭,是有道家"虚静"的哲理意味的。当然,如果仅是这样的意味,就会缺乏感染力,只有和千山万径的空白的视觉画面结合起来,抽象才会转化为具象,在感性画面下隐藏着的哲理意味才显得美。在这样的画面之下,有柳宗元道家思想的流露——虽然柳宗元在政治思想上是偏向法家的。整个世界,只有充满了无为的宁静,连生命活动的痕迹都没有,才显得纯净。"空"和"无"笼罩一切,是不是透露出政治失意后的孤寂感?

接下来的两句,不再是"空"和"无",而是"有"和"在"。不过不是很明显的"有"和"在",而是很微妙的,以微妙的"有"打破无边无际的"空"和"无"。这就不但强调了世界的空寂,而且强调了人的精神状态。在这样无人的、空寂的环境中,人居然寂然不动,他仿佛是整个世界唯一的人。他有没有孤独感呢?从画面上看,他维持着一种静止的状态,说明他没有感到孤独,而是很宁静。诗中点明是"寒江",那他有没有感觉到寒冷呢?似乎没有。如果感到寒冷,就不可能那样静止不动了。这个人没有孤独感,也没有寒冷感,是为什么呢?唯一的解释就是他太专注于自己手中的钓竿了,已然忘记了孤独与寒冷。在一般人那里,钓竿是用来钓鱼的,而诗中写得明明白白,不是钓鱼,而是钓雪。钓雪和钓鱼不同,钓鱼是有目的的,而钓雪则没有目的。

全诗的诗眼,也就在这里了。

值得注意的是,没有目的,但又很专注,专注到对世界没有任何感觉的程度。他专注于什么呢?他专注的是自己宁静的心灵。不管世界上发生了什么,都不会改变他的姿态,可见其心灵无为的程度与大自然之间达到何等的默契。"孤舟蓑笠翁,独钓寒江雪",关键不仅仅是"孤"和"独",而且是对孤独没有感觉。孤独之感是外在的,而诗人之心是内凝的。不管有没有鱼,都不会改变他对内心宁静的专注,可见他和自我的契合程度。这种境界,就是内心与外物的和谐,佛家、禅宗哲学均有这样的高境界。一般抒情之情以"情之动"为特点,故有动情、动心、感动、激动、情动于中之说。然此处却尽写钓雪之无动于衷,故非以抒情而以禅宗之"心不动"取胜。

需要注意的是,这种境界是柳宗元理想的境界,想象的境界,而不是现实的境界。这和他的《小石潭记》不大相同。《小石潭记》是一篇现实性的散文,对于那么美好的景物,他还以"悄怆幽邃""其境过清",觉得不能久居,弃之而去。而在这里,就不仅仅是"过清"的问题,而是绝对寒冷、绝对孤独的问题。

由此可见,诗和散文的区别。从形式上说,散文是现实的,诗是想象的;从内涵上说,散文是形而下的,诗是形而上的。

注:

①《苏轼全集》下册(文集卷七十),上海古籍出版社2000年版,第2189页。

悲愤：以喜剧性动作抒情

西江月·遣兴 辛弃疾

醉里且贪欢笑，要愁那得工夫。近来始觉古人书，信着全无是处。

昨夜松边醉倒，问松："我醉何如？"只疑松动要来扶，以手推松曰："去"！

这首词抒写了诗人心中的忧愤。忧愁和悲愤，其中的忧愁作为中国古典诗歌中的一个母题，风格是异常丰富的。正因为丰富多彩，要在这个母题上有所作为，就不能满足于现成的套话，就要别出心裁。辛弃疾在这方面，有多种探索。比如他的《丑奴儿》：

少年不识愁滋味，爱上层楼。爱上层楼，为赋新词强说愁。　而今识尽愁滋味，欲说还休。欲说还休，却道天凉好个秋。

这里是反其意而用之。最有特点的忧愁，竟是没有忧愁却强调忧愁，而真正有了忧愁却装作没有忧愁。为什么没有忧愁却要强作愁呢？就是因为忧愁在诗歌中显得很美。为什么真正体会到忧愁的时候却要回避忧愁呢？因为忧愁太痛苦、太折磨人了。

现在回过头来说这首《西江月·遣兴》，它很有特点。特点何在？

第一，一般的诗词，当其抒情时，不管忧愁多么沉重，诗人大抵都是清醒的。而在这首词里，辛弃疾却坦然地表现出自己的不清醒，是醉态。第二，一般诗词中，借景抒情，即景抒怀，景物作为情感的载体，都是观照的对象；而这里，在诗情的高潮处，客观景物居然活动起来，和诗人主体发生了冲突。这种冲突的性质不是一般的动作，而是在戏剧性动作中渗透抒情。第三，抒写的是诗人忧愤的激情，但又偏不直接写愤激，而是写一点忧愁都没有；不但没有忧愁，而且充满欢笑，非常开心。

第一句，"醉里且贪欢笑"。"贪"就是有意地沉溺于欢笑，尽量延长欢笑的时间，长醉不醒,尽量自我麻醉。为什么呢?逃避忧愁——"要愁那得工夫!"

要知道,这是一个英雄将军写的。他同时又是个词人,在宋词史上,他的词总体上属于豪放派——"想当年,金戈铁马,气吞万里如虎"。甚至连喝醉了,也不忘忧国——"醉里挑灯看剑,梦回吹角连营"。字里行间充满了英雄气概。但在这首词里,一个立志恢复中原的统帅却"醉里且贪欢笑",好像是在醉生梦死。从字面上看,醉了,神志不清了,不清醒,就最开心、最精彩。"且贪"两个字,不可忽略。

醉和酒,是中国诗歌史上的传统主题,写得最早的是屈原:"众人皆醉我独醒。"在曹操的诗歌中,酒的功能也是忘忧:"何以解忧?惟有杜康。"因为酒使人不清醒,而清醒却能使人被忧愁所困扰。陶渊明的《饮酒》诗十五首,据他自己说,全是醉中之作,然而,读来却给人十分清醒的感觉。醉得最为彻底、最为诗化的是李白:"人生得意须尽欢,莫使金樽空对月。"李白的醉不是生理上的醉,而是心理上的醉。醉是针对忧愁的,醉的最高目的是摆脱忧愁。但在李白那里,醉酒竟不能排解忧愁,因为酒不能使他彻底麻醉,他的特点是越是忧愁越是清醒:"举杯销愁愁更愁。"李白的诗意,在不清醒与清醒之间。"自古圣贤皆寂寞,惟有饮者留其名。"清醒的圣贤没有知音,而不清醒的酒徒却留下了美名。酒徒的姿态就显得浪漫,忧愁不可排解,想要不清醒却恰恰很清醒。

但在辛弃疾这里,却不完全是这样。整篇词中,全是醉,全是不清醒。醉意化为诗意的关键,是极端化。

醉得很彻底,醉得很开心,完全耽溺其间,把心灵填得满满的,把时间占得满满的,甚至连忧愁的时间都没有了("那得工夫")。这种醉的极端是情感的极端,所表现的是激情,不是一般的温情,更不是贾岛式的闲情。

激情,从程度来说,就是"极情"。辛弃疾的激情中,包含着一种愤慨、愤激。为什么要逃避忧愁呢?中国古典诗歌中不是把忧愁表现得很美、很富于诗意吗?因为感情的深层隐含着另一层意思:忧愁是清醒的,清醒时太痛苦了,清醒时这忧愁太让人绝望了,只有醉,只有不清醒,才能把忧愁忘却。这种对不清醒的情绪的竭力美化,反映了立志复国的壮士,不但抗战主张得不到朝廷的采纳,反而受到当权者压抑,束手无策的愤懑和绝望。

这种愤懑已经很极端了,但接下来更极端,绝望得连圣贤的书都不相信了:

> 近来始觉古人书,信着全无是处。

中国的传统观念,把知识分子叫作"读书人"。古书,具有经典、神圣的地位,但是,作为读书人,他居然说,古人的书本"全无是处"。当然,孟子说过,"尽信《书》,则不如无《书》"。但孟子还是比较委婉的。完全相信,就可能出错,这意味着其中还有可以相信的成分。而辛弃疾在这里却说古人的经典"全无是处"。这种一概抹杀,明显是愤激之语。这就是说,不但现实的政治生活令人绝望,连圣贤的经典也叫人绝望。

沉醉于酒,耽溺于醉,还不怕给人以醉生梦死的感觉,这不是极端不负责任,很堕落的表现吗?如果真的这样,就变得丑恶了。而辛弃疾却把它表现得非常可爱,非常浪漫,非常天真:

> 昨夜松边醉倒,问松:"我醉何如?"只疑松动要来扶,以手推松曰:"去"!

这里显示出了辛弃疾对"醉"这一主题的突破。他不再是通常那样以清醒态观照醉态,而是首先写醉得糊涂,居然问松树:自己醉得怎么样啊?一般的忧愁是以清醒为美,以清醒地意识到现实和个人的悲痛为美;而这里,却以糊涂为美。其次,写醉态的幻觉:"松动要来扶。"松树可能会因风吹而动,但绝不会是要来扶人。明明是醉者眼花,不是以清醒的眼光观照,却夸耀醉态,所以表现得很率真。再次,揭示醉者和自己的幻觉冲突,不但不觉得自己眼花,反而粗鲁地和没有听觉的植物斗气。有些评论家说,这是戏剧性。这是对的,但是,应该补充的,一是这戏剧性来自动作,不但是情感的冲突,而且有外部动作,就是"扶"和"推"以及道白:"去"!二是虽然有动作性,但并不是舞台的戏剧性,而是抒情的戏剧性。三是就抒情戏剧性而言,既不是正剧,也不是悲剧,而是喜剧性的抒情。诗人沉醉在自己的幻觉之中,显得可笑、可爱,显得天真、率性。就趣味来看,这应该是抒情喜剧性的谐趣。这种谐趣全靠独白式的朴素语言,几乎没有惯用的文言词汇,全都是白话,率真而坦然,不惜在诗词这样的正统文学形式中,把自己写得可笑。特别是最后一个字"去",不但是白话,而且是大白话、日常口语,实为诗词中少见。正是因为这样,才显得格外可贵、格外可爱。

女性的隐忧：剪不断理还乱

如梦令　李清照

昨夜雨疏风骤，浓睡不消残酒。试问卷帘人，却道"海棠依旧"。"知否？知否？应是绿肥红瘦。"

这首词以雨为缘起，写的却是雨后的情与景，激发起特别的心境。

第一句就显示出，雨疏风骤是昨天夜里的，是回忆中的雨。回忆中的雨比眼前的雨更有情趣一些。眼前的只是外部景观而已，回忆则有内心追思的触动。为什么当时下雨的时候没有感觉，要到早上才努力回忆？是因为"浓睡"，不清醒。这个"浓"字用得很好。"浓"字一般不用在睡上。浓睡，就是沉睡，就是酣睡。但若把它改成"沉睡不消残酒"或"酣睡不消残酒"，都没有"浓睡"有韵味。"浓"本来是形容液体的，用来形容睡得沉，不但很新颖，而且联想意义很贴切。"浓睡"和"残酒"在文字上是反衬，在意义上却是因果。因为浓睡，醒来时，残酒还没有完全消退。虽然如此，毕竟只是醉，在醉意蒙眬中，还有残存的记忆。昨日的雨虽然稀疏（周汝昌先生以为"雨疏"之"疏"是疏放、疏狂之疏，可备一说），但是，风很猛，当时意识不清醒，来不及想的事，现在猛然跃上心头，想起记忆深处的心事。还不是一般地关切，而是非常急迫，等不及自己去观察，让丫鬟先看一下，海棠花怎么样了？丫鬟的回答是"依旧"。这里有一个"却"字不能忽略，它暗示与自己原来的预想相反。问题是，如果是对海棠一般地关切，人家亲眼看的，还有错吗？但是诗人偏偏不以为然。"知否"，用疑问来肯定，比用肯定更加肯定，而且还用了两个"知否"。"应是绿肥红瘦"，不是没有变化，而是变化很大，叶子更肥了，可花却凋零了。这说明，诗人很坚定、很固执，不相信丫鬟亲眼看到的，只相信自己想象的。因为在她的感觉中，虽然绿肥，生机勃勃，可是作为美感象征的花，象征着女性的青春,却在无形中消逝。她对自己青春的消逝很敏感,才会这么固执。这里还潜藏着一个对比,本来不是说"浓睡不消残酒"吗?残酒还没有完全消退,那就是头脑还不太清醒,而对于花的凋零,却如此坚执。这不是有点儿不讲道理吗?但是,正是因为不讲道理,才是情感强烈的。中国古典诗评家贺裳、吴乔说抒情诗"无理而妙",妙处就在其中。

这个"瘦"字是李清照很偏爱的,她不止一次用它来形容花。"人比黄花瘦",说的是人瘦,不是花瘦。这个瘦,不但是身体的,而且是内心深处的忧虑。但是,抒情的无理,不是蛮不讲理,蛮不讲理就不妙了。从日常理性来说,可能是无理的,但是从另一个角度来说,恰恰是有情的表现。从什么地方看出来?虽然雨水使叶子更肥硕了,但是风雨使花朵更快地凋落了。诗人的敏感,不完全是为花的凋零,而且是为自己像花朵一样的青春的消逝伤感。这种敏感就是情感的根源。从这个意义上来说,敏感决定了她对花朵凋零的固执。这种固执就是理由。无理不一定就是妙的,要妙,就得有可以激起读者想象的缘由。这种精神消瘦的内在体验,别人是感觉不到的,因而诗人才更有理由焦虑。吴乔并不绝对主张诗"无理"就一定"妙",关键在"于理多一曲折耳"。[①]从另一个层次上讲,情感还是有自己的逻辑的。无理之理,是为情理。

对于李清照的这首词,当年和后世的评论家都给予了很高的评价。对其中的"绿肥红瘦"更是赞赏不已。南宋陈郁《藏一话腴》甲集卷一:"李易安工造语,故《如梦令》'绿肥红瘦'之句,天下称之。"蒋一葵《尧山堂外纪》卷五十四:"李易安有'如梦令'云:……绿肥红瘦,当时文士莫不击节称赏。"[②]但是也有人提出异议,晚清陈廷焯在《白雨斋词话》卷六中认为:不过是和"宠柳娇花"一样的"精艳语","造句虽工,然非大雅"。[③]这种看法当然有点偏颇。因为,诗歌毕竟是语言的艺术,"绿肥"代替绿叶之肥硕,虽然非罕见,但以"红"代花而以"瘦"作谓语,亦有奇意。陈廷焯在众多词评家中,还是很有艺术眼光的,他在另一部著作《云韶集》卷十中说,他反对一味称赞"绿肥红瘦"的原因,不过是以为这太"皮相",这首词最杰出的地方是"只数语,层次曲折有味"。这个说法和吴乔的"于理多一曲折耳"异曲同工。"绿肥红瘦"非为写景,实乃深情之高潮。在此之前,已有层层铺垫:其一,醒来犹记醉中忽略的潜在意识;其二,置丫鬟目睹于不顾,以猜想否定目睹;其三,所言并非直接表白,而以一"瘦"字形容花,透露女性年华消逝之深深隐忧;其四,层次推进之际,中多省略,意象大幅度跳跃,断裂空白甚多(如:不提问卷帘人何语),此等结构召唤读者在想象中毫无难度地将意脉贯通。在有理与无理之间,如此曲折有致,故能称"妙"。

声声慢　李清照

　　寻寻觅觅,冷冷清清,凄凄惨惨戚戚。乍暖还寒时候,最难将息。三杯两盏淡酒,怎敌他、晚来风急。雁过也,正伤心,却是旧时相识。

　　满地黄花堆积,憔悴损,如今有谁堪摘？守着窗儿,独自怎生得黑！梧桐更兼细雨,到黄昏,点点滴滴。这次第,怎一个愁字了得！

　　这是一首很有名的词,从当时到当今,大多词评家都集中赞赏她的十四个叠字。宋张端义《贵耳集》说:"本朝非无能词之士,未曾有一下十四叠字者。""使叠字俱无斧凿痕。"宋罗大经在《鹤林玉露》中回顾了诗中用叠字的历史,列举了诗中一句用三叠字,连三字者,两句连三字者,有三联叠字者,有七联叠字者,只有李清照,"起头连叠十四字,以一妇人,乃能创意出奇如此"。④还有人指出,元朝著名曲人乔吉的《天净沙》词中,有"莺莺燕燕春春,花花柳柳真真。事事风风韵韵,娇娇嫩嫩,停停当当人人"之句,是"由李易安'寻寻觅觅'来"。⑤

　　叠字的使用,千年来竟引起这么大的反响,原因固然在于韵律的特殊,因为叠字作为一种语言现象,是汉语的特点;其次在诗歌中如此大规模地运用,确系空前绝后。但若从修辞技巧来说,这样连续性的叠字并不是越多越妙,太多也可能给人以文字游戏的感觉。如唐刘驾的"树树树梢啼晓莺,夜夜夜深闻子规",前面两个字叠字不但是多余的,还可能造成单调繁冗,像韩愈《南山诗》的"延延离又属,夬夬叛还遘。喁喁鱼闯萍,落落月经宿。暗暗树墙垣,㟏岈架库厩。参参削剑戟,焕焕衔莹琇……",一口气连用了七个对仗的叠字,也是十四个字,却给人牙齿跟不上舌头的感觉。而李清照这里同样是十四个叠字,却用得轻松自如。这除了与她用的都是常用字有关,还有一个最为根本的原因,就是其中蕴含着词人深沉的情感。

　　她使用叠字的成功在于表达感情特征方面达到了高度的和谐。

　　一起笔就是"寻寻觅觅",这是没有来由的。寻觅什么？自己不清楚。寻到了没有呢？没有下文。接着是"冷冷清清",与"寻寻觅觅"没有逻辑的因果。再看下去,"凄凄惨惨戚戚",问题更为严重了,冷清变成了凄惨。这里有一种特别的情绪,是孤单的,凄凉的,悲戚的,这没有问题。但是,为什么弄出个"寻寻觅觅"来呢？一个寻觅不够,再来一个,又没有什么寻觅的目标。这说明她自己也不知道在寻觅什么,原因是她说不清自己到底失落了什么。这是一种不知失落的隐忧。在《如梦令》里,她还隐隐感到自己失落了的是青春,别人不知道,她知道。她是不是有点孤独？不太清楚,但是她不凄惨，至少是不冷清。而在这里，她不但孤独、冷清，而且凄惨；一个凄惨不够，再来一个；再来了一个还不够，还要加上一个"戚戚"，悲伤之至。她朦朦胧胧地感到，自己失去的东西是看不见、摸不着的。她体验着、孤独地忍受着失落感。这种失落感和她词中叠字里断续的逻辑一样，是若断若续的。这样的断续造成了一种飘飘忽忽、迷迷茫茫的感觉。这是第一个层次，就是沉迷于失落感之中，不能自已、不能自拔。

下面转到气候，"乍暖还寒时候，最难将息"。是调养身体吗？照理应该是。但是从下文看，最难将息的可能不是身体，而是心理。为什么？她用什么来将息、调理自己的身体？用"三杯两盏淡酒"。喝酒怎么调养身体？是借酒消愁吗？

但酒是淡酒，不太浓。这个"淡"字，其实是全词情感性质、意象色调在程度上统一和谐的表现。淡酒，不仅是酒之淡，其联想是情感性质的不确定、缥缈。李清照所营造的"寻寻觅觅"，是不知道在寻觅什么，也不在乎寻到了没有。因而其程度，是不强烈的、朦胧的。淡酒的淡，就是在这一点上与之呼应，为之定性的。

虽然"淡"，却仍然是酒，而不能是茶。那种"寒夜客来茶当酒"的情调，在程度上是不够强的。酒的性质就是情感的性质，酒的分量就是情感的分量。这种分量是很精致的，分寸上是很精确的。这淡酒，不是杜甫那样的"浊酒"。"浊酒一杯家万里"是与"潦倒"联系在一起的（"潦倒新停浊酒杯"），与经济上的贫困相关。李清照写的不是这个。当然也不是"美酒"，李白的"新丰美酒斗十千"与"咸阳游侠少年"联系在一起，那种酒代表一种豪情，与李清照的精神状态也相去甚远。李清照的精神状态，只能以一个"淡"字来檃栝。

李清照这里的"淡"字，还有一个功能，就是引出下面的大雁。

醉翁之意不在酒，在于打发这漫长的日子。但是这个淡酒可能太淡，敌不过"晚来风急"。风急了，太冷，酒挡不住寒气。淡酒本来是用来抵挡晚来的寒风的，虽然无效，却因风而把李清照的视觉从室内转移到室外。从地面转向了天空，"雁过也"。这个"也"字极富韵味，是突然冒出来的语气词，有当时口语的味道。这个"也"字，是不是有点喜悦轻松的语气？大雁是季节的符号，说明秋天来了。加上"却是旧时相识"，本该"有朋自远方来，不亦乐乎"，可是李清照却乐不起来。绿肥红瘦，春光明媚，尚且悲不自禁；秋天来了，群芳零落，她更加悲凉了。这种悲凉，又因旧时相识而显得愈加沉重。这个雁，还有一层暗示：鸿雁传书。早年她给丈夫的词中就有"云中谁寄锦书来，雁字回时，月满西楼"（《一剪梅》）。岁月催人老，加上写此词时，已是"靖康之难"后，李清照家破夫亡，即便大雁能传书，也无书信可传，这自然更令人黯然神伤。空间视野开阔了，心情却没有开朗，大雁激起的是时间感，一年又过去了。暗示失落感来自时间之快,也就是警觉年华消逝的速度。失落感产生的原因明确了,不再迷迷蒙蒙了。这是第二个层次,"将息"的心理调整不但失败,反而加重了悲郁之情。

下片,心事更加沉闷。

> 满地黄花堆积,憔悴损,如今有谁堪摘?

"憔悴损",既是菊花,又是生命。"如今有谁堪摘?"意象的暗示变成了情感的直接抒发。这比"绿肥红瘦"更加悲惨,不但憔悴,而且有点枯干了。"有谁堪摘",不说什么人摘。有人认为这个"谁"字,是"什么"的意思,也讲得通,但也不能否认,"谁"字可以作人称代词,指"什么人",二者兼而有之。此处是不是有人老珠黄之感?且留给读者去想象吧。这是第三个层次,再度强化时间之快。悲郁之至,对自己无可奈何,几乎是无望了。青春年华只剩下满地枯败的花瓣。

不明确的失落变成了明确的伤感,都集中在时间的一个特点上,那就是"快",年华在不知不觉中就流逝了。时间的刺激,使得情感更加明确。这就不是伤感,而是伤痛了。

> 守着窗儿,独自怎生得黑!

这里,写的还是时间。天怎么还不黑下来啊?天黑了,就看不见大雁,也看不到黄花的憔悴了,就不伤痛了。然而,这里时间的可怕,不是望见大雁感到时间太快,而是相反,时间太慢了。为什么慢?因为"独自",如果不是孤零零一个人,就不会这么慢了。时间快得可怕,是因为孤零零,时间慢得可怕也是因为孤零零。这是第四个层次,对老天放弃抵抗,无可奈何,只能忍受排遣不了的孤单。

下面还有更可怕的:

> 梧桐更兼细雨,到黄昏,点点滴滴。

这是第五个层次,是全词的高潮。词人对自己、对天都无可奈何了,选择了认命,忍受时间慢慢过去。好容易等到黄昏,视觉休息了,心情可以宁静了吧?听觉却开始干扰了。那梧桐叶上的雨声,一点一滴地发出声音来。秋雨梧桐,本是古典诗词中忧愁的意象(白居易有"秋雨梧桐叶落时")。李清照进一步突出了它的过程,"点点滴滴",都在提醒自己的孤独、寂寞、失落、凄惨。梧桐叶的面积足够大,雨打在上面,发出声音来。可这远远不是韩愈"从今有雨君须记,来听萧萧荷叶声"的潇洒。李清照的梧桐叶上,打的是"细雨"。为什么是细雨？因为细雨中梧桐叶上的雨水积累得慢,一点一滴也打得慢。对孤独的人来说,时间的可怕就在于慢,忍受着雨滴一滴一滴地提醒自己：时间过得多么慢啊,生命是多么漫长啊！生命苦短变成了生命苦长。这个"点点滴滴"用得很有才华。一方面是听觉的刺激,虽不强烈,却持续漫长,不可休止；另一方面是和开头的叠字呼应,构成完整的、有机的风格。叠字首尾呼应的有机性,与情感上的一个层次性的推进,最后归结为"这次第,怎一个愁字了得"。次第,就是层次、变化。一个"愁"字,使众多层次都集中在一个焦点上,从内容到形式,从情绪到话语,高度统一,水乳交融。这个"愁"是抽象的,在这抽象的愁绪背后,是李清照的孤独,是李清照往昔不孤独的回忆和未来不能摆脱孤独的无望。这次第,这过程,并不限于眼前有限的时间,而是整个生命的凄楚。但是,又不能简单归结为凄楚,因为这种凄楚不完全是煎熬,其中还有超越煎熬、享受这种凄楚的诗意在内。

　　有些专家,不从内在联系上寻求结构的完整性,而从时间上,说这首词从早晨写到晚上,认为"晚来风急"当为"晓来风急",这样与后来的黄昏凑成一整天,时间上就完整了,而且也符合李清照《声声慢》的"慢词"体制。唐圭璋在《唐宋词简释》中说："此首纯用赋体,写竟日愁情。"⑥但从内容上来看,这首词虽然属于"慢词",情感节奏上却并不慢,一共二十一个句读,意脉却有五个层次,平均每一层次只有四个句读左右,变化应该是非常快的。最长的层次,也只有六句,全是抒情的跳跃性意象组合,谈不上什么"赋体",既没有多少篇幅是叙述性的,更没有任何敷陈渲染,有的是意象组合。空间与时间的转换,外感与内心的活动,都有逻辑的空白,给读者留下了很大的想象空间。所谓一天的过程,并不是像赋体那样有头有尾。就算是"晓来风急",从早晨到黄昏,中间并没有时间的递进,说一天,也只是早晚,当中的时间过程,不是李清照的词里有的,而是专家们的想象被召唤、被激活,用自己的经验补充创造出来的,而这恰恰不是赋体的功能。如果不拘泥于从早到晚,老老实实承认从一开头就是"晚来风急",时间上集中在傍晚、黄昏。这么短的时间,竟慢得这么折磨人,心理纵深层次反复递进,不是更加具有情采和文采的"密度"吗？

注：

① 孙绍振《文学创作论》,海峡文艺出版社 2004 年版,第 322 页。
②③④⑤⑥ 吴熊和主编《唐宋词汇评》(两宋卷),浙江教育出版社 2004 年版,第 1411 页、1412 页、1426 页、1430 页。

第五章 古典诗词美学视角品评

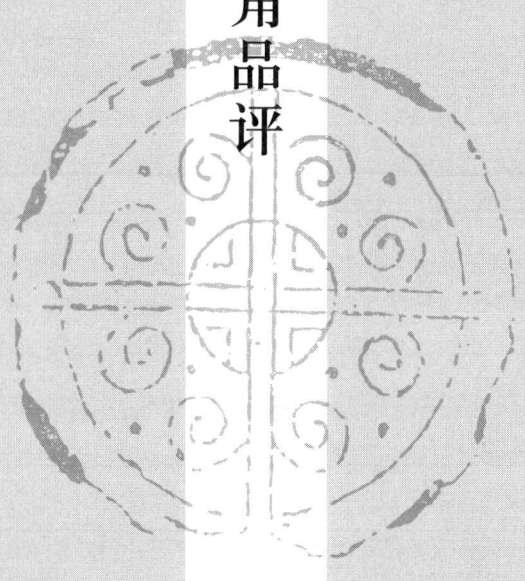

沉郁顿挫与精微潜隐

登 高　杜甫

风急天高猿啸哀，渚清沙白鸟飞回。

无边落木萧萧下，不尽长江滚滚来。

万里悲秋常作客，百年多病独登台。

艰难苦恨繁霜鬓，潦倒新停浊酒杯。

　　这首诗被胡应麟在《诗薮》中称为"古今七言律第一"。①诗是大历二年（767）杜甫在四川夔州时所作。虽然在诗句中点到"哀"，但不是直接诉说自己感到的悲哀，而是"风急天高猿啸哀"——猿猴的鸣叫声悲哀，这给读者留下了想象的自由，并不明说是猿叫得悲哀，还是自己心里感到悲哀。点明"哀"还不够，下面又点到"悲"，"万里悲秋常作客"，这回点明是诗人自己悲秋了。一提到秋天，就强调悲哀，不是又落入窠臼了吗？不然。

　　因为杜甫的悲哀有他的特殊性。他悲哀的虽然是个人的命运，但却是相当深厚且博大的。这种博大，首先表现在空间视野上。

　　诗题是"登高"，开头两句充分显示出登高望远的境界，由于高而远，所以有空阔之感。猿啸之声，风急天高，空间壮阔，渚清沙白，本已有俯视之感，再加上"鸟飞回"，更觉人与鸟之间，如果不是俯视，至少也是平视了。这正是身在高处的视觉效果。到了"无边落木萧萧下，不尽长江滚滚来"，这种俯视的空间感，就不但广阔，而且有了时间的深度。与前两句相比，这两句境界更加阔大，有一种豁然提升的感觉，明显有更强的想象性、虚拟性。先师林庚先生指出"木"引起"枯"的联想，和"树"有根本的不同。"落木"居然到了无边的程度，满眼都是，充满了上下天地之间。这不可能是写实，显然,只有在想象中,才有合理性。"不尽长江滚滚来",从引用《论语》中"子在川上曰,逝者如斯夫"典故开始,在中国古典诗歌的传统意象中,江河不断便不仅是空间的深度透视,而且是时间的无限长度。这种在空间和时间交织中的境界,当然不是局限于空间的平面画面可比的。再加上意象如此密集,前两句每句三个意象(风、天、猿啸,渚、沙、鸟),后两句每句虽然只各有一个意象,但其属性却有"无边"和"萧萧""不尽"和"滚滚",有形有色,有声有状,有对仗构成的时空转换,有叠字造成的滔滔滚滚的声势。从空间的广阔到时间的深邃,不仅视野开阔,而且有诗的精神气度。悲秋而不孱弱,故有浑厚之感。

如果就这样深沉浑厚地写下去,很难避免单调。在这首诗中,尤其是这样,因为这首诗八句全部是对句。而在律诗中,一般只要求中间两联对仗即可。杜甫八句全对,好在让读者看不出一对到底。这除了语言形式上的功夫以外,恐怕就是得力于情绪上的起伏变化了。这首诗的第一、二联气魄宏大,到了第三、四联,就不再一味宏大下去,而是出现了些许变化。境界不像前面的诗句那样开阔,一下子回到自己的个人命运上来,而且把个人的"潦倒"都直截了当地写出来。浑厚深沉的宏大境界一下子缩小了,格调也不单纯是深沉浑厚,而是有一点低沉了,给人一种"顿挫"之感。境界由大到小,由开到合,情绪也从高亢到悲抑,有微妙的跌宕。杜甫追求情感节奏的曲折变化,这种变化有时是默默的,有时却有突然的转折。杜甫说自己的风格是"沉郁顿挫",[②]沉郁是许多人都做得到的,而顿挫则殊为难能。

这是杜甫所擅长的,他善于在登高的场景中,把自己的痛苦放在尽可能宏大的空间中,使他的悲凉显得并不渺小。但是,他又不完全停留在高亢的音调上,常常是由高而低,由历史到个人,由空阔到逼仄,形成一种起伏跌宕的气息。宋罗大经在《鹤林玉露》中这样评价此诗:"杜陵诗云'万里悲秋常作客,百年多病独登台'。万里,地之远也;悲秋,时之凄惨也;作客,羁旅也;常作客,久旅也;百年,暮齿也;多病,衰疾也;台,高迥也;独登台,无亲朋也。十四字中有八意,而对偶又极精确。"[③]这个评价很精彩,十四字八层意思,层层加重了悲秋。以如此深沉的情绪起伏建构他的情感节奏,难怪诗话的作者们反复称道他的感情"沉郁顿挫"。在《登楼》中:

花近高楼伤客心,万方多难此登临。
锦江春色来天地,玉垒浮云变古今。

他个人的"伤客心"总和"万方多难"的战乱结合在一起,就使得他的悲痛有了社会的广度。为了强化这种社会性的悲痛,他又从"天地"的宏大空间和"古今"的悠远时间两个方面充实其深度。杜甫的气魄,杜甫的深度,就是由这种社会历史感、宏大空间感和悠远的时间感三位一体构成的。当然,杜甫的风格是多样的,有时,他的风格并不以浑厚深沉见长,而是以明快细腻动人。如下面这首《春夜喜雨》:

春夜喜雨 杜甫

好雨知时节,当春乃发生。
随风潜入夜,润物细无声。
野径云俱黑,江船火独明。
晓看红湿处,花重锦官城。

开头两句起得平平。只有第一句中的"知"字,把雨当作有生命、有意志的对象来表现,用得轻松、不着痕迹。但诗人却不在这一点上下功夫展开想象。如果真的要往下发展,把雨写得有生命、有意志,就不是这首诗沉潜、凝重的风格了,而是强烈的情感流泻的风格了,就与全诗所表现的默默的、自我体验的温情不相统一了。

题目叫作"春夜喜雨"。春雨,是表现的对象;夜,提示了感觉的特殊条件。喜,才是意脉的主线。全诗中没有"喜"字,着力表现的却是独自的欣慰。因为是独自的,便更加是内心深处的滋润。

喜,因春雨而起,但这雨在夜里。夜里的雨和白天的雨不一样,它是看不见的。所以第二联就写这个看不见:"随风潜入夜",雨随着风,一般应该是有声势的,但这里却是"潜入"的小雨,偷偷的,无形的。接着是"润物细无声",不但看不见,而且听不到。这里的关键词是"细"和"润",因为它们让读者感受到了春雨的特点:细、小、微。细微到视觉和听觉都不能直接感知,但诗人还是凭着敏锐的想象感觉到了。这表现的是什么感觉?过细的感觉,"润"的感觉,不用看,也不用听,外在感官不可感,却流露了内心感受的喜悦。所"润"之物,当然是植物——农作物。说的是物之被润,表现的却是心之滋润。无声的微妙胜过有声。只有心灵过细的人,才能感觉到本来不可感觉的感觉;只有具有精致的内在感受力的诗人,才能为看不出来的潜在生长而体验到默默的欣慰;只有关切国计民生的人,才能为一场无声的细雨感到由衷的喜悦。

读这样的诗,第一,要抓住诗人表现的雨的特点,是夜里的雨,看不见、听不见。第二,要抓住夜雨的感觉特点,把不能感觉的感觉,感觉到内心深处去。虽然无声无息,但却感到了"润物",在那个以农为本的时代,在那个战乱的日子里,这便自然有一种欣慰之感。第三,这种欣慰是独自享受的,甚至因为是秘密的而更加美好。

诗凭什么感人?一般说是以情感人,陆机《文赋》中说"诗缘情"。这大致不错,但还不完全,还要加以补充。如果把情感直接说出来是不能感人的,诗要通过特殊的感觉来传达感情。杜甫在整首诗里,一个"喜"字也没有,但却提供了一系列很微妙的喜悦的感觉,让读者体验这种别人感觉不到的精致的感觉。这就叫感染。

"润物细无声"这句诗看起来没有多少惊人的词语,但在千年传诵的过程中,衍生出了象征意义,即形容某种思想和人格对他人的熏陶,诗句内涵的召唤性,其潜在量之大,正是诗句成功的标志之一。

如果说前两联是内在的、无形无声的感受,那么下面两联,转换到外部感官上来。第三联:"野径云俱黑,江船火独明。"因为雨有利于国计民生,所以即便黑也是美的。这种美用光和色的反衬来体现:云,一片漆黑,提示了地域特色——平原和江河,只有在平原上,视野开阔,云才会在田野的小路上;大幅度的黑色背景原因是雨之浓也,用船上唯一的灯火来反衬,很明显是为了突出雨夜之黑,和那一点温暖的光:大浓黑和小鲜明,在互相反衬中显得更加生动。

这种手法是我国古典诗歌常用的,例如柳宗元的《江雪》:

> 千山鸟飞绝,万径人踪灭。
> 孤舟蓑笠翁,独钓寒江雪。

前面用"绝"和"灭"来强调千山万径一片大空白,后面用"孤"舟和"独"钓来突出人的小存在,打破了空白。又如王安石在《咏石榴花》中写道:

> 浓绿万枝红一点,动人春色不须多。

还有叶绍翁《游园不值》:

> 春色满园关不住,一枝红杏出墙来。

仅有这样一种大笔浓墨的图画,可能还不足以充分显示春雨的可爱、可喜。于是杜甫最后再来一个对比:"晓看红湿处,花重锦官城。"这好像离开了春雨,但恰恰是用第二天早晨的明亮,反衬昨夜春雨的效果:第一,这下子不是看不见了,而是看得很清楚,很鲜明、艳丽。但这还不够,还要加重感觉的特征——"湿"。这就点出了和一般日子里红花的不同,红得水灵灵的,这是绘画上强调的"质感"。第二,更为精彩的是,杜甫强调了雨后红花的另一个特征——"重"。这是绘画艺术上强调的"量感"。花的茂盛,花的潮湿,变成了花的重量感。用重的分量,来表现花的茂盛,这是杜甫颇为擅长的,他在《江畔独步寻花七绝句(其六)》中写道:

黄四娘家花满蹊,千朵万朵压枝低。

不过这里用的字眼是"压"而不是"重"。反过来,还有另外一种量感,比如秦观的《浣溪沙》中用"自在飞花轻似梦"突出花的量感,说它"飞"还不够,还要把它和缥缈的"轻"联系起来,让读者去体悟其中意味。

《春夜喜雨》之所以能让读者感受到喜悦之情,是因为所有的喜悦都渗透在有机统一、丰富多变的感觉之中,读者从无声的"潜入"、悄然的"润物",从"云俱黑""火独明",从红湿而下垂的花朵中,都感受到了杜甫的欣喜。喜悦有两种:一是内在的、不形于色的、微妙的;一是外在的、具有强烈视觉冲击力的。如果没有这些细微的感觉,这些恰到好处的语言,杜甫的喜悦就是直接说出来,读者也不会有感觉。

望 岳 杜甫

岱宗夫如何?齐鲁青未了。
造化钟神秀,阴阳割昏晓。
荡胸生层云,决眦入归鸟。
会当凌绝顶,一览众山小。

第一句"岱宗夫如何",是问句,本不太奇特,用问句起的诗歌杰作并不少见。如李白《山中问答》:"问余何意栖碧山,笑而不答心自闲。"虽然是疑问句,但其中有强烈的感性(栖碧山)。而杜甫的第一句,用语却是比较抽象的"夫如何","夫"字本来就是虚词,为诗所忌。"如何",也没有多少感性。一般说来,这样缺乏感性的语言,是很难出彩的。但历代诗话家对此却推崇备至。当代杜甫研究权威萧涤非说:"'夫如何',就是到底怎么样呢?'夫'字在古文中,通常是用于句首的虚字,这里把它融入诗句中,是个新创,很别致。这个'夫'字,虽无实在意义,却少它不得。所谓'传神写照正在阿堵中'。""少它不得",是一种消极的肯定,为什么能够传神呢? 在我看来,可能要换一个角度来看这个问题。

这里的诗句,追求的不是传神。传神,是对于表现对象的超越外在特征的准确、精练的描绘。这里,就是把"齐鲁青未了"算上,所表现的也并不仅仅是泰山的自然景观特征。"青未了",青个没完没了,这应该算不得什么传神佳句。杜甫另一首写西岳华山的诗,开头是这样的:

> 西岳崚嶒竦处尊,诸峰罗立如儿孙。
> 安得仙人九节杖,拄到玉女洗头盆。

这是以描绘外部形态为务的,读来印象并不见得比这首写泰山的更好。还有一首唐代诗人唐彦谦的《望岳》:

> 长路风埃隔楚氛,忽惊神岳映朝曛。
> 削成绝壁五千仞,高揖泥金七十君。

可能是刻意"传神写照"了,读起来的印象也并不觉得高明。倒是"岱宗夫如何?齐鲁青未了",读起来有一种浑然之感。这种浑然之气,不在"传神写照",而在一种感知上的浑然一体,没有尽头。这种一体感中,当然有地理上的博大性质,但似乎还不止如此,其中还有一些超越了地理的性质。那秘密就在"岱宗"和"齐鲁"之中。这两个词,词中有眼,"岱宗"不仅仅是地名,而且是经典的尊号。泰山同衡山、恒山、华山、嵩山合称五岳,《尚书·舜典》:"岁二月,东巡守,至于岱宗。"《五经通义》云:"宗,长也,言为群岳之长。"泰山和岱宗虽然所指相同,但是文化历史意味差异很大。绝对不能把"岱宗夫如何"改成"泰山夫如何"。齐、鲁是古代诸侯国名,既是国家名,还有历史文化的内涵,和孔夫子、孟夫子的思想和学术生命结合在一起,又和历代封禅的帝王的业绩相关。仅是泰山一带山形地貌的"青未了",还不能产生深厚之感。只有联想到齐鲁文化历史传统的深厚,才能和"青未了"的地理形态统一起来,进而产生雄浑、深沉的感觉。只有这种感觉充盈于"夫如何""青未了"之中,才使本来缺乏感性的语言具有了深沉的文化历史意蕴。

开头两句的全部奥秘就在于,表面上是自然景观,实质上包含着文化景观的底蕴。下面的"造化钟神秀,阴阳割昏晓"也不完全是自然景观,在自然景观背后还有泰山的历史、泰山的文化联想。只有这样,泰山才可能达到一个综合的高度。杜甫觉得,泰山之美所以震撼人心,不完全在外部形态,还在于它内在的文化传统,其精神应该超越形而下的成分,也就是有一点形而上的渗透。于是,他把这样雄伟的自然景观的明暗,转化为"昏晓"。这一点,很有特色。王维在写终南山的时候,也注意到了类似的特点:"分野中峰变,阴晴众壑殊。"在不同的山谷沟壑,阴晴各异。王维由地理上的"中峰"想到天文上的"分野"。这样的气魄当然也是很大的。但是,杜甫写这首诗时,青春焕发,满怀着"致君尧舜上"的政治理想,所以气魄就更大一些。"昏晓",本意是日夜(日月),他又从昏晓再进一步升华到哲学的"阴阳"层次上。岁月阴阳的区分全由泰山来主宰。这里用了一个"割"字,这个字用得很险,也很新颖,毕竟泰山是有峰顶的,峥嵘的峰顶不难引起尖锐的联想。

  诗的题目是"望岳",也就是远望,远景,大全景。继续这样大全景式地写下去,感觉的变化、转折就可能少一点。而杜甫诗风,素称"沉郁顿挫",沉郁就是深厚,而顿挫,则是感觉和情致的大转折。于是下面两句就换了一个角度来展开:"荡胸生层云,决眦入归鸟。"全联的转折就在于,把泰山和自己的感觉拉近,缩短距离。那飘荡在泰山顶上的层云,就在我胸中激荡;泰山上向天外飞去的鸟,冲击着我的眼眶,似乎都要裂开了。泰山太伟大了,但它再伟大,也能和我的感觉息息相通。表现这种感受,诗人只用了"层云"和"飞鸟"两个意象。本来是极远的,极伟大的,却被杜甫的自我情感凝聚,意脉来了一个转折:距离遥远,望之而雄,又不是不可及,而是可及,视之而亲。这种相亲之感,正是诗的想象。

  写到这里,泰山对于诗人心灵的震撼已经相当强烈了。再继续写,也不是不可能,但是,按律诗的格律,已经到了最后一联。如果延续上一联的思路,可能缺乏变化。杜甫最后采取的是另一种策略:泰山已经够伟大了,泰山的崇高已经充分领略了。但是,最后还要超越这样的崇高和伟大:

  会当凌绝顶,一览众山小。

一定要登上最高峰,在那里,眼前的群山就会变得矮小。这可是意脉的破格,意曲脉连,实为神来之笔。

  这里有一个典故:孔夫子登泰山而小天下。年轻的杜甫想象自己登泰山以后,变小的不是天下,而是众山,其实也就是泰山。泰山远望是伟大的,但等你登上去,它就变小了。《杜诗解》说:"翻'望'字为'凌',乃至翻'岳'字为'众山'字,益奇也。""望"是远望,是仰望;而"凌",则是脚踩最高峰,泰山就不像泰山,而变成众山了。这是一个效果,而暗示的原因,则是自己站得高,自己的精神境界变得更高了。

  这是千古名句,原因不在于泰山,而在于表现了杜甫当时壮志凌云的豪情。这一句在后世的传诵中,常常被抽离具体的上下文而单独运用,作为人生哲理名言激励世人。

诗句,本来处在句子组合的有机结构之中,如果孤立地抽出来,很可能失去其精华。只有情感高度和哲理深度相互融合的句子,才能被当成民族智慧的真理广泛传播,以至于清浦起龙在《读杜心解》中主张,在杜诗中"当以是为首"。这个说法当然会有争议。至少,有些诗话家会坚持《秋兴》中的"风急天高猿啸哀"那一首为最佳,且是全部唐诗的压卷之作。然而,为什么浦起龙会这样主张呢?据萧涤非说:"是从这两句的象征意义着眼的。"④问题在于,有象征意义的诗句很多,其内涵和特点却各有千秋。如"山雨欲来风满楼"(许浑《咸阳城东楼》),是有一种自然和社会变动的规律性在内的。而这一句的特点在人,在人生哲理:泰山之高,众山之小,是一对矛盾,转化的条件是从仰望到亲临绝顶。

注:

① 周维德《全明诗话》,齐鲁出版社 2005 年版,第 2553 页。
② 原文是写给皇帝的:"臣之述作虽不足鼓吹《六经》,至沉郁顿挫,随时敏给,扬雄、枚皋可企及也。"《新唐书》卷二百一,中华书局 1975 年版,第 573 页。
③ 罗大经《鹤林玉露》,王瑞来点校,中华书局 1983 年版,第 215 页。
④ 《唐诗鉴赏词典》,上海辞书出版社 1983 年版,第 420 页。

崇高的三种趣味：情趣、谐趣和智趣

过零丁洋 文天祥

辛苦遭逢起一经，干戈寥落四周星。
山河破碎风飘絮，身世浮沉雨打萍。
惶恐滩头说惶恐，零丁洋里叹零丁。
人生自古谁无死，留取丹心照汗青。

1278年，文天祥在广东五坡岭战败被俘。当时，汉奸张弘范是元军的都元帅，他一再强迫文天祥招降仍在海上进行抗元斗争的张世杰，文天祥把《过零丁洋》这首诗拿给张弘范看，张无奈作罢。

"辛苦遭逢起一经"，辛苦，说的是自己读书还是比较刻苦的，但是受到朝廷的提拔，只是"遭逢"而已。隐含着自己并没有多大了不起的意思。这层意思，到了"起一经"，就变得更为明显了：自己的学识限于一种经典。中国古代文人中，很少有科举考试的宠儿，能够得中状元更是寥寥无几。而文天祥对自己的科场荣誉并不当一回事，这是为什么呢？因为自己已经被俘，和大局相比，一切就都可以放得开了。然而，他最放不开的，是历遭挫败的抗战，即"干戈寥落四周星"。

这里有一些历史实况，可以增加我们对他的理解。

1275年正月，元军东下，文天祥在赣州组织义军开赴当时南宋的京城杭州。次年，他被任为右丞相兼枢密使。其时元军已进逼杭州，他被派往元营谈判，遭到扣押。二月底，文天祥与其客杜浒等12人夜亡入真州，复由海路南下，至福建与张世杰、陆秀夫等坚持抗元。1277年，进兵江西，收复州县多处。不久，为元重兵所败，妻子儿女皆被执，将士牺牲甚众，文天祥只身逃脱，乃退至广东继续抗元。后因叛徒引元兵袭击，同年十二月,在广东海丰县被俘。

从语法上来说,"干戈寥落"和"四周星"是并列词组,完整的结构应该是:干戈寥落如同四周天上的星星。其中省略了的,由读者去自由想象。

"山河破碎风飘絮,身世浮沉雨打萍。"这两句按照律诗的规定,对仗很工整。句法和上面的"干戈寥落四周星"一样,都是并列词组,省略了两个词组之间的动词。

下面这一联,也遵循了律诗对仗的规范。从质量上来说,则是千古佳句。"惶恐滩头说惶恐",前面一个"惶恐"是地名,后面一个"惶恐"却是心情。这样的双关,表明了作者语言驾驭才能的不凡。更不凡的是,后面的"零丁洋里叹零丁",也是地名与心情的巧合。前后两句居然能在词性、语义和平仄上构成如此工整的对仗,更是难能可贵。这令人想起杜甫的《闻官军收河南河北》中的"即从巴峡穿巫峡,便下襄阳向洛阳",前面一句两地名(巴峡、巫峡)相对,后面一句两地名(襄阳、洛阳)相对,这种双重对称在中国古典诗歌中,是语言驾驭的最高成就。文天祥可能是受到杜甫这种"四柱对"的影响。但他并不是简单重复,而是有所发展:杜甫驾驭的是两组现成的地名,而文天祥则把两个地名(惶恐滩、零丁洋)转化为两种心情(惶恐、零丁)。杜甫没有中过状元,他把自己科举失败老老实实地写在诗里(《壮游》:"忤下考功第");文天祥虽然中过状元,诗才却远逊于杜甫。他留存下来的诗作显得才气薄弱,与杜甫比相去甚远;然而这一联,却给后世难以企及的感觉。

不过,这首诗之所以能流传千古,也许倒并不是因为他在技巧上有一种远追前贤的感觉,而是因为下面这两句:

人生自古谁无死,留取丹心照汗青。

从表面上看,这两句几乎没有多少技巧可言,就是直接抒情;但是,"丹心照汗青",还是有琢磨空间的。丹,是红,丹心就是红心;但又不完全相同,最明显的是,不能改成"留取红心照汗青"。古代汉语的传统意蕴经过漫长的历史积淀,其文化联想是相当稳定的。"丹心",属古典话语,和"忠心"相联系;而"红心",则是现代革命话语,属于另外一个体系的文化积淀。"丹心"和"汗青",当中一个"照"字,用得很自然,不着痕迹。这里有一种光的感觉,不但是丹心的光,而且是汗青的光,二者映衬,在色彩上自然而然地构成和谐的反衬;"汗青"的古典意蕴和"红心"的现代革命意蕴就构不成这种心照不宣的反衬。

这首诗中最具震撼力的,不完全在修辞,而在这两句展现出来的人格宣言。但如果没有后面的修辞的讲究,只是一味的心灵直白,人格宣言也可能变得很抽象。这两句有机地统一起来,文天祥的生命宣言就升华为格言了。

这是人的最高境界,也是诗的最高境界。

文天祥的诗之所以可贵,不但因为他的诗,而且因为他的人。和我国古代许多天才诗人相比,文天祥的诗才比较薄弱,他无法列入我国古典诗歌史上伟大诗人之列。许多天才诗人把生命奉献给了诗歌,以诗歌为生命,为我国古典诗歌史增添了灿烂的华章;而文天祥则是以生命为诗歌,以生命殉国,以生命殉诗。

这样的人,不但赢得了世人的尊崇,而且赢得了敌人的尊重。文天祥被押送大都(今北京),囚禁四年,面对种种诱惑,他毫不动摇,即使面对降元的宋恭帝和当时元朝皇帝忽必烈的亲自劝降,他也一概严词拒绝,就算对方把丞相位置给他保留着,他仍然不为所动。无奈之下,忽必烈只好下令处死文天祥,以成全其伟大气节。他死后,人们在他的衣襟上发现了以下几句话:

孔曰成仁,孟曰取义。

而今而后,庶几无愧!

这和"人生自古谁无死,留取丹心照汗青"以及他在被囚期间所写的《正气歌》中的"时穷节乃见,一一垂丹青"相比,一为四言,一为五言,一为七言,可为互文阐释。文天祥反复发出生命的宣言:人生不免一死,但最高的价值,在历史的评价。文天祥的躯体虽然倒下了,但他的精神却升上了历史的高度。

需注意的是,文天祥这样视死如归,并不是对生命没有热情,相反,他在青年时代还是一个风流才子。可能是出于"为贤者讳"的善良动机,后代将他有关青楼艳遇的诗文从文献中删除了。从这里也可看出,他的个性是很丰富的。但这一点并不能掩盖他人格的光辉。中国古代大诗人,有这种嗜好的比比皆是,如李白"载妓随波任去留",杜牧"赢得青楼薄幸名",至于柳永等人花街柳巷的故事,更传为风流佳话。问题在于,一旦国家有难,是不是能表现出真正的责任感来。在这一点上,不少大诗人留下了遗憾(如,王维在安史之乱中被署伪职,事后以陷贼官论罪)。由此看来,不论是作为一个人,作为一个大臣,还是作为一个诗人,文天祥都不愧为传统文化的精英。

梅岭三章 陈毅

(一)

断头今日意如何?创业艰难百战多。

此去泉台招旧部,旌旗十万斩阎罗。

(二)

南国烽烟正十年,此头须向国门悬。
后死诸君多努力,捷报飞来当纸钱。

(三)

投身革命即为家,血雨腥风应有涯。
取义成仁今日事,人间遍种自由花。

陈毅的《梅岭三章》是表现革命家意志坚定、视死如归的豪情的。一般说,正常人都有某种理想主义精神。理想是美好的,但实现理想是要付出代价的,最大的代价,莫过于牺牲生命。杀身的威胁是对理想和信念最严峻的考验。文天祥之所以不朽,就在于,在荣华富贵与艰难困苦之间,他选择了艰难困苦;在生与死之间,他选择了死。

本来人的精神和肉体是紧密相连的,肉体消亡了,精神也就无以依附了。选择死,就意味着肉体的消亡。但是,革命家把精神、理想、信念看得比肉体更重要,他们把生死置之度外,显示出一种大无畏的豪情气概。

断头今日意如何?

在面临死亡威胁的时候,他不说死亡,而说"断头"。这很值得研究。他是为革命事业牺牲的,为什么不说"牺牲"或者"献身"?把句子改成"牺牲今日意如何"或者"献身今日意如何",就不够味。为什么?"牺牲"和"献身"是比较概括的,缺乏感性色彩;而"断头"则形象得多了,脑袋断了,当然是死了,也就是牺牲了,但是,比"牺牲"或者"献身"要多一点看得见摸得着的严酷,诗句就带上了大义凛然的气概。

当然,有感觉的词语,并不是只有"断头",还有"杀头"。说成"杀头今日意如何"行不行?似乎也有感觉,也有凛然意气,但还是不如"断头"。为什么?因为"杀头"带有口语色彩,民歌云:

杀头好像风吹帽,坐牢好比游花园。

又有:

舍得一身剐,敢把皇帝拉下马。

也有豪迈的情绪,但民间色彩很浓。陈毅号称儒将,有相当高的文化修养,他写的不是民歌,而是古典绝句,是比较高雅的一种诗体。所以用"断头"比"杀头"要贴切一些。

死都不怕了,还怕什么?这已经是革命精神的极致了,但陈毅觉得还不足以表现他的革命理想主义精神:

此去泉台招旧部,旌旗十万斩阎罗。

陈毅是唯物主义者,唯物主义者不是不信鬼神吗?但在诗歌中,陈毅把迷信转化为诗歌的想象,表现的是即使自己牺牲了,也不甘心,还幻想自己能够卷土重来,取得最后的胜利。鲜明地表现了陈毅顽强而乐观的个性。"招旧部""斩阎罗",这两句如行云流水,写得轻松自如,不仅点明他作为军事领导人的地位,而且表明他作为军事家的魄力。

如果在课堂上,有人认为这首表现了作者死了也不认输的坚定顽强的斗志,可不可以呢?有一定的道理,但可能忽略了统帅的宏大气概。

因为这不是一个革命者宁死不屈的形象,而是一个军事统帅叱咤风云的形象。

下面一首,"此头须向国门悬",①不说牺牲,而说头颅被挂在城门口。其实头颅并不一定就真的会挂在城门,这不过是一种想象,把最可怕、最惨烈的后果都想象出来,但又不是一般的想象,而是带有诗意的想象。把牺牲和献身想象为自己的头颅被挂在城门口,构成了一幅壮烈的图景。在这幅图景中,作者把现实生活中鲜血淋漓的细节淡化了。由自己想象出自己的头颅被挂在城门口的景象,也愈发增添了壮烈之感。

值得注意的是,明明是头颅被挂在城门,却偏偏不说"城门",而说"国门"。其中的意味是古典诗歌的规范和古代汉语的文雅意蕴联系在一起构成的。另外,作者不说"挂",而说"悬",同样有文言词语的典雅意味。

后死诸君多努力,捷报飞来当纸钱。

这两句的想象和前面"旌旗十万斩阎罗"的思路是一样的,把迷信转化为诗歌的审美想象。明明知道自己死了以后,就没有任何感觉和情感了,但在想象中,他仍然把胜利的捷报当作对自己最好的祭奠。这种想象和逻辑明显受到了陆游《示儿》的影响,一方面是"死去元知万事空",一方面还对"王师北定中原日"念念不忘。这不是自相矛盾吗?

这里的矛盾是理性和情感的矛盾。合理的往往是缺乏感情的,感情强烈的往往是不合理的。如果一定要合理,就没有感情可言了。相反,如果明知有矛盾,却还是坚持不改,就可能是很有感情了。

自　嘲　鲁迅

运交华盖欲何求,未敢翻身已碰头。
破帽遮颜过闹市,漏船载酒泛中流。
横眉冷对千夫指,俯首甘为孺子牛。
躲进小楼成一统,管他冬夏与春秋。

这是鲁迅的内心独白,又好像是自画像。在鲁迅的古典律诗中自我独白不仅仅是这一首,《自题小像》(1903)也很著名:

灵台无计逃神矢,风雨如磐暗故园。
寄意寒星荃不察,我以我血荐轩辕。

这是一幅很庄重的自画像,充分表现了自己在国运维艰之时,慷慨悲歌的献身精神,用的是强化情感的、诗化的、崇高化的手法。《自嘲》也是一幅自画像,作者和表现对象都是鲁迅,和《自题小像》应该是一样的,但是一开头,却有些异样的感觉:

运交华盖欲何求,未敢翻身已碰头。

这明显不是把自我形象崇高化,不是表现自己的献身精神的,相反,他似乎在说自己运气不好,很倒霉,主观上本想改变处境,求得升腾发达,可惜很狼狈,碰得头破血流。与《自题小像》相比,反差很大。这种反差不仅在思想情感上、自我评价上,而且在文风上。《自题小像》文风很庄重,是自我的颂歌,而这首诗的文风却是自我嘲弄。《自题小像》用的是庄重的古代汉语,用了一系列经典作品中崇高的典故,如"灵台""神矢""寒星""荃""轩辕"等,而这首诗里,除了一些古代汉语的典雅词语以外,又用了一些现代汉语的口语词语,如"翻身""碰头"。口语词语是比较通俗的,文言词语是比较典雅的,二者混合使用,给人一种不太和谐的感觉。但这种不和谐之感,并不是鲁迅一时的笔误,而是有意为之,因为下面两句,又出现了同样的情况:

破帽遮颜过闹市,漏船载酒泛中流。

"破帽"是口语,"遮颜"却是文言;"漏船"是口语,而"载酒""中流"却是文言。二者的不和谐更加明显了。艺术要追求和谐,不和谐一般是要破坏艺术效果的。但是读者读到这里,并没有感觉到艺术上的粗糙,相反却有一种奇特的趣味。这种不和谐也是有趣味的,不过这种趣味不是一般的抒情的趣味,而是另外一种趣味,叫作谐趣。在西方,这种谐趣属于幽默范畴。幽默,在语义上,恰恰是以不和谐见长的,这种不和谐,在英语里叫作 incongruity,意思是不和谐、不统一,在心理上诱发怪异之感。幽默感就从这种怪异感中产生。在这里,鲁迅利用不和谐,表面上是在嘲笑自己,但并不是真正在嘲笑,而是表现了自己对生活现实的一种姿态:即使如此狼狈,也无所谓。这里的不和谐,不但产生了趣味,而且产生了意味,在实际上构成了一种反语,也就是正话反说。这种反语,我们在鲁迅的幽默杂文中经常见到。鲁迅自己也说过,自己在杂文中,是"好用反语"的。在《阿长与〈山海经〉》中,长妈妈说,太平军把女人放在城墙上,让她们把裤子一脱,敌人的大炮就爆炸了。对这样的迷信,鲁迅说是"伟大的神力",这当然是不和谐的。这就是反语,无需解释,读者就能调动自己的理解力,把其中省略了的意味补充出来,领悟出其中的幽默感。

从这些语词中,读者不难感到,鲁迅这首《自嘲》虽然采用的是诗歌体,而且是庄重的古典律诗的形式,但其中的用语和情调,却带着鲁迅杂文的风格。这种风格的特点就是用反语,用口语与古典雅语交织构成一种反讽的谐趣。

谐趣虽然是这首诗鲜明的风格,但并不是风格的全部。除了反讽的诙谐,这首诗还有一种庄重的深邃:

横眉冷对千夫指,俯首甘为孺子牛。

这不是反讽,而是抒情,但又不是一般的抒情,这是把抒情上升到格言,上升到哲理的高度了。这两句是如此深刻,以至成为鲁迅精神的两个方面(对敌、对友)的概括。这里的姿态就不是无所谓的,也不是自嘲的,而是十分严峻、十分坚定的。这样的语句自有另外一种趣味,我们可以把它叫作智慧的趣味(智趣),或者理性的趣味(理趣)。难得的是,这种理趣和前面的谐趣并不是格格不入的,而是水乳交融的。因为前面无所谓的姿态是反语,而反语的内涵和外延是矛盾的,读者从潜在的内涵中领悟到了其中坚定不移的精神,也就不难过渡到格言式的义正词严了。

最后两句,又回到反语的诙谐上来:

躲进小楼成一统,管他冬夏与春秋。

除了"一统"略有文言色彩以外,全句几乎全用口头通俗词语。本来,古典诗歌格律产生于古代汉语单音词,严格的平仄和音节限定与现代汉语的双音和多音词有矛盾,但是鲁迅并没有回避用现代汉语的口语词语,相反,倒是明显地回避用古代汉语的词语,例如前面说"漏船"而不说"漏舟"(平仄没有问题),这里说"躲进"而不说"躲入"(平仄亦没有问题),特别是最后一句"管他冬夏与春秋",则完全是大白话,不但音节上天衣无缝,而且在趣味上水乳交融。这样,鲁迅这首诗不但有反讽的杂文趣味,而且创造了亦庄亦谐的自嘲诗风。

非常巧合的是,周作人也写了以自嘲为主题的律诗,题目是"五十自寿":

> 前世出家今在家,不将袍子换袈裟。
> 街头终日听谈鬼,窗下通年学画蛇。
> 老去无端玩骨董,闲来随分种胡麻。
> 旁人若问其中意,且到寒斋吃苦茶。

> 半是儒家半释家,光头更不著袈裟。
> 中年意趣窗前草,外道生涯洞里蛇。
> 徒羡低头咬大蒜,未妨拍桌拾芝麻。
> 谈狐说鬼寻常事,只欠工夫吃讲茶。

诗也写得相当富于谐趣。特别是在以大白话入诗方面,并不逊色于鲁迅,在文言与白话交织的和谐上可能还比鲁迅更加纯熟自如。"出家""在家""袍子""袈裟""听谈鬼""学画蛇""玩骨董""种胡麻""吃苦茶""光头""咬大蒜""拾芝麻"等等,俗语和古典雅语浑然一体,可谓炉火纯青。当时左翼青年(包括胡风)对之大加挞伐,责难其"冷血""闲适",而鲁迅却看出其中"诚有讽世之意"。但是今天看来,和鲁迅的《自嘲》相比,在格调上可能有较多的在闲适中陶醉的趣味,缺乏鲁迅那种"横眉冷对"的刚烈精神。

注:

① "捷报飞来当纸钱"可以列入千古名句。陈毅当时身处绝境,已经坦然面对死亡,以生命为诗,因而不可多得。但是可惜,有人指出"此头须向国门悬",是搬来的,很煞风景的是,原作出于汪精卫的《狱中杂感》之二:

> 煤山云树总凄然,荆棘铜驼几变迁。
> 行去已无干净土,忧来徒唤奈何天。
> 瞻乌不尽林宗恨,赋鹏知伤贾傅年。

一死心期殊未了,此头须向国门悬。

这是极其可能的,陈毅写作此诗,在十年内战时期,汪精卫还没有堕落为汉奸。陈毅少年时代,辛亥革命前夕,汪精卫正是行刺摄政王的英雄,他不屈下狱,有口占绝句很有名的:

慷慨歌燕市,从容作楚囚;
引刀成一快,不负少年头!

人们称赞其大义凛然,可与南宋民族英雄文天祥的《正气歌》并美。

诗中有画：心灵中的"动画"

六月二十七日望湖楼醉书　苏轼

黑云翻墨未遮山，白雨跳珠乱入船。
卷地风来忽吹散，望湖楼下水如天。

　　这首诗并不是苏轼最好的作品，在全部宋诗中，也不算神品，但是代表了一种风格，一种写法，非常典型，不仅仅是宋诗的，而且是中国古典诗歌的。其特点就是全诗都是写景。诗中有画，是苏轼对王维诗歌的称赞之语，其实苏轼自己的诗歌也经常体现出诗中有画的特点。何止王维和苏轼，整个中国的绝句和律诗大都有这样的风格。这和西方的抒情诗歌不一样。西方的浪漫主义诗歌，更多是采用直接抒情的方法。前面我们已经说过，同样是写眼前的怅惘失落化为未来的亲切怀恋，李商隐和普希金不同，一个用图画，一个直接抒情。当然，这样的区别并不是绝对的，而是相对的。我国的古体诗，如《古诗十九首》，就是以直接抒发情感为主的。这种手法在唐以后的古风歌行体中，仍然有相当的分量。

　　不过这一首，则是以视觉图画为主的绝句。整首诗就是一幅图画，既没有在第三、四句让句法发生变化，也没有从描绘转入抒情，可以说是典型的诗中有画的杰作。当我们说诗中有画的时候，意思是，诗与画作为艺术形式，其规律有共同性。但是，任何共同性中必然包含着差异性，统一中必有矛盾。德国文论家莱辛在《拉奥孔》中早就论述过诗与画的矛盾。现代艺术理论一直强调：画是视觉艺术，是共时直观的；诗是语言符号艺术，是历时的，二者的规律有所不同。所以在苏轼说了诗与画的同一性以后，明张岱也说，诗中之画，画中之诗，都不一定好，而且有些好诗也画不出。他说"蓝田白石出，玉川红叶稀"还可以画，而"举头望明月，低头思故乡"，就难画了。

诗与画的矛盾,主要是诗的历时性和画的瞬时性之间的矛盾。画只能是静态的,而诗则可以是动态的。苏轼这首诗,当然是一幅图画,但是他的追求似乎就是突破图画的静态。

第一句,"黑云翻墨未遮山",倒是一幅图画,大致符合静态的规律。好在很有特点:黑云黑到像打翻了的墨水一样,很浓重。但又不是,只遮住了一部分山。这说明雨势来得很猛,还没有遮住全部。下面的"白雨跳珠",是用色彩上的对比来写雨的特点。不仅仅是云黑,而且是雨白,其最白者为雨珠。"乱入船",活蹦乱跳着闯进船来。这里有一个疑问:船从何来?题目上写的是"望湖楼",不是在楼上吗?应该是乱入"楼"才对。但是,文献没有给我们支持,只能设想,这是诗人的想象,或者是他在望湖楼上喝醉时,想起当时乘船游湖时的情景。好在诗的空间想象性是比较浮动的。但这却是画所不允许的,在船上是一种画法,在楼上又是一种画法。这就说明,虽然是诗中之画,所遵循的却仍然是诗的规矩,好就好在以诗的规矩突破了画的规矩。如果一味拘泥于画,就不但这一句成了问题,而且下面的诗也没法写了。

如果说,第一、二句的"黑云翻墨"与"白雨跳珠",是比较微观的对比的话,那么第三、四句"卷地风来忽吹散,望湖楼下水如天",则与前两句明显形成宏观景观的双重对比。第一重仍然是色调的对比,浓黑的云忽然消失,变成了明亮的天。这个对比是比较强烈的,因为"水如天",不但和原来的浓云遮山形成对比,还写出了水天一色,分外透亮。但仅是这样的对比,还不能算很杰出,因为在宋诗中这是比较普遍的技巧。苏轼的才华集中体现在第二重对比上,就是从相对静中有动的视觉画面,经过大动态的风云变幻,最后又定格在静态的"水如天"的画面上。这样的转折之所以给读者以深深的触动,是因为这里有一个心灵感应的动态过程。从色彩的黑白对转,到心灵的由动到静的变幻,使得本来静止的画面,变成了被诗同化了的"动画"。而这种"动画",对于诗人的内心来说,是非常微妙的刹那。这是画所无能为力的。外在的大变动,隐含着内在的隐秘的颤动,这就以诗的优长克服了画的局限。

对于中国古典式抒情来说,直接抒情是比较少见的,情常常与感联系在一起,"情感"一词可能由此而生。而诗缘情,情的本性就是动的。诗之感与画之感的不同,就在于动。情之特点,在感而能动,故有"感动"之说(感动比之感触,更有情感的内涵)。感觉或者感触只有"动"起来,才能表现感情,动有"动情"或"情动"之语。《诗大序》曰:"情动于中而形于言。"情要"动"起来,才能借语言而成形。苏轼在以动画写情方面,似乎是有意为之的。他的《有美堂暴雨》绝句有云:"天外黑风吹海立,浙东飞雨过江来。"句句都是画面,幅幅画面都是"动画"。没有动态,就没有苏轼豪放派的气概了。这样

的"动画"艺术,在宋诗中也不少见。王安石有《书湖阴先生壁》一诗,也是诗中有画的代表作:

> 茅檐长扫净无苔,花木成畦手自栽。
> 一水护田将绿绕,两山排闼送青来。

前面三句几乎都是静态的画面,当然,其中多少有些动的暗示,如"扫""栽""护",三字都是动词,但均为静态画面,可以忽略;到了最后一句,写的是门外的青山,明明是静止的,但王安石把它写成了动的,而且是大幅度的运动:远远的青山居然主动闯进门来。这更可以说明:诗中有画,应该是心灵之"动画",绝非仅仅是可视之静画。心灵之动画,更妙在可视之静态中蕴含着不可视之"动感"。这种动感是"动情"(或情动)的结果,也是读者"感动"的由头。

逢雪宿芙蓉山主人　刘长卿

> 日暮苍山远,天寒白屋贫。
> 柴门闻犬吠,风雪夜归人。

这首诗只有二十个字,全部是描绘,提供了一幅图画。《大历诗略》说它:"宜入宋人团扇小景。"[①]意思是只有图画、视觉形象,没有直接抒发的成分。但是,这首诗的好处肯定并不是只有视觉形象,如果只是画图,只是视觉的美,就肤浅了。这是中国古典抒情诗歌中的一种风格:通过图画来抒情。正因为抒情不同凡响,这首诗才经历了一千多年的历史考验,今天读来仍然不难受到作者情绪的感染。类似这样全篇都是图画的绝句名篇举不胜举,比如:杜甫的《绝句四首》之一:

> 两个黄鹂鸣翠柳,一行白鹭上青天。
> 窗含西岭千秋雪,门泊东吴万里船。

也是以图画来抒情的,却并不能列为上品。那么,刘长卿这一首的好处究竟在哪里?在这首诗的视觉画面中,有没有超视觉的因素?有没有一种特别的情致,隐隐渗透其间?要把这些说清楚,相当不容易。历代诗话,对之赞不绝口。有的赞其"清""却不寂寞"(《批点唐音》),有的称其"凄绝千古"(《唐诗正声》),有的更说"无限凄楚"(《唐诗选脉会通评林》)。所有这些评论,尽管看法各异,但有一点是相同的,除了《大历诗略》认为它是一幅画图以外,其他都认为此诗中有一种情致,非常精彩。

但是,究竟是什么样的情致,却不很容易说得清楚。

"日暮苍山远",关键在一个"远"字。苍山为什么远?如果认为只是写景,就只能说,这是写实。青山由于日暮,光线暗淡,而变得模糊了,这是光的效果。但是这句话中,还隐含着更多的意思,这就要联系诗的题目"逢雪宿芙蓉山主人"来思考。"逢雪",这是很重要的。日暮,而且又下雪了,苍山,青色的山,当然就模糊了,产生遥远的感觉。在这样一幅图画中,那暗淡的光线,是不是暗示着心情的暗淡?下雪了,天快黑了,在这一幅图画中,空间那么广阔。远景镜头,是不是暗示着,人在这样阔大的空间中,显得比较小?是不是感到有一点压力?投宿何方呢?是不是有一点四顾茫然,甚至有点焦虑的感觉?所以这第一句,并不是纯粹的描绘,在画面上隐含着隐隐的茫然、焦灼的情绪。

"天寒白屋贫"又是一幅图画。从句法上来说,和前面那一幅是并列的。但是,它们不是分裂的。因为两幅图画,在形态上是一致的。白屋,一般注解,都说是贫寒人家的屋子,但是不是还有一点雪下在屋顶上的效果?和日暮苍山一样,同样是大空间,冷色调,暗淡的情绪。从标题中的"逢雪宿"三个字就可以知道,这是投宿了。苍山、天寒、白屋在绘画上属于冷色调,从散文思维的角度来说,这多多少少应该有一点安慰吧。然而,诗人却回避了这样的情致。为什么呢?好像觉得还有比这更有特点的,也就是更重要的:

柴门闻犬吠。

在这一片冷色调的寂静画面中,突然来了一声狗吠,带来了一点热闹的气息,使视觉画面转向了听觉,无声转向了有声。意脉就在这里发生了默默的转折。"犬吠"在汉语里,是属于"鸡犬之声"的,其文化韵味是人世的生活气息。这就是一声狗叫之所以能感染读者的原因。接下来:

风雪夜归人。

这一句,从直觉效果来说更加精彩。为什么呢?第一,刚刚感到听觉美好的读者,又一次被诗人带进了一个画面:归人,是在黑夜和风雪交加的背景上出现的。第二,诗人不让这个场景发出任何声音,却把默默的安慰、无言的温暖留在画面之中,结束句中不作结束之语,以延长读者的想象。《唐诗笺注》说:"上二句孤寂况味,犬吠人归,若惊若喜,景色入妙。"由此可知,虽然是一幅视觉图画,但其中隐含着的情感却不是直线式的,而是视与听、寒冷与温暖、孤寂与安慰的意脉转化。

以画面和声音交织而取胜的唐诗绝句,还可以举出王维的《鸟鸣涧》:

人闲桂花落,夜静春山空。
月出惊山鸟,时鸣春涧中。

这也是一幅图画。前两句写静,细细分析,有两种静,一种是外部的景物静,一种是内在的心灵静。内心不静,怎么会感受到桂花落下来?这样的内心,不但静,而且是不是和春山一样有点"空"?下面两句,还是写静,但如果还是从画面上、视觉上去写,就可能是动,以动衬静,这就可能缺乏变化,陷入单调了。王维转向写听觉之静,不是以动来衬,而是以声来衬。"月出惊山鸟"特别精彩。精彩在什么地方?精彩在月亮出来了,月光移动了,本来是没有声音的,是静静的,却惊动了山鸟。这就是从视觉之静转入听觉之静。视觉之静,是相对于物体之动的,而听觉之静,则是相对于声音之动的。春山安静到月亮稍有变化,就会把小鸟惊醒。小鸟不是被声音惊醒的,而是被月光的变化惊醒的。"时鸣春涧中","时鸣"是断断续续地叫,以有声来衬托无声,在一座大山里,有一只鸟叫起来,整个山里都听得很清晰,可见山里是多么静谧了。同时,不可忽略的是,能够聆听这么精致的声音的人,他的内心又是多么宁静,多么精致,多么空灵。

这里,人的感受和大自然的状态是高度统一的。这种统一,不仅仅是诗学的,而且是佛学的。这种状况,是内心没有任何牵挂,没有任何负担的人的生命体验。

注:
① 陈伯海主编《唐诗汇评》(上),浙江教育出版社1995年版,第469页。

第六章 古典诗歌宏观解读发微

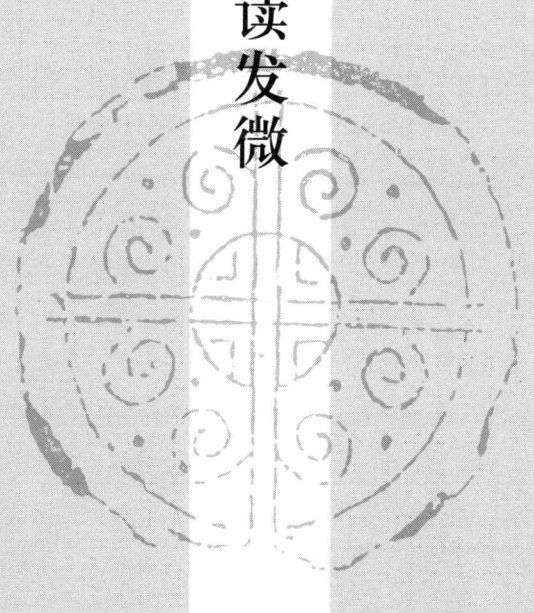

古典诗歌欣赏基础[①]

一、比喻和诗的比喻

中国古典诗歌是讲究比兴的,其实,这种说法很肤浅。很明显,就比喻来说,只是一种修辞,是诗歌、戏剧、小说都会经常运用的一种修辞手段,并不包含诗的特点。我们的任务是把诗的比喻的特殊性揭示出来。从概念到概念的演绎是不解决问题的,请允许我从一个最简单的例子开始。《世说新语·语言》载:

> 谢太傅寒雪日内集,与儿女讲论文义。俄而雪骤,公欣然曰:"白雪纷纷何所似?"兄子胡儿曰:"撒盐空中差可拟。"兄女曰:"未若柳絮因风起。"公大笑乐。

这个问题,仅凭印象就可以简单解答,谢道韫的比喻比较好,但是,仅有个感觉式的答案是不够的,因为感觉到的,不一定能够理解,理解了的,才能更好地感觉。我们的责任就是要把其中的道理讲清楚,这就涉及对比喻内部特殊矛盾的分析。

通常的比喻有三种:第一种是两个不同事物或概念之间的共同点,这种比较常见,如,"燕山雪花大如席""问君能有几多愁,恰似一江春水向东流";第二种是抓住事物之间相异点,如"桃花潭水深千尺,不及汪伦送我情";第三种,把相同与相异点统一起来的就更特殊,如"遥知不是雪,为有暗香来"。第二种和第三种是比喻中的特殊类型,比较少见。最基本的是第一种,从不同事物或概念之间的共同点出发。谢安家族咏雪的故事属于这一种。

构成比喻需有两个基本要素:首先,从客体上说,二者必须在根本上、整体上有质的不同;其次,在局部上要有共同之处。黄侃在《读文心雕龙札记》中说:"但有一端之相似,即可取以为兴。"这里说的是兴,实际上也包含了比的规律。试以《诗经》"出其东门,有女如云"一句为例。首先是女人和云在根本性质上是不可混同的,然后才是在数量的众多给人的印象上有某种一致之处。撇开显而易见的不同,突出隐蔽的暂时的联系,比喻的力量正是在这里。比喻不嫌弃这种暂时的、局部的一致性,它感动我们的正是这种局部的,似乎是忽明忽灭的,摇摇欲坠的一致性。二者之间的相异性是我们熟知的,而熟知的,就是感觉麻木的、没有感觉的,但是二者之间的共同点却是被淹没的,一旦呈现,就变成新的感知,在旧的感觉中发现了新的,就可能对感觉有冲击力。比喻的功能就是在没有感觉、感觉麻木的地方,开拓出新鲜的感觉。我们说"有女如云",明知云和女性的区别是根本的,仍然能体悟到某种纷纭的感觉。如果你觉得这不够准确,要追求高度的精确,使二者融洽无间,像两个等半径的同心圆一样重合,没有别的选择,只能说"有女如女",而这在逻辑上就犯了同语反复的错误,比喻的感觉冲击功能也就落空了。在日常生活中,我们说牙齿雪白,因为牙齿不是雪,牙齿和雪根本不一样,牙齿像雪一样白,才有形象感,如果硬要完全一样,就只好说,牙齿像牙齿一样白,这等于百分之百的废话。所以纪晓岚说比喻"亦有太切,转成滞相者"。

比喻不能绝对地追求精确,比喻的生命就是在不精确中求精确。

朱熹给比喻下的定义是:"以彼物譬喻此物也。"(《四库全书·晦庵集:致林熙之》)这只接触到了矛盾的一个侧面。王逸在《楚辞章句离骚序》中说:"'离骚'之文,依诗取兴,引类譬喻,故善鸟香草,以配忠贞;恶禽臭物,以比谗佞;灵修美人,以比于君;宓妃佚女,以譬贤臣;虬龙鸾凤,以托君子;飘风云霓,以喻小人。"《楚辞》在比喻上比之《诗经》更加大胆,它更加勇敢地突破了以物比物,托物比事的模式,在有形的自然事物与无形的精神世界之间发现相通之点,在自然与心灵之间架设了独异的想象桥梁。

关键在于,不拘泥于事物本身,超脱事物本身,放心大胆地到事物以外去,才能激发出新异的感觉,执着于事物本身只能停留在感觉的麻木上。

阅读古典诗歌,目的不在于认识到什么比喻,而在于判别出什么是好的比喻,什么是不好的比喻。从质量上说,比喻有两种:一种是一般的比喻,一种是好的比喻。好的比喻不但要符合一般比喻的规律,而且要精致;不但词语表层显性意义相通,而且在深层的、隐性的、暗示的、联想的意义也要相切。这就是《文心雕龙》所说的"以切至为贵。"

有了这样的理论基础,就可以正面来回答谢安侄儿谢朗的"撒盐空中"和侄女谢道韫的"柳絮因风"哪一个比喻好的问题了。

以空中撒盐比降雪,符合本质不同、一点相通的规律,盐的形状、颜色上与雪一点相通,可以构成比喻。但以盐下落比喻雪花引起的联想,却不及柳絮因风那么"切至"。

因为盐粒有硬度,而雪花则没有,盐粒的质量大,决定了下落有两个特点:一是直线的,二是速度比较快。而柳絮质量很小,下落时方向不定,飘飘荡荡,很轻盈,速度是比较慢的。三是,柳絮飘飞是自然界常见的现象,容易引起经验的回忆,而撒盐空中,并不是自然现象,撒的动作,和手联系在一起撒盐的空间是有限的,和满天雪花纷纷扬扬之间联想是不够"切至"的。四是,柳絮纷飞在当时的诗文中,早已和春日意象联系在一起,引起的联想是富有诗意的。

从这个意义上来说,谢道韫的比喻,不但恰当切至,而且是极富诗意的联想,而谢朗的比喻,则显得比较粗糙。

比喻的"切至"与否,不能仅仅从比喻本身看,还要从作家主体来看,和作者追求的风格有关系,谢道韫的比喻之所以好,还与她的女性身份相"切至",如果换一个关西大汉,这样的比喻就可能不够"切至",有古代咏雪诗曰:"战罢玉龙三百万,残麟败甲满天飞",就含着男性雄浑气质的联想,读者从这个比喻中,能感受到叱咤风云的将军气度。

比喻暗示和联想的精致性,还与诗歌的形式、风格密不可分。

"未若柳絮因风起",是七言古诗中的比喻,充满了雅致高贵的风格。但这并不是唯一的写法。同样是写雪,李白的"燕山雪花大如席"(《北风行》)就是另一种豪迈的风格了。这种豪迈与李白对雪花的夸张描写有关。如此大幅度的夸张似乎有点离谱,故鲁迅为之辩护曰:

> "燕山雪花大如席",是夸张,但燕山究竟有雪花,就含着一点诚实在里面,使我们立刻知道燕山原来有这么冷。如果说"广州雪花大如席",那可就变成笑话了。②

鲁迅的这个解释是从客观对象的特点来看的,有一定的道理,但却把问题简单化了。其实,全面看问题,至少应该从三个方面:

第一,本体与喻体的客体特征的相似性,鲁迅说的正是这个意思,因为在北国燕山,雪花特别大。但是,特征的相似性是很丰富的,有时,北方的雪花并不仅仅是雪片之大,如岑参的"忽如一夜春风来,千树万树梨花开",就以雪片之多,铺天盖地之美取胜。为什么有不同的选择呢?

第二,那就是主体特征,也就是情感的、风格的选择和同化。从这个意义上来说,似乎情感是绝对自由的,王国维总结中国古典诗话词话各种说法得出一个著名的论断:"一切景语皆情语。"说的是,一切比喻的好处皆由情感的特征决定。

第三，情感还会受到另一个维度的约束，那就是文学形式，"燕山雪花大如席"之所以精彩，还因为它是诗。诗的虚拟性，决定了它的想象要自由得多。如果是写游记性质的散文，说是站在轩辕台上，看到雪花一片一片像席子一样地落下来。那就可能成为鲁迅所担忧的"笑话"了。

第四，诗意的情趣并不是文学的唯一旨归，除情趣以外，笑话也是有趣味的。这时的比喻就不是以"切至"为贵，相反，越是不"切至"，越是不伦不类，越有效果，这种效果，叫作幽默。同样是咏雪，有打油诗把雪比作"天公大吐痰"，固然没有诗意，但是，有某种不伦不类的怪异感、不和谐感，在西方文论中，这叫作"incongruity"，在一定的上下文中，也可能成为某种带着喜剧性的趣味。如果说，诗意的比喻表现的是情趣的话，而幽默的比喻传达就是另外一种趣味，那就是谐趣。举一个更为明显的例子，如"这孩子的脸红得像苹果，不过比苹果多了两个酒窝"。这是带着诗意的比喻。如果不追求情趣，而是谐趣，就可以这样说："这孩子的脸红得像红烧牛肉"，这是没有抒情意味的，缺乏诗的情趣的，但是，却可能在一定的语境中，显得很幽默风趣，这叫作谐趣。这在诗歌中也是一格。相传苏东坡的脸很长而且多须，其妹苏小妹额头相当突出，眼窝深陷，苏东坡以诗非常夸张地强调了他妹妹的深眼窝说："数次拭脸深难到，留却汪汪两道泉。"妹妹反过来讥讽哥哥的络腮胡子："口角几回无觅处，忽闻须内有声传。"哥哥又回过来嘲笑妹妹的"奔儿头"："迈出房门将半步，额头已至到前庭。"妹妹又戏谑性地嘲笑哥哥的长脸："去年一滴相思泪，今朝方流到腮边。"虽然是极度夸张双方长相的某一特点，甚至达到怪诞化的程度，但却没有丑化，至多是让人感到可笑，这样的谐趣就是幽默感。

第五，诗歌的比喻还有既不是情趣，也不是谐趣，叫作"智趣"的。最有名的例子，就是朱熹的《观书有感》：

> 半亩方塘一鉴开，天光云影共徘徊。
> 问渠那得清如许，为有源头活水来。

整首诗都是一个暗喻，把自己的心灵比作是水田，为什么永远清净如镜地照出天光云影呢？因为有源头活水，联系诗题中的"观书"一词，说明，读书就是汲取活水。这样的诗在说明一个道理，其趣味，既不是抒情的情趣，也不是幽默的谐趣，而是智慧的"智趣。"

什么问题都不能简单化，简单化就是思考线性化，线性化就是把系统的、多层次的环节,完全掩盖起来,只以一个原因直接阐释一个结果。比喻的内在结构也一样有相当系统丰富的层次,细究下去,还有近取譬,远取譬,还有抽象的喻体和具体的喻体等的讲究。③把复杂的问题简单化,就是鲁迅也未能免俗,把客体的特征作为唯一的解释。

鲁迅最根本的失误是,他提出问题,是从一般修辞学的角度,而不是从诗的角度。如果从诗的角度,柳絮因风,撒盐空中,就不仅仅是修辞的问题,修辞本身不能决定自己的价值,既要看传达情志起了什么作用,又要看运用了什么样的文学形式达成了这样的作用。同样的比喻,在不同的文学形式中,效果是不同的。最后还要看同样的文学形式构成了什么样的趣味。

在语文教学和研究中,常见的偏颇是,满足于把丰富多彩的诗歌比喻的精妙,仅仅归结为比喻,最多是区分为明喻、暗喻等。这样的归类充其量不过是把各不相同的情感和语言表现,纳入几个有限的、干巴的模式中,遮蔽其独特的、不可重复的创造价值。

二、形式强迫内容就范

这里有一个基本的理论前提要澄清,在文学中,不能笼统地说内容决定形式。文学形式不是一般的原生形式,而是审美规范形式,它不像原生形式那样是无限的,而是有限的(就文学而言,其规范形式不超过十个),是在长期的、千百年的重复使用中,从草创到成熟,成为审美经验积淀的载体,长期熏陶了读者的预期,产生喜闻乐见的效果。当然,这种规范功能是在历史的发展过程中不断发展变化的。与内容相比,变化是相当缓慢的。因而,有相对的稳定性,对内容有一定的预期、征服和强迫就范作用。用席勒的话来说,还可能"消灭"内容。④

从某种意义上说,不研究诗的形式审美规范特征,就不可能真正懂得诗。

诗的审美规范特征是什么呢?

我们讲过文学的普遍性是想象的、虚拟的,为什么是这样呢?因为诗,尤其是古典诗歌是抒情言志的。在心为志,发言为诗,这是权威的《诗大序》里说的,后来陆机在《文赋》里说得更明确一点,叫作"诗缘情",诗是抒情的。关键在于,直接把感情抒发出来,是不是诗呢?也就是说,是不是在心有情、有志,发表出来就是诗呢?是不是说出来,感到不足的话,就手之舞之,足之蹈之,就成好诗了呢?显然不行。就算你是舞蹈家,也根本和诗是两回事。这个问题从《诗经》时代到现在,两三千年了,还是没有弄清楚。现在还有一种更简单的说法,叫作"真情实感",只要不说假话,就能写成好诗。如果这样的话,诗就太简单了,楼兆明先生说,那样的话流氓斗殴,泼妇骂街就都是诗了。要把原生的情感变成合乎审美规范形式的诗,是要经过多层次的提炼和探险的,要许多因素的协同,只要其中一个因素、一个层次不协同,就不成其为诗了。

三、诗的意象：意决定象

探索从原生的情感升华为诗，有个方法上从何处下手的问题。

首先，从最简单、最普通、最常见、最小单位(细胞形态)开始研究。其次，怎么研究？分析其内在矛盾。比如说，柳絮因风，撒盐空中，表面上是客观的景色，但是，一个好，一个不好，原因却不仅仅取决于客观景色是不是准确，而且取决于内在的主观情感是不是契合。可见，这个最小单位，不能仅仅是一个修辞现象，而是一个诗的细胞。这个细胞是由主体某一特征和客体的某一特征两个方面猝然遇合的。目的并不是要表现客体，而是要表现主体的情志。情感特征不能直接表达，就以渗入客体的方式。《周易·系辞上篇》说"立象以尽意"。主体特征就是"意"，客体特征就是"象"。这就是"意象"的词源。

面对一个诗歌文本个案，应该从"意象"开始，在最简单、平常的意象背后往往有最为深邃奥秘的情意。意象，就是意和象的矛盾统一体。象是看得见的，意是看不见的，意在象中，意为象主。"枯藤、老树、昏鸦、古道、西风、瘦马"一系列的意象，都带有后面"断肠人"的情绪色彩。在意象中，意是潜在的，但却是主导的，决定意象的性质的。王王夫之说"意犹帅也，无帅之兵是为乌合"。

文本分析不下去，原因是什么呢？

第一，没有把诗当成诗，把诗和散文混为一谈，具体表现就是把意象和细节混为一谈。

诗的意象是概括的，不是特指的。是没有时间地点和条件的限定性的，而一般散文叙事的细节则是具体的特指的。请看朱自清的《春》：

> 盼望着，盼望着，东风来了，春天的脚步近了。一切都像刚睡醒的样子，欣欣然张开了眼。山朗润起来了，水涨起来了，太阳的脸红起来了。小草偷偷地从土地里钻出来，嫩嫩的，绿绿的。园子里，田野里，瞧去，一大片一大片满是的。坐着，躺着，打两个滚，踢几脚球，赛几趟跑，捉几回迷藏。风轻悄悄的，草软绵绵的。桃树、杏树、梨树，你不让我，我不让你，都开满了花赶趟儿。红的像火，粉的像霞，白的像雪。花里带着甜味；闭了眼，树上仿佛已经满是桃儿、杏儿、梨儿。花下成千成百的蜜蜂嗡嗡的闹着，大小的蝴蝶飞来飞去。野花遍地是：杂样儿，有名字的，没名字的，散在草丛里像眼睛像星星，还眨呀眨。"吹面不寒杨柳风"，不错的，像母亲的手抚摸着你，风里带着些新翻的泥土的气息，混着青草味儿，还有各种花的香，都在微微润湿的空气里酝酿。鸟儿将巢安在繁花嫩叶当中，高兴起来，呼朋引

伴地卖弄清脆的歌喉,唱出婉转的曲子,跟清风流水应和着。牛背上牧童的短笛,这时候也成天嘹亮地响着。雨是最寻常的,一下就是三两天。可别恼。看,像牛毛,像花针,像细丝,密密的斜织着,人家屋顶上全笼着一层薄烟。树叶却绿得发亮,小草也青得逼你的眼。

　　从表面上看,这篇文章,先写春天的一般景色,接着分别从几个方面去描写。第一,是春天的草;第二,是春天的树;第三,是春天的风;第四,是春天的雨;最后,再综合起来赞美春天的美好。一般说,这种分门别类的写法,有写成流水账的危险。但是,朱自清这篇文章却没有平铺直叙的感觉。"盼望着,盼望着。"这里的精彩在于字里行间流露出对春天有一种急迫期待的感情。为什么期待? 因为在他看来,春天的一切都分外美。春天的草绿了,花开了,风吹着,雨下着,一般人囿于习惯,往往视而不见,感而不知,知而不新。但是,朱先生却表现得新鲜、可爱、美好,叫人欢欣,令人惊喜。如,在我们眼中,草很快长起来了;但是在他笔下,草是"偷偷地"从土里"钻"出来的。"偷偷地"是这里的关键词,它表现的不仅仅是草一下子冒出来,而且是一种突然的发现:没有注意,一下子就长出来了。这显然是很有诗意的,但是,这是散文的诗意。

　　如果是写诗,表现春天的诗意,先写春天的草;接着写春天的树;再写春天的风;然后写春天的雨;再综合起来赞美春天的美好,虽然也可以,但是却不能称其为诗了。诗是概括的,不可能容纳这么多细节。李白写春天来了,"寒雪梅中尽,春风柳上归"。春天非常美,美在哪里呢? 雪花在梅花里融化了,至于雪花在大地上,在屋脊上融化,就当它不存在了。春天刚到,冬天还没有完全过去,可是花已经开了。这里的意象充满了情感的选择和排除的魄力,所以在散文中叫细节,而在诗歌中,则叫意象。因为其中不但有极其精练的"象",而且有极其独特的"意"。这个意象,客体是概括的,主体的情致是特殊的,是二者的统一。春天从柳条上归来了,时间、地点是无须点明的,点明了,例如,是辰时三刻,在未央宫,在某宫墙深处,就不是诗了,而是散文了。这个意象的概括性,实际上是一种想象性,是诗人的情感和客观对象之间的一种假定性的契合。在这首诗里,诗人对早春之美的惊叹之情,正好与梅花和柳条的特点猝然遇合。从客观对象来说,这是一种发现,更主要的是排除,省略了梅花和柳枝以外的无限多样的细节;从主观情感来说,这是一种体验、顿悟;从意象符号的创造来说,这是一种更新。

　　意象的构成,第一,要有客观的特征;第二,要有主观情感的特征;第三,要有形式特征规范;第四,不可重复,要有所创新,这就不能不通过想象、假定、虚拟。物象遵循诗的想象,由情感冲击后就发生了变异。在贺知章《咏柳》中,柳树明明不是碧玉,偏要

说它是"碧玉妆成",春风明明没有剪刀的功能,偏偏要说它能精工裁剪精致的柳芽。李白的《劳劳亭》也是这样是写春天的:

  天下伤心处,劳劳送客亭。
  春风知别苦,不遣柳条青。

  唐朝习俗,送别折柳相赠,柳与留谐音,表示恋恋不舍,同时暗示,来年柳绿,就该想起归来了,想起朋友的感情。劳劳亭的春天,柳树还没有发青。这是一个自然现象,但在诗人的假定性想象中:春风知道离别之苦,故意不让柳条发青;柳条不发青了,就不能折柳相送,这样就可以免去离别之苦了。这种折柳的"象"是普遍的,甚至可以说公用的,但赋予它这样的"意",把不发青的原因解释为不让朋友送别,却是独一无二的。而这个意象符号,就是创新的了。

  辛弃疾在另外一个地方发现春的意象符号:"城中桃李愁风雨,春在溪头荠菜花。"风雨一来春天就要过去,桃李花经不起考验,但米粒一样大的白白的荠菜花非常朴素,却经得起风雨的考验。这种对春天的感觉,与杜牧的"千里莺啼绿映红"的感觉是不一样的。这就是意象的创新。首先是"象"的更新,其次是"意"的更新。作者把美好的感情寄托于朴素的荠菜花上,而不是城市中艳丽的桃李花上,这种假定性的契合点的发现、创新,是意象的生命。

  文本分析不下去,第二个原因是得象忘意,也就是把景语仅仅当作景语,忘记为景语定性的情语,外在景观是由内在情志选择、定性的。在这一点上,就是连一些唐诗宋词的权威,也往往会犯错误。例如,把苏轼的《赤壁怀古》第一句,"大江东去,浪淘尽,千古风流人物",简单地当成"即景写实"。这很经不起推敲,你站在长江边上,就算能看到辽远的空间实景,但怎么可能看到千古的英雄人物呢?千古,是时间啊,英雄人物早就消亡了,是看不见的,不可能是写实的。仅从客观的景观来看,是看不出名堂的。因为主导这样意象群落的是苏轼的豪杰风流之气。正是意象深层的情致才能感动人。再来看一首更单纯的诗:

  天街小雨润如酥,草色遥看近却无。
  最是一年春好处,绝胜烟柳满皇都。

  "天街小雨",这是首都的雨,下出什么效果呢?"草色遥看近却无",这句话非常有名,好在哪里啊?用还原的办法。通常都是远看不清楚,近看很清楚。而这里草色遥看,隐隐有绿意,近看却没有了,这是很有特点的。若只分析到这里,还是停留在"象"的表层,更深的是诗人内心的"意"。一般人看到草色、看到远远的绿意,近看却没有了,没了就没了吧,但是韩愈却感到很重要、很欣喜,为内心这个发现而心动,觉得很精彩。这就是"意",就是诗意。这不仅仅是景色的特点,而且是心灵的非常微妙的感触。后面的两句说,隐约的草色比之满眼的翠柳还要美,这就是体悟触动感知的效果放大了,显得有点直白,没有超越前面两句的艺术效果。但却为前面微妙的感知效果作了注解。

文本分析不下去,第三个原因在于,对于诗人五官感知的特点和其间的转换缺乏精致的辨析能力。例如,王维的《鸟鸣涧》:

> 人闲桂花落,夜静春山空。
> 月出惊山鸟,时鸣春涧中。

表层高度统一于"夜静",没有什么明显的意脉的发展和变化。但是,这种变化存在于视觉与听觉精微感知的统一和变化之中。首先是桂花之落是无声的,而能为人所感知,可见其"闲",这是意脉的起点。其次,月出本为光影之变幻,是无声的,却能惊醒山鸟并使之鸣。可见夜之"静"。鸟之鸣是有声的,这是意之变(我把它叫作"意脉",下文详述)。再次,本来明确点出"春山"是"空"的,有鸟,有鸣声则不空。而一鸟之鸣,却能闻于大山之中。一如"鸟鸣山更幽"的反衬效果。最后,如此一变再变,从客体观之,统一于山之"静",山之"幽",山之"空";从主体观之,是统一于人心境之"闲",心之"空",以微妙的感知表现了意和境的高度统一。

要学会欣赏古典诗歌,首先就要学会从意象中分析出显性的感知和隐性的情绪,看出外部感知正是在内在情致冲击造成的,感知是由感情决定的。千古风流,草色胜于柳色的美,正是内心感情的美。文艺美学的任务是什么?就是揭示感情冲击感觉发生变异的一种学问。变异的感知是结果,所提示的是情感的原因。

四、"意脉"的三种形态和意境

诗歌中出现的意象往往不是单独的,而是群落性的、整体性的。意象的整体之美,并不是意象的总和,而是意象群落之间的有机结构。上述"桂花""春山""月出""山鸟""时鸣""春涧"本来是分散的,之所以能够统一为有机的整体,就是因为其中有一种意的脉络。

在古典抒情经典中,意就是情,情的特点就是动。故汉语有动情、感动、触动、心动之说,情就不是静止的,而是变动的,故《诗大序》曰:"情动于中",相反,则是无动于衷。

正是因为情感要动,而且要在动中把意象贯穿起来,统一为有机的结构(这就是意境,下文详述),在古典诗话中,叫作"意绪"或"意脉"。⑤在中国古典诗歌中,表层意象往往是华彩的,一望而知的,而深层的意很容易被掩盖、被忽略、被遮蔽。意象与意象之间的情意脉络则比意象更为隐秘,更不容易全面梳理。一些教师分析古典诗歌,言不及义,往往在于得象忘意,即使偶尔得意,也是片断之意,而非贯穿整体之"意脉"。得象忘意的毛病很普遍,究其原因,象是表层、显性的,一望而知的;而意脉是深层、隐性的,在文学上是不直接连贯的,它潜藏于空白之中,常常是可意会而不可言传。比如,李白有一首很简单的乐府诗《静夜思》:

床前明月光,疑是地上霜。

举头望明月,低头思故乡。

一线教师对这首一望而知的经典诗作,几乎无法分析出其中的妙处来。其实只要按意脉之动,就会迎刃而解。首先,全诗的关键词乃是第二句"疑是地上霜"的"疑":床前月光是这么亮,但是,心有所"疑",是月光还是霜光?这里有个因果关系,因有所疑,乃举头望明月,目的是确定究竟是月光还是霜光。如果不是抒情,而是理性思维逻辑,举头而望的结果,不是"原来都是霜",就是"原来是月光"。那不是诗了,为什么呢?这是理性因果性逻辑。这首诗之所以成为诗,就是因为它不按着理性的逻辑思维,而是按着情感的逻辑。看到月光这个家庭团圆的意象,原来的目的忘记了,潜意识里的乡愁被月亮唤醒了,头就低下了。这说明,乡愁是多么深沉而敏感。在有意无意间,它都会被触动,把原来的思路打断,意脉发生转折。类似的还有杜牧的《清明》:

清明时节雨纷纷,路上行人欲断魂。

借问酒家何处有?牧童遥指杏花村。

细雨纷纷,让行人心生焦虑。绵绵不断的细雨,焦虑到接近"断魂"的程度。借问酒家何处,可能是休息避雨罢。牧童遥指杏花村,虽然是"遥指"——酒家在远处,但是,那杏花村的鲜明色彩和雨纷纷的阴暗形成对比,使行人不由眼前一亮,心情为之一振。这就是意脉的瞬间转折,也就是情绪的遽然转换。有时,意脉的转换,不是隐藏在单纯的意象背后,而是隐藏在比较丰富的意象群落之中,这就是方东树所说"错综变化

不见迹,及寻其意绪,又莫不有归宿"⑥。例如白居易的《钱塘湖春行》:

> 孤山寺北贾亭西,水面初平云脚低。
> 几处早莺争暖树,谁家新燕啄春泥。
> 乱花渐欲迷人眼,浅草才能没马蹄。
> 最爱湖东行不足,绿杨阴里白沙堤。

人们往往把注意力仅仅聚焦在"几处早莺争暖树,谁家新燕啄春泥。乱花渐欲迷人眼,浅草才能没马蹄"的美好景观上。如此美好的春色,如此华彩的语言,感染力太强。尤其是"乱花渐欲迷人眼",不需要太高的修养就能感到视觉形象的冲击力。但是,满足于此,就是满足于象,而失其意。其实,这里更精彩的应该是下面"浅草才能没马蹄"。用我提倡的还原法揭示矛盾:本来,春天来了,一般先是"江南草长",然后才是"杂花生树",通常是草先茂盛,然后才是花开,然而这里,却是花已经开得"迷人眼"了,而草才仅仅淹没马蹄。分析到这里,固然进入了比较深的层次了,但也还仅仅限于象。在象的更深处的"意",是骑在马上的人对浅草的瞬间发现的微妙的惊喜。分析到这里,还只是意象的部分,还不是整体,还不是贯穿首尾的意脉,还不能解释最后两句"最爱湖东行不足,绿杨阴里白沙堤"的好处。论者的任务是在"象"的空白中,把全诗意脉变动的脉络梳理出来。其关键就在对"浅草"的发现竟惊喜到如此程度,以至于把它看得比乱花迷人更精彩。导致这个骑在马上的人,宁愿不骑马,也要在白沙堤上行走,和大地和浅草相亲。这个贯穿首尾的意脉被完整地梳理出来,草比花更可爱的情感特殊性也就一目了然了。

意象与意象之间从字面上看,有时有联系(如流水对),但是,没有联系的更多,这是由于近体诗对于句中和句间连接虚词的省略。意象有如水中之岛,存在于若隐若现的空白之中。就在这些空白中,象断意连,潜藏着情致的脉络,这就是"意脉","意脉"贯通,达到某种整体性,首尾贯通,使整首诗达到有机统一的程度,远近相对,息息相通,不可句摘,增一字则太多,减一字则太少,构成中国古典诗论所津津乐道的"意境"。

意境美的特点就是:第一,整体的美;第二,意象群落的空白中意脉潜在之美,意在境中,情景交融,融情入景,"不着一字,尽得风流",如司空图所说:"'诗家之景,如蓝田日暖,良玉生烟。可望而不可置于眉睫之前也。象外之象,景外之景岂容易可谈哉。'"⑦"象外之象""景外之景"就是潜在的隐性的言外之意,意境的精彩往往在语言是不可穷尽的空白中。

意脉是隐性的,意境是潜在的,风格常常是婉约、含蓄的。那种直接抒发出来的豪情壮志不属于意境。不管《离骚》还是还有像唐诗中的歌行体,大量的直接抒情都不能以意境取胜,与西方浪漫主义诗歌"强烈的感情的自然流泻"一样全是显性的,和意境相比,虽然同为诗歌艺术,但是在艺术方法和风格上属于不同范畴。

意境的表现形态是多样的,在中国古典诗歌中,至少可以分为三类。

第一类是最常见的,有统一的意脉贯穿其间。有了统一的意脉贯穿首尾,意象与意象具有某种隐约的线性的相关性,在性质和量度上精密地相应,以开合、正反、因果的逻辑构成完整的统一体。这种意脉,有时是转折性。绝句最擅长于表现诗人情绪瞬间转换,如杜牧的《山行》

> 远上寒山石径斜,白云深处有人家。
> 停车坐爱枫林晚,霜叶红于二月花。

凭直觉判断,这首诗的最后一句"霜叶红于二月花"最精彩。因为这个比喻出奇制胜,属于朱自清所提出的"远取譬"。远取,相对于近取,这里是双重的远。一是叶子比花美,二是秋叶比春花艳,都不仅仅是时间上的远,而且是心理上的远,越远越新颖,双重的远取构成双重的新异,触动读者的审美惊异。仅仅分析到此,还只是意象之美。分析的难度在于,以局部为索引来透视整体。如果没有前面三句的铺垫,这首诗还构不成统一的意脉。开头两句的"远上寒山""白云深处"两个意象都是大远景,情感随目光向远处延伸,越是遥远,越是有凝神观照之美。而后面两句,恰恰相反。转折点在第三句,本来是一边行车一边从容观赏,突然车子停了下来,也就是停止了远方白云深处的凝神,转向近处身边的枫林。视线的转移,就是意脉的变化,显示枫林之美超过了远方白云深处之美,触发了心灵的震惊。震惊的原因又是枫叶色彩之鲜艳胜过春花。意象的前后对比,意脉的前后转换,完成于一瞬间。霜叶红于二月花,正是这个意脉的高潮使得意境在前后对比中完成统一。

在唐诗绝句中,关键就是这种瞬间的情致转换的潜隐性。在情致转换上不够潜隐,就会影响意境的圆融。孤立的分析有时难以深入,这时就需要运用比较的方式。有比较才能有鉴别,叶绍翁的《游园不值》因为有前承的诗作,提供了现成的可比性,有利于分析的进一步深化。

> 应怜屐齿印苍苔,小扣柴扉久不开。
> 满园春色关不住,一枝红杏出墙来。

还原一下，第一，苍苔说明没有什么人来，可以说是幽径；第二，诗人很细心，怜惜苍苔，就是怜惜这种宁静的环境。"小扣柴扉久不开"，"小扣"，轻扣，"久不开"，不仅仅是很有耐心，而且很文雅，很有修养。表面意象下面隐藏着的情意，第一个层次是，宁静的心情的持续性。接下去，"满园春色关不住，一枝红杏出墙来"，突然这种持续性被打破了，发现一枝红杏，这是一个意外惊喜。这是情意的第二个层次，这个层次的精彩在于，那久扣的门开不开，全忘记了，这是一枝红杏的美的效果。第三个层次，惊喜还在于"满园春色"，使诗人激动的不仅仅是一枝红杏的色彩，更在于想象中，满院比眼前这一枝要精彩得多。这个"一枝"，乃是对诗人想象的触动，引发了情致的转换。最后，精彩还在于"关"字。"一枝"是说少，"满园"是说多，"春色"是说丰富，"关"是说隐藏。但是，光凭这一枝，一刹那间，就让诗人的感知变化了：少变成了多，隐藏变成了丰富，都缘于一枝红杏这个意象的刺激。满园春色已经藏不住了，朋友在不在也无所谓了。情致的转折，瞬间的意脉的转折，也完成了意境的圆融。

这么高级的艺术品，很可惜，却有盗版的嫌疑，盗了宋代一个很有名的诗人陆游的诗。

> 平桥小陌雨初收，淡日穿云翠霭浮。
> 杨柳不遮春色断，一枝红杏出墙头

明显偷了陆游的"一枝红杏出墙头"，是盗版的比较好还是原版的比较好？盗版的比较好。当时因为没有版权的法律，也有它的好处，可以修改别人的作品，越改越好。陆游的"平桥小陌""淡日穿云"好像挺漂亮，但是，好像又不是很漂亮。因为一，这样的意象群落在宋朝诗人那里是一般水准，作为一幅山水田园图画也缺乏特色，内含的情绪也同样缺乏个性。如果就这么写下去，难免显得平庸。但是接下去两句，就有有点不同了。"杨柳不遮春色断，一枝红杏出墙头"，平桥小陌，淡日穿云，翠霭碧柳，美景本来是主体，一下子变成了背景，红杏一枝变成了主体，好处是，杨柳再茂密再美，也挡不住一枝红杏，红杏更美。精彩在于一枝红杏，而不是数枝，数枝跟一枝有什么区别？一枝是刚刚有这么一点点，有更大的冲击性，一枝红杏比之满眼杨柳更动人。但是有一个缺点，就是它本来就有茂密的杨柳了，本身就是"春色"了，这在内在逻辑上，也就是意脉上有些问题，本来春天你就感觉到了，只是红杏一出来墙，就觉得这个才是春色。杨柳再茂密也遮挡不住。这里当然有诗人心情的变化，但是，只是某种量的比较。少量的红，比满眼的绿更动人。

叶绍翁的改作比陆游的原作好在意脉有三个层次的反差：第一，开头没有杨柳，没有平桥小陌，没有浮云翠霭，没有春天的任何信息，只有地上的苍苔，发现红杏，是突然发现的春色信息；第二，这个信息，只是一个看得见的有限信号，冲击出想象中比之丰富得多的"满园"的"春色"；第三，更重要的是，敲门良久，门还不开，突然发现一枝红杏，惊喜之情转移了关注的焦点，情绪反差更强烈，朋友的在与不在，门的开与不开被遗忘了。第四，"关"门的"关"有了双关的意义，增添了遮挡不住的意味。比陆游的"遮不住"仅仅限于视觉内涵要丰富、精致得多。

有时读者虽然意识到象背后的意，但是，往往只注意到单个意象背后的意，就忽略了意脉整体的微妙转换。

中国古典诗歌意境的微妙是多样的。意脉贯穿以情绪转换取胜，也是丰富多彩的，有时，其妙处恰恰不在情致从静态向动态的迅速转换，而是从动态向静态的转换：如王昌龄的这首《从军行》其二：

琵琶起舞换新声，总是关山离别情。
缭乱边愁听不尽，高高秋月挂长城。

意象群落在感性方面是有变化的，从琵琶乐曲的听觉意象转换到月亮的视觉意象。但是，精彩不仅仅在视觉转换，而在转换是从听觉动态（心烦意乱）变成了一幅静态的图画：高高秋月提示有一双眼睛在持续地凝神注视。反复翻新关山离别的音乐，听得心烦，突然在变成了对月亮的看得发呆，提示其思乡情愫的取代，完成了从心灵的动态到静态的转换。这种转换，有一种持续感，是一种不结束的结束，正是这首诗的意境所在。

这就是古典诗歌意境的第二种形态：不是以情绪的瞬间转换取胜，而是以情绪的潜在的持续性见长。李白的《送孟浩然之广陵》也是这样：

故人西辞黄鹤楼，烟花三月下扬州。
孤帆远影碧空尽，唯见长江天际流。

诗中的意脉是一贯的，写的是目送友人远去。离别之情不但没有结束，没有转换，恰恰相反，始终没有改变。这里的关键词，一是"孤帆"，这是目送的选择性。盛唐之时，长江上可能千帆竞发，并不只有友人之帆，但是，诗人只看见友人的，其他的似乎都不存在。二是"远影"，写目送的持续性。从近的选择到远的不变，表现目光的凝聚。

三是"碧空尽",友人之帆,本在水上,却说碧空尽,说明已经在天水交接之水平线,不可复睹,但是目光仍然凝聚。四是"天际流",友人之帆明明已经消失了,眼睛仍然看着向远方流去的江水。这说明,诗人看呆了。这有点像现今电影,空镜头不空,主观性更强。以镜头之空,表现目光之呆,在这方面,唐诗似乎特别擅长。岑参的"山回路转不见君,雪上空留马行处",也是这样的空镜头。

意境的第三种形态,则更为空灵。同为婉约的、潜隐的、和谐的、蕴藉的,王维的《辛夷坞》就有所不同:

> 木末芙蓉花,山中发红萼。
> 涧户寂无人,纷纷开且落。

这里当然可以感受到意境,感受到意象之下的主观意味的微妙,但却似乎没有线性的意脉,诗中点明"无人",意脉应该是人的。但这里的意象群落是高度统一的,红萼是鲜艳的,开在山中,本该有欣赏的目光赋予它情志价值,事实却没有。然而,红萼并不受"无人"的影响,兀自花开花落,生命自然运行。与人的喜怒哀乐的情致毫无关系,这里的精粹在于表面上的"无人"感知,实际上,还是有一种目光,坦然的、淡定的目光,看着生命的生长和消逝的过程,心境似乎微波不起。

这也是一种意境,这种意境并不以线性的情感的变动为特点,而是恰恰相反,以情感的不变为特点。这种情感的不变,有更深的意味,那就是某种带着禅意的哲学。万物皆自然,人的情志只能遵循大自然的时序,才是自然的、自由的,这本身就超越了世俗的观念,进入了人生更高的哲理境界。王维《辋川集》的《白石滩》与这一首有异曲同工之妙。

> 清浅白石涧,绿蒲向堪把。
> 家住水东西,浣纱明月下。

清浅白石涧,说明水是清净透明的,因为看得见白石。与白石相对是绿蒲,刚刚生长,并不强调其茂盛。色彩净而不丽,人物动而平静。晚上出来浣纱,这一笔,似乎不是写水和月。但是,如果不是这样透明的水、透明的月光,而是黑暗的,女孩子晚上就不可能出来浣纱。有了水的透明,再加上月光,境界就更统一于透明了。在这平凡的透明的世界中,浣纱女和诗人一样有着平静的心情,在这一点上,外景与内心高度统一,构成宁而净的意境。

总结起来说,中国诗歌的意境,大致有三种:第一种以意脉的或强或弱的变化转折取胜,情感处于一种动态,其意脉为线性的曲折状态;第二种,意脉不是处于动态,而是处于持续性的凝神状态。从视觉来说,是目光的静止,从听觉来说,是听觉处于静止状态;第三种,以意味的渗透、扩散为特点。情感不但是静态,而且有虚态,意象则自在、自为、不加修饰,透露出某种理念。弱化、虚化的情感之所以动人,原因就在于感知越过情感直达理念,水乳交融,表现人与自然的和谐,心与物的融合,意与境的高度统一。从某种意义上说,这应该是更符合"不着一字,尽得风流"的理念。这里往往有中国古典诗歌中的神品,也许是中国特有的,与西欧的"强烈的感情的自然流泻"相比,并不因其情感不强烈而降低其品位,也不像西欧玄学派和浪漫主义诗歌那样,直接诉诸理念,但是,理在无情有感之中。这种境界是最中国的,可在理论上往往被忽视。

五、意境的含蓄隽永和直接抒情的"无理而妙"

意境之美,并不是中国古典诗歌的全部精华所在。王昌龄《出塞》之一,之所以引起争议,就是因为,它的后面两句,把豪情直截了当地抒发出来了。王昌龄的绝句,被赞为唐人第一,其实是需要分析的。他那些直抒豪情的诗句,其实不是绝句之所长。如《从军行》:

青海长云暗雪山,孤城遥望玉门关。
黄沙百战穿金甲,不破楼兰终不还!

这样的英雄语,固然充满了盛唐气象,但是,以绝句这样短小的形式,作这样的直接抒情,是显得很单薄的。至少不够含蓄,一览无余,既缺乏铺垫,更缺乏绝句擅长的微妙的情绪瞬间转换。想想李白的"人生在世不称意,明朝散发弄扁舟"(《宣州谢朓楼饯别校书叔云》)前前后后,有多少铺垫,有多少跳跃,有多少矛盾,有多少曲折。这种直接抒情,往往以大起大落为宏大气魄,不是绝句这样精致的形式所能容纳的。意境艺术最忌直接抒发,一旦直接抒发出来,把话说明了,意境就消解了,或者转化为另一种境界了。

这是我国古典诗歌的另一种艺术境界,至今我国的诗学还没有给它一个命名,使之成为一种范畴。它不以意境的含蓄隽永,"不着一字,尽得风流"为特点,它所抒发的不是意境式的温情、闲情,而是激情,近似于像鲍照所说的"泻水置平地,各自东西南北流",和欧洲浪漫主义的代表华兹华斯的"强烈的感情的自然流泻"亦有息息相通之处。其想象如天马行空,不可羁勒。关键在于其直接抒发的情感与理性拉开了距离,十七世纪的诗话家把它总结为"无理而妙"。

不可忽略的是,中国诗歌并不仅仅以意境见长,有时直接抒发之杰作也比比皆是。

毕竟直接抒发容易流于直白,也就是流于"议论"。王昌龄"但使龙城飞将在,不教胡马度阴山"之所以引起争议,就是因为其多少有点抽象。但也并不是所有类似议论的诗句都是命中注定流于抽象的。如李白的"弃我去者昨日之日不可留,乱我心者今日之日多烦忧"等皆是千年来脍炙人口的。我国古典诗话曾经把这个问题提高到理论上来得出结论:"无理而妙"。最早是清代贺裳在《载酒园诗话》卷一中说,诗又有以无理而妙者,如李益"早知潮有信,嫁与弄潮儿",此可以理求乎? 然自是妙语。至如义山"八骏日行三万里,穆王何事不重来"(按李商隐《瑶池》),则又无理之理,更进一层。总之,诗不可执一而论。⑧

他的朋友吴乔(1611—1695)《围炉诗话》卷一中发挥说:

> 余友贺黄公(按贺裳字)曰:"严沧浪谓'诗有别趣,非关理也',而理实未尝碍诗之妙。如元次山《舂陵行》、孟东野《游子吟》等,直是《六经》鼓吹,理岂可废乎? 其无理而妙者,如'早知潮有信,嫁与弄潮儿',但是于理多一曲折耳。"⑨

"无理而妙"中的"理"是与人情对立的,与形而上的天人合一的物理、事理之"理"有根本的不同。主要是指与情相对立的"实用理性"。最初是在宋代《陈辅之诗话》里提出来的,说王安石特别欣赏王建(生于767年)的《宫词》:

> 树头树底觅残红,一片西飞一片东。
> 自是桃花贪结子,错教人恨五更风。

"谓其意味深婉而悠长",这种说法,太过感性,于理论似乎不着边际。过了差不多五百多年,明代的钟惺(1574—1624)、谭元春(1586—1637)在《唐诗归》中联系到唐李益《江南词》:"嫁得瞿塘贾,朝朝误妾期。早知潮有信,嫁与弄潮儿。"以为其好处是"荒唐之想,写怨情却真切""翻得奇,又是至理"。就隐约提出了理论上的"情"与"理"的关系:于情"真切",乃为"至理",但是,又是"荒唐"之想。

吴乔在《围炉诗话》卷一中指出"无理而妙",并不是绝对无理,"但是于理多一曲折耳"。

这就是说,这不是直接的"理",而是一种间接的"理"。直接就是从理到理,而间接是通过一种什么东西达到理的呢? 吴乔没有回答。徐增(1612—?)在《而庵说唐诗》卷九中,尝试作出回答:"此诗只作得一个'信'字。……要知此不是悔嫁瞿唐贾,也不是悔不嫁弄潮儿,是恨'朝朝误妾期'耳。"意思是不是真正要嫁给船夫,而是表达一个"恨"字,恨什么呢?无"信",就是没有一个准确的期限,造成了"朝朝误妾期",一天又一天,误了青春。这就是说,这里讲的并不完全是"理",而是一种"情"。从"情"来说,这个"恨"也是有一定道理的。不过,这不是通常的理,可以叫作"情理"。

通常的理是一种逻辑上的因果关系,因为商人归期无定,所以悔不该误了青春。因为船夫归期有信,所以还不如嫁给船夫。但是,这仅仅是表面的原因。在这原因背后,还有更深层的原因。为什么会发出这样极端的幽怨呢?因为期盼之切。而这种期盼之切、之深,只是一种激愤。从字面上讲,不如嫁给船夫,是直接的、实用因果关系,而期盼之深的原因,其性质是爱。是隐含在这个直接原因深处的。这就造成了因果层次的转折,也就是所谓"于理多一曲折耳"。

从艺术方法上说,意境的内蕴与直接抒发是两条道路,也可以说是一对矛盾,意境回避直白,直白可能破坏意境。要使直白式的抒发变成诗,有一个条件就是要与理拉开距离。可惜这样深刻的道理,古典诗话家往往满足于用篇幅短小的古体诗、近体诗来阐释,因而显得捉襟见肘。其实,这种无理而妙的气魄,在诗经中,在楚辞中,在唐宋的古风歌行中,都有充分表现。如诗经中的"自伯之东,首如飞蓬,岂无膏沐,谁适为容?"《乐府诗集》中的《有所思》:

有所思,乃在大海南。何用问遗君,双珠玳瑁簪,用玉绍缭之。闻君有他心,拉杂摧烧之。摧烧之,当风扬其灰。从今以往,勿复相思,相思与君绝!

像这样的诗,是以情感的直接抒发见长的,与白居易《长恨歌》的结尾所遵循的逻辑的绝对化是一样的:

在天愿为比翼鸟,在地愿为连理枝。
天长地久有时尽,此恨绵绵无绝期。

在艺术上都是把感情直截了当地绝对化地讲了出来,不讲究任何含蓄,不追求"言有尽而意无穷",谈不上言外之意,完全是言内之意。这类经典之作的数量并不亚于近体的绝句和律诗,原因何在?就在于这种诗歌在理性逻辑来看是无理的,可是超越了理性逻辑,恰恰表现了强烈的情感。当然,这种无理而妙的情感逻辑,从内涵上来说,还可以分析为它不遵守形式逻辑的同一律、矛盾律、排中律和充足理由律,也不遵守辩证法的对立统一的全面律,而是以片面性绝对化见长。但有一点必须再度明确,这种直接抒发绝对化的艺术与意境的艺术,在中国古典诗歌史上是遥遥相对的,又是息息相通的。

注:

① 本文据在香港教育学院的讲座录音记录整理补充。
② 《鲁迅全集》(第6卷),人民文学出版社2005年版,第241页。
③ 参阅我的《文学创作论》,海峡文艺出版社2004年版,第329—331页。
④ 席勒的原话是:"艺术大师的独特艺术秘密就是在于,他要通过形式消灭素材。"见《美育书简》,中国文联出版公司1984年版,第114页。
⑤ 此系唐珪璋在《唐宋词选释》所言,吴熊和主编《唐宋词汇评》,浙江教育出版社2004年版,第426页。
⑥ 清方东树,推崇汉、魏、阮公,"错综变化不见迹,及寻其意绪,又莫不有归宿。"批评不才之诗作,"非平铺挨叙,冗絮可憎,即缺略无头绪,寻其意脉,不得明了。"又去"大约古人于题事作意,无不交代明白,寻其绪脉,无不一线到底,有归宿者。"批评:"小才之人","往往支离杂乱,不能成章。"《昭昧詹言·通论五古》卷一,汪绍楹校点本,人民文学出版社1961年版,第22页。
⑦ 这个比喻很名,后来反复为诗家所引。语出司空图语出司空表圣《与极浦书》:"戴容州云诗家之景如蓝田日暖良玉生烟,可望而不可置于眉睫之前也。象外之象,景外之景岂容易可谈哉。"
⑧ 丁福保编《清诗话》(上册),上海古籍出版社1978年版,第27页。
⑨ 郭绍虞编选《清诗话续编》(第一册),上海古籍出版社1983年版,第478页。

古典诗歌的意象和意脉
——评袁行霈古典诗学观念和文本解读

钱中文先生于二十世纪末提出中国古典文论的当代转化,应者寥寥;今者陈平原教授倡言文学研究打破古典、现代文学人为之壁垒,并于香港中文大学有学术会议之盛举。此诚与胡适先生所期待之"输入学理,整理国故"精神一脉相承。然积重难返,为古典者不屑为现代,为现代者无视古典,风气至今未改。究其原因,盖在古典与现代文学研究学科割据,欲避免此等可贵努力流于空言,古今二界学者之交流、争鸣乃不可忽视之途。为此笔者从现代文学之境向古典文学之宫试发一端异声,可引发争鸣,或有利于古今文论之融通,也未可知。

一

在中国古典文学研究中,袁行霈先生无疑享有公认的权威。从二十世纪六十年代的青春年少到如今的白发苍苍,奉献出源源不断的学术成果。先生在文学史的编撰上,在一些作家文献资源的疏理上,在文本的赏析解读上,其成就有目共睹。最值得注意的是他对中国古典诗歌的传统理论和方法进行了批判性分析,指出其重在"直观的、印象的、顿悟的"把握,其长处在于"靠妙悟做出的审美判断,往往比套用某种理论模式演绎出来的结论更能引起别人的兴趣和共鸣"。其不足在于"只求心理的启迪,而无逻辑的实证;注重直观的感受,而不甚注重建立理论体系"。[1]

针对中国古典诗学理论体系的不足,袁先生在一系列论著中展示了他建构中国古典诗学体系的努力。此类论著中规模最大的是他和孟二冬、丁放合著的出版于1994年的《中国诗学通论》。此书虽号称"通论",但更多的是将中国诗学著作进行分阶段的描述,更接近于诗学史性质。在"绪论"中明言不屑作"从概念到概念,脱离创作实际作无端的演绎"[2],并不着意在中国理论体系的建构。倒是袁先生在其独立著作的《中国诗歌艺术研究》的"自序"中有纲领性的概括。他提出中国诗学理论系统的逻辑起点,或者说,第一个层次,应该是语言分析,而语言在诗歌中与口语与书面语言不同,其特点乃是"变形",既遵循语言规范,又超出其规范。如果要给诗歌下一个定义的话,"不妨说就是语言的变形"。以格律造成音乐性,在用词造句方面则是"改变词性、颠倒词序、省略句子成分等"。第二个层次乃是"意象分析",语词是表层,意象则为其深层,因为其"意蕴","感情容量大,启示性强"。由于意象的"比喻化"和"象征化"而成熟。中国诗歌的艺术的"奥妙"就在于"意象组合的灵活性"。汉语没有严格意义的形态变化,不像欧美语言受时、数、性、格的限制,③连词、介词可以自由省略,这对中国诗歌就"不但增加了意象的密度,而且增加了多义的效果,使诗更含蓄、更有跳跃性。"第三个层次是意境。"意象的组合构成意境""境生于象而超乎象"。第四个层次则是与意境相应的风格。"诗歌艺术的最高层次就是风格研究。因为风格的研究已经超越了单纯的艺术分析,而深入到人格的领域,是对诗人所做的总体把握。"袁先生的中国古典诗歌艺术理论体系用他自己的话来概括就是"言、意、象、境"。④从这个意义上讲,最能代表他对中国古典诗学理论体系地建构的应该是《中国诗歌艺术研究》上篇,尤其是上篇中的三篇论文:《中国古典诗歌的多义性》《中国古典诗歌的意境》《中国古典诗歌的意象》。这三篇论文,多次收入袁先生的论文集,《中国诗歌艺术研究》的"自序"实际上就是对这三篇论文的概括。

把中国古典诗歌艺术的丰厚成就用四个字表述,其概括的高度和力度与陈良运把中国古典诗学概括为"志""情""形""意""神"五大范畴有息息相通之处。⑤但是,陈良运的追求和袁行霈似乎不尽相同。陈先生的功力集中在概念、范畴在历史文献中的演变和进化(如袁先生肯定的最早出于今文尚书·尧典的"诗言志"之说之不可信,直至孟子才出现接受意义上的"《诗》以言志"等)。其于内涵外延上辨析毫厘之功,其论述之严谨,范畴之内在联系和转化,无疑表现出现代理论的体系自洽。可以说在中国古典诗论的当代转化中自成一家之言。袁行霈似乎志趣有异,虽有中国诗学的宏观概括,但是,他并没有对基本概念的内涵和外延,在其历史的演变中作全面的追踪疏理。他的体系性不在概念、范畴的历时性演变和关系的自洽,而是以共时性的逻辑划分为基础,对文本作审美的分析,似乎可以说,他的追求乃是文本艺术分析。与一般学院派烦琐概念辨析相比,带着解读的操作性,其理论往往与艺术分析联系在一起,理论体系性与解读的实践性的结合成为突出的特色。

将代表作题为"中国诗歌艺术研究",表明他的主要精力集中在对"诗歌的艺术的分析"上。不难看出,他特别在意文本的艺术分析,他的体系化的观念,与其说是来自古典诗论的历史性疏理,不如说是来自对诗歌文本的具体分析。从这个意义上说,他的学术不但在风格上与陈良运不同,而且应该划分为不同的学科。如果说陈良运的成就属于诗学理论的话,袁行霈的努力应该属于诗歌的审美解读学。

中国诗学理论的建构,固然有极大的难度,但是有欧美甚为发达的诗学理论作参照。带着很高抽象度的美学意味的诗学,无疑是欧美的强项,但是,诗学的文本解读学,特别是个案的文本解读、艺术性分析(而不是意识形态分析)欧美文论不但鲜有成功的范例,⑥而且对之不屑一顾。⑦虽然有俄国形式主义的"陌生化",美国新批评的"反讽""悖论"之类,但是,以单层次的贫乏范畴企图对丰富的诗歌作一元化的阐释不免显得天真。⑧袁行霈的学术选择是以阅读经验的直接概括为基础,适当参照古典诗论遗产,独立建构诗歌文本解读的观念体系,这无异于诗学新航路和新大陆的探险,显然需要勇气和某种原创性。

超越历史积累的直接从阅读经验概括出基本观念(范畴),在逻辑上要达到体系性的严密(外延的周延和内涵的周密),其风险极大,稍有不慎,就可能在波谲云诡中迷途而葬身鱼腹。袁先生对此等凶险可能估计不足。在他相当重视的《中国诗歌的多义性》某种危机就暴露得很严重。⑨

袁先生把中国诗歌语言的多义性直接归纳为"宣示义"和"启示义"。前者是"语词明确传达给读者的意义",后者是"诗人未必十分明确,读者的理解未必完全相同,允许有一定范围的差异"⑩,应该说,这个界说缺乏逻辑的严密性,语言的"启示义"并不是诗歌所特有的,更不是中国古典抒情诗歌的特殊属性,而是世界小说、戏剧甚至是中国历史的叙述所共有的。从中国史家传统的"春秋笔法""寓褒贬""微言大义",到海明威的"电报文体""冰山风格",还有福克纳的"白痴叙述",从王熙凤、林黛玉饱含机锋的对话到鲁迅杂文中意味深长的反语,从斯坦尼斯拉夫表演体系的台词、潜台词到现代派小说中召唤结构,莫不在表层的"宣示义"中隐含着深层的"启示义"。

袁先生又把这种"启示义"细分为五类:双关义、情韵义、象征义、深层义、言外义。这个系统当然堪称独创,从逻辑上说属于划分。其基本要求乃是标准统一,不得转移,划分的结果应该是并列的,不能是从属的,并列者又不得交叉、不得溢出、不得剩余。但是,这五类几乎无不处于从属、交叉之中。首先,情韵义和双关义、象征义、深层义、言外义,并非并列关系,后四者均应从属于情韵义。双关、象征、深层、言外并不一定具有诗意,双关可能是幽默、讽刺,象征也可能只是无情的思想,深层义也许为外交辞令,言外之意不但是对话艺术而且是口语交际常用的委婉修辞。这一切并不就是诗,只有富于情韵才可能成为诗,故属于包容关系。其次,作为逻辑划分,这四者几乎都是交叉的。双关语几乎无不是言外义,言外义无不具有深层义,而深层义又可能是象征或者双关的。

也许,古典诗歌解读学作为一门系统学术,是古今中外所稀缺的,要在现代科学思维的基础上作学科系统的建构,需要不止一代人把生命奉献给这个智慧的祭坛。袁行霈先生目前的成果,对学科建构来说,具有草创性质。也许单纯从逻辑上推敲,拘泥于概念辨析,难免有胶柱鼓瑟之嫌。不可否认,有时某种学术虽然在概念的内涵和外延上尚未达到现代科学的严密和自洽,但在实践操作上、在实证上、在个案上颇有成效,因而也具有不可否认的生命力,这种实践生命力恰恰是未来概念范畴的严密和系统生成的基础。

如果这一点没有太大的错误,那么袁行霈的古典诗学价值应该在对文本的具体分析上。

二

袁行霈强调文本分析,他的论著中也以大量的案例分析引人注目。

就"双关义"而言,袁先生分析的第一个个案乃是贺知章的《咏柳》。⑪认为"碧玉妆成一树高,万条垂下绿丝绦"中的"碧玉"有双关义:"碧玉的比喻显出柳树的鲜嫩新翠,那一片片细叶仿佛带着玉石的光泽。这是碧玉的第一个意思。碧玉还有另外一个意思,南朝宋代汝南王小妾碧玉,乐府吴声歌曲有《碧玉歌》歌中有'碧玉小家女'之句,后世遂以'小家碧玉'指涉小户人家的年轻美貌女子。"⑫但是,这个双关义似乎并不可靠。"碧玉"是指"小户人家"的女子,而"万条垂下绿丝绦"却是华贵的盛装。其实,这首诗歌颂的首先是柳树的自然美,其美在于万千柳丝的茂密,一般来说,枝繁则叶茂,然而,更美、更精致的柳芽("细叶")。这种矛盾是很独特的。如果说,如此奇观本是自然之美,则是科学的真,没有情韵之美可言,诗人却在想象中称赞其比自然美更美,应该是超自然的、精心设计的。这是诗歌第一个层次的情韵义,是显性的。在这层以下还有一个隐性层次,这样的自然美具有女性特征。这是袁先生感觉到了的,这种碧玉和丝绦的贵重中隐含着贵族男性的视觉:即使如此,女性的美仍然归结到装饰和裁剪(女德、女容、女工)上。袁先生在另一篇文章《咏柳赏析》中说,"二月春风似剪刀""歌颂了创造性的劳动"。⑬一个唐朝贵族的脑袋里根本就不可能有劳动这样的观念,就不要说还要"创造性"了。事实上劳动这个词,当时还不存在,作为英语 work 的对应,是日本人用汉字先翻译出来的。中国古代的劳动是劳驾的意思。⑭现代汉语中劳动具有创造物质财富、创造世界、甚至创造人的意义,在话语谱系中,是与"劳动者""劳动人民""劳动节"正相关,而与剥削阶级、革命对象负相关,处于互摄互动的关系中,构成具有革命政治、道德价值取向,在中国二十世纪四十年代到八十年代成为主流的价值关键词。⑮从文本来说,"碧玉"在这里只是一种隐喻,谈不上双关,就算是双关,也不一定与抒情相关。双关的特点是,表面上是双重语义平行,而在具体语境中,并不是多义共存。表层显在的语义是虚指,深层隐性的语义是实指,如联想集团的广告词"没有联想,世界会怎样","联想"既是普通的动词,又是集团公司的专有名词。二者并非可此可彼的多义,而是言此意彼,指向联想集团的。⑯这和抒情无关。双关语可以是抒情的手段,如袁先生所举的"东边日出西边雨,道是无晴却有晴"表现了女主人公听到情郎歌声以后,神经的高度敏感紧张和对情感把握不定的状态。虚指(无情抑或多情)的多义,是为了表现实指(多情)的单义。这样的"双关"之所以动人,是因为其中渗透着情韵。双关应该是从属于情韵的一种表现,将之与情韵义并立,显然不妥。

  对于"情韵义",袁先生的规定是:词语"除了原来的意义之外,还带着使之诗化的感情的韵味"。意思是一些普通的词语,在诗歌中"多次运用"后,情韵"附着"上去了。⑰情韵义,就是在反复运用中带上"诗化感情的韵味"这个说法,并没有阐明情韵的内涵,带着同语反复之嫌,因而经不起分析:第一,词语在诗歌中"多次运用",并不一定就成为诗;第二,即使成为诗了,也可能因为反复运用而成为陈词滥调。袁先生以"白日"为例,举了曹植的"惊风飘白日"、左思的"皓天舒白日"、鲍照的"白日正中时"、李商隐的"白日当天三月半"说明:因为反复运用,"白日"这个词就"有一种光芒万丈的气象""给人以灿烂辉煌的联想"。⑱此论显然阐释过度,曹植的"惊风飘白日"下面还有一句"光景驰西流"。明明是日薄西山,又加上惊风飘掠,哪里有什么辉煌灿烂的感觉?! 不但如此,此论还有轻率概括、以偏概全之弊。"白日"的意象,其实并没有固定在光辉灿烂上,其形态性质取决于诗人的情感性质。当诗人欢欣之时,当然有左思那样的"皓天舒白日,灵景耀神州",甚至有杜甫的"白日放歌须纵酒"的光明景象;当诗人处于情绪低落之时,"白日"的意象就不能不暗淡了。秦嘉《赠妇诗》曰"暧暧白日,引曜西倾",暧暧就是没有光彩的意思。孔融《临终诗》"逸邪害公正,浮云翳白日"。白日因逸邪而暗淡,古诗十九首有"浮云蔽白日,游子不顾返",古乐府《寡妇诗》有"妾心感兮惆怅,白日急兮西颓",白日失去光彩,皆为思妇和寡妇的孤凄心理同化。至于陶渊明的"重云蔽白日,闲雨纷微微"(《和胡西曹示顾贼曹诗》)则是对其心理氛围的概括。从这个意义上说,白日本身并没有固定地"附着"在辉煌的正面性质上,而"浮云蔽日"倒是一个广泛被重复运用的负面意象。这里有一个不能不面对的矛盾是,在唐诗里白日什么性质形态都可能有,甚至连寒冷都不在话下:王维《华岳》中有"白日为之寒",刘长卿《穆陵关北逢人归渔阳》中有"楚国苍山远,幽州白日寒"。袁行霈所钟情的辉煌红日,不但数量相当稀少,而且性态也比较单一。[19]有的只是赤日,而赤日不但频率更少,而且带着负面的性质。王维《苦热行》曰:"赤日满天地,火云成山岳。草木尽焦卷,川原皆澗竭。"刘长卿写得更绝:"清风竟不至,赤日方煎铄。仰视飞鸟落,火云从中出。"[20]

白日在古汉语中仅仅有青天白日之意,即使日为君象,也只是清平世界朗朗乾坤而已。

白日这个运用频率很高的意象,如果意味固定在光辉灿烂上,就会走向老化。事实上,它并没有僵化,原因就在其内涵随着诗人情感的变化而变化,因而才具有比之赤日、红日更活泼的生命力。当李白失意的时候,"总谓浮云能蔽日,长安不见使人愁"(《登金陵凤凰台》);当他游仙问道的时候,"倘逢骑羊子,携手凌白日"(《登峨嵋山》),就有高踞白日之上的飘然,当他痛苦的时候,白日就暗淡了:"扶桑半摧折,白日无光彩"(《登高丘而望远》)。在王翰豪迈的边塞诗中,白日是可以指挥的:"壮士挥戈回白日,单于溅血染朱轮"(《饮马长城窟行》);王昌龄在征战中,白日是阴暗的("大将军出战,白日暗榆关");在高适笔下,在残酷的血战可以使白日变得凄惨:"鬼哭黄埃暮,天愁白日昏"(《同李员外贺哥输大夫破九曲之作》)。

袁行霈在"双关义"下还举了"绿窗""拾翠""南浦""凭栏""板桥"等被诗人反复运用的例子,其失在于这些意象在《全唐诗》使用率很低(经检索,各二十次上下),大多缺乏经典性。因袭运用固然有利于情韵积淀,但也可能意味着雷同,造成语言的模式化、套路化。"凭栏"一语之所以稍有生命,固然有袁行霈所说的"和某种激动的感情联系在一起",如岳飞的"怒发冲冠",辛弃疾的"凭栏望,有东南佳气,西北神州"。但是,不能忽视的是登高望远,往往是孤独的、无言的,就是激动的心情也是压抑的。如张元幹"归恨隔重山,楼高莫凭栏。"(《菩萨蛮》),或如范仲淹"明月楼高休独倚。酒入愁肠,化作相思泪"。(《苏幕遮》),当然还有张炎那样潇洒的"凌虚试一凭栏。乱峰叠嶂,无限古色苍寒。正喜云闲云又去,片云未识我心闲"。(《瑶台聚八仙》)此等用语,妙在同枝异花的变幻,一味因袭则难免成为陈言。

袁先生在论述到"象征义"的时候,似乎更严重地忽略了这一点,不加分析地肯定象征义的"反复使用",产生"公用的、固定的"意涵。如东篱、新亭之类。但是象征义的固定化,就成了典故,在古典诗话中叫作"用事",虽然有利于文化意蕴的积淀,以少胜多,但是,用事过密对于情感必然造成滞塞,会产生掉书袋之弊。典故毕竟是他人的,要化为自己的,就需要有突破,所以古典诗话强调用事要不着痕迹,如"着盐水中"。林逋把五代诗人江为的"竹影横斜水清浅,桂香浮动月黄昏",改成咏梅的"疏影横斜水清浅,暗香浮动月黄昏",[21]"暗香"遂为传统意象。王安石《咏梅》:"遥知不是雪,为有暗香来",视觉和嗅觉感受有先后,还有几分创意,而姜夔以"暗香"(还有"疏影")为题作词,陷于古典诗话所忌的"蹈袭",此等"蹈袭"是造成古典诗歌形象日后腐败的根源之一。钱锺书先生对此类现象有过严厉的针砭:"把古典成语铺张排比虽然不是中国旧诗先天不足而带来的胎里病,但是从它的历史看来,可以说是它后天失调而经常发作的老毛病。"[22]钱先生还批评韩愈"无书不读,然止用以读书以资为诗"[23],"这种'贵用事',殆同抄书的形式主义,到了宋代,在王安石的诗又透露迹象,在'点瓦成金'的苏轼的诗里愈加发达,而在'点铁成金'的黄庭坚的诗里登峰造极。"[24]到了五四时期,胡适在《文学改良刍议》中指出了套话的滥用之弊。蹉跎、寥落、寒窗、斜阳、芳草、春闺、愁魄、归梦、鹃啼、雁字、残更、灞桥、渭城、阳关等成为万能零件,可以恣意组装,并不意味着作者真有多少伤感。胡适举他的朋友兼论敌胡先骕的词为例:明明在美国大楼里,却用什么"翡翠衾""鸳鸯瓦"等中国古代贵族帝王居所的话语;明明是在美国大学明亮的电灯光下,却偏偏要说"茕茕一灯如豆"。[25]皆可说明滥用陈言造成自我感知的封闭性。

在论述"深层义"时,袁先生照例对其内涵未作任何阐释,幸而文中作了外延的分类:第一类是"感情深沉迂回,含蓄不露";第二类是在自然景物的描写中"寄寓了深意";第三类是富有哲理意味的。

外延的分类回避了内涵概括的难度,但是在逻辑上造成了同语反复。"感情深沉""寄寓了深意",以"深"解深,内涵没有增加,只能从文中分析的实例中寻找答案。作者分析李白的《早发白帝城》认为,表层含义是通过"水流之急""船行之快",表现了诗人"心情的轻松和喜悦"。深层则是"有一种惋惜与遗憾的感情"。本来他写过上三峡,当时是逆流:"三朝上黄牛,三暮行太迟。三朝又三暮,不觉鬓成丝。""心情是多么沉重。如今他遇赦返归,顺着刚刚走过的那流放路,重又泛舟于三峡之间,他一定想趁这个机会饱览三峡壮丽风光。可惜他还没有看够,没有听够,没有来得及细细领略三峡的美,船已飞驶而过……在喜悦之中又带有几分惋惜和遗憾。似乎船走得太快了。"[26]在另外一篇文章中,他还有更详细的解说:"虽然已经飞过了万重山,但耳中仍留猿啼的余音,还沉浸在从猿声中穿过的那种感受之中。这情形就像坐了几天火车,下车后仍觉得车轮隆隆在耳边响个不停……究竟李白是希望船走得快一些呢,还是希望船行得慢一点呢:只好由读者自己去体会了。"[27]这样的分析,实在是下决心与文本阅读的感知为敌了。其实,此诗开头两句写舟行之速,"彩云间"说的是水位高,"一日还"说的是快。好在有个因高而快的因果关系,用的是郦道元《水经注·三峡》中的典故。但就在郦道元那里,也只有"夏水襄陵,王命急宣"的条件下才有可能,在一般情况下。三峡瞿塘滟滪堆的礁石是无比凶险的,有民歌"滟滪大如马,瞿塘不可下,滟滪大如猴,瞿塘不可游"等为证。可是在年近花甲、流放遇赦的李白感觉中,航行的凶险却不在眼中。这正是诗人解除了政治压力归心似箭的生动表现。如果要认真讲层次,开头两句,"白帝""彩云""千里江陵"都是画面,视觉形象;第三句"两岸猿声"超越了视觉形象,转化为听觉。视听的交替,此为第一层次。听觉中之猿声,本为悲声(《水经注》引民谣曰:巴东三峡巫峡长,猿鸣三声泪沾裳),而李白将之转变为欢欣,显示高度凝神于听觉之美,而忽略了视景之丽,五官感觉凝神转换,深化为欢快的忘情。此为第二层次。第三句的听觉凝神,特点是持续性(啼不住),到第四句转化为突然终结,美妙的听觉变为发现已到江陵的欣喜,这是意外遇赦,政治上获得解脱的安宁与欢欣。此为第三层次。猿啼是有声的,而欣喜是默默的,舟行是动的,视听是应接不暇的,凝神是持续不断的,到达江陵是突然终止的:情绪转换了四个层次。通篇无一喜字,喜悦之情却尽在无声的动静交替、视听忘情之中。袁先生分析情绪层次,却看不出后两句在情绪上的瞬间转换。而表现情绪的瞬间转折,正是绝句抒情的最大优长。由于对绝句的特殊情绪结构,对其第三句为"宛转变化"㉓关键缺乏理解,因而找不到深层,只好牵强地弄出一个来不及欣赏三峡风光而感到遗憾。其实"千里江陵一日还",既排除了船行的缓慢(三天才能过黄牛滩),又排除了长江航道的凶险(瞿塘、滟滪礁石),立意就在强调舟行之轻快、神速而且安全。若是如袁行霈所想象的那样,想让船走得慢一点,又何必这样夸张舟行速度呢。

这就涉及什么叫作深层,什么叫作层次了。层次应该是情和感的层次,具体来说,就是情和感的动态变化。汉语中的情感,表明情与感不可分割。而感则由于情而动,而变,故有感动、激动、触动、心动、情动于衷之说,如果不动,则是无动于衷。感动,就是感觉的变动和情绪的变幻。

正是由于对情感的特点缺乏明确的意识,袁先生在分析杜牧的《秋夕》时,给读者以缘木求鱼的感觉。这首诗的艺术奥秘全在情感在深层的隐性的动态变化,对于情感的运动不能洞察,就只能从文字典故上钻牛角尖他分析"轻罗小扇扑流萤"的多重含义在于:第一,"古人说腐草化萤""萤生长在草丛冢间那些荒凉的地方。如今宫女居住的庭院里竟然有流萤飞动,宫女的生的凄凉也就可想而知了。"第二,"从扑萤也可想见她的寂寞与无聊"。这样的阐释牵强到违反常识的程度。流萤飞动通常并不在冢间荒凉之处,而且捕捉流萤往往是儿童欢乐的游戏,而这里,恰恰也是贵族女子无忧无虑的孩子气的表现。第三,袁先生说,"诗词里常以秋扇比喻弃妇"㉙。但是,这里的扇子,并不是形象的核心,形象核心是人,扇子只是道具,联想到她们"被遗弃的命运"就不能不以牺牲其轻快的游戏为代价。通过两个典故的分析,袁行霈得出的结论是,贵族女子(袁先生不知为何确定为宫女)的情感是从驱赶流萤的凄凉到想起不幸。情感的性质前后是一致的,没有任何变动,在一个平面上滑行。但是,要讲深层义就要突破表层,进入意象之间的脉络。这个年轻女子在扑流萤的时候,很明显是无忧无虑的,很天真,甚至带着孩子气的顽皮。但是,当她坐(一作"卧")下来,外部活泼的动作结束了,心态变为持续的沉思,出神到连夜色凉如水都没有感觉。原因是牵牛织女星引起她对于爱情和命运的遐想。情感的脉络在这里有一个转折,就是从天真烂漫游戏到对爱情的无名的持续忧思。这才是从表层义到深层的义转换,表现这种情绪瞬间的"开与合相关,反与正相依,顺与逆相应"的转换乃是绝句的特异优长。㉚

袁先生致力于深层义而不得要领,原因就在于把中心词放在"义"上,其实应该放在从表层向深层变动的"情"上,因为情有动态,有变动才形成情韵的脉络。

袁先生把表现哲理意味列为深层意的第三类,同样没有作内涵的界定便直接以杜甫的《江亭》中的"水流心不竞,云在意俱迟"为例,引(明)《杜臆》和仇兆鳌说这两句诗"不是情景交融",而是有"哲理意味"的。"在杜甫看来,水也好,云也好,都是自在之物,它们的动,它们的静,都是出自本性,并不是有意要怎样,也没有什么功利的目的与追求,只是各行其事而已。杜甫感受到云水的这种性格,便从中悟出了人生的道理。便觉得自己也化作了云水,和它们一样地达到自如自在的境地。"㉛这个结论有点轻率。对于这样的诗句,是情景交融的抒情还是含有哲理意味,在传统诗话中的争议至少持续了六百多年。宋末元初范晞文在《对床夜语》卷二中就不承认有多少理趣,认为是"景中之情也",㉜也就是抒情而已。方回《瀛奎律髓》卷二十三也说,像"水流心不竞,云在意俱迟""片云天共远,永夜月同孤""江山如有待,花柳更无私"这样的诗,属于"景在情中,情在景中"。㉝施补华《岘佣说诗》也认为"水流心不竞,云在意俱迟"系"情景兼到"㉞。而早于他们的罗大经《鹤林玉露》乙编卷二,则比较折中,说"迟日江山丽,春风花草香""水流心不竞,云在意俱迟"等,"只把做景物看亦可,把做道理看,其中亦俱有可玩索处"。㉟为什么会有长达数百年的争议呢?原因在于,就是从中看出"理"来的,也没有将中国诗歌这种特殊深厚的"理"的内涵弄清楚。其实,袁行霈自己解读时就说过"觉得自己也化作了云水,和它们一样地达到自如自在的境地",这就有点浪漫,就不完全是"理",至少是"理"中已有了情,包含着抒情了。

中国古典诗歌中的所谓"理",最为突出的就是钟嵘《诗品》所批评的:"贵黄老,稍尚虚谈""理过其辞,淡乎寡味""皆平典似道德论"。㊱严羽所指斥的"近代诸公""议论为诗"的"理"也属于这一类㊲。其最佳者不过是朱熹的《观书有感》,说明心之所以清明,就是因为读书,是为源头活水。这类诗在王夫之看来充其量不过是"名言之理"而非"诗人之理"。㊳而诗人之理,叶燮归结为"名言所绝之理",乃是"妙于事理",其实质乃是"情得而后理真""情理交至"(叶燮《原诗》内篇下)。这就是说,实质上,这样的理,和抒情仍然有着千丝万缕的联系,所以才叫"情理交至"。杜甫的《江亭》并不是只有诗话家们津津乐道的两句,还有"坦腹江亭暖,长吟野望时""故林归未得,排闷强裁诗"等都是直接抒情的,从整体上说,这首诗并不仅仅是有哲理意味,而是抒情与哲理交替。

杜甫的两句诗之所以引起几百年的争议,是因为在抒情与理趣的关系上,在中国古典诗歌中颇具典型性。这和抒情的传统理论中"言之不足故嗟叹之,嗟叹之不足,故咏歌之,咏歌之不足,不知手之舞之足之蹈之也"的激动状态相去甚远,与汉魏古诗"人生不满百,常怀千岁忧"的焦虑亦大相径庭,其与唐诗的张扬相对乃是收敛,就是与山水诗之温情也大异其趣。至于和英国浪漫主义之诗论"一切好诗都是强烈的感情的自然流泻"㊴不啻天壤之别。其特点不是把情与理对立起来,而是与"理"和"物"对举,早在《文心雕龙·附会》就说:"才量学文,以正体制,必以情志为神明,事义为骨髓。"就是说,有了情志,还只是灵魂,还要有事义为骨髓。情志必须寄寓在事义中,这个事义的事,就包括景物、事物和人物。景物中就隐含着人情和物理。很显然,这里的"理",不是一般理性的"理",在明王鏊《震泽长语》卷下中说是这是"人与物偕"之理。㊵就是人与环境之间的和谐统一,而不是矛盾对立。

这并不是个别诗论家的感悟,而是相当普遍的共识。这种是一种形而上学的境界,其特点如明李维桢《郝公琰诗跋》所言"理之融洽也,趣呈其体"㊶。这里的"融洽"就是人与自然,人与人之间无差别状态。

中外抒情往往具有浪漫性,离不开情感的夸耀,而这里的特点则是情感的消融于物,更接近于道家的顺道无为状态。其精神全在大自然和自我相互融入的静谧和自洽,再加上语言上又是"无斧凿痕,无妆点迹",因而构成一种返朴归真的美学境界。进入这样的境界就能享受到天理人趣。这个趣,不仅是情趣,而且是理趣,也是人趣,天、人、物合一的一种默契的趣味。这是形而上学的哲学理性,也是内在的趣味,与一般理解的形而下的世俗趣味有着根本的区别。

从方法论上看,这和欧美诗论甚至和吴乔、贺裳等强调情理对立的二分法不同,而是情、物与理的统一,这是三分法。也就是叶燮《原诗》内篇中所说的"幽渺以为理,想象以为事,惝恍以为情"㊷。是理、事、情的三位一体。袁行霈感到了杜甫诗中蕴含着某种哲理,但是,对于这种哲理的深厚的、特殊的、中国式的内涵却缺乏到位的具体分析,因而所谓哲理的论断,就成了一个贫乏空洞的概念。

就中国古典诗歌的理的内涵而言,把"水流心不竞,云在意俱迟"解释为天人合一,还是浅层次的;更高的层次,则是既没有外在的物质压力,也没有内心的功利压力的物我两忘的境界。水在流,我心不动;云不动,我心也不动。把自我的心境看得比天地、云水都要宁静。

这种理趣的艺术,钱锺书先生说得甚为精到:"若夫理趣,则理寓物中,物包理内,物秉理成,理因物显。赋物以明理,非取譬于近,乃举例以概也……举物即写心,非罕譬而喻,乃妙合而凝也。吾心不竞,故随云水以流迟;而云水流迟,亦得吾心之不竞。此所谓凝合也……此所谓例概也。"㊸钱锺书先生说得非常系统。"赋物以明理,非取譬于近",是寓理于物,不是以物为喻,而是"举例以概","例"是特殊的个别,而"概"是普遍的,故个别概括普遍,这普遍就是"理"了。从这一点来说,中国的这种艺术哲学与西方又是相通的。英国诗人威廉·布来克(William Blake)《天真预言》(*Auguries of Innocence*)从一粒沙里看世界,从一朵花看天国,在一时中掌握永恒。(To see a world in a grain of sand, And a heaven in a wild flower, Hold infinity in the palm of your hand, And eternity in an hour.)然而,中国式的理趣和英国诗毕竟不同,不像他们那样把沙子、花朵和诗人的主体看成分离的,而是:"心物妙合而凝为一,物我无间,乃有超越个体,天地与我共生,万物与我为一,从形而下之我,变为形而上之我,是乃物理,也是人哲。"

袁行霈阐释在自然景物的描绘中寄寓了"深层意"的时候,举了柳宗元的《江雪》,其实,《江雪》应该是典型的哲理义。袁行霈的解释是:"这渔翁对周围的变化毫不在意,鸟飞绝,人踪灭,大雪铺天盖地,这一切对他没有丝毫影响。"这是有道理的,渔翁丝毫不在乎外部环境的寒冷,但是,这样的意味,一望而知,完全在表层。深层是什么呢?袁先生说渔翁"依然在钓他的鱼"㊹。把钓雪解读为钓鱼,袁先生此说大谬。柳宗元此诗的诗眼在"钓雪"上。如果是在"钓鱼",就不但没有深层意味,而且连表层诗意味都没有了。在这冰天雪地之中,不但没有鱼可钓,而且可能会冻死。但是,这是散文的思维,柳宗元面对小石潭那么美好的景观,其感受是"寂寥无人,凄神寒骨,悄怆幽邃","其境过清,不可久居"。相对于诗歌来说,散文是形而下的,是现实的,因而是怕孤独("寂寥无人")的,怕冷("凄神寒骨")的。而诗歌是形而上学的,《江雪》的前两句是对生命绝灭和寒冷外界严寒的超越,后两句是对内心欲望的消解。这个抒情主人公不管多冷都不怕。"钓雪"提供的深层意韵乃是不但没有外部寒冷的压力,而且没有内在欲望的压力,完全没有功利目的,不食人间烟火,生命与天地在空寂中合一。在散文中的柳宗元,则是不能忘情现实环境、居住条件,甚至是国计民生,乃至于政治;而诗歌则可以尽情发挥超现实的形而上学的空寂的理想,无目的、物我两忘这样的孤独才是最高的境界。而这种境界的性质才称得上哲理义。这种哲理义,乃属中国特有的禅宗,其最高的第四境界,与抒情的动心、动情相反的"定心",也就是不动心的境界。⑤

张谦宜《絸斋诗谈》卷四说到杜甫的"水流心不竞,云在意俱迟"两句诗:"说是理学不得,说是禅学又不得,于两境外别有天然之趣。"㊻点到了禅宗,应该是很有见地的,但是,禅宗的境界,像杜甫这样的人最多只能部分达到,而柳宗元这样的诗,应该归入另外一类,含有真正的哲理性。这和陶渊明的"无心"("云无心以出岫")境界相通。杜甫的诗还不能忘怀于抒情。情的特点就是动,就是意脉的运动和变幻,而柳宗元这样的诗,恰恰是情与感从头到尾都没有动,因而才接近禅宗的哲理。如果说《江雪》的禅宗意味还不够清晰的话,且看王维的《辛夷坞》:

木末芙蓉花,山中发红萼。
涧户寂无人,纷纷开且落。

大自然花开花落,并不待人而自在。这种诗的特点是不动心,不动情,与抒情绝缘,以禅宗的正眼法藏观之,无凡无圣,无执无着,无亲无疏,无辨无别,甚至是无言无语,不立文字。旗在风中动,按禅宗看来,不是旗动,也不是风动,而是心动㊼,故其最高境界乃是心不动。从哲学上来说,应该叫无主体的,更不要说抒情了。这样的理性才是中国诗歌理性所特有的,举世无双的。㊽禅宗的感知是多层次的:宋代禅宗大师青原惟信提出参禅的三重境界:

参禅之初,看山是山,看水是水;

从艺术创作来说,就是模仿自然,反映现实,这是最低层次的。

禅有悟时,看山不是山,看水不是水。

从艺术创造来说,这就是抒情,主体的自我表现,这很接近于吴乔们提出的诗情使得物象"形质俱变"。㊾

禅中彻悟,看山仍然山,看水仍然是水。㊿

这就是禅的最高境界了,此时的山,表面上是无为的,但是,又是充满了主客体无言契合的禅意的山,与原生感知的山有根本上的不同,在无意中又是尊重生意的,在无为中又是顺道的。也许这就是海德格尔所说的"人与存在的契合"。西方一些前卫艺术家,号称追慕东方的禅意,近一个世纪而不得要领,其原因就在于,他们不约而同地把青原惟信的第一重境界当成了全部。袁先生虽然说到了语言的"变形",但是,到了具体分析的时候似乎连第二层"形质俱变"也未曾达到,因而即使说到了哲理,也缺乏第三层次禅宗的哲理的内涵。

袁行霈"启示义"的最后一项是"言外义"。理由是,以上所述均为"言内义"。其特点是诗歌语言"所蕴含的""所指代的"。意外义,是"诗人未尝言传,而读者可以意会的""言外意在字里,言外义在行间"。[51]此言殊不可解。明明前述深层义、象征义、双关义、情韵义都不是仅凭单个词语就可以孤立理会的,字里不管有多少深意,脱离了行间也是无从理会的。袁先生就是只从"独钓寒江雪"的"钓"着眼,才把钓雪弄成了钓鱼,看不出其中的禅宗意蕴;孤立地从"萤"和"扇"着眼,也使他对贵族女性的情绪转换失之交臂。

古典抒情诗,情的特点乃是动,诗的深层也好,情韵也好,无不存在于变动之中,而哲理性的禅意诗歌恰恰又在情志的不动。只孤立地看字面,不联系行间就不可能看出超越字面的韵味来。结构的功能大于要素之和,只看要素,不看整体结构,就不可能看出深长的意味。这一点在中国古典诗歌特有的(欧美诗歌回避的)对仗中表现得特别明显:光有一句"渭北春天树",是没有诗意的,对上了"江东日暮云",由于严密的对仗结构,从渭北到江东遥远的空间距离就因结构的有机而消失,心理距离就密合了。

值得庆幸的是,袁先生在这里也提出:"事物的发展有其前因后果,感情的发展也有它的脉络,然而中国诗歌通常不是把感情的连续性呈现给读者,而是从感情发展脉络中截取最有启示的一段,把其他的略去,留给读者去联想补充。""这种感情脉络中略去的部分就隐约地浮现在这无言的行间……构成诗歌多义的效果。"[52]感情脉络,前因后果的提出,说明袁行霈先生的诗学思想到了一个新的层次。问题在于,情感发展的前因后果关系的特点是什么?和理性的因果关系到底有什么不同?袁先生却照例不着一字。而以卢纶的《塞下曲》"月黑雁飞高,单于夜遁逃。欲将轻骑逐,大雪满弓刀"为例,说明其好处在于:"只写了准备出击,究竟出击了没有,追上了敌人没有,统统略去了。""艰苦的战斗环境,肃穆的战斗氛围和将士们的英雄气概,都被烘托出来了。神龙见首不见尾,尾在云中,若隐若现,更有不尽的意味和无穷的魅力。"[53]总之,诗的好处,就是只写了前因,没有写后果。但是,文章前面明确说,因果关系的连续性是情感性质的。而这里的有因无果,却不是情感的,而是事件的,只有"准备出击",省去了的也只是事件的结果("究竟出击了没有,追上了敌人没有")。其实,这里的好处在于由事件引起了双重的情感因果。首先,发现敌人在遁逃,这是个结果,原因是什么呢?深夜,雁是不会飞的,月黑,就是飞也不可能看到,月黑之夜,有高飞的雁,只能是惊雁发出了声音,发觉敌人在遁逃,表现的是警觉的耳朵。其次,出发时胜利很有把握,以为只以"轻骑"相逐即可成功。但是,情绪突然转换,大雪居然积满了面积不大的兵器。顿悟外部环境,特别是征途上的积雪,轻骑可能就轻松不起来了。从轻松感到不轻松,心情瞬间的转换,尽在潜在的"意脉"之中。这里根本没有所谓的"英雄气概",就是有,也是英雄心灵的刹那的震颤。而表现这种刹那的震颤就是四行短诗的拿手好戏。

由此可见,文章虽然提出了情感的脉络,但是,在他的诗学体系中"言、意、象、境"中,并没有这样一个独立的范畴,到了具体诗作的分析中,却变成了事件的"前因后果"。这样的逻辑混乱,究其原因在于,袁行霈的诗学系统范畴中缺少了一个把意象与境贯通起来的意脉。这种意脉是隐性的,存在于意象群落之间。仅是意象群落还可能是分散的、无序的,甚至是公用的,意脉不但使其统一有序,而且赋予其不可重复的情感特征。由于中国古典诗歌不像西欧北美诗歌重句法的严密贯通,情感脉络与复杂的句法结构是统一的,中国古典诗歌的意脉却是对句法的突破。贯通意脉的论述在元明之际的诗话中已经日益明确。如王夫之:"无论诗歌与长行文字,俱以意为主。意犹帅也。无帅之兵,谓之乌合。李、杜所以称大家者,无意之诗,十不得一二也。烟云泉石,花鸟苔林,金铺锦帐,寓意则灵。若齐、梁绮语,宋人挦合成句之出处,宋人论诗,字字求出处。役心向彼掇索,而不恤己情之所自发,此之谓小家数,总在圈缋中求活计也。"[54]其中所说的"烟云泉石,花鸟苔林,金铺锦帐,寓意则灵"这些意象,不是自由叠加的,而是要由意,也就是情志来统帅的。如果一味叠加,不过是"齐梁绮语"的堆砌。姜夔不但更进一步提出"血脉"[55]的范畴,而且从创作上提示,"血脉"虽然要贯穿,但是不能太"露",也就是意脉是隐性的。而杨载则一方面提出"文脉贯通""意无断续",[56]另一方面又指出如"敷衍露骨"则为大忌。[57]

三

正是因为对意象之间隐性的情志脉络的忽略,意象在理论上被孤立起来,才导致袁先生在诗歌文本解读上存在不少失误。这在他的《中国古典诗歌的意象》[58]中表现得尤为明显。

袁文从意象和"物象"的关系说起,提出"物象是意象的基础"。物象是客观的,而意象则受到诗人"审美经验""美学理想""美学趣味"的淘洗,与诗人"情感"的"化合",渗入诗人的"人格","从物象到意象是艺术创造"[59]这个说法显然近似袁文一开头就介绍的美国意象派的说法。不过略有差异,就是欠严密了些。意象派鉴于维多利亚时代后浪漫派的直接抒情沦为滥情,主张用可感的意象去约束感情,[60]力矫不加控制的直接抒情抽象之弊。1912年意象派领袖人物庞德在《意象主义三原则》中说"直接处理事物,不管它是主观还是客观事物"[61]。"意象是瞬间展现的情感和理智的复合体"[62],这里的意象包含的不仅仅是"客观事物",而且包括"主观事物",这是袁行霈的"物象"所不能涵盖的。从袁文联系诗歌创作品来看,这个作为"基础"的"物象"概念的不全面就更为明显,意象的客体要素并不限于物,还有在数量上并不亚于物象的人(如《蒹葭》中"在水一方"的"所谓伊人",《江雪》中"独钓雪寒江雪"的渔翁)。袁文在阐述"意象组合"时说,"一个画面接一个画面,有类似电影蒙太奇的效果"[63]。这很明显受到意象派早期强调的绘画和雕塑式意象的误导,这个漏洞更大。事实上中国古典诗歌的意象并不限于视觉画面,还包含听觉、嗅觉、触觉和味觉。"暗香浮动月黄昏"是嗅觉和视觉的结合,"清辉玉臂寒"是视觉和触觉的结合。袁文又说"鸡声茅店月"是一个"声"的(听觉)意象和一个"色"的(视觉)意象"直接拼合"。[64]与前述画面连接自相矛盾。以上所述物和人,还是描绘的客体,而诗歌中的人,往往并不是客体,而是诗人自己,如李白的"花间一壶酒,独酌无相亲,举杯邀明月,对影成三人"这样的经典,完全是自我表现,描绘的客体就是主体,谈不上物象。在这样诗歌中,展示的不仅仅是五官感受,还有综合性的"统觉",如饥饿、忧愁、失重、空虚。如李清照的"寻寻觅觅,冷冷清清,凄凄惨惨戚戚,乍暖还寒时节,最难将息",又如陆游的"一怀愁绪,几年离索。错、错、错!……山盟虽在,锦书难托。莫、莫、莫!"其中除了"锦书"以外,全非物象。[65]

对基本范畴意象的概括如此疏漏,可能与回避对意象的界定有关。回避当然有一定道理,因为定义一般是内涵性质的,内涵的抽象性不可能穷尽客体的全部感性,故一切事物和观念都有定义所不可穷尽的丰富性。一味从概念到概念的演绎,往往陷入烦琐哲学而脱离实际。袁文选择从外延出发,力图从特殊对象直接概括出"中国古典诗歌的艺术特点和艺术规律"。但是,归纳要求完全,而"联系诗歌作品的实例"为简单枚举性质,注定带来随意性,缺乏系统性,难免产生以偏概全之弊。从作品直接进行概括需要相当的原创性,其难度似不亚于界定。不明于此,袁先生的"意象"作为学术范畴,其规定性缺乏内在的矛盾和差异,从而失去了在范畴作逻辑和历史的发展从而系统化的动力,沦为静态的、僵化的概念。

从概念到概念的演绎可能是架空的,以狭隘经验作为基本范畴的基础则可能是片面的,最切实的办法只能是对基本范畴的内涵作全面的分析。

意象蕴含着主体情感与客体性态的矛盾,二者本来在时间上、空间上、逻辑上各不相关,相互独立,关键在于情感"融入"客体化为意象的条件,"融入"后发生了什么样的变化。在这一点上,西方诗歌由于长于直接抒情,不用为何所寄寓操心,故着眼于语言,苏珊·朗格从语言的角度提出问题:只有情感还不行,情感和语言有矛盾,关键在于语言符号。[66] 而对于中国古典诗歌来说,情感则需要寄寓于事,是主流观念,甚至还要"不即不离"。矛盾明摆着,如何把情与事统一为意象,对这个问题叶燮的回答是——"想象":

> 幽渺以为理,想象以为事,惝恍以为情。[67]

对于诗来说,这个"想象"是个很关键的范畴。英国诗人雪莱的"诗使得它所触及的一切变形",[68] 英国浪漫主义理论家赫斯立特的想象论[69],晚了一百多年才提出,进入想象境界,也就是虚拟、假定的境界,客体性态和主体情感才能"化合",就算客体是基础,那么何者为主导呢?也就是说,在想象过程中,是主体服从客体,还是客体服从主体呢?叶燮说得还比较含糊。吴乔在《答万季野诗问》对于诗的想象,有了天才的发现。他不孤立地概括诗歌意象的特点,他在诗歌与散文的矛盾中进行分析。

> 又问:"诗与文之辨?"答曰:"二者意岂有异?唯是体制辞语不同耳。意喻之米,文喻之炊而为饭,诗喻之酿而为酒;饭不变米形,酒形质尽变;啖饭则饱,可以养生,可以尽年,为人事之正道;饮酒则醉,忧者以乐,喜者以悲,有不知其所以然者。"[70]

当时中国的散文(不是五四以来抒情叙事的散文)由于有大量的实用文体,如米煮成饭,不改变原生的材料(米)的形状和性质,而诗是抒情的,感情使原生材料(米)"形质尽变",成了酒。这里包含两个方面的理念:一是外形和性质的变异,二是功能的超越实用性,也就是从实用价值上升到审美价值。很显然,主导客体"形质俱变"的是主体的情志。这个观念比之晚他三个世纪的俄国形式主义的"陌生化"(остранение)要经得起分析得多。

袁文力主"从物象到意象是艺术创造",强调"心"和"情",但离开了心和情主导客体的变形变质,具体论述就不是从"物象"到意象艺术,而是从"物象"回到"物象"。他把意象分为五大类:自然界的、社会生活的、人类自身的、人的创造物、人的虚构物。这说明在他心目中,对意象的性质不在情志而在物象。以物象原则划分意象,而意象早已不是物象,形态和性质上变异了。正如米被酿成了酒,还用米的分类来代替酒的分类。这样的分类比西方文论某些的烦琐分类还要不着边际。㉑

一味拘泥于"物象",对一些经典的诗句,就不能从"形质俱变"上着眼,只能在量上兜圈子。如"白发三千丈""黄河之水天上来"都被解释为对物象的量的"夸张"。殊不知"白发三千丈"从物象来说,是不可能的,"缘愁似个长",表现的是"愁"的性质。"黄河之水天上来",也不是客体水流的量的放大,而是把生命苦短的"悲"("高堂白发悲明镜")先转化为豪迈,再转化为欢乐("人生得意须尽欢")。"我寄愁心与明月"被解读为"物象""转移",其实,月光普照的功能已经质变为传递愁心的形影不离的追随。甚至于对李贺的"忆君清泪如铅水",仍然着眼点于同质:"既然是金铜仙流的泪,那么当然可以是铅泪了",㉒其实,铜变为铅,是形变加质变:铅为固体,泪为液体。所有这一切牵强都是一味据守"以物象为起点"造成的。

袁先生主观上力图超越美国意象派,但是,实际上却囿于美国意象派早期的观念,以为中国古典诗歌意象的长处就是"意象可以直接拼合,无须中间的媒介。起连接作用的虚词,如连词介词可以省略"。㉓

仅凭早期意象派总结出来的意象叠加(拼合),袁文对诸如温庭筠《商山早行》"鸡声茅店月,人迹板桥霜"等还能作表面的解读:"鸡声茅店月",属于同时间,整首诗就好在"意象之间不确定的关系",表现了"早行旅人的孤独感和空旷感"。但是,究竟如何表现了旅人的孤寂,他却只宣布了一个结论。其实,意象群落不但高度统一于"早",而且变质于寂,鸡声不但表现早行,而且反衬寂静。茅店月,展示高天空旷;霜桥人迹,提示行人之稀。鸡声、店月、桥霜、人迹,或可为宜人景观,此处却质变为孤寂的境界:天地之空,声息之寂,早行之孤,皆为游子主体孤独感所同化。

按袁文的逻辑,意象与意象的"拼合",无须语法上和逻辑上的连接,应该是非常自由的,但是,艺术是精致的,其"拼合"的艺术却与其性质和量度上统一程度成正比。这不但在于显性意象,而且在于隐性情志,每一关键词语都在性质和程度和上处于有机自洽之中。如杜甫《登高》首联:"风急天高猿啸哀,渚清沙白鸟飞回"。好在六个意象全统一于高,风急,因为天高,猿啸也因登高远闻,渚清、沙白、鸟飞,全为登高俯视的效果。其次,情绪上统一于哀,因为哀,猿才不是如水经注所引为"鸣"("猿鸣三声泪沾裳"),也不是李白中道遇赦所听到之"啼"("两岸猿声啼不住"),而是"啸"。这个啸字里就不但有天高,而且有风急,因而近身,更有悲凉,这种悲凉因为天高风急而变得凄厉。

意象"拼合"是有条件的,这个条件就是意象在性质、程度上严密的一致性,稍不严密,在艺术上就会显得松懈。马致远《天净沙 秋思》,"枯藤、老树、昏鸦。古道、西风、瘦马",其严密统一不但体现在空间的画面上,而且统一在"在天涯"的"断肠人"情绪的悲怆上。枯藤、老树是临近生命终点的,昏鸦不但是不祥之物,而且是精神委顿的。古道荒凉,西风萧瑟,而行人(游子)的瘦马又是有气无力的。所有意象的同质叠加导致情绪成几何级数增长。而当中的"小桥、流水、人家",则与前述意象在性质上,在程度上都不甚相应,与下面的"断肠人"的感受不无矛盾,故在整首诗中,当为弱句。

综上所述,表现对象不管是客体的,还是主体的,其性态要变成艺术意象:第一,要在想象中发生质变;第二,意象群落之间,在性质上和程度上要达到高度统一和谐;第三,其中应有一条贯穿其间的表现情感动态的意脉。在中国这个具有"苦吟"传统的国家,一个意象往往要经历几代诗人呕心沥血的追求。要解读到位,仅凭直觉归纳是不可靠的。对此,海德格尔说得很彻底:

> 作品的被创作存在只有在创作过程中才能为我们所把握。在这一事实的强迫下,我们不得不深入领会艺术家的活动,以便达到艺术作品的本源。完全根据作品自身来描述作品的作品存在,这种做法业已证明是行不通的。[74]

袁先生仅举现成的以梅为题材的诗为例,就说明主客和融:梅本来有形状和颜色的客观性,诗人将自己的人格情趣融入,在"反复运用"中,就成了"意象",乃"固定地带上了清高芳洁、凌霜凌雪的意趣。"[75]仅凭"反复"就成了艺术,这也太轻慢经典意象的精致了。如果从海德格尔的严格要求来说,肯定就是缘木求鱼。我们试按海德格尔的"深入艺术家的活动",也就是宏观的历史方法,来探索梅这个意象成为经典的奥秘。

早在唐诗中就不乏对梅的赞美,才高如李白、杜牧等均有咏梅之作,但都不如林逋幸运,其"疏影横斜水清浅,暗香浮动月黄昏"公认为千古绝唱。此前的诗人,写梅之形色者姑且不论,涉及梅之香者不在少数,李峤的《梅》:"雪含朝暝色,风引去来香。"郑谷的《梅》:"素艳照尊桃莫比,孤香黏袖李须饶。"写的都是客体的属性,是嗅觉和视觉并列。林逋把"暗香"和视觉分离开来,"暗香"才有了主体的脱俗的品格。宋王淇的《梅》说:

> 不受尘埃半点侵,竹篱茅舍自甘心。
> 只因误识林和靖,惹得诗人说到今。

很显然这是在说,物象本身并不能决定诗作的审美价值,是诗人的美学趣味为物象定形定质。

诗句原来并不是林逋的原创,而是五代南唐诗人江为的。明李日华《紫桃轩杂缀》卷四曰:"江为诗,'竹影横斜水清浅,桂香浮动月黄昏',林君复改二字为'疏影'、'暗香'以咏梅,遂成千古绝调。"[76]只改动了两个字,就化腐朽为神奇。艺术的奥秘不再重复,而在主体客体的深度同化和调节。

意象质变的过程大概可从两个方面来考察。

第一,在中国传统绘画艺术中,梅和松、竹号称"岁寒三友"。有趣的是,和在绘画中不同,诗歌中只有松、菊、梅,而竹却并没有绘画中那种高风亮节,相反倒是有"新松恨不高千尺,恶竹应须斩万竿"的名句(杜甫《将赴成都草堂途中有作先寄严郑公五首》其四)。

第二,江为原作的意象有瑕疵。"横斜"与竹的直立特征相矛盾,而与梅的曲折虬枝相符,从这个意义上来说,林和靖纠正了原作的客体的特征。但是,并不是最重要的,因为横斜的并不是只有梅花。据《王直方诗话·二十八》记载:

> 田承君云:王君卿在扬州,同孙巨源、苏子瞻适相会。君卿置酒曰:"'疏影横斜水清浅,暗香浮动月黄昏。'此林和靖《梅花诗》,然而为咏杏与桃李皆可(用也)。"东坡曰:"可则可,只是杏花不敢承当。"一座大笑。[77]

"疏影横斜"和"暗香浮动"也可以用来形容杏李花之"物象",不无道理。苏东坡说,"杏李花不敢承担"。从植物学的观念来说,这仅仅是玩笑而已;但从审美意象来说,这里有严肃的道理。"疏影横斜"和"暗香浮动"写的已经不纯粹是植物,诗人把自己的淡雅高贵气质赋予了它,使之质变为高雅气质的载体。《陈辅之诗话》第七"体物赋情"中也议论到这个颇为尖端的问题:

> 林和靖《梅花诗》云"疏影横斜水清浅,暗香浮动月黄昏",近似野蔷薇也。[78]

而王楙在《野客丛书》卷二十二,中则反驳他:

> 野蔷薇安得有此潇洒标致?[79]

从植物的形态来说,用暗香、疏影来形容野蔷薇很难说有什么不合适,因为野蔷薇不但有屈曲的虬枝而且有淡淡的香味,和梅花形态上是没有根本区别的,但是梅花作为一种意象在历史积淀的过程中,特别是经过林和靖的加工,其植物的形态已经为诗人高雅的心态所同化,其高雅的性质变得稳定了。

第三,为什么是"疏影",而不是繁枝?繁花满枝不是也很美吗?但那是生命旺盛,是生气蓬勃的美。中国古典诗歌中梅的高雅的意象和中国绘画颇有一致之处。但是国画之梅也可以像王冕笔下那样繁盛夺目,可在经典诗作中地鲜有此等表现。这不能仅仅于客体"物象"方面,而且应该从诗人主体追求方面去探寻,繁花满枝的梅,不是诗人的追求。而"疏",则是稀疏,暗示在严酷的环境的一种风骨。如果选择梅花繁茂,不但失去了环境寒冷的特点,而且失去了与严寒抗衡的高格,更重要的是,忽略了以外在的弱显示内在的强的艺术内涵。其次是"影"。为什么是"影"?为什么要影影绰绰?淡一点才雅,淡雅,淡和雅是联系在一起。而雅往往又与高联系在一起,故有高雅之说。让它鲜明一点不好吗?林和靖另有梅花诗曰:

人怜红艳多应俗,天与清香似有私。

太鲜艳、太强烈,就可能不合乎诗人追求的"雅",而变得俗了,只有清香才是俗的反面。雅不但在"影",而且在"疏"。

第四,王君卿提出的问题很机智,但是说得并不准确,因为桃李花并没有梅花所特有的香气,林和靖把"桂香"改为"暗香"表现出了更大的才气。对于这一点,不但王君卿忽略了,而且当代一些的分析文章也忽略了。有位教授笼统地说此句"写梅花之风韵",是不到位的。"暗香"写的主要不是梅花这一客体的"风韵"。首先,桂香是强烈的,而梅花的香气则是微妙的。其次,妙在另外一种感官(嗅觉)被调动,其特点,是"浮动",也就是不太强烈的,隐隐约约的,若有若无的。再次,"月黄昏"视觉的朦胧反衬出嗅觉的精致。这就是提示梅花的淡雅高贵不是一望而知的,而是在视觉之外,只有嗅觉被调动出来才能感知的。这里视觉和嗅觉的交替,强调的是感知不是直接贯通,而是先后默默递进,表现高雅品位往往不显著,不是一望而知的,而是逐渐领悟的。

第五,这还要看与相邻意象的严密结合。把"疏影横斜"安放在"水清浅"之上,这是野蔷薇所不具备的。这并不是简单的提供一个空间"背景"。为什么水一定要清而浅?"清"已经是透明了,"浅",就更透明。"疏影"已经是很淡雅了,再让它横斜到清浅透明的水面上来。淡雅就增加了一份纯净和谐。这个"影"字的内涵比较丰富。它可能是横斜的梅枝本身,更可能是落在水面上的影子。有了这个黑影,虽然是淡淡的,但是水的透明,就更显然了。意象"拼合"在性质上、在程度上要达到如此的严密,才提纯了主体"高洁"的性质。[80]

主体的高洁在性质上、程度上统一了客体疏影和暗香,达到水乳交融的和谐,至少耗费了半个世纪工夫,其对艺术的精致追求只有西方用上百年的工夫建造大教堂堪与之相比美。然而,就整首诗而言,也并非十全十美。原诗接下来的"霜禽欲下先偷眼,粉蝶如知合断魂"至少"霜禽""粉蝶"一联是败笔,这一点早就有人提出质疑,宋蔡居厚《蔡宽夫诗话》曰:"林和靖《梅花诗》'疏影横斜水清浅,暗香浮动月黄昏',诚为警绝;然其下联乃云'霜禽欲下先偷眼,粉蝶如知合断魂',则与上联气格全不相类,若出两人。乃知诗全篇佳者诚难得。"[81]王世贞《艺苑卮言》卷四认为:"至'霜禽''粉蝶',直五尺童耳。"[82]原因很简单,从疏影横斜到暗香浮动是微妙的、感知从视觉转化为嗅觉,意味着高洁的人格需要逐渐体悟,而"霜禽欲下先偷眼,粉蝶如知合断魂",却是夸张到连禽蝶都能一望而知。

而袁行霈却以为"反复运用"就能成为千古绝唱。其实反复可能变成重复,故古典诗话强调要"脱胎换骨"以避免"蹈袭"才有生命。就是姜夔的自创的词牌《疏影》《暗香》多少也难免受苛评者窠臼之讥。[83]

袁先生对意象范畴的内涵漫不经心,直接解读文本又先入为主,忽略母题的历史进化过程,拘执于现成意象的框框,不但未能使其内涵衍生,相反却使其萎缩,甚至扭曲。这在论及"意象组合规律"时,表现得特别触目惊心。如对杜牧的《过华清宫》"一骑红尘妃子笑,无人知是荔枝来",袁文拘泥于"拼合",说"'一骑红尘'和'妃子笑'这两个意象间没有任何关联词,就那么直接拼合在一起"其好处就是让读者去"想象、补充"。[84]而对其后一句"无人知是荔枝来",则完全回避。其实,"无人知",从现实的角度讲是不可能的,至少李隆基和有关职事人等是知道的,但从诗的想象、假定的情感运动逻辑来看,这正是精彩之所在,提示这是当时的"特快专递",荔枝是专杨贵妃一人而来的。这就不仅是意象的质变,而且是逻辑因抒情而变得"无理"了。而这正是意象群落之间的情感脉络,也就是"意脉"的功能所在。

事实上,袁行霈所借鉴、并力图超越的美国意象派在早期强调以意象直接呈现,标榜像汉语诗歌那样省略连接词和介词,一味以雕塑、图画、风景式的意象为务,其特点在时间上瞬间的,在空间上是直观的,旨在反对维多利亚浪漫诗风不加节制的抒情和几成俗套的铺张、形容和渲染。这样的反拨有历史的必然,但是其理论和实践却从一个极端走向另一个极端。尽管意象派在手法上分化出"意象叠加""意象并置""意象层递"但是,意象脱不了造型艺术风格的静态,可意象派又十分强调诗要表现情感和智性。这里涉及诗与画的矛盾,关于二者的统一由于苏轼的诗中有画,画中有诗的权威论述,似成共识。但对于其矛盾留意者稀。明人张岱早就反驳:"若以有诗句之画作画,画不能佳;以有画意之诗为诗,诗必不妙。如李青莲《静夜思》:'举头望明月,低头思故乡',有何可画?"⑧⑤对于诗与画的界限,莱辛有专著《拉奥孔》阐明。⑧⑥

人的情感是以运动变化为生命的,意象派说那样是瞬间的,但也可能是持续的,如"解道澄江净如练,令人长忆谢玄晖";有时更是变幻莫测的,如"东边日出西边雨,道是无晴却有晴"。意象派拘泥于视觉、静止和瞬间,无疑是自我窒息。这里潜藏着意象派的悖论:一方面力主意象的功能包括表现情感(当然反对放纵情感),甚至强调"情感创造意象",一方面又唯取瞬间的图画,静态的呈现,这样的矛盾注定了意象派迅速走向反面。即使产生了像庞德的《地铁车站》那样被西方诗界赞为"伟大的诗章",⑧⑦也只是昙花一现,其思想和艺术上如此狭隘,作为流派也就缺乏持久的生命力。不过是两三年后,也就是1914年,庞德就深感这种静态意象与情感运动的矛盾,乃与坚持静态意象的艾米·罗威尔分道扬镳,另立"漩涡"派(Vorticism)。意象派遂迅速走向没落,到1917年衰亡,成为世界诗歌史上最短命的诗歌流派。庞德的"漩涡"论,乃是对静态意象派的反拨。他坦陈早期印象派拘泥于静态意象的偏颇,意象应该是动态的:是"一个放射性的节点或束,一个漩涡,成群地快速地涌入涌出和穿过它",⑧⑧庞德的漩涡主义的理论核心是意象的流动性,而不再是展现静态的图像。他说:"如果想不到意象主义或'形诗'还包括动感意象,你可能得对固定意象和运动或行动做个完全没有必要的区分。"⑧⑨但是,从创作实践来看,意象的流动性,又使抒情得以解放,一些诗作又张扬起来。给人一种回到浪漫主义的感觉。⑨⓪袁行霈在文章开头宣言"意象派毕竟是肤浅的""今天我们立足于中国古典诗歌的实际来研究意象,当然可以取得较之庞德更完满的成果。"⑨①但是,袁先生似乎有所不知,实际上,1914年以后庞德反思了早期意象派拘执于静态意象并列的偏颇,提出"动态意象",到了1934年还在《阅读ABC》中还作了理论阐释。由于缺乏意象派学术资源流变的全面疏理,超越意象派努力,却在庞德早期观念的透明的围墙中打转。

在意象先驱已经以漩涡派放射和运动扬弃了早期瞬间静态的缺陷以后数十年。袁行霈的诗学理论只有静态的"志""情""形""意""神"五大范畴,缺乏贯穿其间的将意象群落运动起来的"意脉",从而不能对其内涵作原创性突围。仅仅以"意象拼合"来研究中国古典诗歌艺术,造成了一系列的自我蒙蔽。

最大的蒙蔽乃是对无视于意象派的宗旨乃是以意象节制抒情,而中国古典诗歌的意象乃是抒情的基础。

中国古典诗歌充满了省略逻辑和语法关系的意象并列,但不是为了抑制抒情,恰恰相反,其功能乃是强化深化抒情。与西欧北美诗歌的直接抒情相比,中国古典近体诗歌也许这可以称为"意象抒情"。其优长在近体诗的对仗中表现得尤其明显,不但超越逻辑,而且超越时间、空间,将不相干的意象组织在有机的对称结构之中,提高意象的精度和密度。表面上看,中国古典诗歌比之欧美古典诗歌往往显得短小,但是,由于其意象密度高,反而显出其高精粹和凝练。胡应麟在《诗薮》中推杜甫《登高》为"古今七律第一"[92]。原因之一就是其意象的高精度和密度。首联"风急天高猿啸哀,渚清沙白鸟飞回",两句六个并列意象,显得深厚,毫无堆砌之感,"风急天高""渚清沙白"自成对仗。有人把它叫作"四柱对"。但是,意象密度并非越高越好,其优越性与其局限性共生。密度愈高,则逻辑空白愈多,意象群落统一的难度越大,过分耽溺于此,则"意脉"难免窒息。正是因为此,最有利于意象并列的对仗,在律诗中受到限制,中间两联对仗,首联和尾联则不必。除首尾外,通篇对仗的排律则几无艺术上品。绝句通常也不取四句皆对,为非对仗句留下篇幅,盖因其逻辑关系、句法结构完整,有利于思绪的自由和深化。杜甫《登高》四联皆对而未见单调,还因其尾联"艰难苦恨繁双鬓,潦倒新停浊酒杯"并非省略句间逻辑关系的正对和反对,而是前后句因果关系,是为流水对,亦称串对。串者逻辑贯串也,实际上两句就是一个复合句,使"意脉"贯穿成为显性的存在。从这个意义上说,流水对近似于英语诗歌中的"跨行"(每行按轻重格律分,按语法,则一个复合句可跨越数行,甚至跨越两节),故有情感逻辑贯通之功能。杜甫七绝往往四句皆对,历代诗话家评价不高。在论及唐人七绝何最优时,举王昌龄、王维、岑参、王之涣、李白,甚至李益、韩翃都举到了,未有提及杜甫者,相反,不止一家嘲杜甫四句皆对之七绝为"半律",如"两个黄鹂鸣翠柳,一行白鹭上青天。窗含西岭千秋雪,门泊东吴万里船"等,意象不可谓不密,然杨慎病其"不相连属"[93],胡应麟讥其"断锦裂缯"[94]。

　　律诗绝句尚且如此,口语化较强的元曲则更甚。马致远的《天净沙　秋思》在把枯藤、老树、昏鸦、古道、西风、瘦马作了并列之后,并没有继续罗列下去,而是来了一句"夕阳西下,断肠人在天涯"。逻辑和语法关系的完整,和杜甫的《登高》的尾联一样,将意脉由隐性变为显性。这不但打破了一味并列的单调,节奏上有了变化,而且也使思绪更为自由,在层次上提升。意象并列不能孤立存在,其艺术生命取决于是与"意脉"流动的结合。

　　中国古典诗歌的意象艺术奥秘,远比欧美人士看出来的要丰富深邃得多。

　　在这一点上,袁行霈先生似乎并不清醒。

　　为了说明意象,他将之与意境比较。说意境是"诗人的主观情意和客观物象互相交融而形成的艺术境界",这样对意境的解释,其实和他对意象的内涵的规定基本上一致的,不能不说是无效阐释。至于二者的区别,文章说:"意境的范围比较大,通常指整诗几句诗,或一句诗所造成的境界,而意象只不过是构成诗歌意境的一些具体的、细小的单位。"⑯这仍然不是从整体上看"形质俱变",没有看出结构功能大于要素之和,而是从量的"拼合"上着眼,把意境看成是意象的量的平面相加。

在对欧阳修的《蝶恋花》"雨横风狂三月暮,门掩黄昏,无计留春住"作分析时,袁行霈先入为主,以意象静态的"拼合"(并列)作为阐释的准则,只说"'门掩'和'黄昏'省却了关联词"。而对其与"无计留春住"的意象运动则视若无睹。其实,"门掩黄昏",从语法上来说,是一个主动宾的完整结构,并没有省略什么。艺术奥秘恰恰就在逻辑上的想象和假定。门既掩不住黄昏,也改变不了雨横风狂对春花的摧折。这是有逻辑连续性的,"留春住"是门掩黄昏的目的,而留不住则是结果。这种意象与意象之间的情感因果逻辑不是理性的,而是情感的。这种"意脉"正是在想象中抒情逻辑的质变。原词前有"玉勒雕鞍游冶处,楼高不见章台路",指向远方衣锦繁华,乐不思归的游子,而自身的青春却像春花(乱红)一样在暮春季节凋谢。到了"泪眼问花花不语,乱红飞过秋千去"情感逻辑更是大幅度地运动:不管你门掩黄昏,不管你泪眼问花,都无法改变青春的凋谢。这样的意象群落中隐性"意脉"动态逻辑,并不是意象的静态叠加,而是超越理性的情感逻辑的运动,袁氏所向往的"艺术创造"的境界正在其中。

对于抒情逻辑"意脉",西方人视而不见,说不清楚,倒是中国古典诗话词话道出了真谛:"无理而妙"。⑯清初文学家贺贻孙《诗筏》提出"妙在荒唐无理",⑰贺裳和吴乔提出"无理而妙""痴而入妙"。⑱沈雄在《古今词话·词评下卷》又指出:"词家所谓无理而入妙,非深于情者不辨。"⑲从无理转化为妙诗的条件就是情感,比之陆机《文赋》中所谓"诗缘情而绮靡"⑳、严羽"诗有别趣,非关理也"的陈说是一个大大的飞跃。吴乔《围炉诗话》在引贺裳语时还发挥说:"其无理而妙者……但是于理多一曲折耳。"㉑"于理多一曲折"就是从理性转换为情感层次,就把理性逻辑与情感逻辑的矛盾及其转化的条件提了出来。用这个理论观察中国古典诗歌的意象关系是很丰富的、深邃的,外国人感而不觉是不足为怪的。

"无理而妙",妙在空间关系上,意象空间可以因诗情而自由伸缩。如从安禄山渔阳兵到哥舒翰兵败潼关,李隆基仓皇出逃,其间许多曲折,时间、空间的距离,在历史散文中是要一一表述的,可是在诗歌中,用流动的"意脉"超越了时空:"渔阳鼙鼓动地来,惊破霓裳羽衣曲",只用了鼙鼓、动地、惊破、羽衣曲四个意象,其隐性的"意脉"流动就把遥远的空间用直接因果关系统一起来。我国古典诗歌的流动意象艺术同样表现在时间上：杜甫"昆明池水汉时功，武帝旌旗在眼中"从汉到唐数百年就在"昆明池"前与"武帝旌"而凝聚为一刻。苏轼"大江东去，浪淘尽千古风流人物"时间不可见，是物理，然而于诗则可见千古之时间。陈子昂《登幽州台歌》"前不见古人，后不见来者"，登高本可望空间之远，然而陈子昂却因不见时间之过去与未来而痛苦。"意脉"的"无理而妙"，还妙在于对感官的背反。"结庐在人境，而无车马喧""此时无声胜有声"听觉因不合生理而妙。无理更大的妙在对于逻辑的背反：违反同一律，如苏东坡"似花还似非花"；违反矛盾律，如李商隐《锦瑟》最后一联"此情可待成追忆，只是当时已经惘然"。从理性逻辑来分析，本以为爱情有希望，只是要等待（可待），然而等来的却只是回忆，说明等待落空，但是，就是等待的当时，就知道等待是徒劳的"惘然"。那就明知落空还是要等待，使等待本身成了目的。正是这样的自相矛盾，这样的无理之理，把锦瑟、弦柱、华年、庄生蝴蝶、望帝杜鹃、沧海、明月、珠泪、蓝田、日暖、玉烟的恍惚迷离看似"无端"的华彩意象统一为有机的意境，才成就了《锦瑟》的深沉和不朽。无理而妙还妙在违反辩证法，"在天愿为比翼鸟，在地愿为连理枝，天长地久有时尽，此恨绵绵无绝期"，情感因绝对化而取胜。

清叶燮在《原诗·内篇下》中把理分为"可执之理"也就是"可言之理"和"名言所绝之理""不可言之理"，认定后二者才是诗家之理。[⑩]从世俗逻辑来看，是"不通"的。然而，这种不合世俗之理，恰恰是"妙于事理"的。这种不通之"理"之所以动人，因为是"情至之语"。因为"情至"，不通之理转化为"妙"理。正是这种特殊抒情逻辑，"意脉"的贯穿使意象群落有了整体性结构，才构成诗的意境。没有这样的无理的、抒情逻辑的贯穿，仅有意象的叠加，不但不能构成意境，相反可能导致意境的窒息，这种窒息，在王国维那里叫作"隔"。

袁氏为意象派早期理念所困，虽深感其"肤浅"，但是并未作理性分析，把取得"更完满的成果"的希望寄托在对中国古典诗歌文本的"联系"上。但是忽略了情感的运动，看不到贯穿于意象群落之间的血脉贯通不露的情感的脉络。正是这种脉络的特殊性——无理而妙，才决定了诗歌的感染力。

袁氏之感性个案解读，并未见其有助于理论之建构之初衷。

究其原因乃在归纳之难：人们对于外来的信息，并不像美国行为主义者想象的那样，外部一来信息，必有反应。按皮亚杰"发生认识论"原理，外来刺激，只有与内在准备状态，也就他所说的"图式"（scheme）相一致，被同化（assimilation），才会有反应，反之则视而不见，听而不闻，感而不觉。[⑩]因而在阅读中，看到的并不一定是预期（求知）的，往往是已知的。《周易·系辞上》云"仁者见之谓之仁，智者见之谓之智。"王阳明、黄宗羲有所发挥："仁者见仁,智者见智,释者所以为释,老者所以为老。"[104]张翼献在《读易记》中说："唯其所禀之各异,是以所见之各偏。仁者见仁而不见知,智者见知而不见仁。"[105]李光地在《榕村四书说》："智者见智,仁者见仁,所秉之偏也。"[106]这种"所秉之偏",正是阅读心理的封闭性,并非袁氏个人特有的不足,而是人类心理的共同弱点,不过袁氏的封闭性分外触目而已。袁氏的目的在于超越意象派,但是,内心预期图式,不脱意象派早期的静态图式,不管多少中国古典诗歌的意象运动摆在眼前,袁氏不能同化,熟视无睹,没有反应。另外一个原因,则是经典文本本身的封闭性。其形象并不是平面的结构,而是立体结构,其表层意象是显性的,一望而知,其深层意脉是隐性的,凭有限的经验不但不能一望而知,即使再望也仍然无知。这不但需要开放的心态,而且需要理论资源(包括传统的和前卫的,中国的和外国的)的积累、疏理、批判、贯通才能有所向导,庶几打破其表层封闭,有所突破,从而洞察幽微。与此相关,还有一个原因,袁氏要面对文本作直接的归纳。归纳贵在普遍,需要阅读经验的极广极博。生也有涯,理性要求的全面性也无涯,这是无可如何的。但是力争尽可能大的涵盖面,则是可能的。袁氏数十年积累,阅读想来广博。但是,就袁氏意象理念来看,其内涵不能概括其阅读的外延。大量阅读经验为狭隘的理念所遗弃,这说明袁氏被作为文学史家所掩盖了的概括能力、具体分析能力,直接从经验上升为观念所需要的原创性命名能力,对基本范畴之内逻辑和历史的发展的分析等能力之薄弱,在建构理论体系时有所暴露。

经典诗歌读懂读透之难,如巴甫洛夫之言科学,需要不止一生的精力,往往是不止一代人前赴后继,把生命奉献上这个智慧的和艺术的祭坛,故乃有说不尽的莎士比亚,说不尽的李商隐,甚至说不尽的"僧敲月下门""悠然见南山",虽然如此,代代相传,也只能以历史的积累无限逼近。仅怀狭隘理念、自发阅读经验,往往不觉仁者智者之偏,无从知所见之误也。

注:

① 袁行霈《中国诗歌艺术研究·自序》,北京大学出版社2009年版,第2页。
② 袁行霈、孟二冬、丁放《中国诗学通论》,安徽教育出版社1996年版,第13页。
③ 准确地说,应该是动词受时态和语态,名词受性数格的限制。
④ 袁行霈《中国诗歌艺术研究·自序》,北京大学出版社2009年版,第5页。
⑤ 陈良运《中国诗学体系论》,中国社会科学出版社2003年版,第25页。原文是"中国自有诗歌以来,诗歌理论对诗歌创作的抽象表述是:'发端于'志',演进于'情'与'形',完成于'境',提高于'神'。"在具体章节中,"形"范畴,更多在表述为"象"。
⑥ 李欧梵先生在"全球文艺理论二十一世纪论坛"说,近百年来西方文论流派纷纭,诸如结构派、解构派、现象派、读者反应派、"新马"师门四宗、拉康弟子八人、新批评六将及其接班人耶鲁四人帮等,均为解读文学文本而立,但是文本有如城堡,诸派混战多年,而文本城堡安然无恙。《世纪末的反思》,浙江人民出版社

2002年版,第274—275页。

⑦ 苏珊·朗格《情感与形式》,刘大基等译,中国社会科学出版社1986年版,第1—2页。

⑧ 参阅孙绍振《聚讼诗话词话的创作论性质和十七世纪的突破》,《文学遗产》,2012年,第9期。又见陈一琴《聚讼诗话词话》的《代前言》上海三联书店2012年版。孙绍振《美国新批评"细"读批判》,《中国比较文学》2011年第2期。

⑨ 该文最初发表在《北京大学学报》1983年第2期,后收入《清思录》(首都师范大学出版社2008年版),又收入《中国诗歌艺术研究》(北京大学出版社2009年版),为首篇,再收入《燕园诗语》(北京大学出版社2011年版)时,亦为首篇。

⑩ 袁行霈《中国诗歌艺术研究》,北京大学出版社2009年版,第6页。

⑪ 在这以前,袁文举了古诗十九首中"相去日已远"的例子,但袁先生说明那是出自朱自清先生的《多重义举例》。

⑫ 袁行霈《中国诗歌艺术研究》,北京大学出版社2009年版,第7页。

⑬ 袁行霈《〈咏柳〉赏析》,《初中语文课本第一册》,人民教育出版社1992年版。此文系根据作者1985年发表在《北京大学学报》《中国古典诗歌的多义性》有关部分改写,该文收入作者文集《清思录》(首都师大出版社2008年版)后又收入作者之《中国诗歌艺术研究》首篇(北京大学出版社2009年版),2011年又收入北京大学出版社之《燕园诗话》,亦为首篇。

⑭ 王力《汉语史稿》(重排本),中华书局1980年版,第603页。

⑮ 刘宪阁《革命的起点——以"劳动"话语为中心的一种解说》,中国人民大学国际关系学院政治学系等编《"转型中的中国政治与政治学发展"国际研讨会论文汇编》,2002年版,第397—418页。

⑯ 《汉语修辞格大辞典》,上海辞书出版社2010年版,第4—5页。

⑰⑱ 袁行霈《中国诗歌艺术研究》,北京大学出版社2009年版,第8页。

⑲ 据检索,全唐诗中用到"白日"达六百余,"红日"二十余,且均为景观描述。"赤日"仅十七。

⑳ 也许,让太阳带上红色灿烂光华,成为理想、民主、自由乃至革命的意象,可能是受了法国大革命,俄国革命思潮的影响。这个问题有待研究。

㉑ 清顾嗣立《寒厅诗话》转引自李日华《紫桃轩杂缀》:"江为诗:'竹影横斜水清浅,桂香浮动月黄昏。'〔按:当系五代南唐江为佚诗断句,《全唐诗》江为卷无此二句〕林君复改二字为'疏影''暗香'以咏梅,遂成千古绝调。"

㉒ 钱锺书《宋诗选注》,生活·读书·新知三联书店1997年版,第65页。

㉓ 钱锺书《宋诗选注》,生活·读书·新知三联书店1997年版,第66页。

㉔ 钱锺书《宋诗选注》,生活·读书·新知三联书店1997年版,第156页。

㉕ 胡适《文学改良刍议》,《中国新文学大系·建设理论集》,上海良友图书印刷公司印行,1935年版,第37—38页。刘纳《嬗变》第210页中引用诗人郑逸梅的话说:"羁客之心寄之十月,诗人之愁肠浇之以酒。侠士之豪挥之以剑,美人之情绪付之于泪。"这个总结并不完全,也不深刻,但或可有助今日及日后之读者从中想见五四前夕诗坛套语之公式化和僵化。

㉖ 袁行霈《中国诗歌艺术研究》,北京大学出版社2009年版,第15页。

㉗ 裴斐主编《李白诗歌赏析集》,巴蜀书社1988年版,第273页。

㉘ 杨载在《诗法家数·绝句》中谈到诗的起承转的"转"时说:"绝句之法,要……句绝意不绝,多以第三句为主,而第四句发之,……承接之间,开与合相关,反与正相依,顺与逆相应……大抵起承二句固难,然不过平直叙起为佳,从容承之为是。至如宛转变化工夫,全在第三句,若于此转变得好,则第四句如顺流之舟矣。"

㉙ 袁行霈《中国诗歌艺术研究》,北京大学出版社2009年版,第16—17页。

㉚ 参阅孙绍振《绝句:瞬间转换的情绪结构》,《文艺理论研究》2010年第6期。

㉛ 袁行霈《中国诗歌艺术研究》,北京大学出版社2009年版,第18页。

㉜ 吴文治主编《宋诗话全编》,江苏古籍出版社1998年版,第9289页。

㉝ 方回《瀛奎律髓汇评》,上海古籍出版社,中册,第938页。

㉞ 丁福保编《清诗话》(下册),上海古籍出版社1978年版,第974页。

㉟ 吴文治主编《宋诗话全编》,江苏古籍出版社1998年版,第7637页。

㊱ 何文焕辑《历代诗话》,中华书局1981年版,第2页。

㊲ 吴文治主编《宋诗话全编》,江苏古籍出版社1998年版,第8720页。

㊳《船山全书》(第十四册),岳麓书社 2011 年版,第 687 页。

㊴ 原文是这样的:"I have said that poetry is the spontaneous overflow of powerful feelings: it takes its origin from emotion recollected in tranquility: the emotion is contemplated till by a species of reaction the tranquility gradually disappears, and an emotion, kindred to that which was before the subject of contemplation, is gradually produced, and does itself actually exist in the mind."自然流露中的自然,原文有点自发(spontaneous)的意味。华兹华斯《抒情歌谣集序言》,同上第 11 页。原文见 William Wordsworth Preface to Lyrical Ballads (1800) Famous Prefaces. The Harvard Classics. 1909 - 1914.

㊵ 吴文治主编《明诗话全编》,江苏古籍出版社 1998 年版,第 1689 页。

㊶ 李维桢《大泌山房集》卷一三一。

㊷《原诗 · 内篇下》,人民文学出版社 1979 年版,第 32 页。

㊸ 钱锺书《谈艺录》,中华书局 1984 年版,第 232 页。

㊹ 袁行霈《中国诗歌艺术研究》,北京大学出版社 2009 年版,第 17 页。

㊺ 禅宗境界分为初禅、二禅、三禅、四禅四个层次。《释禅波罗蜜次第法门》卷七说,众生常被欲火所烧,热恼不安,当由修习禅定而进入"初禅",此时喜乐由超离五欲等而生,其心恬然,安隐快乐。进入二禅,'其心豁然明净,皎洁定心,与喜俱发,喜乐由"定心"而生。初禅喜乐依触、觉观而生,心难免为身体触觉扰动;二禅喜乐则不从视触外来,只从自心生起,唯属意识。第三禅超越二禅喜的扰动,其乐与"定心"同时生起:从内心而发,心乐美妙。三禅之乐,被称为'世间第一,乐中之上'。然而,有乐终究是一种扰动。四禅以上,超越了喜乐的扰动,不苦不乐,心如明镜止水,心灵处于极深的寂静、放松状态,进入"正定",能制伏欲界的贪嗔等烦恼,不被声色货利所惑,《江雪》的"钓雪"所表现的是正是这种无欲的,"不苦不乐"之境。如果是"钓鱼"就陷于五欲(物质功利)的境地了。参阅《摩诃止观》卷八;《大正藏》卷四六,110a;《杂阿含经》卷十七;《大正藏》卷二,123c;《杂阿含经》卷十七;《大正藏》卷二,123c;《释禅波罗蜜次第法门》卷七,511c;《释禅波罗蜜次第法门》卷七,513b。

㊻ 郭绍虞编选《清诗话续集》(第二册),上海古籍出版社 1983 年版,第 835 页。

㊼ 禅宗六祖惠能大师到广州的法性寺。印宗法师正在讲解《涅槃经》。此时一阵风吹动了旗幡。在座的一个和尚道:"这是风在动。"另一个和尚说:"这是幡在动。"两个人争论不休。惠能大师插话说:"既不是风动,也不是旗幡在动,而是你们的心在动。"没有时间与空间的分别、没有前与后、无凡无圣,心灵融入广阔地天,自己就是天然,天然就是自己。

㊽ 王维思想与禅宗的关系,虽有争议,但,此诗可提供一旁证。

㊾ 丁福保编《清诗话》,上海古籍出版社 1978 年版,第 27 页。

㊿ 青原惟信《五灯会元》卷十七,中华书局 1992 年版,第 1135 页。

51 袁行霈《中国诗歌艺术研究》,北京大学出版社 2009 年版,第 19 页。

52 袁行霈《中国诗歌艺术研究》,北京大学出版社 2009 年版,第 19 页。

53 袁行霈《中国诗歌艺术研究》,北京大学出版社 2009 年版,第 20 页。

54 丁福保编《清诗话》,上海古籍出版社 1978 年版,第 8 页。

55 原话为:"大凡诗自有气象、体面、血脉、韵度。气象欲其浑厚,其失也俗;体面欲其宏大,其失也狂;血脉欲其贯穿,其失也露;韵度欲其飘逸,其失也轻。"姜夔《白石诗说》,郑文校点本,人民文学出版社 1962 年版,第 28 页。

56 张健编著《元代诗法校考》,北京大学出版社 2001 年版,第 21 页。

57 张健编著《元代诗法校考》,北京大学出版社 2001 年版,第 34 页。

58 袁行霈《中国诗歌艺术研究》,北京大学出版社 2009 年版,第 50—62 页。

59 袁行霈《中国诗歌艺术研究》,北京大学出版社 2009 年版,第 54 页。

60 意象派认为维多利亚诗风沦为陈腐的无病呻吟,一味"对济慈和华兹华斯模仿的模仿",对"诗歌的邋遢感伤主义十分反感。好像一首诗要是不呻吟,不哭泣,就不算诗似的。"(休姆 T. E. Hulme)意象派也反对象征主义通过猜谜形式去寻找意象背后的隐喻暗示和象征意义,不满足于去寻找表象与思想之间的神秘关系,而要让诗意在意象的描述中,一刹那直接体现出来。旨在用鲜明的意象约束感情,不加说教、废弃抽象抒情。

61 Literary Eassays of Ezra Pound Ed T. S. Eliot, Westport Connecticut Greenwood Press Inc 1979 p. 3.

62 Literary Eassays of Ezra Pound Ed T. S. Eliot, Westport Connecticut Greenwood Press Inc 1979 p. 7.

63 袁行霈《中国诗歌艺术研究》,北京大学出版社 2009 年版,第 58 页。

(64) 袁行霈《中国诗歌艺术研究》,北京大学出版社 2009 年版,第 59 页。

(65) 统觉(Apperception):德国哲学家莱布尼茨于 17 世纪首先使用这一术语,是指人对其自身及其心灵状态的认识。康德也使用过这个术语,但更加哲学化。本文在心理学意义上使用。

(66) 克罗齐有"把情感寄寓于意象"的说法,遭到符号学者苏珊·朗格的反对。但是,符号主义者的主张,至少在情感的形象构成方面,和克罗齐并没有实质上的区别。苏珊·朗格也认为形象是要表现情感的,但是作为"内在生命"的"人类的情感特征,恰恰就在于充满着矛盾与交叉",是"亦此亦彼","我中有你,你中有我","一切都处于无绝对界限的状态中",一直处于不稳定的:交叉、重叠、分解的过程中,甚至在冲突中变得"面目全非",而"语言是无法忠实地再现和表达的",因为语言是"推理形式的符号系统,是非此即彼",而正是因为这样,人类才创造出服务于情感表现的另一种符号——艺术符号。而这种艺术符号的特点,就是以"客观对象"来"鲜明地体现着""情感"。这种客观对象被称为"艺术品"。其实从情感与对象的统一来说,和克罗齐的"意象"(情趣寄托在细节中)并没有根本的区别,在克氏那里,情感也是不可感的,只有渗透在客观细节之中,成为意象,才是有生动的感染力。这与苏珊·朗格甚至连现代派艾略特的客观对物(objective correlative)可谓一脉相承。

(67) 叶燮《原诗·内篇》,人民文学出版社 1979 年版,第 32 页。

(68) 雪莱《为诗辩护》,《十九世纪英国诗人论诗》,人民文学出版社 1984 年版,第 150 页。

(69)《古典文艺理论译丛》,人民文学出版社 1961 年版,第 60—61 页。

(70) 王夫之等撰《清诗话》,上海古籍出版社 1978 年版,第 27 页。

(71) 西方现代文论对意象的出现过极其烦琐的分类。例如,威尔斯把意象分为七类:一是,装饰性意象(decorative),二是,潜沉性意象(sunken),三是强全性或浮夸性(voilent or fustian),四是基本意象(rakical),五是精致意象(delicacy),六是扩张意象(extensive),七是繁复意象(exubrant)。一来分类交叉重合甚多,不合逻辑,二来,就是像狭义修辞学一样把修辞格分得很烦琐,也只仅仅有利于意象的归类,而归类,则限于普遍性,与文学文本解读学的独一无二性不相容。韦勒克、沃伦在《文学理论》中运用这样的分类对文本进行了分析,但是,并没有挽救其分类交叉造成的混乱。

(72) 袁行霈《中国诗歌艺术研究》,北京大学出版社 2009 年版,第 55 页。

(73) 袁行霈《中国诗歌艺术研究》,北京大学出版社 2009 年版,第 58 页。

(74) 马丁·海德格尔《艺术作品的本源》,《海德格尔选集》(上),上海三联书店 1996 年版,第 297 页。

(75) 袁行霈《中国诗歌艺术研究》,北京大学出版社 2009 年版,第 54 页。

(76) 吴文治主编《明诗话全编》,江苏古籍出版社 1997 年版,第 6407 页。所引诗,当系五代南唐江为佚诗断句,《全唐诗》江为卷无此二句。

(77) 吴文治主编《宋诗话全编》,江苏古籍出版社 1998 年版,第 1147 页。

(78) 吴文治主编《宋诗话全编》,江苏古籍出版社 1998 年版,第 333 页。

(79) 吴文治主编《宋诗话全编》,江苏古籍出版社 1998 年版,第 7468 页。

(80) 主体情志超越物象主导意象的性质,还可从日本古典诗歌《万叶集》中得到旁证。该集包含 119 首咏梅诗作,其中除了赋予梅以德行以外,大多因梅与媒之谐音而赋予了爱情性质。

(81) 吴文治主编《宋诗话全编》,江苏古籍出版社 1998 年版,第 626 页。

(82) 吴文治主编《明诗话全编》,江苏古籍出版社 1997 年版,第 4249 页。

(83) "暗香""疏影"一说黄庭坚所创,而康熙《词谱》卷二十五、万树《词律》卷十五,均断二词牌本为姜夔自度曲。

(84) 袁行霈《中国诗歌艺术研究》,北京大学出版社 2009 年版,第 58 页。

(85) 张岱《琅嬛文集·与包严介》,岳麓书社 1985 年版,第 152 页。

(86) 朱光潜译《拉奥孔》,人民文学出版社 1979 年版,第 16、22 页。

(87) 原文《in a Station of the Metro》如下:"The apparition of these faces in the crowd; Petals on a wet, black bough. "郑敏译作:"这些面庞从人群中涌现,湿漉漉的黑树干上花瓣朵朵。"

(88) Caudier—Brzeska A Menoir New York New Directions Publishing Corperation, 1972, p. 92.

(89) Ezra Pound ABC Of Reading New York New Directions Publishing Corperation, 1934, p. 52.

(90) 参阅漩涡派诗人 H. D(Hilda Doolittle)的代表作"旋转吧海——旋转你尖尖的松林/泼溅你巨大的松林/在我们的岩石上,/把你的绿扔在我们上面,/以你的针叶之池淹没我们。"

(91) 袁行霈《中国诗歌艺术研究》,北京大学出版社 2009 年版,第 51 页。

⑫ 周维德集校《全明诗话》(三),齐鲁书社 2005 年版,第 2553 页。
⑬ 《升庵诗话》卷十一《绝句四句皆对》:"绝句四句皆对,杜工部'两个黄鹂'是也,然不相连属。"见丁福保辑《历代诗话续编》,中华书局 1983 年版,第 853 页。
⑭ 《诗薮》内编卷六《近体下·绝句》:"杜以律为绝,如'窗含西岭千秋雪,门泊东吴万里船'等句,本七言壮语,而以为绝句,则断锦裂缯类也。"上海古籍出版社 1979 年版,第 121 页。
⑮ 袁行霈《中国诗歌艺术研究》,北京大学出版社 2009 年版,第 55 页。
⑯ 清初贺贻孙《诗筏》提出"妙在荒唐无理",贺裳(1681 年前后在世)和吴乔(1611—1695)提出"无理而妙""痴而入妙"。方贞观在《辍锻录》亦持此说。沈雄(1688 年前后在世)在《古今词话·词评下卷》又指出:"词家所谓无理而入妙,非深于情者不辨。"从无理转化为妙诗的条件就是情感,比之陆机《文赋》中所谓"诗缘情而绮靡",严羽"诗有别趣,非关理也"的陈说是一个大大的飞跃。吴乔《围炉诗话》在引贺裳语时还发挥说:"其无理而妙者……但是于理多一曲折耳。""于理多一曲折",就是从理性转换为情感层次,就把理性逻辑与情感逻辑的矛盾及其转化的条件提了出来。
⑰ 郭绍虞编选《清诗话续编》,上海古籍出版社,1983 年版,第 191 页。
⑱ 郭绍虞编选《清诗话续编》,上海古籍出版社 1983 年版,第 209、225 页。
⑲ 唐圭璋编《词话丛编》,中华书局 1986 年版,第 1044 页。
⑩ 张少康《文赋集释》,上海古籍出版社 1984 年版,第 71 页。
⑪ 唐圭璋编《词话丛编》,中华书局 1986 年版,第 478 页。
⑫ 丁福保辑《清诗话》,上海古籍出版社 1963 年版,第 585 页。
⑬ 皮亚杰《发生认识论原理》,商务印书馆 1985 年版,第 60 页。
⑭ 四库全书,传记类,总录之属,明儒学案,卷十。
⑮ 四库全书,易类,读易纪闻,卷五,第五章。
⑯ 四库全书,四书类,榕村四书说,中庸章段。

古典诗歌中的情理矛盾和"痴"的范畴

中国传统的古典诗歌理论,据陈伯海先生研究,是以"情志为本"的。《文心雕龙·附会》说:"才量学文,以正体制,必以情志为神明,事义为骨髓,辞采为肌肤,宫商为声气。"在此基础上,衍生出陆机《文赋》的"诗缘情",日后成为诗学的纲领,"情"成为核心范畴,此后,一直没有遭到怀疑和挑战。千百年来的诗词鉴赏推动着情的范畴在外部和内部矛盾中发展,最先得到关注的是外部——情与"礼"(也是理)的矛盾。在先秦传统理念中,诗是"诗教"的手段,官方采风是为了教化,"上以风化下,下以风刺上"(《诗·大序》)。诗教带着很强的政治道德理性的功利性,这从根本上和情感的自由是矛盾的,但是,废除情感就没有诗了,于是产生了中国式的折中,那就是对情感的约束。"发乎情,止乎礼义。发乎情,民之性也;止乎礼义,先王之泽也。"(《诗·大序》)以礼义来节制情感,就有了温柔敦厚、乐而不淫、哀而不伤、怨而不怒等,用今天的话来说,就是把情感规范在政治、道德理性允许的范围内。孔子曰:"《关雎》乐而不淫,哀而不伤。"(《论语·八佾》)孔安国注曰:"乐而不至淫,哀而不至伤,言其和也。"[①]"和",就是中和,不极端,《关雎》被列为《诗经》首篇的原因可能就是"中和",即符合抒情而不极端的原则。

从诗学理论来说,这很有东方的特点——"怨而不怒",和西方俗语所说"愤怒出诗人"截然相反,其实质是愤怒不出诗人。放任情感是西方的传统,后来浪漫主义诗人华兹华斯在1800年《抒情歌谣集序言》中总结出了"强烈的感情的自然流泻"(the spontaneous overflow of powerful feelings),即抒发极端的感情。对于抒情的两极,中国和西方可能是各执一端。从创作实际来看,中国此类经典所抒更多的是温情,而西方经典似乎更多激情。比如古希腊最负盛名的女诗人萨福的《歌》,显然不是一般的抒情,而是激情的突发。激情的特点,就是不受节制,任其疯狂。感知和语言都发生强烈的"变异"。萨福的感情变异到竟然没有感到欢乐,而是视觉瘫痪、听觉失灵、失去话语能力、身体不由自主的颤抖,这完全是处于失控状态的垂死的感觉。和中国的温柔敦厚对比起来,东西方民族文化心理显然不同,东西方诗学的出发点也不同。当然,诗歌是无限丰富的,只能从大体上说是这样的,《诗经》中的爱情诗,也并不是没有强烈的激情,比如"自伯之东,首如飞蓬,岂无膏沐,谁适为容"(《伯兮》),"髧彼两髦,实维我仪。之死矢靡他"(《柏舟》),"谁谓荼苦? 其甘如荠"(《谷风》),只是这样的激情毕竟还没有像西方人那样极端化到完全近于疯狂的程度。但这样的极端在中国正统诗论中,是得不到肯定的。《郑风·将仲子》:"将仲子兮,无逾我里,无折我树杞。岂敢爱之,畏我父母。仲可怀也,父母之言,亦可畏也。"被孔夫子斥为"郑声淫",此后"郑风放荡淫邪""郑卫之音其诗大段邪淫"等评价在诗经注解中几乎成了定论。所谓"淫"就是过分,也就是感情强烈,不加节制。

从理论上来说,孔夫子节制感情的抒情理论并不是很全面,在历史的发展中被突破应该是必然的。屈原在《九章》中就宣称"发愤以抒情"。这可能与西方谚语所说"愤怒出诗人"有点相近。"长太息以掩涕兮,哀民生之多艰",就是对感情不加节制、痛快淋漓地抒发。在理论上,最痛快的就是李贽的"童心说",其最根本的特点就是感情的绝对解放:"夫童心者,绝假纯真,最初一念之本心也。"(见中华书局本《焚书》)所谓"最初一念之本心",就是最原始最自发的情感,就是未经任何道德伦理规范节制的。与西方的强烈感情、愤怒感情相比,李贽更强调人的情感自发的绝对性和主流经典的矛盾性——一旦沾染上六经、《论语》《孟子》,就不但情感假了,而且人也成问题了。"若失却童心,便失却真心;失却真心,便失却真人",甚至就不是人了。

诗与情感固然有其统一性,但是并非没有矛盾,并非一切情感的流泻均是好诗。黄庭坚就指出:"诗者,人之情性也,非强谏争于庭,怨忿诟于道,怒邻骂坐之为也。"(《黄庭坚诗话》)这就对一味独尊"真情"的理论带来了挑战。近代钱振锽在《谪星说诗》中说:"诗贵真,贵真而雅,不贵真而俗。""诗家务真而不择雅言,则吃饭撒屎皆是诗矣。"钱氏提出的表面上是真与雅的矛盾,其实是原生的真和诗的矛盾。一味求真就不雅了;不雅,就不是诗了。正是因为这样,节制情感的理论可能要比放任情感的理论更有底气,更经得起历史的考验。钱锺书先生说:"夫'长歌当哭',而歌非哭也,哭者情感之天然发泄,而歌者情感之艺术表现也。'发'而能'止','之'而能'持',则抒情通乎造艺,而非徒以宣泄为快有如西人所嘲'灵魂之便溺'矣。'之'与'持',一纵一敛,一送一控,相反而亦相成……"②从这个意义上说,乐而不淫,哀而不伤,正是"发而能止",纵而能敛,比极端感情自发的流泻更经得起艺术历史的考验。

但是,对于情感的节制走向极端,就产生了邵雍那样的教条:感情一定要"以天下大义而为言","天下大义"就是他心目中的政治道德,违反了政治道德准则,"其诗大率溺于情好也。噫！情之溺人也甚于水"，甚至能"伤性害命"（《伊川击壤集序》）。诗歌毕竟是心灵自由的象征，情感属于审美，和政治道德的实用理性之间的矛盾是不可回避的。政治道德的理性是有实用价值的，而情感是非实用的，完全屈从于实用价值，对于情感就是扼杀。原因在于实用理性的逻辑与感情逻辑之间的矛盾。上千年的诗歌欣赏所面临的困境就是道德政治的理性制约与激情的自发之间的矛盾，实用理性和审美自由之间的矛盾，理性逻辑与情感逻辑之间的矛盾。这本是世界性的难题，华兹华斯强调的"强烈的感情的自然流泻"中的"自然"（spontaneous），原文有点自发的意味，似乎与李贽的"最初一念之本心"有某种类似，但实际上，华兹华斯所指的"强烈的感情"不但是从宁静聚集起来的，而且是在审思中沉静下去的。这只是在操作上一个小小的妥协，在理论上则是一个大大的矛盾。沉静下去的感情还强烈吗？从华兹华斯的具体创作来看，从《水仙咏》到《西敏寺桥》，感情不强烈的作品比比皆是。

创作与理论相矛盾是常见的，矛盾长期积累不得解脱，理论与实践的脱节也是常见的。严羽早就说过"诗有别趣，非关理也"。但是，诗和理究竟是怎么样个"非关"法呢？经过上百年积累，偏于感性的诗话词话在情与理之间凝聚出一个新范畴——"痴"，建构成"理（背理）—痴—情"的逻辑构架，这是中国抒情理念的一大突破，也是诗词欣赏对中国古典诗学，乃至世界诗学的一大贡献。

最初，明邓云霄在《冷邸小言》中提出这个范畴时，还飘浮在"怪""颠"等话语中："诗家贵有怪语。怪语与癫语、痴语相类而兴象不同。'砍却月中桂，清光应更多。'李太白云：'我且为君槌碎黄鹤楼，君亦为吾踢却鹦鹉洲。'此真团造天地手段。"后来逐渐集中到"痴"上："诗语有入痴境，方令人颐解而心醉。如：'微雨夜来过，不知春草生。''庭前时有东风入，杨柳千条尽向西。'此等景兴非由人力。"这里所谓痴（怪、癫）所揭示的是情感与理性逻辑相背，月中桂不能砍，砍之亦不能使月光更明，黄鹤楼槌之既不能碎，其碎之后果可怕，说微雨不知春草生长，似乎本该有知，说东风为杨柳西向之因，其间因果皆不合现实之理性逻辑。于实用理性观之为"怪"为"癫"，但于诗恰恰十分动人。为什么呢？明钟惺、谭元春《唐诗归》卷十三谭评唐万楚《题情人药栏》曰："思深而奇，情苦而媚。此诗骂草，后诗托花，可谓有情痴矣，不痴不可为情。"这样就把"痴"和情的关系联系起来了：痴语（背理）之所以动人，就是因为它强化了感情。感情并不就是诗，直接把感情写在纸上可能很粗糙、很不雅、很煞风景，甚至可能闹笑话。要让感情变成诗，就要进入"痴"（背理）的境界。"痴"的本质是"情痴"。"痴"的境界特点，第一，就是超越理性的"真"进入假定的境界，想象的境界。不管是槌楼还是骂草，都是不现实的、假定的境界。这在理论上就补正了一些把真绝对化的理论。绝对的真不是诗,为了真实表达感情,就要进入假定的想象。真假互补,虚实相生。如清焦袁熹《此木轩论诗汇编》所说:"如梦如痴,诗家三昧。"恰恰是这种"如梦"的假定境界,才可能有诗。又如清黄生《一木堂诗麈》卷一说:"极世间痴绝之事,不妨形之于言,此之谓诗思。以无为有,以虚为实,以假为真。"清刘宏煦在《唐诗真趣编》中说得更坚决:"写来绝痴、绝真。"进入假定境界,才能达到最真的最高的"绝真"境界。清徐增《而庵说唐诗》卷十四同样把痴境当作诗歌的最高境界:"妙绝,亦复痴绝。诗至此,直是游戏三昧矣。"这个情痴观念的影响还超出了诗歌,甚至到达小说创作领域,至少可能启发了曹雪芹,使他在《红楼梦》中把贾宝玉的情感逻辑定性为"情痴"("情种")。第二,只有进入境界,情感才能从理性逻辑和功利价值的节制中解脱出来。黄生在同一文章中所说"灵心妙舌,每出人常理之外,此之谓诗趣",就是痴的逻辑超越了理性逻辑,才有诗的趣味。清吴修坞《唐诗续评》卷三把痴作为作诗的入门:"语不痴不足以为诗。"清贺裳《载酒园诗话》卷一评王謇《闺怨》"昨来频梦见,夫婿莫应知"说,"情痴语也。情不痴不深",也就是只有达到痴的程度,感情才会深刻,甚至是"痴而入妙"。这个"痴而入妙"和"无理而妙"相得益彰,应该是中国诗歌鉴赏史上的重大发明,在当时影响颇大,连袁枚都反复阐释,将之推向极端:"诗情愈痴愈妙。"与西方诗论相比,其睿智有过之而无不及。这个"以痴为美"的中国诗学命题,可惜一直没有得到充分阐释。

"痴"这个中国式话语的构成,经历了上百年,显示了中国诗论家的天才,完全不亚于莎士比亚把诗人、情人和疯子相提并论。莎士比亚在《仲夏夜之梦》第五幕第一场中借希波吕特之口这样说:"痴子、情人和诗人都是幻想的产儿。"莎氏的意思不过就是说诗人时有疯语,疯语当然超越了理性,近于狂,狂之极端可能失之于暴;而我国的"痴语"超越理性,却不近于狂暴,更近于迷(痴迷)。痴迷者,在逻辑上执于一端也,专注而且持久,近于迷醉。痴迷,迷醉,相比于狂暴,更有东方的委婉。清谭献就在《谭评词辨》中阐述了"痴语"中的"温厚"。莎士比亚以痴为美的话语天下流传,而我国以痴为美的命题却鲜为人知。这不但是弱势文化的悲哀,也是我们对民族文化不自信的结果。

注:

① 何晏《论语集解》卷二,见四库全书,经部,四书类。
② 钱锺书《毛诗正义六〇则之一,诗谱序》,《管锥编》,中华书局1986年版,第57—58页。

古典诗论中的"诗酒文饭"之说

诗与文的区别,在中国文学理论史上相当受重视,在古典诗话词话中长期众说纷纭。但是在西方文论史上,却没有这样受关注。在古希腊、罗马的修辞学经典中,这个问题似乎很少论及。这与他们没有我们这样的散文观念有关。他们的散文,在古希腊、罗马时期是演讲和对话,后来则是随笔,大体都是主智的,和今天我们心目中的审美抒情散文不尽相同。在英语国家的百科全书中,有诗的条目,却没有单独的散文(prose)条目,只有和 prose 有关的文体,例如:alliterative prose(押头韵的散文),prose poem(散文诗),nonfictional prose(非小说类/非虚构写实散文),heroic prose(史诗散文),polyphonic prose(自由韵律散文)。在他们心目中,散文并不是一个特殊的文体,而是一种表达手段,许多文体都可以用。亚里士多德的《诗学》关注的不是诗与散文的关系,而是诗与哲学、历史的关系:历史是个别的事,而诗是普遍的、概括的,从这一点来说,诗和哲学更接近。他们的思路和我们的不同之处,还是在方法上,他们是三分法,而我们则是诗与散文的二分法。

我们早期的观念是诗言志、文载道,把诗与散文对举。我们的二分法一直延续到清代,甚至当代。虽然在形式上是二分,但在内容上,许多论者都强调统一。司马光在《赵朝议文稿序》中,把《诗大序》的"在心为志,发言为诗"稍稍改动了一下,变成:"在心为志,发口为言。言之美者为文,文之美者为诗。"元好问则说:"诗与文,特言语之别称耳。有所记述之谓文,吟咏情性之谓诗,其为言语则一也。"(《元好问诗话·辑录》)这都是把诗与文对举,承认诗与文的区别,但强调诗与文主要方面的统一。司马光说的是,二者均美,只是程度不同;元好问说的是,表现方法有异,一为记事,一为吟咏而已。宋濂则更直率:"诗文本出于一原,诗则领在乐官,故必定之以五声,若其辞则未始有异也。如《易》《书》之协韵者,非文之诗乎?《诗》之《周颂》,多无韵者,非诗之文乎?何尝歧而二之!"(《宋濂诗话》)当然,这种掩盖矛盾的说法颇为牵强,挡不住诗与文的差异成为诗词理论家长期争论不休的课题。不管怎么说,谁也不能否认二者的区别,至少是程度上的不同。明《徐一夔诗话》说:"夫语言精者为文,诗之于文,又其精者也。"把二者的区别仅定位在精的程度上,立论甚为软弱。因为诗与散文的区别不是量的,而是质的。这是明摆着的事实,可许多诗话和词话家宁愿模棱两可。当然这也许和诗话词话体制狭小,很难以理论形态正面展开有关,而结合具体作家作品的评判要方便得多。黄庭坚说:"诗文各有体,韩以文为诗,杜以诗为文,故不工尔。"(转引自宋陈师道《后山诗话》)在理论上,正面把诗文最为根本的差异提出来,是需要时间和勇气的。说得最为坚决的是明江盈科:"诗有诗体,文有文体,两不相入。""宋人无诗,非无诗也,盖彼不以诗为诗,而以议论为诗,故为非诗。""以文为诗,非诗也。"(《雪涛小书·诗评》)

　　承认区别容易,而阐明区别则是艰难的。古人在这方面不乏某些天才的直觉,然而,即使要把基本的直觉加以表达,也是要有一点才力的。明庄元臣值得称道之处,就是把他的直觉表述得很清晰:"诗主自适,文主喻人。诗言忧愁婾佚,以舒己拂郁之怀;文言是非得失,以觉人迷惑之志。"(《庄元臣诗话》)实际上,这就是说诗是抒情的,只是偏重于忧郁;文是"言是非得失"的,也就是说理的。这种把说理和抒情区分开来,至少在明以前,应该有相当的根据。但是,把话说绝了,因而还不够深刻,不够严密。清邹祗谟在《与陆荩思》中有所补正:"作诗之法,情胜于理;作文之法,理胜于情。乃诗未尝不本理以纬夫情,文未尝不因情以宣乎理,情理并至,此盖诗与文所不能外也。"(转引自清周亮工《尺牍新钞》二集)应该说,"情理并至"至少在方法论上带着哲学性的突破,不管在诗中还是文中,情与理并不是绝对分裂的,而是互相依存的,如经纬之交织,诗情中往往有理,文理中也不乏情致,情理互渗,互为底蕴。只是在文中,理为主导;在诗中,情为主导。这样说,比较全面,也比较深刻。在情理对立中,只因主导性的不同,产生了不同的性质,这样精致的哲学思辨方法,竟然出自这个不太知名的邹祗谟,是有点令人惊异的。当然,他还有局限,毕竟还仅仅是推理,缺乏文本的实感。真正在理论意义上做出突破的是吴乔。他在《围炉诗话》中这样写道:

　　问曰:"诗文之界如何?"答曰:"意岂有二?意同而所以用之者不同,是以诗文体制有异耳。文之词达,诗之词婉。文以道政事,故宜词达;诗以道性情,故宜词婉。意喻之米,饭与酒所同出。文喻之炊而为饭,诗喻之酿而为酒。文之措词必副乎意,犹饭之不变米形,啖之则饱也。诗之措词不必副乎意,犹酒之变尽米形,饮之则醉也。文为人事之实用,诏敕、书疏、案牍、记载、辨解,皆实用也。实则安可措词不达,如饭之实用以养生尽年,不可矫揉而为糟也。诗为人事之虚用,永言、播乐,皆虚用也。……诗若直陈,《凯风》《小弁》大诟父母矣。"(《围炉诗话》卷一)

可以说,这是真正深入到文体的核心了。邹祇谟探索诗与文的区别,还拘于内涵(情与理),吴乔则把内涵与形式结合起来考虑。虽然在一开头,他认定诗文"意岂有二",但是,他并没有把二者的内涵完全混同,接下来,他马上声明文的内涵是"道政事",而诗歌的内涵则是"道性情",在形式上则是一个说理,一个抒情。他的可贵在于,指出由于内涵的不同导致了形式上的巨大差异:"文喻之炊而为饭,诗喻之酿而为酒。文之措词必副乎意,犹饭之不变米形,啖之则饱也。诗之措词不必副乎意,犹酒之变尽米形,饮之则醉也。"他把诗与文的关系比喻为米(原料)、饭和酒的关系,表现出一种天才的灵气,散文由于是说理的,如米煮成饭,并不改变原生材料(米)的形状;而诗是抒情的,感情使原生材料(米)"变尽米形"成了酒。在《答万季埜问》中,他说得更彻底,不但形态变了,性质也变了("酒形质尽变")。这个说法,对千年以来的诗文之辨是一大突破。

生活感受在感情的冲击下,发生种种"变异"是相当普遍的规律,"情人眼里出西施""看自己,一朵花;看别人,豆腐渣",抒情的诗歌形象正是从这"变异"的规律出发,进入了想象的假定的境界,"一日不见,如三秋兮""谁谓荼苦,其甘如荠""露从今夜白,月是故乡明""回眸一笑百媚生,六宫粉黛无颜色",这些就是以感知变异的结果提示情感强烈的原因。创作总是走在理论前面,落伍的理论使得我国古典诗论往往拘泥于《诗大序》"在心为志,发言为诗。情动于中而形于言"的陈说,好像情感直接等于语言,有感情的语言就一定是诗,情感和语言、语言和诗之间没有任何矛盾似的。其实,在情感和语言之间横着一条相当复杂的曲折道路。语言符号并不直接指称事物,而是唤醒有关事物的感知经验。而情感的冲击使感知发生变异,语言符号的有限性以及诗歌传统的遮蔽性,都可能使情志被现成的、权威的、流行的语言所遮蔽。心中所有往往笔下所无。言不称意,笔不称言,手中之竹背叛胸中之竹,是普遍规律,正因为这样,诗歌创作才需要才华。司空图似乎意识到了"遗形得似"的现象,可惜只是天才猜测,而限于简单论断,没有必要的阐释。

吴乔明确地把诗歌形象的变异作为一种普遍规律提上理论前沿,不仅是鉴赏论的,而且是创作论的前沿,在中国诗歌史上可谓空前。它突破了中国古典文论中形与神对立统一的思路,提出了形与形、形与质对立统一的范畴,这就触动了诗歌形象的假定性。很可惜这个观点,在他的《围炉诗话》中并没有得到更系统的论证。清纪昀在《纪文达公评苏文忠公诗集》卷五、延君寿在《老生常谈》中都曾加以发挥。当然,这些发挥今天看来还嫌不足。只抓住了变形变质之说,却忽略了在变形变质的基础上,还有诗文价值上的分化。吴乔强调读文如吃饭,可以果腹,因为"文为人事之实用",也就是"实用"价值;而读诗如饮酒,酒可醉人,却不能解决饥寒之困,旨在享受精神的解放,因为"诗为人事之虚用",也就是审美价值。吴乔的理论意义不仅在变形变质,而且在"实用"和"虚用"。这在中国文艺理论史上,应该是超前的,他意识到诗的审美价值是不实用的,还为之命名曰"虚用",这和康德在《判断力批判》中所言审美的"非实用"异曲同工。当然,吴乔没有康德那样的思辨能力,也没有西方建构宏大体系的演绎能力,他的见解只是吉光片羽。这不仅是吴乔的局限,而且是诗话词话体裁的局限,也是我国传统民族文化的局限。但是,这并不妨碍他的理论具有超前的性质。

　　吴乔之所以能揭示出诗与文之间的重大矛盾,一方面是他的才华,另一方面也不能不看到他心目中的散文,主要是他所说的"诏敕、书疏、案牍、记载、辨解"等,实用性质非常明显。按姚鼐《古文辞类纂》,它是相对于辞赋类的,形式很丰富,有论辩类、序跋类、奏议类、书说类、赠序类、诏令类、传状类、碑志类、杂记类、箴铭类,等等。基本上都是实用类文体。在这样的背景下观察诗词,进行逻辑划分有显而易见的方便,审美与实用的差异很明显。这一点和西方有些相似,西方也没有我们今天这种抒情审美散文的独立文体,他们的散文大体是以议论为主展示智慧的随笔。从这个意义上说,吴乔的发现仍属难能可贵。以理性思维见长的西方直到差不多一个世纪以后,才有雪莱的总结,"诗使它能触及的一切变形"。在这方面英国浪漫主义诗歌理论家赫斯列特说得相当勇敢。他在《泛论诗歌》中说:"想象是这样一种机能,它不按事物的本相表现事物,而是按照其他的思想情绪把事物糅成无穷的不同的形态和力量的综合来表现它们。这种语言不因为与事实有出入而不忠于自然;如果它能传达出事物在激情的影响下,在心灵中产生的印象,它便是更为忠实和自然的语言了。比如在激动或恐怖的心境中,感官觉察了事物——想象就会歪曲或夸大这些事物,使之成为最能助长恐怖的形状,'我们的眼睛'被其他的官能'所愚弄',这是想象的普遍规律。"①其实,赫氏这个观念并非完全是自己的原创,很明显,感官想象"歪曲"事物的说法就是来自莎士比亚《仲夏夜之梦》第五幕第一场中希波吕特的台词:"情人们和疯子们都有发热的头脑和有声有色的幻想,疯子、情人和诗人,都是幻想的产儿:疯子眼中所见的鬼,比地狱里的还多;情人,同样是那么疯狂,能从埃及人的黑脸上看见海伦;诗人的眼睛在神奇狂放的一转中,便能从天上看到地下,从地下看到天上。想象会把虚无的东西用一种形式呈现出来,诗人的妙笔再使它们具有如实的形象,虚无缥缈也会有了住处和名字。强烈的想象往往具有这种本领,只要一领略到一些快乐,就会相信那种快乐的背后有一个赐予的人;夜间一转到恐惧的念头,一株灌木一下子便会变成一头狗熊。"到西欧浪漫主义诗歌衰亡之后,马拉美提出了"诗是舞蹈,散文是散步"的说法,与吴乔的诗酒文饭之说有异曲同工之妙。

可惜的是,吴乔这个天才的直觉,在后来的诗词赏析中没有得到充分的运用。如果把他的理论贯彻到底,认真地以作品来检验的话,对权威的经典诗论可能有所颠覆。诗人就算如《诗大序》所说的那样心里有了志,口中便有了相应的言,然而口中之言是不足的,因而还不是诗,即使长言之,也还不是转化的充分条件,至于手之舞之,足之蹈之,对于诗来说,只是白费劲,如果不加以变形变质,也肯定不是诗。从语言到诗歌并不那么简单,西方当代文论说那仅仅是语言的"书写"。这种说法还不如二十世纪早期俄国形式主义者说的"陌生化"到位。当然俄国形式主义者并未意识到,诗的陌生化不但是感知的陌生化,而且还需要潜在的熟悉化作为底蕴。"红杏枝头春意闹"是诗,"红杏枝头春意'吵'"就不是诗了。因"热闹"是熟悉的自动化联想,而热"吵"则不是。语义不但受到语境的塑造,而且在诗歌形式规范中获得自由,因而它不但是诗歌风格的创造,而且是人格从实用向审美高度的升华。并且在升华的过程中实现突破,突破原生状态的实用性的人,让人格和诗格同步向审美的形而上的境界升华。

以吴乔的散文实用诗歌审美的观念来分析李白的诗和散文,就可以获得雄辩的论据。在实用性散文中,李白陷于生存的需求,并不像诗歌中那样以藐视权贵为荣。相反,他在著名的《与韩荆州书》中以"遍干诸侯""历抵卿相"自夸,对于他所巴结的权势者,不惜阿谀逢迎之词。对这个韩荆州,李白是这样奉承的:"君侯制作侔神明,德行动天地,笔参造化,学究天人。"[②]这类肉麻的词语在其他实用性章表中(如《上安州裴长史书》《上安州李长史书》)中不胜枚举。可见,在散文和诗歌中,有两个李白。散文中的李白,是个大俗人;而诗歌中的李白,则不食人间烟火。这是一个人的两个层次。由于章表散文是实用性的,是李白以之作为求得飞黄腾达的手段,具有形而下的性质,故李白世俗实用心态袒露无遗。两个李白,都是真实的,只是一个戴着世俗的、表层的角色面具,和当时的庸俗文士一样,不能不摧眉折腰,甚至奴颜婢膝。但李白之所以是李白,就在于他不满足于这样的庸俗,他的诗歌表现了一个潜在的、深层的李白,这个李白有藐视摧眉折腰、奴颜婢膝的冲动,有上天入地追求超凡脱俗的自由人格。

人在文体中的分化,在柳宗元的散文和诗中也表现得很突出。在《小石潭记》中,柳宗元在偏僻的山里发现潭石和水的美好,这种美是很"幽邃"的,远离尘世、超凡脱俗的,心灵得到深深的安慰,甚至快慰。但是,又不能不指出"其境过清""寂寥无人,凄神寒骨,悄怆幽邃",适合欣赏,并不适合自己"久居"。这种美是可以陶醉而不可以实用的,这正是散文的某种形而下的属性。这是柳宗元性格的一个侧面,比较执着于现实,不像他在诗歌里表现出来的另一面,那里充满了不食人间烟火的形而上的境界。如《江雪》:

> 千山鸟飞绝,万径人踪灭。
>
> 孤舟蓑笠翁,独钓寒江雪。

开头两句强调的是生命的"绝"和"灭",与这相对比的不是尘世的熙熙攘攘,而是一个渔翁孤独的身影,虽然孤独,却微妙地消解了"绝"和"灭"。在寒冷、冰封的江上,是"钓雪",而不是钓鱼,也就是超越了任何功利,孤独本身就是一种享受。这和《小石潭记》中"寂寥无人,凄神寒骨,悄怆幽邃""其境过清,不可久居"的境界大不相同。诗歌里的柳宗元是不怕冷、不怕孤独的,而在散文里则相反。在散文中,柳宗元还是不能忘情现实环境、居住条件,甚至国计民生,乃至于政治,而诗歌则可以尽情发挥超现实的形而上的空寂的理想,以无目的、无心的境界为最高境界。如他的《渔翁》一诗,可谓达到物我两忘的境界:

> 渔翁夜傍西岩宿,晓汲清湘燃楚竹。
>
> 烟销日出不见人,欸乃一声山水绿。
>
> 回看天际下中流,岩上无心云相逐。

诗的境界中,"无心"的云就是"无心"的人,超越一切功利,大自然和人达到高度的和谐统一。这是诗的意境,而在散文中,这是作者可以欣赏而不想接受的。当然,苏东坡说最后两句可以删节,自然有一定道理,但其中的"无心"却是诗的关键。从这个意义上来说,吴乔把诗与散文的内容看成没有区别(意喻之米)是不够全面的,诗的内容显然比较形而上,比较概括,散文的内容比较形而下,比较着重于特殊具体的事物和人物。这是不能含糊的。

注:

① 《古典文艺理论译丛》(第一册),人民文学出版社1961年版,第60—61页。

② 《李太白全集》(第三册),卷二十六、十八,中华书局1957年版。

古典诗话中的情理矛盾和"无理而妙"的范畴

诗中情与理的矛盾,在诗话中引发的争讼可能要从宋代的严羽开始说起。当然,在严羽以前,欧阳修、严有翼对这个问题已经有所接触。欧阳修批评诗人"贪求好句而理有不通",提示的是,好诗与理的矛盾,好句好在哪里? 并不十分明确。严有翼说得更明白一些:"'作豪句'要防止有'畔于理'。"豪就是豪情,也就是豪情与理有矛盾。这实际上是说,感情越强烈越容易与理发生冲突。到了严羽,二者的矛盾才充分揭开,诗有"别才""别趣",也就是特殊的才华和趣味。特殊在哪里呢? 第一,诗与理的矛盾极端到毫不相干的程度(非关理也)。第二,诗是"吟咏性情"的。"性情"与"理"有不可调和的矛盾。第三,矛盾在哪里呢? 诗的兴趣"不涉理路",也就是不遵循理性逻辑。第四,诗"不落言筌""言有尽意无穷",也就是直接用语言表达出来是有限的,而诗的意味是无限的。诗的意蕴,不在言之内,而在言之外,可意会而不可言传,不可捉摸到"无迹可求"的地步,但又可以感受得到。第五,这种才能与读书明理是不相干的,但是不读书不"穷理",又不能达到最高层次。这里的"穷理",不是一般的明理,而是要把道理"穷"尽了,真正弄通了,才能达到"极其致"的最高境界。从这个意义上来说,诗又不是与"理"无关,"理"是它的最初根源,也是它的最高境界。

严羽这里的"理"有多重意涵,最表层的"理",就是他在下文中指出的"近代诸公""以文字为诗,以才学为诗,以议论为诗",流于"末流者,叫噪怒张"甚至"骂詈为诗"。从这个意义上说,严羽针对的是宋朝的诗风。钟秀观《我生斋诗话》卷一引严仪卿的话说,"沧浪斯言亦为宋人以议论为诗者对症发药"。①但是,严羽的"理"的意涵,并不局限于此。他显然还把"理"作为诗歌的历史发展过程中一个重要因素加以考量。从这个意义上说,"理"在诗中并不绝对是消极因素,其积极性与消极性是随史沉浮的。他在《诗评》一章中这样说:"诗有词理意兴。南朝人尚词而病于理;本朝人尚理而病于意兴;唐人尚意兴而理在其中;汉魏之诗,词理意兴,无迹可求。"很显然,他认为不能独立地研究"理",要把它放在和"词"(文采)、"意兴"(情致激发)的关系中来具体分析。光有"词",而没有"理",成为南朝诗人的一大缺陷;光有"理",而没有"意兴",则是本朝人的毛病。只有把"理"融入"意兴"之中,才能达到唐诗那样"词理意兴"的高度统一,更高的典范则是汉魏古诗,语言、情致和"理"水乳交融到没有分别的程度。

严羽把这个"理"的多重意涵说得太感性,在概念上又有些交叉,带着禅宗的直觉主义,并未把问题说得很透彻,但是,他的直觉很独到、很深刻,因而情与理的关系就成为日后众说纷纭的一大课题。

究其原因,一方面是理与情的矛盾,被严羽说得很绝;另一方面,理与情的统一,又说得很肯定。至于怎么统一,则含含糊糊。严羽说,第一,只要把理穷尽了就行;第二,把理与情融合起来就行;第三,如果不融合,理就成为诗的障碍了。严羽的这个说法中还包含着方法论,这个问题不能孤立研究,只有从情和理的矛盾来分析。"无理而妙",是清贺裳在《载酒园诗话》中提出的命题。吴乔在《围炉诗话》中加以发挥:"理岂可废乎?其无理而妙者,妙在'早知潮有信,嫁与弄潮儿',但是于理多一曲折耳。"后来方贞观也举例支持。后世支持严羽的一派,把严羽的思想简单化了,贺裳甚至极端到把元结的《舂陵行》、孟郊的《游子吟》当作"六经鼓吹"来说明"理原不足以碍诗之妙",诗与理之间没有障碍。这就把矛盾全部回避了。而李梦阳则认为理与情的矛盾,问题出在"作理语",纯粹说理,只是个表达问题。胡应麟等则认为"理"是个内容问题:"程邵好谈理,为理缚,理障也。"但是李梦阳毕竟是李梦阳,他漫不经心地点到了体裁:"诗何尝无理,若专作理语,何不作文而诗为邪!"诗是不能没有理的,但是,一味说理,还不如作散文来得痛快。这一点灵气就是反对严羽的诗话家也并不缺乏,不仅仅从情与理的矛盾中着眼,而且从理本身的内涵与体裁的关系来分析。明郝敬《艺圃伧谈》卷一,力主情理统一,反对"诗有别趣,非关理也""天下无理外之文字。"但是,他说并不是只有一种"诗家之理""谓诗家自有诗家之理则可,谓诗全不关理,则谬矣"。可惜的是,他只承认"诗家之理",并没有涉及非诗的文体,也没有分析非诗之理。明张时为《张时为诗话》有了一些发展,他把诗人之理与儒者之理对立起来分析:"诗有诗人之诗,有儒者之诗。诗人之诗,主于适情……儒者之诗,主于明理。"又说,"诗人之诗""取料之法中有幻旨":"本为理所未有,自我约略举似焉,而若或以为然,执而言之,则固有所不通,谭子所谓'不通得妙'。"这就涉及诗中之理最根本的特点,就是,按非诗之观念来看,是"不通"的,然而,"不通才得妙"。不通是按逻辑来说的,可是按诗来说,则是"适情"的极致。按着适情的思路,就衍生出另一个情感的范畴:"痴"。明邓云霄《冷邸小言》:"诗语有人痴境。"明钟惺、谭元春《唐诗归》卷十三谭批语:"情痴","不痴不可为情"。清贺裳《载酒园诗话》卷一:"情痴语也。情不痴不深。"但是,这个"痴"还是很感性的语言,缺乏具体的理性内涵。

问题到了王夫之的《姜斋诗话》卷四才有所进展:"非谓无理有诗,正不得以名理之言相求耳。"这可能是在中国诗话史上第一次将"理"的范畴加以分化,正面提出诗中之理与"名言"之理的矛盾。所谓"名言"之理,戴鸿森在《姜斋诗话笺注》中说,就是"道学先生的伦理公式"。这确是严羽所指的"近代诸公",并没有太多新意,但是,王夫之进一步正面提出:"经生之理,不关诗理。"(同书卷五)这个"经生之理"是很深刻的,实际上已经接近了实用理性不同于审美抒情的边缘,很可惜这个天才的感觉没有发挥下去,但是,多少对理作了具有基本范畴性质的矛盾分析。当然,这仅仅是从反面说,经生之理不是诗理,然而,诗家之理究竟是什么样子的呢?王夫之并没有意识到要正面确定其内涵。

把这个问题说得比较透彻的是叶燮,他在《原诗》内篇下中这样说:

> 然子但知可言可执之理之为理,而抑知名言所绝之理之为至理乎?子但知有是事之为事,而抑知无是事之为凡事之所出乎?可言之理,人人能言之,又安在诗人之言之!可征之事,人人能述之,又安在诗人之述之!必有不可言之理,不可述之事,遇之于默会意象之表,而理与事无不灿然于前者也。

他把理分为"可言可执之理"和"名言所绝之理",并认定后者才是诗家之理。他举杜甫的"碧瓦初寒外""星临万户动,月傍九霄多""晨钟云外湿""高城秋自落"为例说:"若以俗儒之眼观之:以言乎理,理于何通?以言乎事,事于何有?"的确,按世俗之理,这些诗句全部于"理"不通。"星临万户"本为静止景象,何可见"动"?"月傍"随处,均不加多,何独于九霄为多?晨钟不可见,所闻者为声,远在云外,何能变湿?城高与秋色皆不变,不可能有下降的意志。然而,这种不合世俗之理,恰恰是"妙于事理"的。这种于世俗看来不通的"理"之所以动人,因为是"情至之语"。中国古典诗话在情与理的矛盾上一直难以突破的问题,在叶燮这里,又一次有了突破的希望。第一,无理的、不通的,之所以妙于事理,也就是因为"情至",因为感情强烈。如果说这一点还不算特别警策的话,真正的突破乃是下文:"情得然后理真,情理交至。"他和严羽等最大的不同是,在分析情与理的矛盾时,引进了一个新范畴,那就是"真"。这个真,情真,就成了不通之理转化为"妙"理的条件。从世俗之理看来不合理的,但只要感情是真的,就是"妙"的。而那些一看就觉得很通的,用很明白的语言表达的,不难理解的,所谓"写理事情,可以言言,可以解解",倒反是"俗儒之作"。如果仅是讲情"真"为无理转化为"妙"理的条件,还不能算很大的理论突破的话,那接下来的论述就有点不同凡响了。他说诗歌中往往表达某种"不可名言之理,不可施见之事,不可径达之情",从不可言到可言,从不施见到可见,从不可径达到撼人心魄,条件是什么呢? 他的答案是:

幽渺以为理,想象以为事,惝恍以为情,方为理至事至情至之语。

他在诗学上提出三分法:一是理,二是事,三是情。三者是分离的,唯一可以将之统一起来的,是一个新的范畴"想象",正是这种"想象"的"事"把"幽渺"的变成有"理""惝恍"的,把不可感知的"情"变得生动。情与事的矛盾,情与理的矛盾,是要通过想象的途径来解决的,想象能把事、情、理三者结合起来。为了充分说明这一点,他还举出李白的"蜀道之难,难于上青天",李益的"似将海水添宫漏",王之涣的"春风不度玉门关",李贺的"天若有情天亦老",王昌龄的"玉颜不及寒鸦色"等句为例。的确,于事理而言,四川的道路不管多么艰难,也不可能比凭空上天更难,这不过是李白对于艰难环境的一种豪迈的情感;宫娥在寂寞等待,不管多么漫长,也不可能像把大海的水都添到计时的"宫漏"中那样,这不过是强调那种永远没有尽头难以忍受的等待;玉门关外绝对不是没有春天的风,这不过是思乡的诗人对异乡的感知变异;大自然是无情的,不会像人一样逐年老去,李贺所表现的是人世沧桑变幻,而大自然却永恒不变;宫女之所以有不及寒鸦的感觉,就是羡慕它身上的朝阳象征着皇帝的宠幸。这些都是不合理的、不真实的,但却是合情的。这样的表现之所以"妙",因为是想象的,情感本来是"幽渺""惝恍"的,不可言表的,但是通过想象却能得到强烈的表现。叶燮不像一般诗话作者那样,拘泥于描述性的事理,举些依附于景物的诗句,把不合事理的,似乎是不真的形象,叫作不合事理。他的魄力表现在举出直接抒情的诗句,其想象境界与现实境界有比较大的距离。这种距离不是情与事的差异,而是情感与事理在逻辑上的距离。

这就涉及理的根本内涵,这可是一个世界性的课题。直到二十世纪中叶,英、美的新批评,在这方面有若干有学术价值的论断。

在新批评看来,抒情是危险的。艾略特说得很清楚:"诗不是放纵感情而是逃避感情,不是表现个性而是逃避个性。"[②]兰色姆则更是直率地宣称:"艺术是一种高度思想性或认知性的活动,说艺术如何有效地表现某种情感,根本就是张冠李戴。"[③]这种反抒情的主张显然与浪漫主义者华兹华斯力主的"强烈的感情的自然流泻"背道而驰。新批评把价值的焦点定位在智性上,理查兹还提出了诗歌"逻辑的非关联性"[④],布鲁克斯提出了"非逻辑性"⑤,只要向前迈出一步就不难发现情感逻辑与抒情逻辑的不同。但,由于他们对抒情的厌恶,始终不能直面情感逻辑和理性逻辑的矛盾。

理性逻辑遵守逻辑的同一律,以下定义来保持内涵和外延的确定。情感逻辑则不遵守形式逻辑同一律(排中律、矛盾律,是为了保证同一律),以变异、含混、朦胧为上。苏东坡和章质夫同咏杨花,章质夫把杨花写得曲尽其妙,还不及苏东坡的"似花还似非花""细看来不是杨花,点点是离人泪"。从形式逻辑来说,这是违反同一律和矛盾律的。闺中仕女在思念丈夫的情感冲击下,对杨花的感知发生了变异。变异是情感的效果,变异造成的错位幅度越大,感情越是强烈。

抒情还超越充足理由律,以"无端"为务。无端就是无理。玄学派诗人邓恩《无端的泪》(*Tears Iddle Tesrs*)就是一例。对于诗来说,有理,完全合乎理性逻辑,可就是无情感,很干巴,而无理(无端)才可能有诗的感染力。在这方面,我国古典诗话有相当深厚的积累。贺裳《载酒园诗话》卷一并《皱水轩词筌》,吴乔《围炉诗话》卷一提出的"无理而妙"的重大理论命题,不但早于雪莱所提出的"诗使其触及的一切变形",且比艾略特的"扭断逻辑的脖子"早好几个世纪,而且不像艾略特那样片面,把"无理"和"有理"的关系揭示得很辩证。

当然,古人的道理还有发挥的余地。

无理就是违反充足理由律。比如李清照的《声声慢》:"寻寻觅觅,冷冷清清,凄凄惨惨戚戚。"首先,寻寻觅觅,是没来由的,寻什么呢? 模模糊糊,没有原因才好。妙处就在某种失落感,不知道失去了什么。其次,从因果逻辑来说,结果怎样呢? 寻到没有呢? 也没有下文。可妙处就是不在意结果,不在乎寻到了没有。没有原因,也没有结果,才能表现出一种飘飘忽忽、断断续续、若有若无的失落感。

无理就是可以自相矛盾。布鲁克斯说:"如果诗人忠于他的诗,他必须既非是二,亦非是一: 悖论是他唯一的解决方式。"⑥但是,即使是悖论,也不仅仅是修辞的特点,而且是情感的特点。陆游的《示儿》:"死去元知万事空,但悲不见九州同。王师北定中原日,家祭无忘告乃翁。"明知"万事空",看破一切,却还要家祭告捷,在这一点上不空,不能看破。从理来说,应该是否定了"万事空",但全诗的好处就在这个自相矛盾上。

然而,在中国古典诗歌中,这样的直接抒情并非神品。神品大都在艺术感知的矛盾中。如"蝉噪林逾静,鸟鸣山更幽",把强烈的矛盾(噪和静,鸣和幽)正面展示,却能显示出噪中之静,鸣中之幽。新批评把一切归诸修辞,其实,修辞不过是用来表达情感的手段。千百年来,众说纷纭的李商隐的《锦瑟》在神秘而晦涩的表层之下,掩藏着情感的痴迷。"此情可待成追忆,只是当时已惘然"是很矛盾的。"此情可待",说感情可以等待,未来有希望,只是眼下不行,但是又说"成追忆",等来的只是对过去的追忆。长期以为可待,可等待越久,希望越空,没有未来。虽然如此,起初还有"当时"幸福的回忆,但是,就是"当时"也已明知是"惘然"的。矛盾是双重的,眼下、过去和当时都是绝望,明知不可待而待。自相矛盾的层次越是丰富,就越显得情感痴迷。

无理不仅是形式逻辑的突破,而且是辩证逻辑的突破。辩证逻辑的要义是全面性,至少是正面反面、矛盾的双方的互相联系,互相制约,最忌片面化、极端化、绝对化,而强烈的诗情逻辑恰恰是以片面性和极端化为上。就以新批评派推崇的玄学派诗人邓恩的《成圣》而言,诗中那些生生死死,为爱而死,为爱而生,为爱死而复生,从生的极端到死的极端,在辩证的理性逻辑来看是大忌,但是这种极端,恰恰是情感强烈的效果,是爱的绝对造成这种逻辑的极端。这和白居易《长恨歌》中的"在天愿作比翼鸟,在地愿为连理枝。天长地久有时尽,此恨绵绵无绝期"一样,不管空间如何,不管时间如何,爱情都是绝对不可改变的,超越了生死不算,还要超越时间和空间。有了逻辑的极端才能充分表现感情的绝对。中国古典诗歌成熟期以情景交融为主,较少采用直接抒情的方式,故白居易此等诗句比较罕见,倒是在民歌中相当常见。如汉乐府中的《上邪》:"上邪!我欲与君相知,长命无绝衰。山无陵,江水为竭,冬雷震震,夏雨雪,天地合,乃敢与君绝!"这种爱到世界末日的誓言在世界爱情诗史上并非绝无仅有,苏格兰诗人彭斯"To see her is to love her, and love but her for ever"爱到"海枯干""石头熔化":

> Till a' the seas gang dry, my dear,
> And the rocks melt wi' the sun:
> I will love thee still, my dear,
> While the sands o' life shall run.

这和《上邪》的"山无陵""江水为竭""天地合"异曲同工:都是世界末日也挡不住爱情。这种绝对的爱情,和白居易的超越空间和时间的爱情在绝对性上是一样的。

注:

① 郭绍虞《沧浪诗话校释》,人民文学出版社 1993 年版,第 27 页。
② 艾略特这个说法是很极端的。其中包含着两层意思:一是反对浪漫主义的滥情主义;二是诗人的个性其实并不是孤立的,而是整个文化传统所塑造的。因而,个性和感情只是作品的形式:"我的意思是诗人没有什么个性可以表现,只有一个特殊的工具,那只是工具,不是个性。"
③④ 兰色姆《新批评》,王腊宝等译,江苏教育出版社 2006 年版,第 11 页、第 8 页。

⑤ 布鲁克斯说:"邓恩在运用'逻辑'的地方,常常是用来证明其不合逻辑的立场。他运用逻辑的目的是要推翻一种传统的立场,或者'证实'一种基本上不合逻辑的立场。"见《精致的瓮》,上海人民出版社 2008 年版,第 196 页。

⑥ 布鲁克斯《精致的瓮》,上海人民出版社 2008 年版,第 21 页。

古典诗话情景矛盾中的宾主、有无、虚实、真假

古典诗歌欣赏不约而同地集中在情景上,以之作为核心范畴,很有中国特色,英语、俄语诗歌理论很少把情景看得这么重要。这可能是由于西方诗歌的基本表现手段并不是触景生情,而是直接抒情。他们遇到的是抒情与理性的矛盾,理性过甚会扼杀抒情,玄学派诗人和浪漫主义诗人长于激情,逻辑越极端越片面,表现感情的效果越强烈,所以他们的经典之作以情理交融取胜。他们的诗学理论中几乎没有情景交融的观念。我们的古典诗论重视情景关系,从表面上看,是由于诗歌往往作为现场交往的手段,自然人文景观和人事关系都在现场引发,现场感决定了触景生情和即景抒情;再往深处探索,这里似乎还有和中国绘画一样的美学原则,那就是把重点放在人与自然的和谐关系上,在情景交融深厚的基础上才产生出"意境"这样的诗学范畴来。"意境"的特点是意在境中,以意会,不以言直接传达,如果纯用直接抒情,就以情感的逻辑变异直接抒发,不用间接意会了。

当然,中国诗歌的历史发展呈现丰富多元的特点,直接抒情在中国古典诗歌传统中也是源远流长的,《诗经》中如"谁谓荼苦,其甘如荠""称彼斯觥,万寿无疆"等,比比皆是,但淹没在了现场情景互动的诗歌之中。直接抒情的诗歌到了屈原时代已经独立发展起来,《离骚》就是一首直接抒情的长篇政治诗。这个传统到了汉魏建安仍然是很强大的。《古诗十九首》和曹操的杰作基本上也是直接抒情的。从历史渊源来说,比之触景生情的诗歌,直接抒情的诗歌有更为深厚的经典传统。即景生情的诗似乎是从赋中演化而来,伴随着绝句、律诗的定型,构成了完整的抒情模式,之后还决定了词别无选择的追随。但是,直接抒情的传统并未因此而断绝,即使在绝句、律诗成熟以后,直接抒情的诗仍然在古风歌行中蓬勃发展,并出现了大量的经典之作。诗评家往往评价甚高。虽然如此,绝大部分的诗话和词话所论及的却大都是律诗、绝句和词,也许律诗和绝句更接近汉语古典诗歌艺术最显著的特质——自然景观和人文景观的现场感。

现场感的"感",一方面所感的对象是景观,另一方面所感的主体是人情。汉语的"情感"一词比之英语的 feeling 和 emotion 内涵都要深邃,feeling 偏于表层感知,emotion 偏于情绪,二者互不相干。而情感则不但相连,而且隐含着因情而感,因感生情,感与情互动而互生。情感这个词由于反复使用,习以为常,联想陷入自动化而变得老化,情感互动的意味埋藏到潜意识里,造成了对情感互动意味的麻木,感而不觉其情了。不仅一般人如此,就是很有学问的人士也未能免俗。唐刘知几曰:"今俗文士,谓鸟鸣为啼,花发为笑。花之与鸟,安有啼笑之情哉? 必以人无喜怒,不知哀乐,便云其智不如花,花犹善笑,其智不如鸟,鸟犹善啼,可谓之谠言者哉?""花之与鸟,安有啼笑之情哉?"(《史通·杂说上》)这个在史学的叙述语言上很有修养、很有见地的历史学家,太拘守于史家的实录精神了,以至于对"鸟啼""花笑"都不能理解。这种把情与感绝对割裂开来的观念并非史家外行所独有,比如宋诗话家范晞文,虽也承认有时"情景相触而莫分也",但却否认其为规律性现象,到具体分析文本时,又往往把律诗对句的情景机械分割为"上联景,下联情""上联情,下联景"之类(《对床夜语》卷二)。

个中原因,可能是中国传统的诗学理念中片面强调真和实,便不免将之推向极端。元陈绎曾说《古诗十九首》的好处就在一个"真"字上。"情真,景真,事真,意真。澄至清,发至情。"陶渊明的诗就好在"情真景真,事真意真"(《诗谱》)。用这样简单的观念阐释无比复杂的诗歌,牵强附会是必然的。至于机械地把"真"和"实"联系在一起,就更加僵化了。王夫之在颇具经典性的《姜斋诗话》中虽然也承认了情对景的重要性,但是,却把景钉死在"实",也就是现场感上:"身之所历,目之所见,是铁门限。即极写大景,如:'阴晴众壑殊''乾坤日夜浮',亦必不逾此限。非按舆地图便可云'平野入青徐'也,抑登楼所得见者耳。隔垣听演杂剧,可闻其歌,不见其舞,更远则但闻鼓声,而可云所演何出乎?"这就把景观的"真"变成了现场亲历的"实"。这种简单的、机械的真实观造成了丽采竞繁、极镂藻绘之工的风气,遂使宫体诗的卑格和咏物诗的匠气阴魂千年不散。对这个理论上的偏颇,诗评家们长期含而混之,与之和平共处。清黄生在《一木堂诗麈·诗家浅说》中说:"诗家写有景之景不难,所难者写无景之景。此亦唯老杜饶为之,如'河汉不改色,关山空自寒',写初月易落之景……写花事既罢之景,偏从无月无花处着笔,后人正难措手耳。"黄生提出的"无景之景"非常警策,在理论上可以说是横空出世。有景之景,写五官直接感知,因情绪而产生变异感,这是常规现象,而黄生提出"河汉不改色,关山空自寒"显示的不是变异感,而是持续性的不变之感。更雄辩的是,他说写有景之景,写花、写月不难着笔,然而,从无花无月处写,亦可以产生感人的效果。可惜的是,无景之景在理论上的重大价值却被他糟糕的例子淹没了。

其实只要举陈子昂的《登幽州台歌》就足够说明无景之景:"前不见古人,后不见来者。念天地之悠悠,独怆然而涕下。"登临之常格往往求情景交融,所感依于所见,但是,出格的登临却以无景之景见长,所感依于不见。把立意的焦点定在"不见"上,并非偶然,乐府杂曲歌辞中有"独不见"为题者,歌行中有"君不见"为起兴者,无景之景乃不见之见,变不见为见者,情也。情不可见,以可见之景而显,却不如不见之更深。陈子昂不见古人黄金台,怨也,不见来者,时不待人,迫于生命之大限,怨之极乃怆然涕下。如实见黄金台,怨不至极,何至于泪下?李白"桃今百余尺,花落成枯枝。终然独不见,流泪空自知"(《独不见》),欧阳修"不见去年人,泪满春衫袖"(《生查子》)均因不见而泣,见了就不会哭了。"孤帆远影碧空尽""山回路转不见君""春在溪头荠菜花",妙在见中有所不见。诗家所视,台湾诗人称为灵视,心有多灵,视就有多活。具体表现为随时间、空间而变。"会当凌绝顶,一览众山小",妙在此时不见,设想来日之见;"何当倚虚幌,双照泪痕干""何当共剪西窗烛,却话巴山夜雨时",妙在当时之不见,预想他日之相见。把灵视预存入回忆是大诗人的专利,在李商隐那里最为得心应手:"昨夜星辰昨夜风",不见之见,见之不见,因时空而互变互生。见与不见有限,而所变之情趣无穷也。其间道理于听觉亦同。"曲终人不见,江上数峰青",从所听之静,转入所见之空;"缭乱边愁听不尽,高高秋月挂长城",从听得心烦,变为看得发呆。"此时无声胜有声",比之"银瓶乍破""铁骑突出"之有声更有千古绝唱的艺术高度。扩而大之为人的感知,知与不知相互转化,不知常常胜于有知。李后主"梦里不知身是客",比之清醒的"多少事,昨夜梦魂中"要深厚,"云深不知处"比之"遥指杏花村"更为高格,明明已知细叶为二月春风所裁出,偏偏说"不知细叶谁裁出",明明已知盘中餐,粒粒皆辛苦,还要说"谁知盘中餐"。如此这般,皆以否定、疑问,更为有情而宛转也。

从哲学范畴而言,有无之辨最为深邃,但是曲高和寡,不如宾主之分直观。故宾主之说,比较流行。李渔反对"即景咏物之说",坚定地指出:"词虽不出情景二字,然二字亦分主宾。情为主,景是客,说景即是说情。"(《窥词管见》)吴乔更是指出律诗"两联言情,两联叙景,是为死法""盖景多则浮泛,情多则虚薄也",只有"顺逆在境,哀乐在心,能寄情于景,融景入情,无施不可,是为活法"。故"情为主,景为宾也"。(《围炉诗话》卷一)

诗话词话之争讼往往流于感性,清乔亿于此可算是佼佼者。王夫之说,宏大景观,也是登高所见,乔亿则把屈原、李白拿出来,特别是把明显不是现场目接的"天上十二楼"(李白)全是幻想的景观亮出来,这就从感性上取得了优势。此论出于感性,但不乏机智,其可贵在于理论上提出了一个与王夫之的"目接"相反的范畴"神遇",为黄生的"无景之景"寻到了原因。"景有神遇,有目接。神遇者,虚拟以成辞……目接则语贵征实。"(《剑溪说诗》卷下)这个与"目接"相对立的范畴"神遇",显得很有理论深度。这个"神"隐含着诗的虚拟、想象,由情而感的自由。

但是理论问题的解决仅凭这一点机智是不够的。"目接"是真实的,"神遇"则是想象的,不是真的,不是实的,有可能是虚假的,其感染力从何而来呢?明谢榛早就提出与写实相对的"写虚":"写景述事,宜实而不泥乎实。""有实用而害于诗者"与"有虚用而无害于诗者",诗人的功夫就是在虚实之间"权衡"。实际上就是写实与写虚的对立并不是僵化凝固的,而是可以相互转化的。他举出贯休的诗,"'庭花蒙蒙水泠泠,小儿啼索树上莺。'景实而无趣。"而李白的"'燕山雪花大如席,片片吹落轩辕台。'景虚而有味。"(《四溟诗话》卷一)

在汉语中,实和真是天然地联系在一起的,而虚则和假联系在一起。怎样才能避免由虚而假,达到由虚而真呢?元好问曾经提出,虚不要紧,只要虚得诚就是根本。"何谓本?诚是也。……故由心而诚,由诚而言,由言而诗也。"(《元好问诗话》)"由心而诚"还不到位。诗人无不自以为是诚心而发,可是事实上,假诗还是滔滔者天下皆是也。乔亿在回答这个问题时有了突破,这个突破首先在理论范畴上。一般诗话词话大都从鉴赏学出发,将诗词作为成品来欣赏,而乔亿却从创作论出发,把问题回归到创作过程的矛盾中去:"景物万状,前人钩致无遗,称诗于今日大难。"乔亿的杰出就在从创作过程、从难度的克服来展开论述:景观万象已经给前人写光了,"无遗"了。经典的、权威的、流行的诗语已经充满了心理空间。怎样才能虚而不假、虚而入诚呢?乔亿的深刻之处在于提出"同题而异趣",也就是同景而异趣。"节序同,景物同",景观相同,是有风险的。如果以景之真为准,则千人一面;如果以权威、流行之诚为准,则于人为真诚,于我为虚伪。真诚不是公共的,因为"人心故自不同"。他提出:"唯句中有我在,斯同题而异趣矣。"自我是私有的。人心不同,各如其面,找到自我就是找到与他人之心的不同,"以不同接所同,斯同亦不同,而诗文之用无穷焉"(《剑溪说诗》卷下)。只要找到自我之心与人之"不同",即使面对节序景物之"同",矛盾也能转化,"斯同亦不同",诗文才有无穷的魅力。

诗词创作论倾向最可贵的进展,就是不把感官功能局限在对外部信息的被动接受上,而是强调自我主体对外部景观的同化和变异。刘勰早在《文心雕龙》中就说"目既往还,心亦吐纳。情往似赠,兴来如答"。人的感官并不完全是被动接受外部信息,同时也激发出情感作用于感知。在实用性散文中,主观情感作用是要被抑制的,而在诗歌中,这种情感作用则是要自觉地给以自由飞翔的天地的。对主客体在创作过程中的交互作用,清朱庭珍的说法把创作论的优势发挥到了极致。他反对当时流行的一些教条式的操作法程,如:"某联宜实,某联宜虚,何处写景,何处言情,虚实情景,各自为对之常格恒法。"他说:"夫律诗千态百变,诚不外情景虚实二端。然在大作手,则一以贯之,无情景虚实之可执也。"他所说的"大作手"不但是主体情致对景观的驱遣,而且是对自我情感的驾驭,更是对形式规范的控制。他的指导思想是以情为主的,"为主"就是驾驭、选择、同化、变形、变质,固然不可脱离外物,但不为外物所役,固然不能没有法度,但不为法度所制。他引用禅宗六祖慧能语曰:"人转《法华》,勿为《法华》所转。"他的境界是"写景,或情在景中,或情在言外。写情,或情中有景,或景从情生。断未有无情之景,无景之情也。又或不必言情而情更深,不必写景而景毕现,相生相融,化成一片。情即是景,景即是情"。而"虚实"更是"无一定"之法,全在"妙悟",以"不着迹最上乘功用"。这里,除了"断未有无情之景,无景之情也"有些脱离创作实践以外,他对主客之真诚、情景的虚实、形式法度的有意无意、不着痕迹、自由和谐,等等,是很精深的:"使情景虚实各得其真可也,使各逞其变可也,使互相为用可也,使失其本意而反从吾意所用,亦可也。"(《筱园诗话》卷一)这里强调的是,对法度的不拘一格,各逞其变,真是出神入化,得心应手,透彻玲珑,神与法游,法我两忘。其精微之妙达到了严羽理想中那种没有形迹可分的境界。

超越了鉴赏论,进入了创作论,他的阐释深邃而生动。即使后来王国维很权威的一些说法,如"一切景语皆情语"说、"境界"说、"隔"和"不隔"之说,亦不乏可比之处。

在二十世纪早期,朱光潜在《文艺心理学》第三章说到景观与人的矛盾和转化,归结为西方文艺心理学上的"移情":"大地山河以及风云星斗原来都是死板的东西,我们往往觉得它们有情感,有生命,有动作,这都是移情作用的结果。……诗文的妙处往往都从移情作用得来。例如'天寒犹有傲霜枝'句的'傲','云破月来花弄影'句的'弄','数峰清苦,商略黄昏雨'句的'清苦'和'商略'……都是原文的精彩所在,也都是移情作用的实例。在聚精会神的观照中,我的情趣和物的情趣往复回流。有时物的情趣随我的情趣而定,例如自己在欢喜时,大地山河都随着扬眉带笑,自己在悲伤时,风云花鸟都随着黯淡愁苦。……物我交感,人的生命和宇宙的生命互相回还震荡,全赖移情作用。"在漫长的欣赏和创作的历史过程中,情景论衍生出:宾主、有景无景、虚实、真诚与虚伪、我与非我等成套的观念,和这么丰厚的系统比起来,立普斯的移情说,充其量不过是说明了情主导景而已,不能不显得贫弱。而朱光潜先生虽然有开山之功,然拘于"傲""弄""商略"等词语,不能不给人以单薄之感。究其原因就在于文艺心理学、鉴赏论,总是满足于对现成作品的解释,而未能进入创作论的过程之中。

唐人绝句何诗最优

在评出唐诗绝句的压卷之作之前，在理论上必须清场。首先，中国古典诗论，从性质上来说，是文本中心论。当代西方前卫文论的基础则是读者中心论，即一千个读者有一千个哈姆雷特。"文本"(text)的提出，就针对独立于读者之外的作品，根本不承认统一评价。当然，在中国，也不是没有读者中心的苗头，"诗无达诂"的说法就得到广泛认同。清袁枚《随园诗话》卷三，说得更具体："诗如天生花卉，春兰秋菊，各有一时之秀，不容人为轩轾。音律风趣，能动人心目者，即为佳诗，无所为第一、第二也。……若必专举一人，以覆盖一朝，则牡丹为花王，兰亦为王者之香：人于草木，不能评谁为第一，而况诗乎？"吴乔《围炉诗话》卷六更主张诗之"压卷"不但因人而异，而且因人一时之心情而异，所谓压卷，不过是"对景当情"而已："凡诗对境当情，即堪压卷。余于长途驴背困顿无聊中，偶吟韩琮诗云：'秦川如画渭如丝，去国还乡一望时。公子王孙莫来好，岭花多是断肠枝。'（按，此为唐韩琮《骆谷晚望》）对境当情，真足压卷。癸卯再入京师，旧馆翁以事谪辽左，余过其故第，偶吟王涣诗云：'陈宫兴废事难期，三阁空余绿草基。狎客沦亡丽华死，他年江令独来时。'（按，此为唐王涣《惆怅诗十二首》（其九））道尽宾主情境，泣下沾巾，真足压卷。又于闽南道上，吟唐人诗曰：'北畔是山南畔海，只堪图画不堪行。'（按，此唐杜荀鹤《闽中秋思》中二句）又足压卷。……余所谓压卷者如是。"从理论上来说，这是读者中心论的极致，以读者即时即境心情评诗。从理论上来说，袁枚和吴乔都只是一时的感兴，并不能代表他们的全部诗歌理论。吴乔的"无理而妙"讲的就是诗的普遍规律。在二十世纪八九十年代西方文论的绝对的相对主义高潮中，有识者在理论上也提出"共同视域"和"理想读者"，乃至"专业读者"的补正。到了二〇〇三年，消解"文学"的《二十世纪文学理论》的特里·伊格尔顿在《理论之后》中，改口反对绝对的相对主义，而赞成真理，甚至认为有某种"绝对真理"的存在。[①]

压卷之争隐含着一种预设：绝句毕竟有统一的艺术准则。这在中外诗歌理论界似乎是有相通之处的。正因为如此,唐诗绝句何者压卷之争,古典诗话延续明、清两代,长达数百年。

在品评唐诗艺术的最高成就时,向来是李白、杜甫并称,举世公认,但是,在具体形式方面,对二者的评价却有悬殊。历代评家倾向于,在绝句方面,尤其是七言绝句,成就最高者为李白、王昌龄、王之涣、王翰、王维、李益。究竟哪些篇目能够获得"压卷"的荣誉,诸家看法不免有所出入,但是,杜甫的绝句从来不被列入"压卷"则似乎是不约而同的。这就说明有一个不言而喻的共识在起作用。古典诗话的作者们并没有把这种共识概括出来,我们除了从"压卷"之作中进行直接归纳以外,别无选择。除个别偶然提及,普遍被提到的大致如下:王昌龄《出塞二首》(其一):

> 秦时明月汉时关,万里长征人未还。
> 但使龙城飞将在,不教胡马度阴山。

王之涣《凉州词》:

> 黄河远上白云间,一片孤城万仞山。
> 羌笛何须怨杨柳,春风不度玉门关。

李白《早发白帝城》:

> 朝辞白帝彩云间,千里江陵一日还。
> 两岸猿声啼不住,轻舟已过万重山。

王翰《凉州词二首》其一:

> 葡萄美酒夜光杯,欲饮琵琶马上催。
> 醉卧沙场君莫笑,古来征战几人回?

王维《送元二使安西》:

> 渭城朝雨浥轻尘,客舍青青柳色新。
> 劝君更尽一杯酒,西出阳关无故人。

李益《夜上受降城闻笛》:

> 回乐峰前沙似雪,受降城上月如霜。
> 不知何处吹芦管,一夜征人尽望乡。

诗话并没有具体分析这些诗艺术上的优越性何在。采用直接归纳法,最方便的是从形式的外部结构开始,并以杜甫遭到非议的绝句代表作"两个黄鹂鸣翠柳,一行白鹭上青天。窗含西岭千秋雪,门泊东吴万里船"为例加以对比。不难看出二者句子结构有重大区别。杜甫的四句都是肯定的陈述句,都是视觉写景;而被列入压卷之作的则相反,到了第三、第四句就在语气上发生了变化,大都是从陈述变成了否定、感叹或者疑问,不但句法和语气变了,而且从写客体之景转化为感兴,也就是抒主观之情。被认为压卷之作的诗比之杜甫的诗,显然有句法、语气、情绪的变化,甚至是跳跃,心灵显得活跃、丰富。绝句在第三句要有变化,是一种规律,元杨载在《诗家法数》中指出:

> 绝句之法要婉曲回环,删芜就简,句绝而意不绝,多以第三句为主,而第四句发之,有实接有虚接,承接之间,开与合相关,正与反相依,顺与逆相应,一呼一应,宫商自谐。大抵起承二句固难,然不过平直叙起为佳,从容承之为是,至如宛转变化工夫全在第三句,若于此转变得好,则第四句如顺流之舟矣。②

杨载强调的第三句相对于前面两句,是一种"转变"的关系,这种"转变",不是断裂,而是在"宛转"的"变化"中的承接,其中有虚有实,虚就是不直接连续。如《出塞》前面两句"秦时明月汉时关,万里长征人未还",是实接,在逻辑上没有空白。到了第三句,"但使龙城飞将在",就不是实接,而是虚接,不是接着写边塞,而发起议论来,但是,仍然有潜在的连续性:明月引发思乡,却回不了家,但如果有了李广就不一样了。景虽不接,但情绪接上了,这就是虚接。与之类似的是王之涣的《凉州词》,从孤城万仞到羌笛杨柳之曲,当中省略了许多,并不完全连续,事实上是景观的跳跃,这是放得"开"。但在视觉的跳跃中,有情绪的虚接、想象的拓开,不从实处接景,而从想象的远处接情。杨载把这叫作"合":"开与合相关。"听到杨柳之曲,想到身在玉门关外,此处的春风不如家乡之催柳发青。此乃景象之大开,又是情绪大合也。"葡萄美酒夜光杯,欲饮琵琶马上催。醉卧沙场君莫笑,古来征战几人回?"前两句是陈述,第三句是否定,第四句是感叹。语气的变化所表现的是情绪的突转。本来是饮酒为乐,却不接之以乐,而接之以死,此为杨载所谓"反接"。而反接之妙并不为悲,而为更乐之由,此为反中有正之妙接也。

然所举压卷之作,并非第三、四句皆有如此句法语气之变。以李白《早发白帝城》为例。第三句:"两岸猿声啼不住。"在句法上并没有上述变化,四句都是陈述性的肯定句("啼不住",是持续的意思,不是句意的否定)。这是因为,句式的变化还有另一种形式:如果前面两句是相对独立的单句,则后面两句在逻辑上是贯穿一体的,不能各自独立,叫作"流水"句式。例如,"羌笛何须怨杨柳"离开了"春风不度玉门关",在逻辑上是不完整的。"流水"句式的变化,既是技巧的变化,也是诗人心灵的活跃。前面两句,如果是描绘性的画面的话,后面两句接着再描绘,就缺乏杨载所说的"宛转变化"功夫,显得太合、放不开了。而"流水"句式,则使诗人的主体更有超越客观景象的能量,更有利于表现诗人的感动、感慨、感叹、感喟。李白的绝句之所以比之杜甫有更高的历史评价,就是因为他善于在第三、四句转换为"流水"句式。如《客中作》:"兰陵美酒郁金香,玉碗盛来琥珀光。但使主人能醉客,不知何处是它乡。"其好处在于:首先,第三句是假设语气,第四句是否定句式、感叹语气;其次,这两句构成"流水"句式,自然、自由地从第一、二句对客体的描绘中解脱出来,转化为主观的抒情。类似的还有贺知章的《咏柳》和杜牧的《夜泊秦淮》,如果"不知细叶谁裁出"离开了"二月春风似剪刀",如果"商女不知亡国恨"离开了"隔江犹唱《后庭花》",句意都是不能完足的。《早发白帝城》这一首,第三、四句也有这样的特点。"两岸猿声啼不住"和"轻舟已过万重山"结合为"流水"句式,就使得句式不但有变化,而且流畅得多。

李白这首绝句被列入压卷之作几乎没有争议,而王昌龄的《出塞》其一,则争议颇为持久。我在香港教育学院讲课时,有老师提出"秦时明月汉时关"的"互文"问题该如何理解,我说,此说出自沈德潜《说诗晬语》:"'秦时明月'一章,前人推奖之而未言其妙。防边筑城,起于秦汉,明月属秦,关属汉。诗中互文。"但"秦时明月汉时关"不能理解为秦代的明月汉代的关。这里是秦、汉、关、月四字交错使用,在修辞上叫"互文见义",意思是秦汉时的明月,秦汉时的关。这个说法非常权威,但是,这样解释就把诗变成了散文。

本来分析就要分析现实与诗歌之间的矛盾。"秦时明月汉时关",矛盾是很清晰的。难道秦时就没有关塞,汉时就没有明月了吗?这在散文中是不通的。这个矛盾,隐含着解读诗意的密码。而"互文见义"的传统说法却把矛盾掩盖起来了,是很经不起推敲的。王昌龄并不是汉朝人。难道从汉到唐就既没有关塞,也没有明月了吗?明明是唐人,却偏偏省略了秦时的关塞、汉时的明月,而且省略了从汉到唐的关塞和明月。这样大幅度的省略,并不仅仅是因为意象实接的简练,更重要的是意脉虚接的绵密。

第一,秦汉在与匈奴搏战中的丰功伟绩,隐含着一种英雄豪迈的追怀。作为唐人,如果直接歌颂当代的英雄主义，也未尝不可。王昌龄自己就有《从军行》多首，就是直接写当代的战斗豪情的。但在这首诗中他换了一个角度，让自我的精神披上历史的辉煌外衣，拉开时间距离，更见雄姿。第二，最主要的是，"秦时明月汉时关"，是以在关塞上不能回家的战士的眼光选择的，选择就是排除，排除的准则就是关切度。"汉时关"，正是他们驻守的现场。"秦时明月"是与"人未还"的关切度最高的情绪载体。正是关塞的月光可以直达家乡，才引发了"人未还"的思绪。在唐诗中，月亮早已成为乡思的公共意象符号，可以说是公共话语。王昌龄的《从军行》中就有杰作：

琵琶起舞换新声，总是关山旧别情。
撩乱边愁听不尽，高高秋月照长城。

在这里，"秋月"就是"边愁""别情"的象征。在《出塞》中，只写乡愁，故也只看到明月。而只言"秦时明月"却不言及汉时明月者，是为了"望远"吧。望远，本为空间的感觉，而言及秦，则为时间的感觉。一如陈子昂登幽州台。本为登高望远，却为登高望古。视通万里不难，思接千载亦不难，但视及千载，就是诗人的想象魄力了。诗人想象之灵视，举远可以包含近者，极言之，自秦到汉，月光不改，尽显自秦以至唐乡愁不改。而"汉时关"不言及秦时者，乃为与下面"但使龙城飞将在"相呼应。飞将军李广正是汉将，不是秦时蒙恬。意脉远伏近应，绵密非同小可。

王昌龄的绝句，后代评论甚高，高棅在《唐诗品汇》中说："盛唐绝句，太白高于诸人，王少伯次之。"③胡应麟在《诗薮》中也说："七言绝以太白、江宁为主。"④明代诗人李攀龙曾经推崇这首《出塞》为唐诗七绝的"压卷"之作。赞成此说的评点著作不在少数，如《唐诗绝句类选》，"'秦时明月'一首""为唐诗第一"。《艺苑卮言》也赞成这个意见。但是也有人"不服"。不仅是感想，而且能说出道理来的是《唐音癸签》："发端虽奇，而后劲尚属中驷。"意思是说后面两句是发议论，不如前面两句杰出，只能是中等水平。当然，这种说法也有争议，《唐诗摘抄》说："中晚唐绝句涉议论便不佳，此诗亦涉议论，而未尝不佳。"⑤未尝不佳，并不是最好。但不少评点家都以为此诗不足以列入唐诗压卷之列。明胡震亨《唐音癸签》卷十："王少伯七绝，宫词闺怨，尽多诣极之作；若边词'秦时明月'一绝，发端句虽奇，而后劲尚属中驷，于鳞遽取压卷，尚须商榷。"明孙鑛《唐诗品》，说得更为具体，他对推崇此诗的朋友说："后二句不太直乎？……是诗特二句佳耳，后二句无论太直，且应上不响。'但使''不教'四字，既露且率，无高致，而著力唤应，愈觉趣短，以压万首可乎？"批评王昌龄这两句太直露的人不止一个，不能说没有道理。

在我看来,将这一首硬要列入唐绝句第一是很勉强的。原因就在这后面两句。前人说到"议论",并没有触及要害。议论要看是什么样的。"仰天大笑出门去,我辈岂是蓬蒿人"(李白)、"安能摧眉折腰事权贵,使我不得开心颜"(李白)、"科头箕踞长松下,白眼看他世上人"(王维)、"莫愁前路无知己,天下谁人不识君"(高适)、"安得广厦千万间,大庇天下寒士俱欢颜"(杜甫),这样的议论,在全诗中不但不是弱句,反而是思想艺术的焦点。这是因为这种议论,其实不是议论,而是直接抒情。抒情与议论的区别就在于,议论是理性逻辑,而抒情则是情感逻辑。同样是杜甫,有时也不免理性过度,歌颂郭子仪的"神灵汉代中兴主,功业汾阳异姓王",就不如歌颂诸葛亮的"出师未捷身先死,长使英雄泪满襟"。而王昌龄的议论"但使龙城飞将在,不教胡马度阴山"虽然不无情感,毕竟比较单薄,理性成分似太多。王昌龄号称"诗家天子",绝句的造诣在盛唐堪称独步,有时也难免有弱笔。就是在《从军行》中也有"黄沙百战穿金甲,不破楼兰终不还",这样一味作英雄语的句子,容易陷入窠臼,成为套语。用杨载的"开"与"合"来推敲,可能就是开得太厉害,合得不够宛转。

王昌龄的《出塞》有两首。这首放在前面,备受称道,另外一首在水平上不但远远高出这一首,就是拿到历代诗评家推崇的"压卷"之作中去,也有过之而无不及;然而,令人不解的是,千年来的诗话家却从未论及。因而,在这里特别有必要提出来研究一下。原诗是这样的:

骝马新跨白玉鞍,战罢沙场月色寒。
城头铁鼓声犹振,匣里金刀血未干。

读这种诗,令人惊心动魄。不论从意象的密度和意脉上,还是从立意的精致上,都不是前述"压卷"之作可以相比的。以绝句表现边塞豪情的杰作,在盛唐诗歌中,不在少数。同样被不止一家列入压卷之作的还有王翰的《凉州词》:"葡萄美酒夜光杯,欲饮琵琶马上催。醉卧沙场君莫笑,古来征战几人回。"盛唐边塞绝句,不乏浪漫之英雄主义,但以临行之醉貌视生死之险,以享受生命之乐无视面临死亡之悲,实乃千古绝唱。如此乐观豪情,如此大开大合,大实大虚之想象,如此精绝语言,堪为盛唐气象之代表。然而,盛唐绝句写战争往往在战场之外,以侧面着笔出奇制胜。王昌龄的《出塞》之二,以四句之短却能正面着笔,红马、玉鞍、沙场、月寒、金刀、鲜血、城头、鼓声,不过用了八个意象写浴血英雄豪情,却从微妙的无声感知中显出,构成统一的意境,功力非凡。

第一，虽然正面写战争，却把焦点放在血战将要结束却尚未完全结束之际。

写战前的准备不直接写心理，而写备马。骝马，黑鬃黑尾的红马，配上的鞍，质地是玉的。战争是血腥的，但是，毫无血腥的凶残，却一味醉心于战马之美，实际上是表现壮志之雄。接下去如果写战争过程，剩下的三行是不够用的。诗人巧妙地跳过正面的搏击过程，把焦点放在火热的搏斗以后，写战场上的回味。

第二，写血腥的战事必须拉开距离。如果不拉开距离，就是岳飞"壮志饥餐胡虏肉，笑谈渴饮匈奴血"，亦能带来生理刺激。而王昌龄把血腥放在回味中，一如王翰把血腥放在醉卧沙场的预想之中，都是为了拉开距离。拉开时间距离，拉开空间距离，拉开人身距离（如放在妻子的梦中），都有利于超越实用价值而进入审美的想象境界，让情感获得自由。王昌龄的精致还在于把血腥放在最近的回忆中，不拉开太大的距离。把血腥回忆集中在战罢而突然发现未罢的一念之中，立意的关键是猝然回味。其特点是一刹那的，又是丰富的感知。

第三，从视觉效果来说，月色照耀沙场，不但提示从白天到夜晚战事持续之长，而且暗示战情之酣，酣到忘记了时间，战罢方才猛醒。而这种醒悟，又不仅仅因月之光，而且因月之"寒"。因为寒而注意到月之光。触觉感变为时间的突然有感，近身搏斗的酣热转化为空旷寒冷。这就是杨载的"反接"手法，意味着精神高度集中，忘记了生死，忘记了战场的一切感知，甚至是自我感知。这种"忘我"的境界，就是诗人用"寒"字暗示出来的。这个"寒"字的好处还在于，这是一种突然的发现。战斗方殷，生死存亡，无暇顾及，战事结束方才发现，既是一种刹那的自我召回，又是瞬间的无声享受。

第四，在情绪的节奏上，与凶险的紧张相对照，这是轻松的缓和，隐含着胜利者的欣慰和自得。

构思之妙，就在"战罢"两个字上。从情绪上讲，战罢沙场的缓和不同于通常的缓和，是一种尚未完全缓和的缓和。以听觉提示战鼓之声未绝，说明总体是"战罢"了，而局部的战鼓还在激响。这种战事尾声之感，并不限于远方的城头，还能贴近到切身的感受。"匣里金刀血未干"是进一步唤醒回忆，血腥就在瞬息之前。谁的血？当然是敌人的。对于胜利者，这是一种享受。这种享受是无声的，默默体悟的。当然城头的鼓是有声的，也是一种享受，有声与无声，喜悦是双重的，但是，都是独自的，甚至是秘密的。金刀在匣里，刚刚放进去，只有自己知道。喜悦也只有独自回味才精彩，大叫大喊的欢呼反而失去了韵味。

第五，诗人用词可谓精雕细刻。骝马饰以白玉，红黑色马，配以白色，显其壮美。但是，一般战马，大都是铁马，所谓"金戈铁马"。而这里，可是玉马。这是不是太贵重了?立意之奇,还在于接下来,是"铁鼓"。这个字炼得惊人。通常,在战场上,大都是"金鼓"。金鼓齐鸣,以金玉之质,表精神高贵。而铁鼓与玉鞍相配,则另有一番意味。铁鼓优于金鼓,意气风发中带一点粗犷甚至野性,与战事的野蛮相关。更出奇的是金刀。金,贵金属,代表荣华富贵,却让它带上鲜血。这些超越常规的联想,并不是俄国形式主义者所说的单个词语的"陌生化"效果,而是潜在于一系列词语之间的反差。这种层层叠加的反差,构成某种密码性质的意气,表现出刹那间的英雄心态。

第六,诗人的全部构思,就在一个转折点:就外部世界来说,从不觉月寒而突感月寒,从以为战罢而感到尚未罢;就内部感受来说,从忘我到唤醒自我,从胜利的自豪到血腥的体悟。所有这些情感活动,都是隐秘的、微妙的、刹那的。这种心态的特点,就是刹那间的,而表现刹那间的心灵震颤,恰恰是最佳绝句的特点。

绝句的压卷之作中,这样的特点,有时有外部标志,如陈述句转化为疑问句、感叹句,有时是陈述句变为流水句,所有这些变化的功能都是为了表现心情微妙的突然的一种感悟,一种自我发现,其精彩在于一刹那间的心灵颤动。

压卷之作的好处,也正是绝句成功的规律,精彩的绝句往往表现出这样的好处来。比如孟浩然的《春晓》,"春眠不觉晓,处处闻啼鸟"是闭着眼睛感受春日的到来,本来是欢欣的享受,但是"夜来风雨声,花落知多少"却是突然想到春日的到来,竟是春光消逝、鲜花凋零的结果。这种一刹那的从享春到惜春的感兴成就了这首诗的不朽。同样,杜牧的《清明》:"清明时节雨纷纷,路上行人欲断魂。借问酒家何处有,牧童遥指杏花村。"从雨纷纷的阴郁到欲断魂的焦虑,一变为鲜明的杏花村的远景,二变为心情为之一振。这种意脉的陡然转折,最能发挥绝句这种短小形式的优越。

当然,绝句艺术是复杂的、丰富的,有时也并不陡然转折,而是神情的持续,如李白的《送孟浩然之广陵》:"故人西辞黄鹤楼,烟花三月下扬州。孤帆远影碧空尽,唯见长江天际流。"艺术的微妙,一在孤帆的"孤",于长江众多船只中只见友人之帆,二在远影之"尽",帆影消失,目光仍然追踪不舍,三在"天际流",无帆、无影,却仍然目不转睛,持续凝望。与之相似的还有王昌龄的"琵琶起舞换新声,总是关山旧别情。撩乱边愁听不尽,高高秋月照长城"。前三句写曲调不断变换,不变的是关山离别,听得心烦,转换为看月看得发呆,望月望得发呆。这也是情绪持续性的胜利。持续性在绝句中,脍炙人口的千古杰作很多。最有生命力的要数张继的"姑苏城外寒山寺,夜半钟声到客船"了。钟声的持续性使得这首诗历经千年而不朽,甚至远达东瀛的声誉。此外还有:

> 银烛秋光冷画屏,轻罗小扇扑流萤。
> 天阶夜色凉如水,坐看牵牛织女星。

这就是由天真地扑捉流萤的动作转化为突然触发的爱情的遐想,也就是静态的持续性了。但不管是突然的、瞬间的,还是持续的,都是一种情绪的宛转变化。并不是所有的绝句都有这样的特点,不是这样的也有杰作:

> 日照香炉生紫烟,遥看瀑布挂前川。
> 飞流直下三千尺,疑是银河落九天。

虽然这也是杰作,但是,情感一直处于同样激动的层次,几乎没有变化,因而也就不会有人把它当作压卷之作。类似的还有李白《陪族叔刑部侍郎晔及中书贾舍人至游洞庭》五首都是好诗,以其中之一为例:

> 南湖秋水夜无烟,耐可乘流直上天?
> 且就洞庭赊月色,将船买酒白云边。

想象的独特,情感的乐观,可以说是上品,但就意脉的律动和结尾的持续来说,都嫌不足。至于李白的《赠汪伦》:"桃花潭水深千尺,不及汪伦送我情。"如果真要进行品评,只能进入中品以下了。而《清平调》:"云想衣裳花想容,春风拂槛露华浓。若非群玉山头见,定向瑶台月下逢。"就不但是思想的下品,而且是艺术的下品。

对于最上乘的绝句来说,持续性和宛转变化往往是结合在一起的。这种瞬间的变化和持续,正是一种情感结构的功能,结构大于意象之和,是为真正意义上的意蕴,就绝句这一体裁来说,意境就是意脉的瞬间持续与转换,就是意象结构的功能。这种结构功能为传统的"不着一字,尽得风流"留下了最精确的注解。从理论上来说,以持续与瞬间转换结合,往往成为神品。

这里涉及古典抒情艺术上的根本理论问题。

我曾经在论李白《早发白帝城》时说到抒情的"情"的特点,是和"动"联系在一起的。所谓感动、触动、动情、动心、情动于中,反之则为无动于衷。故诗中有画,当为"动画",抒情当为"动情"。⑥但这仅仅是一般的抒情,在特殊的形式,例如,绝句中,因其容量极小,抒情应该有特殊性。这个特殊性就是情绪在第三句的宛转变化和持续性。从严格意义上来说,每一种抒情艺术都应该有其不可重复的特殊性。绝句如此,律诗也如此。

注：

① 特里·伊格尔顿《理论之后》,高振译,商务印书馆 2009 年版,第 103 页。
② 何文焕编《历代诗话》,中华书局 2006 年版,第 732 页。
③ 高棅《唐诗品汇·七言绝句叙目》(第二卷),上海古籍出版社 1981 年版,第 427 页。
④ 胡应麟《诗薮》内编卷六,上海古籍出版社 1979 年版,第 115 页。
⑤ 均见陈伯海主编《唐诗汇评》(上),浙江教育出版社 1995 年版,第 437 页。
⑥ 孙绍振《论李白"下江陵"兼论绝句的结构》,《文学遗产》2006 年第 1 期。

唐人七律何诗最优

唐人七律何诗最优？这个问题在古代诗话中争讼颇为热烈，而一般读者可能觉得问题并不复杂。诗者，志之所之也，在心为志，发言为诗，情动于中而形于言。视其情志而已。可事实并不简单，心志并不等于语言符号，首先要克服可意会而不可言传的艰险；其次，要从传统的、权威的话语中突围出来，才能孕育自己的语言；最后，还要在遵循具体艺术形式规范的同时获得自由。这是一场货真价实的灵魂冒险，要取得胜利，即使有才华的人也要付出相当的代价。艺术的规律如此微妙，同样是富有才情的诗人，驾驭不同的诗歌形式，其艺术效果也有天壤之别。杜甫不善绝句，而李白不善七律，然于五律，如《夜泊牛渚怀古》《听蜀僧濬弹琴》诸作，意境之浑茫高远，属对之疏放自然，亦复有其不同于凡响之处。至于其五、七言绝句，风神潇洒。然而，"唯有七言律诗一体，则太白诸体中最弱之一环"。①艺术形式与诗人才华、个性之间的关系异常微妙，不能不细加分析。

关于唐人律诗何者最优的问题，比之绝句孰为"压卷"，众说更为纷纭。诸家所列绝句压卷之作篇目比较集中，就质量而言，相去并不悬殊。而律诗则不然，居然不止一家，如薛君采、何仲默，把沈佺期那首"古意"（《独不见》）拿出来当成首屈一指的作品：

> 卢家少妇郁金堂，海燕双栖玳瑁梁。
> 九月寒砧催木叶，十年征戍忆辽阳。
> 白狼河北音书断，丹凤城南秋夜长。
> 谁谓含愁独不见，更教明月照流黄！

从内涵来说，这完全是传统思妇母题的承继，并无独特情志的突破，除了最后一联"含愁独不见""明月照流黄"多少有些自己的语言外，寒砧木叶、征戍辽阳、白狼河北、丹凤城南,大抵是现成套语和典故的组装,这样毫无独特风神的作品,在唐代律诗中无疑属于中下水平,但却被不止一代的诗话家当作压卷之作。究其缘由,可能这首诗在唐诗中,是把古风的思妇母题第一次纳入了律诗的平仄、对仗体制。故有人挑剔其最后一联,仍然有古风的痕迹。明冯复京《说诗补遗》卷七谓:"'卢家少妇'第二联属对偏枯,结句转入别调。"② "转入别调"就是乐府情调,这种挑剔当然有点拘泥。许学夷《诗源辩体》卷十七曰:"沈末句虽乐府语,用之于律无害,但其语则终未畅耳。"③ 至于"第二联属对偏枯"则是有道理的,枯就是情趣的枯燥,"九月寒砧催木叶,十年征戍忆辽阳",不过是玩弄律诗对仗技巧,基本上是套语。其实这首诗还有一个大缺点,就是第一联的"郁金堂""玳瑁梁"未脱齐梁宫体诗华丽之气。虽然,有这么多明显的缺失,推崇者仍然不厌其烦,原因在于,它在确立体裁方面具有划时代的功绩。姚鼐《五七言今体诗抄》说:"初唐诸君正以能变六朝为佳,至'卢家少妇'一章,高振唐音,远包古韵,此是神到之作,当取冠一朝矣。"④ 从历史发展看问题,是姚氏的高明之处,但从律诗角度来说,此诗毕竟还比较幼稚。主要是它的情绪比较单调,全诗在时间上是九月寒砧、十年征戍,在空间上是白狼河北、丹凤城南,写的是愁思之无限。直到尾联,转入现场,点明"含愁",再以"明月照流黄"衬之,意脉高度和谐统一,但总体缺乏变化,情绪没有节奏感,不够丰富,显然不如绝句压卷之作那样意脉在结尾处有瞬间之曲折。如果这样单纯到有点单调的作品,成为律诗的"压卷"之作,唐诗在律诗方面的成绩就太可怜了。

历史上的经典有两种:一是代表了历史的水准,而且成为后世不可超越的高峰;二是虽然有历史发展的意义,但其水准却为后世所超越。其中,第二类作品比比皆是。沈氏之作,属于后者。由于许多诗话家不明于此,将一时的经典与超越历史的经典混为一谈,因而造成争讼在低水平上徘徊。另一首得到最高推崇的是崔颢的《黄鹤楼》,因提名人是严羽而影响甚大。这首诗比沈氏之作当然高出了不止一个档次:

昔人已乘黄鹤去,此地空余黄鹤楼。
黄鹤一去不复返,白云千载空悠悠。
晴川历历汉阳树,芳草萋萋鹦鹉洲。
日暮乡关何处是?烟波江上使人愁。

从艺术成就来看,这首律诗当属上乘,虽然,平仄对仗并不拘泥规范(如颔联),但是首联、颔联古风的句式,反而使情绪起伏自由而丰富。此诗和沈佺期"古意"《独不见》最大的不同在于，不用古风式的概括式抒情直接抒发，而是纯用个人化的即景抒发，情感驾驭着感官意象，曲折有致。此属于人生苦短的母题。首联是"黄鹤"已经消失而"空余黄鹤楼"的感叹。乘黄鹤而去，是传说中生命的不灭，然而不可见，可见的是黄鹤楼，因而有生命缥缈之感，隐含着时间无穷和生命有限的感叹。颔联又一次重复了黄鹤，属古风句法，在律诗中是破格的，但却与律诗句法结合得比较自然。王世贞以为"崔诗自是歌行短章，律体之未成"，指的可能就是前两联。时间流逝（千载）的不可感，大自然（白云）不变的可感，生命迅速幻变的无奈，变得略带悲忧，意脉低降，情绪节奏一变（量变）。颈联："晴川历历汉阳树，芳草萋萋鹦鹉洲。"把生命苦短放在眼前天高地阔的华彩空间来展示。物是人非固然可叹，但景观的开阔暗示了诗人立足之高度，空间之高远，美景历历在目，不是昔人黄鹤之愁，而是眼前景观之美，正与黄鹤之缥缈形成反衬，精神显得开朗了许多，因而，芳草是"萋萋"，而不是"凄凄"。情绪开朗，意脉为之二变。意脉节奏的第三变在尾联："日暮乡关何处是？烟波江上使人愁。"突然从高远的空间，联想到遥远的乡关（短暂生命的归宿），开朗的情绪又低回了下来。但言尽而意不尽，结尾有持续性余韵。这种感喟的持续性和绝句的瞬间情绪转换不同，富有律诗的特征。[5]

这首诗之所以被许多诗话家称颂为律诗第一，而不像沈氏之作那样争议甚多，原因就在沈氏之作仅仅为外部格律形式之确立，而崔氏之作，好在律诗内在情绪有节奏，意脉三度起伏，加上结尾的持续性，发挥出了律诗体量大于绝句的优长。正因如此，这首诗才得到李白的激赏，有了"眼前有景道不得，崔颢题诗在上头"的佳话。

后来李白到南京创作了《登金陵凤凰台》一诗：

> 凤凰台上凤凰游，凤去台空江自流。
> 吴宫花草埋幽径，晋代衣冠成古丘。
> 三山半落青天外，一水中分白鹭洲。
> 总为浮云能蔽日，长安不见使人愁。

很明显，这首在构思上和意象的经营上有模仿崔诗的痕迹。贬李白的认为模仿就低了一格。最极端的是王世贞。他在《艺苑卮言》卷四中说："太白《鹦鹉洲》一篇，效颦《黄鹤》，可厌。"毛奇龄《唐七律选》：崔颢《黄鹤楼》"肆意为之，白于《金陵凤凰台》效之，最劣。"但是，也有论者以为，正是因为崔颢有诗在前，李白用人家的韵脚写出类似的景观，难能可贵，而诗作的水平，旗鼓相当。刘克庄在《后村诗话》前集卷一中说："今观二诗,真敌手棋也。若他人必次题韵,或于诗版之旁别著语矣。"认为二者各有所长的意见显然没有反对李白那样的意气,一般都心平气和。方回《瀛奎律髓》卷一:"太白此诗,与崔颢《黄鹤楼》相似,格律气势未易甲乙。"潘德舆《养一斋诗话》卷九:"崔郎中《黄鹤楼》诗,李太白《凤凰台》诗,高著眼者自不应强分优劣。"但是,平和之论似乎并不能穷尽诗话家的智慧。高棅《唐诗品汇》卷八十三说,李白诗"出于崔颢而时胜之"。但简单的论断没有很强的说服力。二诗各自的高低长短,需要更精细的分析。把生命奉献给注释李白诗文的王琦,在注释《李太白全集》卷二十一中对这两首诗的评价是:"调当让崔,格则逊李。"这个立论出发点比较公允,崔颢在意象、想象上毕竟是原创,李白是追随者,在这一点上,崔颢是"高出"于李白的。然而,在"格"上,也就是在具体艺术档次上,李白比之崔颢要高。理由是:"《黄鹤》第四句方成调,《凤凰》第二句即成调。"在近千年的争讼中,王琦的这种分析充分显示了我国古典诗话以微观见功夫的优长。崔颢的确四句才成调,因为光有"昔人已乘黄鹤去,此地空余黄鹤楼",情绪不能相对独立。只有和"黄鹤一去不复返,白云千载空悠悠"联系起来,意脉才相对完整。而李白只两句就构成了相对完整的意脉:"凤凰台上凤凰游,凤去台空江自流。"崔颢的意象焦点在白云不变、黄鹤已逝,李白的意象核心在当年之台已空、江流不变,二者均系对比结构,物是人非,时光已逝不可见,景观如旧在目前,从这个意义上来说,二者可以说是不相上下。但是,李白诗两句顶四句,比崔诗精练,而且空台的静止与江流(时光)不断流逝,更有时间和空间的张力。其实崔颢的后面两句"黄鹤一去不复返,白云千载空悠悠",在意味上、情绪上,都没有增添多少新内涵,等于浪费了两行。而李白却利用这两行,把时光之不可见、之流逝,与景观之可视之不变间的矛盾加以深化:"吴宫花草埋幽径,晋代衣冠成古丘",在表面不变的空台和江流中想象繁华盛世的消隐,这种历史沧桑感的深沉,是崔颢所不及的。接着下面的两行,崔颢是:"晴川历历汉阳树,芳草萋萋鹦鹉洲。"李白是:"三山半落青天外,一水中分白鹭洲。"从意脉上说,都是从生命短暂的感喟转向眼前的美景。但是,很显然,汉阳树之历历、鹦鹉洲之萋萋,纯为现实美景的直接感知,比半落青天外之三山,虽然属对更工(李白"青天外"与"白鹭洲",对仗不工),但是,半落的"半"字,青天外的"外"字,暗含云气氤氲,不但画面留白,虚实相生,而且为最后一联的"浮云"埋下伏笔,想象的魄力和构思的有机,不但崔颢,就是比崔颢更有才气的诗人也难能有此境界。

从这里可以看出李白之优,优在意象的密度和意脉的统一和有机。

至于尾联,崔颢是:"日暮乡关何处是?烟波江上使人愁。"李白是:"总为浮云能蔽日,长安不见使人愁。"瞿佑曰:"太白忧君之念,远过乡关之思,善占地步,可谓'十倍曹不'。"以封建皇权观念代替艺术标准,实在冬烘。连乾隆皇帝都不这样僵化,倒是比较心平气和。爱新觉罗·弘历《唐宋诗醇》卷七曰:"崔诗直举胸情,气体高浑,白诗寓目山河,别有怀抱,其言皆从心而发,即景而成,意象偶同,胜境各擅。论者不举其高情远意,而沾沾吹索于字句之间,固已蔽矣;至谓白实拟之以较胜负,并谬为'捶碎黄鹤楼'等诗,鄙陋之谈,不值一噱也。"(是指李白《江夏赠韦南陵冰》中的诗句"我且为君槌碎黄鹤楼,君亦为吾倒却鹦鹉洲"是伪托之作。)故瞿佑在潘德舆《养一斋诗话》卷三中被嘲笑为"头巾气",可能并不太冤枉。

但这并不妨碍我们从艺术上判断李白这一联优于崔颢。崔颢和李白同为直接抒情,崔颢即景感兴,直抒胸臆,而李白则多了一层,承上"半落青天外",引出"浮云",加以"蔽日"的暗喻,语带双关,由景生情,情深为志,情、景、志层次井然,水乳交融,浑然一体。从语言质量上看占了优势。崔颢以日暮引发乡关之思,和前面两联的黄鹤不返、白云千载,意脉几乎完全脱节。故王琦说它"不免四句已尽,后半首别是一律,前半则古绝也。"这就是说,前面两联和后面两联在意脉上断裂、在结构上分裂,前面的四句是带着古风格调的绝句,后面的四句则是另外一首律体,但又不是完整的律诗。这个评论可能有点偏颇,但是,王琦的艺术感觉精致,确实也点出了崔诗的不足。而李白的结尾则相反。首先是视点比崔颢的"晴川历历"更有高度;其次,浮云蔽日,提示使三山半落青天之云,半落半露,显示云雾所蒙。从云雾蔽山,联想到蔽日,从景观到政治,自然而然;再次,与第二联所述吴宫芳草、晋代衣冠,景观中有政治,断中有续,遥相呼应。在意脉上,笔断意联,隐性相关。在结构上,虚实相生,均堪称有机统一。

总的来说,从每一联单独来看,除第一联崔颢有发明之功外,其余三联均逊于李白,以整体观之,崔颢的意象和意脉均不如李白之有机和谐。

律诗的好处,就好在情绪的起伏节奏,情绪的多次起伏与最好的绝句一次性的"宛转变化"(开合、正反)的最大不同就在于此。在诗话家中,感觉最到位的是清潘德舆《养一斋诗话》卷八:"沈、崔二诗,必求其最,则沈诗可以追摹,崔诗万难嗣响。……崔诗之妙,殷璠所谓'神来气来情来'者也。"⑥事实上,从律诗来说,崔诗还不能说是在艺术上最成熟的。

得到最多推崇的,是杜甫的七律《登高》。潘德舆在肯定了崔诗以后,说"太白不长于律,故赏之,若遇子美,恐遭小儿之呵"。胡应麟在《诗薮》中推《登高》为"古今七律第一"。⑦这就是说,杜甫的杰作要比崔诗精彩得多。

杜甫擅长以宏大的空间来展开他的感情,例如《秋兴八首》其一:

玉露凋伤枫树林，巫山巫峡气萧森。
江间波浪兼天涌，塞上风云接地阴。
丛菊两开他日泪，孤舟一系故园心。
寒衣处处催刀尺，白帝城高急暮砧。

第一联，把高耸的巫山巫峡的"萧森"之气，作为自己情绪的载体；第二联，把这种情志放到"兼天""接地"的境界中去。萧森之气，就转化为宏大深沉之情。而第三联的"孤舟"和"他日泪"使得空间缩小到自我个人的忧患之中，意脉突然来了一个顿挫。第四联，则把这种个人的苦闷扩大到"寒衣处处"的空间中，特别是最后一句，更将其夸张到在高城上可以听到的、无处不在的为远方战士御寒的捣衣之声。这样，顿挫后的沉郁空间又扩大了，丰富了情绪节奏的曲折性。

古典七律，大都以抒写悲郁见长，很少以表现喜悦取胜。而杜甫的七律虽然以沉郁顿挫擅长，但是，其写喜悦的杰作如《闻官军收河南河北》，并不亚于表现悲郁的诗作。浦起龙在《读杜心解》称赞其为老杜"生平第一首快诗也"。但是，它在唐诗七律中的地位，却被历代诗话家忽略了。

剑外忽传收蓟北，初闻涕泪满衣裳。
却看妻子愁何在，漫卷诗书喜欲狂。
白首放歌须纵酒，青春作伴好还乡。
即从巴峡穿巫峡，便下襄阳向洛阳。

通篇都是喜悦之情，直泻而下。本来，喜悦一脉到底是很容易犯诗家平直之忌的。但是，杜甫的喜悦却有两个特点：第一，节奏波澜起伏，曲折丰富；第二，这种波澜不是高低起伏的，而是一直在高亢的音阶上变幻的。第一联，写自己喜极而泣，从自己的情感高潮发端，似乎无以为继，承接的难度很大。第二联，转向妻子，用自己的泪眼去看妻子的动作之"狂"。这个"狂"的感情本来不应属于杜甫，而应该属于李白。但是，从安史之乱八年来，一直陷于痛苦的郁积之中，杜甫难得一"狂"（年轻时一度"裘马颇清狂"），这一狂，狂出了比年轻时更高的艺术水平。前面两联都是抒发感情的，但是，"情动于中"是属于内心的，是看不见的，要把它"形于言"，让读者感觉到，是高难度的，因而才叫作艺术。杜甫克服难度的方式在于，不直接写喜悦，而写夫妻喜悦的可见的、外在的、极端的、各不相同的效果。到了第三、四联则换了一种手法：直接抒发。难度本来更大，杜甫强调的是内心高度兴奋的看似矛盾的效果：明明"白首"了，可还要"放歌",不但要"放歌",而且还要"纵酒"。好就好在不但与他五十二岁的年龄不相当,而且好像与他一向沉郁顿挫的风格也不相同,他好像变成了另外一个人。接下去"青春作伴好还乡"则是双关语:一则写作时正是春天,归心似箭;二则点明恢复了"青春"的感觉。至于最后一联,则不但精彩而且精致。霍松林先生评论得很到位:"这一联,包含四个地名。'巴峡'与'巫峡','襄阳'与'洛阳',既各自对偶(句内对),又前后对偶,形成工整的地名对……试想,'巴峡''巫峡''襄阳''洛阳',这四个地方之间都有多么漫长的距离,而一用'即从''穿''便下''向'贯串起来……诗人既展示想象,又描绘实境。从'巴峡'到'巫峡',峡险而窄,舟行如梭,所以用'穿';出'巫峡'到'襄阳',顺流急驶,所以用'下';从'襄阳'到'洛阳',已换陆路,所以用'向',用字高度准确。"⑧需要补充的是,律诗属对的严密性本来是容易流于程式的,流水对则使之灵活,杜甫的天才恰恰是把密度最大的"四柱对"(句内有对,句间有对)和自由度最大的"流水对"结合起来,在最严格的局限性中,发挥出了最大的自由,因而其豪放绝不亚于李白号称绝句压卷之作之一的结句"两岸猿声啼不住,轻舟已过万重山"。

杜甫笔下的喜悦,并不限于这种偶尔一见的豪放,有时则以细腻婉约的笔触写出旷世精品,例如《春夜喜雨》:

> 好雨知时节,当春乃发生。
> 随风潜入夜,润物细无声。
> 野径云俱黑,江船火独明。
> 晓看红湿处,花重锦官城。

杜甫并没有把他的情感放到广阔无垠的空间和无限的时间背景中去,而是相反,放在个人内心的微观体悟之中。开头两联可谓极微妙之至。首先用一"潜"字突出这种雨是看不见的,接着又点出"无声",提示这种雨"细"到听不见。然而,妙就妙在一般感官中看不见、听不见的,可是杜甫却感知到了。这是一种默默的欣慰之感。"好雨知时节"的"好",用得全不费力气,然而,暗示了是诗人独自在享受着这及时的春雨。"野径云俱黑",黑云布满田间小径,表面上是写成都平原的特点,更深层次则越是黑,意味着雨越是细密,就黑得越美,再加上江上一点渔火来反衬,这没有任何形状的黑,就黑得更生动、更美了。除了杜甫,唐代谁有这样独特的以黑为美的色彩感?然而,这并不仅仅是色彩感,而是内心无声无息、无形无状的超感官的喜悦。从这两联来说,情绪是统一的,似乎并没有起伏,但接下来就来了个突变:"晓看红湿处,花重锦官城。"

这种黑之美,用鲜明来反衬。从绘画来说,花之红湿是花的质感,花之重是花的量感,诗人以此表现眼前为之一亮,心情为之一振,从情绪节奏来说,从看不见的欣慰变为鲜明的视觉冲击,心情为之一转。这表面上都不是写雨,好像脱离了春夜之雨,但是,又是昨夜之雨的效果。诗话称赞此诗无一"喜"字,然而通篇都喜。所说固然有道理,但并不透彻,这种喜悦是渗透在从暗黑到亮丽的感觉和从默默到豁然开朗的转换之中。

分析这首诗是为了说明,即便并不以浑厚深沉取胜的律诗,也是以情绪的转换为高的。虽然这是一首五律,但是,在规律上和七律是相通的,只是比七律更为浑然,更为古朴而已。细细考较起来,这最后一联的视觉冲击,有点近似绝句最后的瞬间情感转换。不过和前面第三联黑云与渔火的转折形成强烈的反差,同样发挥了律诗的超越二次起伏的优长。⑨

对于律诗压卷之作的争议是很复杂的,有时,甚至可以说是很不讲理的,有的诗话就认为杜甫律诗最好的并不是这一首,而是《九日蓝田崔氏庄》:

老去悲秋强自宽,兴来今日尽君欢。
羞将短发还吹帽,笑倩旁人为正冠。
蓝水远从千涧落,玉山高并两峰寒。
明年此会知谁健?醉把茱萸仔细看。

杨万里十分赞赏此诗,《诚斋诗话》云:"唐律七言八句,一篇之中,句句皆奇,一句之中,字字皆奇,古今作者皆难之。予尝与林谦之论此事。谦之慨然曰:'……如老杜《九日》诗云:"老去悲秋强自宽,兴来今日尽君欢。"不徒入句便字字对属。又第一句顷刻变化,才说悲秋,忽又自宽。……"羞将短发还吹帽,笑倩旁人为正冠。"将一事翻腾作一联,又孟嘉以落帽为风流,少陵以不落为风流,翻尽古人公案,最为妙法。"蓝水远从千涧落,玉山高并两峰寒。"诗人至此,笔力多衰,今方且雄杰挺拔,唤起一篇精神,自非笔力拔山,不至于此。"明年此会知谁健?醉把茱萸仔细看。"则意味深长,悠然无穷矣。'"⑩

其实,这种说法并没有多少深刻的道理,这个林谦之只是从技术着眼,经不起推敲。说第一句有变化,悲秋"自宽"与"尽君饮",更明显是意脉的一贯,并没有什么突出的"变化"。至于说"'羞将短发还吹帽,笑倩旁人为正冠。'将一事翻腾作一联,又孟嘉以落帽为风流,少陵以不落为风流,翻尽古人公案,最为妙法。"这种翻案求新的手法,充其量不过是技法的熟练,至于说把一事翻作一联,明明造成第二句的虚弱,重复前句的意味。说到后面的"蓝水远从千涧落,玉山高并两峰寒"是"雄杰挺拔,唤起一篇精神","笔力拔山",但是,并不说明唤起什么"精神",和"强自宽"之间也并没有什么顿挫或者缠绵的联系,只能给人以孤立的佳句之感。"'明年此会知谁健?醉把茱萸仔细看。'则意味深长,悠然无穷矣。"其余韵固然不能说没有,但如果拿来与"寒衣处处催刀尺,白帝城高急暮砧"相比,则余味不但有限,而且单薄。

我国古典诗话词话,与西方文论相比,有切实于文本、鉴赏深入创作过程的优长,但是,也有泥于创作中之细节,只见树木、不见森林,甚至一叶障目的局限。平心而论,这样的作品,不但在杜甫诗中品质平平,就是拿到唐诗中,也属一般。原因在于缺乏七律所擅长的情绪起伏:第一联说是悲愁自宽,第二联"白发""落帽""正冠"乃是对第一联的形象说明,仍然是自宽。第三联,"蓝水远从千涧落,玉山高并两峰寒"与悲愁自宽,并没有潜在的意脉联系。从结构上看,最多只是为最后一联的"明年此会知谁健?醉把茱萸仔细看"有某种微弱过渡。从整体意脉上看,前两联过分统一,缺乏律诗特有的情绪起伏,而第三联则过分跳跃,缺乏与前两联的贯通。虽然第四联有所回归,但已经是强弩之末了。

明周敬、周珽辑《删补唐诗选脉笺释会通评林》还提出:"谓冠冕壮丽,无如嘉州《早朝》;淡雅幽寂,莫过右丞《积雨》。"⑪我们来看岑参的《奉和中书舍人贾至早朝大明宫》:

> 鸡鸣紫陌曙光寒,莺啭皇州春色阑。
> 金阙晓钟开万户,玉阶仙仗拥千官。
> 花迎剑珮星初落,柳拂旌旗露未干。
> 独有凤凰池上客,阳春一曲和皆难。

其实,岑参这首是奉和应制之作,通篇歌功颂德,一连三联,都是同样的激动,同样的华彩,到了最后一联,还是同样的情致。情绪明显缺乏起伏节奏,这位周珽在诗歌的艺术感觉上只能说不及格。再看王维的《积雨辋川庄作》:

> 积雨空林烟火迟,蒸藜炊黍饷东菑。
> 漠漠水田飞白鹭,阴阴夏木啭黄鹂。
> 山中习静观朝槿,松下清斋折露葵。
> 野老与人争席罢,海鸥何事更相疑?

从情绪变化、意脉的相承和起伏来衡量,诗中有比较精致微妙的转换,其第二联"漠漠水田飞白鹭,阴阴夏木啭黄鹂"甚得后人称道,但是,最精彩的当是最后一联:"野老与人争席罢,海鸥何事更相疑?"由静而动(争席)之后,又以海鸥之"疑",在结束处留下持续的余韵。总体而言应该是上品,但是,比起杜甫杰作的大开大合,起伏跌宕,应该说所逊不止一筹。

不过话又说回来,岑参和王维这两首之所以能够受到推崇,原因可能是结尾体现了律诗的优长,显示了中国古典诗歌追求余韵的共性。和西方的"律诗"(十四行诗)相比显得更有异趣。西方十四行诗,不管是意大利体(彼德拉克体)还是英国体(莎士比亚体),都是追求起承转合、情绪的绵延曲折、和谐统一的,这一点和中国律诗是相似的。但是,结尾则不同:律诗追求余韵,在最后一联留下空白,也就是思绪的延续性,而十四行诗追求思想情绪的升华,最后两行(或三行)往往带有总结全诗的性质。莎士比亚的十四行诗大体都是关于爱情的,结尾都是极端、毫无保留的总结。如第14首的结尾:"要不然,对于你,我将这样宣言:你的死亡就是真和美的末日。"(Or else of thee this I prognosticate, Thy end is truth's and beauty's doom and date.[12])雪莱的杰作《西风颂》,就是由五首十四行组构而成的,每首都是英国体的三行一节,一共四节,十二行都是强调,衰败中蕴含着雄强,落叶带来新生,就是忧愁中都渗透着甜蜜(Sweet though in sadness.[13]),灰烬中有火花,逆境中有希望。最后两行则总结起来:

The trumpet of a prophecy! O Wind,
If Winter comes, can Spring be far behind?

哦,西风,预言的号角
假如冬天来了,春天还会远吗?

七律之最优,之所以这样众说纷纭,良莠不齐,原因可能是律诗的格律比之绝句严密得多,中间两联必须对仗,首尾两联则在开合之间为之服务,其形式更接近于模式,活跃的情绪与固定的格律发生矛盾,非才高如杜甫等难免不屈从格律。古典诗话的作者也是诗人,但大多并非杰出诗人,于作诗时情绪为格律所窒息而不自知,作诗话时,便往往从纯技巧着眼,如杨万里、林谦之、周敬、周珽之辈,把技巧变成了技术套路的翻新。而绝句则单纯得多,瞬间顿悟式的结构,需要的是灵气,几乎无任何玩弄技巧的余地。也许正是因为这样,王国维认为:"近体诗体制,五、七言绝句最尊,律诗次之,排律最下。"⑭律诗的模式化、技术化，在排律中得到了恶性的发展。

注：

① 叶嘉莹《杜甫秋兴八首集说》，河北教育出版社1998年版，第19页。
② 冯复京《说诗补遗》，周维德集校《全明诗话》(五)，齐鲁书社2005年版，第3943页。
③ 许学夷《诗源辨体》，杜维沫校点，人民文学出版社1987年版，第170页。
④ 姚鼐《五七言今体诗抄》之前言，曹光甫点校，上海古籍出版社1986年版，第3页。
⑤ 参阅孙绍振《绝句：语气转换下的瞬间情绪变化》，《文艺理论研究》2010年第6期。
⑥ 潘德舆《养一斋诗话》，郭绍虞编选、富寿荪校点《清诗话续编》(四)，上海古籍出版社1983年版，第2132—2133页。
⑦ 胡应麟《诗薮》，周维德集校《全明诗话》(三)，齐鲁书社2005年版，第2553页。
⑧《唐诗鉴赏辞典》，上海辞书出版社1983年版，第543页。
⑨ 杜甫这种绝句式的瞬间灵气似乎是个例外，这可能是他的绝句总是写不过李白的原因。就是在他写得最出色的绝句中似乎也一样。如《三绝句》之三："殿前兵马虽骁雄，纵暴略与羌浑同。闻道杀人汉水上，妇女多在官军中。"最后一联无疑是深邃的，但是，严格说来，缺乏绝句的瞬间宛转变化，似乎更接近于古风承接风格。
⑩ 杨万里《诚斋诗话》，丁福保辑《历代诗话续编》(上)，中华书局1983年版，第139—140页。
⑪ 周敬、周珽辑《删补唐诗选脉笺释会通评林六十卷》，《四库全书存目丛书补编》第26册，齐鲁书社2004年版，第444页。
⑫ 以备受称道的莎士比亚十四行诗为例。第15首的结尾："为了你的爱我将和时光争持：他摧折你，我要把你重新接枝。"(And all in war with Time for love of you, As he takes from you, I engraft you new.) 第19首的结尾："但，尽管猖狂，老时光，凭你多狠，我的爱在我诗里将万古长青。"(Yet, do thy worst, old Time: despite thy wrong, My love shall in my verse ever live young.) 第30首"但是只要那刻我想起你，挚友，损失全收回，悲哀也化为乌有。"(But if the while I think on thee, dear friend, All losses are restored and sorrows end.)
⑬ 这应该就是徐志摩《莎扬娜拉》中"甜蜜的忧愁"的由来。
⑭ 王国维《人间词话》，黄霖导读，上海古籍出版社1998年版，第15页。